Anna Fleck

Froststerne

Erinnere dich!

Für Frauke –
weil du meine Geschichten zu Büchern machst

Von Anna Fleck bereits erschienen:

Meeresglühen (1) – Geheimnis in der Tiefe
Meeresglühen (2) – Wiedersehen in Atlantis
Meeresglühen (3) – Für immer versunken

MIX
Papier | Fördert gute Waldnutzung
FSC® C083411

CO_2-Kompensation
2023 Printprodukt
mit FirstClimate.com

5 4 3 2 1

ISBN 978-3-649-64495-8

Hafenweg 30, 48155 Münster

Text: Anna Fleck
Covergestaltung: Carolin Liepins
Lektorat: Frauke Reitze
Satz: Sabine Conrad, Bad Nauheim
Printed in Germany
www.coppenrath.de

Das ebook erscheint unter der ISBN 978-3-649-67235-7.

Anna Fleck

FROST STERNE

ERINNERE DICH!

Für Marie

Anna Fleck

COPPENRATH

Ein Jahr vor dem Eis

Der Tag, an dem ich Erik verlor, war ein Tag des Schneesturms. Eines Schneesturms, den ich so noch nie erlebt hatte – und ganz sicher auch sonst niemand auf der Welt. Also … auf *unserer* Welt.

Dabei fing alles so normal an. Ich saß auf dem Bett, eingekuschelt in meinen Lieblings-Oversizepulli, auf dem Schoß meinen zerschrammten Laptop mit hundert offenen Tabs über New York, Sydney, Barcelona, im Kopfhörer eine chillige Playlist. Das perfekte Setting, um mir meine Traumreise auszumalen. Und hey, wenn ich nächstes Jahr endlich mit der Schule durch war – und eine Gelddruckmaschine erfunden hatte! –, würde ich mir das auch alles in echt angucken. Einfach los und weg, die coolsten Städte der Welt erkunden … Bis es so weit war, hielt mich mein guter Kumpel Internet bei Laune. Immer tiefer versank ich in den Fotos und Reiseblogs – bis ich zwischen zwei Songs hörte, wie etwas gegen die Fensterscheibe prasselte.

Diesmal war es nicht der Regen, der die Stockholmer seit einer Woche von den Straßen vertrieb und auch mich endgültig zum Einsiedlerkrebs gemacht hatte. Nein, diesmal war es Erik, darauf ging ich jede Wette ein.

Und tatsächlich: Kaum hatte ich die drei Schritte zum Fenster überwunden, konnte ich ihn sehen, wie er da unten auf der Straße stand – dicker Parka, aber keine Mütze, na klar. Etwas in meiner Brust machte einen heftigen Satz, wie immer seit dieser bescheuerten Sache letzten Sommer. Doch wie immer ignorierte ich es nach Kräften.

Erik entdeckte mich, grinste und ließ den Arm sinken, mit dem er wahrscheinlich eben eine Handvoll Kiesel zu mir in den zweiten Stock hochgeworfen hatte. So typisch! Ein Wunder, dass er nicht sein *Handy* geworfen hatte. Mich damit anzuklingeln, fiel ihm immer als Letztes ein.

Ich öffnete das Fenster – nur einen Spalt, aber schon pfiff mir nasskalte Luft ins Gesicht.

»Komm runter, Elvy!«, rief Erik. »Na los, keine Ausreden! Das Abenteuer wartet, die Sonne lacht!«

Ich zog eine Grimasse. Dieser Quatschkopf! Selbst ohne Regen lachte die Sonne nirgends in Schweden, nicht an einem Dezembertag um vier Uhr nachmittags. Dunkel war es da draußen, dunkel und nass und ungemütlich. Sorry, ohne mich. Ich streckte meine Hand hinaus und drehte den Daumen nach unten.

»Eeelvy!«

Mein Problem: Gegen Eriks mitreißende Energie kam die Stubenhockerin in mir nur schwer an. Wollte sie auch gar nicht, wenn ich ganz, ganz ehrlich zu mir war. Schließlich kannten er und ich uns schon, seit wir sechs waren, und seitdem hatten wir uns fast jeden Tag gesehen, gezankt und veralbert. Mittlerweile warf Erik zwar nicht mehr mit Legosteinen nach mir, aber ansonsten hatte sich in den letzten zehn Jahren eigentlich nichts zwischen uns geändert.

Auch der letzte Sommer hat das nicht geschafft, redete ich mir beruhigend zu.

Nach wie vor wusste Erik ganz genau, dass mich seine Combo aus Hundeblick und frechem Grinsen im Notfall bis nach Mordor locken würde.

Fünf Minuten später schlug ich also die Haustür hinter mir zu und bereute es sofort: Die Temperaturen waren noch weiter gefallen, und es fegte ein Wind durch die Straße, der jede Menge feuchte Luft mit sich brachte. Die plötzliche Kälte kam mir so schneidend vor, dass ich zu spüren meinte, wie mein Nasenpiercing einfror – aber das war natürlich Blödsinn, der schmale Silberring hatte mir im Winter noch nie Ärger gemacht. Rasch stopfte ich meine mausbraunen Haare unter die Mütze und zog mir zusätzlich die Kapuze über den Kopf.

»Wow! Eingepackt wie für einen Trip nach Kiruna!«, begrüßte mich Erik. »Warum guckst du dann so erfroren?«

Für den blöden Spruch streckte ich ihm die Zunge heraus und schnaubte: »Nach Kiruna bringen mich keine zehn Pferde. Hallo? Das ist kurz vorm Nordpol!«

»Whoa, friedlich!« In gespielter Angst trat er einen Schritt zurück und hob die Hände. »Hast du wieder deinen Igelmodus aktiviert?«

»Alle 8126 Stacheln und verdammt stolz drauf!«, schoss ich zurück.

»Igel sind total süß, trotz der Stacheln, das ist dir klar, oder?«

»Ich geb dir gleich süß!«

»Nein, echt, und ihr habt wirklich viel gemeinsam.« Sein Grinsen brannte mir fast ein Loch ins Herz. »Braune Kulleraugen, spitze Stupsnase … Ihr mögt Äpfel …«

»Du bist *so* tot, wenn du nicht aufhörst«, drohte ich, doch innerlich jubelte ich: *Er findet mich süß!* Nur, um mich gleich darauf wieder zu bremsen: *Süß ist wie nett. Und nett ist scheiße.*

Erik lachte bloß, ein Sound, der die Sonne zurückbrachte. Dann legte er mir seinen langen Arm um die Schulter und zog mich mit sich die Straße hinunter. Die Sonne wurde noch ein bisschen heller … aber ich boxte ihn sicherheitshalber weg. »Kein Gegrapsche, klar, Forsberg? Heb dir das für deine Rugby-Umkleide auf.«

»Zu Befehl, Coach Andersson!« Er grinste wieder und rückte im Laufen das Metallgestell seiner runden Brille zurecht. Sie war das Einzige an ihm, das nicht recht zu seiner Nordmann-Erscheinung passen wollte, und doch konnte ich ihn mir nicht anders vorstellen. Mit seinem dichten blonden Haarschopf, der breitschultrigen, sportlichen Figur und seinen lässigen 1,90 Metern hätte man ihn in früheren Zeiten bestimmt an die Spitze eines Heers gestellt – oder auf die Planken eines Drachenschiffs. Wegen seiner Weitsichtigkeit aber brauchte er im Alltag eine Brille, und wenn er sie nicht aufhatte, blinzelte er beim Lesen wie ein ausgebuddelter Maulwurf.

Mein Wikinger-Nerd, dachte ich und lächelte verstohlen. Dann aber schnappte ich mir den Gedanken und stopfte ihn wieder zurück in die Tiefen meiner geistigen Rumpelkammer. Hallo? Was sollten diese ständigen Aussetzer bitte? Erik und ich waren *Freunde*, okay? Das war safe, das sollte so bleiben, hatte ich beschlossen – erst recht, weil er seit Juli mit dieser doofen Tessa zusammen war.

»Hey, Igelmädchen.« In seinen Augen hinter den feuchten Brillengläsern funkelte es neckend, als er sich zu mir herüberneigte. Runterbeugen musste er sich nicht, denn ich war fast so groß wie er. Dafür kaum halb so breit. Im Ernstfall hätte er mich sicher zusammenklappen können wie einen Zollstock, aber so hart er auch manchmal auf dem Spielfeld ranging – abseits davon konnte er keiner Fliege etwas zuleide tun. Erst recht keiner mit Namen Elvy. Außerdem wusste er, dass ich mit meinen langen Beinen echt fies zutreten konnte.

Erik war noch immer beim Rugby. »Weißt du, ich finde ja, du könntest mich ein bisschen bewundern, weil ich uns neulich die Meisterschaft gerettet habe!«

»Vergiss es.« Jetzt grinste *ich*. »Für dumpfbackiges Anhimmeln sind eure Cheerleader zuständig.« *Und Tessa*, ergänzte ich bissig, zum Glück nur in Gedanken. »Aber ich erteil dir gleich ein Platzverbot, wenn du nicht endlich damit rausrückst, was ich hier in der Kälte soll!«

»Kälte? Sechs Grad, nicht mal Frost! Du Heulboje!«

»Besser Heulboje als Vollpfosten.«

Wieder lachte er, und wieder merkte ich irritiert, wie sehr mir dieser Sound gefiel. Dass er etwas vibrieren ließ in meinem Kopf, meinem Bauch. *Oooookay, Schluss jetzt.*

Der Wind trieb feuchtkalte Luft gegen die stuckverzierten Häuserfronten, während ich schicksalsergeben neben Erik durch die nahezu menschenleeren Straßen stapfte, so tief in meiner Kapuze vergraben wie möglich. *Sechs Grad? Minus, vielleicht!*

Sehnsüchtig blickte ich zu den erleuchteten Fenstern hoch. In manchen davon flackerte sogar der warme Schein einer Kerze und schien mir verlockend zuzuflüstern: *Komm rein zu uns, wir haben heißen Tee, Pfefferkuchen und Gratis-WLAN …*

Erik hörte eindeutig nichts dergleichen. Stattdessen erklärte er endlich, warum er mich aus meiner Höhle gezerrt hatte: »Erinnerst du dich an dieses verlassene Mietshaus aus den Lokal-News neulich? Von dem du die Adresse herausgefunden hast? Was übrigens mal wieder extrem clever von dir war.«

»Danken Sie nicht mir, danken Sie meinem IT-Genie«, winkte ich ab. »Die Fassade ließ sich ja klar erkennen, also war der Rest 'ne bessere Bildersuche.«

Klar wusste ich sofort, dass er von unserer neusten Lost-Places-Aktion sprach: Herumstöbern in menschenleeren Bauwerken war gerade *unser* Ding, immer auf der Suche nach Spuren der Vergangenheit. Gar nicht mal so einfach, derartige Plätze in einer angesagten Millionenstadt zu finden – aber es gab sie, wenn auch manchmal nur für ganz kurze Zeit.

Erik marschierte bestgelaunt neben mir her. »Jedenfalls hab ich da schon mal ein bisschen vor Ort rumgeschnüffelt: Bingo! Man kommt über ein Kellerfenster rein!«

»Und das muss heute sein?«, maulte ich. Zugegeben, normalerweise war ich bei diesen heimlichen Touren sofort Feuer und Flamme … aber doch nicht bei solchem Wetter!

Verwundert schaute er mich an. »Logisch! Weißt du nicht, welcher Tag heute ist?«

»Dienstag?«

Er schnaufte amüsiert, blieb stehen und zog ein Tuch aus der Tasche, um seine benieselte Brille zu polieren.

Die letzte Abzweigung hatte uns aus den engen Straßen hinausgeführt, mitten hinein in den Humlegården. Verschwiegen und winterdunkel breiteten sich die Wiesen des großzügigen Stadtparks um uns herum aus. Die kahlen Büsche und Bäume schienen sich unter den schweren Wolken zu ducken, kein Mensch war zu sehen.

Und, Moment – was Erik da von seiner Brille wischte, war kein Regen … sondern Schnee! Hatte ich doch recht gehabt mit meinen Zweifeln an seinem Wetterbericht. *Von wegen Heulboje.*

Fröstelnd atmete ich tief aus und beobachtete, wie sich eine Atemwolke vor meinem Gesicht bildete. Im Licht einer einsamen Laterne sah ich die Flocken aus dem dunklen Himmel herabrieseln. Ein Stück weiter beugte sich eine Hängebirke über den Weg. Ihre dünnen, kahlen Äste, bereits weiß überzuckert, bildeten ein schützendes Zelt. Ich kannte die Stelle gut: Der Baum war früher eine wichtige Station bei unseren Spielen im Park gewesen, ob als Schatzhöhle, Geheimlabor oder – wie jetzt im Winter – Eisschloss.

Ich konnte nicht anders und hob meinen Arm. Einige Flocken waren daran hängen geblieben und hoben sich glitzernd von dem blauen Stoff ab: So fein war der Schnee, dass er in einzelnen Kristallen herabfiel, jeder davon einzigartig und wunderschön …

»Hey! Erde an Andersson! Also, du hast es echt nicht auf dem Schirm?«

Ich sah hoch und direkt in Eriks braune Augen, in denen wie so oft der Schalk tanzte. Irgendetwas in meinem Magen tanzte auch – bis ich entschieden die Musik abdrehte.

»Es ist der Tag vor deinem Geburtstag«, sagte er und zwinkerte mir zu. »Ich weiß ja, dass du keine Lust auf Party oder großes Trara hast, also ziehen wir die Feier vor, ganz formlos.« Er schien einen Moment zu überlegen, zuckte dann mit den Achseln und zog mich unter die Hängebirke. »Eigentlich wollte ich das in dem Mietshaus machen, aber vielleicht verschieben wir das doch besser. Bei dem Schnee sieht ja jeder unsere Spuren, am Ende gibt's Stress ... Hier ist es auch gut, oder? In unserer alten Polarforscherstation?« Mit dem Kopf deutete er auf den Vorhang aus Zweigen um uns herum. »Also: Augen zu, Hand auf.«

Ich kämpfte einen Moment mit der Überraschung und meinen Handschuhen, dann gehorchte ich neugierig. Ich spürte Eriks warme Finger an meinen, spürte, wie er mir etwas auf die Handfläche legte.

Öffnete meine Augen und sah erst mal nur ihn, wie er mich anschaute, ganz erwartungsvoll und ...und irgendwie ...

Doch schon hatte er mich losgelassen, lächelte verlegen und sagte rasch: »Na dann ... alles Gute zum Nicht-Geburtstag, Igelmädchen.«

Ich überspielte meine eigene Verlegenheit und sah nach, was er mir überreicht hatte.

Es war ein Ring. Ein ziemlich großer Fingerring aus mattweißem Material, vielleicht Holz, offenbar handgeschnitzt und verziert mit runenartigen Zeichen.

Uralt und kostbar wirkte er, wie er da in meiner Hand lag.

Ich machte große Augen. Gleichzeitig dachte ich: *Ein Ring! Er schenkt mir einen Ring?! Was ... was soll das denn?* Freude durchfuhr mich, dicht gefolgt von Panik. Ein Ring war kein normales Geschenk, oder? *Ändert das was zwischen uns? Will etwa ER was ändern? Und ... will ICH das? Aber was, wenn es nicht funktioniert, was ist mit Tessa und ...*

»Ist der nicht cool? Ich hab den anderen!« Erik war einen Schritt zurückgetreten, in seinem Gesicht keine Spur mehr von dem seltsamen Ausdruck von eben. Er hielt mir seine Rechte hin, auf deren Zeigefinger nun tatsächlich der Zwilling meines Geschenks steckte, und redete hastig weiter: »Rat mal, woher! Lass, kommst du nie drauf. Aus der Schatzkiste meiner Großmutter, du weißt schon, vom Dachboden, wo wir nie randurften.«

»Und jetzt durftest du?«, fragte ich ungläubig.

»Probier ihn an, na komm!« Er stieß mich in die Seite, was definitiv lässig sein sollte, aber irgendwie nervös wirkte.

Jenseits unseres Dachs aus Birkenzweigen fiel weiter der feine Schnee, funkelte im Licht der Parklaterne und legte sich wie ein hauchzarter Schleier über die dunklen Wege und Grasflächen.

Ich hatte keinen Blick dafür. Schnell schob ich den Ring auf meinen Finger. Und bemerkte sofort das Problem.

»Er passt nicht.« Erik klang total geknickt.

»Ein bisschen zu groß«, gab ich zu, schwer bemüht, meine eigene Enttäuschung zu verbergen. In Wahrheit war er *viel* zu groß. Etwas für Wikingerhände halt. Dachte Erik echt, dass ich solche Pranken hatte wie er? *Dieser Schlumpf.*

»So ein Mist«, murmelte er zerknirscht. »Ich dachte, das könnte unser Geheimzeichen werden. Wir beide, die Dachboden-Buddys, weißt du noch?«

Oh. DAS meinte er. Mist. Ich schluckte alles runter, was ich an Verwirrung und inneren Tanzeinlagen zugelassen hatte. Wie blöd von mir: »Dachboden-Buddys« war unsere Version der klassischen Sandkastenfreunde. Menschen, die mit Legos werfen. Alles wie immer. *Safe*. Das war gut, oder?

Fast automatisch setzten sich meine Füße in Bewegung, trugen mich hinaus aus dem Schutz der Hängebirke, weg von dem Moment. Erik stapfte hinter mir her, seine Stiefel knirschend auf dem beschneiten Parkweg.

Mit gesenktem Kopf fragte ich: »Kann ich den Ring trotzdem behalten? Auf jeden Fall danke, der ist echt –«

»Hey. Guck mal, Elvy!«

Eriks Tonfall brachte mich dazu, wieder aufzusehen. Rasch ließ ich den Ring in der Jackentasche verschwinden und folgte seinem Blick. Verschluckte mich fast vor lauter Staunen.

»Was ist *das* denn?«, stotterte ich, mein Atem weiß und dicht vor meinem Gesicht. Mit einem Mal war die Luft geradezu eisig. Aber der Temperatursturz war nichts gegen das wundersame Schauspiel, das wir jetzt erblickten.

Durch das Dunkel des Parks schlängelte sich etwas am Boden entlang – eine Spur aus kaltem, funkelndem Licht, vielleicht fingerbreit. Nein, *schlängeln* war das falsche Wort: Sie sprang vielmehr voran, zerstob dabei immer wieder in feine Verästelungen mit harten Kanten, wie Eisblumen, die im Zeitraffer eine Fensterscheibe überziehen …

Die Spur kam direkt auf uns zu.

Wir machten gleichzeitig ein paar Schritte rückwärts, als das kalte Funkeln den Lichtkreis der Laterne erreichte und sich verlangsamte, knapp zwei Meter entfernt von unseren Füßen.

»Lass uns abhauen!«, stieß ich hervor.

»Nein, warte«, raunte Erik, in seiner Stimme die vertraute Abenteuerlust. »Ich glaub, ich hab darüber was gelesen, das ist so 'ne Lichtinstallation …«

»Spinnst du?«, zischte ich – doch auch ich konnte mich nicht losreißen. Zu einzigartig war das, was da vor unseren Augen erschien.

Die Eisblumenspur hatte sich verlangsamt, kroch jetzt nur noch voran. An ihren Rändern dampfte die Luft vor Kälte, ihr kristallines Glitzern geradezu hypnotisch anziehend. Um uns herum war es vollkommen still – oder ich hörte einfach nichts mehr außer dem feinen frostigen Knirschen, mit dem sich die Spur weiter vortastete. Erik nahm die beschlagene Brille ab. Sein Gesicht glühte vor Aufregung, als er sich auf die Knie herabließ und eine Hand nach dem kalten Funkeln ausstreckte.

»Das würd ich lassen«, murmelte ich und konnte trotzdem nur fasziniert zuschauen.

Er hörte ohnehin nicht auf mich, berührte die Linie und … »Verdammt!« Er riss den Arm zurück und sprang auf die Füße. Schüttelte seine Hand, hauchte sie an, vergeblich.

Auf seiner Fingerspitze saß ein Eisfunken, tanzte und glitzerte. Ich sah den Widerschein in Eriks Gesicht, in seinen weit aufgerissenen Augen, die plötzlich nicht mehr braun waren, sondern milchig, wie bereift …

»Erik? Hey, was ist los?«

Keine Antwort. Sein ganzer Körper wirkte plötzlich starr und verkrampft. Würgende Angst schoss in mir hoch, bannte mich an meinen Platz. Die Eisblumen hatten Eriks Füße erreicht. Krochen blitzschnell an ihm hoch, glitten kalt-knisternd über seine Jeans, den Parka hoch, hüllten ihn ein in Gespinste aus funkelndem Raureif.

Ich muss ihm helfen! Der Gedanke packte mich, riss die Angst weg, löste die Starre. Meine Hände schossen vor, griffen Eriks Jacke. Eiseskälte, knochentief, ließ mich aufschreien. Ich taumelte zurück, sank mit brennenden Handflächen in die Knie, vor meinen Augen schwarze Sterne. Für einen Moment wurde alles unwirklich, trüb und glasklar zugleich. Wie durch Nebel sah ich Eriks Gestalt, jetzt vollständig überzogen von Eiskristallen. Sie funkelten, strahlten immer heller, wurden zu einem Wirbel – einem Wirbel aus Schneeflocken. Ich blinzelte, versuchte verzweifelt, wieder klar zu sehen. Doch die Schneeflocken wurden immer dichter, hüllten Erik ein, rissen ihn auseinander, Stück für Stück …

Er … er löst sich auf … Erik löst sich auf!!!

Mein entsetzter Schrei blieb mir im Hals stecken, meine Glieder gehorchten mir nicht. Von einem Moment auf den anderen tobte ein Schneesturm um uns herum, heulte, pfiff. Nadelspitze Eiskristalle trafen mein Gesicht, ich presste reflexhaft die Augen zusammen.

Als ich sie wieder öffnete, keine Sekunde später … war Erik fort. Verschwunden mit dem Sturm. Nichts als ein paar versprengte Flocken rieselten herab, leuchteten kurz auf im Schein der Laterne hinter mir und schmolzen, kaum dass sie den dunklen Boden berührten.

Auch die Eisblumenspur war fort. Wo Erik eben noch gestanden hatte, groß, lebendig – lag jetzt nur seine Brille, die ihm wohl aus der Hand gefallen war. Zitternd tastete ich nach ihr. Stöhnte auf vor Schmerz, als ich sie fasste, denn meine Handflächen waren wund und gerötet. *Frostbrand.*

Was immer gerade passiert war – ich hatte nicht geträumt.

Ich schluckte, schluchzte, rang nach Luft. Meine Kehle fühlte sich rau an, vereist. Mühsam kam ich wieder auf die Beine. Verkrampfte meine schmerzenden Finger um Eriks Brille und versuchte zu schreien. Nach ihm. Nach Hilfe.

Vergebens.

Ich war allein in dem dunklen Park.

Natürlich glaubte mir niemand, was geschehen war. Und je mehr Zeit verging, desto weniger glaubte ich es selbst.

Bis die Träume kamen.

Und alles begann.

Kapitel 1

Am Anfang sehe ich immer das Gleiche:

Weiß. Nichts als Weiß.

Mir wird kalt, und ich merke, dass ich in dichtem Schneetreiben stehe. Die Flocken wirbeln auseinander ... und geben den Blick auf Erik frei. Ich weiß, er ist es, auch wenn er seltsam fremd wirkt – größer, blasser. Er sieht mich an. Sagt etwas, das ich in dem pfeifenden Wind nicht verstehe. Streckt seinen Arm nach mir aus. Eine Bitte? Nein, er will mir etwas geben. In seiner Hand liegt ein Herz. Keins dieser stilisierten Liebessymbole – ein organisch geformtes Herz, wie ein anatomisches Modell, aber durchsichtig. Wie aus Glas, Kristall ...

Oder Eis.

Mir wird noch kälter, kalt vor Angst.

Ich will nicht hinsehen zu diesem entsetzlichen erstarrten Ding. Tue es doch und traue meinen Augen kaum: Das gefrorene Herz ... es schlägt.

Dann wirbelt der Schnee auf, alles wird verschluckt von dem Weiß.

Und ich wache auf.

Der Wichtel war wieder da.

Verdammt.

Er stand auf dem Fensterbrett unseres Klassenraums – außen, wohlgemerkt – und blickte so interessiert zu uns hinein wie Besucher in ein Zoogehege. Er sah genauso aus, wie man sich als Kind einen Wichtel vorstellt: handgroß, rote Zipfelmütze, grüngraues altmodisches Wams und passender Umhang – sofern ich das auf die Distanz erkennen konnte.

Es war nicht das erste Mal, dass ich ihn sah, oh nein. Um genau zu sein, war es das dritte. Beim ersten Mal, vor ein paar Monaten, war er auf einer Laterne im Humlegården aufgetaucht, in der Nähe der Stelle, wo Erik letztes Jahr verschwunden war. Ich hatte ihn nur durch Zufall entdeckt und erst für eine Mini-Skulptur gehalten. Bis er in die Hände klatschte und verschwand, einfach so. Da hatte ich mir noch erfolgreich etwas von Einbildung einreden können.

Beim zweiten Mal wurde das schon schwieriger: Denn da beobachtete ich, wie der Wichtel die Straße vor unserem Haus überquerte, auf dem Rücken einer Streunerkatze. Dabei hüpfte seine Mütze wie verrückt auf und ab, fiel aber nicht herunter, bis die Katze hinter der nächsten Ecke verschwunden war und ich genügend Zeit hatte, mich zu fragen, ob ich jetzt endgültig durchdrehte. Frau Svensson aus dem Erdgeschoss dachte das ganz eindeutig, denn sie hatte den Wichtel *nicht* gesehen, nur die Katze, und mein wüstes Gestammel wirkte wohl nicht gerade beruhigend auf sie.

Egal: Es gab keine Wichtel. Auch keine Feen, Elfen oder sonst was Märchenhaftes. Jemand wollte mich verarschen, kein Zweifel – mit einer Puppe, einer Projektion, whatever. Und jetzt versuchten sie es sogar an meiner Schule!

Aber nicht mit mir.

»Können wir lüften?« Ich schoss von meinem Stuhl hoch, so schnell, dass er umknallte, und hechtete zum Fenster.

»Elvy, muss das –«

Schon hatte ich die Hand am Griff, aber zu spät. Der Wichtel – oder was immer ich da gerade gesehen hatte – war spurlos verschwunden. Dabei lag unser Klassenraum im dritten Stock!

Stille breitete sich hinter mir aus. Als ich mich umdrehte, ruhten die Augen all meiner Klassenkameraden auf mir. Sie guckten mich an, als ob sie mich gleich einweisen wollten.

Kannte ich diesen Blick? Oh ja, nur allzu gut. *Hurra.*

Ich starrte herausfordernd zurück, kippte das Fenster und sagte: »Brauchte Sauerstoff. Irgendwer atmet hier zu viel.«

Dann schlenderte ich zu meinem Platz zurück und ignorierte die näselnde Zurechtweisung von Herrn Fridlund, unserem Englischlehrer, genau wie das Gekicher und Geraune im Raum.

»Elvy die Irre braucht Sauerstoff«, hörte ich Tessa zu ihrem Gefolge tuscheln, dann zischte sie mir zu: »Was ist los, wird dir die Luft da oben zu dünn, Bohnenstange?«

Ich blickte betont auf sie herab. »Besser Bohnenstange als Grillgemüse.« Tessa liebte ihre Sommerbräune geradezu fanatisch und hatte sogar eine Sonnenbank zu Hause, die ihr auch im Winter einen knusprigen Teint verschaffte.

Sie funkelte mich an und flüsterte dann ihrer Tischnachbarin etwas zu, was erneut hämisches Gekicher verursachte.

Diese Kuh. Nach Eriks Verschwinden vor einem Jahr hatte sie ziemlich genau zwei Wochen einen auf trauernde Witwe gemacht, aber immer schön kontrolliert, damit bloß ihr Mascara nicht verlief. Dann hatte sie sich mit einem neuen Kerl getröstet und die Sache war für sie abgehakt. Trotzdem ließ sie keine Chance aus, mich als peinliche Spinnerin darzustellen.

Nach außen hin ungerührt, aber innerlich kochend, senkte ich meinen Kopf über das Englischbuch und schuf mir einen Vorhang aus mausbraunem Haar.

Was zum Geier war eigentlich mit meinem Leben los? Die Sache im Park … Mann. Keine geistige Rumpelkammer war groß genug, um diese Erinnerung wegzusperren. Nicht dass ich das gewollt hätte, gerade am Anfang nicht. Völlig aufgelöst hatte ich natürlich erst meinen Eltern und dann der Polizei haarklein erzählt, was ich gesehen hatte – *glaubte*, gesehen zu haben. Etwas, das vollkommen unmöglich war. Menschen werden nicht von Eisblumen angegriffen und sie lösen sich auch nicht in Schneestürmen auf. Nein, verdammt. Es war mein Kopf, der mich im Stich ließ. Mein Verstand wurde offensichtlich mit einem unbekannten Trauma nicht fertig und baute sich seine eigene Erklärung zusammen.

Ein Bewältigungsmechanismus, hatte es die Therapeutin genannt. *Pah.* Es kam mir nicht so vor, als ob ich *irgendetwas* bewältigte. Wie auch, ohne jede Erklärung! Nichts hatte ich vorzuweisen außer Eriks Brille – und der Kälteverbrennung an meinen Handflächen. Letztere deuteten die Ärzte so, dass ich irgendeine vereiste Metallfläche angefasst hatte – den Laternenpfahl zum Beispiel. Klang vernünftig, oder? Ja. Und half kein bisschen weiter.

Die Polizei hatte mich eine Zeit lang misstrauisch befragt und dann als weiteres Opfer eingestuft – auch bekannt als »nutzlose Zeugin«. Natürlich hatten sie nach Erik gesucht. Suchten immer noch nach ihm und seinen mutmaßlichen Entführern, wenn auch nicht mehr auf Hochtouren. Nach einem Jahr ohne jede Spur hatte man den Job wohl an Kommissar Zufall abgegeben. Und die enthusiastisch gestartete Social-Media-Suchaktion unserer Schule war ebenfalls versandet, ohne auch nur einen brauchbaren Hinweis zu liefern.

Übrig blieb ich, die ich doof genug gewesen war, allen meine Version der Story zu erzählen, sodass ich seitdem die Wahl zwischen mitleidigen Blicken und miesen Spitznamen hatte.

Und jetzt sah ich also auch noch Wichtel. Oder besser: Jemand *wollte*, dass ich Wichtel sah und mich noch mehr zum Affen machte.

Egal wem ich das verdankte, damit würde ich ihn nicht durchkommen lassen, niemals. Oder sie.

Aber Erik … Erik ist immer noch weg. Bei dem Gedanken krampfte sich alles in mir zusammen, ein mittlerweile vertrautes, grässliches Gefühl. *Er ist weg, ob es nun ein Schneesturm war oder sonst was. Und ich kriege keine Ruhe, bevor ich nicht weiß, was dahintersteckt … oder bis ich ihn wiederhabe.*

Immer schwärzer wurde es in meinem Inneren. Zum Glück nahm mich gleich darauf Herr Fridlund dran, und ich richtete all meine Energie darauf, etwas halbwegs Kluges zu dem Robert-Frost-Gedicht auf dem Smartboard vor uns zu sagen. *»Frost«. Wie passend. Haha.*

Endlich war Schulschluss – Zeit für die wirklich wichtigen Dinge. Schließlich war heute Dienstag. Und dienstags hatte ich ein Date.

Als ich meinen dicken Anorak schloss und auf die Straße trat, war es schon wieder stockdunkel. Also – so stockdunkel, wie es in einer Millionenstadt von Lichtfanatikern eben sein kann. Jetzt, im Dezember, eskalierten die Leute natürlich erst recht: Überall erstrahlte Weihnachtsbeleuchtung, ob in den Wohnungsfenstern, an öffentlichen Gebäuden oder in den Schaufenstern der Geschäfte. Schräg gegenüber unserem Schultor lockte zum Beispiel gleich die Auslage von *Theos Lakritsbutik*, die statt Kitsch allerdings stilvolle Nostalgie zu bieten hatte: hohe Bonbongläser und Metalldosen im Vintage-Look, übervoll mit edlen Süßigkeiten, dazwischen Spielzeug von anno dazumal, alles erleuchtet von einer Hängelampe aus geschliffenem Glas. Ich hätte es zwar nie zugegeben, aber ich liebte diesen Laden mit seiner heimeligen Atmosphäre. Und vor allem das sauteure dänische Schokolakritz, das aussah wie Goldkugeln. *Mmmm … Diese Geschmackskombination aus herb und süß und …*

»Guter Wurf, Alter!« Das Gegröle einer Jungsgruppe an der nächsten Ecke riss mich aus meinen Gedanken.

Ich kannte die meisten der Typen vom Sehen – sie waren zwei Klassen unter mir, machten aber schon auf Gang und zogen auf Befehl ihres Anführers Noah gern Jüngere ab. Richtige Engelchen. Ich ging ihnen sonst aus dem Weg, wer brauchte schon den Stress – zumal Noah ausgerechnet bei uns im Haus wohnte. Nur hatten er und seine Freunde heute Nachmittag ein Opfer gefunden, das noch schwächer als ein Sechstklässler war.

Es war eine Möwe, eine der typischen Stockholmer Stadtmöwen, deren silberweißes Gefieder und aufmüpfiges Gekreisch ich schon immer gemocht hatte und die stets so wirkten, als gehörte die Stadt ihnen.

Noah und seine Kumpel sahen das offenbar anders, denn sie taten ihr Bestes, den armen Vogel zu erledigen, der bereits einen Flügel nachzog und panisch flatternd versuchte zu entkommen. Eine Energydrink-Dose knallte auf das Pflaster, verfehlte das Tier nur knapp, zerbarst und verspritzte eine rosa Schaumfontäne. Bevor der Nächste ausholen konnte, hatte ich die Gruppe erreicht und drängte mich dazwischen.

»Ey, new entry: Elvy die Irre!«, rief einer und alles lachte.

Ärger zuckte in mir hoch: Vor einem Jahr hätten selbst *die* keinen Spruch in meine Richtung gewagt, aber mittlerweile war ich wohl auch bei ihnen in die Kategorie Opfer gerutscht. Zeit, ihnen zu zeigen, wie falsch sie lagen.

»Hört sofort auf!«, fuhr ich sie an, so richtig von oben herab, denn ich war locker zwei Köpfe größer als der Älteste von ihnen. Die Möwe nutzte die Gelegenheit und humpelte in Richtung Rinnstein davon.

»Oder was, Stockinsekt?«, feixte Noah zu mir herauf, ganz der große Macker.

Ich zuckte nicht mal mit der Wimper. »Oder ich erzähle Frau

Svensson, dass du neulich Nacht im Treppenhaus ihren Kinderwagen vollgekotzt hast.«

»Das kannst du nicht beweisen«, zischte er.

»Muss ich auch nicht«, erwiderte ich lässig. »Frau Svensson glaubt mir. Und weißt du, wer Frau Svensson glaubt? Deine Mutter! Willst du's drauf ankommen lassen?«

Sein Gesichtsausdruck war ein Fest. Ich blieb einfach stehen, ließ meine Größe wirken. Hier konnte sie mir mal etwas nützen.

»Komm, Alter, lass uns abhauen.« Noahs bester Kumpel Oscar zupfte ihn nervös am Ärmel. »Wir wollten doch noch …«

Die anderen vier Helden waren eh schon ein paar Schritte weiter gezockelt und guckten neugierig, ob ihr Anführer mit intakter Coolness aus der Sache rauskam.

Noah entschied sich für die *»Ich gucke Gangster-Serien auf Netflix«*-Variante und knurrte mir drohend zu: »Wir sehen uns noch, Stockinsekt!«

»Aber erst mal sieht dich Mami!«, rief ich ihm spöttisch hinterher, als er mit seinen Kumpels den Rückzug antrat.

Kleine Mistfliegen. Ich wette, die versuchen noch, mir eins reinzuwürgen.

Tja, würde ich ab sofort halt doppelt aufpassen müssen, nicht nur, um die Urheber des Wichtel-Hoax zu erwischen.

Wo war jetzt der arme Vogel? Ich starrte in den einsetzenden Nieselregen, zog sogar mein Handy hervor und schaltete die Taschenlampenfunktion ein, um die dunklen Ecken jenseits der Straßenbeleuchtung abzusuchen – keine Spur. Die erschreckte Möwe hatte sich versteckt. Aber obwohl sie dadurch erst einmal vor Noah oder Autos sicher war – mit ihrer Verletzung würde sie nicht lange überleben, machte ich mir beklommen klar. Mein toller Auftritt hatte absolut nichts gebracht. Verdammt. Zu Batman fehlte mir entschieden mehr als das Cape.

Natürlich machte ich vor meinem Treffen wie immer einen Abstecher zu Sundbergs Konditorei in der Gamla Stan, um zwei der leckeren Kanelbullar zu kaufen. Vielleicht nicht die besten der Stadt, aber für mein Date ein Muss. Außerdem gefiel mir der Laden mit seiner altmodischen Kaffeehaus-Einrichtung und den großen Glitzerklunker-Kronleuchtern fast so gut wie die *Lakritsbutik*, daran änderten auch die begeistert fotografierenden Touristen und die redselige Verkäuferin hinter dem Tresen nichts. Ich war kein Fan von Small Talk – von Zimtschnecken aber schon. Als ich die Tüte herübergereicht bekam, musste ich einfach meine Nase hineinstecken und tief einatmen. Zimt und Zucker roch ich, saftigen Hefeteig, darunter dieser feine Hauch Kardamom. Es war ein wunderbarer Duft, ein Alles-wird-gut-Duft … eine von diesen unwichtigen Kleinigkeiten, die mich immer wieder aufrichteten.

Wenig später stapfte ich durch die Gassen der Altstadtinsel am Wasser entlang in Richtung U-Bahn, vorbei an den liebevoll restaurierten Fassaden der mittelalterlichen Häuser. Wenn man genau hinsah, erkannte man selbst im Dezemberdunkel, wie krumm und schief manche der Giebellinien verliefen oder wie die Wände sich trotz der schmiedeeisernen Hausanker nach außen neigten. Ich liebte solche Details, liebte es, wie intelligent und hartnäckig die Menschen in der Vergangenheit Bauwerke konstruiert hatten, die Jahrhunderte überdauerten. *Nicht nachlassen, Leute, wir schaffen das!* Und dann, *bäm*: Stockholm! Allein die Idee, eine Stadt auf einem Haufen felsiger Inseln zu errichten … Erik hatte das genauso begeistert wie mich. Manchmal hatten wir bei unseren Spaziergängen herumgesponnen, wie wir eines Tages unsere eigene Stadt konstruieren würden. Aber jetzt ging niemand neben mir und ich spürte die Leere an meiner Seite wie einen dumpfen Schmerz.

Vor mir tauchte das neueste Bauwerk der Gamla Stan auf: eine Stele aus Granit mit einer schlichten Bronzemarkierung – ein Kunstwerk zur Erinnerung an die rätselhafte Serie von Flutwellen, die letztes Jahr überall auf der Erde für Überschwemmungen gesorgt hatten. Ein weiteres Anzeichen für den Klimawandel, hieß es, aber bis heute konnte niemand schlüssig den Ursprung dieses Naturphänomens erklären.

Es wehte ein ziemlich unangenehmer, nasskalter Wind, der mich sofort wieder an diesen Nachmittag vor einem Jahr erinnerte, an dem ich besser zu Hause geblieben wäre. Wieder konnte ich die nagenden Fragen nicht unterdrücken: Wenn ich Erik zum Bleiben überredet hätte … Wenn wir gleich abgehauen wären, als die Eisblumen auftauchten …

Keine What-ifs, rief ich mich scharf zur Ordnung. *Schließlich tu ich was. Ich bleibe dran.*

Mit neuem Mut stapfte ich weiter, bog links ab und erreichte die Vasabron, diese Prachtbrücke aus Stein und Metall, die sich so lässig den hell erleuchteten Hochhäusern am anderen Ufer entgegenstreckte.

Genau, dranbleiben war das Motto. Schließlich hatte ich meinen Suchauftrag. Meine Karte. Den »Frozen Hearts Club«. Und ich hatte das Date mit meiner einzigen echten Verbündeten: Eriks Großmutter.

Kapitel 2

»Zustand unverändert, sag ich doch. Laut Patientenakte nach wie vor stabil.« Der Krankenpfleger, der mir diese Auskunft gab, wirkte geradezu belästigt, vermutlich weil ich ihn bei seiner privaten Smartphone-Session gestört hatte. »Jenz« stand eingestickt auf seinem hellblauen Hemd. Musste neu sein, ich kannte ihn nicht – und dabei kam ich nun schon seit einem Jahr jede Woche hierher: in die Privatklinik Blom. Gelegen am westlichen Rand von Östermalm, umgeben von einem weitläufigen Park, war der Bau im modernen skandinavischen Stil derart schick mit seinem Holz, seiner Niedrigenergie und was nicht noch alles, dass er auch locker als Boutique-Hotel hätte durchgehen können.

Jenz wäre das eindeutig lieber gewesen, so gelangweilt professionell ließ er sich herab, mich zum Krankenzimmer 14 zu führen. Natürlich hätte ich auch allein hingefunden, aber so waren eben die Hausregeln. Auf dem Weg dorthin spulte er ein Infoprogramm ab, als ob er mich gleich als nächste Patientin anwerben wollte. Dass ich nicht antwortete, weil ich die eine Hälfte seiner Ausführungen bereits kannte und mich die andere Hälfte nicht interessierte, ging an ihm vorbei.

Was offenbar ebenfalls an ihm vorbeiging: dass inmitten dieser schicken Einrichtung ein hilfsbedürftiger Mensch lag. Stattdessen betonte er die veredelten Naturholzdielen und öffnete dann mit großer Geste die Vorhänge des bodentiefen Fensters, das sich über die gesamte Breite der Außenwand zog. Dahinter erstreckte sich der Park, die gepflegten Kieswege und immergrünen Büsche erhellt durch strategisch platzierte Designer-Leuchten. In ihrem Schein wirkten selbst die Regentropfen wie Goldstaub.

»Beeindruckend, nicht wahr?«, kommentierte Jenz, jetzt vollends im Maklermodus. »Dieser Blick!«

»Ja«, stimmte ich ihm trocken zu. »Und das ist es doch, was Komapatienten am meisten schätzen: eine schöne Aussicht.«

»Ähm. Nun ja.« Da ich seine Verkaufsshow abgewürgt hatte, fiel Jenz offenbar ein, dass er anderswo zu tun hatte; im nächsten Moment schloss sich die Tür aus Nussbaumholz hinter ihm.

Endlich Ruhe.

Ich gönnte mir ein kleines Grinsen, dann hängte ich meinen feuchten Anorak an den Kleiderhaken und zog mir einen Stuhl an das Bett heran, das die linke Seite des Raums dominierte.

Darin lag Karla Forsberg, Eriks Großmutter.

Ihr eisgraues, kurzes Haar wurde regelmäßig frisiert und saß wie immer perfekt, ihre Gesichtsfarbe war gesund und sie trug ein elegantes Nachthemd aus ihrer eigenen Garderobe. Ja, man kümmerte sich verdammt gut um sie, kein Zweifel. Ihre persönliche Bekanntschaft mit der Klinikgründerin, eine detaillierte Patientenverfügung und ein gut gefülltes Bankkonto stellten das sicher, Tag für Tag. Aber dass ihre früher so dynamischen Gesichtszüge jetzt in erschlafften Falten lagen und ihre kräftige Statur geradezu eingeschrumpelt wirkte, konnte auch die beste Medizin nicht ändern.

Das wird wieder, sagte ich mir, wie schon so oft. *Genau.* Sobald sie endlich aufwachte, sich von den Kabeln befreite und dieses Bett verließ, in dem sie nun seit einem Jahr lag.

Seit dem Tag, an dem Erik verschwunden war, um genau zu sein. Papa und ich hatten sie im Treppenhaus gefunden, direkt vor ihrer Wohnungstür, Smartphone und Schlüsselbund in den verkrampften

Händen. Der Schock über die Entführung ihres Enkels – oder was auch immer passiert war – hatte Karla Forsberg einen so heftigen Schlaganfall verpasst, dass sie seitdem im Koma lag.

Es machte mich krank, sie so zu sehen, vollkommen hilflos und still. Ihr Leben lang hatte ich sie als die tatkräftigste, entschlossenste Frau gekannt, die mir je begegnet war. Sie war in meine Welt getreten, als die von Erik zersprang: damals, vor zehn Jahren, als ein Betrunkener auf dem Sveavägen mit seinem Transporter auf den Gehsteig geriet. Acht Verletzte, vier Tote, darunter Herr und Frau Forsberg. Klein-Erik, stolzer Erstklässler, war der Katastrophe entkommen, weil er vor dem Schaufenster einer Buchhandlung herumgetrödelt hatte. Bücher und die Geschichten darin hatten Erik schon immer gerettet, aber vor *allem* konnten sie ihn nicht bewahren …

Seine Großmutter hatte keine Sekunde gezögert: Sie verließ ihre Top-Stelle am nordamerikanischen MIT, zog in Eriks Zuhause ein und organisierte sich kurzerhand ein neues Leben in Stockholm, um ihren Enkel in seiner vertrauten Umgebung großzuziehen. Seitdem war sie seine einzige Familie und machte alles in allem einen tollen Job.

Was Bücher und Geschichten anging, hatte sie allerdings ihre ganz eigene Art, damit umzugehen: Sie erzählte und las vor, was immer Erik und ich wollten – aber wir bekamen jedes Mal einen laufenden Kommentar dazu, inwiefern die darin beschriebenen Dinge realistisch waren und was sie, Professorin Karla Forsberg, davon hielt. Unvergessen ihr Vortrag zur »Kleinen Meerjungfrau« – was für Umbauten ein Körper durchmachen müsste, der quasi vom Fisch zum Landbewohner werden wollte, komplett mit einem Kurztrip durch die Evolutionsgeschichte … Erik hatte gestöhnt und protestiert, weil er die *Geschichte* hören wollte, ich dagegen hatte Karla begeistert zugehört. Über die Jahre war sie auch für mich eine Großmutter und ein Vorbild geworden.

»Hej, Prof Karla«, begrüßte ich sie. Anders nannte ich sie nie, obwohl sie bestimmt tausendmal lächelnd den Kopf darüber geschüttelt hatte. »Tut mir leid, dass ich ein bisschen zu spät für unsere Fika bin.«

Schwer vorstellbar, aber niemand auf der ganzen Welt war schärfer auf Fikas – diese schwedische Version der Kaffeepause – als Eriks Großmutter. Ihre Arbeit als hochdotierte Professorin für Astrophysik hatte sie schon rund um die Welt geführt, wofür ich sie grenzenlos beneidete – und der erste Punkt ihrer Reiseberichte drehte sich immer darum, ob man dem ausländischen Gebäck und Kaffee trauen konnte.

In der Klinik Blom war der Kaffee natürlich hervorragend. Wie jeden Dienstag hatte ich zwei große Becher in der hiesigen Luxus-Kantine besorgt und zog jetzt die mitgebrachten Kanelbullar aus meinem Rucksack.

»Hier, für dich, Original Sundberg!« Vorsichtig hielt ich Karla eins der üppigen Gebäckstücke unter die Nase. Das war nicht bloß Nettigkeit, das war Therapie. Wie man mir gesagt hatte, war jede Art von Ansprache und Sinnesreiz gut für Komapatienten – und vielleicht brachte ja der Duft ihres Lieblingscafés irgendwann den entscheidenden Kick?

Wie immer tat sich leider auch diesmal nichts, und so legte ich die Zimtschnecke einfach auf der Bettdecke ab. Sollte Jenz sich später mit den Krümeln herumschlagen, das war es wert.

Nachdem ich meine eigene Zimtschnecke und die Hälfte des Kaffees eingesaugt hatte, war es Zeit für das Wichtigste: meinen wöchentlichen Bericht über den Fortschritt meiner – *unserer* – Suche.

»Leider immer noch kein Durchbruch«, informierte ich Eriks Großmutter und legte ihr meinen Laptop auf den Bauch – mit vorsichtigem Abstand zum Gebäck. Während der Rechner hochfuhr, murmelte ich: »Ich hatte übrigens wieder diesen Traum. Der, in dem ich Erik sehe, weißt du?«

Keine Antwort, nicht mal ein Zucken in dem langen Körper, der früher vor Energie schier gebebt hatte und der jetzt so viel kleiner wirkte.

»Meine Träume wünsche ich allerdings keinem. Immer das Gleiche. Und immer so … eisig.« Die Erinnerung ließ mich schaudern. »Aber das Gruseligste ist echt, dass ich nicht die Einzige bin.«

Fakten bitte, Elvy. Dieses Traumgerede bringt uns nicht weiter. Wie so oft stellte ich mir vor, dass Karla mich freundlich, aber streng zurechtwies.

»Das *sind* Fakten«, erwiderte ich also, genauso streng, und zeigte auf den Bildschirm, wo sich mittlerweile ein bestimmter Tab geöffnet hatte: das Chat-Forum des »Frozen Heart Clubs«. »Und wir dürfen sie nicht ignorieren, auch wenn es nur Träume sind. Ich meine, guck dir das doch an: schon wieder 18 Meldungen! Diesmal sogar eine aus den USA!«

Ich klickte mich in den Bereich »My story«, wo sich die meisten Beiträge befanden … und täglich neue hinzukamen. Den »Frozen Heart Club« hatte ich ein paar Wochen nach Eriks Verschwinden entdeckt, als ich begann, meine Recherchen im Netz weiter auszudehnen. Weil sich sonst nichts tat und weil ich einfach nicht mehr wusste, wie ich mit diesem Traum umgehen sollte, der wieder und wieder kam. Ich war fast vom Stuhl gefallen, als ich auf diese Website stieß. Nicht gerade professionell gemacht, dazu ein Logo, das an eine Liebeskummer-Hotline denken ließ: ein Herz mit Eiszapfen in einem blauen Kreis. Aber das Forum hatte es in sich. Jeder einzelne User hier berichtete haargenau von dem gleichen Traum, den auch ich hatte. Von dem vereisten Herz, das schlug. Das eine Botschaft zu sein schien, ein Hilferuf. Nur sahen die Forumsmitglieder in ihrem Traum nicht Erik, sondern jeweils einen anderen Menschen, der ihnen viel bedeutete. Eine Freundin oder einen Freund, die zweite Hälfte eines Liebespaars. Als ich dann entdeckte, was mit diesen

Menschen geschehen war, wusste ich gar nicht mehr, was ich denken sollte: Denn keine dieser Personen war verschwunden. Erst recht nicht in einem eingebildeten Schneesturm oder nach einem Angriff durch eine leuchtende Eisblumenspur. Nein. All diese Leute lagen im Koma. Aus Gründen, die niemand kannte. Mein Blick flackerte vom Laptop zum eingesunkenen Gesicht von Eriks Großmutter.

Im Koma … wie du.

Ein Gedanke durchzuckte mich, den ich schon oft gehabt hatte und den ich genauso oft wieder zurück in meine geistige Rumpelkammer gestopft hatte: Was, wenn es gar kein »normaler« Schlaganfall gewesen war?

Elvy, BITTE: Fakten. Die Stimme von Eriks Großmutter in meinem Kopf klang jetzt leicht entnervt. *Schließlich träumst du nicht von MIR, oder? Also, wo ist der Zusammenhang?*

»Ich weiß es nicht«, sagte ich laut. »Aber es muss einen geben. Leute fallen ins Koma und ihre Liebsten träumen den gleichen Traum, überall auf der Welt! Und die sind alle jung, höchstens Ende 20. Selbst wenn ein paar von ihnen nur Trittbrettfahrer sein sollten und Storys aus dem Forum nachplappern … Ich hab so viele überprüft. IP-Adressen, Meldungen der Lokalpresse. Mann, ich hab sogar einen eigenen Algorithmus für die Suche programmiert. Die Komafälle sind Fakt!«

Und die Träume? Wieder stellte ich mir eine strenge Nachfrage vor.

»Die Träume sind auch Fakt«, erwiderte ich, sosehr es mir widerstrebte. Schließlich begab ich mich mit dieser Aussage auf ganz dünnes Eis in puncto Überprüfbarkeit. Ich lehnte mich in meinen Stuhl zurück und nahm einen großen Schluck des wirklich guten, aber leider erkalteten Kaffees. »Du weißt, ich stehe nicht so auf Gruppentherapie. Darum hab ich noch nie selber in diesem Forum gepostet. Aber ich hab die kontaktiert, die die Seite aufgebaut und die ersten Traumberichte gepostet haben. Die waren haargenau wie meiner! Bis in die Details. Das *muss* echt sein. Denn *ich* hab von diesen Eis-Träumen keinem erzählt. Nur dir.« Schließlich hatte ich im letzten Jahr gelernt, meine Klappe zu halten, wenn es um scheinbar Unerklärliches ging. Weder Papa noch meine Therapeutin und am wenigsten irgendwelche Leute im Internet wussten davon, dass Eriks Verschwinden erst der Anfang des Irrsinns in meinem Leben gewesen war.

Aber mit Eriks Großmutter konnte ich reden. Konnte mir ihre kritischen Nachfragen vorstellen, die mich zwangen, meine Suchmethoden und Erklärungsversuche immer wieder zu überprüfen. Und noch ein Vorteil: Natürlich störte es hier nicht, wenn ich jedes Mal die gleichen Dinge erzählte. Dinge, die nicht-komatöse Zuhörer nach einem Jahr und der hundertsten Wiederholung bestimmt die Wände hochgetrieben hätten. Gehörte alles zur Therapie. Mit Komapatienten zu sprechen war gut, das bestätigten alle Fachleute, also nutzte ich das ordentlich aus. Manchmal gestand ich mir sogar ein, dass ich unser Krankenbett-Fika-Ritual mindestens genauso sehr selbst brauchte.

»Weißt du, was mich fertigmacht?«, murmelte ich über den Rand meines Kaffeebechers hinweg. »Es werden mehr Fälle. Es breitet sich aus. Aber keiner tut was!«

Was sollte denn getan werden, deiner Meinung nach? Puh, jetzt klang Karla spöttisch statt kritisch. Wie immer, wenn ich selber nicht mehr weiterwusste.

»Keine Ahnung«, gab ich zu. »Bloß … mir kommt es vor, als ob das niemand ernst nimmt. Wenn ich was in den Medien dazu finde, läuft das immer unter so Stichworten wie ›Internet-Hype‹ oder ›Teenie-Hysterie‹. Aber keiner versucht, eine seriöse wissenschaftliche Antwort zu finden! Das kann doch nicht wahr sein!« Entnervt knallte ich meinen Becher auf den Beistelltisch, ließ den Laptop zuschnappen und fegte ihn zurück in meinen Rucksack.

Sehr dramatisch, Elvy. In wachem Zustand hätte Eriks Großmutter mich jetzt wahrscheinlich rügend über den Rand ihrer schicken

Hornbrille angeschaut. *Ich weiß, du fühlst dich, als ob du ganz allein dastündest. Aber das ist nichts Schlechtes, hörst du? Und vor allem ist es keine Entschuldigung dafür, den Mut zu verlieren. Denk dran: Failure is not an option.*

Eines ihrer Lieblingszitate. Kein Wunder bei einer Astrophysikerin, denn genau diese Einstellung hatte den Astronauten der Apollo-13-Mission das Leben gerettet, als alles aussichtlos schien.

»Versagen kommt nicht infrage«, wiederholte ich und setzte mich gleich ein Stück gerader hin. »Du hast recht. Keine Sorge, ich gebe nicht auf.«

Eine Stunde später, nachdem ich auch den zweiten Kaffeebecher geleert hatte und die Zimtschnecken nur noch krümelige Erinnerung waren, stand ich wieder in Nieselregen und Dunkelheit, hinter mir die erleuchtete Front der Privatklinik Blom, vor mir der Weg durch den Park zur U-Bahn. Wie nach jedem meiner Besuche bei Eriks Großmutter fühlte ich mich zu gleichen Teilen traurig und gestärkt. Jawohl, so hoffnungslos auch alles aussah: Ich würde nicht aufgeben. Ich würde Erik aufspüren, heil und gesund, und obendrein eine vernünftige Erklärung für all das finden …

Und dann sah ich den Wichtel schon wieder.

Er saß auf einer Bank im Schein der modernen Bogenlampe, halb verdeckt durch den daneben stehenden Papierkorb. Die ausladenden Äste einer Kiefer boten ihm Regenschutz, den der Wichtel trotz der tief in die Stirn gezogenen roten Mütze und des hochgestellten Kragens seines Umhangs zu schätzen schien.

Ich blieb stehen wie vom Blitz getroffen, starrte ihn einfach nur an – für etwa eine Sekunde. Dann riss ich mein Handy heraus und schoss eine ganze Serie von Beweisfotos.

Diesmal nicht! Diesmal verschwindet das Ding nicht wieder spurlos und ich bin die Dumme!

Aber das »Ding« unternahm überhaupt keine Anstalten zu verschwinden. Stattdessen sah es direkt zu mir herüber und sagte dann klar und deutlich: »Was stehst du da im Regen und glotzt?« Dabei klopfte es einladend auf die Bank neben sich. Seine Stimme war erstaunlich laut für den knapp handgroßen Körper, dazu tief und volltönend.

Ich schoss mit Blicken um mich. Okay, wo hatten sich die Idioten versteckt, denen ich diese Nummer verdankte und die bestimmt gerade alles filmten? Doch wohin ich auch sah, jenseits des Lichtkegels der Laterne gab es nichts als nasskalte Dunkelheit und kahle Blumenbeete. Der Klinikbau lag schon zu weit entfernt, die nächsten Büsche boten keine Deckung.

Und der Wichtel vor mir auf der Bank … der wirkte so echt wie ich selbst. Vorsichtig, mein Handy jetzt im Videomodus, näherte ich mich.

Ein ungeduldiges Schnaufen erklang. »Pack das Ding weg und setz dich endlich. Wir haben zu reden, Menschlein.«

Ich gehorchte, blieb aber auf Abstand. Nebenbei registrierte ich, wie feucht mein Po trotz des Kieferndachs über der Bank wurde. Ein Zeichen, dass ich zumindest nicht träumte … oder?

»Okay. Was wird das hier?«, fragte ich – mehr in den Park hinein als an das winzige Wesen neben mir gerichtet.

»Wie ich schon sagte, Elvy Astrid Andersson«, kam die Antwort, und ich war nicht einmal schockiert, dass es mich mit vollem Namen anredete, »wir haben zu reden. Ich bin Tomte Teda.«

Tomte … ein Wichtel? Ich beugte mich herunter, um die kleine Gestalt vor mir besser betrachten zu können. Da hatte sich jemand so richtig Mühe gegeben. Allein die Details der Klamotten, unglaublich! Der Zwergenumhang, vermutlich grauer Filz, wirkte lang getragen und wies zahlreiche feine Flicknähte auf. Die Mütze über den halblangen grauen Locken war gestrickt, winzige Maschen, am Rand schon etwas abgewetzt. Darunter funkelten scharfe, dunkle Augen in einem – allerdings bartlosen – Gesicht, so rund und faltig wie ein Winterapfel. Das war keine Puppe, niemals. *Verdammt.*

»Du bist wirklich ein Wichtelmännchen?«, fragte ich ungläubig.

»*Männchen*?« Das Wesen vor mir schnaubte. »Männchen, pah! So weit kommt's noch, dass ich ein Kerl sein soll!«

Ich zwinkerte, sah noch einmal genau hin und kapierte: Tomte Teda war kein Wichtel*männchen*, sondern ein Wichtel*frauchen*! Gab es so was überhaupt? In den Märchen und Bildern waren das doch immer Typen mit Zottelbart, oder? Aber jetzt saß da eine weibliche Version neben mir und hatte offenbar vor, meine ganze Weltsicht zu erschüttern.

»Kennst du dich mit Tomtes aus, Menschlein?« Eine strenge Stimme unterbrach meinen wirren Gedankenstrom.

»Ich kenne den Jultomte«, antwortete mein Mund wie auf Automatik. »Den Weihnachtswichtel. Mein Vater hat früher immer eine Schüssel Grütze für ihn aufgestellt.«

»Guter Mann«, nickte Tomte Teda. »Wahrt die alten Bräuche. Aber wenn *mir* einer mit Grütze kommt, kann er sie am Tag drauf aus seinen Schuhen kratzen. Da lob ich mir das hier.« Die Wichtelfrau hob ihre linke Hand. Darin hielt sie, wie ich erst jetzt bemerkte, einen To-go-Pappbecher in Zwergengröße mit mir wohlbekanntem Logo.

Ich konnte mich nicht zurückhalten. »Wo kriegt man denn einen so winzigen Starbucks-Kaffee?«

»Natürlich bei Starbucks. Dem in der Hamngatan, wenn du es genau wissen willst.« Sie sah mich mit hochgezogener Augenbraue an, als ob ich die dümmste Frage der Welt gestellt hätte, und nahm einen langen, genießerischen Schluck. »Ah, Kaffee! Eins der wenigen guten Dinge, die ihr hergebracht habt, das muss ich euch lassen.«

Unfähig, etwas Intelligentes zu erwidern, glotzte ich sie an, die kleine Gestalt in dem grauen Filzumhang, dem dunklen Wams und der roten Mütze. Dann hob ich den Arm und tippte gegen ihre Schulter. Ich musste es tun, *musste* prüfen, ob das, was ich sah, wirklich real war.

Oh, es war real, wie mir ein scharfer Klaps auf die Finger klarmachte. Unglaublich, was für eine Kraft in so einer winzigen Hand steckte!

Also auch keine Projektion. Mist.

Mein letzter bodenständiger Erklärungsversuch schlurfte peinlich berührt aus dem Raum. Übrig blieb eine vollkommen verwirrte Elvy, die ihre schmerzenden Finger schüttelte und ärgerlich schnappte: »Kann ich jetzt mal erfahren, was das alles soll? Kleiner Kaffeeklatsch im Regen, oder was?«

Tomte Teda ließ sich durch meinen Ton nicht aus der Ruhe bringen. Nach einem weiteren gelassenen Schluck sagte sie: »Nun, ich wollte mir einmal anschauen, wer da in meiner Stadt Möwen rettet. Wir Tomtes kümmern uns gern um Tiere, weißt du? Vor allem, wenn ihr Menschen es nicht tut.«

»Ich hab die Möwe nicht gerettet«, entgegnete ich mürrisch.

»Nein?« Sie sah nach oben.

Ich folgte ihrem Blick – und riss überrascht die Augen auf. Denn dort, auf der Spitze der Bogenlaterne, saß ein großer Vogel mit charakteristisch weiß-grauem Gefieder und stierte herausfordernd zurück. »Ist das etwa … aber wie …? Ihr Flügel war doch verletzt!«

»Ich hab ihn geheilt. Zum Dank hat sie mich hierhergebracht.« Tomte Teda gönnte mir ein spöttisches Zwinkern. »Was? Dachtest du, unsereins fliegt nur mit den Wildgänsen?«

Ärgerlich schüttelte ich den Kopf. Verdammt, ich durfte mich nicht so aus der Fassung bringen lassen! »Nein, ich dachte, ihr reitet auf streunenden Katzen«, gab ich also zurück. »Tu bloß nicht so, ich hab dich schon früher bemerkt!«

»Ja, das hast du. Weil ich es so wollte.« Das Wichtelwesen ließ den Becher sinken und sah mich an, sein Blick dunkel und scharf. »Ich bin eine Unterirdische. Eine von den Unsichtbaren. Ihr seht von uns nur, was wir euch zeigen.« Ihre Worte klangen jetzt wie fernes Rauschen. »Hör mir gut zu, Menschlein: Es braut sich etwas zusammen. In unserer Welt. In deiner. Der Schneesturm war erst der Anfang.«

Wovon redest du? Ich wollte es laut fragen, brachte aber keinen Ton heraus. Keinen Muskel konnte ich plötzlich mehr rühren, konnte nur dasitzen, stumm und atemlos, festgebannt an meinen Platz. Das Licht der Parklaterne schien zu flackern, schwächer zu werden. In meinen Ohren nur das ferne Echo meines eigenen Herzschlags … und Tomte Tedas Stimme.

»So viele sind schon eingeschlafen, doch es werden noch mehr werden. Weil *sie* es so will. Und du, Menschlein … du hast Eis an den Händen. Sieh dich vor.«

Was meinst du damit?, schrie ich ihr stumm entgegen. *Was passiert hier?*

Die Schatten ringsum wuchsen, legten sich um mich wie ein alter, schwerer Mantel. Eine Last, die ich fast körperlich spürte, die auf meine Kehle drückte. Die Luft wurde mir knapp, mein Herz raste, doch noch immer bannten mich die Wichtelaugen, ließen mich nicht los …

Und dann, urplötzlich, schaute Tomte Teda weg. Der Zauber, die Hypnose, was auch immer, brach ab, *paff!* Schon kehrte das Lampenlicht zurück und die Dunkelheit war erneut nichts als ein Dezemberabend in Stockholm. Ich konnte wieder atmen und spürte das feuchte Holz der Parkbank durch den Stoff meiner Hose. Unangenehm real.

Aber neben mir saß noch immer ein leibhaftiger Wichtel, nein, eine Wichtel*frau*, die mir gerade einen Haufen kryptisches Zeugs an den Kopf geworfen hatte. Wollte sie mich dadurch einschüchtern?

Nicht mit mir.

Ich holte tief Luft, ballte die Hände zu Fäusten und fauchte: »Schluss jetzt! Ich will Antworten, und zwar echte, nicht so einen Märchen-Orakel-Scheiß!«

Tomte Teda zwinkerte mir lässig zu. »Antworten willst du, Elvy Astrid Andersson? Aber sicher. Hier, halt mal kurz.«

Damit drückte sie mir ihren winzigen Kaffeebecher in die Hand. Völlig überrumpelt ließ ich es geschehen.

Moment, was … wieso ist der so schwer?

Einen Augenblick lang kämpfte ich damit, das Ding in den Griff zu bekommen, das trotz seiner Fingerhutgröße erstaunlich viel wog. Als ich wieder hochsah, war Tomte Teda weg. Spurlos verschwunden, in Luft aufgelöst, wie die Male davor.

Ich sprang auf, wobei mein vergessenes Handy auf den Kiesweg schlidderte. Suchte mit meinen Blicken die Umgebung ab. Vergeblich.

Während ich noch dastand, schäumend vor Wut, dass ich auf so eine billige Ablenkung hereingefallen war, ertönte ein feines Klingeln und *zack!*, wurde der Mini-Kaffee in meiner Hand zu einem XL-Pappbecher. Vor Schreck verkrampften sich meine Finger, der Plastikdeckel sprang ab und lauwarmer Kaffee klatschte in hohem Bogen über meinen Anorak, die Hose und Schuhe.

»Shit!!!«

Ich pfefferte den Becher in den Mülleimer und versuchte, mich mit ein paar Papiertaschentüchern notdürftig abzuputzen.

»Du Mistzwerg, das kriegst du wieder!«, brüllte ich in die Dunkelheit hinein.

Aber die antwortete nicht.

Kapitel 3

Welt, warum machst du so was mit mir?

In mir schäumte es noch immer, als ich später, sehr viel später, die Eingangstür unseres Mietshauses aufschloss. Statt die U-Bahn zu nehmen, war ich den ganzen Weg zurück zu Fuß gegangen, um mich zu beruhigen. Trotzdem zitterten meine Hände, als ich den Schlüssel wieder einsteckte und unter dem ornamentalen Schnitzwerk hindurch das Treppenhaus betrat. Immer noch hatte mich die Wut im Griff, die Verwirrung und, am schlimmsten … die Angst.

Was ich da im Park vor der Klinik erlebt hatte, war echt gewesen. Kein Trick, keine Einbildung, kein psychotischer Schub, da war ich mir sicher. Auch wenn ich wieder keine Beweise hatte, *verdammter Mist*, denn die Handyaufnahmen zeigten nichts als graue Schleier und Störgeräusche. Also keine Chance, irgendjemanden um Rat zu bitten. Genauso gut könnte ich gleich zum Treffen der »Anonymen Vollspinner« gehen.

Hallo, ich bin Elvy, und ich sehe Wichtel.

Hallo, Elvy!

Aber wenn es wirklich passiert war … Ich würgte einen neuen Angstwirbel hinunter. Wenn es Wichtel gab, Zauberkräfte, Magie … Das bedeutete: Alles war möglich. Und nichts war mehr sicher. Wenn die Naturgesetze nicht mehr galten – dann musste ich der Tatsache ins Auge blicken, dass Erik sich wirklich in einem Schneesturm aufgelöst hatte. Dass er vielleicht sogar tot war ... An was sollte ich mich noch festklammern, wenn meine Welt zu einem Spiel ohne Regeln geworden war? Ein Jahr lang hatte ich versucht, auf dem Boden der Tatsachen zu bleiben, hatte mit den Waffen der Wirklichkeit um Erik gekämpft – und um mich selbst! Jetzt verlor ich den Halt und wusste nicht mehr, was tun.

Verbissen umfasste ich den Handlauf des hölzernen Treppengeländers. Schritt für Schritt erklomm ich mit meinen langen, schweren Beinen die Stufen, zwang mich zur Ruhe, wenigstens äußerlich. Auf keinen Fall durfte ich Papa Anlass zur Sorge geben. Und so hielt ich nicht einmal inne, wie sonst immer, als ich den ersten Stock erreichte und an der Tür vorbeikam, auf deren Messing-Klingelschild die Aufschrift »Forsberg« stand. Es war die Wohnung, in der Erik erst mit seinen Eltern und dann mit seiner Großmutter gewohnt hatte und die noch immer auf ihn wartete. Karla nämlich hatte in ihrer Gründlichkeit nichts dem Zufall überlassen, voller Sorge, dass ihre Gesundheit sie eines Tages vor der Zeit im Stich lassen könnte. Wie sich herausgestellt hatte, gab es für den Ernstfall einen Haufen Verfügungen und Daueraufträge – von medizinischen Kontaktpersonen und Mietüberweisungen über Putzfrau bis Postdienst. Papa und ich besaßen einen Zweitschlüssel, und deshalb wusste ich, dass hinter der Forsberg-Tür tatsächlich kein einziges Staubkorn quersaß.

Hinter der Andersson-Tür ein Stockwerk höher war das leider nicht der Fall. Ich schob mich in einen Flur, den ich erst gestern aufgeräumt hatte und in dem mein Vater jetzt bereits wieder einen kniehohen Stapel Noten abgestellt hatte, gekrönt von zwei vergessenen Haferkeksen. Ich schnappte sie mir und schob sie in meinen Mund. Auch ein Weg, Ordnung zu schaffen.

Aus dem Wohnzimmer klang das melancholische Summen eines Cellos in Meisterhand. Die Melodie erkannte ich nicht, vielleicht improvisierte Papa, aber der vertraute Klang holte mich endgültig auf den Boden der Tatsachen zurück. Endlich hörten meine Hände auf zu zittern.

Ich stapfte direkt ins Bad, wo zum Glück keine Noten herumlagen, dafür die Wäsche von zwei Wochen, schmiss meine von Zwergenkaffee und Regen durchweichten Klamotten in die Badewanne und streifte mir ein paar Sachen über, die für zu Hause noch frisch genug waren.

Dann folgte ich den Cellotönen ins Wohnzimmer – oder besser, Papas Arbeitszimmer, denn *wohnen* konnte in diesem Labyrinth aus Instrumentenkoffern, dem Klavier, Notenständern und Bergen von Papier echt niemand mehr.

»Hej Papa.« Ich trat hinter ihn und wuschelte ihm durch die wilde Mähne, die die Leute wahlweise an Einstein oder Beethoven denken ließ. *Beides weltfremde Genies: passt!*

»Elvy!« Mein Vater ließ den Bogen sinken und strahlte mich an. Der letzte Ton schwebte weiter durch den kleinen Raum, über das zugestellte Sofa und den Esstisch, vorbei an den zahllosen gerahmten Auszeichnungen und Konzert-Plakaten. »Da bist du ja, meine Große! War's gut in der Schule?«

»Wie immer. Hast du heute schon was gegessen?« *Außer Haferkeksen*, setzte ich im Kopf hinzu.

»Aber ja, deine leckere Fischpfanne.«

»Papa, die hatten wir gestern.«

»Oh.« Verlegen kratzte er sich am Kopf, aber ohne den Bogen loszulassen – ich entkam nur knapp einem Stich ins Auge. »Dann wohl nicht.«

Ich seufzte.

Zehn Minuten später hatte ich ihn vom Wohnzimmer in die Küche gelockt und uns einen Stapel Sandwiches gemacht.

Während wir mampften, schwebte mein Vater weiter in seinen musikalischen Höhen und erzählte begeistert von der Konzertreise, die ihm bevorstand. »Endlich wieder Monteverdi, zwei Wochen lang im Advent, ist das nicht wunderbar? Und stell dir vor, der Organisator übernimmt die kompletten Kosten für Fahrt und Übernachtung …«

»Wäre ja auch noch schöner, wenn du da draufzahlen müsstest!«, warf ich ein, aber wie immer hatte er keinen Kopf für dieses Thema.

Genie und Geld gingen längst nicht immer Hand in Hand, erst recht nicht in der Welt klassischer Musik, das hatte ich früh kapiert. Unsere Wohnung auf Östermalm hätten wir wohl kaum ohne die finanzielle Unterstützung meiner Mutter halten können. *Die* hatte das mit dem Geld kapiert. Und vor allem hatte sie kapiert, dass ihre Karriere als international gefeierte Sopranistin deutlich einfacher zu managen war, wenn sie sich nicht mit einem zerstreuten Cellisten und einer halbwüchsigen Tochter herumschlagen musste. Also sahen wir von Sigrid Andersson seit acht Jahren im Wesentlichen nur Konzertkritiken und Überweisungen.

Mittlerweile konnte ich ihr dafür nicht mal mehr wirklich böse sein – sie wusste halt, wofür sie lebte, und das war die Musik. Um diese absolute Sicherheit in puncto Lebensziel beneidete ich sie direkt. Klein-Elvy hatte das allerdings anders gesehen. Was war ich damals für eine Heulsuse gewesen! Zum Glück hatte das nur Erik mitbekommen.

Ich nahm einen Riesenhapps Sandwich, um diese bitter-banalen Gedanken herunterzuschlucken. Schließlich hatte ich viel dringendere Probleme. Probleme, bei denen mir auch deutlich präsentere Eltern nicht hätten helfen können.

Wobei … einen Versuch ist es wert.

»Papa, sag mal … ähm, du kennst dich doch mit Tomtes aus, oder? Kannst du mir was darüber erzählen?« Ich versuchte, ganz beiläufig zu klingen. »Ist für ein Schulprojekt.«

»Oh! Aber sicher!« Wie immer war mein Vater Feuer und Flamme, wenn ich ihn um etwas bat.

Und wie immer war sein Beitrag nicht wirklich hilfreich. Denn was er mir erzählte, deckte sich weitgehend mit dem, was ich auf dem Rückweg bereits hektisch ergoogelt hatte: Tomtes, also Wichtel, waren Sagengestalten, die man in ganz Skandinavien kannte. Meist gehörten sie zu den »Guten« und halfen den Menschen, lebten auch oft in ihrer Nähe, zum Beispiel auf Bauernhöfen, wo sie sich heimlich um das Gedeihen von Mensch und Tier kümmerten. Einen verärgerten Tomte wollte aber *niemand* zum Feind haben, deshalb gab es eine Reihe von Tipps, sich mit ihnen gutzustellen. Stichwort »Grütze schenken«.

Oder Kaffee, wie zumindest ein Starbucks in Stockholm weiß.

Ich unterbrach Papas ausufernden Vortrag mit der Frage, um die es mir wirklich ging: »Und, äh … hast du schon mal einen gesehen? So richtig in echt, meine ich?«

»Natürlich! Oft!« Er nickte heftig und ich sog unwillkürlich die Luft ein. Konnte mich vielleicht ausgerechnet mein verstrahlter Vater auf eine handfeste Spur bringen? Er zwinkerte mir verschwörerisch zu. »Was glaubst du, wer die Grütze an Weihnachten gegessen hat?! Hm, und gab es nicht immer schöne Geschenke?« Noch mal das überbetonte Zwinkern.

Mein Herz sank. Doch nichts als Märchen.

»Soll ich dir heute Abend mal wieder etwas vorlesen? ›Tomte Tummetott‹ vielleicht? Das mochtest du doch früher so gern.«

»Papa, ich bin nicht mehr fünf!«, stöhnte ich, halb genervt, halb amüsiert. »Außerdem müssen wir noch deine Sachen packen. Cédric holt dich morgen Punkt sechs ab, denk dran.«

»Du hast ja recht.« Wieder kratzte sich Papa verlegen am Kopf. Dann warf er mir einen besorgten Blick zu. »Ist das denn wirklich in Ordnung, Elvy? Du bist dann zwei Wochen ganz allein, und das in der Weihnachtszeit. Willst du nicht doch mitkommen? Eine Freistellung von der Schule kriegen wir hin, du weißt ja, eure Direktorin ist ein großer Fan von klassischer Musik …«

Und deshalb genauso enttäuscht von mir wie Mama und du, antwortete ich im Stillen.

Die Stimme von Frau Nordström erklang in meinem Kopf: *»Elvy, so schlechte Musiknoten, wie ist das nur möglich? Mit diesen begabten Eltern!«*

»Und trotzdem habe ich noch keine Sinfonie komponiert. Die Wissenschaft steht vor einem Rätsel.«

»Nicht so frech, junge Dame!«

Das war das Jahr, in dem ich Musik als Klassenschlechteste abschloss und nicht nur Frau Nordström die letzte Hoffnung verlor, das verborgene Genie in mir zu wecken und ein wenig Glanz für ihre Schule abzuschöpfen. Irgendwer im Kosmos hatte wohl Humor, dass er ausgerechnet zwei Musikverrückten eine komplett tontaube Tochter beschert hatte. Was hatten Mama und Papa nicht versucht, mir die Welt der Melodien schmackhaft zu machen – vergeblich, ich hatte weder Ohr noch Talent dafür.

Nein, auf einer Konzertreise war ich definitiv fehl am Platz. Ich schüttelte den Kopf. »Ist doch nicht das erste Mal. Ich komm schon klar.« *Und um dich kümmert sich Cédric von deiner Musikagentur, das hat er mir geschworen …*

»Bist du sicher, meine Große?« Jetzt wirkte Papa geradezu traurig. »Immerhin verpasse ich so deinen Geburtstag. Und … und gerade morgen ist ein harter Tag für dich, oder?«

Wow. *Das* hatte er auf dem Schirm? Verdammt, ja, vor morgen hatte ich Angst. Morgen jährte sich Eriks Verschwinden zum ersten Mal. Ich hatte keine Ahnung, wie ich damit klarkommen würde, erst recht nicht jetzt, wo ich kryptische Wichtelwarnungen bekam. Aber dabei konnte mir Papa auch nicht helfen. Niemand konnte das.

Also winkte ich mit erfahrener Geste ab. »Schon okay, das haben wir ja alles längst besprochen. Mach dir keine Sorgen, ich bin ein großes Mädchen.«

»Und wie!« Jetzt strahlte Papa wieder, sprang auf und zog mich in eine Umarmung auf Augenhöhe. Sein Musiktalent hatte er mir nicht vererbt, auch nicht das wallende Haar, dafür die Körpergröße und Schlacksigkeit.

Echt tolle Auswahl. Ich seufzte heimlich, aber natürlich konnte ich ihm das nicht vorwerfen … erst recht nicht, wenn er mich so liebevoll ansah wie jetzt. Auch wenn ich nie in seine Fußstapfen treten würde: Wenigstens war ich für ihn immer seine große kleine Tochter, die alles im Griff hatte, der Ruhepol in seinem Chaos. Auf keinen Fall durfte ich aus dieser Rolle fallen, sonst würde alles zusammenbrechen.

Wie kurz ich allerdings tatsächlich davorstand, ahnten an diesem Abend weder er noch ich …

Kapitel 4

Später, nach dem Kofferpacken für Papas Tournee, saß ich auf meinem Bett und versuchte, mich nicht aufzulösen. Nicht wieder zu versinken in diesem Wirbel aus verrücktem Scheiß, der heute noch ein ganzes Stück verrückter geworden war.

Hartnäckig klammerte ich mich an dem fest, was ich in der realen Welt herausgefunden hatte. Surfte zur Website des »Frozen Hearts Clubs« und notierte mir die neuesten Komafälle für den Faktencheck. Fürs Erste trug ich sie in meiner Karte ein. Ich besaß zwei davon: eine digitale, zur besseren Nachverfolgung der verknüpften Daten, und eine auf Papier, die fast die ganze Wand über meinem Bett ausfüllte. Eine Weltkarte, gespickt mit Pins in verschiedenen Blautönen. Jede Schattierung hatte eine Bedeutung: je heller, desto höher der Grad an überprüften Fakten. Außerdem hing an jedem Pin ein passfotogroßer Ausdruck mit dem Bild der betreffenden Person sowie dem Datum, wann sie ins Koma gefallen war. Insgesamt ergab das eine beeindruckende Deko, die auch gut in den Unterschlupf eines Serienkillers oder Verschwörungstheoretikers gepasst hätte. Kein Wunder, dass ich seit einem Jahr niemanden mehr in mein Zimmer ließ.

Ich steckte einen der heute gefundenen Fälle fest: Lakewood, New Jersey. Hatten wir es also wirklich über den Großen Teich geschafft. Ich lehnte mich ein Stück zurück, um meine Karte im Ganzen zu betrachten, und schauderte, wie jedes Mal.

Es waren verdammt viele Pins. So viele Gesichter, die mich anschauten. Alles junge Menschen – so jung wie Erik und ich! –, und alle waren sie ins Koma gefallen. Ohne medizinischen Grund, oder zumindest gab es bei keinem von ihnen mehr als hilflose Spekulationen, soweit ich das bestätigen konnte.

Die meisten Pins steckten hier oben bei uns, in Schweden, Norwegen und Finnland. Aber sie breiteten sich aus, in einem unregelmäßigen Muster, in alle Richtungen, wo es Menschen gab. Dänemark. Deutschland. Spanien. Russland. Seit heute auch Nordamerika.

Und keiner der Fälle war älter als ein Jahr. Sosehr ich auch recherchiert und geprüft hatte, es blieb dabei: Wenn es um jugendliche Komaopfer ging, die in eisigen Träumen der Hinterbliebenen auftauchten, war Erik Patient Zero.

Ich zog meine Nachttischschublade auf und holte das Einzige hervor, was mir von ihm geblieben war: seine Wikinger-Nerd-Brille mit dem runden Metallgestell … und der Ring. Ich hatte ihn kein zweites Mal aufprobiert. So schön und geheimnisvoll er mir beim ersten Ansehen vorgekommen war mit seinen filigranen Schnitzzeichen, jetzt war er nur eine schlechte Erinnerung.

Was zur Hölle hatte sich da wirklich abgespielt, vor einem Jahr im dunklen Humlegården? Was war mit dieser Spur aus Eisblumen, die Erik so zielstrebig angepeilt hatte? Woher war der Schneesturm gekommen? Was wusste eine kaffeesüchtige Tomte von alledem? Und was sollten diese seltsamen Andeutungen – von wegen, »*sie* will es so« und ich hätte »Eis an den Händen«?

Missmutig betrachtete ich meine Handflächen. Die Wunden vom Frostbrand waren gut verheilt, doch sie hatten ein Netz von hauchfeinen, hellen Narben hinterlassen. Mit ein bisschen Fantasie – und wenn ich aufhörte, mich dagegen zu wehren – konnte man darin so etwas wie ein Muster erkennen. Eins dieser filigranen, farnartigen Bilder, die im Winter auf schlecht isolierten Fensterscheiben entstehen.

Eisblumen.

Eis und Schnee.

Der Wirbel aus Flocken, Eriks Augen, froststarr, wie tot …

Ich ballte meine Hände zu Fäusten. Schüttelte mich vor Verzweiflung. *Scheiße, nein, nicht!*

Aber es war zu spät: Ich löste mich auf. Meine Kontrolle versagte, die Tränen kamen. Heftig und schmerzhaft. Mit letzter Kraft zog ich mir ein Kissen heran und drückte mein Gesicht hinein, damit Papa ja nichts mitbekam. Die wenigen Male, wo ich vor ihm zusammengebrochen war, hatte er nur verwirrt und hilflos danebensitzen können, in seinem Gesicht schiere Verzweiflung, weil seine sonst so vernünftige Tochter sich plötzlich verwandelt hatte, und das konnte ich am allerwenigsten ertragen.

Doch dann spürte ich, wie sich etwas Warmes, Weiches gegen meinen Handrücken schmiegte, und ein leises Miauen erklang.

»Hej, Farinelli, willst du mich trösten?« Ich hob den Kopf, schniefte und zog den kleinen Kater an mich.

Oh Wunder, er ließ es geschehen. Das war beileibe nicht immer der Fall, denn der Herr teilte seine Zuneigung meist sehr willkürlich zu. Jetzt aber aalte er sich geradezu in meinem Schoß und zuckte nur kurz mit den Ohren, als ich mir geräuschvoll die Nase putzte.

Wie sein graublaues Fell und die goldenen Augen zeigten, war Farinelli ein reinrassiger Chartreux-Kater – aber entweder trotzdem nicht gut genug für seinen Züchter gewesen oder ausgebüxt, denn ich hatte ihn als halb verhungertes Streunerjunges in einem Pappkarton zwei Straßen weiter entdeckt. Im Möwen-Retten mochte ich Anfängerin sein, aber bei Katzen stand auf meinem Zeugnis eine glatte Eins! Da meine Suche nach dem Eigentümer erfolglos blieb, kam Farinelli zu uns. Zum Glück hatte Papa ganz entzückt auf den Findling reagiert und sogar den Namen vorgeschlagen – weil das Katerchen angeblich genauso hoch und melodisch »sang« wie ein berühmter Kastrat aus dem 18. Jahrhundert. Und seit einem bedeutsamen Tierarztbesuch hatte Farinelli sogar noch eine Gemeinsamkeit mit seinem Namenspaten …

Seit vier Jahren schon residierte er in unserer Wohnung und beherrschte sie mit einer einzigartigen Charaktermischung aus Diva und Depp: Gnade Gott, wenn ich das falsche Futter kaufte, dann kotzte er mir hoheitsvoll vor die Füße. Gleichzeitig schaffte er es regelmäßig, sich in einem unserer drei kleinen Zimmer einschließen zu lassen, und maunzte dann so kläglich, als ob man ihn erneut ausgesetzt hätte. Alle Türen in unserer Wohnung hatten mittlerweile Katzenklappen, nebenbei bemerkt, aber das raffte er einfach nicht.

»Willst du ein Stück Käse?«, flüsterte ich ihm zu, aber sein träger Blick antwortete eindeutig: *Wage es nicht, mit dem Streicheln aufzuhören, Unwürdige!*

Also blieb ich, wo ich war, und streichelte. Farinellis tiefes Schnurren beruhigte mich eh besser als alles andere.

Langsam wagte ich es wieder, mich gedanklich meinem Problem zu nähern. Morgen also. Morgen schon würde es ein Jahr her sein. Ein Jahr ohne Erik. Ohne meinen besten Freund. Wenn er nicht verschwunden wäre … ob wir immer noch beste Freunde wären? Oder hätte seine Beziehung mit Tessa uns langsam, aber stetig das Wasser abgegraben? Solche Storys hatte ich schon oft genug gehört. Andererseits kannte ich keinen loyaleren Menschen als Erik. Und kein Mädchen, das fieser drauf war als Tessa. Zumindest von ihrer Seite konnte das nichts Echtes gewesen sein, so schnell, wie sie sich den nächsten Kandidaten geangelt hatte. Was Erik nur an ihr gefunden hatte? Ein Rätsel. War er am Ende halt doch nur ein Kerl wie alle anderen, der auf Kurven in bauchfreien Tops und Microshorts stand? Oder … lag es irgendwie an mir?

Ich dachte an den August letzten Jahres zurück, an den Sommer, bevor Erik verschwand. »Den August, in dem Elvy alles vermasselte«, wie ich ihn gern nannte. War das eine Pleite gewesen. Ich hörte Eriks begeisterte Stimme noch heute: *»Komm mit, Elvy, du wirst Spaß haben, ganz sicher!«*

Spaß beim Sommercamp seines Rugby-Vereins, Nicht-Mitglieder herzlich eingeladen zum Schnupperkurs. Drei Wochen Zeltlager, an einem See im südschwedischen Niemandsland. Kein vernünftiges Bett, dafür tausend Mücken pro Mann. Oder zumindest pro Elvy.

Natürlich hatte Erik mich rumgekriegt, auch wenn ich bis heute keine Ahnung hatte, warum er mich überhaupt dabeihaben wollte. Er wusste doch verdammt gut, dass ich meine Stadt brauchte, um mich wohlzufühlen. *»Zu viel Natur jenseits unbefestigter Wege ist ihre Sache nicht« – sein* Spruch über mich, wohlgemerkt!

Aber so kam ich dann doch an diesem See an, als Teil der Nachrücker für die letzten zwei Wochen. Gerade rechtzeitig, um den Schluss einer Trainingseinheit der Jungsmannschaft zu beobachten, genau wie eine ganze Reihe der weiblichen Campgäste – darunter Tessa –, die eindeutig weniger an den taktischen Feinheiten interessiert waren.

»Gott, was sieht er heiß aus!«, hörte ich einen Seufzer aus der Gruppe neben mir, als Erik souverän einen langen Pass fing.

»Oh jaa …! Vor allem ohne diese blöde Brille!«

»Kann mich bitte wer in einen Rugbyball verwandeln? Der soll mich auch mal so festhalten!«

Entzücktes Gekicher. *Peinlich.*

»Soll ich euch vielleicht ein Sabberlätzchen besorgen?«, bot ich spöttisch an.

Böse Blicke, empörtes Luftholen. Aber bevor sich die geballte Zicken-Power entladen konnte, entdeckte mich Erik und kam zu mir herüber. Seine dunkelblonden Haare und das graue Shirt verschwitzt, seine Schultern irgendwie noch breiter als zu Ferienbeginn, die Haut schon tief gebräunt, wie jeden Sommer. Die Sonne liebte Erik. Ich sah sein schelmisches Grinsen, sah auch, wie er seine Brille zurechtrücken wollte und zu spät bemerkte, dass er sie gar nicht trug, wie immer beim Sport. Seine Dussligkeit brachte ihn zum Lachen, diesem tiefen, leichtherzigen Lachen, das ich so gut kannte – und da machte es *Peng!* in mir, als ob ein Knoten platzte, den ich viel zu lange viel zu fest gezurrt hatte … Nur *was* sich da in mir löste, verstand ich in diesem Moment noch nicht. Ich wusste nur, dass ich plötzlich unheimlich froh war, hergekommen zu sein, und dann war Erik auch schon da und verpasste mir eine heftige, kumpelige Umarmung.

Seine Groupies standen daneben und guckten säuerlich, doch dann hörte ich ein gezischtes »Keine Sorge, die Bohnenstange ist bloß so was wie sein Haustier«, und alles kicherte erneut.

Der Knoten in mir schnurrte zurück in seine alte Form. *Shit.* Redete Erik etwa so von mir, wenn ich nicht dabei war? Und überhaupt! Wenn, dann war er *mein* Haustier!

Abrupt schob ich ihn von mir weg. »Oh Mann, geh erst mal duschen, Forsberg!«

Er lachte wieder, hatte offenbar weder den Spruch noch meinen Stimmungswandel bemerkt. »Zu Befehl, Coach Andersson!«, rief er – und sprang in den See. Mit Klamotten. Die anderen aus seinem Team hinterher, die Hälfte der Mädels obendrauf …

Ich dagegen stand da wie bestellt und nicht abgeholt, was eine der Camp-Betreuerinnen anlockte. Während die anderen im Wasser planschten und kreischten, bekam ich einen Begrüßungsvortrag über die Regeln vor Ort. Dann drückte mir die Frau ein Willkommenspäckchen in die Hand. Darin, kein Witz, außer Mückensalbe, Infobroschüre und Energyriegeln auch … eine Packung Kondome.

»Spaß, aber mit Verantwortung, nicht wahr?«, trällerte die Betreuerin und startete eine Runde aufgesetzt lockerer Ratschläge, bis ich endgültig genug hatte und sie stehen ließ. Ich suchte mein Zelt, voller Missmut und der Überzeugung, besser zu Hause geblieben zu sein.

Die schlechte Laune verließ mich nicht, irgendwie war bei diesem

Trip von Anfang an der Wurm drin. Ich fand keinen Anschluss an die Gruppe, auf Sport hatte ich eh keinen Bock, und die Natur hasste mich, was ich aus vollem Herzen erwiderte. Das einzig Gute war Erik. Wann immer wir Zeit miteinander verbrachten – mit Quatschen, Baden oder einfach Auf-Steinen-Rumsitzen –, fühlte ich mich wie ausgewechselt. Er schaffte es zuverlässig, meinen Gute-Laune-Schalter anzuknipsen, und wenn er über meine Sprüche lachte, kümmerten mich nicht einmal mehr die Mücken. Bloß hatte er halt echt oft Training – und vor allem wollten die anderen ständig was von ihm. Ich wusste ja, wie sehr ihn sein Sunnyboy-Status in den Mittelpunkt rückte, aber noch nie hatte es mich so sehr gestört wie hier.

Und dann kam der Abend, als alle rund ums Lagerfeuer saßen und Erik mir vorschlug, eine kleine Nachtwanderung auf den nächstgelegenen Hügel zu machen. Weil es da eine Überraschung gäbe.

Bei jedem anderen hätte mich so ein Vorschlag vielleicht misstrauisch gemacht, aber nicht bei meinem Dachboden-Buddy. Also stolperte ich hinter ihm her durch die einbrechende Dunkelheit – jetzt, in den letzten Augusttagen, endeten auch die hellen Nächte des schwedischen Sommers. Als sich die Bäume lichteten und wir die Spitze eines felsigen Hügels erklommen hatten, entkam mir ein glücklicher Seufzer. Wir waren ganz allein, diesmal, *endlich*, so richtig. Das Gefühl war so gut, dass ich sogar bereit war, der Natur eine Chance zu geben. Zum ersten Mal konnte ich sie genießen und sog in tiefen Zügen die frische Luft ein, mit ihrem Duft aus Kiefernharz, warmem Moos und Heidelbeerkraut.

Über uns erstreckte sich ein Nachthimmel, wie ich ihn noch nie erblickt hatte. Dunkle Unendlichkeit, gesprenkelt mit Millionen und Abermillionen von Sternen, Funken aus Silber und Weiß, die sich zu einem leuchtenden Band verdichteten … dem Zentrum unserer Galaxie, der Milchstraße – oder besser *Vintergatan*, Winterstraße, wie man bei uns in Schweden sagt.

Ich kann Lichtjahre weit sehen, wirbelte mir durch den Kopf. Darüber zu lesen war eine Sache, es unter so einem Firmament bewusst zu erleben, eine ganz andere.

»Hammer!«, stieß ich hervor.

»Oder?« Erik stand dicht neben mir, seine Brille hatte er abgenommen. In die Ferne gucken konnte er ohne sie besser. »Und ganz ohne Teleskop. In Stockholm kriegst du nie so einen Blick, zu viel Lichtsmog. Gut, jetzt pass auf, das klappt nur hier.«

Er trat noch einen Schritt an mich heran, lehnte seine Schulter an meine. Ich spürte die Wärme seiner Haut durch den Stoff unserer Shirts und plötzlich ballte sich etwas Neues in mir zusammen. Kein Knoten mehr, eher ein Kugelblitz, der glühende Funken durch meinen Körper zischen ließ. Selbst die Luft ringsum schien plötzlich aufgeladen, jeder Kontakt ein Knistern …

Hölle, was war los mit mir? Das war doch nur Erik! Der Typ, den ich kannte, seit wir klein waren!

Er beugte seinen Kopf zu mir und deutete hinauf zum Himmel mit seinen unzähligen Lichtpunkten. »Guck mal zum Großen Wagen. Da drüben. Siehst du seine Deichsel?«

Ich nickte. Berührte dabei unabsichtlich seine Wange mit meiner. Spürte die Bartstoppeln, die im Tageslicht golden geglänzt hatten und die ihn endgültig zum Wikinger machen würden, wenn er sich weiterhin so nachlässig rasierte …

»Äh, was?«

»Die Deichsel, die vorderen drei Sterne. Jetzt guck zu dem in der Mitte. Guck genau hin. Ganz genau. Etwas höher, nach links. Na?«

Was sollte das denn jetzt? Ja, natürlich kannte ich dieses Sternbild, auch seine Erweiterung zum Großen Bären, da gab es keine Überraschungen. Oder – Moment mal …!

»Hey, da … da ist ja noch ein Stern! Direkt daneben! Ganz winzig!«

»Glückwunsch.« Eriks Stimme, so dicht an meinem Ohr, dass ich seinen leichten Atem spürte. »Du hast ihn entdeckt, also darfst du ihn behalten. Ich schenk ihn dir.«

Er klang aufrichtig froh, dass ihm seine Überraschung gelungen war, doch da schwang noch irgendetwas anderes in seinen Worten mit. Etwas Unbekanntes in der alten Vertrautheit. Etwas, das das Gewitter in mir verschwinden ließ, das Knistern aber verstärkte, bis ich es überall auf meiner Haut spürte …

»Das ist cool«, brachte ich heraus. »Danke.«

Ich wollte etwas Ironisches ergänzen. Einen Witz machen. Wollte ihn wegschubsen. Aber noch mehr an mich ziehen. Schaffte weder das eine noch das andere.

Erik schien es genauso zu gehen. Noch immer stand er neben mir, so dicht, sah jetzt nicht mehr zu den Sternen, sondern in meine Augen. Seine Hände hingen irgendwie in der Luft, auf halbem Weg vom Himmel zu … mir …

»Erwischt!« Eine Stimme knallte in die Stille zwischen uns und im nächsten Moment wimmelte der Hügel von Menschen und bierseligem Gegröle.

»Oooooh sorry, stören wir etwa?«

»Sternegucken, ey, das zieht immer!«

»Na, Alter, durftest du schon ran an die Eisprinzessin?«

Eine Horde von Eriks Trainingskumpels war offenbar hinter uns hergeschlichen und ihr Gelächter war wie eine kalte Dusche.

Ertappt stieß ich Erik weg, voll von heißem Ärger. Über mich, weil ich durch diese blöde Sterngucker-Nummer so aus dem Gleichgewicht geraten war. Über ihn, weil er mich in so eine Situation gebracht hatte, und das vor dem halben Lager.

Ich lief den Hügel hinunter, hörte nicht auf Eriks Rufen. Ohnehin hatten die anderen ihn fest im Griff und zogen ihn mit, zurück zum Feuer, wo jetzt irgendein dämliches Spiel anstand, das ohne ihn angeblich nicht starten konnte. Ich dagegen verkroch mich direkt in mein Zelt, das Knistern verschwunden, erstickt von einem ganzen Knäuel an miesen Gefühlen.

Es gelang mir nicht, das alles abzuschütteln. Ich blieb im Igelmodus, alle Stacheln aufgestellt, und fuhr schließlich vorzeitig zurück nach Stockholm. Und erst da, mit einer Mauer aus Zeit und Kilometern zwischen uns, verstand ich, was mit mir los war: Ich hatte mich in meinen besten Freund verliebt. Eine Erkenntnis, die mich in nackte Panik versetzte: Denn das änderte alles. Brachte alles in Gefahr! Meine einzige echte Freundschaft, die ganze Vertrautheit und Stabilität, der eine Felsen, auf den ich mich immer verlassen konnte! Schließlich wusste ich kein bisschen, ob Erik meine Gefühle erwiderte. Hatte das Sternegucken etwas zu bedeuten gehabt? Oder war das einfach mein bester Kumpel gewesen, der mir eine Freude machen wollte? Was zur Hölle sollte ich jetzt bloß tun?

Das Schicksal entschied großzügigerweise, mir die Entscheidung abzunehmen. Denn als Erik aus dem Sommercamp zurückkam, war er mit Tessa zusammen. Ein Tiefschlag, der mich tagelang komplett lähmte und *wirklich* zum Einigeln brachte.

Zwar kam ich schließlich wieder klar, riss mich zusammen, und wir fanden unseren Kumpelmodus wieder, aber das Gefühl, etwas nachhaltig versaut zu haben, blieb. Bei uns beiden – bildete ich mir zumindest ein. Auf einmal war da etwas zwischen uns, das es noch nie gegeben hatte: eine Leerstelle, etwas Ungesagtes. Hatte Erik es klären wollen, an diesem Tag im Park vor einem Jahr?

Farinelli miaute und streckte eine seiner Pfoten, als wollte er den Schalter meiner Nachttischlampe erreichen.

»Hast ja recht«, murmelte ich. »Genug gegrübelt.«

Ich wartete, bis das Katerchen sich auf seinen Stammplatz am Fußende meines Betts verzogen hatte, und knipste dann das Licht aus. Wie sehr hoffte ich auf eine Ruhepause von allem Kopfzerbrechen im Schlaf! Stattdessen holte mich der Traum.

Kapitel 5

Wieder sehe ich nichts als Weiß. Ein Weiß, das alles auslöscht, mir die Orientierung nimmt, schlimmer als jede Dunkelheit. Ich taumele durch Flocken, ohne Fußspuren im Schnee zu hinterlassen. Vor mir nichts, nicht einmal meine Atemwolke, obwohl mir die Kälte durch die Haut schneidet.

Und dann ... eine Lichtung im Schneetreiben. Eine Gestalt, groß und blass. Erik. Seine Haare, seine Augen heller als hell, farblos, vereist. Doch er kommt mir wirklicher vor als jemals in diesem Traum. Zum ersten Mal nehme ich seine Kleidung wahr. Er trägt nichts, was ich je an ihm gesehen habe. Nichts, was ich *je* an einem Menschen gesehen habe. Ein Gewand aus weißem Stoff oder Leder, abgesetzt mit Pelz. Am hohen Kragen, an Brust und Schultern: breite Borten feinster Stickerei. Silber, Kaltblau, Grau, das Muster tanzt.

Erik sieht mich an, ein starrer, fremder Blick, der mich erzittern lässt. In seinen Händen das Herz, erfroren und doch lebendig. Es schlägt – und plötzlich spüre ich sein Echo in meiner Brust, ein eisiger Schmerz, er wächst mit jedem Schlag. Ich kämpfe dagegen an, kämpfe gegen das Gefühl, doch es nimmt mir die Luft. Zwingt mich in die Knie. Vor meinen Augen funkeln weiße Sterne.

Eiskristalle.

Und dann höre ich sie, zum ersten Mal im Traum: Eriks Stimme.

»Elvy ...«

Ich riss die Augen auf. Statt endlosem Weiß die vertraute Dunkelheit meines Zimmers, schwach erhellt durch das Licht der Straßenlaternen unter meinem Fenster.

Ein leises Maunzen aus Richtung Fußende. Ja, ich lag in meinem Bett. Ich war in Sicherheit. Alles real.

Doch der Albtraum wirkte nach. Mein eigenes Herz, warm und lebendig, raste in meiner Brust und ich zitterte am ganzen Körper.

Shit. Das muss aufhören. Ganz egal, wie.

Und deshalb stand ich ein paar Stunden später vor der Tür zum Dachboden, in der einen Hand ein Schlüsselbund aus Eriks Wohnung, in der anderen eine Brechstange. Ich war so weit. Nach einem Jahr war ich bereit, auch das völlig Abseitige zu probieren.

Papa hatte ich erfolgreich und fast pünktlich ins Taxi gesetzt, der Schule von seinem Mail-Account eine Krankmeldung geschickt: *»Elvy hat einen posttraumatischen Schub und muss heute zu Hause bleiben.«* Nicht mal komplett gelogen, denn heute, an diesem beschissenen Jahrestag, hätte ich meine Klassenkameraden ganz sicher nicht ertragen, und erst recht kein Rückspiel mit Noah und seinen Mistfliegen.

Darum kümmern wir uns später, wischte ich den Gedanken an die Möchtegern-Gang beiseite. Jetzt hatte ich erst mal etwas anderes vor – schwere Sachbeschädigung.

Es war nämlich so: Nach meinem Erwachen aus dem weißen Albtraum hatte ich die Zeit bis zum Weckerklingeln damit verbracht, noch einmal alles neu zu überdenken, was ich über Eriks Verschwinden wusste. Diesmal unter Berücksichtigung der Tatsache, dass der ganze verrückte Scheiß vielleicht *doch* real war. Und dabei hatte ich etwas Seltsames bemerkt. Papa und ich hatten Karla nach ihrem

Schlaganfall im Treppenhaus gefunden – und natürlich angenommen, dass sie nach der Nachricht von Eriks Verschwinden zu uns gewollt hatte. Oder zur Polizei. Doch da war dieses Detail, das niemand beachtet hatte: Neben ihr auf dem Boden lagen die Schlüssel *zum Dachboden*. Dem Ort, wo die »Schatzkiste« stand, die uns immer streng verboten gewesen war … was Erik früher an jenem Tag offenbar ignoriert hatte, um die beiden geheimnisvollen Ringe zu mopsen. Was, wenn es da einen Zusammenhang gab?

Ich war bereit, das zu überprüfen, notfalls mit brachialer Gewalt. Zu meinen Füßen saß Farinelli und putzte sich. Er hatte unbedingt mitkommen wollen.

»Okay«, murmelte ich, als ich die Tür aufschloss, »aber lass dich nicht von den Mäusen beißen.«

Seine goldenen Augen blickten mich strafend an, doch als Mäusefänger hatte der Herr wirklich noch nichts gerissen. Selbst kleinere Spinnen ließen ihn fauchend und mit gesträubtem Fell den nächsten Stuhl erklimmen.

»Schon gut, von mir erfährt es keiner«, versprach ich augenzwinkernd.

Peinlicherweise war ich froh, dass ich ihn dabeihatte. Ein bisschen fellige Normalität an der Seite half mir, meine Nervosität kleinzuhalten. Entschlossen marschierte ich los, den staubigen Gang des Dachbodens hinunter, der zu beiden Seiten Bretterverschläge beheimatete, manche gesichert mit einem Vorhängeschloss, andere offen und zugestellt mit dem Gerümpel ganzer Mietergenerationen. Von der Decke herab hingen zwei Glühbirnen und kämpften tapfer gegen das Zwielicht, am Ende des Gangs grüßte ein schmales Sprossenfenster mit altmodischer Einfachverglasung. Eine der unteren Scheiben war gesprungen und ließ einen kalten Luftzug hinein. Ich war seit Ewigkeiten nicht mehr hier oben gewesen, aber bis auf das kaputte Glas hatte sich nichts verändert im Reich der Dachboden-Buddys.

Was hatten wir hier oben gespielt, Erik und ich! Ganze Reiche hatten wir erschaffen und unglaubliche Schätze entdeckt …

Und geweint hatten wir hier.

Verdammt oft, wenn man es genau bedachte, und immer im Geheimen. Nur wir beide. Das letzte Mal am Anfang des Sommers vor einem Jahr, als wir noch voll auf einer Wellenlänge lagen und alles wie immer war. Und wie immer wusste ich, dass ich Erik hier finden würde, an seinem schwersten Tag des Jahres – der, an dem es seine Eltern erwischt hatte. Dann verkroch er sich hier zwischen den Resten ihrer alten Wohnungseinrichtung. Nachdem seine Großmutter zu ihm gezogen war, hatte sie fast das ganze Apartment neu ausgestattet, in der Hoffnung, Erik von den traurigen Erinnerungen an seine Eltern abzulenken. So gut sie auch im Organisieren des Alltags und in logischer Märchenanalyse war – mit allzu viel Gefühl kam sie nämlich ganz schlecht klar; am wenigsten bei ihrem inzwischen fast erwachsenen Enkel, der sonst immer so fröhlich und selbstbewusst durchs Leben schritt.

An diesem Tag aber, dem Todesdatum seiner Eltern, fand ich Erik in dem dunklen Bretterverschlag auf dem Dachboden, zusammengekauert neben dem verstaubten Sessel seines Vaters, seine Augen rot, das Gesicht blass und elend, sein starker Körper völlig machtlos unter der Last der Erinnerung und des Kummers.

»Hej«, sagte ich leise.

»Hej«, antwortete er mit erstickter Stimme. Mehr brachte er erst einmal nicht heraus, aber das musste er auch nicht.

Ich setzte mich einfach neben ihn, bis er bereit zum Reden war. Mir konnte er sagen, wie allein er sich manchmal fühlte, trotz seiner Beliebtheit überall. Wie sehr ihm seine Eltern fehlten und wie undankbar er sich vorkam, wo doch seine Großmutter so viel für ihn tat. Ich blieb bei ihm, hörte zu und machte ihm Mut, holte irgendwann die Packung mit meinem Lieblings-Schokolakritz heraus, die ich extra für solche Fälle gebunkert hatte. Und wenn sie dann leer gefuttert war und Erik den ersten frechen Spruch in meine Richtung machte, wusste ich, dass wir es wieder mal geschafft hatten. Dass alles gut war.

Jetzt, knapp anderthalb Jahre später, stand ich abermals hier und fixierte das angerostete Schloss am Verschlag der Forsbergs. »Mach mir ja keine Schwierigkeiten, ich bin bewaffnet!«, drohte ich in Erinnerung daran, wie bockig das Teil sein konnte.

Doch heute glitt der Schlüssel ohne Widerstand hinein. Schon drängte sich Farinelli durch die Brettertür und setzte lautlose Pfötchenabdrücke in den Staub.

Anders als die meisten Kammern auf dem Dachboden war der Forsberg-Verschlag penibel aufgeräumt. Ich fand die Schatzkiste sofort: eine uralte Truhe aus dunklem Holz mit Eisenbeschlägen, die sich deutlich von den restlichen ausquartierten Möbeln hier unterschied … und so fest verschlossen war, wie ich sie kannte. Wo *der* Schlüssel war, wusste nur Karla – oder vielleicht steckte er auch in Eriks Hosentasche.

Musste ich also wirklich meinen »Dietrich« nehmen. Ich kniff die Augen zusammen, kämpfte kurz gegen Kindheitstabu und den Respekt vor Eriks Großmutter … Meine Entschlossenheit gewann.

»Na gut, Kiste«, knurrte ich. »Jetzt bist du fällig.«

Ohne weiteres Zögern schob ich einen stabilen Schraubenzieher in den schmalen Spalt zwischen Deckel und Truhenrahmen. Weiter, weiter. Schließlich passte das Ende der Brechstange daneben. Tief einatmen. Runterdrücken.

Strengt euch an, ihr Lappen!, feuerte ich meine schlappen Armmuskeln an.

Ein Krachen und Splittern, Farinelli raste erschreckt davon. Das Schloss hatte gehalten, aber der hölzerne Deckel stand offen, losgerissen durch meinen brutalen Angriff. Dafür würde ich noch ordentlich was von Karla zu hören bekommen.

Hoffentlich.

Vorsichtig schob ich die versprengten Holzsplitter beiseite und hob den Inhalt heraus.

Wow. Was ist DAS denn alles?

Den Löwenanteil machte ein Stapel altmodischer Kleidung aus. Irgendeine Tracht, wie es aussah, Hosen, Oberteil und eine Kappe, dazu Stiefel mit hochgebogenen Spitzen, alles blassbunt bestickt und mit Fellfütterung, eine wahre Kostbarkeit. Das helle Leder war so alterssteif und brüchig, dass ich nicht wagte, es auseinanderzufalten. Ob das wirklich mal jemand getragen hatte? Bestimmt nicht Eriks Großmutter. Vielleicht war es Samisch? Ich hatte in der Schule so einiges über die Sámi gelernt, diese indigenen Bewohner Nordskandinaviens.

Aber dann wurde mir mit einem Schauder bewusst, wieso mir die Kleidung vertraut vorkam: Ich hatte etwas in der Art schon gesehen – an Erik, in meinem letzten Traum!

Was hat das zu bedeuten?

Mein nächstes Fundstück war ein Messer in einer gebogenen Scheide. Die kurze, gerade Klinge bestand nicht aus Metall, sondern aus einem weißlichen Material – Horn? Knochen? Sie war verziert mit kunstvollen Einlegearbeiten aus Silberdraht … und verdammt scharf, wie ich schmerzhaft feststellte. Griff und Scheide schienen aus dem gleichen Werkstoff gefertigt und waren übersät mit winzigen eingeschnitzten Mustern. Wie die Kleidung besaß die Waffe eine fremde, faszinierende Schönheit.

Daneben lag ein ledergebundenes Päckchen. Als ich es öffnete, fielen mir vergilbte Blätter entgegen, etwa postkartengroß, bedeckt mit leicht verwischten Kohlezeichnungen. Ich hielt sie ans Licht. Das meiste waren Landschaftsskizzen. Eine trug die Beschriftung »Árjepluovve« – falls ich das richtig entzifferte. Keine Ahnung, was das sein sollte. Ich blätterte weiter. Seen, Felsen, Wälder, alle versunken in Schnee. Ein Baum, der aus zwei verschlungenen Stämmen zu bestehen schien. Darunter das Wort »Ymatàja«. Okay, auch das sagte mir nichts.

Dann zwei Porträts: Das eine zeigte eine junge Frau, deren scharf geschnittene, schmale Augen mich an Inuit denken ließen. Am Kinn trug sie eine Tätowierung aus Punkt- und Strichmustern. Wunderschön und unbezähmbar wirkte sie auf der Zeichnung, trotz ihrer streng geflochtenen Zöpfe. Ihr Kopf war zur Seite geneigt, sodass ich ihr linkes Ohr sehen konnte. Moment – lief dessen Muschel etwa leicht spitz zu? Oder entstand der Eindruck durch den verwischten Kohlestrich? Darunter wieder nur ein Wort: »Kaiina«. Ihr Name?

Von dem zweiten Porträt dagegen blickten mich Augen an, die mich verdammt an Karla Forsberg erinnerten … und an Erik. Eine Vorfahrin? Es stand kein Name darauf. Jedenfalls war es ganz bestimmt die Urheberin all dieser Skizzen, denn klar, warum sollte sie ihr Selbstbildnis betiteln?

Auf der letzten Zeichnung schließlich konnte ich gar nichts erkennen, weder Bild noch Schrift, denn es war einfach nur schwarz zugekritzelt. Seltsam und erst mal komplett nutzlos. Ich machte mir eine geistige Notiz, später auf jeden Fall die fremden Wörter zu recherchieren.

Dann legte ich die Blätter wieder zusammen und griff nach dem nächsten Fundstück: ein geschnitztes Kästchen mit zwei Fächern. Zwei leere Fächer … groß genug für zwei Ringe? Mit dem einen war Erik verschwunden. Der andere steckte in meiner Hosentasche. Ich zog ihn heraus, legte ihn probeweise in das Kästchen. Er passte genau. Sollte ich ihn hierlassen? *Nein.* Der Ring war meine Verbindung zu Erik, meine einzige handfeste Spur. Die Kiste jedenfalls brachte mich nicht wirklich weiter. Ein paar Antiquitäten, drei Wörter und sonst?

Was für ein Mist.

Frustriert sammelte ich das ganze Geraffel zusammen, wollte es schon in die Kiste zurückstopfen, da rutschte mir das Ring-Kästchen herunter und knallte hart auf den Boden. Der Deckel sprang auf und etwas flatterte heraus.

Oh … ein Zettel?

Tatsache, ein Zettel, eng zusammengefaltet. Sicher hatte er an der Innenseite des Deckels geklemmt, gut getarnt durch seine vergilbte Farbe. Hastig schnappte ich ihn mir, hielt ihn ins staubige Licht. Das Papier wirkte so alt wie der Rest des Truheninhalts. Ich faltete es auseinander, ganz langsam und vorsichtig, voller Sorge, es könnte mir in den Händen zerbröseln. Hatte ich doch noch ein Geheimnis entdeckt – aber diesmal vielleicht eins, das mir wirklich weiterhalf?

Entfaltet war der Zettel ebenfalls nur postkartengroß und einseitig beschrieben, die Handschrift altmodisch verschnörkelt. Zu meiner Überraschung war der Text lesbar – und auf Schwedisch! Nur … brachte er mir genauso wenig wie die Wörter auf den Skizzen. Denn was hier eine unbekannte Hand geschrieben hatte, lautete so:

Vertrau dem Froststern.
Erinnere dich.
Bleib wachsam.
Es ist alles wahr.

Ein paar Stunden später schob ich mich schon wieder durch die Nussbaumholztür von Zimmer 14 in der Privatklinik Blom. Im Park keine Spur von einer kaffeesüchtigen Wichtelfrau – ja, ich hatte nach ihr Ausschau gehalten, so peinlich mir das auch war, aber umsonst.

Weder Jenz noch sonst jemand hatte mich bemerkt, als ich am Empfang vorbeigeschlichen war. *Pfeif auf die Hausregeln.* Aus dem Personalzimmer hörte ich Gesang – offenbar nutzte man den besuchsfreien Tag für eine Geburtstagsfeier. Umso besser, denn ich hatte keinen Bock zu erklären, warum ich schon wieder hier auftauchte, außerhalb meines üblichen Dienstags. Ich wäre in jedem Fall hergekommen, an diesem miesen Jubiläumsdatum, aber erst recht jetzt, da ich so vielen neue Fragen hatte … und, nach ein paar Stunden Internetrecherche, sogar ein paar Antworten.

»Ich muss dir ein Geständnis machen«, sagte ich zerknirscht, als ich mich in den Designerstuhl neben Karlas Bett setzte und meinen Rucksack zu Boden plumpsen ließ. »Die Schatztruhe ist kaputt. Und ich hab alle Sachen darin durchwühlt. Das waren deine, oder? Erbstücke deiner Familie. Schau, ich hab dir ein paar davon mitgebracht.«

Ich zog meine Beute heraus und verteilte sie auf dem Bett: die Skizzensammlung. Das Messer. Und das Kästchen mit den zwei Fächern, in das ich den Ring zurückgelegt hatte. Die Kleider mitzunehmen, hatte ich mich nicht getraut, das Material wäre mir bestimmt weggebröckelt.

Jetzt zog ich eine von Karlas schlaffen Händen unter der Decke hervor und legte ihre Finger um den hellen Messergriff.

Das ist nicht irre, machte ich mir Mut, *das ist sensorische Therapie. Vielleicht löst der Kontakt mit einem vertrauten Gegenstand irgendetwas aus.*

Andererseits: Wie vertraut waren ihr diese Dinge wirklich? Uns hatte sie die Truhe ja streng verboten und niemals in unserem Beisein geöffnet. Schwer vorstellbar, dass Eriks rationale Großmutter heimlich auf den Dachboden schlich, um sich an alten Erbstücken zu erfreuen …

Egal. Wer Wichtel sieht, darf auch nach Strohhalmen greifen.

Ich räusperte mich und tippte auf den Deckel des Kästchens. »Darin war ein Zettel mit so was wie einer Botschaft. Die verstehe ich nicht, da müsstest du mir mal helfen, ja?«

Keine Reaktion, natürlich nicht.

Ich schob das Messer beiseite und legte ihr stattdessen das Skizzenpäckchen unter die knochige Hand. Trotz der ganzen Kümmerei hier war sie so dünn geworden … Puh.

Reiß dich zusammen, Elvy!

Erzwungen munter fuhr ich fort: »Aber was ich rausgekriegt habe: Árjepluovve ist der einheimische Name von Arjeplog, das ist so ein Kaff kurz vorm Polarkreis. In Lappland, oder besser Sápmi, so heißt es bei den Ureinwohnern. Wusstest du vielleicht noch nicht. Warst du mal in Arjeplog? Im Winter ist da wohl richtig was los, auf den zugefrorenen Seen werden Autos getestet. Klimatechnik, Reifen, all so was.«

Zuckte da etwas in dem Gesicht auf dem weißen Kissen? Nein, nichts. Auch das leise Piepen der Überwachungsmonitore, die so diskret in die Wand hinter dem Bett eingelassen waren, blieb unverändert.

Was hatte ich erwartet? Dass sie nach einem Jahr Koma aus dem Bett sprang, weil ich ein paar Antiquitäten anschleppte? Aber ich verbot mir Mutlosigkeit, öffnete stattdessen das Kästchen, nahm den Ring heraus und streifte ihn Eriks Großmutter über. Er passte ihr noch schlechter als mir, selbst am Daumen blieb Luft. Und natürlich brachte auch diese Aktion kein plötzliches Erwachen.

»Märchen taugen nicht zur Realitätsbewältigung«, murmelte ich mit einem traurigen Lächeln in Richtung von Karlas Kopf. »Deine Worte. Aber mittlerweile hätte ich nichts gegen ein märchenhaftes Wunder. Hey, soll ich dir vielleicht ein Küsschen geben, wie bei Dornröschen?«

Keine Antwort.

Seufzend lehnte ich mich zurück in den bequemen Stuhl. Die Recherche nach den restlichen Begriffen hatte nichts gebracht. Zu »Froststern« und »Kaiina« gab es nur Treffer mit belanglosen Informationen, »Ymatàja« dagegen existierte laut Suchmaschine gar nicht. Sackgassen.

Failure is not an option, sagte ich mir vor, mit der strengen Stimme von Eriks Großmutter. *Halt dich an das, was du hast. Die Spur führt in den Norden.* Nach Arjeplog. Oder Árjepluovve. In die Kälte.

Mit dem Finger fuhr ich langsam über das weiße Laken auf dem Krankenbett vor mir. Wenn ich meine Augen zusammenkniff, konnte ich mir einbilden, auf eine weite, winterliche Landschaft zu blicken. Grasland, Hügel und Täler, Bäume und Felsen, bedeckt von meterhohem Schnee, Flüsse und Seen in Eis erstarrt. Genauso sah es da oben jetzt sicher gerade aus.

Brrr, ohne mich …

»Ich werd da anrufen«, murmelte ich, während mein Finger weiterwanderte durch den ausgedachten Schnee der Bettdecke. »In Arjeplog. Da gibt's 'ne Touri-Auskunft und ein Museum, vielleicht können die mir etwas über Ymatàja sagen. Ist möglicherweise eine alte Ortsbezeichnung …«

In diesem Moment fuhr ich vor Schreck zusammen. Etwas hatte mich gepackt. Nein, nicht *etwas*: eine Hand, auf deren Daumen Eriks Ring saß. Ich sah hoch – und blickte direkt in Professorin Karla Forsbergs wasserblaue Augen.

»Elvy«, sagte sie, ihre Stimme kaum mehr als ein Röcheln. »Was hast du getan?«

Kapitel 6

Reflexartig riss ich meine Hand aus der Umklammerung. Dann verstand ich, was geschehen war, sprang auf und keuchte begeistert: »Du bist wach! Ich freu mich so, du … wir … warte, ich rufe die Pfleger …«

»Du rufst niemanden!«, krächzte Karla. »Wir haben keine Zeit für solchen Quatsch. Wo ist der Ring?«

»Der Ring? Na, aber da, an deinem Finger …«, stotterte ich, vollkommen überfahren. War es normal, dass frisch erwachte Komapatienten gleich so loslegten?

Sie hob ihre Hand, schaffte es kaum vor Entkräftung, sah, dass ich die Wahrheit gesprochen hatte – aber das reichte ihr wohl nicht. »Wo ist der andere?«

»Der andere – Erik hatte ihn. Hat ihn. Wahrscheinlich.« Ich schluckte. Oh Gott, jetzt kam der schwerste Teil. »Prof Karla, ich muss dir was sagen. Erik ist … nicht mehr hier. Er … er wurde –«

»Ich weiß, was passiert ist!«, unterbrach sie mich, ihre Stimme noch immer kaum mehr als ein Hauch, doch voll vertrauter Autorität. Nur diese drängende Verzweiflung darin kannte ich nicht. »Also haben wir wirklich nur den einen Ring? Gute Güte! Nimm ihn mir ab, Elvy, schnell!« Schon versuchte sie, das Teil abzuschütteln, schaffte es nicht, ich half ihr, ohne den Grund zu verstehen. »Setz ihn nicht auf!«, zischte sie dann. »Setz ihn niemals auf, hörst du? Das macht dich zum Ziel!«

»Ist ja gut!«, erwiderte ich, selbst der Panik nah. »Aber wieso nicht? Was soll das alles? Hör mal, ich hole jetzt deinen Arzt und –«

»Elvy, setz dich und sei still!« Wie konnte ein Hauch so donnern? »Und pack dieses andere Zeug weg, schnell!«

Ich gehorchte wie unter Hypnose, fegte Messer und Skizzenpack zurück in meinen Rucksack. Der Ring, sicher zurück im Kästchen, folgte.

»Erklär mir doch, was los ist, Prof Karla«, flüsterte ich dann, meine Kehle so eng, als hätte auch ich ein Jahr lang nicht gesprochen. »Weißt du wirklich, was mit Erik ist? Aber … aber wie –«

»Ich habe ihn gesehen. Im Traum. Es ist alles wahr. Ich wollte es nicht glauben, aber es ist alles wahr. Als er angegriffen wurde, habe ich es gespürt, über unsere Blutsverbindung. Ich wollte ihm helfen, aber ich war zu schwach, wurde selbst getroffen. Sie hat ihn geholt, und ich bin schuld …« Noch immer lag Karla so gut wie regungslos vor mir – ihr Geist war eindeutig voll da, doch ihr Körper kämpfte mit der langen erzwungenen Bettruhe. Nur ihre Augen zuckten wild hin und her, von meinem Gesicht durch den geschmackvoll eingerichteten, ihr fremden Raum, hin zu dem großen Panoramafenster mit der Aussicht auf den dunklen Park hinter mir, die Jenz so gelobt hatte.

Die gehauchten Worte hallten in mir wieder, ihr Echo viel zu laut. *»Sie«? Etwa dieselbe »Sie«, von der Tomte Teda gesprochen hat?*

»Ich werde dir alles erklären, Elvy«, versprach Karla. »Aber erst das Wichtigste. Bevor es zu spät ist. Beug dich zu mir.«

Ich gehorchte, noch immer wie gebannt. In ihren Augen standen Tränen. Ich hatte sie noch nie weinen sehen, niemals, nicht einmal bei der Beerdigung ihrer Tochter und ihres Schwiegersohns, Eriks Eltern.

Und dann geschah etwas, das mich erneut an meinem Verstand zweifeln ließ. Eriks Großmutter murmelte etwas, das ich nicht verstand, und plötzlich leuchtete auf ihrer Stirn ein heller Punkt auf. Nicht größer als ein Stecknadelkopf, aber unübersehbar.

Während ich nur starrte, hob sie mit größter Kraftanstrengung die Hand zu ihrem Gesicht. Berührte den Lichtpunkt. Mit einem Aufglitzern löste er sich von ihrer Stirn. Saß jetzt auf ihrer Fingerspitze.

»Komm näher, Elvy. Schnell.«

Unmöglich, mich zu weigern. Ich blickte auf die Fingerspitze vor meinem Gesicht. Der Leuchtpunkt darauf tanzte, versprühte silberweißes Licht, und jetzt sah ich genau, was es war: ein einzelner, winziger Eiskristall.

Wunderschön, wirbelte mir durch den Kopf.

Gleichzeitig bekam ich entsetzliche Angst davor.

Nimm es weg, dieses Ding!, wollte ich flehen, doch mein Mund war wie gelähmt.

Schon berührte der Finger meine Stirn und ein eisiger Blitz durchfuhr mich. Schrie ich auf? Keine Ahnung, einen Moment lang wurde alles in mir weiß und taub. Dann kehrten meine Sinne mit Gewalt zurück.

»Was hast du mit mir gemacht? Was war das?«, stieß ich hervor.

»Keine Angst, Elvy.« Karlas Stimme trieb zu mir wie durch weißes Rauschen. »Der Froststern wird dich schützen.«

Der Froststern? Keuchend vor Schock tastete ich mein Gesicht ab. Dann fand ich es: eine winzige, kalte Stelle, mitten auf meiner Stirn. Ich drehte mich zu der dunklen Fensterscheibe in meinem Rücken um. Sah mein Spiegelbild, viel zu deutlich. Mein blasses, verängstigtes Gesicht, umrahmt von den glatten dunklen Haaren, meine Augen weit aufgerissen … und ein Stück darüber, wie die Markierung für den perfekten Kopfschuss: ein kleiner, weiß leuchtender Punkt.

Ich wischte hektisch darüber, so fest, dass es weh tat – der Punkt blieb.

»Was ist das? Mach das weg! Ich will das nicht, ich –«

»Elvy Astrid Andersson!« Wieder der donnernde Hauch. »Lass diese Kindereien und hör zu! Wenn du die Wahrheit wissen willst, wenn du *helfen* willst, dann hör zu!«

Mühsam brachte ich mich unter Kontrolle. Zog meine langen, dünnen Beine hoch auf den Stuhl, umschlang sie eng mit meinen Armen. Alles, um nicht völlig auszuflippen.

Was war hier bloß los? Und warum war noch kein medizinisches Personal aufgetaucht, um die veränderten Vitalwerte der Komapatientin zu checken? Wie hart konnte man Geburtstag feiern? Antworten, so schien es, würde ich erst einmal nur bekommen, wenn ich still blieb. »Okay«, flüsterte ich gepresst. »Ich höre zu.«

»Du erinnerst dich doch an die Geschichten, die ich euch immer erzählt habe?«

Mechanisch nickte ich. Was sollte das werden, eine neue Märchenstunde?

»Was ist mit ›Die Schneekönigin‹? Kennst du das noch?«

Wieder nickte ich. Natürlich. Das hatte sie besonders gern zerlegt. Weil sie eine bessere Antwort zu erwarten schien, sagte ich zögernd: »Ausgedacht hat es sich Hans-Christian Andersen. Mein dänischer Namensvetter, hast du immer über ihn gesagt.«

»Und worum geht es? Na los, uns läuft die Zeit davon!«

Zeit wofür?, fragte ich mich, doch laut antwortete ich brav: »Es geht um die Kinder Gerda und Kay. Der Junge wird von der bösen Schneekönigin in ihr Reich entführt, und seine kleine Freundin zieht los, um ihn zu retten. Auf ihrer Reise trifft sie alle möglichen Wesen, manche gut, manche böse. Schließlich findet sie Kay im Palast der Schneekönigin wieder, erlöst ihn vom Zauber und sie gehen gemeinsam nach Hause. The End.« Ich schaffte es, mit den Schultern zu zucken. »Erik und ich fanden es doof, dass es zum Schluss keinen richtigen Kampf gibt oder so was. Die Schneekönigin taucht nicht mal mehr auf. Bisschen lahm.«

»Oh, in Wirklichkeit ist sie aufgetaucht. Und Herr Andersen hat sich die Geschichte nicht ausgedacht. Er hat sie nur *aufgeschrieben.* Aber nicht besonders genau.« Das Gesicht auf dem weißen Kissen war jetzt voller Schatten.

»Was … was willst du damit sagen?«

»Es ist alles wahr. Elvy. Die Geschichte ist wirklich passiert, vor über 200 Jahren. Die Gerda aus dem Märchen … sie ist eine meiner Vorfahren. Sie war es, die Andersen alles erzählt hat, Jahre später. Ich stamme von ihr ab, in direkter Linie. Sie ist einst ausgezogen, hat Kay gerettet und die Schneekönigin besiegt. Gerda hat geglaubt, dass damit alles gut war, und ist in ihre Heimat zurückgekehrt. Aber nichts war gut. Das weiß ich jetzt.«

»Hör auf«, brachte ich heraus.

Das ist doch alles Quatsch, wollte ich sagen. *Märchen sind Märchen.* Doch mein Körper zitterte, als ob die Kälte des dunklen Parks ins Zimmer gekrochen käme, einfach hineinsickerte durch den Rahmen des bodentiefen Fensters.

»Ich wollte es auch nicht glauben«, wisperte Eriks Großmutter. »Meine ganze Kindheit war bestimmt von dieser Geschichte und ich habe sie gehasst. Weitergegeben seit Generationen in meiner Familie. Genau wie der Froststern weitergegeben wurde. Ich bekam ihn an meinem sechzehnten Geburtstag von meiner Mutter. Es ist ein Schutzzauber, hieß es. Wir müssten ihn bewahren, uns erinnern und wachsam bleiben. Falls die Schneekönigin doch eines Tages zurückkehrt. Wie konnte ich so etwas glauben? Wie konnte irgendjemand so etwas glauben? Ein Märchen, nichts weiter! Und dieser Lichtpunkt auf meiner Stirn … Ich habe seinen Schutz nie gespürt oder gebraucht. Ich wollte ihn vergessen. Ohnehin kann ihn niemand sehen außer mir. Und je weniger ich an ihn dachte …«

Du hast ihn weggesperrt, in deinem Kopf, dachte ich. *Und das restliche Zeug hast du auf dem Dachboden weggesperrt.*

»Sollten wir deswegen nicht an die Truhe?«, fragte ich.

Sie nickte schwach. »Gerdas Ausrüstung von damals. Ich wollte Schluss machen mit alldem. Mich befreien, und damit auch meine Kinder. Schluss mit der Vergangenheit, Schluss mit den Märchen. Deshalb habe ich den Froststern nicht an meine Tochter weitergegeben. Sie hat nie etwas erfahren von … alldem. Auch Erik nicht. Und jetzt … jetzt muss er dafür büßen. Für meinen Hochmut. Für … für meine Dummheit …«

Neue Tränen stiegen ihr in die Augen, doch diesmal waren es Tränen des Zorns und der Scham, da war ich sicher.

Ich versuchte, sie zu beruhigen. »Nicht, hör doch auf …«

»Wage es nicht, mich zu trösten!«, fuhr sie mich an und ich schreckte richtig zurück. Woher nahm sie diese Kraft? Wütend fuhr sie fort: »Ich habe gesehen, was geschieht! Sie ist zurückgekehrt, neu erstarkt. Und sie will Rache! Rache an allem, was lebt! Dass sie Erik entführt hat, war nur der Anfang!«

»Die … die Komafälle?«, versuchte ich einen Beitrag und erntete einen bestätigenden Blick.

»Es beginnt erneut. Ich habe sie gesehen … dort, in Ymatàja, hinter dem Eis. Ihre Armee. Sie wächst Tag um Tag. Bald … bald hält sie nichts mehr auf … Elvy. Hör mir gut zu.«

Nein, schrie es in mir. *Egal, was jetzt kommt, ich will es nicht!*

»Gib mir deine Hand.«

Viel zu deutlich spürte ich den Punkt auf meiner Stirn, er brannte vor Kälte. Das Zittern in mir wurde immer stärker. Zu krass war die Geschichte, die Eriks Großmutter – ausgerechnet sie! – hier vor mir ausbreitete. Ich konnte das nicht einfach schlucken. Eine Märchenfigur, die uns alle bedrohte?! Das war verrückter als sämtliche Schneesturm-Angriffe, Eisträume und Wichtelsichtungen zusammen.

»Gib mir deine Hand und hör zu, schnell!«, drängte Karla wieder, ihre Stimme jetzt kräftiger als vorher.

Ich rührte mich nicht, umklammerte meine Beine nur noch fester. *Zu viel verrückter Scheiß, viel zu viel.*

Doch dann sah ich, wie sich der Ausdruck in ihrem Gesicht veränderte. Aus wütender Forderung wurde nackte Angst. Sie schaute nicht mehr mich an, sondern auf einen Punkt hinter mir.

Ich fuhr herum zum Fenster. Erstickte fast an meinem Atem. Denn jenseits der großen Panoramascheibe, aus der Tiefe des dunklen Parks, kroch etwas heran, weiß leuchtend, schnell wie eine Schlange.

Eine Spur aus Eisblumen.

Sprühend vor Kälte, unaufhaltsam. *Wie damals bei Erik!*

»Eine Frostlinie!«, krächzte Karla. »Sie hat mich gefunden! Lauf weg, Elvy, schnell!«

Nichts da! Ich hechtete hinüber zum Kopfende des Betts, drückte den Notrufknopf, dann den Feueralarm.

Keiner von beiden schien zu funktionieren.

Die Frostlinie erreichte das Fenster. In Windeseile breiteten sich Eisblumen aus, bis das ganze Glas bedeckt war.

Ich stand wie gebannt, starrte nur.

Shit, was … was …

Karla schrie, hob mit letzter Kraft die Hände vors Gesicht … Das Fenster zerbarst. Zerbarst in tausend Splitter. Sie fegten durch den Raum mit der Wucht einer Granate, doch es war kein Glas mehr, es war Eis, irgendwie wusste ich das, tödliches Eis, und im nächsten Moment tobte ein Schneesturm im Zimmer, riss mich zu Boden.

Ich landete hart, keuchte auf vor Schmerz. Kämpfte mich hoch auf Hände und Knie.

Karla, ich muss Karla helfen!

Doch es war, als ob der Sturm alle Distanzen zerstört hätte. Alles war weit entfernt von mir, viel zu weit. Mühsam kroch ich voran. In Richtung Bett? Ich wusste es nicht, der rasende Schnee nahm mir die Sicht.

Und doch … als ich es endlich wieder auf die Beine schaffte, konnte ich es kaum fassen: Die Eissplitter hatten mich getroffen, umgerissen, verdammt – aber ich war unverletzt. Ich stand in der Mitte des Sturms, spürte die Kälte und den Wind, doch gedämpft, wie durch eine Decke. Fassungslos hob ich meine Hand und sah den schwachen, silbrig-weißen Schimmer, der sie umgab. Auf meiner Stirn das eisige Brennen.

Der Froststern.

Es ist ein Schutzzauber, hallte es in mir wider.

Ein Zauber … der schwächer wurde? Denn jetzt ließ es nach, das Glimmen auf meiner Haut. Schon fühlte ich, wie die Kälte zu mir durchdrang, spürte den Wind, der mich fortzerren wollte.

»Karla!«, schrie ich.

Endlich entdeckte ich in dem rasenden Flockenwirbel das Bett, darauf die schemenhafte Gestalt von Eriks Großmutter. Kämpfte mich voran, Schritt für Schritt, eingehüllt in den Schimmer. Doch die Kälte nahm zu, riss mir die Luft weg, schnitt mir durch die Kleider. Ich stolperte gegen ein Hindernis, den umgekippten Stuhl mit meinen Sachen, halb vergraben im Schnee, fiel auf die Knie.

Hilfe …

Plötzlich war da etwas neben mir, sprang auf meine Hand, etwas Warmes, Kleines.

»Los, Menschlein, weg hier!« Tomte Teda riss an meinen Fingern.

Was ist mit Karla?!, versuchte ich, gegen den Sturm anzuschreien, vergeblich, seine Wucht erstickte jeden Laut.

Doch das Wichtelwesen schien mich auch so zu verstehen. »Der kann niemand mehr helfen! Komm mit, sonst bist du die Nächste und alles ist verloren!«

Ein neuer Windstoß traf mich, fauchte durch den schützenden Schimmer. Messerscharfe Eiskristalle schlugen mir ins Gesicht, rissen mir die Wange auf. Ich schrie, dann gleich noch mal, denn Tomte Teda hatte mich in den Handrücken gekniffen.

»Beweg dich endlich!«

Ich gab meinen Widerstand auf. Die entfesselte Wintermacht ringsum ließ mir keine Wahl. Noch ein Blick zurück, durch den wirbelnden, wütenden Schnee, dann riss ich reflexartig Rucksack und Anorak an mich und folgte der winzigen Gestalt vor mir. Stolperte voran, halb blind und wimmernd vor Kälte. Das Ding auf meiner Stirn schien zu flackern wie eine Kerze kurz vor dem Erlöschen.

Ich erreichte die Fensteröffnung, stürzte fast über die zertrümmerte Bodenfassung, dann war ich draußen. Der Schneesturm blieb hinter mir zurück, wie eingesperrt in das Zimmer. Aber da, direkt neben mir, auf der dunklen Erde, glitzerte die Frostlinie. Die Luft über ihr dampfte vor Kälte und versprühte eisige Funken, die davonwirbelten in die Nacht. Entsetzt starrte ich auf das Ding, das sich wand und zischte wie etwas Lebendiges, ein böses, wildes Tier, bereit, mich anzufallen …

»Brauchst du einen Tritt, tumber Mensch?«, fluchte es in mein Ohr.

Tomte Teda saß auf meiner Schulter. Statt eines Tritts riss sie an meinen Haaren, der scharfe Schmerz brachte mich erneut in Bewegung. Ich rannte los, so schnell ich konnte. Weg vom Schneesturm, weg von der Frostlinie.

Hinein in die Nacht.

Kapitel 7

»Sie ist tot.« Ich ließ das Handy sinken. Alles an mir zitterte, schon wieder, noch immer, dabei war ich seit über einer Stunde zurück in unserer Wohnung. »Die wollten mir nichts sagen am Telefon, aber ich hab im Hintergrund diesen Jenz gehört, wie er irgendwen vollgeheult hat. Karla ist tot und die Polizei ist da. Weil das Fenster kaputt ist und alles voller Schnee und sich das keiner erklären kann und … und … ich weiß nicht, was ich machen soll …«

»Kaffee«, unterbrach mich eine feste Stimme. Tomte Teda stand auf meinem Schreibtisch und sah streng zu mir hoch.

»Was?«, brachte ich heraus, die Hände um das Telefon verkrampft.

»Du sollst Kaffee machen«, wiederholte das Wichtelwesen. »*Ich* brauche jetzt welchen und *dich* beruhigt es. Na los.«

Ich gehorchte. Schlurfte in die Küche, Tomte Teda im Schlepptau. Mechanisch goss ich Wasser in unsere alte, aber treue Maschine, füllte Pulver in den Papierfilter – eine Prise Salz darauf, Papas Geheimtipp –, und als das Geblubber einsetzte, merkte ich, dass mich die vertrauten Handgriffe tatsächlich ein bisschen ruhiger gemacht hatten. Mechanisch angelte ich zwei saubere Löffel aus dem Abtropfsieb neben der Spüle und stellte Milch und Zucker auf den Tisch. Beim nächsten Schritt kam ich dann doch wieder ins Stocken.

»Ich … äh, ich glaub nicht, dass ich einen Becher in deiner Größe habe …«

»Lass das nur meine Sorge sein, Menschlein. Schenk ein. Und nicht zu geizig mit dem Zucker.«

Abermals gehorchte ich. Anschließend schob ich Tomte Teda einen Becher hinüber, der so groß war wie sie selbst. Sie berührte den Henkel – wieder dieses Tinkerbell-Gebimmel – und *zack!,* schrumpfte das Teil auf Zwergenformat.

Ich war noch immer so fertig, dass mir diese erneute Abgedrehtheit nicht die kleinste Reaktion abrang. Tomte Teda schien es auch keinen Kommentar wert zu sein, denn sie machte es sich einfach auf dem Küchentisch gemütlich, lehnte sich an den einst von Klein-Elvy handgetöpferten Kerzenhalter und genoss ihren magischen Mini-Kaffee.

Eine ganze Zeit lang herrschte Schweigen in unserer kleinen Küche. Ich hielt mich an meinem Becher fest, versuchte, mit den Händen und in kleinen Schlucken jedes Fitzelchen Wärme aufzusaugen, das ich kriegen konnte.

Karla ist tot und ich bin einfach weggelaufen …

Mir war kalt, so elend kalt, und in meiner Kehle saßen elend kalte Tränen. Die eisigste Stelle an mir aber war dieser Punkt auf meiner Stirn. So winzig er auch war, ich sah ihn ganz deutlich, jedes Mal, wenn ich den Kopf hob und mein Spiegelbild in der dunklen Küchenfensterscheibe erblickte. Allerdings schien er sonst keinem Menschen aufzufallen, das hatte ich auf dem Rückweg hierher immerhin bemerkt. Im Treppenhaus war ich in meiner Panik frontal mit Frau Svensson zusammengerasselt – sie hatte keinen Kommentar zu meinem neuesten Accessoire gemacht, und sie sah sonst *alles*!

»Was ist das für cin Ding?«, flüsterte ich schließlich in Tomte Tedas Richtung und hob kurz meine Augenbrauen. »Und … wie werde ich es wieder los?«

»Den Froststern? Gar nicht.« Die Wichtelfrau vor mir schüttelte tadelnd den Kopf mit der abgewetzten roten Mütze. »Nun, streng genommen *könntest* du ihn weitergeben, wenn du gelernt hast, seine

Macht zu beherrschen. Aber an wen, hm? Sei lieber froh, dass du ihn hast. Es ist ein Schutzzauber, der mächtigste von allen, erschaffen von Yma selbst. Du verdankst ihm dein Leben.«

»Dafür ist Eriks Großmutter tot.« Die Kälte in mir dehnte sich aus. »Weil sie ihn mir … übergeben hat?«

»Hm.« Ein bestätigendes Knurren über den winzigen Becherrand antwortete mir. »Bei den Aelfar wird so etwas vererbt, wenn auch nur an Erstgeborene. Ihr Menschen dagegen müsst ihn bewusst weitergeben. Tut ihr es nicht, stirbt der Zauber mit euch.« Die Wichtelin hob die Schultern. »Ich dachte, die Weitergabe ginge auch bei euch nur innerhalb der Familie, aber der Froststern hat wohl seine eigenen Gesetze. Die alte Frau war nicht blutsverwandt mit dir, oder, Menschlein?«

»Sie hieß Karla. Professorin Karla Forsberg.« Alles drehte sich in meinem ohnehin so zerstürmten Kopf. *Was sind »Aelfar«?* Es klang ein bisschen wie das schwedische Wort für Feen oder Elfen. War das Wichtelslang oder so was? Aber ich hatte keine Zeit für vergleichende Sprachstudien. Eriks Großmutter, mein großes Vorbild, war tot, gestorben in einem zweiten unerklärlichen Schneesturm, eingeholt von etwas aus ihrer Vergangenheit, aus einem wahren Märchen, das sie nicht hatte glauben wollen …

»Was ist da passiert?«, fragte ich leise. »Was … *wer* war das? Karla hat mir etwas erzählt über die … die Schneekönigin.«

»Die Ysirka.« Tomte Teda nickte. »Fürchte sie, Menschlein. Vor zweihundert eurer Menschenjahre haben wir Unsichtbaren gekämpft, um die Kalte Herrscherin zu vernichten. Doch uns gelang nur, sie einzuschließen, dort oben, hinter dem Eis. In all den Jahren ist ihre Macht immer weiter gewachsen. Die Frostlinien sind erste Vorboten, sie bringen ihre Kälte in eure Welt. Du hast die Splitter gesehen, die sie versprühen? Sie fliegen weit über Land und Meer. Gnade dem, der davon getroffen wird.«

Ich dachte an die glitzernden Eisfunken, die über der Frostlinie durch die Luft gewirbelt waren, und nickte schaudernd. »Sind die etwa der Grund, warum die Leute ins Koma fallen? Diese Splitter? Aber … sieht sie denn niemand?« *Vermutlich nicht*, gab ich mir selbst die Antwort. Im »Frozen Hearts Club« fand sich jedenfalls keine einzige Bemerkung über Eissplitter oder gar Frostlinien. »Und – warum trifft es nur junge Menschen?«

»Junge Herzen brennen am heißesten.« Tomte Teda zuckte die winzigen Achseln. »Die Ysirka braucht genau das: dieses Feuer, ungezähmt und ungeschützt. Junge Menschen, die lieben und geliebt werden, sind das beste Ziel für ihre Eissplitter. Sie raubt ihnen die Seele, ihre Lebenskraft. Aber sie tötet sie nicht, oh nein. Denn solange sie in eurer Welt leben und geliebt werden, so lange besitzen sie Kraft, die die Ysirka nährt.«

»Solange sie geliebt werden …«, murmelte ich. »Die Träume von den gefrorenen Herzen. Sie sind die Verbindung? Wie … wie eine Leitung, die angezapft wird?«

Wieder ein knappes Nicken.

Shit. Das wurde ja immer schlimmer. Meine Träume von Erik hatten mir Angst gemacht, aber auch Hoffnung gegeben. Hoffnung darauf, dass er noch am Leben war, irgendwo. So wie die Angehörigen der Komaopfer hofften, ihre Liebsten bald wieder erwachen zu sehen. Und nun erfuhr ich, dass all diese Hoffnung, das Festklammern an dem gemeinsamen Band, nur dazu führte, die böse Macht hinter alldem zu stärken! Ich kniff die Augen zusammen. Mein Kopf, nein, mein ganzes Inneres fühlte sich an, als ob eisige Flocken darin herumwirbelten. Doch langsam beruhigte sich der Schneesturm in mir und gab den Blick frei auf diese eine Frage, deren Antwort ich seit einem Jahr suchte.

»Was kann ich tun?«

Tomte Teda ließ sich Zeit mit ihrer Antwort. Sie nahm einen langen Schluck Kaffee, noch einen, dann senkte sie den Becher und wieder spürte ich ihren Blick auf mir, dunkel und scharf. Er ließ ein Bild aus dem Unterricht über die Frühgeschichte der Menschheit in mir aufsteigen – das Bild einer Feuersteinklinge.

»Du träumst vom Enkel der alten Frau, von seinem erfrorenen Herzen. Nicht wahr, Menschlein?«, fragte Tomte Teda und ihre uralten Feuersteinaugen ließen mich nicht los. »Er ist der wahre Erbe des Froststerns. Doch er hat ihn nicht bekommen, also war er schutzlos. Ihn hat die Ysirka wirklich und lebendig zu sich geholt.«

»Wie Kay«, flüsterte ich. »Warum? Eine Wiederholung der Geschichte?«

»Mehr als das.« Tomte Teda hielt mich weiter fixiert. »Sie will Rache an Gerdas Nachkommen. Also wird sie ihn leiden lassen, dort oben in ihrer Schneefeste. Alles wird sie ihm nehmen, Stück für Stück. Seinen Körper, seine Seele. Bis nichts mehr von ihm übrig ist … außer totes Eis.«

»Hör auf«, presste ich heraus.

Die Schatten in den Ecken waren auf einmal zu tief, zu kalt, machten die mir so vertraute Küche zu einer fremden Welt. Ich kam nicht dagegen an. Nur ein Gedanke gab mir Kraft. Tief sog ich die Luft ein, spannte alles in mir an, wie für einen Sprung ins kalte Wasser.

»Ich will Erik helfen. Egal wie«, sagte ich entschlossen. »Wenn du einen Weg kennst, rück endlich raus damit!« Ich knallte meinen Becher auf den Tisch, dass es klirrte. Es tat verdammt gut.

»Sieh an, das Menschlein hat Mut.« Tomte Teda hob anerkennend die Augenbrauen – und es schien, als ob die Schatten sich ein Stück zurückzögen. »Dann hör gut zu, Elvy Astrid Andersson. Es gibt einen Weg. Auch die Ysirka muss sich an die alten Gesetze halten. Und die besagen: Wer sich mutig zu ihr wagt, darf seine Liebsten freibitten. Ein harter Weg, ohne Garantie auf Erfolg. Aber der einzige für euch.«

Puh. Ich biss mir auf die Lippen. Ja, das klang echt nach einer

Original-Märchen-Lösung. Gerda zieht los, um Kay zu retten. Nur gab es da ein Problem.

»Das mit dem ›Liebsten‹«, fragte ich zögernd, »äh ... funktioniert die Nummer nur, wenn man ein Paar ist? Oder zählt auch Freundschaft?«

»Freundschaft ist genauso viel wert«, erwiderte Tomte Teda ernst. Noch immer blitzten ihre Augen wie düsteres Feuer. »Das Entscheidende ist: Du und der, den du freibitten willst, ihr müsst euch einig sein. Ihr müsst wissen, was ihr füreinander seid. Nur die stärkste Bindung hält aus, was euch erwartet. Also: Kennst du dein Herz – und seins?«

Nein und ... nein? Gar nix kenne ich.

Neue Angst stieg in mir hoch, doch ich drängte sie zurück, während Tomte Teda weitersprach: »Die Ysirka wird dich prüfen. Wenn du es mit ihr aufnehmen willst, Menschlein, musst du standhaft sein wie Esche und Ulme. Bist du das?«

Ein Baum soll ich sein? Ist das 'ne Scherzfrage?

Frustriert schüttelte ich den Kopf. »Ich bin mehr so 'ne unaufgeräumte Sockenschublade, wo nicht eins zum anderen passt. Alles durcheinander.«

»Dann solltest du besser schnell Ordnung schaffen«, erwiderte das Wichtelwesen scharf. »Der Froststern bietet dir Schutz, aber stets abhängig davon, wie viel Kraft du ihm geben kannst. Und davon sehe ich in dir längst nicht genug für das, was du vorhast.«

War der Punkt darum so winzig? Hatte er mich deshalb in Karlas Krankenzimmer nur vor der allerersten Schneeattacke geschützt?

Na, ganz toll, jetzt gibt mir auch noch ein magisches Tattoo schlechte Noten.

»Jedenfalls müssen wir –« Tomte Teda hob gerade zu einem neuen Satz an, da zischte ein grauer Blitz durch die Küche und riss sie fort. Der Wichtelbecher flog in hohem Bogen durch die Luft, sprang klingelnd zurück in seine ursprüngliche Größe und zerschellte auf dem Flickenteppich vor dem Herd.

»FARINELLI! Aus!«

Mit einem Satz war ich auf den Beinen. Tatsache: Da, in der Ecke neben dem Kühlschrank, kauerte mein sonst so feiges Katerchen und glotzte stolz, im Maul ein zappelndes Wichtelwesen. Seine erste Beute!

»Lass mich los, du Vieh!«, zeterte Tomte Teda und dann explodierte um sie herum ein knatternder Funkenregen.

Magische Knallerbsen?

Farinelli fauchte erschrocken, ließ seinen Fang fallen und raste unter das Küchenbüfett.

»Und bleib weg!«, donnerte Teda ihm hinterher, rappelte sich auf und fuhr mich an: »Warum warnst du mich nicht, dass man in deiner Behausung mit Überfällen rechnen muss?!«

»Warum passt du nicht besser auf, du tolle Unsichtbare?«, spuckte ich zurück und kniete mich vor das Büfett. »Farinelli, alles okay, kleiner Dummbatz?«

Ich hörte nur ein schwaches Maunzen, aber es klang zum Glück mehr nach verletztem Stolz als nach echten Schmerzen.

»Wehe, du tust noch mal meiner Katze weh!«, drohte ich über die Schulter.

»Wehe, das Monster kommt noch mal in meine Nähe!«, schimpfte Teda zurück. »Guck dir das an: ein Loch in meinem schönen Umhang! Das flickst du mir!«

»Flick dich selbst!«, zischte ich.

Wir starrten uns an, durch meine Kauerhaltung zum ersten Mal fast auf Augenhöhe. Die Schatten waren wieder ganz klein.

Schließlich schüttelte Tomte Teda den Kopf und grummelte: »Was soll's. Krieg ich einen neuen Kaffee, Menschlein?«

Ebenso grummelig nahm ich ihr Friedensangebot an und kurz darauf saßen wir wieder am Tisch. Oder in Tomte Tedas Fall *auf* dem Tisch. Ich hatte die Scherben aufgekehrt und die Bienenwachskerze in dem Tonhalter angezündet. Das goldene Flackern der Flamme und der süße Honigduft halfen, die Dunkelheit in Schach zu halten. Farinelli hockte zwar immer noch unter dem Schrank, aber ich hatte ihm zum Trost ein paar Käsewürfel darunter geschoben.

»Also«, versuchte ich es konstruktiv, »wie läuft das jetzt genau mit dem Freibitten? Ich meine, wohin muss ich dafür überhaupt?«

Tomte Teda nahm einen bedächtigen Schluck aus ihrem frisch geschrumpften neuen Becher. »Die Festung der Ysirka liegt im Herzen von Ymatàja.«

Dieses Wort – ich kannte es von den Zeichnungen aus der Schatztruhe! Und auch Karla hatte es bereits erwähnt.

»Heißt so das Reich dieser … dieser Ysirka?«

Teda schüttelte den Kopf. »So heißt *unser* Reich. Das Reich der Unterirdischen, hinter dem Eis: der Tomtes, Trolle, Aelfar und all der Wesen, die für euch nur Legenden sind. Ymatàja, das Land der zwei Jahreszeiten. Die Ysirka hat es uns weggenommen, den Sommer verjagt und endlosen Winter gebracht. In den alten Zeiten, lange, bevor sie kam … da waren die Wände zwischen den Welten durchlässig. Wir waren in Ymatàja genauso zu Hause wie hier, in eurem Menschenreich.« Sie schaute mich streng an. »Aber ihr habt zu viel Eisen hergebracht. Eisen und gemahlenen Stein und so vieles mehr, das weder lebt noch stirbt. Ihr habt das Land vergiftet und die Magie verdorrte. Also kehrten immer mehr von uns auf ewig zurück nach Ymatàja und die Übergänge zwischen den Welten schwanden. Als die Ysirka kam und wir gegen sie kämpften, vernichteten wir die letzten Pforten, um sie zu bannen.« Das Wichtelwesen wirkte plötzlich ganz grau und müde. »Nur eine gibt es noch, hoch oben im Norden. Sie zu schließen, gelang uns nicht mehr rechtzeitig – aber die Aelfar bewachen sie, damit die Ysirka nicht entkommt. Doch ihre Macht wächst und bricht bereits in eure Welt durch, wie du ja selbst erlebt hast. Die Frostlinien sind nur Vorboten.«

»Weißt du denn, wo genau diese Pforte liegt?«

»Ja und nein.« Tomte Teda kratzte sich den graulockigen Haarschopf, der unter ihrer Strickmütze hervorquoll. Sie wirkte fast peinlich berührt. »Nach dem letzten verlorenen Kampf gegen die Ysirka floh ich durch die Pforte in eure Welt. Ich bin damals immer weiter nach Süden gewandert. Gerda wollte ich suchen, in der Hoffnung, dass sie uns mit ihrem Froststern noch einmal beistehen würde. Aber dabei bin ich in eure Eisennetze geraten und habe ... mich verloren. Vergessen. Woher ich kam, was ich erlebt hatte. Bis ich nur noch eine Stadttomte war, die den freien Tieren hilft.«

»Oh Mann, das klingt echt hart«, sagte ich mitfühlend.

Aber Tomte Teda warf mir einen giftigen Blick zu, der klarmachte: Sie wollte kein Mitleid von einem dummen Menschlein. »Spielt keine Rolle mehr. Hab mich ja wiedergefunden, vor einem Jahr, als dein Freund von der Frostlinie getroffen wurde. Ich hab's gespürt, bis zur anderen Seite der Stadt. Die Macht der Ysirka ... aber gleichzeitig auch den Ruf Ymatàjas. Plötzlich war ich wieder wach und erinnerte mich. Nur kam ich nicht rechtzeitig, um zu helfen. Seitdem hab ich dich im Auge behalten. Dich und die Erbin des Froststerns.«

Nicht zu fassen. Ich dachte an das vergangene Jahr. Wie sehr, wie oft ich nach Antworten gesucht hatte, Antworten aus meiner Welt. Und dabei hatte ich die ganze Zeit unter Wichtel-Observation gestanden!

»Okay«, sagte ich. »Du erinnerst dich also wieder – aber nicht an die Lage der Pforte, oder was?«

»Natürlich erinnere ich mich!«, erwiderte Tomte Teda störrisch. »Wenn ich erst einmal weg bin aus dieser Eisenfalle, die ihr Stadt nennt. Reise mit mir in den hohen Norden, und du wirst sehen, wie meine Wichtelsinne zurückkehren. Dann finde ich den Weg im Schlaf!«

»Hallo? Was ist denn das für ein Plan?«, protestierte ich. »Weißt du, wie groß Schweden ist? Skandinavien? Ich denke, die Zeit drängt! Wo sollen wir denn da anfangen? Wir brauchen wenigstens einen Anhaltspunkt und … warte.« Ich verstummte kurz. Holte meinen Rucksack. Das Skizzenpäckchen. Das Blatt mit dem verschmierten Ortsnamen.

»Hier. Árjepluovve. Arjeplog.« Ich tippte darauf. »Ich bin sicher, die Zeichnungen sind von Gerda. Vermutlich war sie in Arjeplog. In Lappland, also Sápmi.«

»Könnte stimmen.« Das Wesen vor mir auf dem Tisch schnüffelte an dem vergilbten Papier. »Ja … da juckt meine Wichtelnase. Ein Ziel! Von dort aus …« Verärgert raufte sie sich die Haare. »Zauberkraut, da ist noch zu viel Nebel in meinem Kopf! Na, wird schon. Genau wie der Rest. Also bist du wirklich fest entschlossen, Menschlein? Willst du es wagen?«

Wollte ich? Mich aufmachen ins Unbekannte, hinein in ein Abenteuer, das alle Gesetze der Realität zu sprengen schien? Geführt von einer schlecht gelaunten Märchenfigur? Nein, das wollte ich nicht. Aber ich *musste*. Denn wenn ich die Augen schloss, dann sah ich nichts als Eriks blasses Gesicht und das gefrorene Herz in seinen Händen. Ein Jahr lang hatte ich mit diesem schrecklichen Traum gelebt, mit der Erinnerung an Eriks Verschwinden gekämpft. Tag um Tag hatte ich allein und vergeblich nach Antworten gesucht, einem Weg zu helfen … Jetzt, endlich, lag einer vor mir. Und wenn er auch herausführte aus allem, was mir lieb und vertraut war: Ich würde ihn gehen, bis zum Ende, verdammt.

Ich atmete tief durch und nickte.

Wieder hoben sich Tomte Tedas buschige Augenbrauen – anerkennend und, *Frechheit*, auch ein bisschen überrascht. »Gut. Dann dürfen wir nicht länger zögern. Du bringst uns da rauf, und wenn ich frei bin vom Eisen, führe ich dich zur Letzten Pforte.«

Damit war alles gesagt. Ich holte meinen Laptop und machte mich sofort daran, die Reiseroute zu recherchieren: fast tausend Kilometer Fahrt! *Na, ganz toll.* Aber ich zögerte keine Sekunde und kaufte ein Online-Ticket für die Bahn- und Busverbindung nach Arjeplog – Flugzeug war raus, schon allein, weil Tomte Teda die »trollverfluchten Dinger« rundweg ablehnte. Dann packte ich meinen Rucksack und klopfte trotz der späten Stunde bei Frau Svensson, um ihr eine Lügengeschichte aufzutischen: dass ich meinem Vater hinterherreiste, um ihn auf seiner Tournee zu überraschen. Ob sie in dieser Zeit Farinelli füttern würde? Natürlich sagte sie Ja – *alles* für den Maestro. Meine Schule bekam eine ähnliche Info, natürlich ohne den Katzenteil. Würde wahrscheinlich noch Ärger geben von wegen *zu kurzfristig angefragt* und *nicht genehmigt*, aber egal. Immerhin war mein Fehlen in den nächsten Tagen erklärt.

Was werden würde, wenn meine Suche länger als zwei Wochen dauern sollte … diesen Gedanken blendete ich genauso aus wie die Frage, was mein Vater – oder auch meine Mutter – tun würde, wenn ich ebenso spurlos verschwand wie Erik. Fürs Erste war ich ja noch in dieser Welt und konnte ihnen Nachrichten übers Handy schicken.

Schließlich lag ich in meinem Bett. Der Zug fuhr am nächsten Tag in aller Herrgottsfrühe ab, bis dahin tat ich gut daran, meine Kräfte zu schonen. Leichter gesagt als getan.

Farinelli hockte noch immer unter dem Küchenschrank, also lag an meinem Fußende stattdessen eine knurrige kleine Wichtelfrau, die mich alle zwei Minuten anschnauzte, die Beine still zu halten, sie könne sonst nicht einschlafen.

Doch es rumorte einfach so stark in mir, ich fand keine Ruhe. Alles, was mir Sicherheit gegeben hatte, war fort, verschwunden im Schneesturm. Karla war tot. Wenn ich daran dachte, wie sie gestorben war, *warum* … und was ich jetzt vorhatte, erfasste mich wahnsinnige Angst.

Die kalten Tränen stiegen erneut in mir hoch, und diesmal schaffte ich es nicht, sie zurückzuhalten. Ich lag da im Dunkeln, zitterte und schniefte jämmerlich.

Da spürte ich, wie etwas über die Decke stapfte.

»Na, Menschlein, nur nicht verzweifeln.« Ein wichtelförmiger Schatten stand auf meiner Brust und ich hörte Tomte Tedas Stimme, knurrig, aber ungewohnt sanft. Im nächsten Moment legte sie mir eine winzige, schwielige Hand auf die Nase. Und – konnte das wahr sein? – mit einem Mal fühlte ich eine wohlige Wärme in mir, als ob mir jemand eine Heizdecke übergelegt hätte. »Der Weg wird lang und hart, aber wir schaffen ihn, Schritt für Schritt. Und deine Sockenschublade kriegen wir auch noch aufgeräumt. Wirst schon sehen. Jetzt schlaf.«

Ich nickte dankbar, einen dicken Kloß im Hals. Kurz darauf glitt ich tatsächlich in den Schlaf … und in einen Traum, anders und schrecklicher als alle davor.

Kapitel 8

Wieder war alles weiß, weiß und wirbelnd, doch diesmal ging ich nicht durch den Schneesturm ... er riss mich mit. Riss mich mit wie ein Laubblatt, peitschte mir die Haare ins Gesicht. Eiskalter, schneidender Wind zerrte an meiner Kleidung. Zum ersten Mal wurde mir im Traum bewusst, dass ich meinen Anorak trug. Doch er schützte mich nicht. Immer schneller tobte der Wirbel, trieb mir funkelnde Eiskristalle entgegen, winzig, wunderschön, entsetzlich. Ich hielt mir schützend die Hände vors Gesicht, vor die Stirn, plötzlich ein blendend helles Licht. Ich schrie ...

... spürte Boden unter mir. Keuchend vor Angst und Kälte, tastete ich umher. Bemerkte, dass ich auf Händen und Knien gelandet war. Ringsum Stille, doch in mir ging es noch immer drunter und drüber. Mein Kopf schwirrte, in meinem Magen Übelkeit.

Nicht kotzen, bloß nicht kotzen, was ... was ist das hier ...

Ich kniff die Augen zusammen, doch das machte es nur noch schlimmer, also zwang ich mich, sie offen zu halten. Ruhig zu atmen. Konzentrierte mich auf das, was ich sah, was ich fühlen konnte. Meine rechte Hand ruhte auf weißgrauem, kurzem Fell. Ein ... Teppich? Die Finger meiner Linken glitten über einen Boden so blank wie Eis. Nein, wurde mir klar, nicht *wie* Eis. Ich kniete tatsächlich auf einer Eisfläche. Doch so sicher ich das auch spürte, die Kälte spürte ich nicht mehr. Vor meinem Gesicht: keine Atemwolke.

Natürlich, ein Traum, in Träumen ist nichts echt ... Aber warum hatte mich der Schneesturm eben so zum Zittern gebracht? Was war jetzt anders?

Wo bin ich?

Vom glänzenden Untergrund blickte mir verschwommen mein Spiegelbild entgegen. Blasse Haut, Augen und Haare dunkel, wie eine der Kohlezeichnungen in Gerdas Skizzensammlung. Und mitten auf der Stirn ... ein Leuchtfunke, strahlendes Silberweiß.

Der Froststern.

Hatte es das Ding also schon in meine Träume geschafft.

Mein Schwindel wurde nicht besser, aber es gelang mir trotzdem, auf die Füße zu kommen. Ich taumelte gegen eine Mauer, klar und eisig wie der Boden. Wo war ich hier? *Was* war das – eine Eishöhle? Ich tastete über die kalte, glatte Wand, sie war bedeckt mit unendlich feinen, eingemeißelten Schnörkeln. Darin, wie eingegossen in Glas: winzige Lichter in Grün und Blau, zuckend wie Flammen.

»Wer bist du?«

Eine Stimme hinter mir ließ mich zusammenfahren. Mühsam, ohne meinen Griff von der Wand zu lösen, drehte ich mich um. Wollte wieder schreien, schaffte nur ein Krächzen.

Denn dort, inmitten der Höhle aus glitzerndem Eis, beschienen vom Widerschein der grün-blauen Flämmchen, stand ein Mann mit hellem Haar und prächtiger weißer Kleidung – mit Pelzbesatz und blausilbernen Borten. Seine Haltung war bedrohlich, wie kurz vor dem Zuschlagen, seine Augen kalt und fremd.

Doch ich kannte ihn. Kannte ihn so gut wie mich selbst.

Erik.

Mein Herz verkrampfte, Freude und Schmerz einen Moment lang stärker als das Schwindelgefühl. *Er ist es! Er lebt!*

Nur blickte er mich an wie etwas, dem er besser gleich einen

Baseballschläger über den Kopf ziehen sollte. Im nächsten Moment packte er meinen Arm und herrschte mich an: »Antworte! Wer bist du, verdammt? Eins von Kjellans Geschöpfen?«

»Lass mich los, du Idiot!«, brachte ich hervor, ängstlich und wütend zugleich. »Du weißt ganz genau, wer ich bin! Elvy!«

»Du siehst aus wie sie, aber das ist unmöglich. Kein Mensch schafft es nach Ymatàja, erst recht nicht hinein in die Schneefeste!« Er ließ kein bisschen locker, mit meiner Gegenwehr kam ich nicht wirklich weiter. Noch immer fehlte mir jedes Gleichgewicht. Der ganze Raum schien zu schwanken, die Übelkeit wurde wieder stärker.

Doch Eriks harte Stimme drang zu mir durch: »Dies ist mein Gemach, hier zählt außer *ihrem* Willen nur der meine. Also wie bist du hereingekommen? Sag die Wahrheit, sonst rufe ich die Súmuar und lasse dich zerreißen!«

Súmuar? Zerreißen? Was redet er, spinnt er jetzt völlig? Die Fragen gellten durch meinen Kopf wie das Heulen eines Feueralarms, komplett mit flackernden Warnlichtern.

»Erik«, presste ich heraus. »Ich weiß nicht, was hier läuft. Das ... das ist nur ein Traum ...« *Warum fühlt es sich dann nicht so an?*

Angst knallte in meinen Magen, ein Zentnergewicht, das mich aus der Verankerung riss und wieder ins Taumeln brachte. Nur Eriks unbarmherzige Hände hielten mich aufrecht, sein Blick verächtlich. »Dachte ich es mir doch. Nichts als neuer Trug.«

Er ließ mich los und ich sackte auf dem Eisboden zusammen, hilflos wie eine Stoffpuppe. Wie durch Nebel sah ich Erik mit langen Schritten den Raum durchqueren, der von glitzernden Säulen gestützt wurde.

»Erik«, versuchte ich zu rufen, aber es wurde nur ein ersticktes Keuchen. *Was ist los mit ihm, er ... er würde mir doch nie etwas tun!* »Komm zurück, hör mir zu ...«

Er drehte sich nicht einmal um, öffnete stattdessen eine mit reichem Schnitzwerk und Silberbeschlägen versehene Tür aus elfenbeinfarbenem Material.

Kotzübel war mir jetzt. Ich zitterte, ballte die Hände zu Fäusten zusammen. Hörte Eriks Stimme, wie er etwas durch die Tür hinausrief, ein einzelnes Wort, harsch wie ein Befehl. Wie ein Todesurteil.

»Súmuar!«

Immer schlimmer wurden der Schwindel, die Übelkeit.

Aufwachen, ich muss aufwachen ...

Doch da schob sich etwas durch die Tür. Vorbei an Eriks Beinen. Ein eiskalter Hauch trieb heran. Und in seinem Gefolge ... Gestalten aus einem wunderschönen Albtraum.

Es waren zwei.

Sie nahten auf Pfoten wie Samt, lautlos und elegant. Großkatzen, die schlanken Körper umgeben von wabernden Schlieren, wie Nebelfetzen. Sie reichten Erik bis zur Hüfte, die pelzigen Ohren spitz wie bei einem Luchs, aber mit langem, buschigem Schweif, das Fell grau-weiß gefleckt. In den Schnauzen reckten sich lange Fangzähne, durchsichtig wie Glas, in ihren Augen ein trübes weißes Licht.

Mein Schrei blieb mir in der Kehle stecken. Kaltes Entsetzen nahm mir die Luft, lähmte meinen Körper.

Aufwachen, sofort!

Ich kauerte am Boden wie festgefroren, starrte den geisterhaften Untieren entgegen. Nahm undeutlich wahr, dass Erik reglos an der Tür stehen blieb und einfach zusah, wie diese Wesen heranglitten, begleitet von Nebelschwaden. Eins hielt inne, senkte den Kopf, als ob es eine Fährte suchte, dabei hatten mich beide längst im Blick. Ein Grollen aus zwei Kehlen ertönte, mein Blut wurde restlos zu Eis.

Doch gleichzeitig spürte ich etwas Erstaunliches, etwas ... Wunderbares: ein Kribbeln auf meiner Stirn, wie ein Tanz winziger Funken. Es dehnte sich aus, überlief meinen ganzen Körper, und als ich es wagte, die Augen zu öffnen und den Kopf zu heben, konnte ich es sehen: Da war etwas auf meiner Haut, wie ein hauchfeiner, glitzernder Schleier.

Das macht dieses Ding, schoss es mir durch den Kopf. *Der Froststern ...*

Die Monster sahen den Schimmer nicht. Und ... auch mich schienen sie auf einmal nicht mehr wahrzunehmen, so irre das klang. Sie standen da wie angenagelt, offenbar irritiert, weil ihr Opfer einfach verschwunden war.

Obwohl mein Herz immer noch bis zum Anschlag klopfte, schaffte ich es, auf die Knie zu kommen. Ungläubig beobachtete ich, wie die Geisterluchse an mir vorbei durch den Raum strichen. Sie versuchten nicht einmal, mir nahe zu kommen, als ob etwas sie unmerklich davon ablenkte. Ihre langen Schweife peitschten durch die Luft, ließen die Nebelfetzen tanzen. Ihre Ohren zuckten aggressiv, als sie alle Winkel des Raums durchforschten, doch sie fanden keine Beute.

Auch Erik war sichtlich fassungslos. Und obwohl er nicht gezögert hatte, diese Súmuar auf mich zu hetzen, blieb er stumm, als die Monster ein letztes Mal reaktionslos an mir vorbeischlichen und die Kammer wieder verließen. Ein letztes, bedrohliches Grollen ertönte, dann schloss Erik die Tür hinter ihnen.

Als er sich zu mir umdrehte, standen Bestürzung und tiefste Verwirrung in seinem Gesicht. »Wie ist das möglich?«, flüsterte er. »Wieso konnten sie dich nicht sehen?«

Mein Herz raste nach der kaum überstandenen Angst, ich fühlte mich erschöpft wie von einem plötzlichen Sprint ... aber seltsamerweise ging es mir trotzdem besser. Der Froststern leuchtete auf meiner Stirn, heller als vorher, das konnte ich geradezu fühlen.

Und er gab mir die Kraft, Erik wütend anzufauchen: »Wieso hetzt du mir solche Viecher auf den Hals, hä? War das die Rache für den Tag, als ich dich mit Farinelli im Bad eingesperrt hab?«

Seine Augen, bis eben noch so kalt und hart, weiteten sich, bekamen einen Ausdruck, den ich endlich wiedererkannte. »Elvy? Du bist es ... wirklich?« Plötzlich stand in seinem Gesicht nackte Panik. »Verschwinde wieder, sofort! Bevor sie dich bemerkt!«

Hastig zog er mich auf die Beine und blickte sich um. Ich stolperte hilflos hinterher, der Schwindel wieder stärker denn je, in meinem Kopf ein Schneesturm. Kaum spürte ich den Boden unter den Füßen, meine Beine weich wie schmelzendes Gummi.

»Schnell, wo ist dein Ausweg? Du musst gehen, jetzt!« Eriks Stimme hallte in meinen Ohren wider, vermischte sich mit dem Heulen des Sturms in mir.

»Ich ... ich weiß nicht, ich kann nicht ...«, würgte ich heraus.

Und dann fiel ich. Stürzte einem Boden entgegen, der plötzlich nicht mehr da war. Hinein in einen Mahlstrom aus Eis, krachend, tobend, blendend weiß. Dazwischen ein hoher Ton, der immer lauter wurde, mich zu rufen schien. Eine Melodie? Ein –

Ich war zurück. Lag im Bett in meinem dunklen Zimmer. Neben mir leuchtete das Display meines Smartphones – der Weckalarm.

Das war der Ton. Er hat mich zurückgeholt.

Auf meiner Stirn ein kaltes Brennen. Zitternd fuhr ich mir über das Gesicht. Mein Herz schlug so wild, als wollte es sich aus meinem Brustkorb freikämpfen.

Was. War. Das.

Mit einem metallischen Klicken leuchtete meine Nachttischlampe auf. Daneben stand Tomte Teda, einen bestiefelten Fuß auf dem Schalter, und sah mich düster an. »Menschlein«, knurrte sie. »Erwachst du immer so laut? Oder war es wieder der Traum vom erfrorenen Herzen?«

»Nein«, keuchte ich. *Hatte ich etwa geschrien?* »Das war was anderes. Ich weiß nicht, was, aber …« Ich warf die Decke zurück und schaffte es gerade noch ins Bad, bevor mich der Schwindel endgültig bezwang und ich alles ausspuckte, was ich noch im Magen hatte.

Das Frühstück der Champions rückwärts. Perfekter Start.

Meine Beine zitterten. Der Badteppich wirkte auf einmal sehr verlockend … aber ich gab nicht nach und schleppte mich zum Waschbecken, um mir den Mund auszuspülen und Wasser ins Gesicht zu spritzen. Als ich hochsah, leuchtete mir aus dem Spiegel der Froststern von meiner Stirn entgegen, hell wie eine Schweißflamme.

Was war das?, wiederholte ich stumm. *WO war das? Hab ich … hab ich wirklich Erik gesehen? Und … hast du mich gerade gerettet? Schon wieder? Im TRAUM?*

Der Froststern schimmerte weiter und ließ mich allein mit tausend Fragen. Aber in diesem Moment, das merkte ich genau, *wollte* ich auch keine Antworten. Ich wollte nur weg von alldem. Weg von der Erinnerung an die grässliche Schönheit der Geisterluchse, an die blau-grünen Flammen in Wänden aus purem Eis … Das alles war zu dunkel, zu kalt, zu beängstigend. Zu nah an dem, was ich erst vor Kurzem in Karlas Krankenzimmer erlebt hatte. Doch meine Gedanken liefen Amok, ich bekam sie nicht in den Griff.

Ein Traum von Erik, aber so anders, so … real.

Fast spürte ich ihn noch, seinen schmerzhaften Griff an meiner Schulter, aber eben nur *fast*. War ich ihm wirklich begegnet? In diesem … diesem Eiszimmer, in dieser völlig fremden Kleidung? War er mehr gewesen als eine Traumgestalt?

Er hat diese Monster auf mich gehetzt. Und dann die Angst in seiner Stimme. Die Härte.

War das … *mein* Erik gewesen? Oder jemand, *etwas* ganz anderes? Neue Übelkeit schoss in mir hoch, ich bekam sie nur mühsam gebändigt.

Schluss damit. Atmen. Ein, aus. Repeat.

Als ich mich wieder einigermaßen berappelt hatte, kam Tomte Teda durch die halb offene Badezimmertür herein. In ihrem Winterapfelgesicht stand grummelige Besorgnis. Sah ich so schlimm aus? Noch ein Blick in den Spiegel sagte Ja. Mist. Ich durfte nicht schlappmachen, nicht schon vor dem ersten Schritt. Dieser Traum, dieses Was-auch-immer – ich würde damit klarkommen, hier, in der Realität. So gut das eben ging mit einem magischen Leuchtstern im Gesicht und einer Märchenfigur als Sidekick.

Besagte Märchenfigur brummte zu mir hoch: »Alles in Ordnung, Menschlein? Hast du Angst vor der Reise? Brauchst du Medizin?«

»Nein, ja, nein«, arbeitete ich die Antworten ab, meine Kehle heiser, mein Ton jedoch fest, um weitere Nachfragen abzuwürgen.

Tomte Teda schien die Botschaft zu kapieren. »Hm. Krieg ich dann einen Kaffee?«

Ich schaffte es, mit den Augen zu rollen. »Kaffee gibt's am Bahnhof. Wenn wir uns nicht beeilen, verpassen wir den Zug, und der nächste fährt erst heute Abend.«

»Na gut.« Sie warf mir einen durchdringenden Wichtelblick zu. »Aber dann erzählst du mir alles. Und ich meine … *alles*.«

»Kein Zweifel: Du hattest einen Klartraum, Menschlein.« Ein paar Stunden später saß Tomte Teda auf dem heruntergeklappten Tischchen meines Sitzplatzes und fixierte mich streng über den Rand ihres Zwergenbechers. Trotz des holprigen Starts hatten wir es rechtzeitig zum Zug geschafft, so rechtzeitig sogar, dass ich noch Zimtschnecken und To-go-Kaffee als Frühstück für meine winzige Reisebegleitung kaufen konnte. Ich hielt mich fürs Erste an Wasser, mein Magen war noch zu durcheinander.

Erschöpft sank ich dann in der hintersten Ecke eines Großraumabteils in mich zusammen. Zum Glück war der Zug nur spärlich belegt – aber wer fuhr auch in aller Herrgottsfrühe wochentags nach Umeå? Für alle Fälle bereitete ich meine Tarnung vor: die Kopfhörer in meinen Ohren, gut sichtbar per Kabel mit meinem Handy verbunden. Schließlich konnte niemand außer mir Tomte Teda sehen oder hören, und wer unser Gespräch mitbekam, würde einfach denken, dass ich telefonierte.

Vor dem Zugfenster schwirrte die dunkle Landschaft vorbei, kaum zu erahnen. Stockholm lag längst in weiter Ferne, auch Uppsala, die letzte Stadt auf dieser Strecke, hatten wir bereits hinter uns gelassen. Jetzt führten die Gleise fast nur noch durch Wald und Feld, immer seltener erhellt durch die Lichter einer Ortschaft oder Straße. Und Schnee lag hier auch schon … brrr …

Rasch wandte ich den Blick ab, zurück ins tröstlich warme und helle Innere des Waggons – hin zu meinem aktuellen Problem, manifestiert durch eine handgroße Wichtelfrau mit roter Mütze und schlechter Laune.

»Ein Klartraum? Was soll das sein?«, fragte ich leise. Kopfhörer-Tarnung hin oder her, unser Gesprächsthema blieb besser unbemerkt oder man würde mich an der nächsten Station in eine Gummizelle stecken.

»Klarträume sind mehr als Träume.« Tomte Teda stellte ihren Kaffee neben sich und brach sich stattdessen ein Stück von der Zimtschnecke ab, die sie übrigens *nicht* klein gezaubert hatte. »Wer klarträumt, dessen Seele reist an andere Orte. Du bist dann wirklich da, verstehst du?«

»Wie jetzt?« Ich starrte sie irritiert an. »War ich nicht mehr in meinem Bett?«

Teda warf ein Stück Hagelzucker nach meinem Ohr, so scharf, dass es richtig wehtat.

»Au! Hey, was soll das?«

»Deine *Seele* reist, nicht dein Körper! Pass gefälligst auf, Menschlein! Nein«, fuhr sie unwirsch fort, »du lagst schön mollig unter deiner Decke. Und doch bist du wahrhaft im Traum gewandelt. In eine andere Welt. Nach Ymatàja. Mitten hinein in die Schneefeste – so, wie du es beschreibst.«

»Heißt das, ich war wirklich da? In diesem Eisraum?«

»Ganz genau. Nun, sagen wir: ein Abbild von dir. Du konntest sehen und fühlen wie hier. Richtig?«

Ich nickte verstört. Dachte daran, wie Erik mich festgehalten hatte. Für ihn war ich keine Traumfigur gewesen, keine körperlose Vision.

Die Wichtelfrau redete weiter, doch meine Gedanken drifteten ab, hin zu der wichtigsten Erkenntnis von allen: Ich hatte Erik gefunden. Er war wirklich dort, in dieser anderen Welt, und unser Gespräch war kein Traum gewesen. Also … okay, schon irgendwie, aber gleichzeitig viel mehr.

Er lebt. Er hat mich erkannt. Aber er war so anders. Geht es ihm gut? Meine Finger verknoteten sich ineinander in dem verzweifelten Versuch, die Fassung zu bewahren. *Gott, ich will ihn zurückhaben, hierher, jetzt …*

Aber dafür musste ich mehr erfahren über die Regeln dieses verrückten Spiels.

Tomte Teda schien meine Abwesenheit bemerkt zu haben. Zum Glück schüttelte sie nur brummelnd den Kopf, als ich ihr nun meine Aufmerksamkeit wieder zuwandte, und fuhr fort: »Du nimmst nichts mit hinüber und bringst auch nichts zurück. Keine Wunden, keine fassbaren Dinge. Was du im Klartraum an Kleidung trägst, entspringt allein deiner Vorstellung. Ziehst du dort deine Schuhe aus und lässt sie zurück, verschwinden sie nach deinem Erwachen. Zerbrichst du aber in der Schneefeste einen Becher, so bleibt er zerstört. Weil du für die Dauer des Traums wirklich dort bist, Menschlein.«

»Ich raff das nicht«, murmelte ich. »Also … ich kann da verletzt werden, aber sobald ich hier erwache, ist alles wieder okay?«

»Nicht ganz.« In Tedas Augen trat erneut der Feuersteinglanz. »Verletzt wird deine Seele. Dein Geist. Zu viel davon, und die Erinnerung wird zur unerträglichen Qual. Wirst du dort gar getötet …«

»… dann wache ich hier nicht mehr auf«, beendete ich ihren Satz, mühsam kontrolliert. In meinen Ohren hallte das unwirkliche Grollen der Geisterluchse.

Ich zog meine Beine hoch auf den Sitz und sah wieder nach draußen, wo es langsam, *endlich*, heller wurde. Der Himmel hing tief und versprach einen trüben Tag. Aber die Reflexion des Leuchtpunkts auf meiner Stirn in der Scheibe des Zugfensters war deutlich sichtbar.

»Es ist dieses Ding, das mich klarträumen lässt, oder?«, fragte ich, so leise, dass meine Worte im sanften Rauschen des Zuges fast untergingen.

Tomte Teda hörte mich trotzdem. »Wie ich sagte: Der Froststern hat seine eigenen Gesetze. Und du, Menschlein, du hast jemanden auf der anderen Seite. In Ymatàja. In der Schneefeste. Das ändert alles.«

»Was? Wieso?!«

Okay. Das hatte ich jetzt absolut nicht geflüstert. Ich sah, wie die Schaffnerin zusammenzuckte, die gerade zur Fahrscheinkontrolle den Gang entlangkam. Natürlich bemerkte sie weder Tomte Teda noch das Silberlicht auf meiner Stirn, hielt mich also schlicht für ein Smartphone-Opfer. Ich zeigte ihr mein Handy mit dem Online-Ticket, ignorierte ihre besorgte Nachfrage, ob alles in Ordnung sei – *hallo, ich bin kein Kleinkind, danke* – und rutschte noch etwas weiter in die Ecke.

»Was meinst du damit?«, zischte ich etwas diskreter, kaum dass die Schaffnerin weitergezogen war. »*Was* ändert alles?«

»Ein Klartraum ist selten, auch bei uns Unterirdischen. Und erst recht zwischen den Welten! Dafür braucht es nicht nur Magie, also zum Beispiel deinen Froststern, sondern auch eine tiefe Bindung. Die hast du wohl, auch wenn er nicht dein Liebster ist, dieser Dingsbums, na …«

»Erik«, half ich aus, leicht sauer. »Ja. Wir sind Dachboden-Buddys – äh, Sandkastenfreunde. Wir kennen uns, seit wir klein waren«, ergänzte ich, weil Teda verständnislos die Knubbelnase krauszog. Manche Ausdrücke der Menschen kapierte sie wohl nicht, obwohl sie uns schon so lange begleitete.

»Dingsbums. Sag ich doch«, nickte sie zufrieden, wurde jedoch sofort wieder ernst. »Gerda hatte diesen Vorteil nicht, denn auch wenn Kay auf der anderen Seite war – den Froststern bekam sie damals erst in Ymatàja. Hm. Die Aussichten deines Vorhabens sind heute Nacht gestiegen, Menschlein. Der Klartraum zeigt, wie stark die Bindung zu deinem Herzensfreund ist. Ob sie bereits stark genug ist – nun, vielleicht kannst du das beim nächsten Mal herausfinden.«

Ich musste heftig schlucken, neue Hoffnung rang mit neuer Angst. »Heißt das … das passiert noch mal? Träume ich ab jetzt immer auf diese Art?«

»Wahrscheinlich.« Tomte Teda nahm einen langen Zug aus ihrem winzigen Becher. »Betrachte es als Geschenk. Soweit ich weiß, kann niemand tun, was du kannst. Nicht hier und nicht in Ymatàja. Auch kein Aelfa.«

Ein Geschenk. Hey klar, passt super, schließlich ist heute mein Geburtstag!

Bei der Erinnerung daran, wie es sich angefühlt hatte, dieses Geschenk, drängten erneut Kälte und Übelkeit in mir hoch. Meine Hände fingen wieder an zu zittern, ich bekam sie nicht unter Kontrolle.

»Immer mit der Ruhe, Menschlein.«

Eine winzige, schwielige Hand hatte meinen Zeigefinger umschlossen, eine andere tätschelte ihn. Der Anblick war so absurd, dass er mich tatsächlich aus meinem Angstanfall herausriss.

»Beug dich mal runter. Na los, her mit dem Bollerkopf«, forderte Tomte Teda. Ich gehorchte, bis mein Gesicht dicht über ihr schwebte. Sie reckte sich hoch und tippte mir auf die Stirn. »Du trägst den Froststern, den mächtigsten aller Schutzzauber gegen die Ysirka. Er schützt dich auch im Klartraum. Ganz sicher.«

In meiner Erinnerung erschien der rätselhafte Zettel, den ich in Karlas Schatztruhe auf dem Dachboden entdeckt hatte. Nun verstand ich die Botschaft, die einst Eriks Vorfahrin geschrieben haben musste – sie war Ermutigung und Warnung zugleich:

Vertrau dem Froststern.

Erinnere dich.

Bleib wachsam.

Es ist alles wahr.

Verdammt, ja, genauso war es. Und ich mittendrin.

Kapitel 9

Vor dem Fenster zog die Landschaft vorbei. Mittlerweile hatte sich das Tageslicht durchgesetzt, aber die Sonne steckte irgendwo hinter grauen, müden Wolken. Jeder Kilometer ließ den Schnee höher werden, und obwohl ich in einem gut beheizten Waggon saß, meinte ich zu spüren, wie die Temperatur dort draußen sank, Grad um Grad. Mein Anorak und die Stiefel, gekauft für die eher milden Winter Stockholms, kamen mir auf einmal schrecklich untauglich vor.

Untauglich … genau wie ich.

Vorsichtig schob ich die Blätter von Gerdas Skizzensammlung auseinander, die vor mir auf dem Klapptisch lagen. Von der obersten Zeichnung schaute mir Eriks Vorfahrin entgegen, ernst und entschlossen.

DU hast bestimmt nicht gezweifelt, dachte ich. *Du bist da rauf, hinter das Eis, und hast deinen Freund gerettet. Irgendwelche Tipps, wie ICH das schaffe?*

Aber die Kohlestriche blieben stumm.

Ich warf einen Blick zur Seite. Auf dem Sitz neben mir lag Tomte Teda, eingerollt in ihren grauen Umhang. Vor einer Stunde hatte sie sich mit »Ich brauche meinen Schönheitsschlaf, Menschlein!« abgemeldet. Neidvoll beobachtete ich, wie ungestört sie schlummerte. Auch bei mir machten sich langsam die schlechte Nacht und der fehlende Kaffee-Boost bemerkbar, aber die Angst vor dem nächsten

Chaos-Traum hielt mich wach. Außerdem schnarchte Teda so laut, dass mir die Ohren klingelten – der Rest der wenigen Passagiere bekam natürlich nichts davon mit.

Hatte ich also eine »Unterirdische« am Hacken. Eine, die wollte, dass ich stark und standhaft wie ein Baum war. Weil ich nur so die Prüfung schaffen würde, die mir schon bald bevorstand – in einer Fantasiewelt, die von einem durchgeknallten Märchenwesen terrorisiert wurde.

Ich wollte mich so gern darüber lustig machen. Meine gewohnten ironischen Sprüche abziehen. Aber es klappte nicht. Denn wenn Tomte Teda recht hatte, war auch meine Welt bedroht. Der Angriff hatte bereits begonnen. Und er lief weiter, unerbittlich.

Meinen Laptop auf den Knien, öffnete ich die Seite des »Frozen Hearts Clubs«: neue Meldungen über Komafälle, in Nordafrika, Russland und immer wieder Skandinavien. Im Forum hatte gerade jemand ein Foto seiner Freundin gepostet, die vor fünf Tagen einfach umgekippt war und ihm seitdem in Träumen aus Eis und Schnee erschien. Ich rieb mir niedergeschlagen die Augen. Das Mädchen auf dem Bild sah so stark und lebendig aus, die hellblonden Haare unter der dicken Mütze verstrubbelt, ein strahlendes Lächeln im Gesicht … Und jetzt lag sie irgendwo bewusstlos in einem Krankenbett, ihre Seele geraubt, magische Beute.

Warum hatte die Frostlinie mich verschont, damals im Park, als Erik im Schneesturm verschwunden war? Warum hatte mich keiner ihrer Splitter getroffen? Brannte mein Herz nicht hell genug? Oder … *zu* hell? Wenn Erik in mir eine gute Freundin sah und ich heimlich etwas anderes wollte – schwächte ich damit das Band, das uns zusammenhielt?

Aber Freunde sind wir immer noch, ermutigte ich mich. *Das krieg ich hin, egal, ob er mit Tessa oder sonst wem zusammen ist.*

Denn eins wusste ich genau: dass er mir zu wichtig war, um noch einmal etwas zwischen uns zu vermasseln. Also würde ich mich auf unsere Freundschaft konzentrieren – und nicht auf dieses unruhige, heiße Kribbeln, das ich seit letztem Sommer spürte, wann immer ich an Erik dachte. Vielleicht würde es ja wieder vergehen.

Ich atmete tief durch. Na bitte, hatte ich doch etwas Ordnung in meiner internen Sockenschublade geschaffen! Für die Stärke eines Baums reichte es sicher noch nicht, aber meine Seelenpflanze glich vermutlich sowieso eher einem Kaktus. In diesem Moment machte es *Bim!* Ich klappte den Laptop zu und zog mein Handy hervor, direkt erleichtert über eine Nachricht aus der normalen Welt. Okay – nicht ganz normal, wie ich sofort merkte. Es war ein Video von meiner Mutter. Kostümiert in ihrer Paraderolle als Königin der Nacht stand sie auf der Bühne, blickte hoheitsvoll in die Kamera … und schmetterte ein Geburtstagsständchen für mich, mitten in der Kulisse der »Zauberflöte«, mit der sie gerade in New York brillierte. Zum Abschluss folgten überschwängliche Kusshändchen an ihr Töchterlein, *schon 17 Jahre, ist das zu fassen* … Ich grinste, wenn auch ein bisschen wehmütig. Solche sporadischen Over-the-top-Einlagen waren typisch für sie. Musste man ihr lassen: Sie vergaß nie ein wichtiges Datum in meinem Leben, nur … war sie halt nie dabei.

Okay, reiß dich zusammen, Elvy, du kennst sie doch, sagte ich mir seufzend, dann tippte ich rasch eine kurze Dankesnachricht, gespickt mit fröhlichen Emojis. Es würde keine Antwort geben, das wusste ich. *Happy Birthday.*

Missmutig nickte ich dem verhangenen Himmel vor dem Fenster zu. Als ob er mich aufheitern wollte, ließen die dichten Wolken in diesem Moment einen Sonnenstrahl durch. Er fiel hinab auf die tief verschneite Landschaft, schuf glitzerndes Weiß und lichtblaue Schatten inmitten des endlosen Tannenwaldes, durch den unsere Fahrt gerade ging.

»Wunderschön, oder?«, meldete sich ein tiefes Stimmchen. Tomte

Teda hatte wohl ausgeschlafen und war wieder auf den Klapptisch geklettert.

»Mhm«, gab ich widerwillig zurück. Zugegeben, die Aussicht *war* schön. Solange sie Aussicht blieb und ich nicht bei minus 20 Grad darin herumlaufen musste.

Das Wichtelwesen schien meinen Ton nicht weiter zu bemerken und fuhr träumerisch fort: »Fast wie der Winter in Ymatàja. Nun, soweit ich mich daran erinnere. Ich bin schon so lange weg …«

Schlagartig kam mir in den Sinn, um welche Zeiträume es hier ging: Vor zweihundert »Menschenjahren« hatte er laut Tomte Teda stattgefunden, der Kampf gegen diese … Ysirka. Der Kampf, nach dem man sie in ihrem Zauberreich eingesperrt hatte. War Tomte Teda also mehr als zwei Jahrhunderte alt? Ich musterte es noch einmal genau, das Winterapfelgesicht vor mir, das zwar betagt wirkte, aber mehr so »in den besten Jahren« als »kurz vorm Abnippeln«.

»Wie alt bist du eigentlich?«

Teda grinste zu mir hoch. »So alt wie meine Zunge und ein wenig älter als meine Zähne.«

Was? Ich glotzte wie ein Fisch.

Ihr Grinsen wurde breiter und sie schob erklärend hinterher: »Das ist ein Zitat. Von Swift.«

»… *Taylor* Swift?«

»Jonathan. Einer eurer Schriftsteller, schon lange tot. Noch nie gehört?«

»Ich les eher was von heute«, murmelte ich und dachte peinlich berührt an die zerfledderten Liebesromane, die ich hinter meinen »ernsthaften« Büchern im Regal versteckte.

Tomte Teda schüttelte den Kopf. »Du hast wirklich noch viel zu lernen, Menschlein. Über euch – aber vor allem über uns, die Unsichtbaren.«

»Sorry, ich bin eben das erste Mal mit 'ner Wichtelin unterwegs«, knurrte ich. »Äh. Ist das überhaupt richtig, ›Wichtelin‹? Oder sagt man ›Wichtin‹?«

»Man sagt ›Tomte Teda‹«, erwiderte sie lässig. »Am besten: ›Tomte Teda, hier ist dein Kaffee.‹ Alles andere ist mir egal.«

»Ich notier's mir«, nickte ich mit heimlichem Augenrollen.

Dann beschloss ich, ihre Plauderlaune auszunutzen, und zog die Zeichnung aus Gerdas Skizzensammlung hervor, die mich am meisten faszinierte: das Porträt der unbekannten Schönheit, deren schwarze Zöpfe und scharfe Gesichtszüge mich an eine Inuit erinnert hatten … und bei der ich mir einbildete, eine leicht spitz zulaufende Ohrmuschel zu erkennen.

Ich hielt das Porträt hoch. »Ist die hier auch aus Ymatàja?«

Teda pfiff durch die Zähne. »Zauberkraut, Menschlein, da hast du deine erste Aelfa! Kaiina hat Seite an Seite mit Gerda gegen die Kalte Herrscherin gekämpft – und bitter dafür bezahlt. Es sind ihre Aelfar-Krieger, die bis heute die Pforte bewachen, hier in eurer Welt.«

»Sie sieht toll aus«, murmelte ich.

Teda blickte mich streng an. »Hmpf. Die Aelfar mögen euch auf den ersten Blick gleichen, aber sie sind nicht wie ihr. Wenn du ihnen begegnest, nimm dich in Acht.«

»Aber sie sind Unsichtbare? Wie du?«

Teda schnaufte. »Kein bisschen wie ich. Zum Beispiel mag *ich* Menschen.«

»Oh?« Ich konnte mir die Ironie nicht verkneifen. »So bist du, wenn du jemanden magst?«

»Haarscharf, Menschlein. Du willst nicht erleben, wie es ist, wenn ich jemanden *nicht* mag.«

Um ihrem Feuersteinblick auszuweichen, schaute ich wieder hinaus. Die Sonne war verschwunden, draußen herrschte erneut Wintergrau. Mühsam unterdrückte ich ein Gähnen. Es ging auf Mittag zu und mein übernächtigter Körper ließ sich immer schlechter ignorieren, doch die Erinnerung an den Schneesturm in meinem Kopf, die kalte Übelkeit, das grässliche Schwindelgefühl und vor allem meine totale Hilflosigkeit hielten mich zurück.

Und wenn ich doch einen Kaffee trinke? Aber allein der Gedanke daran ließ meinen Magen verkrampfen.

Die Wichtelfrau an meiner Seite merkte rasch, was mit mir los war. »Na, Menschlein?«, fragte sie. »Hast du Angst vor deinen Träumen?«

Ich nickte, in meiner Kehle ein Kloß, so dick wie Eriks Faust. »Was, wenn es genauso ist wie beim ersten Mal? Ich bin da einfach reingestürzt. Konnte kaum stehen. Wie soll ich so irgendwas Sinnvolles erreichen?«

»Hm.« Teda rückte ihre Mütze zurecht. »Ich hab viel vergessen in eurer Eisenwelt, aber ein paar Dinge weiß ich noch über Klarträume. Eins davon ist: Du kannst lernen, sie zu kontrollieren, selbst wenn du nur ein Mensch bist. Auch dabei sollte dir der Froststern helfen. Du musst dich bloß trauen, ihm deine Kraft zu leihen.«

»Was genau soll ich denn tun? Und komm mir nicht mit so was wie ›Hör auf dein Herz‹ oder ›Konzentrier dich‹«, murrte ich.

»Kein Grund, aufsässig zu werden«, gab Teda zurück. »Du kannst deine Ankunft im Klartraum steuern. Wenn du nicht ziellos durch einen Schneesturm taumeln willst, stell dir einen Weg zu deinem Ziel vor, einen Eingang.«

»Wie eine Tür oder so?«

»Ganz genau. Nimm eine bestimmte, je vertrauter, desto besser. Ruf sie dir ins Gedächtnis, in allen Details. Hast du eine?«

Ja, ich hatte tatsächlich eine: die Eingangstür zu unserem Mietshaus. So gut kannte ich sie, mit ihrem honiggelben, geschnitzten Holz und den geschliffenen Scheiben …

»Leg die Hand auf die Klinke«, fuhr Teda fort. »Erinnere dich an das Gefühl. Spürst du es?«

In Gedanken schloss ich die Finger darum. Bemerkte den leichten Widerstand, als ich sie herunterdrückte … »Soll ich sie öffnen?«

»Wenn du träumst, ja«, erwiderte Teda. »Die Tür ist dein Weg hinaus aus dem Schneesturm und hinein in den eigentlichen Traum. Genauso kannst du ihn auch wieder verlassen. Natürlich endet er ohnehin für dich, wenn du hier erwachst – aber du kannst dich dort auch bewusst entscheiden, den Traum zu beenden. Erschaffe deine Tür und tritt hindurch, schon bist du wieder hier und in Sicherheit.«

»Und stoppt das auch das Schwindelgefühl?«

»Vermutlich nicht.« Teda kratzte sich nachdenklich am Kopf, was die Mütze auf dem grauen Haarschopf heftig ins Schwanken brachte. »Dafür musst du dich erden, Menschlein. Berühre den Froststern, er ist deine stärkste Verbindung zurück in deine Welt. Aber du solltest noch einen anderen Erdpunkt haben. Etwas Griffiges, einen Gegenstand, den du gut kennst …«

Mir kam eine Idee. Rasch zog ich das Kästchen mit dem Ring heraus, den Erik mir geschenkt hatte und durch den auch seine Großmutter erwacht war. Ich hielt Teda das Schmuckstück auf der Handfläche hin. »Wie wäre es damit?«

Sie zuckte zusammen wie vom Blitz getroffen. »Ein Zwiering! Ohne den anderen? Bist du des Wahnsinns fette Beute, Menschlein? Setz ihn ja nicht auf, hörst du?«

»Wieso?«, brachte ich heraus. »Was ist mit diesem Ding?«

»Zwieringe sind auch Schutzzauber. Uralt, die Aelfar nutzen sie seit Anbeginn der Zeiten. Viel schwächer, verglichen mit dem Froststern. Kein Wunder, sie sind ja von Sterblichen gemacht.« Jetzt fixierte Teda mich wieder mit diesem Feuersteinblick, der mir schier die Luft nahm. »Doch die Magie wirkt nur schützend, wenn du beide Ringe trägst. Es ist ein Bannzauber, verstehst du? Ein Ring öffnet den Bann, der andere schließt ihn. Erst dann bist du sicher. Einer allein macht dich zum Ziel.«

Zum Ziel …? Genau das hatte Karla im Krankenhaus gesagt, als sie den Ring an ihrem Finger sah!

Erik, schoss es mir durch den Kopf. *Er hat es auch nicht gewusst.*

Deshalb hatte ihn die Frostlinie so zielsicher angepeilt. Der Ring auf seinem Finger war wie ein Signal gewesen. Sicher hatte er ihn schon einmal auf dem Dachboden aufprobiert und damit die Aufmerksamkeit dieser fremden, bösen Macht auf sich gezogen. Dann, im Park, war er ihr endgültig zum Opfer gefallen. Mich dagegen hatten unbewusst meine zu schmalen Finger gerettet.

Aber … das heißt ja …

»Ich bin schuld daran, dass Karla tot ist!«, hauchte ich entsetzt. »*Ich* hab ihr dieses Ding aufgesetzt. Nur dadurch ist sie – autsch!«

»Hör sofort auf damit, Menschlein!« Tomte Teda hatte sich eine meiner mausbraunen Haarsträhnen gegriffen und riss kräftig daran. Der Schmerz trieb mir die Tränen in die Augen, drängte aber auch die furchtbare Erinnerung an den Schneesturm im Krankenzimmer zurück. »Die alte Menschenfrau war bereits in der Gewalt der Ysirka! Nicht mehr lange, und sie wäre ihr erlegen. Was denkst du, warum sie in diesem Schlaf lag? Die Blutsverbindung zu deinem Herzensfreund, ihrem Enkel, war ihr Verhängnis, denn sie hat dem Froststern nicht vertraut. So konnte sie sich nicht schützen, als dein Freund angegriffen wurde. Beide sind Nachfahren von Gerda, an beiden wollte die Kalte Herrscherin sich rächen!« Tedas Stimme wurde sanfter. Sie zog erneut an meinen Haaren, sodass ich mich zu ihr hinunterbeugen musste. »Du hast sie erweckt, deine Karla, gerade noch rechtzeitig. So konnte sie dir den Froststern übergeben, sonst wäre er mit ihr gestorben. Er ist jetzt *dein* Erbe, verstehst du? Dein Erbe und vielleicht die einzige Chance – für deinen Erik, für dich, für deine Welt!«

»Und … was ist mit *deiner* Welt?«, fragte ich leise.

Teda antwortete erst nicht, aber schließlich ließ sie mich los und hob die winzigen Wichtelschultern. »Ich weiß es nicht. Ich bin nur eine Tomte, die zu lange von zu Hause weg war. Und wir konnten die Ysirka schon damals kaum aufhalten. Allein das Schließen der Pforten hat sie bisher gebannt. Jetzt, mit ihrer gewachsenen Stärke und all den Herzen, die sie euch gestohlen hat …« Abermals das Schulterzucken.

Ich starrte sie an. Glaubte sie am Ende gar nicht, dass es einen Sinn hatte, was ich tat? Dass jeder Versuch umsonst war? In mir begann etwas zu brodeln – verständnislose, halsstarrige Wut, stärker als meine Angst.

»Okay, die ganz großen Pläne machen wir später«, sagte ich harsch, steckte den Zwiering sicher zurück in seine Schachtel und wühlte weiter in meinem Rucksack. »Jetzt muss ich erst mal mit diesem Traum-Kram klarkommen. Vermutlich hab ich eh etwas Besseres dabei, um mich zu *erden*.« Meine tastenden Finger fanden ihr Ziel: das Etui mit Eriks Brille.

Das Wichtelwesen nickte beifällig. »Sehr gut. Du kannst sie im Geist mitnehmen. Wenn dich der Schwindel überfällt, leg die Spitze deines Herzfingers – das ist dein linker Zeigefinger, du Dummling! – auf den Froststern. Hand und Unterarm eine gerade, senkrechte Linie vor deiner Brust. Stirn, Herz, Erde. Dann schließt du die Augen und fühlst dir deinen Ankerpunkt herbei, dieses Brillendings. Na los, versuch es.«

Ich gehorchte. Bekam ein paar weitere Hagelzuckerkörner ab, bis mein Wichtel-Coach mit meiner Handhaltung zufrieden war, und ignorierte die wahrscheinlich sehr irritierten Blicke der Fahrgäste, die bereit zum Aussteigen in den Gang traten: Jörn nahte, die letzte Station meiner Bahnreise, danach würde es mit dem Bus weitergehen.

Das historische Bahnhofsgebäude von Jörn mit seinem hübschen Schnitzwerk und den anheimelnd erleuchteten Fenstern trug eine dicke Schneedecke auf seinen Dächern, die im Schein der Straßenlaternen glitzerte. Ein echtes Postkartenmotiv – nur hatte ich keine Zeit, es zu würdigen. Begleitet von Tedas Flüchen, die sich an meiner Kapuze festklammerte und ordentlich durchgeschüttelt wurde, rannte und schlidderte ich über den vereisten Vorplatz, um den Bus nach Arjeplog zu erreichen – der nächste würde erst in vier Stunden fahren. Allerdings schlossen sich in diesem Moment die Türen, obwohl mich der Busfahrer genau sah. Er warf mir einen gelangweilt-spöttischen Blick zu, Marke »Pech gehabt«, und gab Gas.

Nicht mit mir!

Kurz entschlossen sprintete ich vor und riss eine der großen Mülltonnen mitten in die Ausfahrt, genau in den Weg. Das wirkte. Der Typ am Steuer stieg in die Eisen und brüllte mich durch die Scheibe an, ich blieb stur hinter meiner Blockade stehen und hielt mein Handy mit dem bezahlten Ticket in die Höhe.

Schließlich gab er auf, vielleicht auch dank des Gemeckers der anderen Fahrgäste. Zischend öffnete sich die Tür erneut. Ich schob die Tonne zurück und kletterte hastig an Bord des massiven rot-weiß-blauen Straßenkreuzers, ignorierte das giftige Gesicht des Fahrers und verzog mich nach ganz hinten auf einen Fensterplatz, diesmal mit beifälligem Wichtel-Gekicher im Ohr.

Geschafft!

Dankbar für die Heizung und die Kabinenbeleuchtung, richtete ich mich auf meinem Sitz ein, bereit für die letzte Etappe. Schon ging es los, hinein in das Zwielicht des Winternachmittags. Die Straße war schneebedeckt, aber befahrbar und wohl schon mehrfach geräumt worden. Eine Aussicht bot sich nicht wirklich, die Tannenwälder und weiten Ebenen entlang unserer Reiseroute ließen sich im Scheinwerferlicht nur erahnen.

Da ich meinem Magen wieder traute, teilte ich ein Sandwich mit Teda, von dem sie mehr als die Hälfte verputzte und reuelos sogar noch Nachtisch forderte. Dann faltete ich meine Beine hoch auf den Sitz und machte mich erneut an mein »Traum-Training«. Die Angst vor dem Schlaf konnte ich damit jedoch nicht verbannen. Meine Müdigkeit wuchs und wuchs, machte es sich zunehmend in mir gemütlich. Ich sah sie praktisch vor mir: Sie streckte und rekelte sich auf meinem Schoß wie Farinelli in Kuschellaune. Es half auch nicht, dass die Wichtelin an meiner Seite mit der Zeit immer einsilbiger wurde und in ihren eigenen Gedanken zu versinken schien. Immer öfter ertappte ich mich dabei, wie mir die Augen zufielen.

Nicht einschlafen.

Nicht … einschlafen.

Nicht …

Kapitel 10

Schneegestöber, weiß und blendend. Ich taumelte, fiel, keinen Boden unter den Füßen. Kalte Panik, *wo bin ich, was ist passiert?* Eisnadeln in meinem Gesicht, mein Körper schutzlos im Sturm ...

Halt.

Ein einsamer klarer Gedanke kämpfte sich durch: *Vertrau dem Froststern.* Und dann, wie ein fernes Licht, ein zweiter: *Erinnere dich. Du kannst etwas tun. Such die Tür.*

Welche Tür? Hier war doch nichts, nur Schnee und Kälte!

Ich kniff die Augen zusammen, versuchte, mich ganz auf den Punkt auf meiner Stirn zu konzentrieren. Mit einem Mal verging das Gefühl zu fallen. Unter meinen Füßen: fester Boden. Ich öffnete die Augen, wagte einen Schritt. Ja, es funktionierte!

Und jetzt den Eingang finden.

Ich ging weiter über die verschneite Ebene, durch den Schneesturm. Und dann merkte ich mit eisigem Schreck, dass ich nicht allein war. Ringsum erahnte ich menschliche Gestalten. Die wirbelnden Flocken verhinderten einen klaren Blick, doch die Schemen schritten ebenso voran wie ich, hin zu einem unbekannten Ziel.

Wer ist das? Wollen die mir etwas tun?

Nein, wohl nicht – niemand kam mir zu nahe oder schien mich auch nur wahrzunehmen. Ich zog den Kopf ein, verbannte die Angst, suchte weiter nach dem Weg, der mich retten würde.

Und da war sie plötzlich, nur ein paar Meter vor mir: eine Tür. *Meine* Tür. Durchscheinend zuerst, kaum greifbarer als die Gestalten im Schnee, eine Fata Morgana aus Eis. Ich ließ nicht locker, ging auf sie zu, sosehr der Wirbel aus Flocken auch an mir zerrte. Je näher ich mich herankämpfte, desto wirklicher wurde das Bild: helles Holz, ein Fenster aus geschliffenem Glas, dahinter die vertraute Flurbeleuchtung ... *Zuhause* ... Ich streckte eine zitternde Hand aus. Erwischte die Klinke, hielt mich an ihr fest wie an einer Rettungsleine. Der Schneesturm riss an mir mit Klauen aus Eis. Ich drückte die Klinke herunter, voller Angst, die Tür verschlossen zu finden. Doch sie gab nach, urplötzlich. Ich stolperte über die Schwelle, fiel ...

Landete hart, der Untergrund milchweiß und eisblau. Ich spürte ihn kaum, meine Finger ganz taub, mein Magen abermals wie auf links gekehrt.

Vertrau dem Froststern.

Ich hob eine fahrige Hand zu der kalten Stelle über meinen Augen. Stirn, Herz, Erde. Und jetzt mein Ankerpunkt. Wie zuvor die Tür rief ich mir nun Eriks Brille ins Gedächtnis, Detail für Detail. Die Kratzer am Bügel. Das Gefühl, sie in meiner Hand zu halten. Und tatsächlich: Der Schwindel zog sich zurück. Ich kam auf die Knie, hob den Kopf – und rang überwältigt nach Luft.

Eispalast. Ich bin wirklich in einem Eispalast.

Noch nie hatte ich etwas so Schönes gesehen. Und noch nie hatte mir Schönheit solche Angst gemacht. Vor meinen Augen erstreckte sich eine weitläufige Zimmerflucht, geschaffen aus purem Eis in allen Facetten aus Milchweiß, Stahlblau und Kristallklar. Wohin ich auch sah, entdeckte ich diese wunderbaren, runenartigen Verzierungen auf Wänden und Säulen. Die Möbel dagegen bestanden aus dunklem Holz. Um einen massiven Tisch herum waren Stühle gruppiert, ihre hohen Lehnen verziert mit feinsten Einlegearbeiten. Auf dem Eisboden lagen grauweiße Felle, an den Wänden hingen bunt gewebte Teppiche. All das war getaucht in das unirdische Licht der blau-grünen, im Eis eingeschlossenen Flämmchen.

Schaudernd riss ich mich los von der kalten Pracht, wandte den Kopf nach rechts ... Und blickte in Eriks Augen. Mein Herz machte einen Satz, heftig und schmerzvoll. Er war wohl gerade aus einem Nebenraum hereingekommen und stand nur wenige Meter entfernt von mir, wieder gewandet in diese fremdartige Kleidung aus weißem Leder. Über den Hosen ein knielanges Oberteil, dessen Kragen und Halsausschnitt mit Stickereien in den Farben Blau, Hellgrau und Silber verziert waren, dazu ein passender Gürtel. Die blonden Haare waren länger, als ich es von ihm gewohnt war, länger und heller, wie versilbert. Er sah ... er sah einfach prächtig aus, wie der König einer nordischen Sage. Aber trotz allem Erik.

Mein Erik.

Lebendig, real, direkt vor mir. Ich wollte ihn anspringen, umarmen, heulen vor Freude, weil ich ihn gefunden hatte, endlich gefunden, heil und in einem Stück ...

»Elvy«, sagte er, seine Stimme heiser. »Du ... du bist wieder da? Das ist kein Trugbild? Kein Traum?«

»Doch«, brachte ich heraus. »Es ist ein Traum. Aber ein wahrer.«

Und dann tat ich es wirklich. Ich zwang meine zitternden Beine zur Kooperation, überwand die drei Schritte Distanz und sprang Erik in die Arme, klammerte mich fest. *Hab dich.*

Meine Wange an seiner, seine Haut kalt, so kalt, egal, ich ließ nicht los. Ich spürte ihn ausatmen, ein halbes Keuchen voll Überwältigung, dann erwiderte er meine Umarmung mit einer Kraft, die mir die Luft aus dem Leib trieb ... aber so, so guttat.

»Elvy, oh Gott, du bist es. Und ich rufe die Súmuar! Fast hätten sie dich –« Sein Griff verstärkte sich schmerzhaft.

»Aber nur fast«, unterbrach ich ihn rasch. »Was waren das überhaupt für Monster?«

»Súmuar. Nebelwesen. Früher waren sie Felsenluchse, wild und frei. Jetzt sind sie von *ihrem* Geist besessen und jagen für sie, in der Schneefeste und auch dort draußen. Aber, Elvy«, er bog den Kopf ein wenig zurück, um mich anzusehen, sein Blick voller Unruhe, »wie kommt es, dass du hier bist, wieso –?«

»Was ist denn dieses ›Hier‹?«, fiel ich ihm abermals ins Wort.

Verdammt, mein Herz schlug viel zu schnell und irgendwie half Eriks Nähe da kein bisschen. Mir ging auf, dass ich noch immer an ihm hing, meine Arme um seinen Nacken geschlungen, sein Gesicht direkt vor mir, viel zu nah für beste Freunde.

Hitze schoss mir in die Wangen und ich strampelte mich hastig frei. Flüchtete mich in einen Taumel von Fragen: »Sind wir wirklich in Ymatàja? In der Schneefeste? Und du – wie geht es dir? Was zur Hölle hast du da *an*?«

Ich stupste gegen seinen kräftigen Brustkorb, den ich bisher nur in Shirts, Trainingsjacken und Parka kannte, und allein das Gefühl des weichen Leders mit der seidenfeinen Stickborte macht mich schier irre.

Verdammt, cool bleiben, Elvy!, fuhr ich mich innerlich an.

Ich musste mehr wissen, aber zu viele Antworten würden mich zu diesem Zeitpunkt endgültig in die Hysterie schicken. Auch mein Kopf musste sich noch erden – und Erik brauchte dringend eine Erklärung für mein Auftauchen, das sah ich ihm an. Also verschluckte ich alle weiteren Fragen und sagte fest: »Okay. Ich erzähle zuerst.«

Er nickte, sichtlich erleichtert. Dann nahm er meine Hand und führte mich zu einer verschwiegenen Nische in den Tiefen der Eisgemächer, wo ein Holztisch mit zwei fellbezogenen Stühlen auf uns zu warten schien. Ich sank dankbar auf meinen Platz. Die hohe Lehne in meinem Rücken fühlte sich an wie ein Schutzschild – und das nicht nur gegen die Erinnerung an die grässlichen Geisterluchse. Alles hier war so real. Nur die Kälte spürte ich nicht – die einzige

Erinnerung daran, dass ich mich in einem Traum befand. Jetzt erst wagte ich es, durchzuatmen und die fremde Schönheit meiner Umgebung wirklich zuzulassen. Das Licht, so merkte ich, kam nicht nur von den blau-grünen Elmsfeuerchen in den Eiswänden – nein, hier und da standen auch kristalline Gefäße, faustgroß und gefüllt mit einer bernsteinfarbenen Flüssigkeit. Sie brannten mit goldener Flamme und verströmten einen harzigen Geruch. Wenn ich die Augen schloss, kam ich mir vor wie in einem verwunschenen Winterwald.

Erik, der mir gegenübersaß, schien dagegen nur mich wahrzunehmen.

»Elvy«, sagte er, sein Blick und seine Stimme so vertraut, dass es mir fast die Tränen in die Augen trieb, »wie hast du es nur hierher geschafft?«

»Ich kann zaubern. Neues Hobby«, erwiderte ich.

Einen Moment starrte er mich ungläubig an. Und dann passierte es: Ein Lachen brach aus ihm heraus, so hell und unerwartet wie der Sonnenstrahl zwischen den Schneewolken auf meiner Bahnfahrt.

»Du bist unglaublich!«

Ich zwang mich zurückzugrinsen, obwohl sich die alte Flapsigkeit zwischen uns komplett falsch anfühlte. Alles in mir zitterte. Ich hatte Erik gefunden. War durch einen Traum zu ihm gereist, hierher, in diese andere Welt. Und hatte keine Ahnung, wie es weitergehen sollte.

Fürs Erste flüchtete ich mich in ein paar Erklärungen – wie ich Tomte Teda begegnet war, wie der Klartraum funktionierte.

»Von so etwas habe ich schon gehört«, murmelte Erik, wieder ernst. »Es klang wie uralte, tiefe Magie. Wie etwas, das selbst den mächtigsten Aelfar nur selten gelingt. Aber du bist hier und ich kann dich sogar spüren ...«

Unwillkürlich sah ich hinab auf die Tischplatte mit ihren Verzierungen aus Bernstein und Silber, wo Eriks kalte Hand noch immer meine hielt. Der Anblick unserer verschlungenen Finger brachte meinen Magen erneut in Unruhe und ich löste rasch den Kontakt.

Bloß nicht noch mehr Chaos jetzt.

»Ich kann im Schlaf herkommen«, sagte ich, meine Stimme erzwungen sachlich. »Als eine Art physisches Abbild.« Ich deutete an mir herunter und merkte zum ersten Mal, dass ich mich einfallslos in den gleichen Klamotten hergeträumt hatte, die ich gerade auf der Reise trug: dunkelblauer Anorak, Thermo-Jeggins und Winterstiefel. So wohl ich mich auch sonst mit meinem praktischen Style fühlte, kam ich mir in Gegenwart von Eriks Winterkönig-Outfit plötzlich merkwürdig underdressed vor.

Schnell schüttelte ich den Gedanken ab, griff stattdessen nach einem Trinkgefäß, das auf dem Tisch stand. Schwer und glitzernd lag es in meiner Hand, wirkte wie aus Bergkristall geschnitten, wie die Harzlichter ringsum.

Wunderschön.

Ich schmiss es auf den Boden, wo es mit lautem Klirren zersprang.

Erik blickte mich irritiert an. »Was sollte das denn?«

»Kleines Experiment«, erwiderte ich. »Ich bin zwar nur im Traum hier, aber angeblich kann ich bleibenden Schaden anrichten. Falls das stimmt, sollten die Scherben also noch hier sein, wenn ich das nächste Mal herkomme.«

»Das nächste Mal?« Mit einem Schlag verdüsterte sich seine Miene. »Was redest du da? Du darfst nicht noch einmal herkommen. Niemals!«

Okay, die Nummer kannte ich. Das war die »Erik redet Elvy eine Dummheit aus«-Nummer. Manchmal benahm er sich echt mehr wie ein großer Bruder als wie mein bester Freund, was mich extrem nervte ... Allerdings hatte ich ihn noch nie so ernst dabei erlebt. Todernst geradezu, und das machte mir mehr Angst als die Monster aus meinem ersten Traumbesuch.

Das konnte ich natürlich nicht zugeben, also winkte ich ab und sagte: »Hallo? Natürlich komme ich wieder. Ich will dich retten!«

»Im Ernst. Du bist unglaublich.« Er starrte mich an wie vorhin, irgendwo zwischen überrumpelt und beeindruckt. Doch diesmal lachte er nicht. Stattdessen verhärteten sich seine Züge und er sagte: »Nein, Elvy. Du musst dich von hier fernhalten, um jeden Preis. Du hast keine Ahnung, welche Gefahren an diesem Ort herrschen. Nur weil du einmal Glück hattest mit den Nebelluchsen ...«

»Das war kein Glück. Ich kann wirklich zaubern. Guck mal.«

Einer Eingebung folgend, schloss ich die Augen und konzentrierte mich fest auf den Froststern. Das Teil war magisch, oder? Wenn Tomte Teda sich beliebig sichtbar und unsichtbar machen konnte – wieso sollte mir nicht etwas Ähnliches gelingen, erst recht in meinem Traum?

Eriks überraschtes Keuchen sagte mir, dass ich Erfolg gehabt hatte: Jetzt konnte auch er den Leuchtpunkt auf meiner Stirn sehen. Und, das zeigte mir ein rascher Blick in mein eisiges Spiegelbild in der Wand, das Teil war wirklich gewachsen, von einem Stecknadelkopf zur Größe eines Fingernagels.

»Es nennt sich Froststern«, erklärte ich. »Soll ein Schutzzauber sein, und zwar ein total mächtiger. Wenn ich es nicht übertreibe, bemerkt mich niemand hier. Ich bin sicher, also keine Sorge.«

»Selbst wenn, es ist zu gefährlich ...«

Erik gab seinen Protest nicht auf, doch gleichzeitig merkte ich, wie sehr ihn mein magisches Accessoire faszinierte. Er beugte sich über die Tischplatte, blickte mir direkt ins Gesicht. Ich sah den Widerschein des Froststerns in seinen Augen, ein silberweißes Funkeln, sah Eriks Wimpern, so dunkel trotz der blonden Haare. Seine Haut war blass wie nie, aber da war das Grübchen auf seiner linken Wange, das sich vertiefte, wenn er lachte ... Wann war er mir das letzte Mal so nah gewesen? An diesem verkorksten Abend am See?

»Elvy.« Seine Stimme riss mich aus meinem Gedanken-Kuddelmuddel. »Wie bist du an diesen Zauber gekommen? Auch durch diese Tomte?«

Eiskalt. Plötzlich war mir eiskalt – und es lag nicht an der gefrorenen Umgebung.

Ich muss es ihm sagen.

»Hör zu, Erik«, begann ich zögernd. Oh Gott, wie konnte ich ihm das nur schonend beibringen?

Gar nicht. Mir blieb nur Ehrlichkeit.

»Der Froststern gehört eigentlich ... deiner Familie. Deiner Großmutter. Sie hätte ihn dir geben sollen. Aber dann ... dann warst du weg und wir wurden angegriffen und da hat sie ihn mir gegeben. Sie ... sie hat sich geopfert, für uns beide, verstehst du?«

Nichts verstand er, das sah ich an seinem verwirrten Blick. Also holte ich tief Luft, kratzte all meinen Mut zusammen und flüsterte: »Es tut mir so leid. Deine Großmutter ist tot.«

Eriks Blick veränderte sich nicht. »Wer?«

Jetzt war *ich* dran mit der Verwirrung. »Na ... deine Oma. Prof Karla.«

Seine Miene zeigte ein einziges Blanko.

Was zum ...? Hatte er mich nicht richtig gehört? Laut und deutlich schob ich nach: »Karla Forsberg. Deine Großmutter!«

Er schüttelte verständnislos den Kopf. »Ich habe keine Ahnung, von wem du sprichst.«

Und dann, ohne Warnung, brach der Boden unter mir ein, und ich stürzte in einen Abgrund aus Schnee.

Kapitel 11

»Menschlein, na endlich bist du wach! Komm schon, wir müssen hier raus!«

Tomte Teda stand senkrecht auf meiner Schulter und zerrte so heftig an meinem Kragen, dass mein Kopf wild hin und her schwankte. *Sie* hatte mich aus dem Traum gerissen, kein Zweifel.

»Lass den Scheiß! Ich wollte noch nicht aufwachen, ich muss zurück!«, zischte ich. »Überhaupt, was soll das? Hier ist doch gar keine Haltestelle?!«

Denn das sah ich selbst mit meinen schlaftrunkenen, traumverwirrten Augen: Im Bus döste alles vor sich hin, draußen vor den Fenstern herrschte nichts als die Schwärze eines winterdunklen Tannenwaldes.

»Doch, wir müssen aussteigen, sofort!« Tomte Teda ließ nicht locker. »Na los, Menschlein, sag diesem trollverfluchten Ding, es soll stoppen, sonst kannst du gleich ein paar Meilen extra laufen!«

»Spinnst du?« Ich starrte von der Dunkelheit vor der Scheibe zu dem aufgebrachten Winterapfelgesicht neben mir und wieder zurück. In mir tobte noch immer der Schneesturm, das Gefühl des Fallens … und die Erinnerung an Eriks letzte Worte. Es blieb mir schlicht keine Widerstandskraft, mich gegen das Wichtelwesen und seinen irren Befehl zu wehren. Und so stand ich tatsächlich gleich darauf vorne im Bus, gestiefelt und gespornt, den Rucksack in der Hand.

Der Fahrer ließ die Straße nicht aus den Augen, doch an seiner Stimme hörte ich deutlich, für wie bekloppt er mich hielt. »Wie, du willst aussteigen? Mitten im Wald? Bei *den* Temperaturen? Hör mal, Mädchen …«

»Ist schon okay«, fiel ich ihm ins Wort, so selbstbewusst wie möglich, auch wenn alles in mir schrie: *Was mache ich hier eigentlich???* »Ich bin … verabredet. Die GPS-Koordinaten stimmen. Meine Tante holt mich ab. Keine Sorge, das machen wir immer so.«

Jetzt warf mir der Busfahrer doch einen kurzen, missgünstigen Seitenblick zu. Schon klar, nach meiner Einlage mit der Mülltonne war er nicht gut auf mich zu sprechen. Dann sagte er verächtlich: »Ach, du bist wohl auch eine von denen? Na dann.«

Eine von denen? Von wem? Bevor ich nachfragen konnte, trat er auf die Bremse, der Bus kam zum Halt und schon öffnete sich die Vordertür. Von den verschlafenen Fahrgästen hinter mir ertönte überraschter Protest, als die warme Innenluft hinausgesogen wurde.

»Los, raus mit dir!«, knurrte der Busfahrer mich an. »Wieder typisch, nichts als Ärger hat man mit euch!«

Mit euch Touristen, oder was? Doch dann verstand ich: Er hielt mich für eine Sámi! Eine von den Menschen, die man früher – und leider nicht selten auch noch heute – abwertend »Lappen« nannte und die gerade hier im Norden oft mit knallharter Diskriminierung zu kämpfen hatten. Ich spießte den Fahrer mit einem scharfen Blick auf, für mehr blieb keine Zeit.

Tomte Tedas für alle anderen unhörbaren Antriebsflüche im Ohr, stolperte ich die Stufen hinunter und wäre fast ausgerutscht – die Straße war mit einem massiven Eispanzer überzogen, der die Spikes der Busreifen natürlich null beeindruckt hatte.

Ein erneutes Zischen, die Tür schloss sich vor meiner Nase, und dann stand ich da und konnte nur noch zusehen, wie die einzige Oase an Wärme und Licht hinter der nächsten Kurve verschwand.

Was. Mache. Ich. Hier.

»Zauberkraut, ist das kalt!«

Überraschung: Das erste Gemecker über die Temperaturen kam nicht von mir, sondern von meiner winzigen Reiseleitung. Teda war von meiner Schulter gesprungen und stampfte schimpfend über den glatten Boden, als ob sie sich so besser akklimatisieren könnte.

Ich zerrte mir Mütze und Handschuhe über, beides jämmerlich unangemessen für die bestimmt minus 15 Grad. Eiskalt und dunkel war es ringsum, der noch immer verhangene Himmel ließ weder Mond noch Sterne hindurch und so blieb nur der Kontrast aus Schnee und Kiefernstämmen.

Besorgt blickte ich auf mein Smartphone – vielleicht musste ich Hilfe rufen, um nicht zu erfrieren? Immerhin, der Empfang war hervorragend und ich fand problemlos meinen Standort auf der Karte. Aber wie lange Akku und Powerbank bei dieser Kälte durchhalten würden … In genau diesem Moment klingelte das Handy. Vor Schreck ließ ich es fast fallen, bekam es gerade noch in den Griff und zerrte mir mit den Zähnen einen der Handschuhe runter, um ranzugehen.

Mein Vater. König des Timings, wie so oft.

»Herzlichen Glückwunsch, meine Große! Siehst du, ich bin doch nicht so vergesslich, wie du immer sagst!«

Im Hintergrund gedämpftes Kichern – Cédric, eindeutig. Genauso eindeutig war er es gewesen, der meinen Vater an den Anruf erinnert hatte. Ich musste lächeln, trotz oder gerade wegen der unmöglichen Situation, in der ich mich befand. Kam gar nicht dazu, mich zu bedanken, denn mein Vater sprach schon weiter, überdimensional aufgekratzt, wie immer kurz vor einem Auftritt. »Ich muss leider gleich wieder Schluss machen, Cédric schiebt mich quasi schon auf die Bühne, aber – hast du deinen Anorak an? Ja? Fass doch mal in die rechte Tasche, schnell.«

Ich gehorchte verwundert. Wühlte mich durch die Untiefen und fand … »Och Papa. Danke«, presste ich gerührt heraus. Er hatte mir tatsächlich eine kleine Packung meines Lieblings-Lakritz in die Jacke geschmuggelt. Unter den achtlos reingestopften Handschuhen und Taschentüchern hatte ich sie bisher nicht bemerkt. Er liebte solche Überraschungen für mich – und ich liebte sie, weil er mir so eine winzige, kontrollierte Dosis von seinem Chaos abgab.

»Nur eine Kleinigkeit, du hast es ja nicht mit großen Feiern«, tönte seine Stimme durch die Leitung. Dahinter Cédric, der sich aufs Drängeln verlegt hatte. »Ja doch, gleich, äh … Elvy? Kann ich dich nach dem Konzert noch mal anrufen?«

»Äh, nein. Das ist schlecht. Ich bin … beschäftigt.«

»Ach so? Was machst du denn? Gehst du doch feiern mit deinen Freundinnen?«

Welchen Freundinnen?

Ich schloss kurz die Augen. Und dann griff ich ins unterste Fach meiner Trickkiste. Das, was ich so gut wie nie anrührte, weil sein Einsatz *immer* funktionierte. »Mann, Papa, ich bin auf Exkursion. Mit der Astronomie-AG. Zu den Nordlichtern. Deshalb konnte ich auch nicht mit auf deine Tournee. Haben wir doch alles besprochen neulich!«

»Oh. Äh. Ach so. Das hatte ich wohl wieder vergessen. Ja dann, dann …« Seine Stimme klang ganz kleinlaut und verwirrt und ich kam mir abgrundtief schäbig vor.

Aber es war der beste Weg, um ihn auf Kurs zu halten. Also fuhr ich so locker wie möglich fort: »Wir haben ein total straffes Programm und hier ist eh schlechter Empfang, also reden wir am besten, wenn du zurückkommst, okay?«

Keine Antwort. Ich hörte Geraschel im Lautsprecher und sah ihn vor mir, wie er heftig nickte und sein wilder Haarschopf dabei über das Handy fegte. Symphonie »Chaos-Dad in Wisch-Dur«, dazu weiteres Gedrängel von Cédric.

»Ich muss Schluss machen, meine Große. Dann seh ich dich in zwei Wochen?«

»Genau. Hab dich lieb, Papa.«

Und dann war er weg. Verschwand in der Stille und Dunkelheit, ebenso wie die kurze Illusion von Normalität, die mir sein Anruf gebracht hatte. Zurück blieb nur ich, in der einen Hand das Telefon, in der anderen eine Goldkugel-Lakritztüte, einsam und verlassen in der Winternacht eines tief verschneiten Waldes. Ich schüttelte mich.

»Kann ich jetzt mal erfahren, wieso wir hier rausmussten?«, fragte ich die kleine Gestalt in roter Zipfelmütze, der ich letzteren Umstand verdankte. »Nach Arjeplog sind es noch über 60 Kilometer!«

»Kleine Zwischenstation«, gab Tomte Teda lässig zurück. »Ich schlafe doch nicht in Menschen-Behausungen, wenn es nicht sein muss. Ganz in der Nähe bekommen wir ein gutes Nachtquartier.«

»Mitten im Wald? Hast du 'ne TripAdvisor-Empfehlung für den besten Hasenbau, oder was?«

Ich funkelte sie an, checkte noch einmal mein Handy: Nope, gar nichts war hier außer Bäumen und Seen – kein Ort, kein Laden, kein Hotel. Und selbst die Hasen schliefen unter einem Meter Schnee.

Mir wurde noch ein wenig kälter.

Die Wichtelin zu meinen Füßen dagegen hatte sich augenscheinlich bereits an das neue Klima gewöhnt und sog genießerisch die eisige Luft ein. »Aaaah! Schnupper nur, Menschlein, so etwas bekommst du nicht in eurem Steinhaufen da im Süden.«

»Ja, toll, dafür ist es dort wärmer«, murrte ich.

»Wenn ihr so weitermacht, ihr Menschen, habt ihr es bald überall warm, sommers wie winters«, erwiderte sie schnippisch. »Und jetzt los, mir nach. Nicht weit von hier liegt ein Vaettar-Heim. Ich spür's ganz deutlich, meine Wichtelnase juckt. Weniger Eisendrähte hier, da findet man sich endlich zurecht. Bald weiß ich auch den Weg zur Pforte wieder, wirst schon sehen.«

»Ein Was-Heim?«, fragte ich, aber die kleine Wichtelgestalt hüpfte bereits eifrig voran, zurück in die Richtung, aus der der Bus gekommen war. *Widerstand zwecklos.* Ich stopfte das Lakritz in meine Jackentasche, dann folgte ich Teda.

Zuerst ging es ein gutes Stück die Straße entlang, keine Kleinigkeit bei Dunkelheit und rutschigem Untergrund … aber so richtig hart wurde es, als Tomte Teda schließlich nach links abbog und mich zwang, ihr in den Wald zu folgen. Sie selbst schnürte einfach über den hohen Schnee, gewichtslos wie ein Mäuschen, ich dagegen sank bei jedem Schritt ein. Nicht lange, und ich war trotz Eiseskälte schweißgebadet und außer Atem. Immer wieder rutschte mir Schnee in die Stiefel, die einfach nicht hoch genug waren für solche Outdoor-Aktionen. Meine Zehen wurden taub, genau wie meine Finger, verkrampft um mein Handy, dessen Taschenlampenlicht mehr schlecht als recht half, einen gangbaren Weg zu finden in diesem Labyrinth aus Schwarz und Weiß.

Ich hasse die Natur! Vor allem im Winter!

»Ist es nicht wunderbar hier, Menschlein?« Tomte Tedas Stimme klang so euphorisch, wie ich sie seit unserer ersten Begegnung noch nicht erlebt hatte. »Wieso war ich so lange weg? Ach, der Süden und die Stadt sind nichts für Vintartomtes, egal wie sehr man uns dort braucht!« Sie schien geradezu aufzublühen, hüpfte über im Schnee versunkene Baumstümpfe und hinauf zu den Tannenzweigen, ganz wie ein graufilziger Gummiball.

Doch alle Wiedersehensfreude mit dem hohen Norden ließ sie nicht den Grund vergessen, warum wir hier waren. Aufmerksam hörte sie zu, als ich ihr bei einer kurzen erbettelten Rast von meinem Traum berichtete. Sie klang zufrieden mit meinen ersten Erfolgen beim Weg-Finden und Erden – und auch mit dem, was ich von meinem Gespräch mit Erik erzählen konnte.

»Ein gutes Zeichen, Menschlein«, sagte sie. »Für dich – und für *euch*. Nach all dieser Zeit ist er immer noch er selbst, wenigstens zu einem Teil. Er muss sehr stark sein. Hier drin, verstehst du?« Bedeutungsvoll tippte sie sich gegen Schläfe und Brust.

»Ja, das ist er«, flüsterte ich, doch irgendetwas in mir verkrampfte sich bei dem Gedanken daran, wie verloren Erik gewirkt hatte, allein inmitten der Pracht des Eispalastes mit dem gefrorenen, blau-grünen Licht. »Aber warum wusste er nichts mehr von seiner Großmutter?«

»Ich kann es mir nicht genau erklären.« Tomte Teda stieß einen Laut aus, der irgendwo zwischen Seufzer und Knurren lag. »Vielleicht …«

»Vielleicht was?«, hakte ich nach, weil sie nicht weitersprach.

»Später«, winkte sie ab. »Ich muss darüber nachdenken. Nicht jetzt – und ganz sicher nicht hier.«

Sosehr es mich drängte, eine Erklärung für Eriks rätselhafte Amnesie zu finden, Tomte Teda hatte recht: Ein dunkler Winterwald war der denkbar schlechteste Ort, um sich solche Gedanken zu machen. Schaudernd blickte ich mich um. Fast kam es mir so vor, als rückten die Bäume enger zusammen, ihre Schatten wie eine erdrückende Last auf meiner Seele … Aber dann – ein Kribbeln, ein Tanzen auf meiner Stirn. Der Froststern. Ich tastete mit meinem Handschuh meine Stirn ab, dabei verrutschte die Mütze etwas.

Tomte Teda bemerkte es und stieß einen leisen Pfiff aus. »Er ist gewachsen! Gut gemacht, Menschlein. Siehst du, es gibt Hoffnung für euch! Vertrau der Magie, sie kommt so selten zu euch Menschen.« Ein breites Grinsen erschien auf ihrem Gesicht und sie zwinkerte mir zu. »Kein Wunder, bei euch tumben Geschöpfen.«

»Boah! Geht's nicht mal ohne Beleidigung?!« Ich verdrehte die Augen, doch in Wahrheit fühlte ich mich besser.

Ja, es gab Hoffnung. Schließlich hockte ich eben *nicht* mehr untätig herum. Ich hatte sogar einen magischen Talisman! Und ich hatte Tomte Teda, Meisterin des winzigen Arschtritts. Wie funktionierte das, dass mir ein grantiges Wichtelfrauchen mit ein paar Worten den Rücken stärken konnte, selbst wenn es *fiese* Worte waren?

Mit neuer Energie stapfte ich weiter und war wieder bereit, mich zu streiten.

»Der Magie soll ich vertrauen? Ich finde, ich vertraue schon ganz schön viel!«, rief ich Tomte Teda hinterher, als sie mühelos über einen umgestürzten Baumstamm setzte. »Jetzt würde ich zur Abwechslung mal gern was *verstehen*. Wie funktioniert das genau mit diesem Hokuspokus? Was steckt dahinter?«

»Nichts von euren menschlichen Kindereien, das steht fest«, erwiderte Tomte Teda und hüpfte weiter durch den Schnee. Im Schein meiner Handylampe sah ich die rote Wollmütze, wie sie abenteuerlich hin und her wippte. »Magie ist … sie ist die Melodie, die nie endet. Der Klang. Teil der Natur, des Lebens. Man könnte sogar sagen, sie *ist* das Leben. Ohne sie würden wir Unsichtbare sterben und für immer vergehen. Schau mal, Menschlein …«

Wir hatten den Rand einer kleinen Lichtung erreicht. In ihrer Mitte erhob sich eine einzelne Fichte, ihre mächtigen Zweige gebeugt unter der Schneelast, zu ihren Füßen scharfe, schwarzblaue Schatten. Ich blieb stehen, dankbar für die erneute Pause, und bemerkte, dass sich die Wolken verzogen hatten. Über uns erstreckte sich der Nachthimmel, gesprenkelt mit Sternen, kalt und glitzernd wie Eiskristalle. Da war sie, die Winterstraße … Für einen Moment dachte ich an das letzte Mal, als ich sie bewusst betrachtet hatte, an diesem Sommerabend am See. Wo war er, der Große Wagen – wo war der Stern, den Erik mir geschenkt hatte? Doch der Himmelsausschnitt der Lichtung war zu klein, um ihn zu finden.

Tomte Teda deutete auf die Fichte. »Wenn du die Magie verstehen willst, stell dir einen Baum vor, so wie diesen. Nein, anders. Mach zwei daraus. Eine Esche und eine Ulme. Sie waren der Anfang, untrennbar miteinander verbunden zu Yma, dem Zwillingsbaum. Solvaer, die Weltenweberin, hat ihn geschaffen. Wo er spross, entstand Ymatàja, das Land unter dem ewigen Nordlicht. In Ymas Adern floss eine ganz besondere Kraft, hell und stark. Durch sie entstand alles Leben bei uns und sie erhält es bis heute. Diese Kraft hat viele Namen, aber nennen wir sie ruhig Magie, das versteht dein Bollerkopf.«

Ich streckte ihr die Zunge heraus, blieb jedoch still. Was sie erzählte, klang zu faszinierend.

»Ymas Wurzeln durchzogen das ganze Land und gaben die Magie weiter, an alle Erdgeborenen. Manche bekamen mehr, manche weniger. Wir Tomtes – nun, wir haben genug.« Sie winkte mir, ihr zu der Fichte zu folgen. »Das ist die innere Magie, verstehst du? Die, die man für sich selber nutzen kann.«

»Wenn du dich unsichtbar machst, zum Beispiel?«, rief ich ihrem Rücken zu.

Wie aufs Stichwort verschwand sie, erschien nach einem Herzschlag wieder und gönnte mir spöttischen Applaus. »Gut aufgepasst, Menschlein. Oder um eure Sprachen zu verstehen, das kann jeder Unterirdische mit links. Es gibt viele verschiedene Talente. Aber wenn man auf etwas anderes einwirken will, selbst mit einem kleinen Zauber – sagen wir, Kiesel in Goldtaler zu verwandeln –, dann braucht man eine Quelle zum Anzapfen. In Ymatàja fließt sie überall – in Erde und Gestein, in Wasser und Bäumen. Und früher, als die Wände zwischen den Welten noch dünn waren, ist auch ein Teil davon zu euch herübergesickert.«

Ich machte große Augen. »Echte Magie? In unserer Welt? Aber du hast doch gesagt –«

»Ich habe gesagt, dass ihr tumben Menschen sie selten erkennt und noch seltener nutzen könnt!«, fuhr Tomte Teda mir unwirsch über den Mund. »Flämmchen und Funken, grün und blau, so erscheint sie. Irrlichter nennt ihr sie oder Elmsfeuer und natürlich Nordlicht, weil ihr nicht wisst, was ihr da wirklich vor euch habt!«

Das *Nordlicht* sollte Magie sein? Mein rationaler Kopf wollte sofort widersprechen, mit der wissenschaftlichen Erklärung für dieses Phänomen auftrumpfen, etwas von Sonnenwinden und der Erdatmosphäre erzählen … aber gleichzeitig tauchten vor meinem inneren Auge die Eismauern in Eriks Gemächern auf. Die Lichter, die ich darin gesehen hatte – war das etwa … gefrorene Magie?

Ich kam nicht dazu nachzufragen, denn in diesem Moment hatte Tomte Teda den Stamm der mächtigen Fichte erreicht und klopfte an die vereiste Rinde. »Wollen doch mal sehen«, murmelte sie.

Und dann traute ich meinen Augen kaum.

Denn unter ihren Händen begann das rissige Holz zu glimmen. Vereinzelte Lichtpunkte erschienen, ein grün-blaues Schimmern, das in der Luft tanzte wie die Funken eines Lagerfeuers. Anders als echte Funken trieben sie nicht davon, sondern schwebten knapp über der Borke, schienen den Kontakt zu ihrem Ursprung zu halten.

»Wer sagt's denn.« Die Wichtelin rieb sich zufrieden die Hände. »In alten Bäumen hält sie sich am besten.«

Ich stand da, eine weiße Atemwolke vor dem offenen Mund, und bestaunte dieses neue Wunder. Lebendige, sichtbare Magie! Es sollte nicht die letzte Überraschung bleiben.

Noch während die tanzenden Flämmchen eins nach dem anderen wieder verloschen, zurückkehrten unter den Schutz der Rinde, begann Teda, zwischen den verschneiten Wurzeln herumzustochern. »Na los, mach dich nützlich mit deinen Schaufelhänden!«, forderte sie.

Ich machte mich nützlich. Half, den Schnee wegzuschieben, ohne zu wissen, warum. Bis wir die Tür fanden.

Ja: Es war eine richtige Tür, nur in Wichtelgröße. Viereckig, der hölzerne Rahmen in die Nische zwischen zwei Wurzeln eingelassen, mit Beschlägen und einem Knauf aus grünlich angelaufenem Metall, in der Mitte ein winziger, fein geschnitzter Klopfer.

Was zum …?

Schon hatte Tomte Teda die Hand erhoben und klopfte an.

»Äh, ist das –«, begann ich, da wurde die Tür von innen aufgeschoben und eine Gestalt, so klein wie Tomte Teda, streckte den Kopf heraus – einen mausähnlichen Kopf mit spitzen, graufelligen Ohren und dunklen Knopfaugen. In der Hand hielt sie so etwas wie ein tönernes Wachslämpchen, mit dem sie uns, der unerwarteten Störung, entgegenleuchtete.

»Na, so was, Teddea!«, piepste das Mäusewesen mit hohem Stimmchen. »Wenn das keine Freude ist, nach so langer Zeit. Komm herein, komm herein!«

Ich rieb mir die Augen, schüttelte den Kopf – nichts half, die irre Vision zu meinen Füßen blieb so real wie der Schnee, auf dem ich stand.

Hallo, ich bin Elvy und jetzt sehe ich auch noch sprechende Mäuse. Wichtelmäuse. Mäusewichtel. Whatever.

Hallo, Elvy. Danke für deine Offenheit. Jetzt geh bitte wieder, wir akzeptieren nur normale Vollspinner.

»Grüß dich, Svalti!«, antwortete Teda und zog das Wesen in eine herzliche Umarmung. »Ich war grad in der Gegend und dachte, schau auf einen Sprung herein, die Svalti freut sich. Allerdings hab ich noch etwas Gepäck dabei.« Nachlässig deutete sie zu mir herauf.

Ich war das Gepäck.

Wow, schönen Dank auch!

Sollte ich etwa die Nacht hier draußen verbringen, während die beiden es sich in der mutmaßlich warmen Höhle unter den Wurzeln gemütlich machten? In diesem … wie hatte Tomte Teda es genannt? Vaettar-Heim?

Svalti, die Mäusewichtelin – also vermutlich die »Vaetta« –, hob das Wachslicht etwas höher. Ihre winzige Nase zuckte. »Ein Mensch? Bei mir?« Kopfschüttelnd blickte sie ihre Freundin an, die jedoch beruhigend abwinkte. »Na gut, wenn sie zu dir gehört … Mein Baum, der Tjalm, schafft's schon.« Mit diesen kryptischen Worten drehte sie sich um und verschwand wieder im Inneren der Fichte.

Teda zog an meinem vereisten Hosenbein. »Sag *Kjällevis*, Menschlein.«

»Wieso?«, fragte ich misstrauisch zurück.

»Sag's einfach!«, forderte sie augenrollend und klopfte noch einmal auf die Rinde neben der Türfassung. Wieder stiegen ein paar dieser grün-blauen Flämmchen auf.

»Kjällevis?«, murmelte ich zweifelnd.

Ein Klingeln, Funkeln, ein Luftzug …

… und *Bäm!*, blickte ich Tomte Teda genau ins grinsende Winterapfelgesicht. Und zwar *haargenau*. Auf Augenhöhe.

»Shit!« Mein Schrei war so laut, dass man ihn vermutlich bis nach Arjeplog hörte. »Was … was hast du getan, wieso bin ich –«

Wieso bin ich plötzlich so klein wie du?!

Kapitel 12

»Mach nicht so ein Gewese, Menschlein.« Kichernd packte Tomte Teda meinen Ärmel und zog mich mit sich durch die Türöffnung zwischen den Wurzeln. »So bist du viel handlicher. Willst du etwa im Schnee übernachten?«

»Nein«, gab ich zu, während ich mich hektisch abtastete, um meinen geschrumpften Körper zu checken. Alles dran, wie es schien, auch mein Rucksack samt Inhalt war unversehrt. Nur eben … kleiner. Ansonsten fühlte ich mich nicht anders, bis auf ein leichtes Zwicken in den Gliedern, was jedoch bereits verging. »Wehe, du machst das noch mal einfach so!«

»Das *kann* ich gar nicht. Hast du nicht aufgepasst, Menschlein?« Wieder verdrehte sie die Augen. »Für so etwas braucht es Erdmagie, und zwar nicht zu knapp. Dein Glück, dass Svaltis Fichte uns genug davon leihen konnte.«

Sie begann, den Gang hinunterzumarschieren, der hinter der Tür lag, mit einem Fußboden aus fest gestampfter Erde, schwach erleuchtet durch glimmende Wurzelenden an der Höhlendecke.

»Und *ohne* ausreichend Magie?«, rief ich Teda nach. »Dann hätte ich Pech gehabt und schön erfrieren können? ›Menschen: Wir müssen leider draußen bleiben‹?«

»Ganz genau. Ach ja, könnte sein, dass dein Eisen-Gedöns was abgekriegt hat.«

»Mein Handy? Mein Laptop? Sind die jetzt kaputt, oder was?«

»Wird schon wieder, wenn der Zauber vergeht.« Sie stiefelte ungerührt weiter. »Noch ein kleiner Tipp: Sag lieber nicht noch einmal *Kjällevis*, solange du hier unten bist. Könnte zu Kopfschmerzen führen.«

Weil ich sonst wieder groß werde?

»Hey!«, schrie ich, empört über die Beiläufigkeit *so* einer Warnung – und weil sie meine Mobilgeräte crashte! –, aber sie war schon hinter der nächsten Ecke verschwunden.

Ich folgte ihr notgedrungen, wutschnaubend über die ungewollte Verzauberung. Andererseits … natürlich war ich froh, raus aus der Kälte zu sein. Und als wir nach zwei weiteren Biegungen die Tür zum eigentlichen Vaettar-Heim erreichten, wo Svalti uns die vom Schnee durchweichten Klamotten zum Trocknen abnahm und uns in ihre mollige Stube führte … da war ich noch froher.

Wir durften Platz nehmen, auf gemütlichen Holzsesseln mit hoher Rückenlehne, die vor einem bullernden Steinofen standen, und bekamen angewärmte, bunt gestrickte Socken für die kalten Füße. Außerdem drückte die herzliche Vaetta uns je einen Holzbecher in die Hand, aus dem ein süßlich-würziger Duft aufstieg. Ihre Form kam mir seltsam bekannt vor. Moment, waren das etwa zurechtgeschnitzte Haselnussschalen?

»Was, kein Kaffee?«, beschwerte sich meine Reiseleitung.

»Fichtenmalzbräu, viel besser«, kicherte Svalti, die Tedas knurrige Art wohl gut kannte. »Hier, der passende Honig. Nehmt einen ordentlichen Löffel voll, das stärkt!«

Während sie geschäftig hin und her huschte, probierte ich vorsichtig das fremdartige Gebräu. *Puh, bitter.* Aber mit dem Honig ging es. Nach ein paar Schlucken breitete sich eine Wärme in mir aus, die mir tatsächlich etwas von der in der Kälte verlorenen Kraft zurückgab.

Langsam wagte ich es, meine Situation anzunehmen und mich

umzuschauen. Das war also ein Vaettar-Heim: ein sorgsam mit glatt gehobelten Brettern ausgekleideter Raum, tief unter den Wurzeln des darüber wachsenden Baums. Die eine Seite dominierte der Ofen, an dem wohl auch gekocht wurde, gleich daneben die Anrichte – eine blank gescheuerte Holzplatte voll säuberlich geordneter Gerätschaften, darunter ein Stauraum für Töpfe und irdenes Geschirr. Auf den Dielen lagen Webteppiche und sogar kleine Felle. Von der Decke herab hingen überall getrocknete Kräuterbüschel, Früchte, Pilzscheiben … natürlich in Originalgröße. Ich sah Ketten von aufgefädelten, verschrumpelten Walderdbeeren, jede davon so groß wie meine Zwergenfaust.

Weitere Türen, alle liebevoll verziert mit Bemalung und Schnitzwerk, deuteten darauf hin, dass das Vaettar-Heim wohl noch mehr Zimmer hatte.

Zwischen alldem wuselte die Hausherrin umher, gekleidet in ein bodenlanges, mit bunten Borten geschmücktes Gewand, darüber eine Weste mit Knöpfen aus Silber und Horn – jedenfalls vermutete ich das. Ihre Kulleraugen blitzten vergnügt, ihre großen Ohren zuckten und – Moment mal – guckte da nicht sogar so etwas wie ein Mäuseschwanz unter ihrem Saum hervor?

»Langt zu, langt zu!«, piepste sie fröhlich, als sie Schüsseln mit einem nussig-fruchtigen Brei vor uns auftischte. »Vor allem du, armes Menschenkind, bei euch gibt es ja heutzutage kaum anständiges Essen! Wie ihr trotzdem so groß werdet, ist mir ein Rätsel …«

Ich nickte stumm, zu überwältigt für ein ordentliches Dankeschön. All das hier, die unerwartete Oase unter den Wurzeln und unsere mäusegleiche Gastgeberin, wirkte auf meine überreizten Sinne unglaublich einladend … und gleichzeitig komplett unwahrscheinlich.

Tomte Teda dagegen hatte eindeutig keine Probleme mit dem Setting. Sie war … nun, vielleicht nicht zu Hause, aber definitiv am rechten Fleck. Genüsslich rekelte sie sich vor dem warmen Feuer, leerte Schüssel um Schüssel und ließ trotz ihres anfänglichen Gemeckers auch das Fichtenmalzbräu nicht umkommen. Währenddessen plauderte sie angeregt mit der neugierigen Svalti, die natürlich wissen wollte, was ihre offenbar lang vermisste Freundin in diese Gegend führte. Als sie es erfuhr, trübte sich ihre gute Laune sichtlich.

»Eine Freibitte? Ihr wollt es mit der Kalten Herrscherin aufnehmen?!« Besorgt schlug sie sich die Hände vor den Mund und sprang sogleich auf, um noch ein Bienenwachslicht anzuzünden – als könnte sie so die Kälte und Dunkelheit abwehren, die der Name dieser fernen Bedrohung hervorrief. »Teddea, oh nein, oh nein, denk nach! Das ist nichts für uns vom Kleinen Volk – und erst recht nicht für ein Menschenkind. Überlass das den Aelfar.«

»Nachdenken ist gut, aber Handeln ist besser«, erwiderte Tomte Teda und trotz meiner Versunkenheit erkannte ich den vertrauten, unnachgiebigen Ton in ihrer Stimme. »Der Aelfar-Bann hält der Ysirka nicht mehr lange stand. Das musst du doch auch bemerkt haben, Svalti, du als Baumhüterin?«

Das pelzige Vaetta-Gesicht verzog sich kummervoll. »Ja, du hast recht«, piepste sie. »Frostlinien. Sie brechen durch, immer öfter. Ich habe sie gesehen, selbst hier im Wald. Von meinem Baum halten sie sich fern, doch wer weiß, was sie sonst in der Erde wecken. Und wer schützt die armen, blinden Menschenkinder vor der Ysirka? Ach je, ach je …«

»Die armen, blinden Menschenkinder müssten vielleicht erst mal wissen, mit wem sie es da wirklich zu tun haben – oder mit was. Dann könnten wir uns selbst schützen!« Die Worte purzelten aus meinem Mund, bevor ich Zeit hatte, über sie nachzudenken.

Svalti schaute mich mit großen Mäuseaugen an – so einen Ausbruch hatte sie offenbar von dem *Gepäck* nicht erwartet.

Tomte Teda dagegen sagte unwirsch: »Kein noch so großes Wissen wird euch helfen, Menschlein. Wenn die Ysirka in eure Welt durchbricht, seid ihr verloren, trotz eurer Eisennetze. Ich dachte, das hättest du verstanden!« Sie nahm einen tiefen Schluck, wie um sich nach dem erneuten Beweis meiner menschlichen Dummheit zu beruhigen. Als sie ihren Haselnussbecher wieder sinken ließ, hatte sich ihre Miene gewandelt. Noch immer ernst, aber etwas versöhnlicher, brummte sie: »Nun, du hast das Recht zu fragen. Also hör gut zu. Ymatàja ist das Land der zwei Jahreszeiten, das weißt du bereits. Sommer und Winter, geschützt und gelenkt in Eintracht durch Ymas Töchter – die Zwillingsfeen, die Fejrar. Die mächtigere der beiden war von jeher die Fee des Wahren Winters, die Vintarfejra. Alt wie Ymas Wurzeln, doch auch rastlos und voller Neugier. Beständig umschwebte sie die Grenzen Ymatàjas, auf der Suche nach neuem Leben, mehr Wissen und –«

»Was für Grenzen?«, unterbrach ich. »Wo endet denn ein magisches Reich?«

»In der weißen Leere. In Ykrist.« Es war Svalti, die mir geantwortet hatte. Ihr Wachslicht fest umklammert, sah sie zu mir, in ihren schwarzen Knopfaugen Kummer und Angst. Ihre Wichtelfreundin legte ihr beruhigend eine Hand auf den Arm und nickte. »Wenn du weit genug wanderst in Ymatàja, fort vom Herzen des Landes, dann stößt du selbst im höchsten Sommer auf eine Ebene aus Schnee und Eis, endlos und ohne Leben. Das ist Ykrist, die weiße Leere, der Abgrund zwischen den Welten. Das Ende aller Geschichten. Niemals darfst du dich dort hineinbegeben, denn du würdest dich auf ewig verlieren.«

War es kälter geworden? Unruhig schaute ich zum Ofenloch, doch die Flammen dahinter tanzten weiter, ihr Lodern ein unerschütterliches Versprechen auf Leben und Wärme.

»Lass mich raten«, sagte ich leise zu Tomte Teda, »genau diese Warnung hat die Winterfee nicht befolgt, oder?«

Sie seufzte. »So ist es. Auf ihrer Suche schweifte sie dorthin, zu weit, zu tief. Ykrist fing sie ein. Wisperte ihr zu, versprach grenzenloses Wissen, den Weg in neue Welten, bis sie ihm ganz verfiel. Als es an der Zeit war, dem Sommer zu weichen, weigerte sich die Vintarfejra. Stattdessen bannte sie ihren Zwilling unter die Erde, um weiter zu herrschen. Die Harmonie Ymatàjas geriet aus dem Takt und unsere Winterfee wurde zur Ysirka: grausam und voll entfesselter Gier. Ein Hunger, der nie gestillt werden kann. Ein Winter, der nie endet.«

Feuer oder nicht, es *war* kälter geworden. Ich spürte, wie eine Gänsehaut über meinen Körper kroch, sah, wie Svalti ihre Weste enger um sich zog.

Auch Tomte Teda merkte es, denn sie stieß ein unwilliges Knurren aus, rückte ihre rote Mütze tiefer in die Stirn und beugte sich vor, um ein neues Holzscheit in den Ofen zu stecken. Funken stoben auf, ein Knacken und Knistern, gefolgt vom Duft brennenden Harzes. Langsam kehrte die Wärme zurück.

»Es ist nicht gut, zu viel davon zu reden«, brummte Tomte Teda. »Aber nun weißt du Bescheid, Menschlein. Unsere mächtigste Zwillingsfee steht im Bann der weißen Leere. Die Ysirka ist keine von uns Unterirdischen, sie ist mehr und anders. Ymatàja ist ihr bereits verfallen … und deiner Welt steht dasselbe bevor.«

Ein neuer Schauder glitt mir über den Rücken. Ich schluckte und schüttelte mich, um das Gefühl zu vertreiben. Aber erst, als Svalti uns eine neue Runde dampfend heißes Fichtenmalzbräu in die Becher goss, bekam ich mich wieder in den Griff.

»Wenn sie so mächtig ist, diese Ysirka – wie kann man sie überhaupt besiegen? Wie können *wir* das?«, fragte ich schließlich.

Tomte Teda neigte den Kopf und warf mir einen scharfen Blick zu. »*Du*, Menschlein, hältst dich besser an dein eigentliches Vorhaben: den Thron der Ysirka zu erreichen und deinen Herzensfreund freizubitten. Damit hast du genug auf dem Teller, meinst du nicht?«

»Falls ich es überhaupt bis zu ihrem Thron schaffe«, murmelte ich zweifelnd. »Bisher wissen wir ja nicht einmal, wo diese Pforte nach Ymatàja genau liegt.«

»Teddea! Hast du das etwa auch vergessen?« Svalti schlug betroffen ihre Hände zusammen. »Und mir wolltest du es damals nicht verraten!«

»Es war zu gefährlich! Du wärst eh nicht zurückgegangen, nicht ohne deinen Baum«, gab Teda unwirsch zurück. »Jetzt behaltet bloß die Socken an, ihr beide! Die Erinnerung kommt, ich spür's am ganzen Körper. Nur noch ein paar Schritte weiter hoch in den Norden, dann weiß ich alles wieder. Und dann finden wir auch die Letzte Pforte.«

»Trotzdem«, piepte ihre Freundin. »Glaubst du, die Wächter lassen einen Menschen hindurch?«

»Einen *gewöhnlichen* Menschen sicher nicht.« Auf einmal wirkte Teda direkt verschmitzt. »Aber du solltest mich besser kennen, Svalti. Ich habe dir keinen gewöhnlichen Menschen angeschleppt.«

Sie nickte mir auffordernd zu, und ich begriff, was los war: Selbst für Svalti, ein magisches Wesen, war mein Froststern unsichtbar. Warum aber konnte Teda ihn dann problemlos sehen? Oder Teddea, wie ihre Freundin sie nannte. Ich nahm mir vor, das zu klären, sobald wir allein waren. Jetzt erst einmal war es Zeit, meinen neuen Offenbarungstrick auch in der wachen Welt zu probieren.

Ich konzentrierte mich auf den kalten Punkt auf meiner Stirn, stellte mir seine schimmernde Eiskristallform vor. Als Svaltis Knopfaugen noch größer wurden, wusste ich, dass es geklappt hatte.

»Dann bist *du* die Nachfahrin von Gerda Eisenhand?«, hauchte sie beeindruckt.

Gerda wer? Wow, hatte die hier einen Kampfnamen?

»Äh, nicht direkt Nachfahrin«, korrigierte ich. »Es ist etwas komplizierter, aber –«

»Aber das erkläre ich dir später, Svalti«, unterbrach Tomte Teda.

»Erst einmal muss Elvy Froststern es vor den Thron der Ysirka schaffen.« Sie warf mir einen scharfen Blick zu. »Der Weg bis dahin ist hart, Menschlein, und dein Herz darf nicht wanken, sonst ist alles umsonst.«

»Oh ja«, sekundierte Svalti ihr eifrig. »Die Ysirka wird sicher versuchen, dich zu betrügen. Dir eine unmögliche Aufgabe stellen, eine Rätselfrage, die du gar nicht lösen *kannst*. Auch das erlaubt unser Gesetz.«

»Und das erfahre ich jetzt erst?«, unterbrach ich empört. »Hallo? Kann ich so was vielleicht mal vorher –«

»Ruhe, Menschlein!« Teda knallte ihren Haselnussbecher auf die Lehne ihres Sessels und ich zog unwillkürlich den Kopf ein. »Du wusstest alles, was wichtig ist! Dass du mutig und standhaft sein musst – und vor allem, dass du und dein Herzensfreund ein starkes Band zueinander braucht!« Sie fasste mich noch genauer ins Auge und fragte streng: »Wie steht es mittlerweile um deine Sockenschublade?«

Svalti verschluckte sich fast an ihrem Getränk. »Ihre was?«, kicherte sie.

Ich sah mürrisch zur Zimmerdecke hinauf, wo die getrockneten Vorräte vor sich hin dufteten und im zuckenden Flammenschein wüste Schatten warfen. »Alles klar. Erik und ich sind … wir sind Freunde. Beste Freunde. Wie immer. Bloß glaubt er nicht, dass ich ihm helfen kann. Will es auch nicht. Er sagt, es ist zu gefährlich.«

»Guter Mann, recht hat er«, nickte Tomte Teda. Ich wollte schon erneut auffahren, da sagte sie grinsend: »Aber wo kämen wir Mädels hin, wenn wir immer auf die Männer hören würden, was?«

Erleichtert erwiderte ich ihr Grinsen, doch sie hatte sich bereits ihrer Freundin zugewandt. »Svalti, du kennst dich aus mit so etwas. Wie stärken die beiden ihren Bund?«

»Du meinst, abgesehen von –«, plapperte Svalti los, ihre Mäuseaugen funkelnd.

Teda fiel ein: »Genau, abgesehen *davon*. Sie sind *Freunde*.« Zwinker, zwinker.

Abgesehen von WAS bitte? Und was sollte diese dämliche Betonung? Moooment mal, ging es hier etwa um …?

Ich kam nicht dazu nachzuhaken, denn Svalti legte schon wieder los, ihr Piepsstimmchen unerwartet tief und nachdenklich. Der Schein der Flammen ließ die Schatten in ihrem pelzigen Gesicht tanzen. »Ein Blutszauber könnte helfen. Eine Herznadel. Oh ja, oh ja, nichts ist stärker, ob bei Aelfar oder Menschenkindern.«

Okay, was immer DAS jetzt wieder ist, es klingt übel. Nächster Vorschlag, bitte.

Genau das wollte ich sagen. Stattdessen fragte mein verräterischer Mund: »Was ist denn eine Herznadel?«

»Ein Geschenk Ymas!«, quiekte Svalti andächtig.

»Ein Werkzeug der Aelfar«, korrigierte Teda brummig. »Für den mächtigsten Blutszauber überhaupt. Eine Bernstein-Nadel, Menschlein, geschaffen aus dem versteinerten Harz des Zwillingsbaums.«

»Produzieren Ulmen überhaupt Harz?«, fragte ich. »Oder Eschen?«

Tomte Teda rollte mit den Augen. »Glaubst du, Yma ist ein Baum wie die eurigen? Jetzt sei still und hör zu! Mit dieser magischen Bernstein-Nadel holst du dir das Herzblut dessen, den du freibitten willst. So schaffst du dir einen Talisman von größter Macht. Dann besteht ihr selbst die betrügerischen Prüfungen der Kalten Herrscherin!«

Ich *konnte* meine Klappe nicht halten. »Wenn du sagst, Herzblut holen … Äh. Ist das irgendwie symbolisch gemeint?«

Beide Wichtelwesen sahen mich verständnislos an. Dann erklärte Svalti langsam: »Gemeint ist, dass man dem anderen die Nadel ins Herz sticht und so sein Blut bekommt.« Bei ihren Worten schienen die Schatten in ihrem Gesicht noch dunkler zu werden.

»Ihr seid doch nicht ganz dicht«, flüsterte ich entgeistert. »Das ist tödlich, das ist –«

»Magie«, unterbrach Teda mich hart. »Einer Macht wie der Ysirka trotzt du nicht mit einem Kinderbann. Du musst etwas von dir geben, ihr beide müsst das tun. Euch beweisen. Vertrauen, Schmerz und Mut, das sind die Schlüssel zum Blutszauber.«

Ich schluckte. »Hat Gerda das auch getan?«, fragte ich. »Hat sie Kay nur so erlösen können?«

Tomte Teda wandte den Blick ab. »Du bist nicht sie, Menschlein. Also miss dich nicht an ihr.«

»Es ist nicht so schlimm, wie du denkst«, fiel Svalti tröstend ein. »Es heißt, die Nadel ist derartig fein und zauberhaft, dass sie keine Wunde hinterlässt. Von entschlossener Hand geführt, findet sie den Weg zum Herzen ganz allein.«

»Oh super, dann ist ja alles okay«, murmelte ich.

Tomte Teda nickte mir zu. »Es hat ohnehin keinen Sinn, schon jetzt darüber zu jammern. Herznadeln waren immer rar, denn jede lässt sich nur einmal benutzen. Wenn es überhaupt noch eine gibt, dann höchstens in Ymatàja. Und der Weg dorthin ist weit, Menschlein.« Sie gähnte herzhaft und reckte sich. »Tja, da müssen Svalti und ich wohl weitergrübeln, bis wir eine Möglichkeit für euch finden, euch gegen die Ränke der Ysirka zu stärken. Aber nicht mehr heute.«

Auch ich merkte auf einmal, wie tief mir die Erschöpfung in den Knochen und in der Seele steckte. Mein Kopf fühlte sich an wie mit Watte ausgestopft. Nein, mit einem Wollknäuel, dessen Fäden sich weiter und weiter verwirrten. So müde war ich, dass mich nicht einmal die Angst vor einem neuen Klartraum auf den Beinen hielt.

Widerstandslos ließ ich mich von Svalti zu einem Alkoven führen, der sich hinter zwei bunt bemalten Holzflügeln am anderen Ende des Raums verbarg. Eine unglaublich kuschelige Bettnische, die Matratze aus würzig duftendem Moos, in der dicken Decke echter Wildgansflaum, wie mir meine winzige Gastgeberin erklärte. Sogar ein bunt gewebtes Nachthemd zauberte sie für mich herbei, und so sank ich kurz darauf in ein echtes Vaettar-Bett, das in Menschenmaßen vermutlich nicht länger als 15 Zentimeter war, mir aber in meinem geschrumpften Format mehr als genügte.

Svalti und Teda teilten sich anstandslos den zweiten Alkoven nebenan. Offenbar ging die Diskussion wirklich noch eine ganze Weile weiter, denn auch nach dem Lichtauslöschen hörte ich Svaltis besorgtes Piepsen und Tedas brummige Antworten. Ich versuchte, etwas Sinnvolles zu erlauschen, doch allzu schnell fielen mir die Augen zu. Die Stimmen vermischten sich, trieben davon. Worte lösten sich auf … wurden zu fallendem Schnee …

Kapitel 13

Schattenhafte Gestalten schlurften ziellos durch die wirbelnden Flocken. Wie nicht anders erwartet, hatte mich im Schlaf der Klartraum gepackt und fortgerissen, hinein in diese beängstigende Zwischenwelt des Schneesturms, in dem ich um mich her immer mehr Silhouetten erkannte.

Wer ist das?, fragte ich mich. *Andere Klarträumer wie ich?*

Laut Tomte Teda sollte ich die Einzige sein – doch vielleicht stimmte das gar nicht? Ich bekam keine Antworten. Die Schemen, so menschlich sie auch wirkten, reagierten nicht auf mich, und der fallende Schnee trieb uns auseinander. Je mehr ich versuchte, ihnen zu folgen, desto stärker wurde der Schwindel in mir.

Fokus, verdammt!

Mit aller Macht riss ich mich zusammen. Zu meiner Überraschung erschien meine Tür, kaum dass ich an sie dachte. Die erdende Geste – Stirn, Herz, Erde – bildete ich ganz instinktiv, während ich mir Eriks Brille als meinen Ankerpunkt vorstellte. Es kam mir so vor, als ob mich eine neue Art von Stärke durchflutete, die alles ganz leicht machte, mit dem ich bisher so gekämpft hatte. Lag es daran, dass ich mich nicht mehr gegen den Froststern wehrte – oder verdankte ich meinen Erfolg der Magie von Svaltis Baum, dem Vaettar-Heim?

Wie auch immer, ich betrat die Schneefeste ungehindert. Meine

Schritte glitten nahezu geräuschlos über den milchweißen Boden und die silbergrauen Fellteppiche. Erik bemerkte mich dennoch sofort, obwohl er mit dem Rücken zu mir an einem mächtigen Schreibtisch saß. Auf der polierten dunklen Holzplatte vor ihm lagen die Scherben des Kristallglases, das ich zu Boden geworfen hatte – ob er sie dort deponiert hatte, um meine Behauptung vom Klartraum zu überprüfen? Nun, dann wussten wir jetzt wohl beide Bescheid. Er hatte den prächtig bestickten Ärmel seiner hellen Pelztunika hochgeschoben, als ob ihm zu warm wäre – *ha, unwahrscheinlich!* –, doch kaum dass er mich hörte, zog er den Stoff hastig zurecht und stand auf.

Will er etwas verbergen? Vor mir?

»Elvy! Du bist wieder da?« Eriks Stimme klang überrascht ... allerdings nicht auf gute Art.

»Hey«, sagte ich vorsichtig und ging auf ihn zu. »Alles klar? Ist was mit deinem Arm?«

»Nein«, erwiderte er kurz angebunden, aber ich bemerkte, wie er heimlich überprüfte, ob der Ärmel korrekt saß.

»Hör doch auf«, versuchte ich es auf kumpelige Art und zwinkerte ihm zu. »Vor mir musst du nicht so tun. Warst eh nie gut im Lügen.«

»Nein?« Sein Tonfall war nüchtern, seine Miene verschlossen. »Ich glaube, inzwischen bin ich besser darin. Mit der Wahrheit lebt man nicht lange in der Schneefeste.« Er kam mir entgegen, bis uns nur noch ein Schritt trennte.

Sein Anblick nahm mir fast den Atem und ließ ein Gefühl in mir aufsteigen, das ich kaum aushielt. Es kribbelte, brodelte in mir, drängte mich zu ihm, sosehr ich auch dagegen kämpfte.

Winterkönig.

Noch nie hatte Erik so gut ausgesehen ... oder so fremd. Sein Gesicht kam mir nackt vor ohne die vertraute Nerd-Brille. Er stand vor mir in seinen pelzbesetzten, bestickten Gewändern inmitten dieses kalten, prächtigen Gemachs mit den Ornamenten in den Eiswänden, erleuchtet durch die blau-grünen Flämmchen, und alles ringsum schien zu schreien, dass er hierhergehörte.

Das tut er nicht!, rebellierte es in mir. *Er gehört nach Hause, nach Stockholm, in unsere Welt. Zu ... zu mir! Wie kann ich ihm das nur klarmachen?*

Vielleicht, wenn ... Mein Blick fiel auf meine Rechte, und tatsächlich, da war sie: Eriks erträumte Brille, die mich auf dem Weg hierher geerdet hatte.

Ist einen Versuch wert.

»Guck mal.« Ich hielt sie ihm hin. »Hab dir was mitgebracht.«

Er winkte ab. »Die brauche ich nicht mehr. Ich sehe jetzt alles scharf, ob nah oder fern. Eins *ihrer* Geschenke. Ohnehin würde die Brille verschwinden, sobald du wieder gehst, richtig?«

Ich nickte widerwillig. Okay, das hatte gar nichts gebracht.

Eriks kalter Blick ließ mich nicht los. »Was willst du hier, Elvy? Wir waren uns doch einig, dass du nicht mehr herkommst.«

»*Du* warst dir einig«, stellte ich klar. »*Ich* rette dich, du Döspaddel! Und zwar *wirklich*, nicht nur im Traum. Ich bin schon unterwegs, in der echten Welt. Fang bloß nicht wieder damit an, dass das zu gefährlich ist. Ich mach's nämlich trotzdem.«

»Du und dein verdammter Dickkopf.« Diesen Satz hatte ich schon oft von Erik gehört, nur noch nie mit dieser eisigen Härte in der Stimme.

Verzweifelt versuchte ich zu verbergen, wie sehr mich seine Art traf. Erst recht, als er noch näher kam, so nah, bis keine Hand mehr zwischen uns passte. Seine Augen bohrten sich in meine und das Brodeln in mir verwandelte sich, wurde zu einem dumpfen Druck in meinem Magen. War das Angst? Angst vor *Erik*? Das Herz schien mir auf einmal in der Kehle zu sitzen, ein unkontrolliertes Zittern stieg in mir hoch.

Hör auf damit!, bat ich ihn stumm. *Lass uns reden, lass uns einfach wieder Elvy und Erik sein ...*

Stattdessen packte er mich plötzlich am Arm und zog mich mit sich. »Vielleicht musst du es sehen, damit du es begreifst!«

»Hey, loslassen!« Mein schwacher Protest prallte an ihm ab wie Flummis von einem Eisberg. Schon hatte er mich zu einer elfenbeinfarbenen Tür mit silberner Klinke geschleppt, stieß sie auf und zerrte mich hindurch.

Schluss damit!

Ich griff in mich hinein, suchte nach Kraft. Der Froststern flammte auf, ich sah es aus den Augenwinkeln – und riss mich los.

»Drehst du jetzt völlig durch, du Idiot? Was fällt dir –« Doch ich konnte nicht weitersprechen. Denn was ich nun erblickte, erstickte all meine Worte.

Die Tür hatte uns ins Freie geführt, hinaus aus Eriks Gemächern, auf einen Balkon aus schierem Eis. In harschem Kontrast zu den prächtig ausgeschmückten Räumen hinter uns war dieser Bereich vollkommen ohne Zierde, glich eher einem Wehrgang. In die hohe Brüstung waren sogar Zinnen gehauen. Und ringsum, über unseren Köpfen, zu unseren Füßen, erstreckte sich ...

»Die Schneefeste, ihr Palast«, sprach Erik aus, was ich geahnt hatte – und doch kaum fassen konnte. »Und Ymatàja. Ihr Reich.«

Ich trat an die Brüstung heran, wie ferngesteuert, und schaute durch die Zinnen. Der Steilhang eines immensen Eisbergs lag unter mir – eines Eisbergs, der zur Festung geworden war. Faszinierend und entsetzlich zugleich. Mein Blick zerschellte an unzähligen Wehrtürmen und Befestigungsanlagen, an messerscharfen, kalt glitzernden Vorsprüngen, schlitterte weiter über eisglatte Abhänge, tiefer, tiefer, bis er schließlich den Boden erreichte, bedeckt von mannshoch aufgetürmtem Schnee. Mein Blick kämpfte sich weiter voran, über ein kurzes Stück Land, dann eine dunkel glänzende Fläche – und ich verstand: Die Schneefeste, dieser weiße Albtraum, thronte auf einer Insel inmitten eines weiten, zugefrorenen Sees. Die Luft über den Ufern schien zu schimmern, ein hauchzarter, irisierender Schein.

»Was ist das dort?«, flüsterte ich.

»Ein Bannkreis. Er umgibt die Schneefeste wie Schutzwall und Kerkermauer zugleich, verhindert jeden Angriff ... und jede Flucht.« Ich musste wohl schockiert ausgesehen haben, denn Eriks Augen verengten sich kurz und spöttisch – ein dunkles Echo der früheren Neckereien zwischen uns. »Was? Denkst du, ich hätte nicht versucht zu entkommen? Aber es ist hoffnungslos. Schon allein wegen der Frostkrieger.«

Er deutete hinab, in die Flanken der Schneefeste, und erst jetzt bemerkte ich die dunklen Punkte in der weißen Pracht. Sie waren überall auf den befestigten Außenanlagen, bis hinunter zum Ufer. Gerade marschierte ein kleiner Trupp über einen Wehrgang, der nur ein Dutzend Meter unter unserem Aussichtsplatz lag. Ich beugte mich vor, ignorierte Eriks warnende Hand auf meinem Rücken. *Frostkrieger?* Ich sah dunkle Helme, Speere mit grausam gezackten Spitzen, eine Panzerung, so glänzend wie schwarzes Eis. Obwohl sie so weit von mir entfernt waren, spürte ich den kalten Hauch, der sie umgab, wie die tödliche Aura der Nebelluchse. Neue Angst sprang mich an.

Wenn sie hochblicken – können SIE mich sehen? Wie stark ist mein Schutzzauber wirklich? Wie stark bin ICH? Ich wollte mich ducken, verkriechen, und konnte doch den Blick nicht abwenden.

Frostkrieger ...

Erik zog mich zurück hinter den Schutz der Zinnen und sagte: »Es sind Soldaten, gnadenlos und übermächtig, geschaffen von der Ysirka selbst. Täglich werden es mehr. Noch schickt sie nur wenige hinaus, um die Völker von Ymatàja an ihre Herrschaft zu erinnern.

Der Hauptteil ihrer Armee ruht in den Tiefen der Schneefeste und wartet.«

»Auf was?«, fragte ich heiser.

Erik antwortete nicht.

Über mir ertönte ein heiserer, klagender Schrei, ruckartig schaute ich auf. Gerade rechtzeitig, um zu sehen, wie sich ein Vogel aus der zerklüfteten Eiswand über dem Balkon abstieß und in die Luft schwang. Ein Vogel wie eine Flamme, seine Federn rotgolden. Mit jedem Flügelschlag stoben Funken auf, als er sich hochschwang, immer weiter, hinauf in einen Himmel, wie ich ihn noch nie gesehen, nicht einmal geträumt hatte: ein dunkles, *dunkles* Blau, endlos wie die Polarnacht. Keine Sterne, stattdessen zog sich ein breites Band über das Firmament, in Flammen stehend wie der Vogel ... doch dieses Feuer leuchtete in kaltem, überirdischem Grün. Ein Leuchten wie Regen, wie Gesang. Das Nordlicht.

Das ewige Nordlicht von Ymatàja.

Es warf seinen Schimmer über eine Landschaft, die wirkte wie in einem mächtigen Zauber erstarrt. Berge, Wälder, Seen, tief versunken im Schnee, glitzernd, träumend, magisch. Nirgendwo sah ich Rauch oder einen Lichtschein, irgendein Anzeichen von Leben. Es war der Anblick eines Landes, das mehr fürchtete als den Winter. Das sich zurückgezogen hatte ... vielleicht sogar aufgegeben?

»Verstehst du jetzt?«, fragte Erik und deutete auf die Welt zu unseren Füßen. »All das ist ihr bereits untertan. Und ich – ich bin es auch.«

Ich trat auf ihn zu, nahm seine Hand, die so kalt war. Er ließ es geschehen.

»Was hat sie mit dir gemacht?«, fragte ich leise. »Erik. Was ist geschehen in diesem Jahr?«

»Ein Jahr nur?«, fragte er rau. »Es kommt mir länger vor. Aber in Ymatàja vergeht die Zeit anders, heißt es. Sie ist wie ein Fluss, voller Wandlungen. Mal strömt sie ruhig dahin, dann vergehen hier Monate und für euch nur Minuten ... mal wirbelt sie wie durch Stromschnellen und Ymatàjas Tage sind Jahre in der Menschenwelt.«

Oh krass. Wie viel Zeit war für Erik hier vergangen? *Kein Wunder, dass er so verändert ist! Wie konnte ich ihm bloß helfen?*

Ich ignorierte mein noch immer heftig klopfendes Herz und sagte so gefasst wie möglich: »Vor einem Jahr nach unserem Kalender bist du verschwunden. Wurdest entführt. Hierher. Weil du der letzte Nachfahre von Gerda Forsberg bist, der Gerda aus dem Märchen, weißt du noch?«

Er schüttelte den Kopf, sein Blick hilflos und verwirrt.

Ich ließ mich nicht beirren und wagte mich weiter vor: »Tomte Teda hat gesagt, dass die Ysirka sich rächen will. Hat sie ...«, ich musste schlucken, erinnerte mich, wie er seinen Arm vor mir verborgen hatte, »hat sie dir was getan?«

»Ja.« Er nickte mühsam. »Ja, es ist wohl Rache. Aber die Rache von jemandem, der Zeit hat. Zeit und ... Neugier.«

Ich dachte daran, wie Tomte Teda die Winterfee beschrieben hatte, bevor sie zur Ysirka wurde: rastlos und wissenshungrig. Zumindest das war ihr wohl auch nach ihrer Wandlung durch Ykrist geblieben. Mir wurde immer mulmiger. Die Neugier eines solchen Wesens konnte nichts Gutes verheißen.

Erik, oh Gott. Was ist dir hier passiert?

»Sie scheint fasziniert von ... von uns Sterblichen«, fuhr er stockend fort. »Auch von den Bewohnern Ymatàjas, natürlich, doch wir Menschen sind noch fremder für sie. Eine willkommene Zerstreuung. Ihr Wissensdurst ist unersättlich. Gleichzeitig ist sie völlig unberechenbar. Zu manchen Zeiten lässt sie mich jeden Tag rufen, dann wieder scheint sie mich zu vergessen, wochenlang. Aber *wenn* sie mich ruft ...«

Er verstummte.

»Was dann?«, fragte ich sanft und fasste seine Hand fester. Bildete ich mir das ein oder war sie etwas wärmer geworden?

»Ich muss sie unterhalten. Erzählen. Von mir, von meiner Welt. Und ich tue es. Weil ich Angst habe, Elvy.«

Jetzt sah er mich an, und endlich war da wieder ein vertrauter Ausdruck in seinen braunen Augen – einer, der ganz menschlich war und vor allem: ganz *Erik*. Er ging mir durch und durch.

»Ich habe Angst um *mich*«, flüsterte er. »Aber ... da sind auch noch all die anderen. Ihre Gefangenen. Die Frostkrieger bringen ihr immer neue. Du willst nicht wissen, was sie mit ihren Opfern macht. Wie sie schreien. Wenn ich bei ihr bin und erzähle, kann ich sie ablenken. Manchmal vergisst sie dann die anderen. Aber ich ... ich vergesse auch. Ich *vergesse*, Elvy. Alles, was ich ihr von mir erzähle, das verschwindet aus meinem Kopf. Ich wüsste nicht einmal, dass es geschieht, aber sie sagt es mir hinterher, jedes Mal. Sie lässt Bilder im Eis erscheinen, Bilder aus meiner Welt, von Menschen, die ich gut kannte. Ich sehe sie an und erkenne sie nicht. Fühle nichts mehr. Und sie – sie lacht nur. Nachts liege ich dann wach. Höre immer noch ihr Lachen und ... und diese furchtbaren Schreie. Aber die Bilder sind fort. Ausgelöscht. Alles, was mir bleibt, ist Leere. Das Gefühl, etwas unschätzbar Wertvolles verloren zu haben. Nur weiß ich nicht, was.« Er atmete tief ein. Mittlerweile erwiderte er meinen Händedruck, so sehr, dass es wehtat. »Bald erinnere ich mich an gar nichts mehr. Dann hat sie mir alles genommen und ich bin nutzlos für sie. Dann werde ich eine dieser leeren Hüllen, mit denen sie ihren Palast füllt. Sie sind wie Schlafwandler. Ich sehe sie jeden Tag, Elvy. Wie sie durch die Gänge wandeln, lachen, reden, auf den Bällen hier tanzen, ihre Augen ganz leer und vereist. Ich will nicht so werden, niemals. Lieber sterbe ich.« Er sprach immer leiser. Seine letzten Worte hörte ich kaum, als ob er sie nur mit äußerster Gewalt herausbekam. »Ich dachte, es könnte nicht schlimmer werden. Aber jetzt habe ich eine neue Angst, Elvy: dass sie *dich* kriegen könnte.«

»Das passiert nicht, klar?«, sagte ich laut. Es brachte mich fast um, ihn so verzweifelt zu sehen. Ich schnappte mir seinen Kopf und zog ihn dicht an mich heran, so dicht, dass ich das Glänzen meines Froststerns in seinen Augen sah. »Ich bin hier, ich bin sicher und ich gebe dich nicht auf! *Failure is not an option!* Von wem habe ich diesen Spruch, hm?«

Er starrte mich verständnislos an, aber ich gab wirklich nicht auf, sondern hielt ihn weiter fest. Ich presste meine Stirn gegen seine und griff gedanklich nach dem Froststern, seiner Zauberkraft.

Ich vertraue dir. Hilf mir.

Dann begann ich zu erzählen. Von Karla Forsberg, Eriks Großmutter, dem wichtigsten Menschen in seinem Leben. Wie sie sich um ihn gekümmert hatte seit dem Tod seiner Eltern. Von ihrer heißen Liebe zu Kaffee und Zimtschnecken. Ihrer Leidenschaft für ihre Berufung, die Wissenschaft der Sterne. Von ihrer Art, uns Märchen zu erzählen. Von ihrem Geheimnis. Ihrem Tod. Ich hielt meine Augen fest geschlossen, doch mir war, als sähe ich meine Worte durch die Dunkelheit zu Erik treiben, glitzernd, wie überzogen mit Raureif ...

Wir standen da unter dem Nordlicht, inmitten der weißen, tödlichen Pracht der Schneefeste, hielten uns aneinander fest, während ich um Eriks verlorene Erinnerungen kämpfte. Ich öffnete die Augen und schaute ihn an. Und langsam, langsam erschien so etwas wie ein neuer Stern in der Tiefe seines Blicks.

»Großmutter. Sie ist tot?«, flüsterte er und löste seine Stirn von meiner. Jede Spur von Kälte in seinen Augen war verschwunden, an ihrer Stelle nichts als Erschütterung und abgrundtiefer Kummer.

Es erstickte das Triumphgefühl, das ich aufgrund meines erfolgreichen Experimentes spürte. Ja, ich hatte es geschafft, ein Stück von ihm zurückzuholen – aber zu welchem Preis?

»Es tut mir so leid.« Wieder musste ich schlucken, aber ich kam nicht gegen den Kloß an, der sich mittlerweile in meiner Kehle gebildet hatte. Was für Nachrichten brachte ich ihm da bloß?! Wie sollte er neue Hoffnung finden mit dem Wissen, dass ihn zu Hause nur noch eine leere Wohnung erwartete?

Schluss damit, rief ich mich zur Ordnung. So hart es auch war, wir konnten es uns nicht leisten, in Trauer zu versinken. Nicht jetzt, und erst recht nicht hier, im Herzen dieser Festung aus Schnee und Bösartigkeit.

In diesem Moment ertönte erneut der krächzende, unmelodische Schrei.

»Ein Feuervogel«, murmelte Erik und deutete auf das wunderschöne Tier, das mit ausgebreiteten Schwingen herangesegelt kam und auf einem der mörderisch scharf gezackten Vorsprünge über uns landete. Im Schnabel hielt es ein längliches, zappelndes Etwas, irgendeine Beute. Aus seinem rotgoldenen Gefieder sprühten Funken, die zu uns herabfielen und winzige Löcher in den eisigen Boden schmolzen. Erschrocken wollte ich ausweichen, doch meine Beine zitterten wie nach einem Gewaltmarsch. *Weil ich dem Froststern meine Kraft geliehen habe?*

Schon schob Erik mich gewandt aus der Gefahrenzone. Als eins der glühenden Flöckchen auf mein Haar zutaumelte, hob er rasch den Arm und der Funke landete zischend auf seinem Handrücken. Erik verzog kaum das Gesicht und sprach weiter: »Sie können ihre Eier nur im wahren Winter ausbrüten, im Eis, sonst geht die Brut in Flammen auf. Früher waren sie sehr selten in Ymatàja, aber seit die Kälte nicht mehr endet, sind sie überall. Eine wahre Landplage.«

Ich atmete heimlich auf: Sein kleiner Nature-Nerd-Exkurs schien ihn etwas von seiner Traurigkeit abzulenken. Plötzlich bemerkte ich, dass ich meine Hand noch immer in seinem Nacken hatte. Noch nie hatte ich ihn *dort* berührt, so berührt. Seine Haare kräuselten sich in einem Wirbel, weich und ungebändigt. Jetzt, wo es mir auffiel, brannten meine Fingerspitzen, wie von den Funken des Feuervogels versengt, und doch konnte ich nicht genug bekommen von dem Gefühl ...

Erik bemerkte es wohl im gleichen Augenblick, denn auf einmal schien er nicht mehr zu atmen, sein Körper ganz starr.

Oh nein, Stopp, Fokus! Bloß nicht noch mal alles versauen!

Blitzschnell zog ich meine Hand weg, trat mit wackligen Knien einen Schritt zurück und stellte einen vernünftigen Abstand her. Die neue Luftlinie zwischen uns war Erik eindeutig lieber, denn auch seine Haltung entspannte sich erkennbar.

Shit. Ich ballte meine Hand zur Faust, versuchte mit Gewalt, meine Enttäuschung zu verbergen ... und das heiße Kribbeln, das in mir herumtanzte.

Zum Glück machte Erik keinerlei Bemerkung zu meinem Aussetzer. Um den Moment zu überspielen, schaltete ich rasch zurück in meinen Mission-Control-Modus.

»Pass auf«, begann ich. »Was ich vorhabe, ist, dich freizubitten. Das ist irgendwie Teil der Regeln hier, so ein Märchenland-Gesetz. Wenn ich es bis vor den Thron der Ysirka schaffe, habe ich das Recht, von ihr deine Freiheit zu fordern. Also: Ist das okay für dich? Bist du dabei?«

»Nein«, erwiderte er, sofort wieder hitzig, alle Trauer und Angst um sich selbst offenbar vergessen. »Nicht, wenn du dabei in Gefahr –«

»Danach habe ich nicht gefragt, Forsberg!«, unterbrach ich ihn streng, auch wenn sein flammender Blick erneut alles in mir zum Glühen brachte. »Keine Ausreden mehr, klar? Ob du dabei bist, will ich wissen!«

Einen langen, langen Moment rangen unsere Blicke miteinander, stumm und jeder auf seine Weise unbeugsam.

Schließlich schüttelte Erik langsam den Kopf. »Ich kann dich nicht davon abbringen, oder?«

Nein, kannst du nicht.

Statt es laut zu sagen, packte ich ihn an der Schulter. Durchschütteln wollte ich ihn am liebsten, aber einen Kerl wie Erik schüttelte man nicht so leicht. Und dann, ich fasste es kaum, erwiderte er meinen Griff ... und ich hörte ihn leise lachen.

»Also gut: zu Befehl, Coach Andersson.«

Abermals sackten mir fast die Beine weg, diesmal vor Erleichterung – zum Glück hielt Erik mich jetzt genauso fest wie ich ihn.

Ich überspielte meine Schwäche, schluckte jeden Anflug verräterischer Tränen weg und knurrte: »Na endlich. Okay, aber es klappt nur, wenn wir«, – *Mann, wie sage ich das, ohne dass es schräg klingt?* – »also, wenn wir uns ganz einig sind. Es wird so was wie eine Prüfung geben, vermutlich sogar Betrugsversuche. Ein unlösbares Rätsel, oder ... oder sie verzaubert dich so, dass ich dich nicht erkenne, was weiß ich. Damit wir das überstehen, müssen wir unsere, äh, Bindung zueinander stärken.«

Erik nickte verständig, als ob meine verdruckste Ansage für ihn wirklich Sinn ergäbe. »Und wie schaffen wir das?«

»Es gibt da etwas, das sich Blutszauber nennt«, sagte ich, bemüht um einen selbstsicheren Ton. »Dafür brauchen wir so ein magisches Dingsbums. Eine Herznadel.« Rasch fasste ich zusammen, was ich darüber wusste. Erik hörte aufmerksam zu und zuckte nicht einmal, als ich erzählte, dass ich ihm die Nadel ins Herz stoßen musste, um an sein Blut zu kommen.

»Wo finden wir dieses Ding?«, fragte er stattdessen.

»Keinen Plan«, gab ich widerwillig zu. »Mein kleiner Expertinnenrat wusste da auch nicht weiter.«

»Hm.« In seinen Augen blitzte etwas von seiner alten Abenteuerlust auf. »Vielleicht kenne ich einen Weg.«

»Echt jetzt? Was für –« Ich fuhr herum. Hinter mir war ein fremdes Geräusch erklungen: ein Fauchen, leise und bedrohlich. Jetzt vernahm ich es wieder, es kam aus Richtung der Tür, die uns hinaus auf den Wehrgang geführt hatte.

»Hast du das auch gehört?«, zischte ich Erik zu. »Was war das?«

Er kniete sich hin und bedeutete mir, es ihm nachzutun. »Ganz vorsichtig, dann tut sie dir nichts.«

»Sie?« *Ein neues Monster? Die ... die Ysirka?!* »Aber –«

»Psst. Schau einfach hin.«

Er deutete auf den eisigen Boden vor dem Türspalt, wo sich ein Schatten bewegte. Etwas kam heraus zu uns auf den Balkon. Ich hielt die Luft an, erwartete neue Schrecken wie die Nebelluchse. Stattdessen erschien auf Knöchelhöhe ein spitzes weißes Schnäuzchen mit langen, zitternden Schnurrhaaren, gefolgt von goldschimmernden Knopfaugen und großen Pinselohren.

Ich schoss einen überraschten Blick zu Erik. Er lächelte! Dann streckte er seine Rechte aus, auf der plötzlich eine Nuss mit gesprenkelter Schale lag.

»Na komm«, lockte er und das Tierchen ließ sich nicht zweimal bitten. Wieselflink huschte es heran, schnappte sich das Leckerli und sprang dann auf eine der Zinnen, um seine Beute zu verzehren. Nicht ohne uns – oder vielmehr mich – von dort oben misstrauisch zu mustern.

Ich starrte fasziniert zurück. Die kleine Nussfreundin wirkte auf mich wie eine Kreuzung aus Eichhörnchen und Katze, dabei klein wie ein Hamster. Über das glänzende weiße Fell lief ein schwarzer Rückenstreifen und den buschigen, hochgekringelten Schwanz zierte eine dunkle Spitze.

Erik erhob sich langsam und ich folgte. »Ein Eishörnchen«, raunte er mir zu. »Eigentlich heißen sie Beutelhörnchen, und zu Recht, siehst du?«

Tatsache: Soeben verstaute das Tierchen die aufgeknackten Nussschalen sorgsam in einer Fellfalte vor seinem Bauch.

»Früher lebten sie zu Tausenden in Ymatàja, vor allem aber in den Ästen des Zwillingsbaums. Dem hat die Ysirka ein Ende gemacht. Es hieß, sie hat alle ausrotten lassen. Auch ich dachte, es gibt keine mehr. Aber dann habe ich eines Tages die Kleine hier in meinen Gemächern gefunden.« Erneut hielt er dem Tier eine Nuss hin und diesmal blieb es bei ihm auf der Hand sitzen. »Seitdem verstecke ich sie vor der Ysirka und ihren Schergen. Aber eigentlich verdanke ich Nelli mehr als sie mir. Im letzten Jahr ist sie das einzige bisschen Warme und Gute für mich gewesen.«

»Nelli?«, fragte ich. »So hast du sie genannt?«

»Mhm. Als Kurzform von ›Farinelli‹.«

Oh. MEIN Katerchen. Ob das ... wollte er ... hat das etwas zu bedeuten?

Erik hob die Schultern. »Ein, na ja, ein Stück Zuhause, verstehst du?«

»Klar.« Mehr brachte ich nicht heraus. Natürlich: Farinelli war nicht *ich* – Farinelli war *Zuhause.*

Liebevoll streichelte Erik Nellis weißes Fell. Sie genoss es sichtlich, gab dabei wieder diesen maunzenden Laut von sich und schmiegte ihr Schnäuzchen an seine Finger.

»Ist die süß!« Ich streckte ebenfalls meine Hand nach ihr aus.

»Süß schon.« Erik zwinkerte mir zu. »Aber auch sehr launisch, die Dame. Vorsicht, sie –«

»Autsch!«

»Genau.« Er lachte. *Er lachte!*

Ich dagegen pustete auf den Finger, in den Nelli mich gebissen hatte, und funkelte sie und ihr Herrchen böse an.

Die Eishörnchen-Dame blickte zurück, komplett reuelos – nein, mehr noch: Ich hätte schwören können, dass sie direkt eifersüchtig wirkte, weil ihr Nusslieferant sich vorher so lange mit mir beschäftigt hatte.

Gerade wollte ich mit einer Elvy-Tirade loslegen – da erfasste mich ein heftiger Windstoß. Er kam nicht aus Richtung der Brüstung, aus der gewaltigen Ebene Ymatàjas, nein – er traf mich in den Rücken. Rasch drehte ich mich um, und da, direkt hinter mir, wo bis eben noch der elfenbeinfarbene Eingang zu Eriks Gemächern in der Eiswand des Balkons gesessen hatte, befand sich jetzt die Tür unseres Mietshauses auf Östermalm. Und sie stand offen. Durch den breiten Spalt trieben weiße Flocken zu mir, umwirbelten mich, zerrten an mir wie ungeduldige Hände.

Was soll das? Ich will nicht gehen, noch nicht!

Doch der Sog ließ nicht nach. Aus den Augenwinkeln fing ich Eriks schockierten Blick auf – *diesmal* sah er die Tür! Nelli stieß ein schrilles Fiepen aus, sprang zu Boden und sauste davon. Erik griff nach mir, wollte mich festhalten, doch kaum kam er mir nah, schienen sich seine Hände aufzulösen, wurden zu Schneeflocken, trieben mit den anderen davon ...

Nein! Nicht noch einmal!

Entsetzt schrie ich auf, wollte zu ihm, ihm helfen – zu spät. Der Sturm riss mich davon, die Tür schlug zu.

»Menschlein!«

Vor meinen Augen Kerzenlicht, jemand rüttelte an mir.

»Wach endlich auf! Der Baum wird angegriffen!«

Kapitel 14

Erik und die Schneefeste waren verschwunden. Mit einem Mal war ich hellwach, mittendrin in der Realität, so märchenhaft-unwirklich diese für mich auch gerade war: Durch die weit geöffneten Klappen meines kuscheligen Alkovens sah ich das Vaettar-Wohnzimmer, seine Holzvertäfelung, die gemütliche Einrichtung und die mit Vorräten zugehängte Decke, schwach erleuchtet durch das Glühen des Ofenlochs und das Tonlämpchen, das Svalti in ihren Mäusehänden hielt.

Auch Tomte Teda klaubte jetzt ein solches Licht vom Boden auf, sie hatte es wohl kurz abgestellt, um mich besser wach rütteln zu können.

Beide Wichtelwesen waren bereits komplett angezogen, was aber wohl sehr hastig geschehen war – Tomte Tedas Wams war auf links gekrempelt und Svalti hatte vergessen, ihre Nachtmütze abzulegen.

»Schnell doch, schnell, Teddea!«, jammerte sie und rang ihre um das Licht verkrampften Händchen.

»Komme ja schon!«, bellte diese zurück. »Und du, Menschlein: anziehen, hierbleiben!« Sie fegte durch eine der Türen hinaus, Svalti dicht auf den Fersen.

Ich saß in meiner molligen Betthöhle, komplett überfahren. Was war denn jetzt wieder los?

Der BAUM wird angegriffen? Durch wen, Borkenkäfer?!

Hastig zog ich mir das Wichtel-Nachthemd aus und grapschte

nach meinen XXXS-Klamotten. Hierbleiben sollte ich? Von wegen. Jetzt, wo ich wach war, konnte ich nicht einmal still sitzen! Nicht mit der Erinnerung an diese eisigen, zerklüfteten Zinnen, an das weite, erstarrte Zauberreich unter dem magischen Nordlicht … mit Eriks Stimme im Ohr, mit all der Angst und Wut und Verzweiflung, die ich darin gehört hatte. Und dann der Moment, als mich das Erwachen zur Tür zog und er nach mir griff … *Seine Hände wie Schneeflocken, hat er … hat er sich aufgelöst, ist er okay?* Und ich war einfach wieder hier, easy und sicher in der Wärme, und konnte nichts tun!

»Zauberkraut!« Frustriert brüllte ich Tomte Tedas Lieblingsfluch heraus, dazu noch ein paar andere aus der untersten Elvy-Schublade und pfefferte meine dämlichen Stadtstiefel quer durch den Raum. Ging es mir danach besser? Kein bisschen. Trotzdem schaffte ich es, all diese Gedanken und mein tobendes Herz zu ignorieren, wegzustopfen, irgendwo ganz nach unten, wenigstens für den Moment. Ich musste es tun, sonst hätte ich gar nichts mehr auf die Reihe gekriegt, erst recht nicht den Angriff der Borkenkäfer – oder was meine Gastgeberin auch sonst so beunruhigt hatte.

Also Stiefel eingesammelt, ein Wachslicht vom Ofensims geschnappt und los. Hinter der Tür empfing mich ein dunkler Gang, dunkel und deutlich kühler als die beheizte Stube. Ich tastete mich voran und stieß nach wenigen Schritten auf eine Treppe – eine sorgfältig in den Baum geschnittene Wendeltreppe, ihre Stufen ausgetreten und glatt poliert, mutmaßlich von jahrhundertelanger Wichtelnutzung. Jetzt stapfte sie ein Mensch im Taschenformat hinauf, vielleicht zum allerersten Mal seit ihrer Konstruktion.

Hinauf, hinauf, hinauf, immer rundherum. Kurz vor dem Drehwurm erreichte ich japsend einen Ausgang. Eiskalte Luft und Dunkelheit schlugen mir entgegen. Vor mir erstreckte sich ein Ast, gute vier Meter über dem Erdboden, gebeugt unter der Schneelast. Bei meiner derzeitigen Größe bot er mir einen geradezu breiten Spazierweg, wie ich im Schein meines Wachslichtes feststellte. Der Mond war weitergezogen und die Lichtung lag halb im Dunkeln.

»Licht aus und in Deckung, trollverflucht noch mal!«, zischte es. »Was machst du hier überhaupt, Menschen-Plage? Du solltest doch unten bleiben!«

Ein Stück von mir entfernt auf dem Fichtenast erkannte ich die dunklen Schatten von Tomte Teda und ihrer Vaetta-Freundin. Svalti hatte ihre Hände auf die vereiste Rinde des Zweiges gepresst, ihr Mund bewegte sich wie bei einer lautlosen Beschwörung.

»Unten bleiben? Damit ich gar nichts mitkriege?«, giftete ich leise zurück, pustete aber schnell mein Lämpchen aus. »Das kannst du vergessen, Wichtel-Plage!«

Die »Wichtel-Plage« pumpte sich empört auf, das sah ich selbst in der Dunkelheit, aber ein Wimmern von Svalti stoppte weiteres Geschimpfe.

»Was ist denn los?«, flüsterte ich, ging runter auf Hände und Knie und robbte zu den beiden herüber. Unter meinen Fingern spürte ich die Borke – splitterhart und unangenehm kalt, aber griffig.

Jetzt nur nicht ans Abrutschen denken und alles ist gut, machte ich mir Mut.

Doch als ich meinen Hals reckte und an Teda und Svalti vorbei nach unten starrte, erfasste mich ein lähmender Schauder. Nichts war gut. Und Borkenkäfer waren es auch nicht.

Dort unter uns stand eine einsame, dunkle Gestalt, auf den ersten Blick menschlich. Hager und hochgewachsen, strich sie um den Stamm der mächtigen Fichte. Ihre Bewegungen wirkten unheimlich und abgehackt: halb gleitend, halb stolpernd, der gebeugte Oberkörper schwankend … wie auf der Suche nach einer Witterung.

Plötzlich ruckte ihr Kopf hoch, fixierte genau die Stelle, wo ich mich an den Ast klammerte. Nur mit Mühe unterdrückte ich einen Schrei. Nein, das da unten war kein Mensch. Der lange, ausgezehrte

Körper schien bedeckt von grauem, struppigem Fell und Lumpenfetzen. Seine Klauen, unnatürlich lang und mit Krallen wie Eiszapfen, kratzten über die Rinde der Fichte, scharrten im Schnee zwischen den Wurzeln. Auf seinen Schultern saß ein Wolfsschädel, kein blanker Knochen, aber die Haut so ausgedörrt, dass es nicht weniger schrecklich wirkte.

In den Tiefen seiner leeren Augenhöhlen glomm ein böses, kaltgrünes Licht. Auf einmal warf das Wesen den Kopf in den Nacken, riss sein Maul mit den grässlichen Reißzähnen auf und brüllte. Ein lang gezogener, heiserer Ton, nicht von dieser Welt. Er zerriss die nächtliche Stille des Waldes, wie eine Klaue sich in warmes Fleisch gräbt. Ich spürte den Schrei am ganzen Körper und mir brach der kalte Schweiß aus.

»Der Drygha hat den Eingang gefunden! Den Weg zum Herzholz!«, fiepte Svalti. »Oh nein, oh nein, mein armer Baum!«

Tatsache. Sein Schnüffeln und Scharren hatten das Wesen wohl ans Ziel gebracht: Erneut gellte sein Schrei, dann sah ich, wie seine Eiskrallen ein großes Stück Rinde aus dem Stamm schlugen, genau an der Stelle, wo ich zwischen den Wurzeln die kleine Tür zu Svaltis Heim erahnte.

»Was ist das für ein Vieh?«, brachte ich heraus.

Statt einer Antwort zog Tomte Teda ein tönernes Pfeifchen hervor, das sie an einem Band unter ihrem Wams trug, und pustete kräftig hinein. Kein Ton erklang, doch sie schien zufrieden und wandte sich zu mir.

»Einer der Dryghar«, sagte sie knapp. »Taggebannte. Einst waren sie Menschen, die schlimmsten eurer Art. Nach ihrem Tod fanden sie keine Ruhe, denn die Erde nahm sie nicht auf. Sie zogen durch die Nacht, immer nahe dem Ort, wo sie starben, voller Hass auf alles Lebendige.«

»Wie – *hier*? In unserer Welt?«, fragte ich, meine Kehle eng.

»Lange her, Menschlein. Die Aelfar haben sie gejagt. Viele vernichtet, manche gebannt unter Runensteinen. Für immer, dachten wir, denn für ihr Nicht-Leben brauchen sie Magie – und die hat eure Welt ja so gut wie verlassen. Aber der da wurde befreit, sicher durch –«

»Die Frostlinien!«, quiekte Svalti dazwischen, die wie hypnotisiert zu dem wühlenden Monster hinabsah.

Wieder splitterte Holz und wir zuckten zusammen. Der ganze Baum hatte unter dem Schlag vibriert, als ob er sich vor Schmerzen krümmte. Seine Hüterin schien es am stärksten zu spüren.

»Frostlinien bringen die Macht der Ysirka hierher, in die Erde. Sie wecken die Dryghar, geben ihnen Kraft. Und jetzt hat einer meinen Baum gefunden!« Sie presste ihre Mäusehände erneut auf den Ast unter sich und raunte beschwörend: »Tjalm, Tjalm, hast du genug Kraft gesammelt? Dann wehre dich!«

Und der »Tjalm«, ihr Baum, reagierte. Ein Rauschen fuhr durch die Äste, blau-grüne Funken stoben auf. Der Stamm erzitterte – und der Drygha wurde zurückgeschleudert, meterweit in den Schnee.

Yes! Ich wollte jubeln, doch mein Triumphschrei blieb mir in der Kehle stecken. Denn schon rappelte sich das Monster wieder auf, das kalte Feuer in seinen Augenhöhlen heller denn je. Mit einem tiefen Knurren aus seiner untoten Kehle stürzte es sich zurück auf das Wurzelwerk der Fichte, schlug seine Klauen hinein. Svalti wimmerte verzweifelt … und dann erschien am Rand der Lichtung ein weiterer Schatten.

»Zauberkraut, noch einer!«, fluchte Tomte Teda unterdrückt. »Svalti, es tut mir so leid, ich fürchte, wir haben sie hergeführt.«

»Sie hätten uns ohnehin gefunden«, piepste die kleine Mäusewichtelin. »Zu wenige von uns, immer mehr von ihnen.«

»Kann … kann *ich* was tun?«, stotterte ich dazwischen. Der Froststern auf meiner Stirn brannte lichterloh, das fühlte ich genau. Aber vermochte er mehr, als mir selbst Schutz zu bieten?

Tomte Teda glaubte das eindeutig nicht. »Du kannst deine Klappe halten, Menschlein, ich übernehme das! Svalti, keine Sorge, wir machen es wie besprochen. Ah, da ist er ja!«

Ich blickte hoch – und fuhr geschockt zusammen. Ein riesiger Schatten senkte sich auf uns herab. Nur knapp entkam ich einem Sturz in die Tiefe – in die Klauen der Dryghar, die jetzt zu zweit den Baum attackierten.

Ich klammerte mich an der rissigen Rinde fest und erkannte, was gerade passiert war: Vor uns auf dem Fichtenast war eine Eule gelandet. Nein, korrigierte mein Besserwisser-Hirn, keine Eule – ein Uhu. Ein Raubvogel, dessen Flügelspannweite mehr als anderthalb Meter umfasste und der schon der normal großen Elvy verdammten Respekt abgefordert hätte. In meinem aktuellen Mäuseformat aber sah ich den schwarzen Schnabel, die messerscharfen Krallen und wünschte mich zurück in die tiefsten Tiefen des Vaettar-Heims – oder noch besser, in mein fernes Bett unserer Wohnung auf Östermalm …

Tomte Teda machte der gigantische Uhu eindeutig keine Angst und auch Svalti, trotz ihres mäuseähnlichen Äußeren, schien erleichtert über den Neuankömmling.

»Danke, danke, Teddea!«, quiekte sie nur. »Hoffentlich sehen wir uns gesund wieder!«

Danke? Wofür jetzt? Und wieso »wiedersehen«?

Ein erneuter Schrei, doppelstimmig, drang zu uns herauf und wieder erzitterte der Baum qualvoll. Ich riskierte einen Blick nach unten: Die Dryghar zerrten und rissen mit ihren grässlichen Eiszapfen-Klauen am Wurzelwerk, die Totenlichter in ihren Augen hell wie Fackeln.

»Menschlein, hör gut zu!«, rief mich eine barsche Stimme zur Ordnung. Tomte Teda hatte sich auf den Rücken des Uhus geschwungen. *Was … halt! Was läuft hier?* »Ich werde die Unwesen ablenken und weglocken. Das kann dauern. Warte nicht auf mich, die Zeit ist kostbar. Keine Sorge, ich finde dich!«

Nein! Ich traute meinen Ohren kaum. Mein Wichtel-Coach ließ mich im Stich? »Was? Wo soll ich denn hin? Ich weiß doch den Weg zur Pforte nicht!«

»Du bist jetzt im hohen Norden«, rief sie mir zu. »Vertrau dem Froststern! Er wird dich leiten, das fühle ich!«

Aber ... aber ...

Weder mein Hirn noch mein Mund brachten Protest, erst recht keine effektive Nachfrage zustande.

Noch ein Schlag, ein entsetzliches Krachen.

»Teddea!« Svaltis Stimme, schmerzverzerrt.

Und ich stand da wie ein Fisch auf Landausflug, mein Froststern so hell, dass ich seinen Widerschein auf dem Schnee zu meinen Füßen glitzern sah. Ich schaffte einen letzten hilflosen Blick zu Tomte Teda. Ihre Mütze tief in die Stirn gezogen, ihre Augen grimmig und feuersteinhart wie nie, klammerte sie sich fest an das dichte Gefieder ihres unglaublichen Reittiers.

»Sei vorsichtig!«, presste ich heraus.

»Wir sehen uns, Menschlein«, nickte sie zurück. »An der Pforte, in Ymatàja ... oder in der nächsten Welt. Verlass dich drauf. Und hopp!« Die letzten Worte galten klar dem Uhu. Der zwinkerte nur kurz mit bernsteindunklen Augen, entfaltete seine Flügel und hob lautlos ab. Der Windstoß, den seine gewaltigen Schwingen entfachten, fegte mich fast vom Ast, doch ich hielt hartnäckig stand.

Schon im nächsten Moment war der Raubvogel, gelenkt von seiner Wichtelreiterin, auf Kopfhöhe der Dryghar. Sein Jagdschrei zerriss die Luft, gefolgt von einem wilden »Nehmt das, ihr Gammelsäcke!«. Tomte Teda war im Angriffsmodus. Und es blieb nicht bei Gebrüll. Rings um die Eismonster explodierte ein wahrer Regen aus heißem Licht, eine Maxi-Version der Wichtel-Knallerbsen, mit denen Teda daheim Farinelli vertrieben hatte. Gegen die Untoten wirkten sie noch besser: Ihr Geheul wurde zu einem Kreischen, ein Ton irgendwo zwischen Wut und Schmerz. Lange, klauenbewehrte Arme sausten durch die Luft, griffen blitzschnell nach ihrem Angreifer, die Wolfsrachen schnappten geifernd.

Svaltis Mäusehändchen klammerten sich angstvoll um meinen Arm und auch mir blieb fast das Herz stehen. Doch der Uhu wich mühelos aus, Tomte Teda und ihr triumphierendes Gebrüll sicher an Bord. Ein paar mächtige Flügelschläge und er hatte eine neue Richtung eingeschlagen: weg von der Fichte, zum Rand der Lichtung. Die Dryghar zögerten keine Sekunde und jagten hinterher, so übermenschlich schnell, dass der Schnee stob. Schon war die wilde Jagd im Wald verschwunden. Noch einmal drang ein höhnisches »Haha! Voll auf die Schnauze!« zu uns, gefolgt von einem kehligen Heulen, dann herrschten nur noch Dunkelheit und Stille um uns herum.

Ich kniete in meiner angezauberten Winzgestalt auf dem Ast, starrte ihnen hinterher, keuchend vor Angst und Kälte, und wollte es nicht glauben … aber die Welt ließ mir keine Wahl: Tomte Teda, die kleinste und knurrigste Reiseleiterin aller Zeiten, mein einziger Kompass durch diesen verrückten Dschungel aus Schnee, Magie und Monstern, war weg.

Kapitel 15

»Oh mein Baum, mein armer Baum …«

Ich stand am Fuß der Fichte, des magischen »Tjalm«, und sah hilflos zu, wie Svalti klagend zwischen dem zerfetzten Wurzelholz umherstrich. In den Stunden seit Tomte Tedas Abgang hatten wir nicht viel mehr tun können, als auf die Dämmerung zu warten. Vorher den Baum zu verlassen, wäre einfach zu riskant gewesen – der nächtliche Wald bot zu viele Gefahren für mausgroße Wesen, nicht nur wegen der Dryghar.

Svalti hatte sich tapfer gehalten, deutlich besser als ich, und die Wartezeit bis zum neuen Tag damit verbracht, ihren Pflichten als Gastgeberin nachzukommen. Obwohl sie vor Sorge um ihren Baum – und vermutlich auch um ihre Freundin – kaum stillsitzen konnte, hatte sie ihrem Gast, dem verwirrten Menschenkind, ein fantastisches Frühstück aus Nussbrot, Moltebeerenmarmelade und honigsüßem Pfefferminztee vorgesetzt, war jedoch immer wieder in den Gängen hinter den bunt bemalten Türen verschwunden, um irgendwelche Utensilien zusammenzusuchen.

Jetzt, wo trotz des bedeckten Himmels endlich etwas Licht über die Wipfel der Tannen ringsum kroch, hielt die kleine Vaetta nichts mehr in ihrer Wohnhöhle. Und auch mir drohte der Aufbruch.

Kjällevis brachte mich zurück auf meine alte Größe, ebenso meinen Rucksack. Ich stieß einen Seufzer der Erleichterung aus, vermischt mit schlechtem Gewissen, denn es kam mir vor, als hätte der Baum seine letzten magischen Funken für mich versprüht.

»Er muss ruhen«, piepste Svalti, ganz so, als ob sie meine Gedanken gehört hätte. »Ruhen und heilen. Ich gebe ihm meine Kraft dafür.«

Sie saß reglos auf einer der besonders schlimm zerrissenen Wurzeln, um sich herum kleine Bündel getrockneter Kräuter. Der süßliche Duft vermengte sich mit dem Harzgeruch, der in der Luft lag. Das Blut des Baums … Unwillkürlich erinnerte mich das an ihre Erzählung von letzter Nacht, über die magische Nadel aus Bernstein, geschaffen aus dem Harz Ymas. Ob es doch eine Chance gab, so ein Ding aufzutreiben, um die Prüfung der Ysirka zu bestehen? Wenn ich es je nach Ymatàja schaffen sollte …

»Was mache ich denn jetzt?«, fragte ich Svalti unsicher. »Kann ich dir irgendwie helfen?«

Sie drehte den Kopf zu mir. Es schien ihr schwerzufallen. Ihre dunklen Mäuseaugen blickten trübe, wie mit einem Schleier überzogen. »Hör auf das, was Teddea sagte«, piepste sie. »Vertrau dem Froststern – und ihr. Am besten gehst du zuerst zu der nächstgelegenen Menschen-Siedlung. Das war doch euer Ziel hier oben? Mit etwas Glück triffst du Teddea dort wieder. Ich kann dich leider nicht begleiten, aber folge einfach euren Spuren zurück zur Straße, der Rest findet sich.«

Unsere Spuren … Ich blickte mich um. Stimmt, diese tiefen Stapfen quer über die Lichtung waren meine – eine unübersehbare Fährte. Genauso unübersehbar war der wüst zertrampelte Schnee rings um die Fichte, wo die Dryghar gewütet hatten.

»Was ist mit diesen Viechern?«, fragte ich, in meinem Bauch ein mehr als mulmiges Gefühl. »Wenn die zurückkommen? Oder … vielleicht sind da echt noch mehr?«

Svalti blinzelte, ein winziger, müder Gruß. »Keine Sorge. Es sind doch Taggebannte. Das Sonnenlicht lähmt sie, deshalb sind sie auch im Winter am stärksten. Aber solange es hell ist, hast du nichts zu befürchten.« Ein Schauer durchlief sie und sie wurde noch stiller. Es wirkte, als ob ihr jemand eine dunkle, schwere Decke übergelegt hätte. »Guten Weg, Elvy Froststern. Ich wünsche dir Glück. Und vergiss uns nicht.«

Damit verstummte sie endgültig. Vor meinen ungläubigen Augen wurde ihr kleiner Körper starr. Ihre Kleidung und ihre Haut verfärbten sich, wurden rissig, bis sie nichts mehr von dem Holz unter ihr unterschied. Ihre Konturen lösten sich auf, verloren alles, was an die Mäusewichtelin erinnerte, bis dort zu meinen Füßen nur ein weiterer Buckel in den geschundenen Fichtenwurzeln zu sehen war.

Svalti war fort, eins geworden mit ihrem geliebten Baum. Für wie lange? Würde sie irgendwann wieder geschäftig in ihrer gemütlichen Wohnhöhle herumhuschen und Kerzen gegen die Dunkelheit entzünden? Oder hatte sie sich geopfert, um den Tjalm zu heilen, eins der wenigen verbliebenen Bollwerke gegen die bösen Mächte jenseits unserer Welt? Ich schluckte, kämpfte gegen die Enge in meinem Hals.

Nicht heulen. Dafür ist keine Zeit.

Also warf ich einen letzten zittrigen Blick in die Runde. Der Wald lag im Zwielicht des trüben Wintertags vor mir, ruhig wie ein Friedhof. Ein leichter Wind ließ hier und da Schnee von den Zweigen stäuben, sonst regte sich nichts. Ich sog vorsichtig die Luft ein. Die Kälte war so klirrend, dass das Atmen wehtat, was meine Laune nicht gerade hob. Ob ich mein Piercing entfernen sollte? Nicht, dass ich dadurch eine Erfrierung bekam …

Quatsch, bloß nicht übertreiben!, schalt ich mich selbst.

Trotzdem zog ich meinen Schal bis hoch über die Nase. Dann schulterte ich entschlossen meinen Rucksack und stiefelte los. Meinen Spuren nach. Zur Straße. Dort würde ich sicher ein Auto anhalten können, das mich nach Arjeplog brachte.

Kinderspiel.

Und es lief auch wirklich gut, anfangs. Man musste echt kein Pfadfinder sein, um meiner Trampelfährte der letzten Nacht zu folgen. Ich setzte stur einen Fuß vor den anderen und versuchte krampfhaft, nicht in jedem Baumschatten einen lauernden Drygha zu sehen.

Nun war ich also komplett allein. Seltsam, wie schlecht sich das anfühlte, wie verloren ich mir vorkam – und das lag nicht nur an der Tatsache, dass ich fern von aller Zivilisation durch verschneite Wälder marschierte. Wieso fehlte mir auf einmal diese grummelige Stimme, die ich vor ein paar Tagen zum ersten Mal gehört hatte? Schließlich war ich immer gut klargekommen, ganz auf mich gestellt. Hatte keine Freunde gehabt und auch keine gesucht, bis auf Erik, der mir irgendwie zugelaufen war.

Erik. Wieder musste ich schlucken. Verdammt, wie einsam und schlecht musste *er* sich erst fühlen? Gefangen in einer eisigen Festung, ein Spielzeug der Rache dieser unheimlichen Macht seit einem Jahr.

Vielleicht sogar länger, erinnerte ich mich trübselig. Wie war das? Die Zeit verging anders in Ymatàja? Ein magischer Fluss, der mal stockte, mal dahinschoss, unberechenbar, erst recht nach Menschenmaßstäben? Wie lange kämpfte Erik darin schon um das Überleben? Ein Zittern stieg in mir hoch, das nichts mit den frostigen Temperaturen meiner unfreiwilligen Wanderroute zu tun hatte.

Nein! Schluss damit!

Ich griff mir einen Klumpen Schnee und schleuderte ihn so heftig gegen einen tief hängenden Zweig, dass eine Minilawine abging – alles, um bloß nicht einzuknicken unter der Last meiner Gedanken.

Ich hole ihn zurück, auch ganz allein! Ich bin schon auf dem Weg!

Derart ermutigt, machte ich gleich noch größere Schritte, angetrieben durch meine eigene wütende Energie, immer weiter in Richtung Straße, kam echt gut voran …

Und dann begann es zu schneien.

Oh Shit.

Houston, wir haben ein Problem.

Schon bei den ersten Flocken war selbst meinem Stadtkind-Hirn klar, dass es jetzt richtig ernst wurde. Ich investierte eine Minute, um einen Handschuh loszupellen und meine Position auf dem Handy zu checken – aber das Mistding ging nicht mal an, genauso wenig der Laptop.

Garantiefall durch magisches Schrumpfen, vielen Dank auch.

Wie weit war es noch bis zum Waldrand? Wie lang hatte ich gestern für den Weg gebraucht? Ich verfluchte mich dafür, nicht wenigstens *darauf* geachtet zu haben, doch es half alles nichts: Das Schneetreiben wurde dichter, deckte langsam die Spur vor mir zu. Plötzlich lief für mich ein eiskalter Countdown, dem ich nichts entgegenzusetzen hatte außer meinen langen, schon jetzt erschöpften Beinen.

Schneller, weiter, feuerte ich mich an, *vielleicht sind es nur noch ein paar Meter!*

Es waren nicht nur ein paar Meter. Ich kämpfte mich voran, halb blind durch den eisigen Wind, folgte panisch meinen Spuren, die das Flockentreiben mit watteweicher Grausamkeit verbarg, ein wenig mehr mit jeder Minute.

Schließlich kam er – der Moment, in dem ich absolut nicht mehr erkennen konnte, in welche Richtung mein Weg weiterführte. Ich lehnte mich an einen Baumstamm, mein Rücken schweißnass, der Schal vor meinem Mund feucht von meinem keuchenden Atem, sein oberer Rand steif gefroren. Kältetränen in den Augen, meine Füße in den Stadtstiefeln eh nur noch Eisklumpen. Und die Spur verschwunden.

Egal. Egal! Ich musste weiter, in irgendeine Richtung *musste* ich gehen. *Wenn ich es nicht tue, wenn ich stehen bleibe, dann finden sie mich erst im Frühjahr*, drohte ich mir selbst.

Doch meine Verzweiflung wuchs mit jeder Sekunde, in der ich durch das Schneegestöber starrte. Alles sah gleich aus, nichts als Bäume und Büsche, versunken unter einer dichten, weißen Decke.

Erfrieren soll ja gar nicht so schlimm sein.

Der Gedanke geisterte durch meinen Kopf, ich trieb ihn zurück. In diesem erzwungenen Moment der Ruhe fühlte ich wieder das kalte Pulsieren auf meiner Stirn. Der Froststern.

»Von wegen Schutz!«, fauchte ich. »Böse Magie abwehren ist ja ganz nett, aber jetzt gerade würde ich dich sofort gegen eine Heizdecke eintauschen!«

Wie lange würde ich es noch schaffen, meine Wut aufrechtzuerhalten? Wie lange konnte sie mich noch vorantreiben, bevor mich endgültig die Kraft verließ und ich im Schnee zusammensank?

Aber … war Wut denn meine einzige Option?

Vertrau dem Froststern. Er wird dich leiten.

Ich kniff die Augen zusammen und versuchte, mich zu beruhigen. Alles auszublenden – die wilden Gedanken, mein rasendes Herz, jeden schmerzenden Atemzug. Lehnte meinen Kopf gegen die gefrorene Rinde des Baumstamms hinter mir. Formte mit halb taubem Arm die Erdungsgeste vor meinem Oberkörper und dachte daran, was Tomte Teda mir beigebracht hatte: dass der Froststern seine Macht aus mir selbst schöpfte.

»Okay, Dingsbums«, flüsterte ich. »Ich … ich vertraue dir. Nimm dir meine Kraft. Wenn noch genug da ist, nimm sie dir … und leite mich.«

Nichts geschah.

Das kalte Pulsieren auf meiner Stirn wurde eher schwächer. Und der Wind trieb immer neue Flocken heran. Ich unterdrückte einen Schluchzer.

Doch dann, als ob jemand Feuer an eine Lunte gelegt hätte: ein Sprühen, ein Funkeln, über meinen Augen eine winzige, lautlose Explosion … Plötzlich schwebte etwas vor mir inmitten der Schneeflocken, keinen Meter entfernt – ein winziger, schimmernder Eiskristall.

Der Froststern.

Mein Froststern.

Ich starrte ihn an, fassungslos angesichts dieser erneuten Wendung. *Er kann sich von mir lösen? Und … und fliegen?*

Unwillkürlich streckte ich die Hand nach ihm aus. Der Stern erzitterte, wobei sich winzige Kältefunken von ihm lösten. Dann näherte er sich in einem sanften Taumel, bis er über meiner Handfläche schwebte. Ja, er war *wirklich* gewachsen. Zum ersten Mal konnte ich ihn genau erkennen, in all seiner silbrigen Pracht. Seine Verästelungen hatten nichts gemein mit der kalten Geometrie von normalen Eiskristallen. Was ich da sah, wirkte vielmehr wie verzweigte Ranken, an den Enden die Ahnung von Blättern und … Blüten?

Denk an Tomte Tedas Worte!, schoss mir durch den Kopf. *Der Froststern ist ein Geschenk Ymas, dieses magischen Baums. Ein Zeichen für Leben und Hoffnung trotz tödlicher Kälte.*

Eine … eine wahre Eisblume.

»Hej«, brachte ich heraus.

Ich hob meine Hand, das glitzernde Wunder folgte, schwebte wie selbstverständlich ein paar Fingerbreit darüber. Was für einen Modus hatte ich denn da bloß freigeschaltet? Und würde mir das helfen?

»Okay, hör mal«, sagte ich heiser. »Weißt du, wohin ich will? Kannst du mir den Weg zeigen?«

Der Stern erzitterte erneut, dann zischte er los, so schnell, dass er einen ganzen Schweif aus Flocken hinter sich herzog. Vor meinen staunenden Augen formte sich daraus ein Bild, ein Bild aus tanzendem Schnee: eine Gestalt mit vier Beinen und … Geweihansatz?

Oh spitze. Kurz vor dem Erfrieren noch eine Scharade, warum nicht.

Nur einen Sekundenbruchteil hielt das Werk, dann zerstob es wieder, fortgerissen vom Wind. Zurück blieb allein der Froststern, der auf Augenhöhe vor mir schwebte, wunderschön und unergründlich.

»Äh … danke?«, sagte ich. »Sollte das ein Rentier sein?«

Der Stern leuchtete hell auf, dann schwächer. Ein Nicken?

»Aber ich muss zur Straße, verstehst du?«, versuchte ich es noch einmal. »Zu dem Weg, den ich gestern gekommen bin. Kannst du mich führen? Bitte!«

Obwohl ich so verzweifelt war, stellte ich mir vor, wie die Szene gerade von außen wirken musste – wie da ein halb erfrorenes Mädchen im Schneetreiben stand und eine Leuchtflocke anflehte. In meinem Kopf pochte es schmerzhaft – zeigte sich mein Magie-Einsatz also im Wachen anders als im Klartraum?

Aber jetzt schien der Stern wirklich verstanden zu haben, denn er schüttelte sich, ließ einen Schauer Funken sprühen und begann, in kleinen Schleifen vor mir herzutaumeln, zog mich in eine bestimmte Richtung. Die richtige? Aber was hatte ich schon für eine Wahl?

Ich setzte meine erstarrten Glieder in Bewegung, schwerfällig wie nie, aber voll neuer Hoffnung. »Nicht so schnell, äh …«

Das Ding braucht einen Namen, »Froststern« zu rufen, fühlt sich irgendwie doof an. Hm, wie nenne ich bloß so ein Glitzerteil? Vielleicht …

»Bling! Nicht so schnell!«

Bling schien sein neuer Name zu gefallen, denn er hüpfte etwas langsamer durch die Luft. Er wartete auf mich, die ungelenke Sterbliche, die ihr Bestes tat, durch den tiefen Schnee zu staksen.

Schritt für Schritt folgte ich dem Froststern durch die tanzenden Flocken. Und irgendwann, endlich, war es so weit: Die Bäume vor mir lichteten sich! Doch als ich ins Freie stolperte, erwartete mich nicht die ersehnte Straße – sondern die verschneite Fläche eines zugefrorenen Sees.

Shit!

Ich wollte es herausbrüllen, doch es wurde nur ein verzweifelter Schluchzer. Das war nicht der Weg zurück. Bling hatte mich noch tiefer in den Wald geführt! Während ich ihn fassungslos anstarrte, leuchtete er auf – und erlosch. Im nächsten Moment spürte ich ihn wieder auf meiner Stirn, sein Pulsieren ganz schwach.

Batterie alle?

Bei mir auf jeden Fall. Ich sank auf die Knie, ich konnte einfach nicht mehr. Der Schnee fiel noch immer, aber der Wind hatte sich gelegt. Um mich herum weiche, weiße Stille. Kein Laut, kein Licht, keine Spur menschlicher Zivilisation. Und keine Hilfe.

Dann aber schlich sich ein Geräusch an meine Ohren, so leise, dass ich erst nicht darauf achtete: ein Klicken, wie das Brechen dünner Zweige. Das Knirschen von Schnee … und ein Schnaufen. Im nächsten Moment stieß etwas gegen mein Gesicht, warm und haarig.

Ich schrie auf, kippte nach hinten, versuchte hektisch, mich aufzurappeln – und blickte in dunkle, sanfte Augen.

Die Augen eines Rentierkalbs. Sein Fell war weiß wie der fallende Schnee, gesprenkelt mit ein paar hellgrauen Tupfen, auf seiner Stirn die Ansätze eines Geweihs.

Mühsam kam ich auf die Beine. Starrte das Tier an, das kein bisschen scheu zu sein schien und einfach da stand auf seinen hohen, dünnen Beinen.

»Hej«, brachte ich heraus. »Was machst du denn hier, ganz allein? Hast du dich auch verlaufen?«

Jetzt sah ich, dass das Kalb ein Halsband trug, und mir fiel ein, dass jedes Ren in Schweden einer Sámi-Familie gehörte, auch wenn die Tiere den größten Teil des Jahres frei umherzogen. Ob mir das helfen konnte?

Das Kalb schnaufte wieder und schüttelte den Kopf, als ob es lachte – über mich, diesen ungeschickten Menschen. Dann drehte es sich um, lief ein paar Schritte auf den zugefrorenen See hinaus und blieb dort stehen, als ob es auf mich wartete.

Auf meiner Stirn ein Knistern. Endlich fiel der Groschen. Ein Rentier. *Das* Rentier. Das Rentier aus Blings Scharade!

»Zu ihm wolltest du mich führen?«, flüsterte ich. »Aber wieso?«

Ein weiteres Knistern war die Antwort, schwächer als zuvor.

Das Kalb vor mir stampfte ungeduldig mit dem breiten Huf auf, ging noch ein Stück weiter.

Ich soll ihm wirklich folgen, ging mir durch den verwirrten Kopf. *Erst eine Wichtelin als Führer, dann eine Leuchtflocke und jetzt ein Rentier. Was kommt als Nächstes, ein weißes Kaninchen mit Taschenuhr?*

Mühsam setzte ich mich erneut in Bewegung, eine andere Wahl blieb mir sowieso nicht. *Vielleicht ... führt es mich zu seinem Herrchen?*

Das weiße Ren spazierte munter voran, jeder seiner Schritte begleitet von diesem eigenartigen feinen Klicken, und ich folgte ihm, so gut ich konnte, hinaus auf den zugefrorenen See. Noch immer fiel der Schnee. Als ich zurückblickte, konnte ich meine Spuren kaum mehr erkennen. Jeder Meter war schwerer als der davor, Kälte und knochentiefe Erschöpfung brachten mich immer öfter zum Stolpern. Meine Füße waren nichts mehr als gefühllose Eisklötze.

Wenn ich falle, stehe ich nicht mehr auf.

Aber dann fraß sich ein neuer Laut durch die Stille: ein tiefes Brummen, das näher kam. Das Brummen von Maschinen, von ... Ich starrte durch den Schnee, vorbei an dem kleinen Rentier, das unbeirrt weitermarschierte. Das Brummen wurde lauter, wurde zu einem Heulen, und im nächsten Moment schimmerte der Flockenwirbel vor mir im Licht der Scheinwerfer zweier Schneemobile. Schnittige Modelle, wie eine Mischung aus Jetski und Quad mit Kufen, hinter dem einen sogar ein Anhänger.

»Ritni!«, rief eine helle Frauenstimme. »Endlich haben wir dich, du kleiner Ausreißer! Komm, Ánte, lass uns ...«

Sie verstummte, als der zweite Scheinwerfer mich voll erfasste.

»Na, so was!« Das Motorengeräusch erstarb, und ich sah undeutlich, wie ein Mann auf mich zukam. »Hej, hej«, hörte ich seine Stimme. Sie klang freundlich, aber ziemlich überrascht. »Ist das eine Schneewanderung? Alles in Ordnung?«

»Hilfe«, krächzte ich ... und dann wurde es dunkel.

Kapitel 16

Schon wieder Schnee – aber diesmal die Sorte, über die ich wenigstens ein bisschen Kontrolle hatte.

Zum ersten Mal war ich direkt froh, mich in dem eisigen Wind zwischen Wachwelt und Klartraum zu befinden. Zwar spürte ich wieder den Schwindel, aber ich verlor keine Zeit und rief meine Tür herbei.

Sie erschien unmittelbar hinter einer Gruppe dieser schemenhaften Gestalten, die wie ich auf dem Weg durch die wirbelnden Flocken waren.

Dumpfe Angst ballte sich in meinem Magen zusammen. Würden sie mich hindern, durch die Tür zu treten? Oder – noch schlimmer! – würden sie versuchen, mir zu folgen? Doch keine der Gestalten näherte sich mir. Zum ersten Mal teilte sich der Vorhang aus Schnee und ich sah sie deutlich. Es waren Menschen wie ich, gekleidet in Klamotten aus meiner Welt, aber ihre Körper wirkten farblos und verschwommen, wie ausgewaschen. Ihre Augen blickten starr in die Ferne. Mir am nächsten stand ein Mädchen in meinem Alter, ihre blonden Haare trieben offen im Wind. Irgendwie ... wirkte sie vertraut.

Und dann ging es mir auf.

»Ich kenne dich!« Der Wind riss mir die Worte aus dem Mund, doch das Mädchen schien sowieso nichts wahrzunehmen.

Aber kein Zweifel: Ich kannte ihr Gesicht – ich hatte es im Forum des »Frozen Hearts Clubs« gesehen, erst vor Kurzem. Sie war einer der neuesten Komafälle! Eine der Seelen, die die Ysirka in unserer Welt geraubt hatte! Jetzt konnte ich die anderen Gesichter ebenfalls erkennen, als ob sich ein Foto für mich scharf stellte. Und auch diese kamen mir bekannt vor, jedes einzelne. Sie hingen zu Hause an meiner Karte, ganz sicher!

Unwillkürlich streckte ich meine Hand nach dem Mädchen aus, doch ich griff ins Leere. Sie verschwand bereits wieder im wirbelnden Schnee, trieb davon wie die anderen Schemen.

Alles Seelen, verloren zwischen den Welten ... *Und ich kann nichts tun!*

Hilflos starrte ich ihnen nach, bis mich ein kaltes Knistern auf meiner Stirn daran erinnerte, dass ich immerhin eins tun konnte: meinem Plan folgen. Auch Erik war ein Opfer der Ysirka. Wenn ich einen Weg für *ihn* fand ... dann vielleicht auch für all die anderen?

Entschlossen fasste ich die Klinke, öffnete meine Tür, trat hindurch – und riss erstaunt die Augen auf.

Was ... was IST das hier?

Ich stand nicht in Eriks Gemächern. Der Raum vor mir war riesig. Gar nicht mal seine Grundfläche, ein unregelmäßiges Rund. Die Wände allerdings verloren sich in schwindelerregender Höhe, schienen sich weit über mir aufzulösen in feinem weißem Nebel. Darüber öffnete sich Dunkelheit – die polarschwarze Dunkelheit des Himmels über Ymatàja, mit seinen Schleiern aus magischem Nordlicht. Und hinauf in diese Höhe reckte sich ... eine Fontäne aus purem Eis.

Erstarrtes Wasser, seine Bewegung gebannt in unzähligen Eiszapfen, einer über dem anderen, glitzernd in allen Schattierungen der Kälte von Schneeweiß bis zu arktischem Blau. Das Gebilde erhob sich genau in der Mitte des Saals, am Fuß umgrenzt von einem

Ring aus dunklen Gesteinsbrocken. Die Fluten mussten einst aus den Tiefen der Erde hochgesprudelt sein. Eine Quelle, ein Geysir, eine unvorstellbar mächtige Naturgewalt ... und jetzt vollkommen still.

Besiegt. Das Wort stieg in mir auf, ich wusste nicht, woher.

Jemand packte mich von hinten. Mein Herz machte einen Satz vor Schreck, doch ich spürte sofort, wer es war.

Erik.

»Elvy!«

Er drehte mich zu sich um und hielt mich so fest, als könnte er nicht glauben, dass ich wirklich real existierte. Mein Puls, ohnehin schon am Limit, schoss noch höher, hinauf in die Glücksetage. Für einen Moment vergaß ich alles – meine Vorsätze zum Thema Freundschaft, die Eisfontäne, die Gefahren dieser verwunschenen Welt –, lag einfach nur in seinen Armen und atmete seinen Duft ein: Schnee, Kiefernnadeln, frisch geschlagenes Holz, klar und frisch wie ein Wintertag. Anders als früher war er, geradezu fremd, und doch so ... Erik.

»Du bist okay!«, brachte ich heraus, meinen Kopf an seiner Schulter. »Ich meine ... bist du doch, oder? Als ich wegmusste, sah es so aus, als ob deine Hände wieder zu Schneeflocken würden.«

»Weil ich mich der Tür genähert habe. Dumm von mir. In der Welt zwischen Wachen und Schlaf überlebt nur eine Klarträumerin wie du.«

Verdammt. Teda hatte es mir ja gesagt, doch nun hatte ich den Beweis. *Also kann ich dich wirklich nicht mitnehmen. Aber ich kann zu dir kommen, ganz echt im Traum ...*

Meine Hände spürten das weiche Leder seines Gewands, wie es über seinem breiten Rücken spannte, wollten darüberfahren, ihn streicheln ... Gerade noch rechtzeitig bekam ich mich unter Kontrolle. Ich hatte nicht vergessen, wie abweisend Erik reagiert hatte, als ich das letzte Mal aus der Rolle »Beste Freundin« gefallen war.

Also schob ich ihn von mir und knurrte: »Entspann dich, Forsberg, sonst bin ich gleich platt wie 'ne Flunder!«

»Danke für die Warnung. Ich hasse Fisch.« Er versuchte ein Grinsen, aber es wirkte ziemlich wacklig – geradezu aufgesetzt.

Was hat er?

»Wirklich alles in Ordnung?«, versuchte ich es vorsichtig. »Ist dir was passiert seit meinem letzten Mal hier?«

»Nein, nein.« Er hob die Schultern. In seinem Gesicht noch immer der Versuch eines Lächelns. »Ich ... ich dachte nur, du kommst nicht wieder.«

»Wie bitte? Wieso?« Ich starrte ihn an, irgendwo zwischen Schock und Unglauben. »Wie kannst du das denken? Ich hab's dir doch versprochen!«

Er wich meinem Blick nicht aus, seine Augen ganz dunkel. »Du warst lange weg, Elvy.«

Was? Erst verstand ich nicht – dann traf mich die Erkenntnis wie ein Zentnergewicht. Der Fluss der Zeit, der hier so anders verlief als bei uns!

Oh nein, nein!

»Erik, es tut mir so leid! Ich kann das nicht steuern, ich ... Wie lange?«

»Ein paar Wochen. Lang genug, um zu verstehen, dass wir uns etwas vorgemacht haben.« Er drehte mir den Rücken zu, ging hinüber zu der gefrorenen Fontäne. Ich folgte, vergeblich nach einer Antwort suchend. Als Erik die ringförmige Einfassung erreichte, wandte er sich wieder zu mir um. »Ich war bei ihr. Bei der Ysirka, zum ersten Mal seit langer Zeit.«

»Was wollte sie?«, flüsterte ich. »Hat sie etwas gemerkt?«

Er schüttelte den Kopf. »Nein. Aber ich ... ich hatte solche Angst, dass sie es tut. Dass sie spürt, wie verändert ich bin. Dass sie *dich* spürt. Mich zwingt, dich preiszugeben ... und dann an meiner Stelle auf dich wartet.« Seine Stimme wurde härter. »Elvy. Du hast keine Vorstellung von dem, was sie vermag. Es ist sinnlos, gegen sie zu kämpfen, vor allem hier, im Zentrum ihrer Macht. Geh wieder. Rette *dich*, versuch, die Menschen zu warnen. Für mich ist es zu spät. Verschwende keine Zeit mit mir.«

»Lass das jetzt endlich!«, fuhr ich ihn an. Ich musste es tun, musste meine Stacheln zeigen, bevor er mir entglitt. »Denk an das, was uns deine Oma erzählt hat: Kay wurde von Gerda gerettet. Das ist keine Märchenfigur, das war deine Vorfahrin. Es ist alles wahr. Und wenn es *ihr* gelungen ist, schaffe ich es auch! Du musst mich nicht beschützen!« Auf meiner Stirn spürte ich die eisige Flamme des Froststerns. Er brachte mir Ruhe ... und die Einsicht, dass ich versuchen musste, Erik auf andere Weise zu erreichen. »Hör zu«, sagte ich also behutsam. »Ich kann mir nicht mal vorstellen, wie das letzte Jahr hier für dich war. Wie allein du warst. Du hast dein Leben vergessen, dein Leben in unserer Welt. Aber es lohnt sich zu kämpfen! Deine Erinnerungen kommen zurück, hast du doch erlebt. Denk an alles, was dich zu Hause erwartet, wer dich erwartet ...«

»Großmutter ist tot«, sagte er tonlos. »Genau wie meine Eltern, oder?«

Das wusste er also auch wieder. Ich schluckte. Nickte. Fischte in meinem Kopf nach einer guten Nachricht. »Erinnerst du dich an unsere Klasse? Die Kumpel aus deiner Rugby-Mannschaft? Coach Mattias?«

Leere Blicke.

Mist, verdammter. Ich zog meinen Verzweiflungs-Joker. »Ähm. Was ist mit Tessa?«

In seinem Gesicht keine Reaktion. Also auch sie war weg? In der miesesten Ecke meines Herzens brach hämischer Jubel aus. *Richtig so! Wenn er seine coole Oma vergisst, soll er sich an DIE Kuh erst recht nicht erinnern!*

Dann aber rief ich mich wütend zur Ordnung. Was zur Hölle war falsch mit mir? Erik brauchte jeden Rettungsring, jede Spur in sein Leben, die ich bieten konnte. Selbst wenn diese Spur zu Tessa führte. Auf *gar keinen Fall* durfte ich das aus Eifersucht versauen. Und *ganz bestimmt* würde ich nach all den schlechten Nachrichten verschweigen, wie schnell sie sich nach seinem Verschwinden mit einem anderen Typen getröstet hatte.

Also sagte ich forsch: »Tessa ist deine Freundin. Sie liebt dich und gibt nicht auf, nach dir zu suchen.«

Etwas blitzte in den Tiefen von Eriks Augen auf. Ich schob meine Eifersucht mit aller Gewalt beiseite und trat vor ihn. Zog seine Stirn an meine, wie bei meinem ersten Besuch. Er ließ es zu.

Meine Hand in seinem Nacken, seine Lippen so dicht vor meinen, in meinem Magen ein Flattern und Toben, als ob ich einen Schwarm Schmetterlinge verschluckt hätte. Krampfhaft versuchte ich, vor Erik zu verbergen, wie sehr ich auf ihn reagierte. Erst recht, weil er abermals so stocksteif vor mir stand, als ob er meine Nähe nur mit Mühe aushielt.

Stattdessen konzentrierte ich mich erneut auf Bling. Dann zwang ich mich dazu, alles aufzulisten, was ich von Eriks Beziehung mit Tessa wusste – und das Ganze nicht durch meine Gefühle zu verfärben. Wieder spürte ich, wie mich der besondere Einsatz des Froststerns Kraft kostete, wenn auch weniger als letztes Mal. Bekam ich Übung?

»Tessa«, murmelte Erik schließlich. »Ja. Ich erinnere mich. An ihre Stimme. Ihren Duft.« Der Funke in seinen Augen wurde zu einem Leuchten. »Und ich habe mit ihr …«

Du hast mit ihr geschlafen, ich weiß, sie hat's laut genug herumgetrötet.

Abrupt ließ ich ihn los. Aufgestaute Tränen brannten in mir, doch ich sagte in einem neutralen Tonfall: »Siehst du. Noch jemand, der dich schrecklich vermisst. Denk an sie. Bald bist du zurück und dann kannst du wieder mit ihr auf Rugby-Turniere fahren oder ... oder ihre neueste Shopping-Beute bejubeln ...«

»Du magst sie nicht, stimmt's?« Eriks Frage kam ganz ruhig – und erwischte mich eiskalt.

Oh verdammt. Hatte ich mich im letzten Moment selbst versenkt.

»Quatsch«, erwiderte ich, gespielt lässig. »Sie ist vielleicht nicht so mein Typ, aber darum geht's wohl kaum. Ihr seid ein tolles Paar, das sagen alle. Halt daran fest, ja?«

»Elvy.« Erik schloss kurz die Augen. Als er sie wieder öffnete, stand darin ein Ausdruck, den ich nicht deuten konnte. »Das mit Tessa ... Ich weiß, dass das viel verändert hat. Zwischen dir und mir, meine ich. Aber ich wollte dir nie wehtun.«

Woher kam das jetzt? *Falsche Richtung, ganz falsch,* dachte ich hektisch, überfahren von Eriks Offenheit. Wir hatten noch kein einziges Mal ernsthaft über seine Beziehung gesprochen, und *jetzt* war bestimmt nicht der Moment, damit anzufangen!

Also fuhr ich den Kumpel-Modus voll hoch, boxte ihm mit der Faust gegen die Schulter und sagte: »Hey, alles cool! Schon vergessen? Wir sind die Dachboden-Buddys! Beste Freunde!«

»Sind wir das?« Noch immer war da dieser seltsame Blick. Zweifelnd.

Zweifelte er an *mir*? Nach alldem? Wut stieg in mir hoch, verdrängte den Kummer.

»Du Vollpfosten!«, zischte ich. »Natürlich sind wir Freunde! Was glaubst du, warum ich das hier mache, hä? Warum ich es überhaupt *kann*? Wir müssen uns einig sein, sonst haben wir keine Chance!« Ich trat einen Schritt zurück, kämpfte mit meinen brodelnden Gefühlen. Gewann. »Du weißt, dass ich recht habe. Und dass du mich nicht loswirst. Also: Wir sind Freunde und ich rette dich. Alles wird gut. Sag es.«

Er antwortete erst nicht, senkte nur den Kopf, wie verstockt. Oder als ob er seinen eigenen inneren Kampf austrug. Doch dann richtete er sich auf zu seiner vollen Wikingergröße, die in dem prächtigen Wintergewand noch mehr beeindruckte, sah mich erneut an und sagte: »Alles wird gut. Du rettest mich.« Seine Augen blickten klar, alle Zweifel und Fremdheit darin verschwunden. »Freunde.«

Na bitte: Er war wieder an meiner Seite. Alles wie immer. Socken sortiert. *Yay.*

Ich gab dem bitteren Stich der Enttäuschung in mir keine Chance, ließ Erik los und blickte mich um.

»Wo sind wir hier eigentlich? Wieso bin ich nicht in deinen ... äh, Gemächern gelandet?«

In seinem Gesicht erschien ein kleines, neckendes Lächeln. »Weil ich nicht in meinen Gemächern war, sondern *hier*.«

»Aber warum bist du *hierher*gekommen? Was ist das für ein Ort?«

»Der Saal des Wassers.« Er trat näher an den Beckenrand heran, diesen Wall aus grob zusammengefügten Felsen, und bedeutete mir, ihm zu folgen. »Du weißt von Yma?«

Ich nickte. »Der mystische Zwillingsbaum, richtig? Der Ursprung von Ymatàja und seiner Magie. Warum tut *der* eigentlich nichts gegen die Ysirka?«

»Weil sie ihn zerstört hat.« Erik sagte es ganz nüchtern.

Einen Moment lang war ich sprachlos. Yma ... zerstört?! Warum hatte Tomte Teda mir das nicht erzählt? Weil sie glaubte, dass ich Erik vor der Kalten Herrscherin retten konnte, vielleicht sogar *meine* Welt ... aber nicht mehr ihre?

»Das wusstest du nicht?« Erik war zu mir getreten, seine Stimme sanft und besorgt. »Die Aelfar dachten, die Ysirka wäre besiegt und sie hätte sich in die Winterfee zurückverwandelt. Sie brachten ihren Körper zu Yma, um ihn zu heilen. Doch es war die Ysirka, die dort erwachte, im Herzen der Magie ... und so kam es zur Katastrophe.«

Ich schüttelte nur den Kopf, zu niedergeschmettert für eine Antwort.

»Hey, es tut mir leid. Ich wollte dich damit nicht überfallen.« Erik neigte seinen Kopf zu mir, in seinen Augen ein warmer Funke, ein solcher Kontrast zu seinen winterblassen Wangen – und zu seinen Lippen, die wirkten wie bereift.

Meine eigenen zitterten. Zu viele Emotionen tobten in mir und die erneute Nähe zu Erik beruhigte mich kein bisschen. Erst recht nicht, als er mir eine Hand auf die Schulter legte. Ein Trost unter Freunden, sicher. Aber weil die Kapuze meines erträumten Anoraks eine so dicke Stoffschicht hatte, berührten Eriks Finger dabei meine Wange, ganz leicht nur ...

Ich will ihn küssen. Nur einmal. Und dann so tun, als ob nichts gewesen wär.

Ein Zischen ließ uns auseinanderfahren. Auf der Felsenbrüstung neben uns saß Nelli, das Eishörnchen, und fauchte mich mit gesträubtem Fell an.

Ich machte vorsichtshalber einen Schritt zurück, aber Erik lachte nur, fischte einen steif gefrorenen Apfelschnitz aus seiner Tasche und warf ihn seinem kleinen Maskottchen zu. Falls er bemerkt hatte, dass ich gerade fast aus der Friendzone ausgebrochen wäre, tarnte er es gut.

Ich nutzte den Moment, um mich endgültig neu zu booten.

Schluss mit dem Gejammer. Blick nach vorn. Und Finger weg von IHM.

Auffordernd deutete ich zu den erstarrten, blau glitzernden Fluten vor mir. »Du wolltest mir etwas darüber erzählen.«

Er nickte zustimmend und setzte sich auf den Felsen neben Nelli, die fleißig vor sich hin knurpste, ihr weißer Puschelschwanz jetzt wieder entspannt.

»Zwischen den Wurzeln Ymas entsprang eine Quelle. Ihre Zuläufe unter der Erde durchzogen einst ganz Ymatàja. Jeder Tropfen, der je zu Boden fiel, nahm Wissen auf: Worte, die gesprochen wurden. Geschichten und Lieder. Erinnerungen der Erde und der Pflanzen. Den *Klang*. Über das Wasser wurde alles bewahrt und blieb lebendig, verfügbar für alle Magiebegabten.«

»Ein flüssiges Wikipedia«, staunte ich.

»Ja. So war es. Bis sie kam. Die Kalte Herrscherin. Sie zerstörte den Weltenbaum, bannte die freie Magie ...«

»... und ließ die Quelle vereisen?«

»Nachdem sie alles Wasser gestohlen hatte, um ihre Festung zu errichten.« Erik deutete zu den hohen Wänden, die uns einschlossen, darin die blau-grünen, erstarrten Flämmchen. »Alles um uns herum war einst Wissen und Magie, jetzt ist es erstarrt zu einem Ort des Schreckens. Die Ysirka kann nichts Gutes oder Lebendiges erschaffen, verstehst du? Auch die Frostkrieger sind nur leere Hüllen, totes Eis. Die Quelle ist für sie nichts als eine weitere Zerstreuung, die sie längst abgehakt hat. Deshalb kommt sie auch nie mehr hierher, genauso wenig wie ihr Gefolge.« Er warf mir einen grimmigen Blick zu. »Aber mir gestattet sie es. Ich glaube, sie will mich so bei Laune halten. Wie man einem Käfigtier Spielzeug gibt.«

Bei seinen letzten Worten war mir, als spürte ich einen eisigen Hauch über mich hinweggleiten. Mir wurde ganz anders bei der Vorstellung, dass Erik tagein, tagaus mit diesem Gefühl leben musste.

Aber ... Moment mal.

»Die Quelle ist vereist. Warum kommst du trotzdem her?«, fragte ich langsam. »Weil du hier Ruhe vor ihren Schergen hast? Oder ... kann man etwa doch noch auf das Wissen zugreifen?«

»Ganz genau. Das weiß niemand außer mir und auch ich habe es damals nur durch Zufall entdeckt. Seit deinem letzten Besuch war ich jeden Tag hier, um etwas über diese Herznadel herauszufinden, von der du erzählt hast. Ob noch eine existiert, und wenn ja, wo. Auch wenn mir die Hoffnung ausging, dich wiederzusehen – ich musste irgendetwas Sinnvolles tun mit meiner Zeit.« Er grinste schief. »Entweder das oder stricken lernen, und –«

»Und du bist mies in Handarbeiten«, ergänzte ich trocken. Innerlich aber atmete ich auf: Sosehr er abermals versucht hatte, mich von meiner Rettungsmission abzubringen, so viel von ihm verloren gegangen war, trotz meiner Hilfe – es steckte noch immer genug von *meinem* Erik in ihm. Und der gab nicht so leicht auf. *Failure is not an option.*

Erik nickte, jetzt wieder ernst. »Echten Erfolg hatte ich leider nicht. Es ist sehr schwer, ein klares Bild durch das Wasser des Wissens zu bekommen. Ich bin nur ein Mensch ohne jede Magie. Aber vielleicht ...«, er schaute bedeutungsvoll auf meine Stirn, »vielleicht gelingt es uns gemeinsam?«

Mein Froststern. Ja, *ich* besaß echte Magie, so ungewohnt der Gedanke auch noch immer war.

Erik steckte Nelli ein extragroßes Apfelstück zu – vermutlich Bestechung, damit sie ihn in Ruhe machen ließ. Sie schnappte es sich und hüpfte ein paar Felsen weiter, offenbar wusste sie, was jetzt kam. Allerdings schoss sie mir noch einen Blick aus ihren goldenen Knopfaugen zu, der eindeutig sagte: *»Der Apfelspender gehört mir, klar?«*

Ich steckte ihr die Zunge raus. Gemobbt von einem Plüschi, so weit kam's noch!

Erik hatte nichts von unserem kleinen Zickenkrieg mitbekommen und erhob sich nun, hinter ihm die aufgetürmten, kalt glitzernden Fluten der gefrorenen Fontäne. Unbezwingbar wie ein Bergmassiv wirkte sie, einschüchternd und abweisend. Er streckte mir seine Hand entgegen. Eine simple Geste – doch von ihm, in diesem Moment, bedeutete sie mir die Welt.

»Wir versuchen es«, sagte ich impulsiv und nahm seine Hand. »Aber wie genau soll das gehen?«

Statt einer Antwort zog er mich heran und drehte sich mit mir zum Becken um. Ich spürte seine kräftige Brust in meinem Rücken, seinen Atem an meiner Wange, als er sich ein Stück vorbeugte und murmelte: »Ich zeige es dir. Bleib ganz locker.«

Mir lag ein ironischer Spruch auf der Zunge, aber sie war plötzlich zu verknotet zum Sprechen. *Mistmistmist*, ich fühlte mich überhaupt nicht locker!

Seine Arme glitten um mich herum, seine Finger berührten das glitzernde Eis vor uns. Dabei verrutschte sein rechter Ärmel – und für einen Moment sah ich etwas auf seiner Haut, eine helle Verfärbung über dem Handgelenk.

Erik schien es nicht bemerkt zu haben und sagte nur: »Leg deine Hände auf meine.«

Ich hasste mich dafür, wie sehr mich diese unerwartete Nähe erneut aus der Bahn warf. Wie sehr ich mich einfach an ihn schmiegen wollte – und das, nachdem wir gerade alle Fronten geklärt hatten! Verdammt, ich würde nicht zulassen, dass ich alles verdarb, weil ich meine Gefühle nicht im Griff hatte!

Also tat ich, was Erik sagte. Legte meine Hände auf seine, die sich noch immer so unnatürlich kalt anfühlten ... und nun noch viel kälter werden würden, im direkten Kontakt mit dem Eis unter seiner Haut. »Tut dir das nicht weh?«, brachte ich heraus.

»Doch«, erwiderte er. »Aber nicht so, wie es für dich wäre. Ich habe mich daran gewöhnt. Dieser Ort hat mich ... verändert.«

»Was passiert denn jetzt?«, fragte ich, noch immer viel zu nervös in dieser seltsamen Umarmung. »Muss ich irgendwas machen?«

»Vor allem ruhig sein«, flüsterte er, sein Mund dicht an meinem Ohr. »Denk an die Herznadel. Stell sie dir als Frage vor. Als Suche. Und nicht die Augen schließen. Schau hin.«

Ich *sah* hin. Sah zu der Stelle vor mir, wo meine Hände auf denen von Erik lagen. Meine Finger, lang und dünn und trotz meiner Stubenhockerei noch immer geradezu braun gebrannt im Gegensatz zu seinen. Wo seine Haut das Eis berührte, verfärbte sie sich bereits in ein bläuliches Weiß.

Das kann nicht gesund sein!, schoss es mir durch den Kopf, meine Gedanken voll von dem Kälteschmerz, den ich bei Eriks Entführung im Park gespürt hatte, voll von Erinnerung an den Frostbrand, dem ich die Eisblumennarben auf meinen Handflächen verdankte ...

Hinsehen. Nicht die Augen schließen. Und alle Gedanken auf die Herznadel richten. Gibt es noch eine in dieser Welt? Wo ist sie?

Da: Ein Tropfen erschien unter Eriks Händen. Das Eis schmolz unter der lebendigen Wärme, die er noch immer in sich trug. Ich presste meine Finger fester auf seine. Ein zweiter Tropfen, ein dritter. Der vierte machte daraus ein Rinnsal, das seinen Zeigefinger hinunterfloss ... meine Haut berührte.

Und dann glaubte ich nicht mehr, was ich sah.

Das milchige Weiß der Eiszapfen vor uns hellte sich auf, wurde transparent wie eine Glasscheibe. Es zog meinen Blick an, unwiderstehlich, sog mich auf, immer weiter ...

Ein Baum wie eine Welt. Zwei Stämme, eine Krone.

Yma.

Ihre immergrünen Blätter flüsternd im Wind der zwei Jahreszeiten, Somme und Winter. Ihre Wurzeln überall.

Ich treibe näher, und es ist, als ob ich eins mit ihr werde. Hineingleite in ihren Stamm, durch warme, raue Rinde, hin zum Herzholz. Überall ringsum das Funkeln der Magie, es glitzert in ihren Adern, ihrem Blut, dem Harz. Dunkles, flüssiges Gold. Wo die Tropfen ans Licht treten, verfestigen sie, versteinern im Lauf der Jahrtausende. Doch Yma lebt weiter, gibt Leben, schafft immer neue Magie.

Ich gleite tiefer, tiefer, hinab zum Boden, in die Erde. Spüre das Wasser. Die Quelle. Die Harmonie.

Aber dann: Kälte, so weiß wie der Tod. Sie ist dort, im Herzen Ymas, dort, wo sich die Stämme berühren. Die Ysirka, flüstert es im Holz, in den goldenen Adern. Sie ist hier, im Herzen Ymas. Eine Explosion aus weißer, tödlicher Kälte. Und Yma brennt, brennt mit eiskalter Flamme.

Ich fühle ihren Schmerz, so tief, dass er mich fast zerreißt. Sehe das goldene Harz schmelzen, die Magiefunken hochstieben. Nichts kann der Ysirka widerstehen, der einstigen Winterfee im Bann Ykrists.

Yma brennt, brennt nieder bis auf den Stumpf. Was bleibt, ist die Kälte der Ysirka. Sie breitet sich aus, greift nach dem Wasser der Quelle. Zwingt es aus den Tiefen der Erde hervor, hinauf, immer mehr.

Ich sehe ihn wachsen, den Palast der Ysirka, die Schneefeste. In ihren Tiefen begraben, gefangen: der tote Stumpf Ymas.

Das Bild wandelt sich, wabert durch mich hindurch. Noch einmal sehe ich Ymas Blut, das goldfarbene Harz. Sehe es fließen über gefrorenes, erstarrtes Wasser. Ein Tropfen nur, seine Farbe jetzt dunkel schimmernd.

Bernstein, gefangen im Eis.

Ich fuhr heraus aus der Vision, heftig keuchend. Zurück ins Licht, an die Luft, zurück in meinen Körper ... und in Eriks Arme. Doch jetzt hatte ich keinen Gedanken für seine verwirrende Nähe. Zu stark hielten mich die Bilder gefangen, die mir die gefrorene Quelle gezeigt hatte. Die Katastrophe, die sich abgespielt hatte, dort hinter dem Eis, vor zweihundert unserer Menschenjahre.

»Also ist Yma wirklich tot? Ganz und gar?«, presste ich heraus, wand mich aus Eriks Umarmung und trat ein paar Schritte zurück. Ich musste weg von dem magischen Wasser.

Nelli kam herangesprungen, wieselte an Erik hoch und schmiegte sich mit einem klagenden Fiepen an seinen Kragen. Er wisperte ihr ein paar beruhigende Worte zu. Dann blickte er wieder zu mir.

»Es sieht so aus. Yma ist tot und ihre Magie erfroren.« Er löste seine Hände vom Eis, und oh Gott, sie sahen selbst aus wie erfroren.

Er selbst schien nichts davon zu spüren, murmelte nur: »Es war die gleiche Vision wie die, die mir das Wasser in den letzten Tagen gezeigt hat. Wenn nicht einmal deine Magie das Bild klarer machen kann, dann ist die Quelle für uns nutzlos. Oder vielleicht existiert einfach keine Herznadel mehr. Verdammt.«

Als er mir nachkam und mich an den Schultern fasste, unterdrückte ich mühsam einen Aufschrei. Seine Hände waren so kalt, dass sie mich sogar durch meinen Anorak zum Zittern brachten.

Erik ließ mich sofort los und wandte sich heftig ab, brachte mit langen Schritten Distanz zwischen uns. *Dieser Ort hat mich verändert.* Zu sehen, wie sehr ihn das zerriss, war schlimmer als jeder Kälteschock.

Schnell ging ich ihm nach. Er wich mir nicht aus, aber ich sah, wie wütend er seine blau gefrorenen Hände rieb. Ich ergriff sie, bevor er mich hindern konnte. *Gah. So kalt!* Nur mit äußerster Mühe unterdrückte ich den Impuls zurückzuschrecken. »Lass mich mal.«

»Elvy, nein ...«

»Ruhe.« Ich hielt ihn fest und zeigte ihm eine meiner Handflächen mit den zarten, weißen Narben. »Guck? Eisblumenhände. Ich kenne mich aus mit so was.« Dann hob ich seine Finger zu meinem Mund und hauchte sie sanft an. Wärmte sie mit meinem Atem.

Aber was ... Zitterte jetzt er? Machte ich etwas falsch?

Sein Kopf war gesenkt, sodass ich nicht in seinem Gesicht lesen konnte, aber er tat nichts, um sich von mir zu lösen.

»Wird gleich besser«, versprach ich, ohne die leiseste Ahnung, ob das stimmte. »Und was die Herznadel angeht ... Vielleicht ist die Vision doch nicht nutzlos. Du sagst, es war immer dieselbe?«

Er nickte stumm, sein Blick starr auf unsere Hände gerichtet. Noch einmal pustete ich zart auf Eriks Finger und diesmal stieß er so etwas wie einen gepressten Seufzer aus.

Oh nein, irgendwas läuft schief ... aber er braucht doch die Wärme!

Damit er sich mir nicht entzog, sprach ich rasch weiter: »Pass auf. Es könnte sein, dass wir die Bilder bloß nicht richtig verstehen. Die Nadel besteht aus Bernstein, Ymas Harz. Das haben wir gesehen, immer wieder.«

Endlich sah Erik mich an, seine eisig-schönen Züge angespannt, doch in seinen Augen ... ein neuer Funken Hoffnung.

»Da war dieser Bernsteintropfen, gefangen im Eis«, sagte er langsam.

»Und wir haben nicht nur die Zerstörung Ymas gesehen, sondern auch die Entstehung der Schneefeste!«, spann ich den Faden weiter. »Warum sollte uns die Quelle das zeigen, wenn wir nach der Herznadel fragen?«

»Vielleicht aus einem ganz bestimmten Grund«, erwiderte Erik aufgeregt.

»Die Herznadel ist hier, in der Schneefeste!« Wir hatten es gleichzeitig gesagt.

»Na, siehst du!«, rief ich triumphierend, sicher, dass unsere Schlussfolgerung stimmte. »Jetzt müssen wir nur noch herauskriegen, wo genau sich das Teil versteckt. Aber das klappt auch. Wir versuchen es einfach noch einmal!« Zuversichtlich tippte ich auf den Leuchtpunkt über meinen Augen. »Vertrau dem Froststern!«

»Ehrlich, Elvy, du bist unglaublich.« Erik drückte meine Hände. Seine Finger fühlten sich noch immer kalt an, doch das Gefühl war wohl in sie zurückgekehrt – genau wie das Lächeln in sein Gesicht.

Erleichtert lächelte ich zurück.

Und dann riss mich der Schnee fort.

Kapitel 17

Langsam, ganz langsam wagte ich mich zurück in meine Welt. Was ich zuerst bemerkte: kühle Luft an meinen Wangen, aber kein eisiger Wind. Ich fror nicht mehr, ein Glück. War ich also dem verschneiten Wald entkommen?

Danke, danke, danke.

Als Nächstes war da der Geruch von brennendem Holz, begleitet von leisem Knistern. Ein … Lagerfeuer?

Wo bin ich?

Ich öffnete die Augen, wollte mich aufsetzen – doch ich konnte mich nicht bewegen. Panik schoss in mir hoch.

Gefesselt, ich bin gefesselt, was –

»Immer mit der Ruhe.« Eine Männerstimme, jung und freundlich. Dann: ein metallisches Schnarren auf meiner Brust, meine Arme waren plötzlich frei – und ich verstand: Meine »Fessel« war nichts als ein Schlafsack.

Völlig verdattert blinzelte ich gegen das Halbdunkel ringsum an, die einzige Lichtquelle tatsächlich ein niedriges Lagerfeuer.

»Was ist passiert?«, krächzte ich. »Wo bin ich?«

»In unserem Lávvu«, kam die Antwort der gleichen Stimme. Dann drückte mir jemand einen Thermosbecher mit heißem Tee in die Hand. »Oder wolltest du es noch genauer wissen? Da kann ich dir nur GPS-Koordinaten bieten, einen Ortsnamen hat das hier nicht.«

Ein leises Lachen. »Ich dachte eigentlich, du bist gern im Unbekannten, gemessen daran, wo wir dich gefunden haben.«

Gefunden … ja. Zwei Leute auf Schneemobilen waren aufgetaucht, gerade rechtzeitig, bevor ich zusammengeklappt war auf dem vereisten See. Bei der Erinnerung begannen meine Hände zu zittern. »Wie … wie lang hab ich geschlafen?«

»Nur ein paar Stunden. Es ist vier Uhr nachmittags.«

Endlich hatten sich meine Augen an das warme Zwielicht gewöhnt, und ich erkannte, dass ich mich in einer Art rundem, hohem Zelt befand, quasi einer Maxiversion der Tipis, die Erik und ich manchmal als Kinder gebaut hatten. Das Feuer warf seinen Schein auf die dunkle Plane, Rauch und Funken trieben nach oben weg, zu einer Öffnung, über der ich den polardunklen Himmel erahnte. Und dort, auf der anderen Seite des Feuerkreises, sah ich den Menschen, dem ich wahrscheinlich meine Rettung verdankte.

Es war ein junger Typ, ein paar Jahre älter als ich, mit dunklem, kurz geschnittenem Haar, in seinem freundlichen Gesicht noch leichte Sommerbräune, soweit ich das im Feuerschein erkennen konnte. Seine Schneejacke wirkte so abgetragen, als ob er jeden Wintertag draußen verbrächte, was vermutlich auch stimmte.

Lávvu … Das Wort kannte ich doch: Es bezeichnete das traditionelle Zelt der Ureinwohner Sápmis, das sie bis heute beim Rentierhüten verwendeten. Vor mir saß ein Sámi!

»Ánte«, stellte er sich knapp vor. »Ich bin hier mit meinen Leuten bei der Rentierscheidung.«

»Ich heiße Elvy«, brachte ich heraus. »Aus Stockholm.«

»Oh, welche Ehre.« Er zwinkerte mir zu. »Eine echte Nullachterin.«

Ich zog eine Grimasse. Den blöden Spitznamen für uns Hauptstädter hörte ich nicht zum ersten Mal – aber das änderte nichts daran, wie froh ich war. »Die Nullachterin sagt Danke. Wirklich. Vielen Dank. Wenn ihr nicht aufgetaucht wärt …«

»Dank lieber Ritni.« Ánte goss sich ebenfalls Tee in einen hölzernen Schöpfbecher und brummte kopfschüttelnd: »Hab noch nie ein Kalb erlebt, das so weit von seiner Mutter wegläuft wie dieser kleine Gauner. Sima und ich waren auf der Suche nach ihm, als du uns vor die Füße gefallen bist. Haben dich erst mal mit in unser Lager genommen, bis nach Arjeplog hätten wir's nicht geschafft bei dem Schnee. Du hast Glück gehabt. Keine Erfrierungen.«

Er nahm einen langen Schluck, und ich nutzte die Pause dankbar, um seine Worte sacken zu lassen. So ganz wach fühlte ich mich noch immer nicht. Gerade eben hatte ich im Traum mit Erik eine gefrorene Fontäne befragt. Und davor war ich einem Leuchtstern und einem weißen Rentier durch einen Schneesturm gefolgt! *Das* konnte ich wohl niemandem ernsthaft erzählen – aber was sonst?

Um Zeit zu schinden, sah ich mich weiter um und entdeckte gleich neben mir meinen Rucksack. Kurzes Rumwühlen ergab, dass Gerdas Erbstücke heil und trocken waren – und dass meine Mobilgeräte noch immer magische Garantiefälle darstellten.

Von wegen, das geht vorbei!, dachte ich grimmig. *Tomte Teda … Ob sie okay ist? Wie soll ich sie bloß wiederfinden? Und wie erkläre ich, was ich in meinen Stadtklamotten auf diesem See wollte?*

Als Sámi und Rentierzüchter kannte Ánte sich mit den Elementen hier oben sicher bestens aus und hatte wahrscheinlich noch nie so ein idiotisches Verhalten wie meins erlebt.

Er beugte sich vor, um das Feuer zu schüren, und sagte: »Das Wetter hat sich beruhigt. Eigentlich brauchen wir hier gerade jede Hand, aber ich kann mich bei den anderen umhören, ob dich wer nach Arjeplog fährt.«

»Danke«, murmelte ich noch mal, berührt durch seine Fürsorge. »Äh, du fragst dich sicher, was ich da draußen gemacht habe.«

»Geht mich nichts an«, winkte er ab. »Nur … willst du vielleicht jemanden anrufen? Bescheid sagen, dass es dir gut geht?«

»Mein Handy ist kaputt.«

»Kannst gern meins benutzen.« Ohne Weiteres reichte er mir ein Smartphone herüber, das in einem stabilen Schutzrahmen steckte und ganz schön mitgenommen wirkte.

Ich wollte schon abwehren, weil ich eh keine meiner Kontaktnummern auswendig kannte – da fiel mein Blick auf seinen Startbildschirm. Ich schnappte nach Luft, völlig überfahren. Das darauf gespeicherte Bild zeigte eine junge Frau mit blonden Haaren, die liebevoll den Kopf eines Rens streichelte. Sie wirkte fröhlich, stark, voller Leben … doch ich hatte sie ganz anders gesehen. Im Schneesturm zwischen den Welten – eine verlorene Seele, hilflos und stumm.

Ánte bemerkte meine Reaktion sofort. »Was ist denn?«

»Das Mädchen auf dem Foto …«, fing ich an.

»Sunna.« Sein Gesicht verzog sich schmerzvoll. »Meine Freundin. Wir wollten die Herden unserer Familien zusammentreiben, wie jedes Jahr. Aber vor einer Woche – da ist sie zusammengebrochen. Einfach so. Seitdem liegt sie im Koma und die Ärzte haben keine Erklärung. Ihre Eltern sind bei ihr im Krankenhaus. Ich …« Er senkte den Kopf. »Ich wollte auch bei ihr bleiben. Doch ich kann die anderen nicht mit den Tieren im Stich lassen. Das würde Sunna auch niemals wollen.«

»Du kennst sie wohl sehr gut?«, fragte ich heiser.

»Seit wir klein waren. Sie kam immer zu uns, um Duodji von meiner Mutter zu lernen. Macht sie bis heute.« Er deutete auf eine Tasche, die wohl zurückgeblieben war, als man Sunna ins Krankenhaus gebracht hatte. Darin erkannte ich zahlreiche handgearbeitete Lederarmbänder in Blautönen, jedes einzelne verziert mit einem Flechtmuster aus silbrigem Draht. Ánte reichte mir eins davon herüber.

»Wow«, murmelte ich und strich bewundernd über das feine Muster. »Echt schön.« Es war das erste Mal, dass ich Duodji, traditionelles Sámi-Kunsthandwerk, nicht nur auf einem Foto sah. »Das hat Sunna selbst gemacht?«

Ánte nickte. »Sie verkauft ihre Sachen online und auf dem Wintermarkt in Jokkmokk. Um Geld zu verdienen für unsere Aktionen gegen die Mine in Gállok. Die wollen da alles aufreißen. Unser Land, die uralten Weidegründe unserer Rentiere. Versprechen alles Mögliche – Wohlstand, Arbeitsplätze. Aber was sie zerstören, kommt nie mehr zurück. Hast du davon gehört?«

»Mhm«, murmelte ich undeutlich. Ich *hatte* davon gehört, wie Großkonzerne und unsere Regierung mit den Sámi umgingen – doch bisher war das für mich nichts als Schulwissen gewesen. Jetzt wurde es zum ersten Mal real.

»Manche sagen, es ist aussichtlos.« Ánte blickte sinnend auf das Handyfoto seiner Freundin. »Aber Sunna … Sie gibt nicht auf. Und ich bin an ihrer Seite, bei allem, was sie tut.« Ein entschlossener Zug trat in sein Gesicht. »Sie war schon immer eine Kämpferin. Ich weiß, sie kämpft auch jetzt.«

»Weil du sie in deinen Träumen siehst«, sagte ich leise. »Du träumst von ihr, seit sie im Koma liegt, jede Nacht. Von ihrem gefrorenen Herzen.«

Ántes Kopf ruckte hoch. »Woher weißt du das? Davon habe ich niemandem erzählt!«

»Aber du hast es gepostet. Ihr Bild, ihre Geschichte. Auf der Website vom ›Frozen Hearts Club‹.« Ich stockte einen Moment. Sollte ich ihm die ganze Wahrheit erzählen? Ich kannte ihn ja kaum. Fürs Erste entschied ich mich für eine Andeutung. »Mir geht es genau wie dir. Ich habe meinen Freund Erik verloren. Und ich … ich suche nach Antworten. Einen Weg, um zu helfen.«

»Hier oben?« Seine dunklen Augen fixierten mich noch eindringlicher. »Das musst du mir erklären, ich –«

»Ánte, doma, doma! Mii dárbbašat du veahki!« Jemand schlug von außen gegen die Zeltplane.

Es kostete Ánte eindeutig Überwindung, aber er riss seinen Blick von mir los und murmelte: »Ich muss gehen, sie brauchen mich. Können wir nachher weiterreden?«

»Keine Sorge, ich lauf nicht wieder weg in den Schnee«, versicherte ich. »So was Beklopptes mache ich nur einmal pro Jahr.«

»Umso besser.« Er grinste und brachte mit ein paar geübten Handgriffen Ordnung in das Zeltinnere.

Ich wollte ihm das Armband zurückgeben, aber er schüttelte den Kopf. »Behalt es. Wo wir doch im gleichen Club sind.«

»Echt jetzt? Danke!«, sagte ich, berührt von seiner Großzügigkeit. »Aber dann spende ich was für eure Aktionen gegen die Mine. Wenn mein Handy wieder geht.«

»Das nehmen wir gern an.« Lächelnd hielt er mir den Zelteingang auf. »Komm mit, du möchtest bestimmt etwas essen.«

Ich legte mir das Armband um, schulterte meinen Rucksack, zog meinen Anorak zu und trat hinaus aus dem Lávvu, zurück in die atemberaubende Kälte … und hinein in das Getümmel einer Rentierscheidung.

Mittlerweile erinnerte sich mein aufgetautes Hirn daran, dass wir im Unterricht darüber gesprochen hatten. Rene zogen den größten Teil ihres Lebens wild herum, von den Höhen des Fjäll in die Ebenen und Wälder und wieder zurück, wie es die Natur seit Ewigkeiten erlaubte. Nur zweimal im Jahr trieben die Sámi ihre Herden zusammen: einmal im Sommer, um die neuen Kälber zu zählen, und dann im Herbst oder Frühwinter, je nach Witterung, zur Auswahl der Tiere, die gezähmt oder geschlachtet werden sollten. Wir hatten eine Doku darüber gesehen. Die Rentierscheidung war ein ultra-aufwendiges Unterfangen, das mehrere Wochen dauern konnte und bei dem alle mit anpackten. Früher mussten die Sámi-Familien auf Skiern ihre Tiere aufspüren und zusammentreiben, heute nutzte man die moderne Technik: geländegängige Fahrzeuge, Drohnen, die Wohlhabenden sogar Hubschrauber – und natürlich GPS-Tracking.

Letzteres erklärte auch, wie Ánte das Rentierkalb Ritni aufgespürt hatte: Das Halsband enthielt einen Sender.

Vor mir erstreckte sich in der Dunkelheit des Winternachmittags das Sámi-Lager, bestehend aus einer festen Holzhütte und einer Reihe dieser großen Lávvu-Zelte. Dahinter lag ein weitläufiges, eingezäuntes Areal, in seinem Zentrum ein Scheinwerfer auf einem hohen Pfahl. Sein kaltes Flutlicht beleuchtete ein Gewusel, das ich selbst auf die Entfernung erkannte: massenhaft Rentiere, dazwischen schwer beschäftigte Menschen in Schneemontur. Ein paar, die außerhalb des Geheges im Lager zu tun hatten, schauten neugierig zu mir herüber, sagten aber nichts und winkten stattdessen auffordernd Ánte zu.

»Also gut, ich muss dann. Wir sehen uns nachher. Du gehst am besten rüber zum großen Feuer.« Er deutete mit dem Kopf in Richtung der Holzhütte, vor der ein warmer Schein lockte. »Da wartet ein guter Eintopf. Frag nach Elin und sag ihr, du bist die Schneewanderin.« Noch ein letztes Augenzwinkern, dann wandte er sich ab und lief eilig Richtung Gehege.

Ich sah ihm nach und fühlte mich noch immer nicht wacher. Mitten in der Wildnis stolperte ich über ein Mitglied des »Frozen Hearts Clubs«! Über den Typ, dessen Freundin mir gerade im Traumschnee erschienen war! Konnte das Zufall sein? Und wenn nicht – hatte ich gerade einen neuen Verbündeten in der wachen Welt gefunden? Wusste er vielleicht von Ymatàja, konnte er mir den Weg zur Pforte zeigen?

Bling, was sagst du dazu? Wolltest du mich zu Ánte führen?

Doch bis auf ein schwaches Pulsieren kam keine Antwort von meinem magischen Begleiter.

Etwas schnaufte hinter mir. Ich fuhr herum – und da stand es schon wieder, das weiße Rentierkalb.

»Hallo«, sagte ich leise und streckte vorsichtig meine Hand aus. »Du bist Ritni, richtig?«

Der kleine Kerl – jedenfalls vermutete ich, dass es ein Kerl war –

zwinkerte schelmisch mit seinen großen dunklen Augen, Streicheln erlaubte er aber nicht. Stattdessen lief er los, genau in die Richtung, in die auch Ánte verschwunden war. Zum Gehege. Während ich noch starrte, hielt er kurz inne, sah sich zu mir um und stampfte heftig mit seinem breiten, gespaltenen Huf auf.

Soll ich ihm etwa noch einmal folgen?

Der Punkt auf meiner Stirn zwickte wie ein kalter Nadelstich, eine unmissverständliche Bestätigung.

Okay. Hinterher.

Ritni hatte es sichtlich satt, auf das lahme Menschenmädchen zu warten, und flitzte jetzt wieselflink voraus. Zwischen zwei Lávvus hindurch, vorbei an ein paar Teenagern, die im Schein eines weiteren Lagefeuers für ein Gruppen-Selfie posierten, weiter zu der äußeren Einzäunung des Geheges. Ich hinterher, stolperte durch den zertrampelten Schnee, mein Atem kurz und mühsam in der eisigen Luft.

»Ritni, warte!«, krächzte ich.

Schon hatte das weiße Kalb den Zaun erreicht – Maschendraht, abgehängt mit dunklen Planen –, zwängte sich an einem Mann vorbei, der gerade durch ein grob gezimmertes Tor herauskam. Über der Schulter trug er ein aufgerolltes neonfarbenes Seil – das Lasso der Rentierzüchter.

»Sorry, ich muss da rein!« Ich hechtete an ihm vorbei, bevor er das Tor wieder schließen konnte.

Der Bereich dahinter war klein und leer, wahrscheinlich eine Schleusenstation vor dem zentralen Gehege. Mittlerweile *hörte* ich die Rentiere auch, die sich in Scharen hinter dem nächsten abgehängten Zaun drängten: aufgeregtes Grunzen, das Stampfen von breiten Hufen auf hartem Schnee, vermischt mit diesen eigenartigen Klickgeräuschen, dazwischen die Rufe ihrer Hüter.

Und Ritni hatte ich noch immer nicht erwischt. Wohin war er verschwunden? Kurz entschlossen stieß ich das Tor auf, das sich vor mir im Zaun befand, schob mich rasch hindurch – und auf einmal stand ich *wirklich* mittendrin.

»Vorsicht!« Jemand riss mich beiseite, gerade rechtzeitig, denn ein Ren mit prächtig gezacktem Geweih schoss an mir vorbei. Nur knapp entkam ich den höllisch spitzen Enden. Schon war das nächste heran und das nächste, alle in heller Aufregung. Unzählige graufellige Leiber, die sich durch das Gehege schoben, dicht gedrängt und immer im Kreis herum, wie ein Fischschwarm. In der Mitte: eine kleine Lichtung, markiert durch den Holzpfahl mit dem Scheinwerfer. Dort stand eine Gruppe von Menschen, sie folgten den Tieren mit ihren Blicken, diskutierten, wählten aus. Von Ánte keine Spur, er war wohl an anderer Stelle im Einsatz. Da: Ein Mann hatte seine Wahl getroffen. Im nächsten Moment flog sein Lasso durch die Luft, erwischte punktgenau das Geweih eines kräftigen Tiers. Das kämpfte gegen die Gefangennahme, doch schon war eine Frau mit leuchtend blauer Mütze da und griff zu. Gemeinsam hielten sie das Ren fest, murmelten beruhigende Worte, zogen es zu einem weiteren Tor in der Umgrenzung.

Ich riss mich los von dem Anblick und drückte mich an den Zaun, um den trampelnden Hufen zu entkommen, versuchte, mich zu orientieren. Ja, da, auf der anderen Seite, ein weißer Fleck: Ritni. Todesmutig warf ich mich nach vorn, in die Flut der Tiere. Manche wichen mir aus, an anderen zwängte ich mich knapp vorbei – geschafft, ich hatte die Lichtung in der Mitte erreicht.

Wo war Ritni hin?

Plötzlich neben mir: ein Mädchen in meinem Alter, grauer Anorak, zwei lange schwarze Flechtzöpfe. Sie prallte gegen mich, kämpfte mit ihrem Lasso, an dessen Ende ein besonders großes Rentier bockte und zog.

»Was ist?«, schrie sie mich an. »Pack zu!«

Ich hab davon doch keine Ahnung!, wollte ich abwehren, aber schon griff ich nach dem roten Seil und hielt es fest, so gut ich nur konnte.

Auch das Mädchen neben mir ließ nicht locker. Wir hängten uns richtig rein, stemmten unsere Füße in den Schnee. Das Rentier allerdings gab genauso wenig auf. Es sprang, zerrte, riss uns fast von den Füßen – da kamen uns zwei Männer zu Hilfe, packten das Tier am Geweih und brachten es unter Kontrolle.

»Ruhig, mein Großer, na komm …«, hörte ich den einen sagen.

»Danke, Sima!«, rief der andere zu uns herüber. »Wir übernehmen!«

»Sima«?! Meine zweite Retterin!

Das plötzliche Erschlaffen des Lassos brachte das Mädchen und mich aus dem Gleichgewicht. Wir rutschten aus und gingen zu Boden, eine über der anderen.

Den Mund voller Schnee, halb blind, stemmte ich mich wieder hoch, spuckte und schnappte nach Luft.

Bloß nicht unter das nächste Rentier geraten!

Ich kam auf die Knie, wischte mir hektisch die Haare aus dem Gesicht, tastete nach meiner Mütze.

»Suchst du die?« Vor mir hockte das Mädchen namens Sima, genauso atemlos wie ich, aber voll fröhlicher Begeisterung. In der Hand hielt sie meine Mütze. Ihre eigene, irgendwas Handgestricktes in Dunkelblau, saß fest auf ihrem Kopf, darunter schlängelten sich die zerzausten Zöpfe hervor. »Danke für deine Hilfe, das war …« Sie verstummte, ihre Augen plötzlich starr – und gerichtet auf einen ganz bestimmten Punkt. Den Punkt auf meiner Stirn. Der, den niemand sah, wenn ich es nicht wollte.

Den Froststern.

Das Mädchen aber sah ihn. Eindeutig. Ihre Lippen formten ein lautloses Wort. Und dann, langsam, zog sie ihre Mütze vom Kopf.

Auf ihrer Stirn, umrahmt von zwei kurzen, geflochtenen Strähnen … das kalte Schimmern eines Eiskristalls, etwa so groß wie meiner, und genau wie meiner geformt aus Ranken mit winzigen Blütenansätzen.

Ich konnte es nicht glauben. Konnte mich nicht einmal rühren. Bling allerdings drehte praktisch durch. Ich spürte, wie er vibrierte, an mir riss, Licht versprühte. Winzige gefrorene Funken taumelten vor meinen Augen, tanzten durch die Luft hinüber zu seinem Gegenstück, das genauso wild funkelte.

Mir war, als forderte der Froststern etwas von mir, als sollte ich etwas zulassen. Abermals vertrauen …

Ist gut, mach.

Ich dachte es nur, doch das reichte aus. Zum zweiten Mal löste sich Bling von mir, schwebte los, auf den anderen Froststern zu, der jetzt genauso in der eisigen Luft zwischen dem fremden Mädchen und mir trieb.

Ihr Strahlen wurde heller, als sie sich berührten. Und auch ich berührte etwas: Ohne zu wissen, wie es geschehen war, hielten meine Hände plötzlich die von Sima. Wir knieten voreinander im Schnee, fassungslos über unsere gemeinsame Entdeckung, geblendet vom Tanz der beiden magischen Eiskristalle zwischen uns. Wann hatten wir unsere Handschuhe ausgezogen?

Nur ganz entfernt war mir bewusst, dass um uns herum das Treiben weiterging wie bisher, der Kreis der Rentiere, die Arbeit ihrer Hüter. Niemand beachtete uns, niemand sah das magische Leuchten.

Ich weiß nicht, wie lange wir so verharrten, das fremde Mädchen und ich. Hätte ich Angst haben sollen? Vielleicht. Aber alles, was ich spürte, war ein noch nie erlebtes Glücksgefühl, eine tiefe Vertrautheit, ein Ankommen an einem fremden Ort, den ich doch irgendwie kannte …

Schließlich, wie auf ein geheimes Signal hin, endete der funkelnde Tanz. Das strahlende Licht erlosch, wurde zu einem sanften Schimmer und die Froststerne kehrten an ihre Plätze zurück. Das Mädchen und ich ließen einander los. Ich fühlte einen wohligen Schauer im ganzen Körper, als Bling meine Stirn berührte und sich dort festsetzte. War er erneut stärker geworden, größer? Sein Zwilling auf Simas Stirn kam mir eindeutig so vor.

»Wie ist das möglich?« Das Mädchen vor mir sprach aus, was mir auf der Zunge lag.

Es gab also noch einen Froststern? Noch einen Menschen wie mich, der ein Erbe aus Ymatàja mit sich trug – der vielleicht das Gleiche vorhatte wie ich? Als ich Sima genauer ins Auge fasste, kam es mir plötzlich vor, als verschwände ein Schleier, der mir bisher die wahre Sicht auf sie verborgen hatte. Statt des modernen Outdoor-Outfits trug sie jetzt ein cremefarbenes Gewand, das mich an Eriks Kleidung in der Schneefeste erinnerte: eine fellgefütterte Tunika und Hose, verziert mit fein gestickten Borten, dazu die passenden Stiefel. Und nicht nur das änderte sich: Ihre Augen bekamen eine tiefere Schwärze, ihre Gesichtszüge schienen heller, schärfer zu werden, was ihr eine geradezu unirdische Schönheit verlieh. Auf ihrem Kinn erschien ein zartes Muster, das vorher unsichtbar für mich gewesen war – eine dunkle senkrechte Linie, zu beiden Seiten flankiert von winzigen Punkten. Ihr Haar, geflochten zu zwei langen Zöpfen und zwei kurzen Stirnflechten, schimmerte wie Rabenfedern. Als sie ein wenig den Kopf drehte, erkannte ich, dass ihre Ohrmuscheln zu einer kurzen, feinen Spitze zuliefen.

Und dann ging es mir auf: Dieses Mädchen war kein Mensch. Sie war eine von denen, die Tomte Teda *Unterirdische* genannt hatte. *Unsichtbare*. Menschenähnlich, aber in Wirklichkeit …

Aelfar.

Das Mädchen, nein, die Aelfa, überwand ihre Verwunderung schneller als ich.

»Du trägst den Froststern – aber du bist ein Mensch? Wieso habe ich das nicht gleich erkannt?! Nun, als wir dich fanden, warst du wohl zu geschwächt für eine Offenbarung.« Ihre dunklen Augen strahlten, als sie mich musterte. »Ihr habt ihn also doch bewahrt, all die Jahre. Yma sei gepriesen!« Ihre schmalen Hände vollführten eine kleine Geste, die ich nicht verstand. Der Zeigefinger ihrer Linken war ebenfalls geschmückt mit einem Muster aus dunklen Punkten und Linien. Sie berührte damit kurz ihre Stirn und öffnete dann die Hand in meine Richtung, als ob sie mir etwas Unsichtbares anbieten wollte. »Ich bin Simàja vom Bernstein-Clan, Tochter von Kaiina Sturmauge und Enor Sommerspeer. Mein Seelenführer ist das Silberren.«

»Äh. Angenehm?« *Alter, was für eine Vorstellung!* Ich versuchte mitzuhalten. »Also, ich heiße Elvy. Tochter von Lasse und Sigrid Andersson aus Stockholm. Ich, äh, ich hab 'ne Katze. Also einen Kater. Er heißt … Farinelli …« Ich verstummte.

Okay. Das war jetzt so richtig peinlich.

Simàja sah das wohl leider ähnlich, denn sie stieß ein kleines, amüsiertes Lachen aus. »Ich danke dir. Aber eure Namen sind für uns kein Geheimnis, Elvy Astrid Andersson.«

Wie bitte? War das eine dieser Fähigkeiten, zu der sie ihre »innere Magie« befähigte? Tomte Teda hatte meinen Namen ebenfalls gekannt, ohne mir je eine Erklärung dafür zu liefern. Doch sie hatte mich auch gewarnt. *»Die Aelfar sind nicht wie ihr. Wenn du ihnen begegnest, nimm dich in Acht.«*

Die Faszination für meine neue Bekanntschaft bekam einen Dämpfer. Es passte mir nicht, ein offenes Buch zu sein, ohne Kontrolle darüber, wer darin las.

Simàja schien nichts von meinem Stimmungswandel zu bemerken. Mit unverhohlener Neugierde fragte sie: »Du bist die Nachfahrin von Gerda Eisenhand, nicht wahr?«

»Im Prinzip ja«, murmelte ich. »Es ist etwas komplizierter, aber … egal.«

Bevor ich zu weiteren Erklärungen oder Nachfragen kam, erhob sich die Aelfa leichtfüßig und streckte mir ihre Hand hin: »Folge mir, schnell.«

Kapitel 18

Zögerlich ergriff ich die ausgestreckte Hand und ließ mir von Simàja auf die Beine helfen, elegant wie eine Giraffe nach dem Trinken.

Die Aelfa zog mich mit sich, glitt mit traumwandlerischer Sicherheit durch den Rentier-Mahlstrom, der sich dieses Mal für uns teilte wie ein Vorhang. Kein Huf, kein Geweih kam uns zu nahe und schon verschwanden wir durch ein Seitentor aus dem Gehege. Ich stolperte hinterher, noch immer vollkommen überrumpelt. Wenn sich Simàja zu mir umdrehte, sah ich auf ihrer Stirn den kalten Glanz des Froststerns … und ich wusste, sie sah meinen. Sonst aber schien niemand etwas zu bemerken. Nicht das Zauberlicht unserer Talismane, nicht einmal *uns* – selbst als wir fast mit einer Frau kollidierten, die mit einem Futtersack in den Armen Richtung Gehege eilte. Sie reagierte kein Stück auf uns, wich einfach aus, wie man instinktiv eine Bodenwelle umgeht.

»Wieso sieht uns niemand?«, fragte ich nervös.

Simàja drehte sich kurz zu mir um und hielt ihre Hand hoch, die meine immer noch festhielt. »Der Schimmer. Weißt du nichts darüber? Er verhindert, dass mich die Menschen so sehen, wie ich wirklich bin – oder überhaupt wahrnehmen, wenn ich es so will. Ich kann ihn auch teilen.« Ein verschwörerisches Lächeln tanzte über ihr Gesicht, machte sie noch schöner. »Oh, ich bin so froh, dass du hier bist, Elvy Astrid Andersson!«

»Elvy reicht«, erwiderte ich kurz angebunden. Meine anfängliche Verzauberung wich mehr und mehr der Unruhe, befeuert durch Tomte Tedas Warnung. Ich wusste nichts über Simàja und ihre Motive. Meinte sie es ehrlich – oder wollte sie mich bloß in Sicherheit wiegen? Und wo gingen wir eigentlich hin?

Wie sich herausstellte: zu einem Lávvu, das etwas weiter weg von den anderen stand, dunkel und still. Daneben standen zwei Rentiere mit silbergrau glänzendem Fell und prächtigem schneeweißem Geweih, die auf so etwas wie aufgeschütteten Flechten herumkauten. Sie waren beeindruckend groß – viel größer als die Tiere im Gehege, deren Rücken mir nur bis zur Hüfte gereicht hatten. Als wir uns näherten, hoben sie die Köpfe.

»Nur ruhig, Vedi, Silla, da bin ich wieder«, sagte Simàja und strich ihnen liebevoll über die Köpfe. »Wir brechen früher auf als erwartet. Seid ihr bereit?«

Die beiden Tiere schnauften und stampften mit den Vorderhufen, als wollten sie antworten. Simàja steckte beiden ein moosartiges Leckerli zu und lud mich ein, das Gleiche zu tun.

Vorsichtig nahm ich etwas von dem Futter und bot es den Tieren auf der flachen Hand an. Gierig drängten sie ihre Köpfe zu mir.

»Silberrene«, erklärte Simàja. »Ihre Vorfahren sind damals mit uns gekommen, in eure Welt. Sie haben auch den Schimmer, dadurch sehen sie für die Menschen aus wie gewöhnliche Rentiere. Vedi und Silla gehören mir, sie sind Gefährten.«

Plötzlich schnaufte etwas hinter uns. Noch bevor ich mich umdrehte, wusste ich, wer da stand.

Schon war Simàja an mir vorbei und wuschelte dem Rentierkalb durch das silbrige Fell. Das Halsband trug es nicht mehr. Ich bemerkte, dass meine Sinne wohl endgültig auf »Schimmer-Sicht« umgestellt hatten: Auch Ritni schien mir jetzt größer und glänzender, seine Geweihansätze nicht mehr dunkles Horn, sondern weiß glänzend.

»Ritni, du Frechdachs! Hast du dich schon wieder herumgetrieben? Pass nur auf, um ein Haar wären wir ohne dich los! Jetzt bleibst du aber bei deiner Mutter!« Er stapfte an ihr vorbei an Sillas Seite, unbeeindruckt von Simàjas Tadel. Sie schüttelte den Kopf. »Er hat mich zu dir geführt. Bis heute dachte ich, er reißt einfach gern aus, aber nun glaube ich, er trägt einen Findefunken in sich. Ein Geschenk Ymas an die Blutlinie seiner Urgroßmutter.«

Während Ritni von seinen Eltern begrüßt wurde, zog Simàja aus dem Schatten des Lávvu einen flachen Holzschlitten heran.

»Hilfst du mir beim Anschirren?«, fragte sie und drückte mir eins von zwei Bündeln in die Hand, ein Gewirr aus Holz und Lederriemen.

»Ich kenn mich nicht aus mit so was«, wehrte ich ab. »Und überhaupt, was hast du vor? Wohin willst du denn jetzt, in dieser Dunkelheit?«

»Zum Lager meiner Leute natürlich«, antwortete Simàja. »Den Wächtern der Letzten Pforte.«

Die Letzte Pforte. Mein Ziel!

Mein Herzschlag beschleunigte sich, als mir klar wurde, *wie* bedeutsam die Begegnung mit meiner neuen Bekanntschaft wirklich war. Äußerlich aber tat ich ganz cool.

Ohne aus dem Takt zu kommen, nahm Simàja mir das Bündel wieder ab, entwirrte es und fuhr fort: »Meine Leute müssen wissen, dass es dich gibt. Dass ich nicht allein bin mit meinem Froststern. Du wirst uns doch beistehen im Kampf gegen die Ysirka?«

Schon hatte sie einem der Rentiere das Geschirr übergestreift und verband es mit den dünnen Zugstangen des Schlittens.

»Ich … ich habe meine eigenen Pläne«, murmelte ich. »Aber ich muss nach Ymatàja. Kannst du mich hinführen, zu dieser Pforte?«

»Natürlich kann ich das«, erwiderte sie leichthin. »Nun dann, lass uns aufbrechen.«

Etwas in mir erzitterte, halb triumphierend, halb verängstigt. Hier stand ich, am gefühlt letzten Außenposten der menschlichen Zivilisation, *meiner* Welt. Ich hatte den entscheidenden Schritt meiner Suche erreicht – aber sollte ich ihn wirklich wagen? Es ging mir alles viel zu schnell. *Losziehen nach Irgendwo im Nirgendwo, auch noch im Dunkeln, allein mit einer … einer Aelfa?* Das klang selbst für mich zu schräg und *ich* sprach regelmäßig mit Eiskristallen!

Nur – wenn ich Simàja *nicht* folgte, vertat ich wahrscheinlich meine einzige Chance, den Weg zu Erik zu finden. Tomte Teda war fort, sie konnte mich weder führen noch beraten. *Zeit schinden,* riet ich mir selbst. *Und wenn es nur bis morgen ist. Ich muss mehr herausfinden, bevor ich kopfüber ins Eiswasser springe.*

Also sagte ich fest: »Hör zu, nichts gegen dich, aber wir kennen uns kaum. Außerdem bin ich Ánte noch eine Erklärung schuldig. Du arbeitest hier mit ihm, oder?«

»Ja, schon lange.« Sie zog einen Knoten fest. »Ich mag euch Menschen, weißt du? Wenigstens die hier oben. Ántes Leute, die Rentierhüter. Sie denken, ich bin eine von ihnen. Ich helfe beim Treiben, schon seit Jahren.«

Ich witterte eine Möglichkeit, sie zu überzeugen. »Na, siehst du. Und Ántes Freundin Sunna ist auch ein Opfer der Ysirka, also –«

»Was spielt das für eine Rolle?« Simàja blinzelte verwirrt. Sie schien es wirklich nicht zu verstehen. »Er ist ohne jede Magie, ein Mensch wie die anderen. Sie wissen nichts von uns. Sie können nicht helfen.«

»Trotzdem«, beharrte ich. »Er hat die Wahrheit verdient. Es reicht doch sicher, wenn wir morgen aufbrechen.« *Und bis dahin kriege ich vielleicht noch mehr über dich und deine Absichten heraus …*

Simàja schien einen Moment zu überlegen. Dann senkte sie leicht den Kopf und sah mir genau in die Augen. Auf ihren Lippen erschien ein zauberhaftes Lächeln. »Aber du möchtest doch gern mit mir kommen«, sagte sie und nahm wieder meine Hand. Ein warmes, wohliges Gefühl stieg in mir auf. »Du möchtest mit mir kommen, jetzt gleich, nicht wahr?«

Das Gefühl breitete sich in mir aus, als ob jemand meine Seele in daunenweiche Watte gepackt hätte. Simàjas Lächeln, ihre Augen waren so freundlich, so vertrauenswürdig. Wie hatte ich ihr bloß misstrauen können? Und sie hatte natürlich recht, wir durften keine Zeit verlieren.

»Ja, lass uns aufbrechen«, sagte ich und nie hatte sich eine Entscheidung so leicht, so richtig angefühlt. Nur ein Gedanke drang noch durch das watteweiche Gefühl. »Ánte wird sich Sorgen machen …«

»Hinterlass ihm einen Brief«, schlug Simàja vor und natürlich hatte sie abermals recht. Nichts leichter als das!

Schnell holte ich Schreibzeug aus meinem Rucksack und verfasste eine Nachricht, die ich – hoffentlich gut sichtbar – am Eingang des Lávvu feststeckte. Jemand würde den Zettel schon finden und Ánte geben. Ohne nachzudenken, kritzelte ich sogar meine Handynummer hin, auch wenn ihm das wohl kaum helfen würde.

Mein Brief umfasste nur wenige Sätze: *»Bin mit Sima los, bald zurück, keine Sorge. Wir reden bei meiner Rückkehr. Danke für alles. Elvy.«*

Und dann, nur wenige Stunden nachdem ich diese Außenstelle der Menschheit erreicht hatte, ging es auch schon wieder los. In die unbekannte Weite der Winternacht, auf einem Schlitten, der von zwei magischen Rentieren gezogen wurde, gelenkt von einer Aelfa, der weder die Kälte noch die Dunkelheit etwas auszumachen schien … und im Schlepptau ein weißes Kalb mit »Findefunken«, was auch immer das genau hieß. Wir glitten durch eine Landschaft voller Hügel, Wälder und gefrorener Seen, in der Ferne die Ahnung eines Gebirges. Der Schnee glitzerte wie ein Silbertuch, kein Laut ringsum bis auf die Hufgeräusche und das Knirschen der Kufen. Über uns erstreckte sich der endlose tiefschwarze Himmel, in seiner Mitte das Band der *Vintergatan,* der Winterstraße mit ihren funkelnden Lichtpunkten, so klar und nah, als könnten wir sie mit unserem Schlitten erreichen. Selbst das fahle Licht des Halbmonds am Horizont ließ diese Pracht nicht verblassen.

Ich blickte nach oben, vollkommen verzaubert, und da war er: der Große Wagen … und der Stern, den Erik mir geschenkt hatte. *Ich komme zu dir*, versprach ich ihm stumm. *Ich bin schon fast da.*

Das Gefühl der Sicherheit hüllte mich ein wie eine warme Decke und wallte jedes Mal neu auf, wenn ich zu Simàja hinübersah. Sie saß vor mir und hielt die Zugleinen mit leichter Hand. Ihre spitzen Ohren steckten nun unter einer schneeweißen Pelzkappe, dazu trug sie einen kurzen Umhang, sein Saum ebenfalls fein verziert mit Stickborten.

Sie bemerkte wohl, dass ich sie anschaute, und wandte sich zu mir um. Obwohl ihr Gesicht bedeckt war bis über die Nasenspitze, erkannte ich in ihren Augen erneut das funkelnde Lächeln, das mir so guttat. »Dass du da bist, ist ein Zeichen Ymas«, rief sie mir zu. »Ein Zeichen zum Aufbruch, da bin ich gewiss.«

»Für euch? Wollt ihr zurück nach Ymatàja?«

Statt einer Antwort stieß sie ein kleines Schnalzen aus, das vermutlich Vedi und Silla galt. Der gleichmäßige Trab der nebeneinandergespannten Tiere ließ unseren Schlitten zügig über die dicke Schneedecke gleiten, die gespaltenen Hufe sanken kaum ein. Ritni hielt mühelos Schritt mit seinen Eltern. Wie die Tiere wohl ihren Weg fanden? Simàja schien kaum zu lenken.

Sie wandte sich wieder mir zu und sagte: »Seit zwei Jahrhunderten wachen wir über die Pforte. Wir haben hier ausgeharrt, in eurer Welt, und mussten ertragen, dass die unsere immer mehr in die Gewalt der Kalten Herrscherin fiel. Doch bald ist unsere Zeit gekommen. Wir kehren zurück nach Ymatàja. Und wir werden kämpfen.« Bei den letzten Worten hatte sich eine Schärfe in ihre bisher so sanfte Stimme geschlichen. »Wirst du uns beistehen, wie deine Vorfahrin Gerda Eisenhand?«

Ich wusste nicht, was ich darauf antworten sollte.

In diesem Moment schnalzte Simàja erneut mit der Zunge und die Rentiere wurden langsamer. »Ah, da sind wir.«

Ich reckte mich aus der Deckung meiner Felle und sah mich um. Unser Schlitten stand auf einer weiten, tief verschneiten Ebene, vor uns eine einsame, gebückte Fichte und daneben ein noch einsameres Lávvu.

Ich strengte meine Augen an, aber nein, sonst war nichts zu entdecken, keine weiteren Zelte, keine Lebewesen, nur blaue Schatten und endloser Schnee. Das watteweiche Gefühl in mir war nicht mehr ganz so angenehm. Es schien sich in klebrige Fäden zu verwandeln, die meine Gedanken verwirrten und verlangsamten.

»Ist das etwa das Lager deiner Leute?«, fragte ich.

»Nein, bloß ein Nachtquartier für dich und mich.« Simàja, die bereits vom Schlitten gesprungen war, lächelte amüsiert. Schon machte sie sich daran, die Rentiere abzuschirren. »Ich habe es auf der Hinfahrt als Raststation aufgebaut, der Weg ist sonst zu weit. Das mache ich immer so. Morgen schaffen wir dann das letzte Stück. Aber jetzt brauchen Vedi und Silla eine Pause. Und wir auch, oder?«

»Das kannst du laut sagen«, brummte ich und zwang meine steifen und durchgefrorenen Glieder in die Senkrechte.

»Wie groß du bist«, sagte Simàja, als sie die Tiere an mir vorbeiführte. Es klang direkt bewundernd. »Was für ein Segen. Wir müssen einen Speer für dich finden.«

»Äh. Danke?« Okay, ich hatte noch nicht viele Komplimente in meinem Leben bekommen, aber das war mit Abstand das seltsamste.

Während meine neue Aelfar-Bekanntschaft unermüdlich unser Nachtlager einrichtete und die Rentiere versorgte, stand ich im Schnee, seltsam abgeschaltet – bis sie mir einen kupfernen Teekessel in die Hand drückte. »Füll den mit Schnee, ja?«

Ich gehorchte wie auf Automatik, so schwer es meinem Körper

auch fiel. Jede kleine Bewegung kam mir vor wie eine Mount-Everest-Besteigung, und meine Hände zitterten so sehr, dass ich Kessel und Schnee kaum zusammenbrachte. Nur mit äußerster Mühe und zusammengebissenen Zähnen kam ich klar … aber ich wollte doch Simàja nicht enttäuschen …

Die tauchte gerade wieder hinter dem Zelt auf, in den Armen einen Stapel bereiftes Feuerholz. Sie sah mich mit dem Kessel kämpfen und sagte: »Oh, Yma, das hatte ich vergessen. Es reicht jetzt.« Sie schloss die Augen, ein Schimmern glitt über ihr wunderschönes Gesicht, und als sie sie wieder öffnete …

Keuchend fuhr ich zusammen, die zähen, weichen Fäden in meinem Kopf endlich durchtrennt. Bling flammte auf, ein eiskalter Weckruf.

»Shit!« Ich fuhr mir hektisch über die Stirn. »Was war das? Was hast du mit mir gemacht?«

Wieder ein Lächeln. »Ach, nur eine Spielart des Schimmers.«

»Du hast mich verzaubert? Damit ich mitkomme, ohne weiter Fragen zu stellen?« Ein Schritt mit meinen langen, durchfrorenen Beinen, und ich stand vor Simàja, baute mich drohend vor ihr auf. »Tickst du noch ganz richtig?«

Sie sah zu mir auf, ihre eleganten Brauen zusammengezogen. »Ich wollte nur ein wenig Zeit sparen. Und es fühlt sich schön an, oder?«

»Darum geht es nicht!«, fauchte ich fuchsteufelswild. »Du hast mich manipuliert, einfach so! Wie soll ich dir jetzt noch vertrauen?«

Unter meinem Getobe zog sie direkt den Kopf ein und sagte schüchtern: »Aber wir sind doch verbunden. Der Froststern …«

»Steck dir den sonst wohin!« Abrupt kehrte ich ihr den Rücken zu und stapfte weg von ihr. Nicht sehr weit – *so* dumm machte meine Wut mich nicht. Was sollte ich jetzt bloß tun? Umkehren war unmöglich und die Pforte würde ich erst recht nicht allein finden – aber weiter in dieser Gesellschaft bleiben?

Mist, elender!

Ich trat so heftig gegen eine Schneewehe, dass es bis zu den Silberrenen spritzte. Vedi und Silla kauten friedlich weiter an ihren aufgeschütteten Flechten, Ritni dagegen nieste und warf mir einen empörten Blick zu.

»Elvy Langspeer.« Simàjas Stimme erklang hinter mir, leise und geknickt. »Bitte verzeih. Ich hätte dich nicht so behandeln dürfen. Schließlich trägst du den Froststern.«

Immer noch kochend, fuhr ich zu ihr herum. »Du solltest überhaupt niemanden so behandeln, Stern oder nicht Stern! Tust du das etwa öfter?«

»Es macht den Umgang mit euch Menschen leichter.« Sie zog schuldbewusst die Schultern hoch. »Wie heute Vormittag. Ánte wollte erst nach dem Sturm aufbrechen, um Ritni zu suchen. Aber ich konnte nicht warten, und da … Der Schimmer schadet ja nicht. Du bist die Erste, die ihn überhaupt bemerkt hat, hinterher. Weil du Magie in dir trägst. Das hatte ich nicht bedacht.«

»Mann!« Ich schloss kurz die Augen. *Doppelmist.* Tomte Teda hatte echt nicht übertrieben. »Verstehst du überhaupt, was du einem damit antust? Wir sind doch nicht deine Puppen!«

»Vielleicht kann ich es wiedergutmachen.« Sie sah mich bittend an.

»Und wie soll das gehen?«, schnappte ich.

»Zunächst schwöre ich dir, dass ich den Schimmer nie wieder gegen dich richten werde«, sagte sie und legte die Linke auf ihr Herz.

»Guter Anfang. Reicht nicht.«

»Und dann …« Sie holte tief Luft. »Dann zeige ich dir, wie du dich dagegen wehren kannst.«

Okay. DAS klingt interessant. »Also gut – Deal.«

»Nein, das ist kein Handel«, verbesserte sie mich ernsthaft. »Ich gebe dir mein *Wort*. Ohne Gegenleistung.«

»Das sagt man doch bloß so«, erwiderte ich – halb genervt, halb amüsiert. »Ich wollte … egal. Lass uns reingehen.«

Und das taten wir dann auch.

Das Lávvu war etwas kleiner als das von Ánte und stammte eindeutig aus der Menschenwelt. Simàja, das hatte sie mir anvertraut – wohl um das Eis zu brechen –, hatte sich ein gebrauchtes Exemplar bei ihren Sámi-Bekannten besorgt, weil sie deren Traditionen so sehr interessierten. In der Mitte brannte bereits ein knisterndes Feuer, ringsherum lagen Rentierfelle auf dem platt getrampelten Schnee sowie sorgsam geordnete Ausrüstungsgegenstände.

Immer noch gereizt, aber unendlich dankbar, der Kälte zu entkommen, ließ ich mich auf eins der Felle sinken, zog meine Handschuhe aus und rückte so nah an die Flammen heran wie möglich.

»Wie hast du das so schnell angekriegt?«, fragte ich, widerwillig beeindruckt.

»Nicht mein Verdienst. Ich hab einen Funkenwicht dabei.« Sie zeigte in die Glut – und mir stockte der Atem: Denn da, zwischen den lodernden Holzscheiten, wuselte ein Wesen, kaum fingernagelgroß und rußschwarz, auf dem Kopf tanzende Flammen. Seine gelben Augen glotzten mich herausfordernd an, bevor es abtauchte und im Feuer verschwand.

»Sie entfachen auch das feuchteste Holz und halten es am Brennen«, erklärte Simàja. »Aber man muss sie bei Laune halten, mit Geschenken. Zum Glück reichen Kleinigkeiten. Eine Fischbeinperle oder ein bunter Kiesel. Manchmal sogar Kiefernnadeln.« Damit war für sie alles gesagt, und mir blieb nichts übrig, als dieses neue Wunder zu akzeptieren und mich am Werk des Funkenwichts zu erfreuen.

Unglaublich, wie schnell sich die Wärme ausbreitete und wie gut sie tat. Nicht lange, und die klirrende Kälte draußen war nur noch eine gedämpfte Erinnerung. Noch besser fühlte ich mich, nachdem Simàja den Kessel voller Schnee über dem Feuer erst in Schmelzwasser und dann, mit ein paar geheimnisvollen Zutaten, in eine aromatische Brühe verwandelt hatte. Sie reichte mir meinen Anteil in einem hölzernen Gefäß, das wie eine Mischung aus Schöpfkelle und Becher aussah, der Henkel verziert mit feinen Schnitzmustern.

»Brocha«, nickte sie mir zu, als Erklärung zu dem mir unbekannten Gebräu. »Fleisch, Knochen und Kräuter, zu einer Trockenpaste verarbeitet und schnell wieder aufzukochen. Wärme für innen.« Sie legte die Hand auf ihre Brust und lächelte mich schüchtern an. »Tut gut, oder?«

Ich musste ihr zustimmen, auch wenn die Beschreibung echt nicht halb so lecker klang, wie die Brühe schmeckte. Und es beruhigte mich auch ein Stück weit: Gar so »unmenschlich« waren Aelfar wohl doch nicht.

Während wir mit kleinen Schlucken unsere Brocha schlürften, blickte ich verstohlen hinüber zu meiner Gastgeberin, die auf der anderen Seite des Feuers mir gegenübersaß. Der Flammenschein tanzte über ein Gesicht, so wunderschön und außergewöhnlich wie eine Elfenbeinschnitzerei – allerdings hatte der Künstler ein scharfes Messer benutzt. Vom Schwung ihrer Augenbrauen über die schmalen, dunklen Augen mit den langen Wimpern, die feine Nase, die betonten Wangenknochen und, natürlich, die leichte Spitze ihrer Ohren – all das zusammen zeigte mir, dass ich es nicht mit einem Menschen zu tun hatte. Auch das dunkle Tattoo an ihrem Kinn, diese gerade Linie mit den Punkten rechts und links daneben, hatte bestimmt eine »unterirdische« Bedeutung. Auf ihrer Stirn schimmerte der Froststern, das Einzige, was uns verband … auf welche Art auch immer.

Simàja hatte meinen Blick bemerkt. »Ich trage ihn seit meiner Geburt«, sagte sie leise. »Doch seinen Schutz hat er noch nicht entfaltet. Noch nie hat er so geleuchtet wie heute, mit dir.«

Ich ging nicht darauf ein und stellte betont meinen Schöpfbecher ab. »Du wolltest mir etwas zeigen?«

Sie verlor keine Zeit mit Ausflüchten. »Dein Froststern verleiht dir Magie, das ist das Wichtigste. Du musst nur lernen, sie richtig einzusetzen. Sieh mich an.«

Ich gehorchte, doch sie war nicht zufrieden.

»Nein, sieh mich *richtig* an. Nicht mit den Augen. Ruf die Macht deines Sterns.«

In Ordnung, damit kannte ich mich immerhin schon etwas aus. Ich kehrte meine Aufmerksamkeit nach innen, konzentrierte mich ganz auf das kalte Pulsieren von Bling. Und dann … spürte ich plötzlich etwas anderes. Eine warme Welle, die mir entgegenkam, sich um mich legen wollte.

»Ich lenke den Schimmer auf dich«, hörte ich Simàjas Stimme. »Du spürst ihn, oder? Versuch, ihn abzuwehren. Ich werde dir etwas befehlen.«

Schon veränderte sich ihre Stimme, trieb watteweich zu mir, wie vor unserer Abfahrt. »Geh hinaus, Elvy, und hol uns noch etwas Schnee.«

Das klang nach einer guten Idee. Den Gefallen wollte ich ihr gern – *Stopp.* Bling, bis eben im Fokus meiner Gedanken, pulsierte stärker, fast schmerzhaft, doch kalt und klar. Ich klammerte mich fest an dem Gefühl, schlug die warme Welle zurück.

»Ach bitte, Elvy«, hörte ich Simàja schmeichelnd sagen. »Nur ein bisschen Schnee. Für mich.«

Aber jetzt sah ich *wirklich.* Sah durch den Fokus des Froststerns, meiner eigenen kleinen Magiequelle, sah den Schimmer – glänzend silbrige Fäden, die sich auf mich zuwanden, mich einspinnen wollten.

»Nun geh schon, Elvy.« Simàjas Stimme, irgendwo darin verwoben.

»Nein.« Entschlossen schüttelte ich den Kopf. Griff noch einmal tief in mich hinein, schickte meine eigene Welle hinaus, eine Welle aus Kälte und Licht – und die Silberfäden zerschmolzen wie Zuckerwatte im Regen.

»Du hast es geschafft!« Simàja klatschte in die Hände, geradezu entzückt. Ihr Lächeln strahlte. Sie schien aufrichtig froh, dass ich ihrer Lektion so gut gefolgt war.

Hinter meiner Stirn dagegen machte sich ein leichter Kopfschmerz breit. *Der Preis der Magie in der wachen Welt, eindeutig.*

»Okay, ich schätze, das ist ein Anfang«, sagte ich. »Aber läuft das jedes Mal so? Was, wenn es jemand anders versucht?«

Mit einer fließenden Geste wehrte sie meine Zweifel ab. »Deine Instinkte sind nun geweckt. Natürlich muss deine Kraft noch wachsen und du brauchst Übung – aber du wirst sofort merken, wenn jemand versucht, dich einzuspinnen. Und wenn du gewarnt bist, kannst du dich wehren.« Sie beugte sich etwas vor und blickte mich offen an. »Wenn wir erst bei meinen Leuten sind, werde ich allen verkünden, dass du die Erbin des Froststerns bist. Das wird jeder respektieren.«

So wie du anfangs, was?, dachte ich bei mir. *Tut mir leid, wenn mich das nicht beruhigt.* Allerdings fiel es mir zunehmend schwerer, mich nicht von Simàjas Freude und Zutrauen anstecken zu lassen.

Sie sprach bereits weiter: »All die Jahre dachte ich, ich wäre allein! Gerda ist gegangen damals, als wir dachten, alles sei wieder gut. Und, nun ja«, wieder so eine fließende Geste, »ihr Menschen lebt nun einmal nicht lange. Ihr vergesst schnell. Niemand von uns hat damit gerechnet, dass es euch gelingt, den Froststern zu bewahren.«

»Ja, schönen Dank auch für das Vertrauen«, erwiderte ich. Insgeheim musste ich aber zugeben, dass sie mit ihrer Ansicht nicht ganz falschlag – schließlich hatte Eriks Großmutter genau das vorgehabt: den Froststern und alles, was er bedeutete, zu vergessen.

Simàja hatte meinen Tonfall wohl bemerkt, schien ihn aber nicht recht einordnen zu können – oder die Befindlichkeit eines Menschen interessierte sie nach wie vor wenig.

»Bist du nun eine Nachfahrin von Gerda Eisenhand oder nicht?«, fragte sie.

»Nein.« Zwar kämpfte in mir noch immer das Misstrauen gegen das Gefühl magischer Verbundenheit, doch ich hatte keinen Bock mehr auf Lügen oder Geheimniskrämerei. Also erzählte ich die Wahrheit. Wie ich statt des rechtmäßigen Erbens Erik an den Froststern gekommen war. Was ich über Splitter wusste, mit denen die Ysirka Seelen raubte. Wie ich mit Tomte Teda in den hohen Norden aufgebrochen war, weil ich meinen besten Freund freibitten wollte. Und auch, wie ich meine knurrige Wichtelführerin verloren hatte. Von meinen Träumen erzählte ich nichts, erst recht nichts von meinem Gefühlschaos, das war mir doch zu persönlich.

Simàja hörte gebannt zu. An den Stellen, wo ich die Frostlinien und die Dryghar erwähnte, kam von ihr wieder so eine kleine Geste – sie legte Zeigefinger und Daumen ihrer Hände aneinander, sodass sie einen Kreis bildeten. Irgendeine Beschwörung? Ich war zu müde, um nachzufragen. Stattdessen zeigte ich Simàja, was ich in Karlas Schatztruhe gefunden hatte, und sie bestätigte, was ich bereits vermutet hatte: Das Messer mit der weißen Klinge war eine Aelfar-Waffe. Noch mehr aber beeindruckte Simàja die Skizzensammlung. Mit brennenden Augen starrte sie die Kohlezeichnung der Frau an, die auf mich so wunderschön und fremdartig gewirkt hatte.

»Meine Mutter«, flüsterte sie. »Ich kenne ihr Gesicht nur aus Visionen, aber sie ist es, ganz sicher. Sie hat mir den Froststern vererbt, nur konnte sie mich nichts über ihn lehren. Sie und mein Vater starben kurz nach meiner Geburt.«

Oh. Das klang hart … und schier unglaublich. Mein erschöpfter Kopf konnte kaum noch mithalten. Also hatte ich mit Simàja ausgerechnet die Tochter von Gerdas Aelfar-Verbündeter getroffen? *Das ist Schicksal!*, wisperte eine Stimme in meinen Ohren, sie klang wie Tomte Teda. *Wohl eher Zufall*, wehrte sich mein innerer Igel. *Oder Glück … hoffentlich.*

Simàja war zu bewegt, um meinen inneren Zwiestreit zu bemerken. Stumm hockte sie da und betrachtete das Bild, auf ihrer Wange die glitzernde Spur einer einsamen Träne.

»Behalt es«, sagte ich impulsiv und drückte ihr das Skizzenblatt in die Hand.

»Du schenkst es mir? Ohne Gegengabe?« Simàja schien es kaum glauben zu können, aber ich nickte bloß und würgte ihren überschwänglichen Dank ab.

Auch dafür war ich zu müde. Unfassbar, wie viel Energie mir die Kälte genommen hatte. Die Kälte, dieser ganze irre Trip und dann noch eine Übung im Abwehrzauber … Jetzt, da mir durch die Brocha und das prasselnde Holzfeuer endlich wieder warm war, hängte sich die Erschöpfung wie Bleigewichte an mich. Ich kämpfte dagegen an, noch immer unsicher, wie sehr ich Simàja vertrauen konnte. Auch wollte ich gegenüber ihrer Mühelosigkeit und Stärke nicht als menschlicher Schwächling dastehen – aber ich *war* eben bloß ein Mensch.

Auf einmal, ich wusste nicht wie, war ich zusammengesackt. Unter meiner Wange spürte ich das Rentierfell, ein seltsames Gefühl zwischen rau und seidenweich, aber unendlich angenehm. Bevor ich endgültig abdriftete, merkte ich noch, dass Simàja mir ein weiteres schweres Fell überlegte.

»Schlaf«, wisperte sie. »Ruh dich aus. Morgen erreichen wir das Lager meiner Leute. Wie froh sie sein werden, dich zu sehen, Elvy Langspeer.«

Und dann war ich endgültig weg.

Kapitel 19

Ich erreichte meine magische Tür mit sicherem Schritt. Um mich herum, hinter Vorhängen aus Schnee, erkannte ich wieder die schemenhaften Gestalten, die verlorenen Seelen aus unserer Welt. Nur kam ich diesmal keiner nahe genug, um sie zu erkennen. Vergeblich hielt ich Ausschau nach Sunnas Gesicht, hielt ihr Armband in die Höhe, rief ihren Namen, den Namen ihres Freundes Ánte ... keine Reaktion. Die Schemen verschwanden, trieben fort wie Blätter im wütenden Sturm.

Ich gab auf, legte meine Hand auf die Klinke, konzentrierte mich auf die Erdungsregeln. Aufdrücken und eintreten war eine Bewegung. Kein Zögern, kein Schwindel. Die Erdungsgeste vollführte ich nun flüssig, als wäre sie angeboren. Nur ein Schritt – und ich war da.

Wieder in Eriks Gemächern, ich erkannte die Räume sofort. Doch diesmal war er nicht allein.

»Das ist keine Antwort, Mensch.«

Eine fremde Stimme, schneidend und ölig zugleich. Mit Mühe unterdrückte ich ein erschrecktes Keuchen. Da stand ein Unbekannter, mitten im Raum, Gott sei Dank mit dem Rücken zu mir. Ich sah eine hagere Gestalt in einem graublauen Gewand mit prächtigem Pelzbesatz, das lange schneeweiße Haar floss ihm den Rücken hinab bis zur Hüfte. Es war mit verschlungenen Silberfäden von der Stirn aus zurückgebunden und ließ die Spitzen seiner Ohren erkennen.

Wer ist das? Ein ... ein Aelfa?

Unwillkürlich wich ich zurück zur Tür, die sich hinter mir geschlossen hatte, tastete nach der Klinke.

»Zum letzten Mal«, sagte der Unbekannte. »Was wolltest du im Saal des Wassers?«

Ich wagte nicht, auch nur einen Zeh zu rühren. In meinem Rücken spürte ich das Holz meines Geheimzugangs, ein kleiner Trost.

Erik stand dem Aelfa genau gegenüber und ließ sich eindeutig nicht einschüchtern. Stark und stolz wie ein Ritter wirkte er, obwohl er nicht wie sonst in seinem Winterprinz-Gewand steckte, sondern in einem einfachen, bodenlangen Hemd mit besticktem Saum, die Füße auf dem Eisboden nackt. Hatte er gerade zu Bett gehen wollen? Wie viel Zeit war seit meinem letzten Besuch vergangen?

Bitte nicht wieder Wochen!

Ich wagte mich etwas vor.

In diesem Moment entdeckte mich Erik. Seine Augen trafen meine und für einen Wimpernschlag verschwand die kalte Würde darin, ersetzt durch flammende Angst. Keine Angst um sich selbst, das sah ich. Angst um *mich*. Davor, dass der andere mich entdecken könnte.

Shit, wer ist das? Was, wenn ER die Macht hat, mich zu sehen?

Der Gedanke bohrte sich krallengleich in meinen Magen.

Bling, bist du noch bei mir?

Seine Antwort, ein ruhiges Pulsieren auf meiner Stirn, brachte mir ein bisschen Sicherheit zurück.

Erik hatte seine Überraschung schon überspielt. »Zeig Respekt, Kjellan«, wies er den Unbekannten vor sich zurecht. »Ich bin dir über meine Wege keine Rechenschaft schuldig. Du bist kein Herrscher mehr, nur ein Lakai.«

Verglichen mit Eriks Statur, wirkte die des Aelfa namens Kjellan in meinen Augen wie ein schwankendes Schilfrohr, trotz seiner verschwenderisch verzierten Robe. Doch falls er das genauso empfand wie ich, ließ er sich nichts anmerken. Stattdessen gönnte er sich ein Lachen, spöttisch und affektiert.

»Lakai? Ich bin der *Haushofmeister* Ihrer Majestät! Und schon bald wird sie mir eine neue Aufgabe anvertrauen, eine Position voll wahrer Macht. *Du* dagegen – du bist nur ein Mensch. Ein Spielzeug, dessen sie schon bald überdrüssig sein wird. Dann tanzt in deinen Augen der Schnee, und du kriechst vor mir, wenn ich es will.«

Eriks Mund verzog sich zu einem kühlen Lächeln. »Mag sein, Kjellan. Aber bis dahin sehe ich dabei zu, wie *du* vor ihr kriechst. *Mich* musste sie mit Gewalt herbringen, *du* kamst aus freien Stücken zu ihr.«

Nimm das, jubelte ich innerlich, selbst schon voll im Angriffsmodus trotz meiner Angst. Unwillkürlich machte ich einen weiteren Schritt in den Raum hinein, weg von meiner Tür. Ein Holztisch, hinter den ich trat, gab mir das Gefühl von etwas Sicherheit.

Erik war noch nicht fertig mit seiner Attacke. In trügerisch lässigem Plauderton fuhr er fort, den Aelfa vor sich zu reizen: »Du warst ein Fürst, jetzt bist du ein Diener. Sag mir: Denkst du, dein Volk ist stolz auf dich? Also der klägliche Rest, der davon übrig ist?«

Kjellan stieß ein Zischen aus, schrill wie eine gereizte Schlange. In einer Bewegung, fast zu schnell für mein Auge, riss er einen schwarzen Dolch aus seinem Gürtel und stieß zu.

Diesmal schaffte ich es nicht, meinen Schrei zu ersticken.

Doch Kjellan hörte nichts – und Erik war nicht verletzt. Der Hieb, elegant und präzise, hatte nur sein Gewand getroffen und aufgeschlitzt. Über der Brust klaffte ein breiter Riss. Für den Bruchteil einer Sekunde sah ich die nackte Haut von Eriks Oberkörper, viel zu blass und ... und ... *was ist das, oh Gott, was hat er da?* Bevor ich mehr erkennen konnte, hatte er den Stoff zusammengerafft und trat aus Kjellans Reichweite.

Der folgte ihm nicht, steckte nur den Dolch zurück und drohte: »Hüte deine Zunge, Mensch. Die Herrin hat dich gezeichnet, deine Tage sind gezählt. Vergiss das nicht. Keinen Herzschlag lang.«

Du Mistkerl!

Die Gefahr vergessend, wollte ich mich auf ihn stürzen – hielt mich gerade noch zurück. Mein Schwung ließ mich jedoch gegen den Tisch vor mir stoßen. Die Schüssel, die darauf stand, wankte, schlingerte dem Rand entgegen, ich erwischte sie im letzten Moment.

Kjellan fuhr herum.

Sah die Schüssel, die jetzt wieder fest auf der Platte stand. *Mich* sah er offensichtlich nicht, genauso wenig wie meine magische Tür, obwohl er genau in meine Richtung blickte.

Doch er hatte etwas *gehört* – die Geräusche, die ich versehentlich verursacht hatte – und ließ sich nicht so leicht blenden. Misstrauisch trat er näher, beäugte den Tisch, hinter dem ich stand wie auf dem Präsentierteller, mein Herz wild klopfend. Ich sah Kjellans Gesicht, wunderschön und glashart wie gefrorener Bernstein. Seine Haut musste einst einen tiefen Braunton gehabt haben, jetzt erahnte man davon nur noch einen verblassten Schatten – doch genug, um die silbrig schimmernden Linienmuster auf seinen Wangen zu erkennen. Sie wirkten wie ein helles Echo von Simàjas Tattoos. In seinen dunklen Augen unter den elegant geschwungenen Brauen standen Wachsamkeit und Intelligenz, aber ich sah noch etwas anderes: einen fernen Funken, glitzernd wie Eis. Er verlieh Kjellans Blick etwas Starres, Unirdisches. Dieser unheimliche Glanz, was immer es auch war, trübte allerdings nicht seine anderen Sinne.

»Etwas ist hier.« Er kam einen weiteren Schritt näher. Jetzt trennte uns nur noch die Tischplatte.

Ich schaute ihm angstvoll entgegen. *Er sieht und hört mich nicht. Aber kann er mich irgendwie ... aufspüren?*

Ein Blick über die Schulter: Verdammt, meine Tür war verschwunden, aufgelöst im Wirbel des Klartraums. Ich hatte keine Ahnung, ob und wie schnell ich sie zurückholen konnte. Also konzentrierte ich mich mit aller Kraft auf meinen Froststern, versuchte, ihm alles zu geben, was ich hatte, damit der Schutzzauber ja hielt.

»Was ist, Kjellan, verfolgst du Eissalamander?« Eriks Stimme klang spöttisch zu uns herüber. »Nur zu, der Posten als Erster Kammerjäger würde dir gut stehen.«

Kjellan ignorierte die Provokation, drehte sich nicht einmal um. »Was verbirgst du vor mir, Mensch?« Schon hob er seine Linke, formte einen Kreis aus Daumen und Zeigefinger – dieser war ebenfalls tätowiert, wie bei Simàja, nur mit Silberzeichen! –, und ich wusste, *wusste* irgendwie, dass er seine Magie herbeirief, mit nur einem Ziel: den unbekannten Eindringling aufzuspüren. *Mich.*

Es kam nicht dazu.

Denn auf einmal lag eine Klinge an seinem Hals, dünn und schwarz und tödlich. Hinter ihm stand Erik, in der Hand Kjellans Dolch, den er dem abgelenkten Aelfa aus dem Gürtel gezogen haben musste. Seine Haltung und Stimme waren voll eisiger Drohung. »Ich sagte es bereits: Ich bin dir keine Rechenschaft schuldig, *Haushofmeister*. Dies sind meine Gemächer, und ich lasse nicht zu, dass du hier deinen Hirngespinsten nachjagst. Verschwinde, sonst muss sich Ihre Majestät einen neuen Speichellecker suchen.«

»Du wagst nicht, mir etwas anzutun, Erdwurm!«, stieß Kjellan hervor.

»Warum nicht?« Erik drückte die Schneide noch fester an die frostblasse Sommerhaut des Aelfa. »Du selbst hast mir doch prophezeit, dass es keine Hoffnung für mich gibt. Was riskiere ich also?«

Einen Herzschlag lang schien alles stillzustehen. Ich sah nichts als die beiden Männergestalten direkt vor mir, dazu das dunkle Glitzern des Dolchs. Ein Blutstropfen erschien unter der Klinge, rann an ihr hinunter, dann noch einer.

Ich konnte nichts tun, nicht einmal atmen.

Dann stieß Erik Kjellan von sich, in Richtung der Ausgangstür, und warf ihm den Dolch zu Füßen.

Der Aelfa leistete keinen Widerstand, beugte sich nur hinab, um seine Waffe aufzuheben, so beiläufig, als wäre sie ihm versehentlich heruntergefallen. Als er sie in seinen Gürtel zurückschob, blickte er sich noch einmal um.

»Was du riskierst, Mensch?« Seine Lippen verzogen sich zu einem grausam schönen Lächeln. »So lange bist du schon hier und stellst solche Fragen? Nun, du wirst es herausfinden, sehr bald. Das verspreche ich dir.« Die silberne Klinke bewegte sich unter seiner Hand und er glitt hinaus. »Ich wünsche angenehme Träume.« Sein böses Lachen verhallte auf dem Gang.

Mit zwei langen Schritten war Erik an der Tür, warf sie zu und presste sich mit dem Rücken dagegen, als müsste er sie gegen einen Ansturm verteidigen. Sein Gesicht, sein ganzer Körper war noch immer voll eisiger Härte, an seiner Rechten verschmierte Blutstropfen, bereits gefroren. Er achtete nicht darauf, hielt nur krampfhaft den Riss seines Gewandes zu.

Endlich bekam ich wieder Luft. Ohne nachzudenken, verließ ich meine dürftige Deckung, rannte zu Erik hinüber und zog ihn an mich. Einen Moment fühlte es sich an, als hielte ich einen Eisblock umklammert – dann, mit einem Schlag, fiel die Spannung von ihm ab, und er erwiderte meine Umarmung mit all seiner Kraft. Trotz meiner erträumten dicken Outdoorjacke fühlte ich einen Herzschlag zwischen uns, hart und hämmernd. Seiner, meiner?

»Schon gut«, flüsterte ich und strich ihm beruhigend über den Rücken. Unter meinen Händen spürte ich seine starken Muskeln, wie sie sich bei jedem Atemzug, jeder kleinen Bewegung unter dem Stoff seines Nachtgewands verschoben. Wie sehr wollte ich mich einfach fallen lassen in seine Arme, in diese Berührung, die alles in mir zum Tanzen, Kreiseln, Taumeln brachte ... Gerade rechtzeitig zog ich die Bremse.

»Alles okay bei dir?«, fragte ich besorgt.

»Nein«, gab er heftig zurück. »Fast hätte er dich erwischt, dieser schmierige Mistkerl!«

»Hätte er nicht.« Ich lehnte mich ein wenig zurück und sah ihn an, ließ den Punkt über meinen Augen erscheinen. »Schon vergessen? Bling schützt mich.«

»Bling? So nennst du ihn?« Auf Eriks Gesicht stahl sich ein ungläubiger Ausdruck. »Das bringst auch nur du fertig. Da erbst du einen uralten Schutzzauber, für dessen Macht einer wie Kjellan töten würde – und du verteilst Spitznamen.«

»Ich mache noch mehr«, sagte ich, selbstbewusster, als ich mich in Wahrheit fühlte. »Pass auf, ich habe die Pforte nach Ymatàja gefunden. Also fast.« In wenigen Sätzen schilderte ich ihm meine Begegnung mit Simàja. »Nur noch ein paar Tage, dann komme ich zu dir. Nein!« Ich löste mich von ihm, wenn auch widerwillig, und hob eine Hand. »Du sagst nicht wieder, dass das zu gefährlich ist und dass ich das lassen soll, klar?« In seinen Augen sah ich, dass er genau das vorgehabt hatte, doch mein Warnschuss schnitt ihm das Wort ab.

Er seufzte, führte mich zu der Nische, wo wir unser erstes Traumgespräch geführt hatten, und wir setzten uns. Ich versuchte, cool zu bleiben, trotz meiner kaum überstandenen Angst ... und vor allem trotz der Purzelbäume, die mein Herz noch immer dank Eriks Umarmung schlug.

Er allerdings schien den Moment bereits abgehakt zu haben. Die Gefahr, seine Angst um mich – alles wie weggezaubert. Keine Spur mehr von Aufruhr in seinem Gesicht. Scheinbar entspannt ruhte seine Linke auf seiner Brust, doch ich merkte genau, wie sorgfältig er darauf achtete, den zerschlitzten Ausschnitt seines Hemdes geschlossen zu halten.

Um mich abzulenken, sah ich mich suchend um. »Wo ist denn Nelli?«

Erik winkte ab. »Keine Sorge. Als Kjellan hier reingeplatzt ist, hat sie sich versteckt. Sie taucht wieder auf, sobald sie glaubt, dass er wirklich weg ist.«

»Wer ist dieser Typ eigentlich?«, fragte ich.

»Kjellan war der Fürst der Somaelfar, der Elfen der Zweiten Jahreszeit. Sie bewohnten früher das Land im Zentrum Ymatàjas, zu Füßen Ymas, wo der Sommer am längsten währte. Soweit ich weiß, galt er als Herrscher, der seine Krone lieber mit dem Wort als mit dem Speer verteidigte. Er dachte, er könnte es mit der Ysirka aufnehmen. Mit ihr verhandeln.« Erik zuckte die Achseln. »Da lag er falsch. Sie hat ihn mühelos überwältigt und fast sein ganzes Volk versklavt. Sie sind es, die all das hier geschaffen haben.« Er deutete auf die Wandbehänge, das kostbare Kristallgeschirr. »Kjellans Macht war aber groß genug, sich einen Teil seiner Persönlichkeit erhalten zu können. So dient er der Kalten Herrscherin als Haushofmeister und kontrolliert alles, was in ihrer Festung geschieht. Also auch mich.«

»Und er hat mitbekommen, dass du im Saal des Wassers warst?«

Er nickte. »Nur weiß er nicht, was ich dort wollte. Vermutlich hält er es nicht einmal für möglich, dass ein ›Erdwurm‹ wie ich etwas planen könnte. Aber er kann es nicht ertragen, wenn jemand etwas vor ihm verbirgt.«

»Klingt nach einem echten Goldstück«, murmelte ich. »Kann er dir etwas tun?«

»Hauptsache, er erwischt *dich* nicht. Nein, jetzt hörst *du* zu.« Um mich zu bremsen, hob er die Hand wie ich vorhin. »Abgesehen von der Ysirka ist Kjellan das mächtigste Wesen in der Schneefeste, und er steht kurz davor, noch mächtiger zu werden. Ein Fang wie du wäre genau das Richtige für ihn, um endgültig seine Position zu sichern. Lass mich erst mal allein weitermachen, ja? Ich habe es schon fast geschafft.«

»Er sieht mich doch gar nicht«, erwiderte ich halsstarrig, aber vor mir selbst konnte ich meine Zweifel nicht verbergen. Zu sehr steckte mir der Moment noch in den Knochen, als Kjellan seine Magie gerufen hatte, zu stark die Gewissheit, dass er mich eben doch fast entdeckt hätte. Dann aber fiel mir auf, was Erik außerdem gesagt hatte – oder vielmehr, was er verschwieg. »Warte mal. Womit genau willst du allein weitermachen?«, fragte ich stirnrunzelnd. »*Was* hast du schon fast geschafft?«

Einen Moment lang schien er nach Ausflüchten zu suchen, entschied sich dagegen und sagte schlicht: »Ich habe die Herznadel gefunden. Also, den Ort in der Schneefeste, an dem sie sich befindet.«

»Wie bitte?« Ich blickte ihn fassungslos an. »Wo ist sie?«

»Die Ysirka hat eine Art Schatzkammer. Dort lagern alle Dinge, die sie in Ymatàja zusammenraffen ließ und längst wieder vergessen hat. Nachdem du gegangen bist, habe ich noch einmal allein die Quelle befragt – und es hat funktioniert! Das Bild war ganz klar.«

»Und das wolltest du mir ernsthaft verschweigen?«

»Wenn ich dich dadurch aus der Gefahrenzone halten kann? Natürlich!«, erwiderte er störrisch. »In den letzten Tagen habe ich nach einem Weg gesucht, unbemerkt zur Schatzkammer zu gelangen – und gefunden. Dabei konntest du mir eh nicht helfen, also ...«

In den letzten Tagen? Shit, also hatte es tatsächlich wieder eine Zeitverzögerung gegeben. Trotzdem: Dass Erik hinter meinem Rücken handelte, machte mich total wütend – und noch mehr, dass er so tat, als *bräuchte* er meine Hilfe nicht!

»Also du willst da allein hinspazieren und rumwühlen?«, fragte ich aufgebracht. »Ohne eine Ahnung, wonach du genau suchst?

Super Plan! Und wenn man dich erwischt, was erzählst du diesem Kjellan dann?«

»Mir fällt schon etwas ein. Aber nichts wird besser, wenn du auch noch in Gefahr gerätst. Am besten kommst du erst wieder her, wenn ich die Herznadel habe. Dann führen wir gemeinsam den Blutszauber durch. So ist es sicherer.« Erneut stand da dieser harte, abweisende Ausdruck in seinem Gesicht. »Verdammt, Elvy, warum glaubst du mir nicht, dass ich dich nur schützen will?«

»Bullshit!«, fauchte ich ihn an. »Deine Edle-Ritter-Nummer bringt uns gar nichts. Wir müssen uns einig sein, hast du das immer noch nicht kapiert? Das heißt auch: gemeinsam handeln. Nur so haben wir eine Chance! Und ich *kann* dir helfen!«

Einen Moment lang dachte ich, er würde mich anbrüllen. Stattdessen stand er auf und entfernte sich ein paar Schritte, als ob er die Diskussion so beenden könnte. Ich ließ ihm die Illusion für genau drei Sekunden, dann ging ich ihm nach, stellte mich vor ihn und fragte herausfordernd: »Wie soll ich dir denn glauben, wenn du mich außen vor lässt? Ist ja nicht deine einzige Heimlichtuerei!«

»Wovon redest du? Ich habe dir doch gerade alles erklärt.«

Ich deutete auf seine Brust, wo er den zerstörten Stoff zusammenhielt, als hinge sein Leben davon ab. »Du verbirgst etwas vor mir. Dieser Kjellan weiß es – aber mir willst du es verschweigen? Warum? Wir haben uns früher immer alles erzählt! Hast du das etwa auch vergessen?«

Gott, wie mies von mir.

Ich sah den Schmerz in seinen Augen aufblitzen, doch ich konnte meine Worte nicht zurücknehmen, also preschte ich weiter vor. »Ich mache mir Sorgen um dich, kapier das doch. Ich will dir helfen, aber ich stecke kopfüber in dieser verrückten Welt fest und habe keine Ahnung, wie die Regeln sind. Überall Mystery und Geheimnisse. Und jetzt hast du auch noch welche. Vor mir.« Verdammt, warum klang meine Stimme so erstickt? Lagen da etwa Tränen auf der Lauer? Ich schluckte sie heftig weg, sah Erik in die Augen und fragte: »Vertraust du mir etwa nicht mehr?«

»Ich vertraue dir immer, Elvy.« Seine Antwort kam ohne das geringste Zögern. Er hielt meinem Blick stand, mehr noch, er hielt ihn gefangen, einen langen, langen Moment. Ich spürte, wie er mit sich rang. Schließlich fragte er gepresst: »Willst du es wirklich sehen?«

Ich nickte stumm. Bemerkte, wie er tief Luft holte. Dann trat er einen Schritt zurück, zog sein zerschnittenes Nachtgewand über den Kopf und ließ es zu Boden gleiten.

Er trug nichts darunter.

Mir entglitt ein winziger Laut – der Überrumpelung, sicher, und zu meiner Schande auch ein Seufzer. *Diese Schultern, die muskulöse Brust, dieser flache, harte Bauch und ...*

Herrgott, was war los mit mir? Ich hatte ihn zahllose Male beim Baden gesehen, sogar in der Sauna, ich wusste, wie er gebaut war – nur hatte es mich früher nie berührt. Jetzt dagegen war mir, als hätte jemand Feuer an eine unsichtbare Lunte in meinem Inneren gelegt. Die Flamme fuhr rasend schnell durch meinen Körper, drängte mich vorwärts, zu Erik, zischte: *Fass ihn an, fass ihn an ...*

Aber all diese Gedanken fegte der Schreck hinweg. Denn da war etwas, das ich *nicht* kannte. Etwas auf seiner Haut. Feine Linien, verwirbelt, gezackt, schimmernd in kaltem Silberweiß. Eisblumen. Sie überzogen seinen ganzen Körper, am dichtesten verwoben auf seiner Brust. Nur seine Hände, die Füße bis hoch zu den Knöcheln, Hals und Kopf waren frei.

»Als sie mich herbrachte, damals«, sagte Erik tonlos, »als ich wieder zu Bewusstsein kam, im Thronsaal der Schneefeste ... Mir war entsetzlich kalt. Ich hatte keine Kleider mehr an. Ringsum fremde Gestalten mit trüben, weißen Augen, die mich anstierten und nach mir griffen. Und dann sah ich *sie*. Die Ysirka.« Er hielt kurz inne, suchte nach Worten. »Ich wusste nicht, was sie war. Wusste nicht, dass es so etwas gibt. So ein ... Wesen. So eine Macht. Sie kam auf mich zu. Sah mich an. Ihr Blick war ... war wie ein Messer, ein Messer aus Eis. Ich dachte, sie würde mich töten. Stattdessen lachte sie plötzlich, ganz entzückt, und gab mir einen Kuss. Seitdem spüre ich die Kälte nicht mehr. Dann hat sie mich berührt. Genau hier.«

Er zeigte auf die Stelle über seinem Herzen und Kjellans höhnische Stimme hallte in meinem Kopf wider: *Die Herrin hat dich gezeichnet.*

Ich weiß nicht, wie es geschah, aber ich streckte meine Hand aus. Erik nahm sie, meine bebenden Finger, und legte sie auf seine Brust. Meine Handfläche mit den Eisblumennarben auf seiner Haut. Ich spürte die schimmernden Male, ihr Vibrieren, ihre Kälte. So ähnlich dem Gefühl auf meiner Stirn – und doch so anders. Das hier war kein Schutzzauber, keine freundliche Präsenz, das spürte ich deutlich. Es war dunkel und böse, und es entsetzte mich mehr als alles andere, was ich bisher erlebt hatte, im Wachen oder im Traum.

»Frostrunen.« Erik brachte das Wort nur mit Mühe heraus. »Erst waren sie klein. Nicht mehr als ein Fingerabdruck. Aber sie wachsen und breiten sich aus, unaufhaltsam. Wenn sie meinen Körper vollständig bedecken, ist meine Zeit abgelaufen. Dann sehen meine Augen nur noch Schnee, wie all die anderen hier, und ich ...« Die Worte entglitten ihm, seine Finger verkrampften sich um meine. »Ich wollte nicht, dass du das siehst. Weil ich es selbst nicht sehen will.«

Erst jetzt merkte ich, wie sehr mein Herz raste und meine Wangen brannten – vor nichts als bodenloser Scham. Ich verfluchte mich und meine Aufdringlichkeit. Rasch ließ ich Erik los, hob sein Gewand auf und gab es ihm zurück, mit abgewandtem Blick. Er zog es über, bemühte sich aber nicht mehr, den klaffenden Riss zu schließen.

»Bitte entschuldige«, flüsterte ich. »Ich bin so eine dumme Kuh.«

»Nein, ist schon gut«, erwiderte er, genauso leise. »Ich bin froh, dass du Bescheid weißt. Es fühlt sich besser an.« Ein schiefes Grinsen schlich sich auf seine Lippen. »Außerdem lasse ich mich lieber von dir anschauen als von Kjellan.«

»Mann, Forsberg.« Ich wusste nicht, wohin mit mir vor Verlegenheit, also flüchtete ich mich wieder in den Kumpelmodus und boxte ihn gegen den Arm. Es half nicht wirklich, aber ich tat so.

FreundeFreundeFreunde.

Ein kalter Windstoß traf mich. Ich sah mich um, fast dankbar, Eriks Blick zu entkommen, und da war sie wieder: meine Tür, ihr Rahmen mitten in dem großen, gewebten Wandbehang, der die Mauer aus Eis neben uns schmückte. Die Tür stand offen, ein unmissverständlicher Ruf zurück. In meine Welt, ins Erwachen.

Wie oft noch?

Ich drehte mich wieder zu Erik um. Flocken wehten ihm entgegen, setzten sich auf sein helles Haar und sein zerschnittenes Gewand, doch er stand zum Glück in sicherem Abstand.

»Also dann ... ich muss los«, murmelte ich. Es klang wie eine Verabschiedung aus alten, normalen Zeiten. »Und wenn ich wiederkomme, suchen wir die Herznadel. Versprich es mir ... Erik. Du weißt schon.«

Er lächelte, entwaffnend offen und ehrlich. »Keine Alleingänge. Keinen Blödsinn. Ich weiß.«

Der Schnee trug mich davon. Ich wehrte mich nicht.

KAPITEL 20

Als ich die Augen öffnete, kam mir meine Umgebung kaum weniger wie ein Traum vor als Eriks Gemach in der Schneefeste. Das Feuer im Lávvu war heruntergebrannt. Rote Glut warf ihren Schein die hohen Zeltwände hinauf, eine feine Rauchfahne kräuselte sich empor. Durch das Abzugsloch erahnte ich den winterdunklen Himmel. In der Luft lag der würzige Geruch nach verbranntem Holz, Rentierfellen und Heu. Was ich noch sah: das Gesicht von Simàja, die sich über mich beugte, in ihren Augen Verwunderung und Sorge.

»Geht es dir gut, Elvy?«, fragte sie. »Dein Schlaf war so tief, das hat mich geweckt. Ich dachte schon, du bist nicht mehr bei uns.«

Das hat sie spüren können?

»Ich war ja auch woanders.« Ich rappelte mich auf, verscheuchte die letzten Schneeflocken aus meinem Kopf. Die Bilder von Erik mit den Frostrunen auf seinem Körper blieben bei mir.

Ich beschloss, reinen Tisch zu machen. Vielleicht war das unklug, vielleicht hätte Tomte Teda mir davon abgeraten – aber sie war nicht hier. Ich musste allein klarkommen, meine eigenen Entscheidungen treffen. Ja, Simàja hatte mich magisch manipuliert – mir andererseits jedoch gezeigt, wie ich mich in Zukunft vor so etwas schützen konnte. Und auch die Erinnerung an dieses überwältigende Gefühl der Verbundenheit, das ich beim Tanz unserer Froststerne empfunden hatte, kehrte mit Macht zurück. Obwohl ein ziemlich großer

Elvy-Teil immer noch zur Vorsicht riet, wollte ein anderer vertrauen. Endlich *wirklich* teilen.

Während Simàja den Funkenwicht versorgte, holte ich tief Luft und gestand, wo ich gerade gewesen war. Erzählte von meiner besonderen Verbindung zu Erik. Wie sich meine Albträume durch den Froststern in Klarträume verwandelt hatten. Was ich durch sie gesehen hatte. Und was ich hoffte, durch sie erreichen zu können.

Simàja unterbrach mich mit keinem Wort, hörte zu und schürte still das Feuer, bis sich erneut Licht und Wärme im Lávvu ausbreiteten. Es tat verdammt gut, endlich wieder jemanden zu haben, der mich wegen meiner Erzählung nicht einweisen wollte.

Allerdings hatte ich nicht damit gerechnet, wie sehr mein Geständnis Simàja beeindrucken würde. Als ich geendet hatte, schlug sie ihre vogelschlanken Hände vor dem Mund zusammen und hauchte: »Ymas Wurzeln, was für ein Segen! Du vermagst, nach Ymatàja zu reisen, wann immer du schläfst?«

»Also, nicht überallhin«, bremste ich. »Frei entscheiden kann ich das nicht. Ich lande immer bei Erik.«

»Natürlich«, nickte sie. »Du hast eine Seelenbindung zu ihm. Das ist gut. Wenig ist so stark wie wahre Freundschaft.« Sie warf mir einen scheuen Blick zu. »So sagt man jedenfalls. Ich hatte noch nie etwas Derartiges.«

»Was, eine gute Freundin? Oder einen Freund? Nie?«

Sie senkte kurz den Blick und hob gleichzeitig ihre Schultern. War das ihre Art des Kopfschüttelns?

Wie sie da vor mir saß und mich ansah, in der Luft der Nachhall ihres kleinen Geständnisses, bröckelte meine letzte Zurückhaltung.

»Ehrlich gesagt, weiß ich gar nicht, was das ist zwischen Erik und mir«, nuschelte ich in den Kragen meines Anoraks. »Ich meine, wir *waren* immer Freunde. Fast wie Geschwister. *Er* sieht mich immer noch so, da bin ich sicher. Aber bei mir hat sich das verändert.«

Simàja sah mich besorgt an. »Du denkst, er hat deine Freundschaft nicht mehr verdient?«

»Nein, mehr … die andere Richtung.« Zum ersten Mal sprach ich aus, was seit über einem Jahr in mir rumorte, im Kopf und im Herzen – wenn auch so leise, dass ich es selbst kaum verstand.

Simàja aber hatte wohl ein ausgezeichnetes Gehör. »Oh. Ich verstehe. Du wünschst dir eine Liebesbindung. Aber er teilt deinen Wunsch nicht.«

»Mhm.« Ich wühlte mir mit der Hand durch meine ungekämmten Strähnen und brachte sie vermutlich endgültig durcheinander. Die Situation war ja auch zum Haareraufen! »Ehrlich gesagt, hab ich keine Ahnung, wie er das sieht. Es gab so Momente, da dachte ich … Aber er ist mit einer anderen zusammen. Außerdem hat er nie was in der Art zu mir gesagt.«

»Und du?« Simàja neigte fragend den Kopf. »Willst du dich offenbaren?«

»Das kann ich nicht«, stieß ich hervor. »Erst recht nicht in dieser Situation! Ich darf das zwischen uns nicht gefährden. Wir müssen uns einig sein, sonst klappt das nie mit dem Freibitten. Dann kann ich es gleich lassen!«

»Aber wenn du so fühlst und er nicht – dann *seid* ihr euch nicht einig, oder?«

»Ach, Mann …« Mit einem Stöhnen ließ ich mich rücklings auf das Rentierfell fallen. Simàja hatte auf den Punkt gebracht, worum ich mich die ganze Zeit drückte. »Ich krieg das schon hin«, murmelte ich, den Blick hoch zur Spitze des Lávvu gerichtet, wo der Himmel noch immer kein Stück heller aussah. »Irgendwie.«

Simàja schenkte mir ein ermutigendes kleines Lächeln und bugsierte den Kupferkessel über das Feuer. Auch ohne erkennbares Morgengrauen spürte sie wohl den neuen Tag und bereitete uns ein Frühstück zu.

Ich beschloss, etwas beizusteuern, und zog die Laktritzpackung hervor, die mein Vater mir geschenkt hatte. »Magst du?«

Simàja nahm eine der goldbepuderten Kugeln entgegen, testete vorsichtig mit der Zungenspitze. »Oh, Schokolade!«, sagte sie entzückt. »Jor hält nichts davon, aber ich liebe sie!«

»Warte, eigentlich ist das –«

Zu spät: Schon hatte sie sich die Kugel in den Mund geschoben und kaute. Als sie den Kern erreichte, versteinerte ihre genießerische Miene, und ich sah, wie sie gegen den Ausspuck-Reflex kämpfte.

»Sorry, die sind doch mit Lakritz gefüllt«, sagte ich zerknirscht. »Ich dachte, du kennst die.«

»Nein«, brachte Simàja heraus, mühsam schluckend. »Das schmeckt grauenhaft! Warum *macht* ihr so was? Die schöne Schokolade!«

Sie wirkte derart empört, dass ich grinsen musste, trotz meines schlechten Gewissens. »Absicht. Ist 'ne Falle für euch Unsichtbare. Unsere Geheimwaffe.«

Einen Moment starrte sie mich verblüfft an – dann prustete sie los. »Ymas Wurzeln! Ihr Menschen aus dem Süden seid wirklich so schlimm, wie man sagt!«

Jetzt lachte ich auch, erleichtert.

Simàja kam wieder auf unser Gespräch von eben zurück – und auf mein Dilemma. »Dass du im Klartraum zu deinem Freund gehen kannst, ist Beweis genug für eure Bindung, denke ich. Und wenn es euch wirklich gelingt, die Herznadel zu erobern, bist du sicher stark genug für die Prüfung der Ysirka.«

»Meinst du wirklich?«, fragte ich. »Aber selbst wenn wir das Teil finden – wie bringe ich es durch den Traum hierher? Ich kann nun mal nichts von dort in die wache Welt mitnehmen.«

Sie machte eine unbestimmte Kopfbewegung. »Was das angeht, kann euch vielleicht mein Großvater helfen. Er ist ein Feuerseher und sehr erfahren in Ymas Weisheit. Aber wie ihr fühlt, dein Erik und du … Das könnt nur ihr beeinflussen.« Ein unlesbarer Ausdruck trat in ihre dunklen Augen. »Es ist nicht ausgeschlossen, dass aus Freunden Liebende werden. Genau wie umgekehrt. Allerdings kann es einen auch treffen wie der Blitz. Das weiß ich selbst sehr gut.«

»Oh?« Ich horchte auf. »Also hast du doch einen Freund? Ich meine, äh, bist du mit jemandem zusammen?«

In Simàjas schönes Gesicht kam neues Leben. »Ja, mit Jor. Er ist unser Erster Speer und mir versprochen. Du wirst ihn schon bald kennenlernen. Er ist etwas ganz Besonderes.«

»Aber *befreundet* wart ihr vorher nicht?«

»Nein.« Sie lächelte mir verschwörerisch zu. »Seine Stellung ließ das nicht zu. Dafür hat er um mich gekämpft, jahrelang, weißt du? Er war meinem Großvater nicht gut genug für mich. Dabei ist dem niemand gut genug – nicht einmal ich selbst!« Verächtlich warf sie ihren Kopf zurück. Ihre vier Flechtzöpfe, schwarzglänzend wie Rabenfedern, tanzten durch die Luft. »Doch wenn Jor etwas will, lässt er sich durch nichts aufhalten. Er hat das stärkste Herz, das ich kenne. Und es schlägt nur für mich.«

Machten mich ihre glühenden Worte etwa neidisch? Verdammt, ja, auch wenn ich es niemals laut zugegeben hätte. Wie fantastisch es sein musste, sich mit jemandem so einig zu sein, so geliebt zu werden … Aber dass Simàja solche Gefühle in jemandem hervorrief, kam mir nur logisch vor. Keine Ahnung, ob sie auch nach Aelfar-Maßstäben als außergewöhnlich schön galt, aber das, was ich bisher von ihrer *Art* mitbekommen hatte, schien mir auf eine Persönlichkeit hinzudeuten, die mindestens so besonders war wie der von ihr gefeierte Jor.

Nur eine Sache störte mich ganz gewaltig an der Geschichte. »Ist das eigentlich normal bei euch, dass die Kerle untereinander klären, wen die Frau heiraten darf?«, wollte ich wissen.

Simàja wirkte nicht getroffen durch meine Frage. »Wäre meine Mutter noch am Leben, hätte sie das erste Wort gehabt. So habe ich nur noch meinen Großvater – und Jor gehört zu einem anderen Clan, das macht alles komplizierter.« Sie stieß einen kleinen Seufzer aus. »Unser Leben auf dieser Seite der Pforte ist nicht leicht. Aber dass es stillsteht, bis wir zurück in Ymatàja sind, darf nicht sein. Auch wenn Großvater das wohl am liebsten hätte.«

»Akzeptiert er denn mittlerweile deine Entscheidung?«, fragte ich.

»Er hatte keine Wahl. Zwar sind Jor und ich noch nicht offiziell vermählt, aber wir haben uns einander heimlich versprochen und die Ehe vollzogen.« Sie zwinkerte mir zu. »Der beste Weg, ungehorsam zu sein. Wenn du verstehst, was ich meine.«

»Ähm. Klar.« Ich merkte, wie mir das Blut in die Wangen schoss, und verfluchte mich dafür. Für wie unerfahren musste sie mich halten? Aber, Mist, das *war* ich ja auch. Kein Geknutsche, kein Garnichts hatte ich bisher vorzuweisen. Schlaflose Nächte hatte mir das nie verursacht. Nur blieb die Tatsache, dass mich dieses Thema trotzdem brennend interessierte und ich niemanden hatte, mit dem ich darüber reden konnte. *So* weit war meine Freundschaft zu Erik nun echt nicht gegangen. Auch zerlesene Schundromane oder Online-Videos zeigten bestimmt nur die halbe Wahrheit – und die auch noch krass gestylt.

Bemüht lässig fragte ich also: »Dann ist es echt so toll, wie alle behaupten?«

Simàjas Blick wurde träumerisch. »Ich kann nicht für alle sprechen. Hast du deinen wahren Gefährten gefunden, schafft es eine unvergleichlich starke Bindung. Mit Jor ist es … überwältigend. Wie ein Sturm. Er reißt mich mit und ich kann nicht widerstehen.«

»Okay. Wow.« Das war mir jetzt doch ein bisschen *too much information.*

Zum Glück kam Simàja schon wieder zurück auf unser eigentliches Thema. »Jedenfalls stand Großvater dadurch vor vollendeten Tatsachen. Um vor den anderen nicht an Größe zu verlieren, musste er zustimmen. Seine einzige Bedingung war, dass wir erst *richtig* Hochzeit halten, wenn wir nach Ymatàja zurückgekehrt sind. Bis dahin gelten wir nur als verlobt. Also dürfen wir auch noch nicht in einem gemeinsamen Kjolg schlafen. Jor war so wütend, dass uns doch noch ein Stein in den Weg gelegt wurde …« Ihre Augen verdunkelten sich kummervoll. Doch schon im nächsten Moment kehrte die Sonne in ihr Gesicht zurück und sie sagte zuversichtlich: »Aber nun kommt bald die Zeit zum Aufbruch. Und du hast zu uns gefunden, du, der zweite Froststern! Eine Verbündete aus der Menschenwelt, wie damals Gerda Eisenhand! Ein besseres Zeichen können wir uns nicht wünschen.«

Ihre Freude war so echt, dass ich mich davon anstecken ließ und meine eigenen Zweifel vergaß. Ich hatte schon so viel geschafft, oder? Ich würde noch mehr schaffen, *alles, verdammt* – und erst recht die Kleinigkeit, meine Beziehung zu Erik zu klären.

Wenig später, nach einem weiteren Becher Brocha als Frühstück, brachen wir auf. Noch immer herrschte Dunkelheit, obwohl schon Tag war, kein Wunder im Land des Polarkreises. Doch Simàja versicherte mir, dass ihre Silberrene jeden Weg sicher fanden und dass bald die Sonne aufgehen würde.

Unser Schlitten, gezogen von den gut ausgeruhten Vedi und Silla, glitt fast lautlos über Schnee und blaue Schatten. Ritni sprang ausgelassen nebenher und stupste seine Mutter an, bis ihn diese mit einem energischen Hufstampfer zur Ordnung rief.

Ich kauerte mich zwischen den Rentierfellen zusammen, die Simàja fürsorglich aus dem Zelt für mich mitgenommen hatte. Ansonsten hatte sie fast alles zurückgelassen. »Ich werde ja nicht mehr wiederkommen«, hatte sie gesagt, und es klang wehmütig in meinen Ohren. Ihre Liebe zur Welt der Menschen war wohl keine leere Behauptung.

Vedi und Silla liefen in einem kraftvollen, gleichmäßigen Tempo. Auch Ritni trabte mittlerweile ganz brav an der Seite seiner Mutter. Allerdings fiel mir auf, dass Simàja sich immer öfter umwandte und den dunklen Himmel über uns musterte.

»Was ist denn?« Ich streckte meinen Kopf wie eine Schildkröte aus den schützenden Fellen.

»Es sollte längst heller sein«, erwiderte sie über die Schulter. »Aber der Himmel hängt voller Wolken. Und dieser Wind … Ich fürchte, wir bekommen einen Schneesturm. Nur habe ich nichts von einem Wetterwechsel gespürt.«

»Denkst du, es könnte etwas Magisches sein?«, fragte ich beunruhigt.

Sie wiegte den Kopf hin und her – ihre Art des Nickens vermutlich. »Wir haben das schon oft erlebt in letzter Zeit. Wenn neue Frostlinien durchbrechen. Sie bringen den Sturm. Und manchmal auch … anderes.«

»Dryghar?« Ich wollte nicht an diese Monster denken, wollte nicht einmal ihren Namen sagen, musste es aber wissen. »Ich dachte, die kommen nur nachts raus? Oder etwa auch bei Schlechtwetter?«

»Nicht bei normalem Schneefall. Aber wenn wirklich Frostlinien die Ursache sind …« Wieder diese Kopfbewegung von Simàja. »Ein Lager aufzuschlagen, ist zu riskant. Wir müssen uns beeilen.«

Sie nahm die Zügel fester und stieß einen hellen, trillernden Pfiff aus, der Vedi, Silla und Ritni in einen stampfenden Galopp brachte. Weit holten sie aus mit ihren Hufen, der Schnee stob. Wolken aus kaltem Pulver trafen mein Gesicht, der Fahrtwind trieb mir die Tränen in die Augen, als unser Schlitten über den weißen, hügeligen Boden glitt, schnell wie ein Vogel.

Der Sturm war schneller.

Erst taumelten nur einzelne Flocken aus dem düsteren, verhangenen Himmel herab, trieben uns entgegen, und ich dachte bei mir: *Och, das geht ja, vielleicht können wir …*

Dann, wie unter dem Schlag einer gigantischen Faust, brachen die Wolken und wir waren mittendrin, in einer Urgewalt aus wütendem Schnee.

Ich, abermals nichts als nutzloses Gepäck, klammerte mich an den Seiten des Schlittens fest, während Simàja verzweifelt ihre Rentiere antrieb.

»Wie weit ist es noch?«, schrie ich ihr durch das Tosen zu. »Können wir das überhaupt schaffen?«

»Nicht, wenn es so weitergeht!«, rief sie zurück. »Ich fürchte, ein Notlager ist unsere einzige Möglichkeit, wenn –«

Statt weiterzusprechen, riss sie hart an den Zügeln. Silla bäumte sich auf, brach mit Vedi nach links aus, Ritni sprang erschreckt hinterher, und ich sah, was uns fast getroffen hätte: eine glitzernde, entsetzliche Frostlinie, die uns über den verschneiten Erdboden entgegenzuckte und deren Leuchten die graue Dunkelheit des Schneesturms überstrahlte.

So knapp, so knapp!

Ein paar Herzschläge raste unser Schlitten viel zu nah an der gezackten Spur entlang, dann gelang es Simàja, ihre Rentiere auf einen abgewandten Kurs zu lenken. Ich starrte über die Schulter zurück. Was, wenn die Frostlinie uns getroffen hätte? Wie stark war der Schutz des Froststerns – bei mir, bei Simàja?

Weiter, irgendwie, denn auch mir war klar, dass bei dieser Bedrohung nicht daran zu denken war, ein Lager aufzuschlagen.

Plötzlich vor uns: eine zweite Frostlinie, gezackt wie eine Gletscherspalte. Diesmal sah selbst ich sie rechtzeitig, vielleicht durch Blings Hilfe, der auf meiner Stirn geradezu brodelte. Auch Simàja wurde nicht überrascht und ließ ihre Rentiere ausweichen – wieder zurück nach rechts, es gab keine andere Wahl. Zurück in Richtung der anderen Frostlinie. Wie verliefen die? Parallel? Wild verzweigt? War es nur eine, mit mehreren Ausläufern?

»Vorsicht!«, schrie ich, doch natürlich hatte Simàja es auch gesehen: Dort vor uns, noch eben verborgen durch eine Bodenwelle und den wütenden Schnee, vereinigten sich die Frostlinien. Oder sie hatten sich dort geteilt – geschenkt, wir rasten genau auf die Gabelung zu, ohne Ausweg.

Ich sah, wie Simàja mit den Zügeln kämpfte, vergeblich versuchte, Vedi und Silla rechtzeitig zum Halt zu bringen, zu einer Wende – keine Chance. Die Frostlinien sprühten vor kaltem, bösem Feuer, ihre Splitter trieben hoch, verwirbelt vom Sturm, Vedi und Silla bäumten sich auf, Ritni prallte gegen die Beine seiner Mutter.

»Halt fest!«, schrie Simàja, warf mir die Zügel zu und sprang im nächsten Moment vom Schlitten, hin zu ihren Tieren. Sie hängte sich mit aller Kraft an Sillas Geweih, versuchte, wenigstens eins der panischen Tiere zu beruhigen, während ich hektisch und halb erfroren nach den Lederriemen griff.

Nicht loslassen, bloß nicht …

Vedi warf sich nach vorn, der Schlitten stürzte um, durch pures Glück nicht auf mich. Ich landete im Schnee, Gesicht voran, meine Hände noch immer um die Zügel verkrampft.

»Hilf mir mit Vedi!« Simàjas Stimme, drängend, doch erstaunlich fest, während sie noch immer mit der wild bockenden Silla kämpfte. Ritni stand da wie in Schockstarre, vermutlich zerrissen zwischen Fluchtreflex und dem Instinkt, bei seinen Eltern zu bleiben.

Diesmal verlor ich keine Zeit mit Ausflüchten, rappelte mich auf, stolperte hinüber zu dem Rentierbullen.

Das Geweih packen, oh Shit, wie spitz sind diese Zinken?!

Ich machte es wie Simàja, sprang das Tier von hinten an und packte seine Hörner ein gutes Stück über dem Kopf. Die Kraft des jungen Bullen warf mich fast sofort wieder zu Boden, doch ich ließ nicht locker.

»Ruhig, mein Großer, ruhig!«

Kaum zwei Meter vor Vedis stampfenden Hufen knisterte die leuchtende Kälte der Frostlinie, neben mir sah ich Simàja, fest verkeilt in Sillas Geweih. Auch sie ließ nicht los, obwohl Ritni verzweifelt versuchte, sich dazwischen zu drängen. Simàjas Kappe war zu Boden gefallen, ich sah den Froststern auf ihrer Stirn funkeln. Auch Bling reagierte spürbar auf die Bedrohung. Konnte ich seine Kraft lenken, auf das Tier unter meinen Händen ausdehnen? War unser gemeinsamer Schutzzauber stark genug für uns alle?

Woran es auch lag: Die Frostlinien kamen nicht näher, und es gelang uns tatsächlich, die Rentiere zu beruhigen.

Außer Atem, die Haare wirr vor dem Gesicht, sah ich durch den Flockenwirbel zu Simàja hinüber, in meinem Herzen so etwas wie irrer Triumph. Ich hatte keine Hand frei für ein High Five, aber *Mann*, ich fand, wir hatten eins verdient!

In diesem Moment ertönte ein Heulen, das mein Herz wie eine Klaue packte. Eine Klaue aus Eis. Ich sah, wie Simàjas Züge versteinerten, versuchte vergeblich, etwas in dem rasenden Schnee ringsherum zu erkennen …

Das Heulen ertönte erneut, viel zu nah hinter uns. Ich riss den Kopf herum, meine Hände noch immer fest um Vedis Geweih. Und da tauchte sie auf, keine zehn Meter entfernt, eine albtraumhafte, vage menschliche Gestalt mit kahlem Wolfsschädel, in den leeren Augenhöhlen und in der Tiefe des gierig aufgerissenen Mauls winzige, böse Sterne aus grünem Feuer.

Ein Drygha.

Ich war mir sicher, dass es keins der Monster war, die Tomte Teda verjagt hatte – das hier schien mir massiger, sein Lumpengewand weniger zerfetzt. Die Eisklaue um mein Herz drückte zu, zwang mich fast in die Knie vor Entsetzen.

Vedi bäumte sich auf, unhaltbar diesmal, schleuderte mich beiseite und versuchte, nach vorn auszubrechen, die Angst vor dem Drygha größer als die vor der Frostlinie. Er kam nicht weit. Kaum berührte sein Huf das eisige Funkeln, fuhr er zusammen und stürzte zu Boden, leblos wie ein Felsbrocken. Ritni stieß ein schrilles, verzweifeltes Blöken aus. Auch Simàja gelang es nicht mehr, Silla zu bändigen, doch verbunden mit dem Gewicht ihres gefallenen Gefährten und dem Schlitten, blieb dem Tier nichts als kopfloses Bocken. Nur knapp entkam ich einem Ende seines verzweigten Geweihs, als es in meine Richtung sprang.

Der Drygha stieß den Kopf vor, knirschte mit seinen unmenschlichen Reißzähnen, während er immer näher kam.

Weg von diesem Monster, weg! Ich wollte schreien, brachte keinen Ton heraus.

Schon war der Taggebannte auf fünf Meter heran und streckte seine Eissplitter-Klauen nach uns aus. Nein, wurde mir mit glasharter Sicherheit klar, nicht nach *uns*. Sondern nach Silla und Ritni. Er konnte weder Simàja noch mich wahrnehmen, das erkannte ich deutlich an seiner Körperhaltung.

Wie bei Kjellan in der Schneefeste! Oh Gott, danke, Bling, danke, danke …

Unsere Froststerne, heller denn je, schützten uns – doch nur uns. Der Drygha war auf der Jagd nach anderer Beute, nach dem lebendigen Fleisch der beiden Silberrene.

Abhauen, solange er mit den Tieren beschäftigt ist!, wimmerte es reflexhaft in mir. Doch der Anblick von Ritni, der wie in Schockstarre zwischen uns und dem Unwesen stand, machte mir den Gedanken an Flucht unmöglich. Ein Seitenblick zu Simàja zeigte mir zudem, dass sie nicht im Traum daran dachte, ihre Tiere im Stich zu lassen.

»Beherrschst du den Bann?«, schrie sie mir zu.

Ich verlor keine Zeit mit Nachfragen, was das sein sollte. »Noch nie versucht!«, schrie ich zurück.

»Versuch es jetzt! Das hält ihn vielleicht lange genug auf Abstand, bis ich ihn hiermit erwische!« In ihrer Hand hielt sie auf einmal einen kurzen Dolch, die Klinge silberweiß funkelnd. »Öffne einen Kreis mit deinen Händen, fang ihn ein. Ich bin zu schwach dafür!«

Wie kannst DU für irgendwas zu schwach sein?, zuckte es durch meinen Kopf.

Der Drygha kam näher, mit schwankendem Gang und doch viel zu schnell, um ihn herum eine Aura des Todes, nein, schlimmer, des *Nicht-Lebens*. Ritni stand noch immer da, seine pelzigen langen Beine wie festgenagelt im Schnee. Silla zerrte panisch an ihrem Geschirr, Schaum vor dem Maul, ihre Augen so verdreht, dass man fast nur das Weiße sah. Sie loszuschneiden, damit sie mit Ritni fliehen konnte, war sinnlos: Hinter uns drohten die Frostlinien, vor uns der Drygha. Niemals würden sie an seinen Klauen vorbeikommen, ich hatte gesehen, wie schnell sich diese Monster bewegten.

Noch einmal fing ich einen Blick aus Simàjas Aelfar-Augen auf, flehend und gleichzeitig so feurig, als könnte sie allein damit alle Eismonster besiegen.

Einen Bannkreis öffnen …? Ohne die leiseste Ahnung, was ich tat, versuchte ich, die Geste zu imitieren, die mir Simàja gerade angedeutet hatte. Legte meine Handflächen vor der Brust zusammen, öffnete sie dann weit, als ob ich einen Vorhang auseinanderschob.

Nichts geschah. *Natürlich nicht.*

Der Drygha kam noch näher. Trotz des Sturms roch ich Blut, modrige Erde und Verwesung, ein widerlicher Gestank. Ich sah, wie sich seine unnatürlich langen Klauen bewegten, als ob er selbst die Luft zerreißen wollte. Er riss das Maul mit den scharfen, vergilbten Wolfszähnen auf und heulte wieder.

Der grässliche Laut fetzte durch meinen Kopf und ließ Ritni zusammenzucken wie unter einem Schlag. Simàja erkannte wohl, dass sie nichts von mir erwarten konnte. Sie warf sich mit gezücktem Messer vor ihre Silberrene, bereit, sie zu verteidigen. Ich blickte hektisch um mich, suchte zwischen der im Schnee verstreuten Ausrüstung nach meinem Rucksack mit Karlas Dolch, kam ins Stolpern …

Und das Monster sprang.

Kapitel 21

Es war ein gewaltiger Satz, mit dem der Drygha vorwärtsschnellte, getrieben von unmenschlicher Kraft. Das Ziel des Monsters war erkennbar der hilflose Ritni … doch Simàja stand dazwischen und wich nicht von der Stelle. Der Drygha würde sie treffen.

Oh Gott, wie soll sie diesen Angriff überstehen, ihr Froststern macht sie nicht unverwundbar, sie –

Ein Speer schoss durch die Luft, geschleudert von unsichtbarer, mächtiger Hand. Seine milchweiße Spitze erwischte den Drygha mitten im Sprung, mit so gewaltiger Wucht, dass er das Monster komplett durchbohrte, zurückschleuderte und in die feste Schneedecke nagelte, kaum zwei Meter neben mir.

Ich starrte auf die aufgespießte Gestalt. Sie zuckte wild und versuchte vergeblich, sich mit ihren eisigen Klauen zu befreien. Doch schon wurde das Schnappen der Reißzähne schwächer, ein luftloses Röcheln folgte – und dann erloschen die bösen grünen Funken in der Tiefe seiner Augenhöhlen.

Der Untote war tot.

Mir wurde bewusst, dass ich im Schnee kniete, Schal und Mütze verloren, mein Gesicht unglaublich kalt im noch immer heulenden Sturm. Waren das gefrorene Tränen auf meinen Wangen? Und meine Lungen …

Gott, alles tut weh, ich muss vorsichtiger atmen, ich muss … Da war dieses Monster und … und jetzt ist es tot. Der Speer, woher kam der Speer?

Undeutlich sah ich Simàja, die kaum sicherer auf den Beinen wirkte als ich. Sie hielt Ritni im Arm, hielt ihn fest oder nutzte ihn als Stütze, während Silla sich gegen ihren Rücken drängte.

Und dann kamen sie. Tauchten auf aus dem Wirbel der Schneeflocken, einer nach dem anderen. Hochgewachsene Gestalten, gekleidet in ähnliche Gewänder wie die Simàjas, in allen Farben des Schnees von Cremeweiß bis Lichtgrau, Kragen und Säume verziert mit bunt bestickten Borten. In den silbergeschmückten Gürteln kurze Messer, in den Händen Speere und schmale Äxte mit scharf gebogenem Blatt. Unter dicken Pelzkappen sah ich schwarze, geflochtene Haare, dunkle Augen, winterblasse Haut, dunkle Linienmuster am Kinn. Jeder Einzelne von ihnen war von so überwältigender Präsenz, dass ich genau wusste, wer da vor uns stand: Simàjas Leute.

Die letzten Aelfar in unserer Welt.

Lag es an ihrem bloßen Erscheinen, hatten sie ihre Magie spielen lassen oder war die böse Macht endlich erschöpft – keine Ahnung, doch sie brachten die Sonne mit. Die Frostlinien verblassten, der Himmel klarte auf und schon verloren sich die letzten Schneeflocken.

Angeführt wurden die Aelfar von einem beeindruckenden Paar: die Frau schlank und stark, ihre Bewegungen geschmeidig wie die eines Raubtiers. Als einzige der Gruppe trug sie keine sichtbare Waffe. Unter ihrer Kappe wanden sich unzählige schmale Flechtzöpfe hervor, in der Farbe von dunklem Kupfer. Der Mann neben ihr hatte eine Statur, die mich an Erik erinnerte, groß und breitschultrig. Sein Blick unter den scharf geschwungenen Augenbrauen war durchdringend und Respekt einflößend. Eine tiefschwarze Strähne hatte sich unter seiner Pelzmütze hervorgestohlen. In der Rechten hielt er kampfbereit eine Streitaxt, aber sein linker Arm senkte sich gerade erst – er hatte den Speer geschleudert, kein Zweifel.

Eine Geste von ihm genügte, schon schwärmten die anderen aus, sicherten die Umgebung und das tote Monster.

»Sonne und Wind, Prinzessin!«, rief er, mit einer Stimme wie ein Bronzegong. »Fürchte nichts, du bist in Sicherheit!«

Prinzessin?, hallte es ungläubig durch meinen Kopf, dicht gefolgt von einem augenrollenden *War ja klar.* Natürlich reichte es nicht, dass meine neue Bekanntschaft ein magisches Wesen war – überirdisch schön, superfähig und mit einer epischen Lovestory im Gepäck. Nein, sie musste auch noch eine Prinzessin sein! Eine *Elfenprinzessin!*

Simàja stand zwischen ihren Silberrenen und sah ihren Rettern entgegen, den Kopf stolz erhoben, ihre Zöpfe glänzend im Winterlicht. Ich dagegen kauerte unbeholfen im Schnee hinter dem umgestürzten Schlitten, wie bestellt und nicht abgeholt. *Gepäck halt.*

Einer der Aelfar, ein junger Mann mit feinen Gesichtszügen und seelenvollen Augen, eilte den anderen voraus. Schon war er an Simàjas Seite und griff nach den Führleinen der immer noch panischen Silla.

»Als die Frostlinien gesichtet wurden, sind wir sofort aufgebrochen«, sagte er heiser, seine Stimme bebend vor Emotion. »Wir waren so in Sorge.« Es war nicht zu übersehen, wie unendlich erleichtert er war, Simàja unverletzt zu finden.

»Es geht mir gut«, antwortete sie. »Aber meine Silberrene brauchen Hilfe.«

»Natürlich, gleich«, brachte der Mann heraus. Sanft strich er über Sillas Hals und lockte Ritni an ihre Seite, wodurch beide tatsächlich ruhiger wurden.

Das musste Jor sein. *Ja, mit dem hat Simàja bestimmt einen guten Griff gemacht*, dachte ich, als ich beobachtete, wie behutsam und fürsorglich er mit ihr und ihren Rentieren umging.

Doch im nächsten Moment duckte er sich beiseite. Der Speerwerfer trat mit glühenden Augen heran. Er sagte nur ein Wort: »Liebste …«, und Simàja schmolz ihm geradezu in die Arme. Ihr

Dolch fiel zu Boden und sie hob ihr Gesicht zu seinem, ihre Augen voller Tränen.

»Schsch… alles ist gut. Ich habe dich«, hörte ich den Mann sagen, seine Stimme rau und tief. Die Stimme eines Beschützers. Eines wahrhaft Liebenden. Im nächsten Moment küsste er Simàja mit einer Intensität, die mich dazu brachte, wegzuschauen.

Okay, wow. Alles klar. DAS ist Jor.

Als ich wieder hinguckte, hatte Jor Simàja hochgehoben und hielt sie wie etwas, das er mit seinem Leben verteidigen würde. Sie wirkte vollkommen erschöpft, ihre zierliche Gestalt ganz zusammengesunken, wie eine Puppe in seinen Armen. Offenbar hatte ich komplett falsch eingeschätzt, wie viel sie der Kampf gegen den Drygha gekostet hatte.

Egal. Bevor ICH mich so tragen lasse, müsste man mir schon die Beine abhacken, dachte ich grummelig.

Aber das hatte man mir mit meiner Basketballer-Größe eh noch nie angeboten und auch jetzt geschah es natürlich nicht. Trotz meiner inneren Ansage spürte ich einen Stich Neid, als ich sah, wie galant Jor seine kostbare Last davontrug.

»Warte«, hörte ich Simàjas schwache Stimme. »Ich muss –«

»Nur keine Sorge«, unterbrach er sie. »Ich habe meine Befehle bereits erteilt, es ist für alles gesorgt. Das Übrige besprechen wir im Lager, wenn du dich ausgeruht hast.«

»Ich danke dir, Jor, aber das hier kann nicht warten. Ich bin nicht allein gekommen.« Sie deutete auf mich.

Ich kam hoch auf zitternde Beine. Verwunderte Blicke glitten zu mir, und mit einem Mal ging mir auf, warum mich bisher niemand beachtet hatte, obwohl ich ja nicht gerade unsichtbar war: Die Aelfar hielten mich für einen normalen Menschen, den sie als Unterirdische dank des Schimmers beliebig täuschen konnten! Keine Ahnung, was ein anderer an meiner Stelle in ihnen gesehen hätte – eine Sámi-

Gruppe beim Rentiertreiben? Und die Frostlinien, der Drygha – ein wirrer Wachtraum, den man schnell vergisst?

Ja, sorry, bei mir funktioniert das nicht.

Ich starrte herausfordernd zurück, in all die Gesichter voll fremder Schönheit und herablassender Blicke.

Jor schien am wenigsten angetan. Mit gerunzelter Stirn wandte er sich an seine Verlobte: »Du bringst einen Menschen zu uns?«

»Ich bringe euch Elvy Astrid Andersson«, erwiderte sie, ihre Stimme wieder etwas fester. »Den zweiten Froststern.«

Sie nickte mir ermutigend zu und ich verstand.

Dein Auftritt, Bling, flüsterte ich stumm.

Schon spürte ich ein kaltes Prickeln auf meiner Stirn. Er machte sich sichtbar. Sein unerwarteter Anblick erwischte die Aelfar völlig unvorbereitet. Augen weiteten sich, Hände bewegten sich in schnellen, fließenden Gesten, leise Worte flogen hin und her.

Jor überwand seine Überraschung am schnellsten – und wohl auch seine Abneigung gegenüber allem Menschlichen. Noch immer mit Simàja in den Armen, trat er auf mich zu und sagte würdevoll: »Sonne und Wind, Trägerin des Froststerns. Ich bin Jor vom Bergkristall-Clan, Versprochener von Prinzessin Simàja, Erster Speer der Wächter der Letzten Pforte. Von jetzt an stehst auch du unter meinem Schutz. Dies hier«, er wies auf die stolze Aelfa mit den kupferroten Zöpfen, »ist Vissa Felsenluchs, meine Erste Jägerin. Auch sie wird nicht zulassen, dass dir das Dunkel zu nahe kommt.«

Oh Mann, noch so ein grandioses Intro. Wieder fiel mir keine angemessenere Antwort ein außer: »Cool. Danke.«

Doch ich hätte wahrscheinlich auch etwas noch Dümmeres sagen können – mein Froststern, Simàjas leuchtendes Echo, sprach für mich. Ich verschwand geradezu hinter ihm, als die anderen sich staunend näherten. Allein Vissa blieb an ihrem Platz und musterte mich abweisend mit goldenen Raubtieraugen.

Dann jedoch fiel ein Schatten auf mich, ein Vogelschrei gellte über unsere Köpfe hinweg und eine schnarrende Stimme rief: »Na, wer sagt's denn, Menschlein! Hast du es auch ohne mich hierhergeschafft!«

Tomte Teda! Vor Überraschung fiel ich fast wieder um – alle anderen aber, mit Ausnahme von Simàja, schienen mit der Ankunft der Wichtelin gerechnet zu haben. Schon hörte ich Flügelschlagen und im nächsten Moment landete ein Raubvogel im Schnee zu meinen Füßen. Kein Uhu, mehr so etwas wie ein Falke, das Gefieder grauweiß gesprenkelt.

Tomte Teda sprang von seinem Rücken, tätschelte seine Schwinge und belohnte ihr Flugtaxi mit einer toten Maus, die sie wer weiß wo hervorzauberte. »Danke, mein Bester, jetzt brauche ich dich erst einmal nicht mehr«, rief sie gut gelaunt. »Flieg wieder los, gute Jagd!«

Der Vogel würgte die Maus herunter, wippte ein paar Mal mit dem Kopf hin und her, dann erhob er sich mit kräftigen Flügelschlägen zurück in die Lüfte. Schon ein paar Augenblicke später war er so hoch, dass ich ihn kaum noch vor dem blassen Winterhimmel erkennen konnte.

Die Wichtelin zu meinen Füßen dagegen ließ sich absolut nicht übersehen. Was immer ihr in der Zwischenzeit zugestoßen war, es schien ihr nicht geschadet zu haben. Die rote Strickmütze saß fest auf ihrer grauen Mähne, ihr Filzumhang hatte eine Pelzfütterung bekommen – von den Aelfar? – und ihr Winterapfelgesicht wirkte wie frisch poliert durch die Eiseskälte des Falkenritts, als sie zu mir hochschaute.

»Elvy Astrid Andersson! Bist du aber groß geworden!« Sie grinste breit über ihren Oma-Scherz.

»Tomte Teda!«, stieß ich hervor, meine Kehle plötzlich eng. »Ich dachte nicht, dass wir uns …«

»Na, na, Menschlein, nur nicht sentimental werden!«, rügte sie mich. »Das liegt uns beiden wenig. Deshalb verstehen wir uns doch so gut.«

»Ach, wir verstehen uns gut?«, fragte ich frech zurück, froh darüber, mich in den altbekannten Tonfall retten zu können.

»Bestens sogar!« Sie zwinkerte mir zu, offenbar voll zufrieden mit dem Stand der Dinge. Auf ihre Geste hin beugte ich mich hinunter, damit sie auf meine behandschuhte Rechte steigen konnte.

Ich hob sie hoch zu meinem Gesicht, immer noch überfordert von all den Geschehnissen und ihrer unerwarteten Rückkehr. »Aber wo kommst du denn jetzt her? Wie hast du die Aelfar gefunden? Und was ist mit den Wolfsmonstern von der Lichtung?«

»Die rennen sicher immer noch«, kicherte sie. »Oder warte, nein, es ist ja gerade Tag, da stehen sie erstarrt in der Gegend herum – sind ja zum Glück nicht ständig Frostlinien unterwegs. Ich habe die Biester in die Irre geführt, weit weg von allem. Aber wie man sieht, waren das nicht die einzigen. Werde dem noch nachgehen müssen, bevor wir nach Ymatàja aufbrechen. Na, ein Gutes hatte es: Meine Nase wurde wieder frei und ich fand mich ganz in der Nähe der Pforte wieder. Mein Freund hier, der Gerfalke, hat mich hingebracht. So konnte ich den Wächtern alles erzählen. Was den Rest deiner Fragen angeht – dafür brauche ich einen Kaffee.« Sie warf einen finsteren Blick hinüber zu den Aelfar, die unser Wiedersehen aus respektvoller Entfernung beobachteten. »Wenn das nicht zu viel verlangt ist von den Spitzohren da. Die haben mir ja auch nicht geglaubt, dass ein Mensch mit Froststern auf dem Weg zu ihnen ist. Ich wollte schon allein los und dir entgegenkommen, da brachen die Frostlinien aus. Plötzlich kam die Bande in Bewegung, jaja, weil sie Angst hatten um ihre kostbare Prinzessin! Schimmerpack! Also los, Aufbruch.«

Sie zog an einer meiner Haarsträhnen, um mich in Richtung der wartenden Rentiere der Aelfar zu dirigieren, aber nicht grob, geradezu liebevoll.

Schon wollte ich meine tauben Füße in Bewegung setzen, da hielt mich ein Wortgefecht auf. Simàja war aus Jors Armen geglitten und kniete neben Vedi, der noch immer reglos am Boden lag, dort, wo ihn die Frostlinie gefällt hatte. Reglos … aber nicht tot, wie ein schwaches Zucken bewies. Ritni stand neben ihm und stupste ihn vergeblich mit der Schnauze an, immer wieder.

»Liebste, komm, du kannst dich doch kaum auf den Beinen halten. Überlass das Tjael.« Ihr Verlobter versuchte, sie aufzurichten, und deutete auf den jungen Typen, der sie so besorgt begrüßt hatte.

Der Aelfa war schon zur Stelle, beugte sich herab und legte seine Hand auf die starre Flanke des Rentierbullen. »Der Erste Speer hat recht, Prinzessin. Schon dich. Ich werde Vedi beistehen.«

»Nein«, wehrte Simàja ab, ihre Stimme dünn, aber drahtseilstark. »Kümmere dich um Ritni. Dass sein Vater getroffen wurde, ist meine Schuld. Ich tue es selbst.«

Der junge Aelfa namens Tjael senkte ehrerbietig den Kopf und zog das weiße Kalb behutsam zur Seite, zurück zu Silla. Simàja aber streckte die Hand nach ihrem weißen Messer aus, das Tjael vorhin für sie aufgehoben hatte und ihr nun hinhielt.

Was läuft denn hier? Sie wird doch nicht …

»Das Rentier hat die Frostlinie berührt, nicht wahr?«, knurrte Tomte Teda dicht an meinem Ohr. »Ach, Trollmist. Dann kann man ihm nur noch auf eine Art helfen.«

Ich zwang meine Beine, ein paar Schritte näher zu staksen. Niemand hielt mich auf. Ich sah, wie Simàja Vedis Hals streichelte, sah das schwache Zucken seiner Glieder, die starren, weißen Augen, die wie bereift wirkten. Verstand, wie sehr er litt. Dann, mit einer blitzschnellen Bewegung, setzte Simàja ihr Messer an und schnitt ihm die Kehle durch, gefolgt von zwei weiteren Schnitten in die Vorderläufe. Blut, hellrot und heiß, ergoss sich in den Schnee.

Ich hatte noch nie gesehen, wie ein Tier getötet wurde – also, keins über Käfergröße. Aber ich kannte Reportagen über die Grausamkeit von Schlachthäusern, hatte gelesen vom Gestank des Blutes, von der Gleichgültigkeit der Schlächter, von panischem Gebrüll im Todeskampf.

Nichts davon erlebte ich hier.

Alles war still und kalt und rein.

Es dauerte keine fünf Wimpernschläge, da brachen Vedis Augen und seine Glieder zuckten zum letzten Mal. Das tapfere Silberren hatte sein Leben ausgehaucht.

Meine Hände verkrampften sich in Anteilnahme. Die anderen Aelfar standen ringsum wie stumme, ehrfürchtige Trauergäste, Silla und Ritni zwischen ihnen.

»Gute Reise hin zu Ymas Weiden«, murmelte Tomte Teda, leise wie eine Brise.

Simàja hörte es wohl trotzdem, denn sie blickte dankbar in unsere Richtung, ihr Gesicht blass vor Kummer. Sie erhob sich mit Jors Hilfe und wandte sich an Tjael. »Kümmere dich um Silla und ihr Kalb. Bitte.« Der Aelfa neigte abermals den Kopf. Nun endlich ließ sie geschehen, dass ihr Verlobter sie davontrug, zu einem mit schneeweißen Pelzen ausgekleideten Schlitten.

Ich beobachtete, wie sorgfältig er sie hineinbettete, und wieder stritten zwei Gefühle in mir – die Verwunderung darüber, wie geschwächt Simàja wohl wirklich war, und gleichzeitig ein jämmerlich heißes *Will auch!,* das ich nie im Leben laut zugeben würde … am wenigsten vor Erik. Okay, am *allerwenigsten* vor Tomte Teda.

Die Aelfa namens Vissa trat zu uns. »Trägerin des Froststerns, Tomte. Folgt mir. Wir haben einen Schlitten für euch.« Ihr Ton war respektvoll, der Blick aus ihren Raubtieraugen jedoch finster.

Hat die was gegen uns oder guckt die immer so? Ich wollte es am liebsten Tomte Teda fragen, aber die Ohren der Aelfar waren offensichtlich nicht nur spitz, sondern auch verdammt hellhörig, selbst unter dicken Pelzmützen. Also hielt ich meine Klappe, stapfte Vissa hinterher und starrte auf ihre kupferroten Zöpfe, die ihr den Rücken hinunterfielen.

Nicht nur die Haarfarbe machte sie zu etwas Besonderem: Zumindest in dieser Gruppe war sie außer Simàja die einzige weibliche Aelfa, aber ihr hoher Rang stand außer Frage – obwohl oder gerade weil sie keine Waffe trug? »Erste Jägerin« neben diesem Supermann Jor – und die anderen wirkten auch nicht gerade wie Milchbubis … Eine Hammerfigur hatte sie außerdem, das ließ sich selbst unter ihrer dicken Winterkleidung erahnen.

Na klasse. Ich hatte mich nie ernsthaft unwohl in meiner Haut gefühlt, aber in dieser Gesellschaft kam ich mir langsam vor wie Gollum bei einer Miss-Wahl.

Es half nicht, dass Vissa mir mit verächtlicher Miene dabei zusah, wie ich mich mühsam in die Felldecken meines Gefährts hineinwurschtelte. Tomte Teda war natürlich viel schneller fertig und keine Unterstützung. Doch ein aufmunterndes Pochen auf meiner Stirn erinnerte mich daran, dass ich auch etwas Besonderes vorzuweisen hatte, verdammt! Trotzig hielt ich Vissas Blick stand.

Wer trägt hier den Froststern, hä?

Endlich wandte sie sich ab, rief einen Befehl und gleich darauf setzte sich unser kleiner Treck in Bewegung. Zwei Schlitten, begleitet von einer Handvoll Aelfar, die allesamt auf diesen übernatürlich großen Rentieren ritten, mit Zaumzeug, aber ohne Sattel. Jor führte den Zug an, Vissa an seiner Seite, die anderen folgten in loser Formation, voller Wachsamkeit.

Zurück blieb allein Tjael, der nicht nur Silla und Ritni versorgte, sondern offenbar die undankbare Aufgabe hatte, sich um die sterblichen Überreste von Vedi zu kümmern … und wahrscheinlich auch um das, was von dem Drygha übrig geblieben war. Bis auf dessen Schädel allerdings – denn der baumelte jetzt an Jors Speer.

Brrr. Tolles Souvenir.

Die dritte Schlittenfahrt meines Lebens kam mir unwirklicher vor als alles, das ich bisher erlebt hatte auf meiner irren Reise. Ringsum erstreckte sich eine hügelige Ebene aus Schnee, so blendend weiß, dass ich meine Augen fast ganz zukniff. In der Ferne erahnte ich zerklüftete Bergrücken. Über uns: ein endloser winterblauer Himmel, der schon wieder das nahende Dunkel erahnen ließ. Noch aber strahlte die Sonne auf uns herab, ließ den durch die Rentierhufe aufgewirbelten Pulverschnee funkeln wie Diamantstaub.

Um mich herum ritt eine Eskorte aus Sagengestalten, jede einzelne von so unbezähmbarer, magischer Ausstrahlung, dass ich meinen Sinnen kaum traute. Doch all das war echt. Ich fühlte den eisigen Fahrtwind, roch den herben Duft gegerbten Fells, hörte das Knirschen der Schlittenkufen, das Stampfen der Silberrene, die Rufe ihrer Reiter.

Es ist alles wahr.

Und in Momenten wie diesen war es herzzerreißend schön und überwältigend. Zu groß nur für mich, für das Durcheinander in meinem Inneren. Weniger denn je wusste ich, wie zur Hölle ich all dem jemals standhalten sollte … und steckte doch mittendrin.

Egal. Augen auf und durch.

Neben mir rührte sich Tomte Teda und stieß eine winzige weiße Atemwolke aus. »Na, Menschlein, nun aber raus damit: Wie ist es dir ergangen?«

Ich holte tief Luft, suchte nach einem Anfang. Von Svaltis Ende konnte ich nur stockend berichten. Teda schwieg dazu und ließ den Kopf hängen. Ich spürte genau, wie sehr sie meine Worte trafen. Sicher gab sie sich die Schuld. Rasch sprach ich weiter, erzählte von meinem Weg durch die wache Welt und durch den Klartraum. Langsam gelang es mir wohl, meine Wichtelfreundin aus ihrem Kummer herauszuholen, denn sie begleitete meinen Bericht mit immer lauterem Grunzen, das direkt beifällig wirkte.

Als ich zu der Herznadel kam, klatschte sie sogar in die Hände. »Ihr habt eine aufgespürt? Mitten in der Schneefeste? Bravo, Menschlein, ihr taugt ja richtig was!«

»Noch haben wir sie nicht«, bremste ich sie. »Aber selbst wenn wir sie wirklich finden und der Blutszauber gelingt – wie schaffe ich das Teil hierher? Du hast doch selbst gesagt, dass ich nichts aus dem Traum mitnehmen kann.«

»Schon richtig, aber es gibt vielleicht eine Ausnahme«, sagte Teda bedächtig. »Svalti hat mich darauf gebracht. Der Klartraum und auch der Froststern sind Geschenke Ymas. Wie die Herznadel – schließlich besteht sie aus Bernstein, dem Harz des Weltenbaums! Das ist uralte Magie, die stärkste von allen. Wenn du es schaffst, sie für dich zu erwecken – dann schaffst du es auch, sie in die wache Welt herüberzuschmuggeln.«

»Bist du dir da sicher?«, fragte ich kritisch. »Oder hoffst du es bloß?«

»Die Hoffnung einer Tomte ist kostbarer als Wissen«, erklärte sie hoheitsvoll. »Hab ein bisschen Vertrauen in das Unsichtbare, Menschlein. Dein Froststern ist dir ja auch schon so nah, dass er dich leitet.« Sie krabbelte ein Stück höher und tippte mir gegen die Mütze. »Ich hab ihn gesehen, vorhin. Er ist größer geworden. Ihr wachst gemeinsam.«

»Na super«, murmelte ich. »Wenn *ich* noch mehr wachse, passe ich bald nirgendwo mehr durch die Tür.«

Sie lachte meckernd, wurde urplötzlich wieder ernst. »Zögere nicht mit deinem Plan, Menschlein. Wenn alles gut geht, durchschreitest du bald die Pforte. Yma allein weiß, wie sich der Klartraum dann wandelt – oder ob er sogar endet.«

»Du meinst, wenn ich erst in Ymatàja bin, kann ich mich vielleicht nicht mehr zu Erik träumen?« Der Gedanke verpasste mir eine wahre Eisdusche. Sosehr ich den Klartraum anfangs auch gefürchtet hatte – er war meine Hotline zu Erik, und sollte sie gekappt werden …

Tomte Teda wischte meine Nachfrage ungeduldig weg und brummte: »Noch sind wir hier. Und hier müssen wir erst einmal die Spitzohren davon überzeugen, dir zu vertrauen. Schließlich bist du seit Gerda Eisenhand der erste Mensch, der von der Pforte weiß – mehr noch, hindurchwill! Ob sie dich wirklich hinbringen …«

»Aber fahren wir nicht genau dorthin?«

»Wir fahren zu ihrem *Lager*. Die Pforte liegt weiter weg, einen halben Tagesmarsch entfernt. Ein gefrorener See, der niemals auftaut, auch im Sommer nicht. Ihr Menschen nehmt das natürlich nicht wahr.«

Ich runzelte verständnislos die Stirn. »Warum wohnen sie denn nicht direkt an der Pforte? Wäre doch viel praktischer, oder?«

»*Gefährlicher* wäre es«, verbesserte mich Teda patzig. »Um die Pforte liegt ein Bannkreis, den die Aelfar selbst geschlagen haben. Der mächtigste, den es gibt, denn er wirkt durch beide Welten. Niemand kann Ymatàja auf diesem Weg verlassen, und sein Eingang bleibt dort jedem verborgen, selbst der Ysirka. Ihre Frostlinien mögen durchbrechen, doch noch kann sie ihnen nicht folgen. Aber dieser Schutz hat seinen Preis. Wer allzu lange in der Nähe des Bannkreises bleibt, dem entzieht er die Magie, Stück für Stück … und schließlich die Lebenskraft. Es ist kein guter Ort.« Sie verstummte und auch ich fragte nichts mehr. Ich hatte genug, das mir im Kopf herumschwirrte.

Schließlich war es so weit. Als wir eine hügelige Waldgegend erreichten, kam unser Zug auf einer flachen Kuppe kurz ins Stocken. Ich blickte nach vorn, rieb mir die Augen: Die tief stehende Sonne brachte den Schnee so stark zum Glitzern, dass ein eigenartiges Flimmern in der Luft lag, ähnlich wie eine Fata Morgana. Mein Froststern *summte* fast, sodass mir klar wurde: Das dort vor uns war keine Luftspiegelung, kein natürliches Phänomen. Es war Magie.

Der Schimmer.

Schon einen Moment später hatten meine menschlichen Augen

dank Bling die bezaubernde Täuschung überwunden und ich sah wieder klar. Was eben noch scheinbar nichts als verschneite Landschaft gewesen war, wurde zu einer Lichtung mit einer Ansammlung kegelförmiger, verschneiter Hügel – *Kjolge* genannt, wie mir Teda zuraunte. Bewohnte Bauwerke, wie ich sofort verstand, denn jedes einzelne besaß an der Spitze ein Abzugsloch, aus dem Rauch aufstieg. Ein besonders hoher Kjolg bildete das Zentrum, umgeben von einem Dutzend kleinerer. An jedem Eingang steckten dünne Stangen im Schnee, an denen sich schmale Banner in der klaren Luft bewegten, ihre Farben blassbunt wie ein abendlicher Winterhimmel. Ringsherum zog eine kleine Herde Silberrene, ohne Leinen, ohne Gatter.

Wir hatten es erreicht: das Lager der Aelfar, letzter Meilenstein auf dem Weg nach Ymatàja. Ich hätte jubeln sollen – stattdessen war mir mit einem Mal so mulmig zumute wie noch nie. Ich kam hierher, als einziger Mensch inmitten von magischen Wesen. Wie würden sie mich empfangen?

Kapitel 22

Wir erreichten das Aelfar-Lager wie ein Triumphzug. Jor ritt auf dem Silberren, das Simàjas Schlitten zog. Hoch über seinen Kopf reckte er den langen Speer, an dessen Spitze der kahle Wolfsschädel des getöteten Drygha steckte. Ein beeindruckender Auftritt ganz im Sinne seiner Leute, eindeutig, denn die Aelfar, die bei unserer Ankunft zwischen den Kjolgen auftauchten, hoben anerkennend den linken Arm in die Luft und folgten uns. Einige riefen Jors Namen, andere stießen schrille, jubelnde Pfiffe aus, erwidert von den Kriegern unserer Eskorte.

Als wir den Platz vor dem großen Kjolg erreicht hatten, umringte uns bereits ein ganzer Trupp. Ich sah nur männliche Aelfar – und alle bewaffnet. Die Gesichter, sofern ich sie zwischen den hohen Kragen, Umhängen und Pelzmützen erkennen konnte, waren alterslos schön und gleichzeitig von wettergegerbter Härte. Ich sah niemanden, der so jung wirkte wie Simàja. Die nächste Altersstufe, in die ich Jor, Tjael und Vissa eingeordnet hatte und die für meine Menschenaugen vielleicht bei Mitte zwanzig lag, gab es öfter, doch die meisten schätzte ich auf irgendetwas diffus darüber. Wirklich alt, *menschenalt,* sah hier niemand aus, auch bewegte sich ausnahmslos jeder Einzelne geschmeidig und kraftvoll. Viele Aelfar waren es allerdings nicht, die nun zusammengekommen waren, sie erreichten nicht einmal die Stärke meiner Schulklasse.

»Sind das etwa alle?«, fragte ich Tomte Teda überrascht, als unser Schlitten hinter dem von Simàja zum Halten kam.

Die Wichtelin schreckte hoch, weil ich sie aus ihrem Dösen geweckt hatte, und war sofort wieder übellaunig. »Natürlich sind das nicht alle«, knurrte sie mich an. »Ein paar sind auf Jagd, eine Gruppe wacht zu jeder Zeit an der Pforte und hält den Bann aufrecht. Knapp zwei Dutzend Aelfar gibt es noch in deiner Welt, jetzt werde bloß nicht gierig, Menschlein.«

»Gierig, so ein Quatsch«, gab ich verärgert zurück. »Ich frage mich bloß, wieso die hier noch niemand entdeckt hat, auch wenn es nur so wenige sind. Macht das dieser Schimmer? Ich dachte, es gibt nicht mehr genug Magie in unserer Welt für so etwas Großes?«

»Gibt es doch, aber nur hier«, brummte sie, etwas versöhnlicher. »Zauberkraut, ich brauche Kaffee! Verstehst du, Menschlein, es ist so: Das Lager ist durch einen Fluss mit der Letzten Pforte im See verbunden – und diese mit Ymatàja. Obwohl der Bann intakt ist, fließen immer noch Tropfen der Magie in eure Welt, und damit auch bis hierher. Aber ihr Zustrom versiegt, wie ich höre.«

Bevor ich nachfragen konnte, was das genau bedeutete, öffnete sich die mit winzigem, verästeltem Schnitzwerk verzierte Tür des großen Kjolgs, und ein Aelfa trat heraus, barhäuptig, seine eisgraue Mähne wallend und offen. Über seinem knielangen, gefütterten Gewand trug er einen Umhang aus dichtem, dunkelbraunem Pelz – das Fell eines Bären? Das Gewicht schien ihn niederzudrücken, denn er bewegte sich nur langsam und vorsichtig und stützte sich dabei auf einen Speer mit aufwendig geschnitzter weiß-silberner Spitze.

Okay, ich nehme alles zurück. Es gibt DOCH alte Aelfar.

Sogar *steinalte.*

Noch nie hatte ich den Begriff so treffend gefunden. Denn wie ein Stein, ein verwitterter Felsen, sah das Gesicht aus, das ich jetzt erblickte. Sein Kinn zierten ähnliche Muster wie das Simàjas und der anderen Aelfar, nur wirkten sie hier wie eingemeißelt. Und der Blick … Wenn ich bei Tomte Tedas Augen in ihren dunkelsten Momenten an Feuerstein dachte, dann waren diese hier Diamant. Wen immer sie streiften, der senkte respektvoll den Kopf – und als sie *mich* trafen, hart und erbarmungslos, kam ich mir vor wie gegen den nächsten Kjolg genagelt.

Hilfe, wer ist das?

Jor war meine Rettung. Er sprang vom Rücken seines Rentiers, half Simàja hoch und trat mit ihr vor den Ehrfurcht gebietenden Aelfa, den Speer mit dem Monsterschädel fest in seiner Rechten.

»Sonne und Wind, Askil Bärenkopf, Fürst des Bernstein-Clans, Herr der Wächter der Letzten Pforte. Sieh, ich bringe dir deine Großtochter zurück, heil und unversehrt. Dieser Drygha hat gewagt, sie zu bedrohen, Vedi bezahlte den Angriff mit seinem Leben. Doch mein Speer hat dem Ungeheuer ein Ende gemacht.«

Oh! Das also war Simàjas Großvater – der, der ihr am liebsten die Hochzeit mit Jor verbieten würde! Ich beobachtete verstohlen, wie seine Diamantaugen Simàjas Auserwählten und die gruselige Trophäe auf der Speerspitze musterten. Er wirkte wenig beeindruckt. Wie ein Herr, dessen Hund ihm etwas Vergammeltes ins Haus geschleppt hat und dafür eher Tadel als Lob verdient hat.

»Jor.« Seine Stimme klang wie ein Steinschlag im Gebirge – und etwa genauso freundlich. »Lässt du dich abermals von deinem Bergkristall-Blut hinreißen? Zeig Respekt vor deinem Anführer.«

Jors schönes Gesicht erstarrte vor Wut. Ohne ein Wort nahm er seine Pelzmütze ab. Seine langen Haare, glänzend wie Ebenholz und nur gebändigt durch einen Flechtknoten am Hinterkopf, glitten ihm die Schultern hinab. Dann neigte er den Kopf und bot Askil seinen entblößten Nacken dar. Der maß die Ehrbezeugung mit verächtlichem Blick und hob den Speer in seiner Linken. Mühsam berührte er Jors Nacken mit der Spitze, woraufhin dieser sich wieder aufrichtete und zurücktrat, seine Miene noch eisiger als vorher. Eine bessere Begrüßung würde er nicht bekommen, geschweige denn Dank – so viel war klar.

Dann fixierte Askil seine Enkelin. »Simàja. Nun siehst du, wohin dich deine Vernarrtheit in die Angelegenheiten der Menschen bringt. Ich hoffe, du hast deine Lektion gelernt und wirst von nun an gehorchen.«

Wow. Keine besorgte Frage nach ihrem Zustand, kein erleichtertes Willkommen. Ich versuchte zu erkennen, wie Simàja sich bei dieser Zurechtweisung fühlte. Sie stand neben Jor, hielt demonstrativ dessen freie Hand und antwortete ihrem Großvater nicht. Zu erschöpft für Worte … oder zu stolz?

Okay, mit dem möchte ich auch nicht meine Zukunftspläne diskutieren, dachte ich. Ganz kurz schweiften meine Gedanken zu meinen Eltern – beide eher abwesend, sicher, beide enttäuscht von meiner Talentlosigkeit, aber trotzdem zeigten sie auf ihre Art, dass sie mich liebten – und *Angst* hatte ich niemals vor ihnen gehabt.

Jor trat abermals vor. Er war eindeutig nicht bereit, sich von Askil kleinhalten zu lassen, und in den Gesichtern der anderen Krieger las ich dafür klare Anerkennung. Mit großer Geste deutete er auf mich. »Das ist noch nicht alles. Sieh, Askil, wer mit uns ist: die Trägerin des zweiten Froststerns!«

Mittlerweile kannte ich mein Stichwort. Ich schälte mich aus den Fellen, schaffte es, ohne zu stolpern, auf die Füße und zog meine Mütze vom Kopf. Ich hatte Bling in der Zwischenzeit nicht wieder bewusst verschwinden lassen und spürte, wie er auf meiner Stirn funkelte, deutlich sichtbar für jeden hier.

Wieder lagen plötzlich alle Blicke auf mir. *Gah.* Dabei hasste ich nichts mehr, als im Zentrum der Aufmerksamkeit zu stehen. Ich hasste es in meiner Klasse, mit dem spöttischen Kichern von Tessa und Co. im Rücken – aber das hier war tausend Mal schlimmer, obwohl niemand, wirklich *niemand* einen Laut von sich gab. Das mulmige Gefühl in meinem Magen nahm nicht ab, im Gegenteil, es kroch mir würgend die Kehle hinauf.

Wenn nicht gleich was passiert, kotze ich dem Alten noch vor die Füße!

Da ertönte eine respektlose Stimme von meiner Schulter: »Askil, sollen wir etwa weiter in der Kälte stehen? Behandelt man so Gäste, die euch wertvolle Hilfe bringen? Und ihr da, genug geglotzt! Ab sofort nehmen wir Eintritt.«

Fast prustete ich los. Was war ich froh, Tomte Teda wieder bei mir zu haben!

Bei Askil kam die Nummer eindeutig weniger gut an – sein Gesicht schien noch weiter zu versteinern. »Tomte. Also ist sie wahr, deine Geschichte. Nun, was eure Hilfe angeht – ob sie wertvoll ist, muss sich erst erweisen.«

»Du zweifelst am Froststern?«, fragte Teda empört. »An *mir*? Weißt du nicht mehr, wie ich euch gegen die Ysirka beigestanden habe?«

Askil wischte ihren Protest mit einer ungeduldigen Geste weg. »Du warst lange fort, Tomte. Fort und unter Menschen. Wir werden das heute Abend besprechen, beim Feuerrat. Bis dahin ehren wir das Gastrecht.«

Damit war für ihn wohl alles gesagt, denn er drehte sich abrupt um und verschwand wieder in dem großen Kjolg.

Schlagartig ließ die Spannung nach und geschäftiges Treiben brach um uns herum aus. Die Silberrene wurden ausgespannt und weggeführt, die Schlitten entladen. Ich versuchte, Simàjas Blick aufzufangen, doch sie war ihrem Großvater in den Kjolg gefolgt. Auf mich dagegen achtete niemand mehr.

»Was ist los?«, fragte ich meine kleine Reiseleitung nervös. »Haben wir bestanden?«

»Ihr seid willkommen«, schaltete sich da Jor ein. Er war neben mich getreten, so leichtfüßig, dass ich es nicht einmal bemerkt hatte. »Lasst euch nicht durch Askils Art stören. Er ist der Menschenwelt gegenüber wenig aufgeschlossen. Vielleicht das Einzige, das wir gemeinsam haben. Allerdings lerne *ich* aus meinen Fehlern.« Ein ironisches Grinsen erschien in seinem Gesicht, doch es wurde sogleich von einem anderen Ausdruck abgelöst, als er mich direkt ansah. Sein Blick unter den scharf geschwungenen Augenbrauen war durchdringend, voll auf mich fokussiert. Ich konnte ihm nicht ausweichen – genauso wenig wie der Tatsache, wie unglaublich attraktiv er war. Die unmenschliche Schönheit, die allen Aelfar inne zu sein schien, war bei ihm bis Stufe 11 hochgedreht. Sein Kinn-Tattoo zeigte ein aufgestelltes Dreieck, darin eine senkrechte Linie. Es wirkte hart und scharf, wie eine Pfeilspitze. Seine Augen waren von so dunklem Braun, dass sie fast schwarz anmuteten, doch aus dieser Nähe erkannte ich winzige grüne und goldene Flecken darin. Wie ein Waldsee, gesprenkelt mit herabgefallenen Blättern und Sonnenlicht. Seine Gesichtszüge waren ebenmäßig, männlich und hart, seine Lippen aber wirkten weich und sinnlich. Ungebeten erschien das Bild vor meinem inneren Auge, wie leidenschaftlich er Simàja umarmt und geküsst hatte …

Whoah! Auszeit!

Mühsam riss ich mich zusammen und wandte meinen Blick ab, meine Ohren glühend heiß, trotz der Eiseskälte. Mist, ich hatte ihn angestarrt wie Farinelli den nächsten Käsewürfel.

Das war Jor natürlich nicht entgangen … aber es schien ihm auch nicht unangenehm. Aus dem Augenwinkel bemerkte ich sein Lächeln. War er geschmeichelt? Nein, eher belustigt.

Gah, wie peinlich. Vielleicht sollte ich mir selbst ein Sabberlätzchen bringen!

Zum Glück schaltete sich in diesem Moment Tomte Teda wieder ein: »Dann hast du hoffentlich gelernt, dass es ein Fehler ist, Tomtes nicht zu glauben! Vor euch steht wahrhaft die Erbin des Froststerns, den einst Gerda Eisenhand erhielt, weil sie an eurer Seite kämpfte.«

»Ich zweifle nicht mehr, würdige Tomte«, sagte Jor. »Teilt unser Lied beim Feuerrat, dann werden wir über alles sprechen.« Erneut fasste er mich ins Auge mit diesem intensiven, prüfenden Blick, der irgendetwas in mir aufzurollen schien. »Wahrhaftig. Ein Mensch, der den Froststern trägt. Der rarste Schutzzauber von allen, gewachsen in Ymas Herzen. Ob wir je das volle Ausmaß seiner Macht erfahren?«

Er schien eine Antwort von mir zu erwarten, aber verdammt, ich brachte nichts heraus. Seine Stimme sickerte in mich hinein wie Ahornsirup in Pancakes.

Erneut war Tomte Teda meine Rettung. »Na, ich denke, das besprechen wir alles heute Abend, oder? Können wir uns jetzt endlich aufwärmen? Mir friert gleich der Hintern ab.«

Jor warf den Kopf zurück und lachte, wieder mit diesem Bronzegong-Klang, den ich bis tief in meiner Brust spürte. Was zur Hölle war los mit mir?

»Verzeiht, ich bin schlimmer als Askil.« Mit einer Geste beorderte er die rothaarige Aelfa herbei. »Vissa, zeig unseren Gästen ihren Kjolg und die Barnìja. In diesen Tagen halten wir sie zu jeder Stunde beheizt. Nutzt sie, wann immer es euch beliebt.« Ein letztes Augenzwinkern in meine Richtung, eine Art Nicken für Tomte Teda, dann schlenderte er davon.

»Folgt mir.« Vissa ging voran, ihre Miene verkniffen. Entweder passte es ihr nicht, als Erste Jägerin solche Babysitter-Jobs zu bekommen, oder auch sie hatte etwas gegen Menschen. Oder missfiel ihr am Ende, wie interessiert Jor mit mir gesprochen hatte?

Egal, all das kümmerte mich gerade nicht ansatzweise so sehr wie die Aussicht, endlich ins Warme zu kommen. Selbst die dicken Pelze im Schlitten hatten nicht verhindern können, dass ich erneut bis auf die Knochen durchgefroren war und erbärmlich zitterte.

Keine Ahnung, was eine »Barnìja« war, aber dass man dort einheizen konnte, klang verdammt gut.

Eine Barnìja, das entdeckte ich zu meinem Entzücken wenig später, war so etwas wie eine Sauna! Ihr Grundgerüst bestand aus glatt gehobelten Kiefernstämmen, dazwischen ein beeindruckend sorgfältiges Geflecht entrindeter Äste, von außen gedeckt mit Grassoden. Hinter dem Eingang befand sich eine Art Schleuse mit Bänken und hölzernen Wandhaken, wo man seine Kleidung ablegte. Abgetrennt durch einen Vorhang aus hellem, gegerbtem Leder folgte dann die eigentliche Schwitzkammer: ein runder Raum, in seinem Zentrum ein großer Ofen, der wirkte wie aus einem einzigen Felsen gehauen. Auf seiner Oberseite befand sich eine Vertiefung, gefüllt mit dampfendem Wasser, in dem brennende Talglichter schwammen. Als wir eintraten, schlug uns eine Welle tröstlicher, lang vermisster Hitze entgegen, begleitet von einem Duft wie von einem sommerlichen Tannenwald.

Niemand sonst befand sich hier und so zögerte ich keine Sekunde. Die Kälte saß mir derartig tief in den Knochen, dass ich Mühe hatte, mich aus meinen Klamotten zu pellen – aber schließlich saß ich splitternackt auf einer der Lederhäute, die wohl genau dafür auf dem Boden lagen. Nicht lange, und mein Körper glühte, genau wie mein Nasenpiercing. *Endlich warm. Herrlich.*

Ein Stück neben mir, ebenso nackt wie ich – bis auf die rote Wollmütze –, kauerte Tomte Teda auf einem geglätteten Holzscheit. Durch die Hitze und das Kerzenlicht sah bald ihr ganzer rundlicher Körper aus wie ein Winterapfel. Augenscheinlich höchst zufrieden mit sich und der Welt, ließ sie die Beine baumeln und nahm einen tiefen Zug aus einem fingerhutgroßen Holzbecher, den sie in einen bereitstehenden Krug getaucht hatte. Was sich darin befand, wollte sie nicht verraten, aber ihr Grinsen und der scharfe Geruch deuteten auf etwas Hochprozentiges hin.

»Krieg ich auch was?«, forderte ich kühn.

Teda winkte ab. »Bleib du mal beim Wasser, Menschlein, du brauchst einen klaren Kopf. Bei deinen nächsten Schritten musst du gut achtgeben. Hmpf, dieser Askil, noch genauso stur wie damals. Nein, schlimmer! Die Wächter werden dich nicht so einfach durch die Pforte spazieren lassen, das steht schon mal fest.«

»Simàja hat es mir aber versprochen«, warf ich ein.

»Hat sie genau das gesagt, Wort für Wort?«, fragte Teda. »Dass sie *verspricht*, dich durch die Pforte zu lassen?«

»Nein«, musste ich zugeben.

»Na bitte.« Kopfschüttelnd hob sie ihren Schöpfbecher und leerte ihn mit einem herzhaften Schluck. »Bei den Aelfar musst du immer gut aufpassen, Menschlein. Sie sagen selten, was sie denken – und noch seltener tun sie, was du willst.«

»Aber Simàja kommt mir ehrlich vor«, entgegnete ich und dachte daran, wie aufrichtig zerknirscht die junge Aelfa versucht hatte, ihre Schimmer-Manipulation wiedergutzumachen. »Ich glaube, sie mag mich.«

Tonte Teda winkte ab. »Heißt nicht viel. Du magst Katzen – sie mag halt Menschen. Ungewöhnlich für eine Aelfa, aber allein der Altersunterschied …«

»Hallo? Die ist doch maximal ein Jahr älter als ich!«

»Versuch's mit ein*hundert*.«

Ich schnaufte überrascht. »Moment, willst du mir erzählen …«

Sie zuckte mit den Schultern. »Aelfar werden über 500 Jahre alt, wenn's gut läuft, und äußerlich altern sie sehr langsam.«

Krass. Aber klar: Wie hätte Kaiina sonst Simàjas Mutter sein können! Ich guckte wohl ziemlich dumm aus der nicht vorhandenen Wäsche, denn Tomte Teda kicherte belustigt und fuhr fort: »Deine Prinzessin steht noch ganz am Anfang ihres Lebens. Sie wurde hier geboren, hundert Jahre nachdem ihr Clan durch die Letzte Pforte floh und sie verschloss. Das einzige neue Kind seitdem. Ymatàja sieht sie als ihre Heimat, aber *erlebt* hat sie nur die Menschenwelt. Kein Wunder, dass du sie interessierst. Das heißt aber nicht, dass sie dich als ihresgleichen akzeptiert.«

Oh. Die Worte trafen mich unerwartet hart. Bisher hatte ich mir nicht viel aus Freundschaften gemacht, mit Ausnahme der zu Erik natürlich. Bei Simàja dagegen hatte ich spontan diese ungewohnte Vertrautheit gefühlt, trotz aller unbekannter Größen. Irgendwie hatte ich gedacht, dass es ihr genauso ging. Stattdessen war ich für sie nur ein besseres Haustier?

Teda tätschelte meinen großen Zeh. »Mach dir nichts draus. Du hast den Froststern und der Rest von dir ist auch gar nicht mal so unnütz. Du musst nicht auf die Anerkennung der Spitzohren hoffen.«

»Tu ich gar nicht«, wehrte ich mürrisch ab. »Und, äh, Simàjas Verlobter? Ist der auch so alt?«

»Jor?« Sie warf mir einen scheelen Blick zu. »Der dürfte deutlich älter sein, auch wenn du ihm das genauso wenig ansiehst. Er war schon ein Krieger, als die Wächter die Pforte durchschritten, damals, vor 200 Jahren. Also zu alt für dich, auch wenn er von der Größe her passt.«

»Pff, als ob der mich interessiert«, winkte ich ab. Innerlich aber stöhnte ich auf: *Natürlich* hatte Tomte Teda meinen Aussetzer bemerkt. Dabei machte ich mir ja schon selbst genug Vorwürfe! Wie konnte es sein, dass mich ein anderer Kerl derartig durcheinanderbrachte, wo doch mein Herz Vollzeit mit den Gedanken an Erik kämpfte?

Aber es ist ja auch nicht wirklich mein HERZ, das dieser Jor getroffen hat, oder? Der Gedanke tauchte hinterrücks auf und machte alles noch viel peinlicher. Zum Glück verbarg die Saunahitze auf meiner Haut jegliches Erröten.

»Ich mein's ernst, Menschlein. Pass ein bisschen auf.« Wieder blitzte der Feuerstein in den Tiefen von Tedas Wichtelaugen auf. »Der Schimmer wirkt nicht nur auf Erscheinung und Willen. In früheren Zeiten machten sich die Aelfar gern einen Spaß daraus, Menschen die Gefühle mit ihrer Magie zu verwirren. Das sollte bei dir nicht klappen, weil der Froststern dir die Macht gibt, dich zu wehren. Aber du musst schon wachsam bleiben.«

Ach, du Schande. In was für einer Gesellschaft war ich bloß gelandet? Hatte Jor vorhin testen wollen, wie empfänglich ich trotz meines Schutzzaubers für Aelfar-Magie war? Und ich hatte nicht einmal daran *gedacht*, die Schimmer-Abwehr hochzufahren!

Meine Verlegenheit verwandelte sich in Wut. Ich hatte es so satt, mich von den Unsichtbaren, ob groß oder klein, als dummer Mensch behandeln zu lassen. Ich nahm mir vor, ab sofort extra aufzupassen und ständig Kontakt zu Bling zu halten.

Ich nickte Tomte Teda zu. »Okay, ist notiert.« Dann strich ich mir meine schweißnassen Haare zurück und fragte: »Aber viel wichtiger: Wie schaffen wir es, dass die Aelfar uns durch die Pforte lassen? Simàja sagte, ihre Leute wollten zurück nach Ymatàja. Weißt du, wann sie genau aufbrechen wollen? Können wir da mit?«

Tomte Teda stellte ihren Becher ab und erhob sich. »Ich denke, genau das erfahren wir heute Abend beim Feuerrat. Trotz Askils Gemurre: Es ist eine Ehre, dass sie uns dazu gebeten haben. Und eine trollverflucht gute Chance, sie zu überzeugen, vielleicht unsere einzige. Also los, Menschlein. Einmal raus in den Schnee zum Abkühlen – und dann fühlen wir der feinen Gesellschaft auf den Zahn!«

Kapitel 23

Ich hörte das Lied schon, als wir die Wintersauna verließen. Es schien zwischen den Silhouetten der Kjolge zu schweben, ein Ton, so schimmernd wie das Mondlicht auf den vereisten Wohnhügeln. Auch die Silberrene, die im Lager herumspazierten, hörten ihn. Hier und da blieb eins von ihnen stehen und hob den Kopf mit dem weißen Geweih, als ob es lauschte. Ich entdeckte weder Silla noch Ritni und hoffte, dass sie gut mit Tjael zurückgekehrt waren. Kein anderer Laut störte die Stille, nur das leise Knirschen meiner Stiefel im Schnee.

Plötzlich vor uns: vier Gestalten mit Fackeln, so lautlos wie Schatten. Ich fuhr zusammen, doch es waren Aelfar-Krieger, die ohne ein Wort an uns vorbeigingen, Richtung Barnìja. Einen Moment lang sah ich ihre Gesichter im Feuerschein – und erschrak abermals. Sie wirkten grau, ausgezehrt, ihre Augen leer und glanzlos. Jetzt bemerkte ich auch, dass sie weniger aufrecht gingen, sondern sich vielmehr voranschleppten, gestützt auf ihre Speere.

»Sie kehren zurück von ihrer Wacht an der Pforte, nachdem man sie abgelöst hat«, raunte mir Tomte Teda ins Ohr. »Ich sagte dir ja, den Bann zu erhalten kostet Kraft. Nach ein paar Tagen haben sie das wieder aufgeholt … aber nur eine starke Sjal erträgt das auf Dauer.«

Und sie machen das seit 200 Jahren?, dachte ich betroffen. *Wie hält man so was aus? Ob Simàja auch schon Wache schieben musste? Und was ist eine »Sjal«?*

Die hohläugigen Gesichter verfolgten mich noch eine ganze Weile, doch der zauberhafte Klang, dieser silberne Faden, schwebte noch immer in der Luft und löste meine Beklemmung, nahm sie mit sich, Stück für Stück.

Dann hatten wir unser Ziel erreicht: den hohen, runden Kjolg-Hügel in der Mitte des Lagers, in dem vorhin Askil mit Simàja verschwunden war. Aus dem Rauchabzug an der Spitze trieben rotgoldene Funken hinauf in die klirrend kalte Dunkelheit des frühen Abends … wie das Lied, das uns hergeführt hatte. Jetzt, von Nahem, erkannte ich mehrstimmigen Gesang, eine Melodie von so unbekannter Harmonie, dass sie selbst eine tontaube Nuss wie mich erschauern ließ. Meinen Vater hätte sie wahrscheinlich zur Ekstase gebracht. Für einen Moment tauchte er vor meinem inneren Auge auf, wie er versuchte, die Musik mit seinem Cello einzufangen, und eine heiße Sehnsucht kochte in mir hoch. Ich wollte zu Papa, nach Hause, zurück in die Normalität!

Doch schon öffnete ein Aelfar-Wächter die Tür für uns, ich schob mich durch einen Vorhang und alle Gedanken an mein Leben in der Menschenwelt blieben hinter mir zurück.

Im Innern erwartete Teda und mich eine Versammlung. Die Aelfar saßen auf Silberrenfellen rings um ein prasselndes Feuer, in dessen Mitte ein mannshoher, rußgeschwärzter Stab steckte. Brennmaterial? Eine Kochvorrichtung?

Der Flammenschein tanzte über die mit Birkenrinde verstärkten Kjolg-Wände. Weit über Kopfhöhe schien ein Geflecht dünner, schwarzer Zweige aus den Holzstangen der Wandkonstruktion herauszuwachsen, geschmückt mit unzähligen kunstvoll gearbeiteten Anhängern, deren Farben im warmen Licht funkelten – bernsteingolden, kristallklar, weiß wie die Hornklingen der Aelfar-Waffen … Amulette? Talismane?

Deutlicher erleuchtete das Feuer die harten, schönen Gesichter der Anwesenden, jedes einzelne ein Kunstwerk, noch betont durch die Kinn-Tattoos und die komplexen Flechtfrisuren ihrer schwarzen, glänzenden Haare. Zum ersten Mal sah ich sie ohne ihre Pelzmützen – mehr noch: Das Feuer schuf eine solche Wärme, dass alle ihre gefütterten Übergewänder abgelegt hatten und nur noch einfache Filztuniken trugen. Ein paar hatten selbst darauf verzichtet und saßen mit freiem Oberkörper da … darunter auch Jor. Der Flammenschein glitt über seine starke, geschmeidige Figur, seine breite Brust und die harten Muskeln seiner Arme. Ich versuchte, nicht wieder zu starren, aber es fiel mir echt schwer.

Nicht schlecht für einen 300-Jährigen. Oder wie alt er sonst sein mag.

Zum Glück beachtete er uns nicht, genauso wenig wie Simàja, die neben ihm auf einem Lager aus weißen Pelzen saß, einen Platz weiter ihr Großvater. Überhaupt niemand schenkte uns einen Blick.

Alle Augen waren auf das Feuer in der Mitte gerichtet und auch die Hände der Aelfar streckten sich den Flammen entgegen. Um sich aufzuwärmen, dachte ich im ersten Moment, doch nein: Dafür war die Armhaltung zu starr und die Finger der zum Feuer geöffneten Hände zeigten nach unten. Eine Gebetshaltung?

Ohnehin wirkten alle wie in Trance, gebannt durch den schwingenden Ton. Jetzt, wo sich meine Augen an das Dämmerlicht gewöhnt hatten, erkannte ich, dass jeder hier die Lippen leicht geöffnet hatte. Sie sangen. Eine Melodie ohne Worte, eine grenzenlose Harmonie, befreit von allen Notenregeln meiner Welt …

»Setz dich dazu«, flüsterte Tomte Teda in mein Ohr.

Und tatsächlich: Direkt vor mir klaffte nun eine Elvy-große Lücke im Kreis der Aelfar, wo vorher keine gewesen war. Hatten sie mich doch bemerkt und waren für mich auseinandergerückt? Wenn ja – war das ein gutes Zeichen?

Ich faltete mich auf meinen Platz, Tomte Teda hüpfte auf meine Knie. Dann streckte ich meine Arme zum Feuer aus, versuchte, die

Geste der anderen zu imitieren. Teilzuhaben, an was auch immer das hier war.

Die Melodie wurde lauter, schwang durch mich hindurch. Und dann … erkannte ich Worte in der Harmonie.

»Wir erinnern uns. Wir wachen. Wir kehren zurück.«

Ich lauschte, lauschte, blickte in die Flammen, rotgolden, heiß, immer heißer und heller, gelb, weiß, blau … Bis sie zu mir kamen: Bilder aus Feuer und Tönen und Magie.

Der Zwillingsbaum. Esche und Ulme, untrennbar vereint. Yma. Himmelsstützend, weltumspannend, ewig.

Zu ihren Füßen feiert ganz Ymatàja den Sieg über die Ysirka, die von Ykrist besessene Winterfee. Der Körper der Vintarfejra ist noch geschwächt, hier soll er Heilung finden. Die Allianz der Aelfar und Menschen ist beendet, Gerda sagt Kaiina Lebewohl und kehrt zurück in ihre Welt. Alles ist gut.

Doch da, im Innern Ymas, wo die Winterfee ruht: ein Funke, eine Flamme, kalt wie der Tod. Ein blendend weißes Feuer, seine Flammen verbrennen und versengen Wurzeln, Stamm und Blätter.

Schließlich ein Blitz, erderschütternd.

Yma ist nicht mehr. Ihr Herz ist tot.

Und die Ysirka ist zurück, stärker denn je.

Wer Widerstand leistet, stirbt. Wer ihrer Macht entkommt, verkriecht sich. Einige wenige wagen die Flucht in die Menschenwelt und versiegeln den letzten Ausweg.

Die Ysirka ist hinter dem Eis gefangen – doch Ymatàja gehört ihr.

Der Wind weht, lässt die Zeit vergehen. Über dem Stumpf Ymas wächst das Eis, schafft einen zerklüfteten Berg, der eine uneinnehmbare Festung werden soll.

Doch noch ist es nicht so weit. Noch führen Wege in ihre Tiefe. Dort: eine kleine Gruppe Vintaelfar im Schnee, die Wächter der Letzten Pforte.

Sie sind heimlich aus der Menschenwelt nach Ymatàja zurückgekehrt. Kaiina führt sie, an ihrer Seite ihr Gemahl Enor. Prinzessin und Prinz des Bernstein-Clans, Simàjas Eltern. Schweren Herzens haben sie ihre neugeborene Tochter zurückgelassen und sich auf diese gefährliche Reise begeben. Sie schleichen sich in die Tiefen des Eisbergs. Finden den Stumpf Ymas. Noch steckt letzte Kraft in ihren Wurzeln. Magie.

Sie schlagen ein Stück Herzholz heraus, eine letzte, verzweifelte Hoffnung. Fliehen, verfolgt von Schatten aus Eis. Kämpfen sich vorwärts. Opfern sich, einer nach dem anderen. Auch Enor fällt, damit Kaiina entkommen kann.

Ihr gelingt die Flucht, schwerverletzt, verteidigt vom letzten Krieger ihrer Eskorte. Sie bringt das Trümmerstück Ymas durch die Pforte, zurück in die Menschenwelt.

Magie.

Hoffnung …

»Wir erinnern uns.« Es war die Stimme Simàjas, die mich zurückholte, zurück aus den Flammenbildern in das Dämmerlicht des Kjolgs. »Wir wachen.«

Diese Worte sprach sie gemeinsam mit Askil und Jor. Ich blinzelte wie eine Schlafwandlerin, versuchte mühsam, mich wieder in der Realität zurechtzufinden. Mir wurde klar, dass Gerda ihren Nachfahren eine ganz ähnliche Botschaft hinterlassen hatte – nur war sie in Vergessenheit geraten.

»Wir kehren zurück.« Dieser Satz erklang aus allen Kehlen, wirkte wie eine Mischung aus »Amen« und Aufbruchssignal. Die ausgestreckten Hände senkten sich, Rücken und Beine wurden gelockert, leise Unterhaltungen kamen auf. Aus einem großen, mit Geflecht umwobenen Krug wurden Becher gefüllt und herumgereicht. Ein süßer, durchdringender Duft vermischte sich mit dem Rauch der Feuerstelle.

Niemand sang mehr, doch die Melodie klang in mir nach. Was

hatte ich da gesehen? Die Zerstörung des Weltenbaums durch die Ysirka, genau wie in der Vision, die das Wasser des Wissens Erik und mir gezeigt hatte … aber noch mehr.

»Genauso war es damals«, knurrte Tomte Teda leise. »Ich war dabei, weißt du? Zauberkraut, ich wünschte, es wäre anders – aber ich erinnere mich jetzt wieder. Als Yma starb, konnten wir nichts tun. Haben es versucht, oh ja. Umsonst. Uns blieb nur, zu fliehen und die Letzte Pforte zu versiegeln, von außen. Es war eine Tat der Verzweiflung.«

»Und was ist dann passiert?«, wisperte ich. »Kaiina ist zurück nach Ymatàja und … und hat ein Stück Ymas gestohlen? Warum?«

Teda hob die Schultern. »Ich weiß es nicht, das geschah, nachdem ich in den Süden gegangen bin, um Gerdas Nachkommen zu suchen. Halt die Ohren offen, Menschlein.«

Auch uns erreichten jetzt zwei der gefüllten Becher. Teda griff herzhaft zu und mit dem mittlerweile vertrauten *Ping!* schnurrte ihr Exemplar auf Wichtelgröße zusammen.

Ich nahm mein Getränk von dem Aelfa entgegen, der links neben mir saß. Er schien einer der älteren Jahrgänge zu sein, sein Gesicht fast so steinhart wie das Askils, in seinem schwarzen, zurückgebundenen Haar eine schneeweiße Strähne. Seine Stirn hinab zog sich eine Narbe, hell, fast bläulich, gezackt. Sie erinnerte mich unangenehm an eine Frostlinie. Was auch immer den Aelfa dort getroffen hatte, es hatte sein rechtes Auge zerstört. Die Haut ringsherum war ebenfalls vernarbt, über Pupille und Iris zogen sich milchig trübe Schlieren. Fast schien mir, als bewegten sie sich, zerstoben, wirbelten wie Schneeflocken …

»Ein Gruß der Kalten Herrscherin«, sagte der Aelfa. »Es erinnert uns alle, wachsam zu bleiben.«

Mist, natürlich hatte er mein Glotzen bemerkt.

»Sorry, ich wollte nicht unhöflich sein«, murmelte ich.

»Ein scharfer Blick ist niemals Kränkung«, sagte er, ernst, aber nicht unfreundlich, seine Stimme ein tiefer Bass, der meine Mutter wahrscheinlich begeistert hätte. Sein vernarbtes Gesicht blieb nahezu unbewegt, als er seinen Becher in meine Richtung hob. »Sonne und Wind. Ich bin Gorm Wiederkehrer, Dritter Speer des Bernstein-Clans.«

»Elvy«, antwortete ich automatisch, aber das spöttische Glitzern in seinem gesunden Auge zeigte mir, dass er meinen Namen natürlich wusste. Klar, meine Ankunft hatten alle hier mitbekommen – und außerdem konnte er mich sicher genauso »lesen« wie Simàja.

Ein bisschen begann diese Aelfar-Überlegenheit, ernsthaft an meinen Nerven zu zerren. Doch immerhin blickte Gorm mich nicht mit solch offenem Widerwillen an wie Vissa, die ein Stück rechts von mir saß. Ihre unzähligen kupferroten Zöpfe schienen im Flammenschein zu glühen, ihre Augen glühten noch mehr. Keine Einbildung: Da stand wirklich ein rötliches Raubtierschimmern in ihrer Iris, wütend, fast hungrig.

Rasch blickte ich weg, konzentrierte mich auf meinen Drink. Er war milchweiß, duftete nach Winterluft und Muskat. Ich nahm einen tiefen Schluck. Bekam fast keine Luft mehr.

Alter!

Was immer das Gebräu war, es schmeckte umwerfend. Nicht von dieser Welt. Süß, scharf, nussig, gewürzt mit Sternenstaub, Gewitter und Sonnenaufgang … und verdammt hochprozentig. Es gelang mir nur knapp, einen Hustenanfall zu vermeiden, aber *Mann*, wollte ich mehr!

Bei meiner heftigen Reaktion zuckten Gorms Mundwinkel amüsiert. Ich nahm einen weiteren Schluck, spürte, wie sich das heiße Getränk in meinem Körper ausbreitete, auch die letzten Ecken erwärmte und meinen Kopf leichter werden ließ.

In diesem Moment erhob sich Askil. Alle Becher wurden gesenkt, jedes Gespräch verstummte. Er trat an das Feuer heran, eindeutig gewahr, dass nun alle Augen auf ihm ruhten. Seine Gestalt war noch immer gebeugt, obwohl das schwere Bärenfell nicht mehr um seine Schultern lag.

»Wächter!« Seine Stimme klang uralt und mächtig, als ob ein Berg sprach. »Vintarsol naht, die Wintersonnenwende in dieser Welt. Ihr alle wisst, was mir die Flammen offenbart haben: An diesem Tag kehren wir zurück! Wir befreien Ymatàja und beenden das Leid. Dies wird uns zum Sieg führen!« Er deutete auf den schwarzen Stab, der inmitten der Feuerstelle steckte. Mit einer kraftvollen Bewegung, kaum vorstellbar für sein hohes Alter, zog er ihn aus den Flammen. Das untere Ende lief spitz zu, und jetzt verstand ich, was dieses Ding war: eine Waffe.

»Der Glutspeer!« Askil hob ihn hoch. Der glatte Schaft schien völlig unversehrt vom Feuer, nicht einmal Rauch stieg von der rußigen Oberfläche auf. »Geschaffen aus dem Herzholz Ymas, das Einzige, was wir von ihr retten konnten. Meine Tochter Kaiina und ihre Eskorte opferten dafür ihr Leben. Wir Wächter formten daraus den Speer. Wir gaben ihm jeden Funken Magie, den wir sammeln konnten, Mond um Mond, hundert Sonnenwege lang. Nun ist es fast geschafft. Nur noch ein Feuerrat, dann endlich ist sie bereit: die Waffe, die der Ysirka ein Ende macht und unsere Vintarfejra befreit! Feuer gegen Eis!«

Mit diesen Worten stieß er den Speer zurück in das brennende Holz. Funken wirbelten hoch, begleitet von andächtigem Raunen.

»Hört mich, Wächter: In zwei Tagen ist die Zeit gekommen, den Träger des Glutspeers zu erwählen. Wer wagt es, seine Sjal mit dieser Waffe zu vereinen und uns anzuführen bei unserer Rückkehr nach Ymatàja?«

Wieder dieses Wort – »Sjal«. Ich musste Tomte Teda danach fragen. Doch schon legte sich eine zweite Hand um den schwarzen Schaft: Jor hatte sich erhoben. »Wächter, ihr habt mich zu eurem Ersten Speer erwählt. Ich stelle mich auch dieser Prüfung. An Vintarsol führe ich euch durch das Eis. Ich werde der Ysirka den Glutspeer ins Herz stoßen und ihrer Herrschaft ein Ende bereiten – für immer! Ykrists Bann wird gebrochen, unsere Winterfee kehrt zurück. Feuer gegen Eis!«

Ein Funkenschwarm stob nach oben, neues Raunen, eine Welle von Handbewegungen im Rund der Aelfar, die wohl Zustimmung signalisierte. Ohne den Speer loszulassen, beugte Jor sich herab, bot Simàja galant seine freie Hand und zog sie neben sich. Sie stand an seiner Seite und blickte betont nicht zu ihrem Großvater. Der Flammenschein zauberte goldene Reflexe auf ihre kohlschwarzen Zöpfe und warme Schatten in ihr fein geschnittenes Gesicht. Auf ihrer Stirn der Silberschein des Froststerns. Sie wirkte schön wie eine Skulptur aus Meisterhand, aber auch zerbrechlich neben Jors kraftvoller Statur. Seltsam, wo sie mir doch anfangs so stark und selbstbewusst vorgekommen war … war ich etwa doch ihrem Schimmer erlegen und entdeckte erst jetzt ihr wahres Wesen?

Erneut erhob Jor seine wohlklingende Stimme: »Bis der Sieg unser ist, bleibt Prinzessin Simàja hier, in Sicherheit. Wir müssen sie und ihre Gabe um jeden Preis schützen. Dank ihr wissen wir, wie stark unsere Gegnerin ist, wie sehr sie Ymatàja zugesetzt hat. Noch wehrt sich das Land gegen den Bann Ykrists, aber die Zeit drängt.«

»Ganz genau!« Es war Tomte Teda, die seine Rede unterbrach. »Hat die Ysirka erst den Frostprinzen erwählt, kann niemand mehr ihrer Armee Einhalt gebieten.«

Frostprinz? Wer ist das? Und was für eine »Gabe« hat Simàja?

Ich bekam keine Chance, laut nachzufragen. So gründlich, wie man uns bisher ignoriert hatte, standen wir plötzlich im Zentrum der Aufmerksamkeit.

Am hellsten brannten Askils Diamantaugen. Zum Glück nicht auf mir, sondern auf Tomte Teda, die sich auf meine Knie gestellt hatte, die Hände in die Hüften gestemmt, wie bereit zum Kampf.

»Wächter, hört uns an«, rief sie. »Elvy Froststern und ich stehen auf eurer Seite. Wir verlangen freies Geleit nach Ymatàja.«

»Um was zu tun? Dich, Tomte, kennen wir, aber was will ein Mensch in unserem Reich?« Jetzt richtete sich Askils Blick doch auf mich, hart und unerbittlich.

Shit.

Im Einschüchtern spielte der Kerl Oberliga, und das bestimmt seit Jahrhunderten. Die Kehle schnürte sich mir zu und ich wollte mich ganz klein machen, zusammenschrumpfen auf Tomte Tedas Maße …

Stattdessen explodierte ein Funke auf meiner Stirn, winzig und doch so stark, dass er mein Inneres erhellte wie ein Leuchtfeuer. Und da, in dem ganzen Durcheinander, entdeckte ich sie wieder: meine Willenskraft. Meine Stacheln. Meine Stärke.

Ich war nicht klein, verdammt, ich war groß, und das war gut so! Wie hatte mich Simàja genannt? Elvy Langspeer? Wenn *sie* das in mir gesehen hatte, dann sollten es auch diese anderen Wunderwesen kapieren.

Ich stand auf, so schnell, dass Tomte Teda zu Boden purzelte. Ihr Geschimpfe ignorierend, streckte ich Beine und Rücken, ließ Bling extrahell aufleuchten.

»Die Ysirka hat meinen Herzensfreund geraubt. Ich will ihn vor ihrem Thron freibitten«, sagte ich und zwang mich, direkt in Askils Augen zu blicken. »Mehr noch: Unzählige Menschenseelen sind in ihrer Hand. Wenn Ymatàja fällt, ist meine Welt als Nächstes dran, so viel ist klar.« Noch immer lastete der Diamantblick auf mir. Ich schluckte kurz, hielt aber durch. »Ich trage den Froststern. Wenn ich euch damit unterstützen kann, werde ich es tun.«

»Ein schwaches Versprechen von einem schwachen Menschen.« Askil winkte ab. »Der Froststern ist verschwendet an dich. Wenn du wirklich helfen willst, übergib ihn Jor.«

Zustimmendes Gemurmel ertönte aus dem Rund. Auch Gorm, der mir vorhin so freundlich vorgekommen war, pflichtete ihm bei.

»Das wäre ein großer Fehler, Großvater.« Es war Simàjas Stimme, die nun ertönte. Sofort wurde alles still. Trotz ihrer Zurückhaltung brachte man ihr hier augenscheinlich großen Respekt entgegen – ihr und ihrer »Gabe«? Sie trat noch näher zu Jor, wie um sich Rückendeckung von ihm zu holen. »Elvy hat den Froststern geerbt. Er steht ihr zu wie einst Gerda Eisenhand. Mit seiner Hilfe vermag sie etwas zu tun, was niemand anderem gelingt, auch mir nicht. Etwas unschätzbar Wertvolles: Sie hat Klarträume. Und diese führen sie bis ins Herz der Schneefeste.«

Ein lautloses Rauschen fegte durch den Ring der Aelfar. Blicke, Gesten, noch überraschter als bei der Offenbarung meines Froststerns. Jors Augen flammten geradezu auf – *diese* Info hatte Simàja wohl selbst ihm verschwiegen.

»Ist das wahr, Mensch?« Askils Stimme klang eisig vor Unglauben.

»Ja.« Ich boxte meine Ängste und Zweifel in die unterste Schublade. Das hier musste mir gelingen, sonst war vielleicht alles zu Ende. »Ich bin dort, jedes Mal im Schlaf. Niemand sieht mich, niemand kann mich aufhalten. Ich bin euer Weg zu den Geheimnissen der Ysirka.«

»Gut gemacht, Mensch. Hast den alten Bären ordentlich aufgescheucht.« Jor lachte leise und hob die Fackel etwas höher, mit der er mir den Weg wies.

Die Versammlung hatte endlich geendet, jedenfalls der offizielle Teil. Ich war verdammt froh, aus dem Rampenlicht herauszukommen, in das meine Verkündigung – oder besser, meine bodenlose Angeberei – mich geworfen hatte. Obwohl sich kaum ein Wort erhoben hatte, war die Aufregung fast mit den Händen greifbar gewesen. Die

Aufregung … und die Erwartung. Also berichtete ich alles, was ich an harten Fakten aus dem Inneren der Schneefeste zu bieten hatte.

Wirklich viel war es letztlich nicht, und Askil grillte mich gnadenlos, sodass ich alle Mühe hatte, meine großen Worte zu beweisen. Besonders schlug die Erwähnung Kjellans ein – ihn kannten hier wohl alle. Mit Mienen voller Abscheu hörten die Wächter an, was ich von seinem Auftritt zu erzählen hatte, und mehrmals glitt ein gezischtes *»Somaelfar! Elende Schwächlinge! Winterfeinde!«* durch das Rund. Okay, offenbar hatte auch vor der Machtergreifung der Ysirka nicht unbedingt eitel Sonnenschein in Ymatàja geherrscht, zumindest nicht unter den Aelfar.

Das Wichtigste für mich war jedoch: Askil glaubte mir letztlich und entschied großmütig, dass ich es verdient hatte, durch die Pforte zu gehen – aber erst gemeinsam mit den anderen, zur Wintersonnenwende. Zu groß sei das Risiko, durch einen frühzeitigen Übertritt der Ysirka die Lage der Pforte zu offenbaren, tarnender Bannzauber hin oder her.

Fast zwei Wochen warten? Ich wollte protestieren, merkte aber, dass ich kurz davor war, aus den Latschen zu kippen. Während Tomte Teda versprach, an meiner Stelle weiterzustreiten, erbot sich Jor, mich zu unserem Gäste-Kjolg zu bringen. Ich stapfte hinter ihm her. Brennendes Wachs tropfte von seiner Fackel in den Schnee und erlosch sofort, überwältigt von der Kälte der Polarwinternacht, die auch mich fast in die Knie zwang.

Wo war dieser Kjolg, verdammt?

Als hätte Jor mich gehört, blieb er vor einem der schneebedeckten Wohnhügel stehen. Erleichtert sah ich, dass aus dessen Rauchabzug Funken stoben. Auch hier gab es ein Feuer, Wärme …

»Da sind wir«, sagte Jor. »Die Unterkunft für unsere geehrten Gäste. Gleich kannst du schlafen – und träumen, nicht wahr? Ich hoffe, du wirst deine Gabe für uns einsetzen, Elvy Elfengleich.« Er senkte seine Stimme vertraulich. »Was immer du herausfindest über die Pläne der Ysirka, du musst es uns berichten. Auch die kleinste Einzelheit kann wichtig sein. Vor allem zum Frostprinzen.«

Ganz nah stand er vor mir. Nah genug, dass ich sehen konnte, wie die goldenen Flecken in seiner Iris im Fackelschein funkelten. Ein leichtes Lächeln lag auf seinen vollen Lippen. Das Pfeilspitzen-Tattoo darunter wirkte auf mich fast wie ein Wegweiser: *In dieser Richtung wird's interessant.* Was wollte der Kerl von mir? Und dieser Spitzname – echtes Kompliment oder Verarsche?

»Ich kann nichts versprechen«, sagte ich, mühsam ankämpfend gegen meine Verwirrung und Erschöpfung. »Aber ich tue mein Bestes und werde euch alles berichten.«

»Berichte *mir.*« Noch immer sah Jor mich an, mit diesen Augen, die an verwunschene Waldseen erinnerten. »Askil erwartet natürlich, dass du als Erstes folgsam zu *ihm* kommst. Aber er würde einen Weg finden, deine Worte bei den anderen zu vergiften. Denn er misstraut euch Menschen und wird mit allen Mitteln nach einem Vorwand suchen, dich als Betrügerin darzustellen – damit du doch nicht mit uns durch die Pforte gehen darfst. Sei gewarnt, Klarträumerin.«

Bei seinen letzten Worten hatte er sich vorgebeugt, sodass seine Stimme wie ein Windhauch zu mir trieb, flüsternd und warm. Ich hörte, *spürte* sie wie eine Berührung, die mir über die Haut glitt und mich erzittern ließ.

Der Schimmer?!

Versuchte Jor gerade, mich damit zu verzaubern? Krampfhaft rief ich nach Bling – doch er pulsierte ruhig und friedlich auf meiner Stirn, kein Vergleich mit dem Moment, als ich Simàjas Angriff abgewehrt hatte.

Na, ganz toll. Reagierte ich auf diesen Typen einfach so, komplett ohne magische Tricks seinerseits?! *Gott, wie peinlich!*

Abrupt riss ich mich von Jors Blick los und trat zur Tür des Kjolgs.

»Ist gut. Wenn ich etwas Wichtiges herausfinde, erfährst du es als Erster.«

»Ich danke dir.« Mein Versprechen schien ihm mehr zu bedeuten, als ich verstand, er legte sogar die behandschuhte Linke auf sein Herz. Simàjas Erzählung kam mir in den Sinn – wie sehr Jor bei Askil um sie hatte kämpfen müssen.

Nicht nur um sie, sondern auch um seinen Platz als Erster Speer, wurde mir klar. *Und der Kampf dauert noch an.*

Ich griff nach der Lederschlaufe, die bei den Kjolgen als Klinke diente, und wollte die Tür öffnen, doch jemand kam mir von innen zuvor: Tjael, der junge Aelfa, der sich um Simàjas Rentiere gekümmert hatte. Er sah mich, setzte zu einer Erklärung an – da entdeckte er Jor und glitt wortlos davon ins Dunkle, wie ein Hund mit eingezogenem Schwanz. Ich verstand auch so, was er getan hatte: Während die anderen mit uns bei der Versammlung im Großen Kjolg gewesen waren, hatte er hier die »Gästezimmer« vorbereitet und eingeheizt.

»Danke!«, rief ich ihm hinterher.

Jor winkte in seinem Namen ab – »Das Mindeste für geehrte Gäste wie euch« – und ging ebenfalls, wahrscheinlich zurück zur Versammlung.

Gleich darauf war ich endlich allein und lag eingekuschelt unter mehreren Lagen dicker Felle neben dem Feuer. Ich fühlte mich völlig zerschlagen, körperlich wie geistig.

Mein Herz zog mich zu Erik, das spürte ich genau. Obwohl eine Welt zwischen uns lag, war er mir nah … rief mich zu sich …

Kapitel 24

»Elvy, bist du irre? Du hast mich fast zu Tode erschreckt!«

Wieder hatte ich meinen Weg durch den Traumschnee, vorbei an den verlorenen Seelen aus unserer Welt, souverän gefunden, und wieder gelangte ich bei meiner Ankunft nicht in Eriks Gemächer – doch im Saal des Wassers war ich auch nicht aufgetaucht.

Stattdessen stand ich unter freiem Himmel, auf einem Balkon. Nicht auf dem schmalen Wehrgang, von dem aus ich Ymatàja und den Feuervogel beobachtet hatte – nein, das hier hatte Dachterrassen-Ausmaße und war umschlossen von einem Geländer, das aussah wie eine Rosenhecke aus purem, klarem Eis. Es gab sogar Blüten, in denen die gefangenen Magieflämmchen zitterten und ein unvergleichliches Licht verbreiteten. Meine Tür war einfach in der Mitte der Freifläche erschienen, als wollte sie sagen: *Pfff, wer braucht schon Wände?* Ich fasste sie genau ins Auge, versuchte, sie wegzuschicken. Sie war bisher jedes Mal nach kurzer Zeit von selbst verschwunden, aber konnte ich das auch aktiv beeinflussen? Ja, es klappte: Sie löste sich auf, ohne auch nur eine Spur zu hinterlassen.

Zufrieden mit meinem Erfolg lief ich zu Erik hinüber, der an den verschlossenen Flügeltüren lehnte, die vom Balkon ins Innere der Schneefeste führten. Ihr Rahmen bestand aus hellem Holz, verziert mit feinstem Schnitzwerk, die eingelassenen Fenster überzogen mit Eisblumen.

Er gab mir eindringliche Zeichen, leise zu sein. Ich ließ souverän meinen Froststern aufblitzen – *hey, mich bemerkt keiner!* –, was ihn zum Grinsen brachte ... aber wirklich erleichtert wirkte er nicht. Auch ihm stand unsere Begegnung mit Kjellan sicher noch lebhaft vor Augen.

»Was willst du denn hier draußen?«, flüsterte ich und beäugte ihn kritisch. Er war noch fürstlicher gekleidet als sonst – das weiche Leder seines knielangen Gewands schimmerte silbergrau, die Stickereien an Ärmel und Saum waren besetzt mit winzigen Kristallen. Wenig passend für eine heimliche Expedition in die Tiefen der Schneefeste, fand ich. »Und was ist mit diesem Outfit? Wollen wir nicht die Herznadel suchen?«

»Genau das ist der Plan«, erwiderte er. »Schau.«

Jetzt bemerkte ich, dass er ein unauffälliges Guckloch in die Eisblumen-Scheibe gehaucht hatte. Neugierig sah ich hindurch – und kam aus dem Staunen nicht mehr heraus.

Oh wow. Das ist wirklich ... märchenhaft.

Hinter der Scheibe befand sich eine Art Galerie, gestützt von hoch aufragenden Säulen, jede mit einem Kern aus gefrorenem Elmsfeuer. Es warf seinen blau-grünen Schein auf eine Abendgesellschaft wie aus einem Traum: hochgewachsene Aelfar, ätherisch schön in Kleidern, die mich an das verwunschene Zwielicht des Polarabends denken ließen – Pastellrosa, Lichtgrau, Kaltweiß, alle Schattierungen von Blau, dazu kostbare Akzente aus Silber und sogar Gold, wie einzelne Sonnenstrahlen.

Wunderschön. Alle und alles. So wunderschön.

Ich konnte meinen Blick nicht abwenden. Die Gäste tranken eine goldfarbene Flüssigkeit aus schlanken Kristallgläsern, lachten und redeten, offenbar bestens unterhalten. Doch jede Bewegung war seltsam verzögert und in ihren Augen stand ein trüber, heller Schein. *Schneegebannt.* Das Gleiche galt für andere, fremdartigere

Wesen. Kniehohe Erscheinungen, rundlich gebaut und mit grauer Haut. Zu ihren Füßen noch kleinere, kaum zu erkennen auf die Distanz – etwa Mäusewichtel wie Svalti? Dann etwas, das wirkte wie ein lebendiger Felsbrocken. Ein Wunder, dass unter seinen Schritten nicht der Eisboden barst. Geflügelte Gestalten, nicht größer als Singvögel, mit goldglitzernden, durchscheinenden Flügeln schwebten über den anderen, glitten auseinander, vereinten sich wieder zu einem Schwarm.

»Ihr ›Hofstaat‹. Somaelfar und andere Bewohner Ymatàjas, die sie amüsant genug fand, um sie am Leben zu lassen«, wisperte Erik. »Viele von ihnen wären sicher lieber tot. Aber wen sie einmal in ihren Bann geschlagen hat, der entkommt nie mehr. Sie warten auf die Eröffnung des heutigen Balls. Genau das wollte ich ausnutzen für unseren Plan, verstehst du? Hier darf Haushofmeister Kjellan keinen Moment versäumen. Die Ysirka liebt ihre Bälle. Perfekt müssen sie sein. Ich glaube nicht, dass sie wirklich versteht, wozu sie sterblichen Wesen dienen, doch sie kann nicht genug davon bekommen. Nun, alles ist besser als ihre ›Audienzen‹.«

Er schloss kurz die Augen, und ich dachte daran, was er mir davon erzählt hatte: wie er versuchte, sie mit seinen Geschichten davon abzulenken, ihre Gefangenen zu quälen.

Um ihn von der Erinnerung zu erlösen, stupste ich ihn an und sagte leise: »Okay, kapiert. Die Party ist die perfekte Ablenkung, während wir die Herznadel suchen. Aber wird dich keiner dabei vermissen? Als Gast, meine ich?«

Er schüttelte den Kopf. »Erst einmal nicht. Jedes dieser Feste beginnt hier draußen, unter dem Gesang des Nordlichts. Ich habe dafür gesorgt, dass man mich dabei bemerkt. Jetzt verteilt sich alles drinnen, auf dieser Ebene. Es gibt Erfrischungen, bevor es hinunter zum Ball geht. Dabei ist immer so ein Durcheinander, dass niemand sicher sein kann, ob ich fort bin oder bloß in einem anderen Teil des

Saals. Wir müssen nur ein bisschen abwarten, bis Ihre Majestät eintrifft und alles nach unten strömt.«

Ich warf einen genaueren Blick durch das gehauchte Eisloch in der Tür. Jetzt bemerkte ich, dass die Galerie sich zu beiden Seiten der Balkontür erstreckte und damit einen immens großen, tiefer liegenden Saal umschloss. »Alles klar. Sobald der Tanz startet, ist hier oben der Weg frei, wir können unbemerkt außenrum schleichen und uns auf die Suche machen«, führte ich seinen Plan fort. »Klingt nicht schlecht, Forsberg.«

»Danke, Coach Andersson.« Er zwinkerte mir zu und beugte sich dann vor, um weiter durch das Guckloch zu schauen.

»Aber wie konntest du sicher sein, dass ich rechtzeitig zurückkommen würde?«, fragte ich.

Er wandte sich um, ein leises Lächeln auf den Lippen. »Konnte ich nicht. Ich habe wirklich keine Ahnung, wann du mir vor die Füße purzelst. Aber diesmal hatten wir Glück.«

Da ich irgendwie nicht zurücklächeln konnte, schnaufte ich gespielt beleidigt.

Er wurde wieder ernst. »Elvy, ich will dich nicht unter Druck setzen – aber auch die Zeit ist unser Feind. Kannst du vielleicht doch irgendwie beeinflussen, wann du herkommst?«

»Keinen Schimmer. Hab ich noch nie versucht«, gab ich zu. Oh klasse, da bildete ich mir etwas darauf ein, Schnee und Schwindel beim Übergang zu meistern, aber vom wahren Highscore des Klarträumens war ich noch meilenweit entfernt.

Erik war schon wieder voll konzentriert auf das Hier und Jetzt. »Verdammt, das kann noch dauern«, murmelte er, nach erneuter Beobachtung der Gesellschaft hinter den Türen. »Wann musst du zurück?«

»Weiß ich auch nicht«, gestand ich, noch peinlicher berührt. »Bis ich in meiner Welt aufwache, logischerweise. Aber wie viel Zeit ich hier jeweils habe? Mann, das ist alles so ein ... märchenhaftes Chaos!«

»Egal, wir machen das Beste draus. Das wird der erste Abend seit meiner Ankunft hier, der etwas Gutes hat, auch wenn es gefährlich wird.« Er lachte, fast so leichtherzig wie früher, ein Sound, der an mir zupfte wie geübte Finger an einer Harfe ... was er kein bisschen zu bemerken schien.

Damit das ja so blieb, rückte ich etwas von ihm ab und fragte: »Wie hast du das eigentlich gemeint, vorhin, mit dem Gesang des Nordlichts?«

Überrascht sah er mich an. »Kannst du es nicht hören?«

Ich blickte kritisch hinauf zum Himmel. »Ich *sehe* ja nicht mal was. Alles voller Wolken.«

»Wolken sind egal. Der Gesang ist immer da. Ihn vollends zu ersticken, misslingt bisher selbst der Kalten Herrscherin. Anfangs konnte ich ihn auch nicht hören, aber Nelli hat mir geholfen.«

Er deutete mit dem Kopf zur Brüstung. Tatsächlich, da saß sie, die kleine Eishörnchen-Lady, das weiße Fell mit dem schwarzen Rückenstreifen schimmernd im Licht der gefangenen Magiefunken. Diesmal bekam ich keinen bösen Blick von ihr, vielmehr beachtete sie mich überhaupt nicht. Völlig still saß sie da, das Köpfchen erhoben, die goldenen Knopfaugen leuchtend. Ihre Pinselohren zuckten, als ob sie angestrengt auf etwas lauschte.

»Genauso hat sie bei mir auf den Zinnen gesessen«, sagte Erik. »Ganz aufmerksam, obwohl da gar nichts war – dachte ich. Also habe ich mich angestrengt, immer wieder. Und dann, eines Tages ...« Impulsiv nahm er meine Hände, zog mich mit sich, in die Mitte des Balkons. »Komm, Elvy, versuch es auch!«

»Och nein, ich hab eh kein Ohr für Musik«, wehrte ich halbherzig ab, aber *niemand* widerstand einem Erik im »Happy-Nerd-Modus« – am wenigsten eine Elvy.

»Du hörst es nicht mit den Ohren«, sagte er und bugsierte mich vor sich. Seine Finger lagen sacht auf meinen Schultern. »Schließ die Augen. Öffne dein Herz.«

»Geht's vielleicht noch kitschiger?«, fragte ich – im verzweifelten Versuch zu verbergen, wie sehr ich seine Berührung genoss.

»Eine Minute, ja?« Seine Stimme dicht an meinem Ohr, fast beschwörend. »Versuch es nur eine Minute.«

Ich gab auf. Ohnehin war es schwer, sich nicht von der Atmosphäre verzaubern zu lassen. Der Balkon mit seinen blau schimmernden Rosenblüten und dem Eishörnchen, die verzauberte Tanzgesellschaft hinter den Türen, und dort, jenseits der Brüstung, ein magisches Land voll tief verschneiter Wälder unter einem dunklen Himmel. Einem Himmel ... der sang?

In Ordnung. Eine Minute.

Ich schloss die Augen.

Keine Ahnung, wie ich mein Herz öffnen sollte. Stattdessen hörte, spürte ich in mich hinein. Da war das fröhliche Pulsieren meines Froststerns. Er warf seinen Schein über das ganze Gerümpel in meinem Innern, das ich mit mir herumschleppte. Ganz obenauf meine verwirrenden, brennenden Gefühle für meinen besten Freund. Der nun die Hände auf meine Schultern legte. Eine Berührung, die sanft und respektvoll war, *freundschaftlich*, und in die ich dennoch am liebsten hineingefallen wäre.

Ich wünschte, ich wäre mutiger. Ich wünschte, du wärst frei und wirklich bei mir. Ich ...

Und da, auf einmal, kam sie zu mir: eine Musik wie ein Windhauch. Wie Sonnenstrahlen auf grünen Blättern, das Murmeln von Bächen. Die einzelnen Töne schimmernd wie Perlen, doch nicht sorgfältig gereiht zu einer Kette, nein: Diese Perlen hatte jemand in die Luft geworfen, voller Übermut, und jetzt fielen sie herab, sprangen und tanzten durch die Dunkelheit.

»Ich höre sie«, flüsterte ich. »Ich kann's nicht glauben, aber – ich *höre* sie!«

»Die Harmonie Ymatàjas«, sagte Erik, seine Stimme ganz nah hinter mir. »Solange sie erklingt, gibt es noch Hoffnung. Wenn sie verstummt ... dann ist das Land wirklich verloren.«

Das darf nicht passieren.

Der Gedanke war da, überwältigend und heiß wie noch nie. Bis eben war es vor allem der Gedanke an Erik gewesen, der mich angetrieben hatte. Natürlich waren da all die anderen gefangenen Seelen. Sunna. Die Bedrohung meiner Welt. Aber bis eben hatte ich das nur gewusst – nicht *gefühlt*. Jetzt war da dieser Ton, etwas Neues, unglaublich kostbar, lebendig ... und ein Teil von mir.

»Du spürst es auch, oder?«, fragte Erik.

Ich nickte, zu beklommen für Worte. Ließ mich gänzlich mitreißen von der Melodie, ihrer ungezähmten Schönheit, trieb zeitlos durch Licht und Klang, immer weiter ... Etwas Kaltes landete auf meiner Nase.

Meine Augen flogen auf.

Schnee! Es hatte zu schneien begonnen. Ringsum taumelten feine Flocken herab, überzogen den eisglänzenden Boden des Balkons mit einem wattigen, schimmernden Schleier. Nelli hatte ihr Lauschen ebenfalls beendet, turnte jetzt mit lautlosen Sprüngen über die Brüstung. Mich beachtete sie nicht – ich war wohl nicht halb so interessant wie die fallenden, funkelnden Kristalle, denen sie hinterherjagte.

Die Melodie war noch immer in mir, aber nicht mehr so überwältigend. Wiegend und sanft, plätschernde Wellen auf einem See.

Ich wandte mich zu Erik um, wollte ihm danken. Kam allerdings nicht dazu, denn in seinem Gesicht stand ungläubiges Staunen.

»Was?«, fragte ich irritiert.

»Elvy. Jetzt schau dich nur an.«

Ich blickte an mir herunter. *Das kann doch nicht wahr sein.*

Meine erträumten Outdoorklamotten waren verschwunden. Stattdessen trug ich ein Kleid, so winterlich märchenhaft wie das der Ballgäste. Eisgrau mit feinsten Silber-Stickereien, der hohe Kragen, die Ärmel und der Saum besetzt mit schneeweißem Pelz.

Ein verunsicherter Griff in mein Haar – es hing mir nicht mehr in ungekämmten Strähnen über die Schulter, stattdessen ertastete ich so etwas wie ein kompliziertes Flechtmuster. Oh toll, hatte ich mir auch noch eine passende Prinzessinnenfrisur zurechtfantasiert?

»Ich weiß nicht, wie das passiert ist«, stieß ich hervor. »Irgendwie hab ich da wohl etwas vermischt in meinem Kopf. Die Musik, der Ball ...«

»Ach so?« In Eriks Augen funkelte der Schalk. »Ist das etwa deine Art, mich zum Tanz zu bitten?«

»Was? Nie im Leben!«, wehrte ich ab und wich reflexhaft zurück. Der schwere Stoff meines Kleides glitt leise rauschend über den Boden.

Erik trat vor, in einer Bewegung, die schon fast als Tanzschritt durchging. »Na komm, wir müssen eh noch Zeit totschlagen. Und es wäre doch nicht das erste Mal.«

Wir hatten tatsächlich einen Walzerkurs zusammen gemacht, für so eine dämliche Schul-Benefizgala, und ich hatte jede Minute davon gehasst. Allerdings ... hier schaute uns niemand zu. Und die Musik, diese betörende, unwirkliche Melodie, war noch immer in meinen Ohren.

»Ich trete dir bloß wieder auf die Zehen«, brummelte ich, das Kinn gesenkt.

»Und ich werde es wie jedes Mal mannhaft ertragen.« Er bot mir seine Hand an.

Ich nahm sie, ohne zu wissen, warum. Seine Rechte glitt um meine Taille. »Höher damit«, korrigierte ich seine Haltung gepresst.

»Und du, nicht auf deine Füße gucken«, erwiderte er amüsiert. »Meine Augen sind hier oben.«

Das waren sie. Kastanienbraun, ein warmer Herbstton in seinem Wintergesicht. Fast war mir, als läge Raureif auf seiner klaren Stirn, den starken Wangenknochen, seinen Lippen. So kalt und doch so anziehend. Auch sein Haar, sonst sommerblond, war verblasst wie nach strengem Frost. Ich wollte es trotzdem mit meinen Händen zerwühlen, ihn an mich ziehen ... Unsere Arme in der förmlichen Tanzhaltung hielten mich auf Abstand, ein Glück.

»Bereit?«

Ich nickte. Versuchte, nur auf die Musik in mir zu hören. Ein Schritt zurück, ein Schritt zur Seite. Unsere Füße glitten über den verschneiten Boden, über den Lichtschein, der durch die Flügeltüren fiel. Vom Balkon ein maunzender Protest – war Nelli schon wieder eifersüchtig? Doch jetzt gerade hatte ihr Herrchen alle Hände voll zu tun mit *mir*.

»Glaubst du wirklich, das ist der richtige Zeitpunkt zum Walzertanzen?«, fragte ich.

Er grinste mich an. »Glaubst du wirklich, das ist Walzer, was du da tanzt?«

»Pah! Du bist so ein ...«

»So ein was?« Er führte mich in eine rasche Drehung.

Hartnäckig blieb ich dran. »Sag ich dir später.«

»Ich kann's kaum erwarten.«

Der fallende Schnee, glitzernd wie die Töne in meinem Inneren. Eriks Hand in meinem Rücken hielt mich gerade. Wieso war er mir jetzt so nah? Meine Finger in seinem Nacken. Sein Gesicht, dicht vor mir. In seinen Augen ein Glitzern, das ich dort noch nie gesehen hatte. Oder ... nur nie bemerkt?

Näher und näher, mit jeder Drehung. Die Töne umschwirrten uns, vermischten sich mit den Schneeflocken.

Er zog mich an sich. Die Luft zwischen uns schien zu zittern. Kein Lächeln mehr auf seinen Lippen, sein warmer Atem auf meinen. Mein Herz randalierte in meiner Brust, ich bekam es nicht unter Kontrolle. Und Erik schien vor mir zu schweben. So nah, so nah wie noch nie.

Küss mich, sonst küsse ich dich.

Ich schloss die Augen, ließ die Musik in mir hochbranden, kämpfte um Mut für den letzten Zentimeter, diesen Abgrund.

»Und zur Seite öffnen!«

Eriks Kommando erwischte mich eiskalt. Schon schwang ich davon am ausgestreckten Arm, wie durch ein Wunder ohne Stolpern. Ein weiter Bogen über den Schnee, direkt elegant, mein Kleid wie ein silbergrauer Sternenschweif.

Als ich in Eriks Orbit zurücktrieb, war das rätselhafte Funkeln verschwunden. Seine Augen wirkten kühler denn je, das Lächeln wie aufgemalt.

»Du hast recht, das ist nicht die Zeit für Tänze.« Abrupt löste er den Kontakt, ließ meine Hand fallen wie ein Stück Papier. »Ein Walzer wäre das eh nicht mehr geworden.« Er drehte sich um und ging mit langen Schritten zurück zur Flügeltür. »Kommst du? Langsam müsste der Weg frei sein.«

Ich starrte ihm nach. Irgendetwas stürzte in mir zusammen, hart, schmerzhaft und so laut, dass es die Melodie in mir restlos vertrieb.

Hallo? Das hatte ich mir doch nicht eingebildet! Da war etwas passiert zwischen uns, gerade eben, und ich ... *Und ich hab es schon wieder versaut. Ich hab ihn falsch verstanden und er will mich nicht bloßstellen. Es muss so sein. Gott, wie blöd bin ich nur!*

Einmal tief einatmen, cooles Gesicht aufsetzen, schnell. Das Krachen der Enttäuschung ignorieren. Und ja nicht heulen.

Es gelang mir, auch wenn ich nicht wusste, wie. »Bin schon da. Du kannst eh nicht führen.«

Bisschen Elvy-Gemecker, ganz die Kumpel-Tour, alles klar. Meine Stimme klang total normal. Bisschen zittrig vielleicht. Aber sicher merkte Erik nichts davon, wie ich mich innerlich anschrie. Wie meine Kehle schmerzte, mein Herz.

Ich hatte ihn fast erreicht, da spürte ich, wie der Wind zunahm. Flocken trieben an mir vorbei ... hin zu meiner magischen Tür, die wieder erschienen war. Aber diesmal war ich fast froh, sie zu sehen.

Effektiver als jeder Glockenschlag zu Mitternacht. Verzieh dich, Aschenputtel!

Auch Erik sah die Tür. »Du musst gehen?« Irrte ich mich oder wirkte er ebenfalls erleichtert? »Elvy, kannst du zurückkommen? Hierher, meine ich? An diesen Moment?« Die Kälte in seinen Augen war verschwunden, ersetzt durch einen unruhigen, tief besorgten Ausdruck. Was auch immer eben zwischen uns passiert – oder vielmehr schiefgegangen – war, er wusste verdammt gut, um was es hier *eigentlich* ging. Natürlich, unser Plan! Diesmal durfte ich Erik wirklich nicht erst sonst wann wiedersehen, dieser Ball war vielleicht unsere einzige, unsere beste Chance!

»Ich krieg das hin.« Der Wind wurde stärker, riss an meinem erträumten Ballkleid, trieb mir Schnee ins Gesicht. »Ich komme zurück, hierher. Irgendwie. Versprochen.«

Und ich verspreche, mich nie mehr peinlich zu benehmen, fügte ich stumm hinzu.

Erik blieb an seinem Platz, reglos wie ein Teil der Eismauer. »Ich warte auf dich.«

Der Sog zwischen den Welten lenkte meine Schritte rückwärts, unwiderstehlich.

Hell, dunkel. Die Tür schlug zu.

Kapitel 25

Ich erwachte im Zwielicht des Gäste-Kjolgs, im Hals einen Stausee ungeheulter Tränen. Doch ich ließ sie nicht heraus, flüchtete mich stattdessen in Wut – Wut auf mich selbst. Was war bloß kaputt bei mir? Da redete ich mir pausenlos ein, meine Gefühle im Griff zu haben, und dann so was! Verdammt, was war es wert, wenn ich Erik erst selbstlos Tessa als Mutmacher ins Gedächtnis zurückrief, ihn meiner Freundschaft versicherte – um dann alles durch mein Verhalten zu sabotieren? Allein die Vorstellung, was er von mir denken mochte!

Egal, ich muss zurück! Ich hab's versprochen!

Noch ganz im Klammergriff meines Traums drehte ich mich auf den Bauch und presste das Gesicht in das graue Fell unter mir. Verzweifelt versuchte ich, erneut in den Schlaf zu finden, zurück auf den eisglitzernden Balkon, zu Erik.

Vergeblich, der Schlaf wollte nicht kommen.

Stattdessen hörte ich das Grollen meines Magens. Hatte mich *das* etwa geweckt? Kein Wunder, meine letzte Mahlzeit war eine Ewigkeit her. Mühsam wühlte ich mich unter den schweren Pelzdecken hervor, blickte desorientiert in das Rund des Wohnhügels. Seine Wände bestanden aus Holzstämmen und Birkenrinde, wie der Große Kjolg von gestern Abend, die Einrichtung nichts weiter als um den Feuerkreis ausgelegte Felle, ein kompakter Holzstapel und eine Reihe von hölzernen Vorratsbehältern. Durch das Rauchloch über mir fiel ein

Lichtstrahl, so blendend, dass ich kaum hinsehen konnte. Oh Mann, wenn es schon so hell draußen war, musste es mindestens Vormittag sein. Dass mir Tomte Teda das durchgehen ließ! Hatte sie etwa selber verpennt? Nein, ein zweiter Blick verriet mir: Sie war gar nicht da!

Stattdessen hörte ich ein Fiepen aus Richtung des Feuerrings neben mir. Das Holz darin war komplett heruntergebrannt. In der Mitte der erkalteten Glut saß ein winziges rußschwarzes Wesen und starrte mich aus gelben Augen strafend an. Hier gab es also ebenfalls einen Funkenwicht – und er war gar nicht zufrieden mit seinem Gast.

»Sorry«, murmelte ich in Richtung des Aschehaufens und holte ein paar Scheite vom Vorrat an der Wand. Ich stellte sie in der Mitte des steinbefestigten Rings auf, aber der Funkenwicht glotzte weiter beleidigt und machte keine Anstalten, eine Flamme zu entzünden. Richtig, da war doch was: *»Man muss sie mit kleinen Geschenken bei Laune halten.«*

Ich zog meinen Rucksack heran – denselben, den ich bei dem fatalen Sommerlager von Eriks Rugbyverein dabeigehabt und seitdem nie sorgfältig ausgepackt hatte. Wühlte in den Seitentaschen herum und Bingo! Da war das »Willkommenspaket«, das mir die Betreuerin damals aufgedrängt hatte. Irgendetwas daraus würde vielleicht als Bestechung funktionieren. Als ich es herauszog, kullerte ein zusammengeknülltes Kaugummipapier vor mir auf den Boden. Sah direkt hübsch aus, so silbrig glänzend. *Okay, probieren wir erst mal das.* Vorsichtig legte ich das Kügelchen auf den Stein.

Der Funkenwicht sauste heran, warf sich gierig auf seinen neuen Schatz – und mit einem kleinen *Puff!* ging sein Kopf in Flammen auf. Schon war er mit meiner großzügigen Gabe zwischen den Holzscheiten verschwunden und entfachte ein munteres Feuer.

Einen Moment lang saß ich einfach nur da und schaute in die Flammen, eigenartig stolz, ein Level »Verrückter Scheiß« ganz allein gemeistert zu haben.

Dann knurrte mein Magen erneut und erinnerte mich schmerzhaft daran, dass *Elvys* nicht mit Kaugummipapieren zufrieden waren. Auch Lakritz, sosehr ich es mochte, gab ein denkbar schlechtes Frühstück ab. Aber Moment, war in dem Willkommenspaket nicht auch … Rasch öffnete ich die Verpackung, fand mein Ziel – einen Energyriegel. Ewig alt natürlich, aber so was wurde vermutlich nie schlecht. Als ich ihn herausfischte, fiel mir noch etwas in die Hände: ein kleines, viereckiges Päckchen. Die Kondome.

Genau in diesem Moment klopfte jemand an die Kjolg-Tür. »Elvy? Bist du wach?« Simàja.

Ach, du Schande! Blitzschnell grapschte ich nach dem Päckchen und stopfte es zurück in die Tiefen des Rucksacks. Fehlte noch, dass ich ihr *diese* Errungenschaft der Menschheit erklären musste. »Ja, äh – warte, ich … ich komme raus …«

Drei Minuten später, hektisches Stiefelanziehen inklusive, stand ich neben Simàja in der Wintersonne. Eine Brise ließ die schmalen bunten Banner über den Eingängen der übrigen Wohnhügel tanzen. Das Lager ringsum wirkte ruhig und friedlich, versunken im glitzernden Schnee – und total verlassen.

»Wo sind denn alle?«, fragte ich verwirrt.

Simàja schien meine Frage zu amüsieren. »Auch im Winter gibt es immer etwas zu tun. Die meisten von uns sind auf der Jagd. Und die geehrte Tomte ist auf Erkundungsflug, soll ich dir ausrichten. Sie will herausfinden, ob noch mehr Dryghar erwacht sind.«

Stimmt, das hatte sie gesagt, fiel mir ein. *Oh Mann, hoffentlich passiert ihr nichts. Aber es ist ja Tag, da schlafen die Viecher, hat Svalti gesagt …*

»Und was hast du vor?« fragte ich Simàja.

Sie senkte die Augen. »Ich wollte in den Wald, nach Sternflechten suchen. Für Silla und Ritni, als Medizin.«

»Sind sie verletzt?«, wollte ich beunruhigt wissen.

»Es ist Medizin für hier«, erklärte sie und legte bedeutsam die Linke auf ihr Herz. Dann blickte sie mich scheu von der Seite an. »Möchtest du vielleicht mitkommen? Oder brauchst du erst etwas zur Stärkung?« Aus der Tasche ihres Gewandes zog sie etwas, das aussah wie ein Streifen Baumrinde. »Gedörrtes Elchfleisch. Sehr nahrhaft.«

Buärk.

»Schon okay, ich hab mein eigenes Zeug«, erklärte ich und wedelte mit dem Energyriegel.

Simàja betrachtete ihn ähnlich begeistert wie ich zuvor *ihr* Angebot. Ich biss demonstrativ ein Stück ab und konnte nur mühsam eine Grimasse vermeiden.

Buärk 2.

»Auch sehr nahrhaft?«, erkundigte sich Simàja unschuldig.

»Und wie«, erwiderte ich würdevoll. »Magst du kosten?«

Sie wehrte heftig ab – hatte meine Lakritzattacke wohl noch nicht vergessen! – und wir grinsten uns an.

Dann sagte ich: »Ich komme gern mit. Vielleicht kann ich dir beim Sammeln helfen.«

Kurze Zeit später stapfte ich schon wieder mit einem magischen Wesen durch einen tief verschneiten Wald. Meine Stiefel spielten ähnlich schlecht mit wie beim letzten Mal, aber immerhin hatte ich nun keine Angst, verloren zu gehen. Geschimpfe wie von Tomte Teda gab es auch nicht, im Gegenteil: Simàja, die natürlich viel leichtfüßiger durch den tiefen Schnee glitt als ich, trat eine Spur für mich und achtete sorgsam darauf, dass ich Schritt halten konnte. Über der Schulter trug sie einen kleinen Jagdbogen samt Köcher, über dem Arm einen aus Birkenrinde gefertigten Korb. Trotzdem verfing sie sich – anders als ich – kein einziges Mal in einem Busch oder den tief hängenden Zweigen.

Wir marschierten an einem halb vereisten Wasserlauf entlang, der vom Lager aus in den Wald führte. Ich wollte in meiner Rolle als Natur-Grinch bleiben, aber der Anblick machte es mir schwer – er war einfach zu schön. Wie das klare Wasser zwischen den tief verschneiten Ufern entlangplätscherte, vorbei an dicken Findlingen mit Bärten aus Eiszapfen, während die Sonne hier Kringel aus Licht, dort tiefblaue Schatten zauberte …

»Das ist er, oder?«, vergewisserte ich mich bei Simàja. »Der Fluss, der euer Lager mit der Pforte verbindet? Und der bringt euch Magie aus Ymatàja?« So genau ich auch hinsah: Magische grünblaue Funken konnte ich nicht in den glitzernden Fluten entdecken.

Simàja sah sich zu mir um, schien meine Gedanken zu erraten. »Es ist sehr schwer, sie im Wasser zu sehen. Sie herauszuholen, um den Glutspeer zu stärken, ist noch schwerer.« Bedauernd hob sie die Schultern. »Auch meine Sjal ist nicht stark genug dafür.«

Wieder dieses Wort. Endlich sah ich meine Chance gekommen. »Was genau ist denn das – eine Sjal?«, fragte ich. »Haben Menschen auch so was? Oder ist das ein exklusives Aelfar-Ding?«

»Menschen haben keine. Du schon.« Mit ihrer freien Linken deutete sie auf meinen Froststern. »Eine Sjal ist wie eure Seele, aber noch mehr. Sie umfasst all dein Sein, deine Kraft, deine Magie – wie viel du davon hast, wie du sie nutzen kannst. Nur wer all dies in Einklang bringt, gehört zu den wahrhaft starken Sjalar.«

»Wow«, murmelte ich. »Okay. Und du sagst, ich gehöre zum Club, weil ich Bling habe?« Sie schaute mich verständnislos an und ich tippte mir auf die Stirn. »Bling. Alles klar?«

»Dein Froststern? Du … hast ihm einen *Namen* gegeben?«

»Klar. Du nicht?«

»Aber nein!« Simàja wirkte ähnlich ungläubig wie Erik – allerdings kein bisschen amüsiert. »Das wäre respektlos! Mein Großvater würde das nie gutheißen!«

»Och, Bling scheint es zu gefallen. Oder, Bling?« Ein kurzes Aufblitzen gab mir recht. Ich schloss zu Simàja auf, stieß ihr freundschaftlich in die Seite. »Hey, wir beide sind die Einzigen, die einen Froststern haben, oder? Also sag ich mal, *wir* machen die Regeln.« Ich zwinkerte ihr zu. »Komm schon, such dir einen Namen für deinen aus.«

In Simàjas dunklen Augen standen tiefe Zweifel. Ich sah geradezu, wie sie mit sich rang – und wohl vor allem mit der jahrhundertealten Tradition, die sie mit sich herumschleppte. Dann aber, als hätte sie eine unsichtbare Last abgeworfen, breitete sich ein zauberhaftes, irgendwie *freies* Lächeln in ihrem Gesicht aus. »Du hast recht! *Wir* machen die Regeln! Und«, nun klang sie wieder etwas vorsichtiger, »es muss ja auch niemand erfahren außer uns, oder?«

Okay, die ganz große Revolution wollte sie noch nicht wagen. Egal, es war ein Anfang. »Von mir erfährt es keiner«, versprach ich. »Und wie willst du deinen nun nennen?«

»Darüber muss ich nachdenken«, erwiderte sie. »Aber jetzt sollten wir nach den Sternflechten suchen, sonst fehlt uns am Ende das Tageslicht.«

Wir entfernten uns also vom Fluss, schlugen uns tiefer in den Wald. Sternflechten, erklärte mir Simàja, wuchsen an Tannen- oder Fichtenzweigen. Wie die filzartigen Bartflechten, die sie mir ebenfalls zeigte, waren sie nicht wirklich selten, aber genau wie diese fand man sie nur in alten Wäldern. »Und von denen gibt es immer weniger«, seufzte sie. »Hier in der Gegend sieht es noch gut aus, aber die Rentierleute erzählen mir, dass immer mehr abgeholzt wird – Flächen, die einst ihren Herden als Weidegrund dienten.«

»Es wird doch auch wieder aufgeforstet«, warf ich ein, im schwachen Versuch, die Menschheit – und mein Land – zu verteidigen.

»Sicher«, erwiderte Simàja und pflückte eine Sternflechte aus dem Gewirr eines schneebedeckten Zweiges. »Aber das sind alles Wälder mit den immergleichen Bäumen – und viel zu jung. Also keine Flechten. Keine Rentier-Nahrung.«

»Das war mir nicht klar«, murmelte ich betroffen. Ich musste daran denken, was Ánte angedeutet hatte über die Schwierigkeiten, mit denen er und seine Leute, die Sámi, tagtäglich kämpften. Mir wurde klar, wie wenig ich wirklich davon wusste, was hier oben geschah. Dass hier ein Volk bedroht war, ganz real und jenseits aller magischen Ungeheuer …

»Und denkst du –«, begann ich, aber eine Geste Simàjas ließ mich verstummen.

Blitzschnell hatte sie den Korb fallen gelassen und einen Pfeil auf die Bogensehne gelegt. Ich starrte an ihr vorbei durch die Zweige, hinaus auf die breite Lichtung, die sich dahinter öffnete.

Im nächsten Moment brach ein kleines Tier mit schneeweißem Fell und buschigem Schwanz durch das Gebüsch links von uns und fegte quer über die Lichtung. Ein – ja, das musste ein Polarfuchs sein!

Simàja folgte seinem Lauf mit dem Pfeil, schoss aber nicht. Kaum dass der Fuchs zwischen den Bäumen verschwunden war, ließ sie den Bogen sinken und lächelte mir zu. »Kein gutes Fleisch. Und Pelze haben wir genug. Er soll weiterlaufen.«

Ich war baff – wie früh sie den Fuchs bemerkt hatte und wie schnell sie mit dem Bogen war!

Meine Bewunderung sprudelte aus mir heraus, doch Simàja winkte ab: »Ach, das war nichts. Ich bin keine gute Jägerin. Wahrscheinlich hätte ich nicht einmal getroffen.«

»Glaub ich nicht«, widersprach ich ihr rundweg. Sorry, aber Bogenschießen war ein Skill, das ich schon immer cool gefunden hatte. »Zeigst du's mir? Also, was du so drauf hast?«

Sie wand sich ein bisschen, eindeutig gefangen zwischen ihrer Verlegenheit und der Freude über meine Begeisterung.

»Nun gut«, meinte sie schließlich. »Wenn du unbedingt möchtest. Sonst ist ja niemand hier. Was soll ich tun?« Etwas lockerer schob sie nach: »Bitte keine Ziele, bei denen ich klettern muss, um den Pfeil zurückzuholen!«

»Triffst du den Stamm da?« Ich deutete auf eine junge Fichte auf der anderen Seite der Lichtung. Ihr rötliches Holz schimmerte uns über eine Distanz von vielleicht fünfzig Metern zu.

Simàja warf mir einen *Dein-Ernst?*-Blick zu. Bevor ich den nächsten Atemzug getan hatte, saß ihr Pfeil schon im Stamm, genau in der Mitte.

»Wahnsinn!« Ich applaudierte euphorisch. »Äh, okay, etwas schwieriger … Der Aststumpf da, etwas höher?«

Volltreffer. Ebenso der nächste Schuss und der nächste.

»Nicht zu fassen!«, rief ich schließlich. »Und du sagst, du bist keine gute Schützin? Du bist phänomenal, *chica*!«

»Simàja«, verbesserte sie mich ernsthaft. Ihre Wangen waren vor Freude gerötet. »Aber nein, das –«

»Du übst dich im Schießen? Bravo!« Eine Stimme erklang hinter uns.

Simàja fuhr zusammen wie ertappt. Ich drehte mich langsam um … und erblickte Jor, der soeben aus dem Schatten der Fichten hinter uns auf die Lichtung trat. Auch er hatte einen Bogen über der Schulter, allerdings einen deutlich größeren. Dann teilte sich das Gebüsch zu seiner Rechten – und jetzt fuhr *ich* zusammen. Denn dort erschien ein Luchs, das Fell grau-weiß gesprenkelt, eines dieser Nebelwesen, dieser Súmuar …

Nein, ganz ruhig, Elvy.

Mühsam rief ich mich zur Ordnung. Das Tier war *kein* Geist. Beeindruckend groß, das ja, sein katzenartiges Gesicht bedrohlich und schön zugleich, die Spitzen seiner Pinselohren dunkelrot gefärbt, wie in Blut getaucht – aber ohne die wabernden Nebelfetzen und den Eishauch, der die Wesen in der Schneefeste umgeben hatte. Kein Geschöpf der Ysirka. Trotzdem, ein wilder Luchs in dieser Größe …

Jor bemerkte meine Angst und sagte nur lässig: »Vissa. Unser Gast fühlt sich unwohl.«

Und dann – ich traute meinen Augen kaum – begann die Luft

rings um den Luchs zu schimmern. Ein perlmutterner Glanz, der sich ausbreitete und um die Form der Raubkatze legte wie das Seidentuch eines Zauberers. Im nächsten Moment ein Aufleuchten, ein Gefühl wie plötzlich veränderter Luftdruck – und an der Stelle des Luchses stand Vissa, die rothaarige Aelfar-Kriegerin, voll bekleidet und sichtlich mies gelaunt. Sie fauchte uns an und verschränkte mit finsterem Blick die Arme.

Ich stand wie angewurzelt neben Simàja und glotzte, aber niemand schien es für nötig zu halten, mir etwas zu erklären.

Jor kam zu uns herüber und schenkte uns ein wahrhaft betörendes Lächeln. »Klarträumerin, Prinzessin – Sonne und Wind für euch. Welch glücklicher Zufall. Wir waren auf der Jagd, aber Yma hat uns noch keine große Beute gesandt.« Er deutete auf die zwei Schneehasen, die an seinem Gürtel hingen.

Ich versuchte angestrengt, mich nicht wieder von seiner beeindruckenden Ausstrahlung ablenken zu lassen. Wie er so vor uns stand, das Sonnenlicht auf seinen harten, männlichen Gesichtszügen, seine muskulöse Figur nur allzu gut erkennbar in den hellen Pelzgewändern, den Bogen über der Schulter, wirkte er wie ein Gott des Waldes, der den Sterblichen einen Besuch abstattete. Zum Glück war ich immer noch durchgeschüttelt von Vissas Transformation und konnte allzu peinliches Starren verhindern.

»Wir sammeln Sternflechten«, erklärte Simàja. Dass man sie beim Bogenschießen entdeckt hatte, schien ihr echt unangenehm.

»Aber dann wolltest du unserem Gast eine Probe deines Könnens liefern«, lächelte Jor. »Lass dich bitte nicht stören. Ich weiß, wie hart du daran arbeitest, dich zu verbessern.«

Verbessern? »Sie ist schon total gut!«, warf ich impulsiv ein, aber anders als vorher wirkte Simàja nicht froh über mein Kompliment. »Komm, zeig's ihm, schieß noch mal auf den Aststumpf!«, ermutigte ich sie weiter und Jor nickte beifällig.

Mit erkennbarem Widerwillen zog Simàja einen neuen Pfeil. Doch ihre Bewegungen, bis eben noch so mühelos und zielstrebig, wirkten jetzt fahrig und unsicher. War sie schlicht müde? Von Vissa kam ein misslauniges Schnaufen.

»Nur ruhig, Liebste, denk an deine Atmung«, sagte Jor, ohne seine Erste Jägerin zu beachten. Er trat zu Simàja und stabilisierte ihre Arme mit seinen Händen. Sicherer machte sie das allerdings nicht, denn sie schoss – vorbei.

»Mach dir nichts draus. Es ist schon spät am Tag. Das Licht lässt nach und du solltest dich nicht überfordern«, riet Jor ihr fürsorglich. »Lasst uns zurückkehren, bevor uns die Dunkelheit im Wald überkommt.«

»Ich werde noch weiter jagen«, knurrte Vissa von ihrem Posten am Rand der Lichtung. Wieder dieser Schimmer – und schon schnürte ein Luchsweibchen mit blutroten Ohrspitzen zwischen den Bäumen davon.

Auch Simàja winkte ab. »Geht nur vor. Ich muss meine Pfeile einsammeln.« Sie wollte es munter klingen lassen, aber ich spürte, dass sie in Wirklichkeit niedergeschlagen war.

Wegen *eines* Fehlschusses? Du meine Güte, welche Standards herrschten hier – oder welche hatte sich Simàja gesetzt?

»Ich kann dir helfen«, bot ich an, obwohl mir meine tiefgekühlten Füße dringend zum Rückzug ins Lager rieten.

Aber Simàja wollte ohnehin nichts davon hören und so stapfte ich gleich darauf mit Jor durch den Wald. Auch er gab sich sichtlich Mühe, meinen Weg so einfach wie möglich zu gestalten, schob sogar Äste für mich beiseite. Wie sich herausstellte, war nicht nur die Höflichkeit Grund für seine Eskorte.

»Nun, Klarträumerin?«, fragte er, nachdem wir einige Zeit stumm nebeneinanderher gelaufen waren. »Warst du in der Schneefeste? Gibt es Neuigkeiten – vielleicht zum Frostprinzen?«

Okay, jetzt frage ich nach. Ich kann nicht weiter so tun, als wüsste ich Bescheid, nur damit ich hier ernst genommen werde.

»Wer genau ist dieser Frostprinz?«, fragte ich also zurück. »Oder *was*? Lebt er auch in der Schneefeste?«

»Noch lebt er überhaupt nicht. Nicht in seiner wahren Form. Wir hätten erfahren, wenn es anders wäre.«

Wie?, lag mir auf der Zunge. *Woher wisst ihr überhaupt, wie es in eurer Heimat aussieht?* Doch ich wollte Jor nicht durch eine weitere Nachfrage ablenken.

Seine Linke vollführte eine komplizierte Geste, wie eine Beschwörung. »Die Armeen der Frostkrieger zu befehligen, kostet auch die Ysirka Kraft. Also schafft sie sich einen Heerführer, indem sie einen Teil ihrer Macht mit einem sterblichen Wesen verbindet. Einem Aelfa, dessen Magie stark genug ist, dies zu ertragen.«

Kjellan, schoss es mir durch den Kopf, der Gedanke wie ein eiskalter Blitz. Vor meinem inneren Auge erschien die Gestalt des Fürsten der Somaelfar, der zum Haushofmeister der Schneefeste geworden war. Jetzt verstand ich, wovon der hochmütige Kerl gesprochen hatte, als er Erik mit seiner baldigen »Beförderung« drohte. Laut sagte ich: »Und dieser Aelfa – macht der etwa freiwillig mit? Was bringt ihm das?«

»Mehr Macht, als ein Sterblicher je hatte.« Jor klang fast ehrfürchtig, doch der harte Glanz in seinen Augen zeigte mir, dass solch eine Position nichts Gutes war. »Der Frostprinz ist der General der Ysirka, er führt ihre Armee. Hat sie ihn erwählt, kann sie all ihre übrige Macht frei nutzen, um die Grenzen zwischen den Welten einzureißen. Dann hält sie nichts mehr auf, und sie kann sich nie mehr vom Fluch Ykrists befreien, um wieder zu unserer Vintarfejra zu werden. Deshalb müssen wir der Kalten Herrscherin zuvorkommen, bevor sie den Frostprinzen erwählt.« Seine Miene verdunkelte sich noch mehr. »Du verstehst also, warum es mir schwerfällt, Askils Entscheidung zu akzeptieren, bis Vintarsol zu warten. Aber die Flammen haben gesprochen. Um ihn umzustimmen und auch die anderen zu überzeugen, brauche ich einen handfesten Grund. Hast du letzte Nacht vielleicht herausfinden können, wie viel Zeit uns noch bleibt, bis der Frostprinz erwählt wird?«

Hitze schoss mir in die Wangen, als ich daran dachte, was wirklich in meinem Klartraum geschehen war. Hier hoffte man auf handfeste Informationen über die Pläne unserer Gegnerin – und ich hätte fast *rumgeknutscht!* Das würde ich ganz bestimmt nicht berichten, erst recht nicht Jor, der mich voller Erwartung fixierte.

»Sorry.« Ich hob entschuldigend die Schultern. »Letztes Mal mussten wir uns verstecken und ich konnte nicht weiter herumschnüffeln. Aber viel Zeit bleibt sicher nicht mehr.« In kurzen Sätzen erklärte ich, wen ich für den Kandidaten der Ysirka hielt – und warum.

»Kjellan.« Jors Augen zogen sich bedrohlich zusammen, doch überrascht wirkte er nicht. »Damals hat er abgelehnt, gegen die Ysirka zu kämpfen – und jetzt will er ihre linke Hand werden. Dieser Verräter!«

»Ich weiß nicht, ob er wirklich eine Wahl hat«, warf ich zögernd ein und dachte an den eisigen Funken in Kjellans Augen. »Sie hat ihn wohl in ihren Bann gezogen.«

»Weil er eine Krämer-Sjal hat.« Jor spuckte die Worte fast aus. »Er war schon immer mehr Kriecher als Krieger. Aber er ist mächtig. Wenn er seine Magie der Kalten Herrscherin opfert und gegen uns einsetzt … Ymas Krone! Und Askil zaudert!«

Den Rest des Weges blieb Jor stumm und in sich versunken. Als wir das Lager erreicht hatten, verabschiedete er sich mit ehrerbietigem Gruß, um sich mit Vissa, Gorm und einigen der anderen Krieger zu beraten.

Da es bereits dunkel wurde und sich sonst niemand für mich zu interessieren schien, schlich ich allein in meinen Kjolg zurück. Dort erwartete mich zwar keine Tomte Teda, dafür ein bestgelaunter Funkenwicht, der – vermutlich mit Tjaels Hilfe – ein munteres Feuer in Gang gehalten hatte, und, noch besser: ein Kessel mit Brocha! Ich schaffte es, das Ding von seiner Dreibein-Aufhängung zu befreien, ohne mich zu verbrennen. Ich leerte die ganze Kanne, schlürfte die komplette würzig-heiße Brühe in mich hinein und noch nie hatte mir etwas besser geschmeckt.

Weil Tomte Teda immer noch nicht auftauchte – ich verbot mir, deshalb beunruhigt zu sein –, kuschelte ich mich schließlich wieder unter meine Pelzdecken. Obwohl ich von meiner Waldwanderung und der Kälte erschöpft war und mich dringend zu Erik wünschte, dorthin, auf die andere Seite des Eises, brauchte ich lange, um in den Schlaf zu finden. Mein Kopfkarussell, voll mit den Eindrücken des Tages, drehte zu stark nach. Das Gespräch mit Simàja, wie sie beim Bogenschießen erst so stark gewesen war und dann so unsicher, Vissas Luchsmagie … all das wollte verarbeitet werden, verlangte nach Erklärungen, die ich nicht hatte.

Doch endlich, im schwindenden Licht des herunterbrennenden Feuers, fand ich zur Ruhe. Allerdings durfte ich diesmal nicht ziellos in den Traum gleiten. Diesmal durften keine Tage oder Wochen zwischen Erik und mir stehen, das hatte ich versprochen. Nur hatte ich dummerweise keine Ahnung, wie ich das anstellen sollte.

Tomte Teda, dachte ich. *Ich hätte echt gern einen Tipp von dir. Notfalls auch mit Arschtritt. Komm bitte heil zurück!*

Mit letztem Bewusstsein rief ich mir die Zeit auf dem Balkon zurück. Alles, was ich dort gesehen hatte. Die blauen Flämmchen in den Rosen aus Eis. Das Rauschen meines pelzgesäumten Kleides auf dem verschneiten Boden. Eriks Hand in meiner, sein Gesicht so nah vor mir. Licht, das durch befrostete Scheiben schimmerte … wirbelnde Flocken … Und dann, als mir schon die Augen zufielen, hörte ich sie wieder: die Melodie Ymatàjas.

Kapitel 26

Meine Tür erschien, verlässlich wie der Nordstern. Ich fasste die Klinke.

Im nächsten Moment: eine Hand an meinem Arm.

»Da bist du ja. Du hast es geschafft!«, flüsterte Erik und zog mich neben sich – am Ärmel meiner üblichen Outdoorjacke. Das Traumkleid war Geschichte, ein Glück.

Eriks Gesicht trug noch immer diesen neutralen, fast kühlen Ausdruck. Ich war an seiner Seite, aber dennoch auf Abstand.

Hast du dir selbst zuzuschreiben, blöde Kuh.

Mit aller Mühe schluckte ich den Kloß in meiner Kehle hinunter. Er fiel in meinen Magen wie ein Zentnergewicht. Um mich abzulenken, schickte ich meine Tür weg und sah mich um.

»Wo sind wir? Und – *wann*? Das ist doch gar nicht der Balkon!«

Vor uns erstreckte sich ein langer, schwach durch Magiefunken erleuchteter Gang. Nelli, das Eishörnchen, saß auf einem der Vorsprünge und putzte sich, demonstrativ unbeeindruckt von meiner Ankunft.

»Das hier ist besser als der Balkon.« Erik sprach noch immer leise und sachlich. »Als du nicht gleich wieder aufgetaucht bist, habe ich mich auf den Weg gemacht, kaum dass der Ball begann. Ich wusste ja, dass du in jedem Fall zu mir findest. Schau«, er deutete zum rechten Ende des Gangs, wo eine hohe Tür den Weg versperrte, »in der

Richtung liegt der Ballsaal. Den habe ich schon umrundet. Sie sind erst beim zweiten Tanz. Genug Zeit für uns.«

Tanz. UNSER Tanz im Schnee. Unser Fast-Kuss ... Stopp!

Entschieden jagte ich den Gedanken zurück in seine dunkle Ecke – Erik verschwendete bestimmt auch keinen in dieser Richtung.

»Also komm«, sagte er. »Ich führe uns bis zur Schatzkammer. Dann bist du dran und findest die Herznadel, ja?«

Ich nickte stumm und schickte ein Stoßgebet hinauf zu Bling – trotz meiner großen Worte war schließlich *er* meine einzige Hoffnung, diesen magischen Talisman aufzuspüren, zwischen all den Kostbarkeiten, die die Ysirka vermutlich zusammengerafft hatte.

Wir liefen los, den Gang hinunter. Es ging hinab, das merkte ich. Hin und wieder begegneten wir Aelfar oder anderen schneegebannten Wesen, die uns nicht beachteten. Erik rauschte zielstrebig an ihnen vorbei, als ob er jedes Recht hätte, hier zu sein, während Bling und ich für alle unsichtbar waren. Nelli allerdings huschte jedes Mal blitzschnell außer Sicht – sie wusste bestimmt genau, dass Eishörnchen in der Schneefeste Freiwild waren.

Dann kamen Treppen, immer öfter. Erst breit und prächtig verziert wie für eine Parade, aber mit jeder tieferen Ebene, die wir erreichten, mit jedem neuen Abzweig wurden sie kleiner und funktionaler. Die Stufen der letzten so schmal, dass wir sie nur knapp, ohne auszurutschen, bewältigten.

Schließlich gelangten wir in einen Gang, dunkler als alle bisherigen. Seine Eiswände waren fast schwarz, die blau-grünen Funken darin nur ein schwacher Schein, wie erstickt. Der Gang endete vor einer Tür aus grob behauenem Holz, kein Vergleich mit der Pracht der oberen Ebenen.

»Wir müssen hier durch«, raunte mir Erik zu. »Ich wünschte, es ginge anders, aber ich habe nur diesen Weg gefunden. Bleib dicht bei mir, Elvy. Wir machen ganz schnell.«

»Wieso?«, erwiderte ich gepresst. »Was ist hinter dieser Tür?«

»Nichts Gutes. Sieh am besten gar nicht hin.«

Schon hatte er die Hand auf der messingfarbenen Klinke und schob die Tür auf. Dahinter komplette Dunkelheit. Ein leiser Fluch von Erik, der wohl versuchte, irgendein mitgebrachtes Licht zu entzünden, aber scheiterte. Nur Nellis goldene Knopfaugen schimmerten zu seinen Füßen.

»Bling«, flüsterte ich. »Kannst du uns helfen?«

Ein Knistern wie von einer Wunderkerze war die Antwort und dann geschah es erneut: Der Froststern löste sich von meiner Stirn, glitt durch die Luft, bis er knapp über meiner ausgestreckten Handfläche schwebte – und erstrahlte.

Erik sah staunend von Bling zu mir. Seine Anspannung für einen Moment vergessen, die sachliche Kühle verschwunden, stattdessen lächelte er mich an, überwältigt und fast so strahlend wie mein Froststern. »Elvy. Du bist wirklich unglaublich.«

»Glaub's ruhig.« Ich zwang mich zu einer lässigen Antwort, einer Antwort unter *Freunden*, dabei prickelte sein Lächeln überall auf meiner Haut.

»Gut, komm schnell weiter«, sagte er und wollte mich mit sich ziehen.

Aber dann stieg Bling ein Stück höher, erhellte den Raum ringsum. Und was ich sah, riss mir fast den Boden unter den Füßen weg.

Sie standen da, Reihe um Reihe, starr wie Statuen. Menschliche Gestalten, gekleidet in Rüstungen aus schwarzem Eis. Bleiche Gesichter unter Helmen ohne Visier, gefrorene Augen, die nichts sahen. In jeder Linken ein Speer mit grausam gezackter Spitze, am Gürtel Äxte und Dolche. Entsetzliche Zerrbilder der Aelfar, die in unserer Welt wachten.

Frostkrieger.

Wie viele? Keine Ahnung, ich konnte sie nicht zählen, sie verschwanden in der Dunkelheit. Im ersten Moment würgte mich der Schreck so sehr, dass ich keinen Ton herausbrachte. Ich wollte wegrennen, fliehen, krallte mich an Eriks Arm, um ihn mitzuziehen.

Er hielt mich auf und raunte: »Sie tun uns nichts, Elvy. Sie sind noch ohne Befehle. Sie warten.«

»Auf ihren General«, sagte ich gepresst. »Den Frostprinzen.«

Erik nickte. »Hier unten entsteht das eigentliche Heer. Die Kalte Herrscherin hat bereits ein paar Hundert auf Ymatàja losgelassen, um den letzten Widerstand zu brechen, aber mehr zu kontrollieren, kostet sie zu viel Konzentration. Genau das übernimmt dann der Frostprinz. Was die Krieger angeht ... Frisch erschaffen sind sie nur leere Hüllen. Zum Kämpfen braucht jeder von ihnen eine Seele. Ich denke, du weißt, woher die stammen.«

Ich starrte ihn an. Wollte es nicht glauben – und verstand doch genau, was er meinte. Eine entsetzliche Wahrheit, die ich vielleicht erahnt hatte, in irgendeiner finsteren Ecke meines Kopfes. Erahnt und verdrängt. Aber jetzt stand ich direkt davor und erkannte, dass die vielen erstarrten Gesichter keine Aelfar waren ... sondern menschlich.

»Sie stammen aus unserer Welt«, flüsterte ich.

Die Komafälle. Die geraubten Seelen. All die Menschen, junge Menschen wie Erik und ich – und wie ...

Mit einem Mal hielt mich nichts mehr an meinem Platz. Angstvoll lief ich die vorderste Reihe ab, achtete nicht auf Eriks warnenden Ruf, versuchte es mit der zweiten.

Sinnlos, so finde ich sie nie, ich muss ...

Bling.

Er wusste, was ich wollte. Wieder schwebte er mir voraus und führte mich, immer tiefer hinein in den dunklen Raum. Erik blieb dicht hinter mir, Nelli auf dem Arm, auch wenn er nicht wusste, was ich vorhatte.

Schließlich stand mein Leitstern still und ich entdeckte es. Dieses eine, blasse Mädchengesicht, das ich nur von Fotos kannte. Doch sie war es, kein Zweifel. Sunna. Die Freundin von Ánte, dessen Liebe sie am Leben erhielt und gleichzeitig zu einem Schicksal verdammte, das schlimmer als der Tod war. Sie stand da, totenstill, gekleidet in die eisige schwarze Rüstung, bewaffnet wie all die anderen hier.

Unwillkürlich fuhr ich mit den Fingern zu meinem rechten Handgelenk. Ja, auch dieses Detail hatte ich mit in den Traum hinübergenommen: Ántes Geschenk, das Armband, das Sunna selbst gemacht hatte, als sie noch wach und bei sich war. Am liebsten hätte ich es ihr zurückgegeben – doch mir war klar, dass es verschwinden würde, sobald ich den Traum verließ.

Ich spürte, wie Erik neben mich trat, seine Augen voller Sorge um mich. In kurzen, stockenden Sätzen erklärte ich ihm, dass ich wusste, wer diese Frostkriegerin war, dass ich die verlorenen Seelen im Schnee zwischen den Welten sah.

Er fasst meine Hand, ein wortloses Versprechen: Wir würden Sunna nicht im Stich lassen. Keinen von ihnen hier. Wie auch immer wir das anfangen sollten. Doch so grausam es auch war, hier und jetzt konnten wir nur eins tun – unseren Plan weiterverfolgen.

Ich sah ein letztes Mal in Sunnas blicklose Augen. Irgendwo in meiner Welt lag ihr Körper bewusstlos in einem Krankenhausbett, umgeben von Menschen, die ihr helfen wollten, aber machtlos waren.

»Gib nicht auf«, flüsterte ich eindringlich. Dann, bevor mich das Gefühl der Hilflosigkeit übermannte, griff ich Eriks Hand noch fester und zog ihn hinter mir her, nur weg von der vereisten Armee, weg aus diesem Grab. Hin zu der Tür, die ich auf der anderen Seite erkannte.

Doch als ich die Klinke fasste und an ihr rüttelte, bewegte sich nichts. Auch Eriks Versuch blieb erfolglos. »Verdammt«, knurrte er.

»Beim letzten Mal war sie offen. Egal, ich krieg sie schon auf, warte kurz.«

In diesem Moment erlosch Blings Silberschein und er zischte auf meine Stirn zurück. Ein Stechen, ein Ziehen in meinem Kopf, meinem Körper ... und ich begriff. Das Erwachen rief mich.

Mist, elender!

Plötzlich war da noch eine Tür in der Wand aus schwarzem Eis, eine Tür mit vertrautem honiggelbem Holz. Ich sah, wie sie sich öffnete, fühlte, wie der Schneesturm zwischen den Welten an mir zerrte. Verzweifelt hielt ich mich an Eriks Hand fest und versuchte gleichzeitig, ihn abzuschirmen. Auf keinen Fall konnte ich noch einmal mitansehen, wie er sich vor mir auflöste.

»Ich will bei dir bleiben, verdammt!«, stieß ich hervor. »Wir sind doch schon so nah dran!«

»Elvy. Elvy, hör mir zu. Es ist gut so. Du solltest nicht zu viel Zeit im Klartraum verbringen, sonst findest du vielleicht irgendwann nicht mehr zurück.« Noch hielt Erik mich fest, während ich den Sog der Tür immer stärker spürte. »Komm einfach wieder. Versuch, diesen Moment zu finden. Finde mich. Hier. Jetzt.«

»Ich verspreche es!« Der Wind riss mir die Worte aus dem Mund, peitschte mir die Haare ins Gesicht. »Ich komme zurück zu dir, hierher! Irgendwie!«

Meine Hand löste sich aus Eriks kalten Fingern, unaufhaltsam.

Ich ließ los.

Kapitel 27

Das Erwachen im Zwielicht des Gäste-Kjolgs war mühsam. Der Traum hatte mich ausgespuckt, unwiderruflich, aber die erstarrten Gesichter der Frostkrieger, *Sunnas Gesicht*, hielten mich gefangen, schienen in den Schatten des dunklen Holzgeflechts der Wände zu lauern. Sosehr ich auch zurück zu Erik wollte – ich spürte, dass mir das Einschlafen erst einmal nicht mehr gelingen würde. Kein Wunder: Die Sonne war bereits aufgegangen und durch den Rauchabzug hoch über mir blitzte ein Stück winterblauer Himmel. Ich hatte schon wieder endlos verschlafen.

Sogar wenn mein Körper in der Nacht *nicht* genug Ruhe gefunden hätte – das Schnarchen auf der gegenüberliegenden Seite des Feuerrings war laut genug, um selbst Dornröschen aufzuwecken. Denn dort, verborgen unter einem ganzen Haufen Felldecken, aber unverkennbar am Sound, lag Tomte Teda. Sie war zurück von ihrem, ha, *Ausflug!* Ich fühlte mich gleich doppelt besser – einmal, weil ihr nichts passiert war, und zum anderen, weil ich nun offiziell nicht mehr die einzige Langschläferin im Lager war. Ich beschloss großmütig, sie nicht zu wecken und mir stattdessen etwas zu essen zu suchen. Vorzugsweise weder Energyriegel noch Dörrfleisch. Vielleicht gab es ja heute so was wie ein Frühstücksbuffet. Harhar.

Es gab *kein* Frühstücksbuffet – und leider auch keine Simàja. Das Lager wirkte abermals ziemlich ausgestorben, selbst die Silberrene trieben sich vermutlich im Wald herum, auf Nahrungssuche. Nicht einmal Silla und Ritni waren in Sicht. Ich entdeckte zwei Aelfar, die, dick eingepackt und mit versteinert-schönen Gesichtern, einen Schlitten reparierten und mir nicht mehr als mäßig interessierte Blicke zuwarfen. Mein Klarträumer-Status war offenbar bereits akzeptierte Normalität geworden. Aus dem einen oder anderen Kjolg stieg Rauch auf, auch aus dem großen im Zentrum, aber dort anzuklopfen hatte ich absolut nicht vor. Zwar würde ich hier vielleicht Simàja finden, doch noch sicherer Askil. Nein danke.

Ich war eh kein Morgenmensch und hier war noch immer alles so fremd … Missmutig ging ich einen der Pfade entlang, die in den hohen Schnee getrampelt worden waren. Die Umgebung wollte mich wohl aufheitern: Ringsum erstreckte sich ein Panorama wie aus den schönsten Touri-Broschüren. Endloser Kristallzuckerschnee schimmerte im Licht des späten Wintermorgens, alle Schatten sanft und blassblau, die Luft so atemberaubend kalt und klar, dass ich glaubte, bis zum Nordpol sehen zu können. Widerwillig beeindruckt, stampfte ich fröstelnd fester auf und rieb mir über die Arme, um meinen Kreislauf etwas mehr in Gang zu bringen.

Und dann stahl sich ein Ton durch die Stille, weich wie fallende Flocken, funkelnd wie Sonnenlicht auf Eis. Kein Gesang diesmal, auch nicht die verzauberte Melodie des Nordlichts in Ymatàja, nein, es klang ganz irdisch … Vogelrufe?

Ich folgte den hypnotischen Tönen, nahm eine Abzweigung im Trampelpfad und stand schließlich vor einer tief gebeugten Krüppelfichte am Rand des Lagers. Daneben, auf einem Baumstumpf, vor sich ein prasselndes Feuer inmitten des Schnees, saß der Aelfa namens Tjael. In seinen Händen hielt er eine kurze Holzflöte – ihr entlockte er diese fremdartigen und doch harmonischen Töne. Ich war nicht das einzige Publikum: Ringsum, im Schnee, auf der Fichte und einigen halb versunkenen Büschen, hatte sich eine wahre Vogelschar versammelt und schien andächtig zu lauschen.

Als ich einen Schritt nähertrat, flatterten sie erschreckt davon. Tjael sah auf und entdeckte mich. Ein beschämter Ausdruck trat in sein jugendliches Gesicht, rasch senkte er den Kopf und wollte seine Flöte wegstecken.

»Nein, lass bitte!«, hielt ich ihn auf. »Das klang echt schön. Tut mir leid, dass ich deine Zuhörer erschreckt habe. Ach, und danke noch mal. Für unsere Unterkunft und das Feuer. Das Essen war auch von dir, oder? Hat mir gestern Abend das Leben gerettet. Danke.«

Überrascht sah er wieder hoch. Kam wohl nicht oft vor, dass sich jemand bei ihm entschuldigte – oder bedankte.

Ich nutzte meinen Schwung. »Was machst du denn hier hinten, ganz allein?«

»Oh.« Er schlug seine langen Wimpern nieder und machte eine fließende Geste mit der Flötenhand. »Hier störe ich niemanden. Und ich bin gern allein.«

»Verstehe ich gut.« Ich nickte ihm zu und wandte mich zum Gehen. »Na dann, bis später.«

»Warte, Klarträumerin, so war das nicht gemeint!« Er sprang auf und deutete auf das Feuer, über dem ein kleiner Kupfertopf an einem Dreibein köchelte. »Möchtest du meine Morgenmahlzeit teilen? Es ist nur Wintergrütze, aber heiß und gut.«

Wintergrütze? Das klang wenig verlockend … aber vermutlich schmeckte alles besser als mein gestriges »Frühstück«.

Keine zwei Minuten später kauerte ich also auf einem schneebefreiten Baumstumpf neben ihm, in den Händen einen der mittlerweile vertrauten geschnitzten Schöpfbecher, die hier als Trinkgefäß wie Suppenschüssel dienten. Die Wintergrütze entpuppte sich als eine Art Körnerbrei, großzügig gesüßt mit Honig und getrockneten

Moltebeeren. Das Endergebnis schmeckte überraschend lecker. Auch wenn mein Po langsam kalt wurde – mein Bauch wärmte sich wunderbar auf.

Tjael sah mir zu, wie gierig ich sein Frühstück verschwinden ließ, ein feines Lächeln auf den Lippen und in seinen schmalen, seelenvollen Augen. Wie alle Aelfar, die ich bisher getroffen hatte, sah er unglaublich gut aus, aber es war nicht die gefährliche Schönheit von Jor. Sanfter, stiller. Ein dünner Flechtzopf hatte sich unter seiner lichtgrauen Kappe hervorgestohlen, was er nicht wirklich zu bemerken schien. Sein Kinn-Tattoo bestand aus einer senkrechten Linie, flankiert von zwei kleinen Dreiecken.

Die Vögel waren nicht zurückgekehrt, bis auf einen vorwitzigen, etwa taubengroßen Gesellen mit rötlich grauem Gefieder, dem Tjael hin und wieder ein ungekochtes Körnchen zuwarf.

»Dein größter Fan, was?« Ich deutete augenzwinkernd auf den Vogel. »Sag mal, wie hast du das gemacht vorhin? Kommen immer Tiere zu dir, wenn du spielst? Ist das deine Magie?«

Tjael zuckte zusammen – eine winzige Bewegung nur, doch sie entging mir nicht. Ich biss mir auf die Lippen. War ich zu neugierig? Schließlich mochte ich es selbst nicht, wenn mir die Leute zu nahe kamen.

Woran immer es gelegen hatte, der junge Aelfa schien es bereits überwunden zu haben. »Es ist eine Form des Bannens. Aber milde. Es ruft nur Vögel, die auch kommen wollen. Mehr vermag ich nicht.« Er senkte den Kopf, wieder sichtlich beschämt. »Jor hat recht, eine nutzlose Kraft. Im Kampf, der vor uns liegt, brauchen wir echte Krieger. Mit starken Armen und mächtiger Sjal.« Er berührte kurz Brust und Stirn mit dem linken Zeigefinger – auch er trug darauf ein dunkles Linienmuster. »Ich habe keins von beiden. Meine Sjal ist die eines Singvogels und mein Arm ist vereist.« Mit diesen Worten streckte er seine Hand aus und zog den Ärmel etwas hoch.

Die Haut, die darunter zum Vorschein kam, war überzogen von einem silbrigen Geflecht, und es wirkte, als hätte er kaum Fleisch auf den Knochen. Wie ein verdorrter Ast. Es erinnerte mich an etwas: Eriks Frostrunen – und die Narben auf meinen Handflächen.

»Hast du das seit deiner Geburt?«, fragte ich vorsichtig.

Er antwortete mit diesem unbestimmten Schulterheben, dem Kopfschütteln der Aelfar. »Nein. Es geschah im Kampf gegen die Kalte Herrscherin. Oder besser bei unserer Flucht vor ihr, hin zur Letzten Pforte. Eine Frostlinie hat mich getroffen. Ich war nie ein großer Krieger. Aber jetzt bin ich nur noch eine Last.«

»Sagt das Jor?«, fragte ich stirnrunzelnd.

»Das sagen alle«, erwiderte er. »Und sie haben recht. Nun, ich kümmere mich um die Feuerwichte und die Silberrene.«

Aber gedankt wird es dir nicht, wie es aussieht.

Ärger brodelte in mir hoch. Wusste ich doch nur zu gut, wie man sich als Außenseiter fühlte, selbst wenn man – wie ich – nicht an Gruppendynamik interessiert war.

»Und das geht so seit eurer Flucht aus Ymatàja?«

Seit zweihundert Jahren?!

Ein sinnender Ausdruck trat in Tjaels Gesicht, als hätte er darüber noch nie nachgedacht. »Anfangs war es nicht so. Aber da hatte ich ja auch noch Arlan.«

»Ein Freund?«

Er senkte den Kopf, aber ich sah trotzdem, wie heftiger Schmerz sein schönes Gesicht verzerrte.

Oh. Nicht *ein* Freund. *Der* Freund.

»Wart ihr lange zusammen?«, wagte ich eine Nachfrage. Dünnes Eis, bei so persönlichen Unterhaltungen war ich extrem unsicher. Was war noch Anteilnahme, wann wurde es aufdringlich?

Der junge Flötenspieler schien es mir nicht übel zu nehmen. »Nicht lange genug. Ich habe Arlan bewundert, seit ich ihn das erste

Mal sah, aber immer nur von fern. Er war so … so stark und sicher, der Erste Jäger des Bernstein-Clans. Ein wahrer Krieger. Dass ich ihn auch interessieren könnte, wäre mir nie in den Sinn gekommen. Aber nach unserer Flucht waren wir zusammen hier. Er hat mich gesund gepflegt. Wochenlang. Ich habe nicht verstanden, warum er sich so um mich bemühte. Aber dann …« Bei der Erinnerung erschien ein fernes Lächeln auf seinem Gesicht, doch schon verschwand es wieder. »Ich wollte eine Ewigkeit mit ihm verbringen. Es sollte nicht sein.«

Ich traute mich noch einmal. »Was ist passiert?«

»Er ist mitgegangen«, sagte Tjael mit gepresster Stimme. »Zurück nach Ymatàja. Als Prinzessin Kaiina vor hundert Jahren aufbrach, um das Holz für den Glutspeer zu erobern. Er kam nicht wieder. Alle aus ihrer Eskorte haben sich geopfert, damit wir hoffen konnten. Nur Gorm blieb am Leben. Er brachte die tödlich verletzte Kaiina und das Herzholz Ymas zurück.«

Gorm, der ernste Krieger mit der Eisnarbe im Gesicht. *Deshalb also Gorm Wiederkehrer,* dachte ich.

»Und seitdem bist du allein?«, fragte ich Tjael voller Mitgefühl.

Er antwortete nicht, aber ich verstand auch so. Allein unter seinesgleichen, die den Wert des Einzelnen nur danach maßen, inwieweit er für ihren Kampf nützlich war. Ein Maß, das selbst Simàja, ihre Prinzessin, nicht ausnahm. Ich dachte an Askils Augen, daran, wie sich Jor wohl hatte beweisen müssen, um seine Position als neuer Erster Speer zu erkämpfen. Na gut, vermutlich blieb den Wächtern gar nichts anderes übrig als absolute Härte, so verzweifelt, wie ihre Lage war … *Trotzdem.*

»Zauberkraut, mein Schädel! Was ist dieses Silvarsolbräu für ein Gesöff!«, ertönte in diesem Moment eine Stimme in Erdbodennähe. Tomte Teda kam um die verschneite Ecke des Trampelpfades geschlurft und ließ sich auf einen Ast vor dem Lagerfeuer plumpsen. »Sagt mir, dass ihr Kaffee habt!«

Ich grinste bloß zur Begrüßung. Soso, offenbar war da jemand nach seinem Erkundungsflug nicht gleich brav zu Bett gegangen. Hochprozentiger Kriegsrat im Großen Kjolg?

»Ich kann dir Wintergrütze anbieten, geehrte Tomte«, sagte Tjael eilfertig. »Oder einen Schwarzpilztee.«

»Grütze! Bleib mir bloß weg mit dem Zeug!«, raunzte Teda. »Und nimm deine Schwarzpilze gleich mit, das Zeug schmeckt wie ausgekochte Trollsocken!«

»*Ich* habe Kaffee.«

Überrascht drehte ich den Kopf. Hinter uns, neben der Fichte, stand wie hingezaubert Simàja. Die Wangen gerötet von der Kälte, ihre Zöpfe wie Tintenstriche vor dem Silbergrau ihres edlen Ledergewands, auf den Lippen ein fröhliches Lächeln. Verschwunden war die niedergeschlagene und unsichere Art, die mich gestern so bei ihr erstaunt hatte. Sie wirkte stark und anmutig, eine wahre Aelfar-Prinzessin.

Wie seltsam: Ich freute mich irre, sie in Topform zu sehen – gleichzeitig war da ein Stich Neid, weil sie so mühelos wunderschön hierher passte … während ich hier in meinen untauglichen Stadtklamotten fror und aufpassen musste, dass mir nicht ständig ungekämmte Haarsträhnen unter der Mütze entkamen. Das sah nämlich erstens dämlich aus und zweitens vereisten die Spitzen.

Zum Glück bekam niemand etwas von meinem internen Struggle mit, denn Tjael sprang auf und bot Simàja respektvoll seinen Sitzplatz an, während Tomte Teda glückselig aufstöhnte beim Versprechen auf ihre Lieblingsdroge.

Und so war Simàja tatsächlich gleich darauf mit einem Lederbeutel voll echtem Menschenkaffee zurück – eine geheime Reserve, die sie ins Lager geschmuggelt hatte, vorbei selbst an ihrem Verlobten. *Gekochten* Kaffee allerdings würde niemand geheim halten können. Der Duft war einfach zu intensiv – aber wie sie mit verschwörerischem

Kichern erzählte, war Jor erneut mit Vissa und einigen anderen zur Jagd aufgebrochen.

Die Kanne wurde herumgereicht, glücklich begrüßt von Teda, genossen von Simàja und mir, eher misstrauisch beäugt von Tjael. Dazu gab es ein paar dünne, nussige Fladen, die wir an der Innenwand des nunmehr leeren Kessels aufwärmten. Der freche Vogel, der noch immer nicht fortgeflogen war, bekam auch ein paar Bröckchen zugeworfen, schien sehr zufrieden und forderte hüpfend mehr. Wir lachten über seine Versuche und erbarmten uns.

»Ein Lichthäher«, erklärte mir Tomte Teda, schon deutlich besser gelaunt. »Unglückshäher nennt ihr ihn im Süden, aber das ist natürlich Blödsinn. Er ist ein Bote Ymas und trägt das Nordlicht in sich, heißt es. Mehr Glück kann man sich nicht wünschen. Na, die Rentierleute wissen das.«

»Kein Wunder, dass er dein Flötenspiel schätzt«, sagte Simàja lächelnd zu Tjael. »In deiner Musik liegt sicher auch die Stimme Ymatàjas.«

Ihre Freundlichkeit schien ihn tief zu bewegen, denn er brachte keine Antwort heraus. Aber kaum dass der Kaffee alle war, verabschiedete Tjael sich verlegen von uns – vorgeblich, weil er sich um seine Pflichten kümmern musste, doch vermutlich aus Sorge, dass ihn die anderen Aelfar mit ihrer Prinzessin zusammensitzen sehen könnten und herunterputzten.

Nachdem er fort war, berichtete ich Simàja und Teda von meinen letzten Klarträumen. Also … natürlich nicht alles. Nicht vom Tanz im Schnee und meinem unverzeihlichen Aussetzer. Simàja gegenüber hätte ich es vielleicht sogar gebeichtet, aber bei Teda wollte ich auf keinen Fall den Eindruck erwecken, dass ich meine *Sockenschublade* nicht unter Kontrolle hatte. Stattdessen erzählte ich davon, was ich über die Verhältnisse im Innern der Schneefeste erfahren hatte. Dass die Ysirka Kjellan in Kürze zum Frostprinzen machen würde. Dass die Melodie Ymatàjas noch immer erklang, dass ich sie selbst gehört hatte. Und natürlich teilte ich ihnen meine neueste Entdeckung mit – die Armee Frostkrieger, die im dunklen Herzen der Schneefeste entstand.

Brach ich damit mein Versprechen gegenüber Jor? Klar. Kümmerte mich das in diesem Moment, als ich mit meinen magischen Besties am Lagerfeuer saß? Kein bisschen. Ja, der Typ hatte mich wahnsinnig beeindruckt. Aber auch verwirrt, und wie. Mehr und mehr schien mir das keine gute Basis für Heimlichkeiten.

Dass in den Frostkriegern geraubte Seelen aus meiner Welt steckten, machte Teda und Simàja betroffen – überraschte sie allerdings nicht. Mein Wichtel-Coach war jedenfalls schnell wieder bei den Planungen.

»So, Mädels!« Sie klatschte unternehmungslustig in die Hände. »Nicht mehr lange, Elvy, und du hast die Herznadel. Dann musst du sie nur noch einsetzen und zurückbringen.«

»Nur noch.« Bei dem Gedanken daran, was das genau bedeutete, lief es mir kalt den Rücken herunter. »Ich muss sie *nur noch* Erik ins Herz stechen. Und dann hoffen, dass ich sie durch den Traumschnee in die reale Welt schmuggeln kann, damit sie mich bei der Freibitte gegen die Ysirka stärkt. Pillepalle, ich weiß.«

»Menschlein.« Tomte Teda stand auf einmal direkt vor mir und fasste mich ins Auge, wieder mit diesem Feuersteinblick. Doch ihre Stimme war ungewohnt sanft. »Du schaffst das. Denk daran, du bist nicht allein.«

»Du meinst, weil ich Bling habe?«, fragte ich und deutete zweifelnd auf meine Stirn.

Tomte Teda brummte zustimmend. »Mhm. Und mich.«

»Auch ich werde dir beistehen«, versprach Simàja und berührte impulsiv meine Hand. »Also – *wir.*« Mit einem scheuen Lächeln ließ sie ihren Froststern aufblitzen. Nur eine winzige Spitze von ihm lugte unter dem Saum ihrer weißen Pelzkappe hervor, aber ich fühlte mich seltsam gestärkt.

»Okay«, sagte ich und setzte mich etwas aufrechter hin. »Dann habt ihr vielleicht einen Tipp für mich, wie ich beeinflussen kann, wann genau ich in den Klartraum zurückfinde? Also, meine Ankunft nach Ymatàja-Zeitrechnung, meine ich. Ich darf Erik nicht noch einmal zu spät erreichen.«

Simàja zog ihre fein geschwungenen Augenbrauen zusammen. »Wenn ich das Licht lese, treiben manchmal auch Tag und Stunde Ymas zu mir. Heute Nacht werde ich es wieder versuchen, um unseren Plan ein letztes Mal zu prüfen. Wenn ich das mit dir teile … vielleicht kannst du dann die Zeit dort auch erspüren? Eine Verbindung schaffen, die du beeinflussen kannst und –«

»Moment, wenn du *was* liest?«, bremste ich ihre Rede.

»Das Nordlicht.« Sie war eindeutig verwundert, weil sie das erklären musste. »Es wandert zwischen den Welten und bringt uns Bilder aus Ymatàja. Ich kann es lesen, wie meine Mutter vor mir.«

Wow. So was konnte Simàja – und machte sich runter, weil sie beim Bogenschießen nicht zur Aelfar-Elite gehörte?

Ich konnte mein Staunen nicht zurückhalten. »Das ist komplett irre! Damit meine ich, es ist toll!«, schob ich hastig nach, weil Simàja mich getroffen ansah. »Aber … äh, wenn du so eine Hotline nach Ymatàja hast – wozu braucht ihr dann meine Träume?«

Ihre Miene, kurz aufgehellt, verdüsterte sich wieder. »Meine Gabe ist keine sichere, meist sehe ich die Bilder nicht klar. Und das Wandernde Licht kommt immer seltener zu uns. Die Magie versiegt.«

Wie der Zustrom der Funken über den Fluss.

»Oh. Okay.« Auch ich ließ den Kopf hängen bei der Erinnerung an den Grund dafür: die Zerstörung Ymas – und das Erstarken der Ysirka. »Also, na ja, das klingt nicht wirklich nach einer Chance, diese Zeitbeeinflussung hinzukriegen. Jedenfalls nicht für mich.« Ich seufzte frustriert. Angesichts des ganzen Magiekrams fühlte ich mich abermals wie ein Fisch bei seiner ersten Fahrradstunde. »Sorry, aber ich glaub nicht, dass das klappt.«

Patsch! Ein winziger Schneeball landete mitten auf meiner Nase.

»Jetzt aber Schluss mit dem Gejammer!« Tomte Teda war aufgesprungen, ihr Winterapfelgesicht gerötet, in der Hand das nächste Geschoss, wurfbereit. »Menschlein, ich glaube, du weißt gar nicht, wie stark du wirklich bist. Das gilt übrigens auch für dich, Prinzessin.« Bei den letzten Worten hatte sie sich scharf an Simàja gewandt.

Die wehrte betreten ab. »Ich bin nicht stark, geehrte Tomte. Keine Kriegerprinzessin wie meine Mutter, nur eine Lichtleserin. Ich vermag ja nicht einmal, einen richtigen Bannkreis zu schlagen.« Kummer schlich in ihre schönen Züge und sie senkte den Kopf. »Deshalb ist Vedi tot. Ich verdiene den Froststern nicht. Ich wünschte, ich könnte ihn Jor übergeben, wenn er auszieht, um die Ysirka zu töten.«

»Was für ein Blödsinn«, sagte Tomte Teda streng. »Es ist gut, dass der Froststern bei euch Aelfar nur von Eltern auf Kinder übergeht. Er ist *dein* Erbe, und du wirst schon noch lernen, ihn zu beherrschen. Genau wie das Bannen. Wecke deine Kraft, vertrau dir selbst, dann kontrollierst du die Magie!« Energisch zerrte sie einen Ast vom Holzstapel, größer als sie selbst, und warf ihn in die wartenden Flammen. »Fein, das hält eine Weile. Und ihr, Mädchen, werdet jetzt lernen.« Mit blitzenden Augen schaute sie uns an. »Gibt es Widerworte?«

Simàja und ich guckten uns an, beide ziemlich überfahren und vermutlich genau den gleichen Zweifel im Gesicht – aber Widerworte hatten wir keine.

Und so begann gleich darauf meine erste Lektion im Bannen.

»Eine der einfachsten Formen der Magienutzung und zugleich eine der wichtigsten!«, dozierte unser Mini-Coach. »Simàja, was weißt du darüber?«

Die Aelfar-Prinzessin war sich eindeutig nicht zu fein, hier mitzumachen. »Bannen ist Kontrolle. Von anderen Wesen, aber auch von sich selbst. Je größer die Aufgabe, desto mehr Magie muss man finden – in sich selbst oder durch eine Erdquelle.«

»Ganz genau. Und die Basis für viele Bannzauber ist ein Kreis«, nickte Tomte Teda. »Den einfachsten schließt du mit deinen Fingern.« Sie zog ihren kleinen Handschuh ab und presste Daumen und Zeigefinger ihrer Linken zusammen. Und im nächsten Moment …

Ich traute meinen Augen kaum. Bückte mich hinunter, um auf eine Höhe mit der kleinen Wichtelgestalt zu kommen. Ja, wirklich, ich hatte richtig gesehen: Da war etwas in ihrem Fingerkreis. Die Luft schimmerte, wie das Irisieren einer Seifenblase.

Teda hob die Hand, führte sie zu ihrem Auge. »So kann ich sehen, was wahrhaft ist. Also, wenn ich denke, dass mich jemand mit einem Zauber täuschen will. Um sich vor mir zu verbergen, zum Beispiel.«

Die gleiche Geste, die Kjellan gemacht hat!, durchzuckte es mich. *Dann hätte er mich vermutlich wirklich gesehen – trotz Froststern-Tarnung!*

»Schön, versucht es«, nickte Teda uns zu – und verschwand. Löste sich einfach in Luft auf.

Mal wieder.

»Hallo?«, protestierte ich. »Gibt's vielleicht noch ein bisschen mehr Info?«

Simàja neben mir lächelte mir aufmunternd zu, Wintersonne im Gesicht. Sie hatte bereits ihre Linke erhoben. »So ein Klarsicht-Bannkreis ist wirklich nicht schwer, das schaffe selbst ich. Denk daran, durch deinen Froststern besitzt auch du Magie. Komm, wir versuchen es.«

Halbherzig imitierte ich ihre Geste. Legte die Spitzen von Daumen und Zeigefinger meiner Linken zusammen, schloss die Augen und versuchte, mich ganz auf Bling zu konzentrieren. Dann blickte ich durch den entstandenen Kreis. Nichts. So angestrengt ich es auch versuchte: kein Schillern und erst recht keine Tomte mit roter Mütze.

»Mäuschen, piep einmal«, murmelte ich.

Simàja kicherte. Ob man bei den Aelfar auch Verstecken spielte? Ich zwinkerte ihr zu. Dabei bemerkte ich den Schimmer zwischen ihren Fingern. Neuer Missmut wollte mich packen – aber Simàja war schneller. Sie fasste meine Rechte, wisperte: »Gemeinsam.«

Gemeinsam? Der Gedanke war ungewohnt, Simàja immer noch keine wahre Vertraute – aber wieder ertappte ich mich dabei, dass ich ihr trotzdem vertrauen *wollte.*

Also gut. Gemeinsam.

Ich erwiderte Simàjas Händedruck. Ließ die Verbindung zu, ließ sie wirken. Tauchte gleichzeitig noch einmal tief in mich hinein, sammelte all meine Sinne an diesem einen Punkt auf meiner Stirn. Und dann …

»Hab dich!« Ich krähte es geradezu.

Simàja lachte hell.

Tatsache: Jetzt war auch zwischen meinen Fingern dieses irisierende Schillern. Wo sich Daumen und Zeigefinger berührten, spürte ich ein hauchfeines Prickeln. Und als ich durch meinen allerersten Bannkreis blickte, entdeckte ich Tomte Teda, die auf Tjaels Baumstumpf saß und sich gerade den letzten Schluck Kaffee genehmigte.

»Na, seht ihr, Mädels?«, brummte sie. »Gar nicht übel für den Anfang.«

»Wahrhaftig, ein Triumph. Wer soll uns jetzt noch aufhalten?« Eine Stimme, kalt und triefend vor Spott, zerriss die Winterluft.

Ich fuhr herum.

Neben der Fichte stand Vissa.

Kapitel 28

Die Raubtieraugen der Ersten Jägerin musterten uns drei mit unverhohlener Abneigung. Wie lange beobachtete sie uns schon? Es war schwer, von ihrem Auftritt nicht beeindruckt zu sein: Ihre unzähligen Flechtzöpfe glänzten rot wie die Glut unseres Lagerfeuers, ihre Figur wirkte trotz ihres gefütterten Ledergewandes weiblich und makellos. Offenbar kam sie direkt von der Jagd und hatte in ihrer Luchsgestalt Beute gefunden … denn ihr Mund war verschmiert mit frischem, dunklem Blut.

Während ich noch versuchte, mit dieser Tatsache klarzukommen, reagierte Simàja auf Vissas unterschwellige Attacke. »Wir geben unser Bestes, um zu helfen«, entgegnete sie. »Wie alle hier.«

Selbst in meinen Ohren klang das nach einer ziemlich dünnen Retourkutsche.

»Und wir sind dankbar. Wie es sich geziemt für deine Untertanen.« Voll ironischer Ehrerbietung legte Vissa die Linke auf ihre Brust und verzog abschätzig ihre blutigen Lippen. »Keine Sorge, Prinzessin: Das Jagen, Wachen und Kämpfen übernehmen wir. Treibe du ruhig Kinderspiele mit Menschen und einer dahergelaufenen Tomte.«

Simàjas Wagen röteten sich. »Du vergisst dich, Vissa!«

Die andere Aelfa hob nur verächtlich das Kinn. »Vergiss *du* besser nicht, dass du heute Nacht das Licht lesen sollst. Vielleicht siehst du ja *diesmal* etwas Nützliches.« Damit drehte sie sich um und ging in

Richtung der Lagermitte davon, wo wohl der Rest der Jagdgesellschaft um die Beute versammelt war.

Wir drei blieben zurück – Tomte Teda stirnrunzelnd, Simàja voll hilfloser Kränkung, ich verdammt *sauer*.

»Ich kotz gleich!«, schimpfte ich. »Was hat die für ein Problem?«

Doch Simàjas kurzes Aufflackern von Zorn war bereits verraucht, ihre selbstbewusste, fröhliche Haltung von eben abermals zusammengeschrumpft auf ein Häuflein Nichts. Mit hängenden Schultern murmelte sie: »Sie hat recht. Alle hier reiben sich auf, Tag um Tag, während ich nichts anderes fertigbringe, als ein paar Bilder im Nordlicht zu lesen.«

Ich versuchte, sie aufzubauen: »Aber das ist doch auch total wichtig und große Magie! Oder, Tomte Teda?«

Die ließ sich Zeit mit ihrer Antwort. »Hm«, sagte sie schließlich zu Simàja. »Harte Worte von anderen sind nicht immer schlecht. Manche muss man annehmen, auch wenn es schmerzt. Aber diese Vissa meint es nicht gut mit dir. Ihre Rede macht dich schwach.«

Simàja widersprach nicht, doch sie schien wenig ermutigt.

»Na komm«, legte ich nach. »Immerhin trägst du den Froststern, genau wie ich! Das macht uns mächtig!«

»Ich habe nichts getan, um ihn zu verdienen«, erwiderte sie niedergeschlagen. »Du dagegen bist die Auserwählte der Nachfahren von Gerda Eisenhand.«

»Auserwählte?« Ich musste lachen. »Wohl eher Notlösung! Komm schon, wir kriegen das hin. Lass dir von dieser Kuh nichts erzählen. Die hält sich doch eh für die Tollste.«

»Recht so«, schaltete sich Tomte Teda wieder ein. »Und glaubt bloß nicht, dass wir mit euren Lektionen schon fertig sind! Das war nur der Einstieg. Das wirklich Wichtige ist der Große Bannkreis. Der, mit dem ihr Wesen wie die Dryghar aufhalten könnt!«

Yay. Monsterzähmen leicht gemacht.

An *die* Viecher wollte ich allerdings echt nicht denken, und Simàjas Miene ließ erkennen, dass es ihr genauso ging. Aber Tomte Teda warf mit Mini-Schneebällen nach uns und erstickte jede Meuterei im Keim. Die übrigen kostbaren Stunden Tageslicht verbrachten wir also damit, unsere Bannübungen fortzusetzen und zu erweitern. Unsere Aufgabe war, den Kreis immer größer zu schlagen – allein oder zu zweit. Die Grundtechnik blieb dabei immer gleich: Es galt, einen Ring zu öffnen, seine Form zu halten und zu schließen. Das gelang nur, wenn man sich voll auf die eigene Kraft fokussierte, den Kontakt von Kopf zu Herz zu Erde herstellte, mit Gesten, die mich an das Erden im Klartraum erinnerten. Der Schlüssel dazu war auch hier die Linke, die »Herzhand«.

Tomte Teda machte es vor, und ich sah voller Staunen, wie sie es fertigbrachte, zwischen ihren Händen eine Art schillerndes Band aufzuziehen, das sich ausdehnte, weiter und weiter, wie sie schließlich einen Ring von vielleicht einem Meter Durchmesser schuf. Sie tat meinen faszinierten Applaus ab – in unserer magiearmen Menschenwelt sei eben kaum mehr möglich, trotz der Nähe der Pforte – und wollte stattdessen sehen, was Simàja und ich bewirken konnten.

Doch was wir auch versuchten, das Ergebnis blieb dürftig. Allein schaffte Simàja gerade so den Beginn eines Bannkreises, der allerdings schon nach Sekunden verging. Zu zweit gelang uns nur ein einziges Mal so etwas wie ein geschlossener Ring – und der war kaum groß genug, um Tomte Teda darin gebannt zu halten.

Entsprechend mies war ihre Laune am Ende des kurzen Nachmittags. »Zauberkraut, das darf nicht wahr sein! Wie kann man sich so ungeschickt anstellen?!«

»Keine Ahnung – schlechte Lehrerin?«, pampte ich zurück.

Auch meine Stimmung war total im Keller. Ich fühlte mich ausgelaugt, hungrig, durchgefroren und wie der letzte Loser. Dazu kamen bohrende Kopfschmerzen. Nach unserem ersten kleinen Erfolg hatte ich gehofft, die Verbindung zu Simàja würde mir helfen, etwas zu schaffen, was ich mir allein niemals zugetraut hätte. Doch ihre durch Vissa geweckte Unsicherheit ging mir auf den Keks, und mich selbst ertappte ich immer öfter dabei, dass meine Gedanken zu Erik trieben. Meine Angst wuchs, den Zeitpunkt meiner Rückkehr zu vermasseln – und dann war da die noch tiefer sitzende Angst, mit meinem Gefühlschaos den ganzen Plan zu gefährden.

Tomte Tedas Geschimpfe half jedenfalls überhaupt nicht, mich zu ermutigen. »Auch noch frech werden, Menschlein! Das ist ja wohl der Gipfel! Aaaach, ich brauche frische Luft!« Damit sprang Teda auf einen der niedrigen, schneebedeckten Äste, zog das Pfeifchen aus ihrem Wams hervor und blies hinein. Wieder hörte ich keinen Ton, Simàja allerdings verzog schmerzhaft das Gesicht.

Toll, noch so ein Skill exklusiv für Unsichtbare.

Gleich darauf gellte ein Schrei durch die eisige Luft und im nächsten Moment landete der Gerfalke auf dem Fichtenast. Teda schwang sich auf den Rücken des Raubvogels und knurrte: »Wartet nicht mit dem Essen auf mich.«

»Hey, was … Haust du jetzt echt ab?«, rief ich fassungslos. »Weil wir es nicht bringen?«

Oh Wunder – ihre krause Stirn glättete sich etwas, und als sie mir antwortete, klang ihre Stimme geradezu mild. »Na, wein nur nicht gleich, Menschlein. Es gibt Dinge, bei denen hilft selbst eine Tomte nicht. Ich kann euch zeigen, wie man einen Bann schlägt – aber ob er gelingt, liegt allein an euch. Ihr müsst lernen, eurer Stärke zu vertrauen. Wenn wir nur mehr Zeit hätten …« Sie seufzte und fuhr beruhigend über den Kopf des Falken, der ungeduldig herumtrippelte. »Außerdem habe ich noch etwas zu erledigen. Weißt schon.«

Die Dryghar, dachte ich dumpf. *Sie will weiterforschen. Dann hat ihr Erkundungsflug gestern wohl nicht ausgereicht.*

Zu mehr Erklärungen hatte die Wichtelin eindeutig keine Lust.

So zwinkerte sie mir noch einmal versöhnlich zu, schnalzte, der Falke schlug mit den Flügeln – und weg waren sie.

Na, ganz toll. Ich starrte ihr hinterher und versuchte zu klären, ob ich sauer sein sollte. Alleingelassen fühlte ich mich auf jeden Fall, egal, was für gute Gründe Teda haben mochte.

Simàja trat neben mich und sagte leise: »Ich muss mich auf später vorbereiten. Nach Einbruch der Dunkelheit sammeln wir uns beim Großen Kjolg. Wir stärken uns gemeinsam und warten auf die Lichter. Du kommst doch auch, oder?«

»Nein, ich geh shoppen«, brummelte ich. »Meine Klamotten sind *so was* von letzte Saison.«

Ihre Augenbrauen zogen sich zusammen, als sie versuchte, diese erneute Seltsamkeit aus der Menschenwelt zu entschlüsseln.

Ich erbarmte mich. »War nur'n Witz. Klar bin ich dabei.«

Sie neigte erleichtert den Kopf, wandte sich um und lief zurück zum Lager – so leichtfüßig, dass nicht einmal der Schnee unter ihren Ledersohlen knirschte. Das menschliche Trampeltier Elvy folgte, deutlich langsamer, meine Schritte beschwert durch das Gedankenkarussell, das sich in meinem Kopf drehte, herum und herum, unermüdlich. Es drehte sich im Walzertakt, brachte mich gegen meinen Willen wieder zurück auf den verschneiten Balkon, zurück in Eriks Arme. Zu dem Moment, wo alles in mir getanzt hatte – und dann der Absturz, sein kalter Blick …

»Wohin des Wegs, kleiner Schneehase?«

Überrumpelt blickte ich auf – und hielt kurz den Atem an. Neben mir ging Jor. Ich hatte nicht einmal bemerkt, dass er sich mir genähert hatte. Meine Sinne, bis eben runtergedimmt durch Müdigkeit, Kälte, Enttäuschung und Kopfschmerz, fuhren rasant wieder hoch.

Mein erster Gedanke: *Klein? Ich bin genauso groß wie du!* Mein zweiter: *Oh Hölle, sieht der Kerl gut aus.*

Der zweite gewann leider, obwohl ich gerade noch an Erik gedacht hatte. Denn Jor *sah* höllisch gut aus, mehr denn je im pastellfarbenen Licht des schwindenden Polartags. Seine starke, geschmeidige Gestalt glitt ohne das geringste Straucheln über den unregelmäßigen Schneeboden, seine Waldseeaugen unter der tief in die Stirn gezogenen Fellmütze schimmerten wie ein geheimes Versprechen. Auf was? Darüber wollte ich lieber nicht nachdenken. Mein Herz war schließlich vergeben! Dennoch schien es plötzlich extrahart zu pumpen.

Für ihn bin ich bloß ein dummer Mensch, rief ich mir ins Gedächtnis. *Cool bleiben. Sollte nicht schwerfallen bei minus 20 Grad. Haha.*

Ich rollte innerlich die Augen über meinen schlechten Witz und sagte laut so locker wie möglich: »Hallo. Ich vertrete mir nur ein bisschen die Füße bis zum Lichtlesen nachher.«

»Ah. Meine Prinzessin will es wirklich tun? Dann ist sie wohl doch nicht zu erschöpft von euren Übungen heute. Was für ein Glück. Ich glaube, sie versteht noch immer nicht, wie wichtig ihr wahres Talent für uns ist.«

»Tja, leider sehen das nicht alle so«, warf ich ein.

Wir hatten die Mitte des Lagers erreicht, wo ein großes Feuer brannte. Ringsum waren Aelfar damit beschäftigt, die Jagdbeute zu verarbeiten – zahlreiche Hasen, irgendwelches Geflügel und, verdammt, sogar ein Elch!

»Du meinst Vissa?« Jor, der mich galant zu einem fellgepolsterten Platz am Feuer leitete, verstand meine Spitze sofort. »War sie wieder zu offen? Nimm es ihr nicht übel, ihr fehlt das Verständnis für höhere Magie. Und nach der Jagd ist ihr Blut besonders unbändig.«

»Das hab ich bemerkt«, erwiderte ich trocken und deutete mit dem Kopf zu der Ersten Jägerin, die neben dem Großen Kjolg im Schnee kniete und gerade einem Hasen das weiße Fell abzog. Sie blickte finster zu uns herüber, Mund und Kinn noch immer dunkel verschmiert.

Jor lachte, griff nach einem am Rand der Glut köchelnden Topf und füllte einen der bereitstehenden Schöpfbecher für mich. »So ist das mit den Ilvar. Man muss nachsichtig mit ihnen sein, gerade, wenn sie keinen Gefährten haben. Immerhin leistet uns Vissa in ihrer anderen Form gute Dienste bei der Jagd.«

»Ilvar?«

»Die, die sich wandeln. Tierseelen. Das ist nicht häufig bei uns Aelfar, aber es kommt vor.«

»Kannst du das auch?«, fragte ich fasziniert.

»Ich? Nein. Yma bewahre. Es ist keine Gnade.« Jor reichte mir den Becher sowie einen geschnitzten Löffel, seine Miene verächtlich. »Jeder weiß, dass es ein Zeichen mangelnder innerer Stärke ist, wenn man seiner Natur so nachgibt. Deshalb sind Tierseelen wie Vissa auch tabu für jeden wahren Aelfa.«

»Tabu für …?«

»Für die Paarung.« Er grinste mich offen an. »Wer würde das schon wollen, ein Kind aus so einer Begegnung? Das sollen sie untereinander tun. Wir ehren sie auf andere Weise.«

Okay? Wahnsinnig ehrfürchtig klang es nicht gerade, wie er über Vissa sprach. Natürlich wusste ich längst nicht genug über die Aelfar, um das wirklich beurteilen zu können, und immerhin hatte sie den Posten als Erste Jägerin … nur war ich generell kein Fan von Schubladen, erst recht nicht abwertenden. Und sich in ein Tier verwandeln zu können, klang total cool! Auch wenn ich es, ehrlich gesagt, einer Type wie Vissa nicht gönnte. Noch einmal blickte ich unauffällig zur anderen Seite des Feuers, doch sie war verschwunden.

Achselzuckend konzentrierte ich mich auf das wirklich Wichtige: den Becher in meinen Händen. Er enthielt eine Art Gulasch, dampfend heiß, verfeinert mit Kräutern und Beeren. Ich probierte einen ersten Löffel und stieß ein wohliges Stöhnen aus.

Oh Gott, tut das gut. Mehr!

Jor war meine Reaktion nicht entgangen. Er ließ sich entspannt neben mir nieder, auf seinen Lippen ein feines, geradezu *anzügliches*

Lächeln. Es jagte mir noch mehr Hitze in den Bauch als das Essen. Seine Augen verfolgten jedes Mal genau, wie ich den Löffel zum Mund führte. Zum Glück machte er keine weitere Bemerkung, doch auch seine Stille war verdammt schwer zu ignorieren. Warum brachte der Kerl mich derart aus dem Gleichgewicht, obwohl ich so von Erik erfüllt war? War es doch Magie? Ich schloss kurz die Augen, spürte Bling nach, aber der summte friedlich auf meiner Stirn vor sich hin. Keine Gefahr in Sicht. Jedenfalls keine, vor der *er* mich schützen konnte.

Jor ließ mich meine Mahlzeit beenden. Dann kam er zu dem Thema, das ihn wirklich interessierte. »Nun, Klarträumerin? Hast du Neuigkeiten aus der Schneefeste? Wurde der Frostprinz bereits erwählt oder bleibt uns noch Zeit?«

Ich berichtete, was mir bei meinem letzten Traum zugestoßen war. Auch Jor zeigte keine Überraschung bei der Nachricht von den verlorenen Seelen, die in den Frostkriegern steckten. Stattdessen wollte er alles wissen, was ich ihm zu ihrer Anzahl und Bewaffnung sagen konnte. Das war enttäuschend wenig, jedenfalls kam es mir selbst so vor – er jedoch hing geradezu an meinen Lippen.

Als ich geendet hatte, dankte er mir mit vollem Ernst. Keine Spur mehr von dem anzüglichen Lächeln, das mich vorher so durcheinandergebracht hatte.

Stattdessen nahm er meine Hände. »Klarträumerin. Forsche weiter. Was immer du herausfindest, ist unschätzbar nützlich für uns. Aber bring dich nicht in Gefahr dort drüben hinter dem Eis. Was das Hier angeht … Ich erneuere meinen Schwur, dich zu beschützen. Falls nötig, auch vor Askil und den anderen. Du kennst sie nicht so wie ich, also sei gewarnt. Wenn einer von ihnen dir nur einen dunklen Blick gibt – komm zu mir.«

»Danke«, sagte ich, etwas überfahren von seiner Intensität – und seiner Berührung.

Bevor ich ihn hindern konnte, hatte er meine Finger zu seinem

Mund geführt, wie für einen Handkuss, doch seine Lippen verharrten kurz davor. Einen Augenblick nur hielt er mich so, respektvoll und innig, dann ließ er los, stand geschmeidig auf und ging davon. Ich blieb zurück, aufgewühlter und verwirrter denn je.

Die Dunkelheit kam und mit ihr eine weitere Versammlung der Aelfar im schneebedeckten Haupthügel, wo wieder Becher mit diesem fantastischen weißen Silvarsolbräu herumgereicht wurden. Keine Spur von Tomte Teda.

Nur keine Sorge, redete ich mir gut zu. *Sie ist ein großes Mädchen. Also, gewissermaßen.*

Auf den ersten Blick erinnerte die Runde im Großen Kjolg an den Feuerrat – und doch war alles anders: Denn jeder Blick lag auf Simàja. Diesmal wirkte sie nicht wie eingepfercht zwischen ihrem Großvater und ihrem Verlobten. Diesmal war sie das Zentrum. Der Froststern auf ihrer Stirn strahlte und um ihre Schultern lag ein Mantel aus schneeweißem Pelz. Obwohl ihr Outfit nicht zu vergleichen war mit der verschwenderischen Pracht der Ballgäste in der Festung der Ysirka, wirkte sie wie eine wahre Winterprinzessin. Und heute Nacht würde sie das Nordlicht lesen, würde darin magische Botschaften suchen, die aus der Welt hinter dem Eis zu uns herübertrieben.

Trotz ihrer Selbstzweifel zollte ihr dafür augenscheinlich praktisch jeder Respekt. Oder waren es die Diamantaugen ihres Großvaters, die alle auf Linie hielten? Vissa jedenfalls hatte wieder dieses abschätzige Lächeln im Gesicht, die Mienen der anderen Krieger waren ehrfürchtig, aber distanziert. Echte Zuneigung oder sogar Stolz sah ich nur bei Jor, Tjael – und bei Gorm, dem älter wirkenden Typen mit der weißen Haarsträhne und dem vernarbten Auge. Mich dagegen musterte er eher finster und ich musste an Jors Warnung denken.

Nachdem Simàja ihren Becher geleert hatte, erhob sie sich. Sie schaute gemessen in die Runde. Als ihr Blick meinen traf, sah ich das Aufblitzen ihres Froststerns – und die kleinste Ahnung eines geheimen Lächelns für mich.

»Es ist Zeit.« Mit diesen Worten verließ sie den Kjolg. Alle folgten ihr, auch ich.

Die Kälte der Polarnacht war atemberaubend. Unglaublich, wie stark die Temperaturen nochmals fielen, kaum dass die Sonne hinter dem Horizont verschwand. Unwillkürlich fragte ich mich, wo Tomte Teda heute Nacht ein warmes Plätzchen gefunden hatte. Im Nest des Gerfalken? Bei dem Gedanken musste ich fast grinsen.

Etwas stupste mich in die Seite. Überrascht sah ich hinunter – und in die dunklen Augen eines Rentierkalbs mit mondweißem Fell. »Ritni!«, flüsterte ich erfreut. »Alles gut, Kleiner? Wo ist deine Mama? Bist du etwa schon wieder ausgebüxt?«

Er schnaufte nur und stupste mich abermals an, wie um zu sagen: *»Na los, Zweibeiner, weiter! Wir verpassen noch das Beste!«* Lächelnd gehorchte ich. Ritni stakste mir voran.

Gleich darauf blieb Simàja an der Spitze des Zugs stehen und alle anderen mit ihr. Sie hatte uns zu einer kleinen Anhöhe geführt, nicht weit vom Lager. Zwischen den verschneiten Bäumen und Büschen ringsum bewegten sich dunkle Schatten, doch das vereinzelte Klicken und Grunzen zeigte selbst mir, dass es sich um weitere Silberrene handelte, die uns neugierig gefolgt waren. Das größte, ein Bulle mit imposantem, weiß schimmerndem Geweih, hob den Kopf, als wollte auch er an der Zeremonie teilnehmen. Ich folgte seinem Beispiel, sah nach oben … und dann war es nicht länger die Kälte, die mir den Atem nahm.

Denn die Nacht über uns war nicht mehr dunkel.

Jemand hatte einen Pinsel mit glühendem Feuer genommen und mit kühnen, breiten Strichen ein Bild an den Himmel gemalt, so überirdisch schön, dass ich es kaum glauben konnte. Ein Leuchten, Grün und Blau und Violett, tropfte und waberte über das Firmament, ließ die Sterne der Winterstraße verblassen und die Stille erstrahlen. Es glitt dahin in sanften Wellen, schuf eine einmalige schimmernde Spur.

Nordlicht.

Ich starrte hinauf, völlig gebannt von dem einzigartigen Schauspiel. Selbst die Klarträume von Ymatàjas Firmament hatten mich nicht darauf vorbereitet, dieses unvergleichliche Naturschauspiel in meiner eigenen Welt zu erleben. Auf meiner Stirn vibrierte mein Froststern, als ob er das Licht am Himmel spürte und sich dazugesellen wollte.

»Bleib ja bei mir«, flüsterte ich.

Eine Hand schloss sich um meine. Simàja war neben mich getreten, wieder vollkommen lautlos. Trotz der Kälte hatte sie ihre Kappe im Kjolg zurückgelassen, und ich sah, dass auch ihr Stern hell und klar glitzerte. Irgendwie wusste ich genau, dass sie gerade etwas tat, das nicht vorgesehen war. Erneut teilte sie etwas – mit mir, einem Menschen.

Sie flüsterte: »Kannst du es sehen?«

»Was? Die Lichter? Aber ja«, flüsterte ich zurück – doch meine Worte gefroren in der Luft zwischen uns. Denn auf einmal, verbunden mit Simàja, sah ich noch mehr.

Viel mehr.

Dort über uns im grünen Feuer sah ich das Land, welches Erik mir von den Zinnen der Schneefeste herab gezeigt hatte. Ymatàja. Eine endlose Winterlandschaft unter einem Himmel voll magischer Lichter. Eiskristalle wirbelten heran, umtanzten uns wie Abbilder unserer Froststerne. Stammten sie aus unserer Welt … oder aus dieser anderen über uns? Und … und wo war ich? Allein der Kontakt zu Simàja schien mich noch zu erden.

Zeit verging, ich konnte nicht sagen, wie viel, während wir dastanden, unter dem entflammten Himmel, an dem das Nordlicht heruntertropfte, immer neue Farben und Formen schuf.

Auf einmal aber erschien vor dem Land aus Lichtern ein Schatten, dunkel und entsetzlich hell zugleich. Er brachte Kälte mit sich, so tödlich wie ein durchs Herz gestoßener Eiszapfen.

Das ist sie. Die Ysirka.

Ich keuchte auf vor Schmerz, doch ich ließ Simàjas Hand nicht los. Sie erwiderte den Druck meiner Finger.

Gemeinsam. Wir schaffen es gemeinsam.

Der Gedanke erschien in meinem Kopf, so klar, als ob Simàja laut gesprochen hätte. Mit neuer Entschlossenheit konzentrierte ich mich auf Bling, schickte ihm alle Kraft, die ich finden konnte in … in meiner Sjal? Simàja tat dasselbe, ich spürte ihre Anstrengung wie ein Echo hinter meiner Stirn. Und noch etwas spürte ich: Da war etwas zwischen uns, wallte auf wie eine Quelle, eine Quelle von ganz neuer, tiefer Stärke. Nur einen Wimpernschlag lang hielt das Gefühl an, dann verschwand es wieder. Doch was immer wir da angezapft hatten, es half: Unsere Froststerne spannen ihr schützendes Netz um uns, spannen es machtvoller denn je. Ich fühlte ein ungeahntes Triumphgefühl: Das waren *wir*, Simàja und ich. Wir *waren* stark – und gemeinsam noch stärker. Für eine Sekunde sahen wir uns an, und ich wusste, dass auch sie so empfand.

Wir sind die Froststerne.

Gemeinsam stemmten wir uns gegen den eisigen Schmerz, ließen ihn verebben und *sahen* erneut. Da war er, der Schatten der Ysirka. Sie schien etwas zu greifen, zu erschaffen aus schierem Nichts, hielt plötzlich etwas in den Händen. Eine Krone? Nein. Es war ein Helm aus schwarzem Eis, geschmückt mit grausamen Zacken und Dornen aus klarem Silber. Der Helm des Frostprinzen.

Eine weitere Gestalt trieb durch das Licht heran, schmal und stolz, die Haare silberweiß wie Sternenlicht. Sie neigte das Haupt vor dem Schatten. Bereit.

Kjellan. Er steht kurz davor.

Doch die schattenhaften Hände der Ysirka verharrten in der Luft, hielten den Helm fest.

Worauf wartet sie, verdammt? Ich sendete eine stumme Frage zu Simàja. *Wann ist es so weit?*

Die Lichter über uns wurden blasser, verschwanden wie Rauchschleier, die der Wind verweht. Schnell war nichts mehr am Himmel zu sehen außer Sternen und Schwärze.

Simàja und ich ließen einander los. Die Bilder in meinem Inneren blieben. Sie pulsierten im Takt aufziehender Kopfschmerzen, noch verstärkt durch das tiefe Gefühl nahenden Unheils.

»Was hast du gesehen, Lichtleserin?« Askils Stimme, tief, würdevoll. Er und die anderen Aelfar bildeten einen Ring um uns. Mehr als ein Dutzend dunkler Augenpaare hing an Simàjas Lippen, als sie sagte: »Die Ysirka hat ihren Frostprinzen gefunden. Auch seinen Helm hat sie bereits erschaffen. Die Krönung steht unmittelbar bevor.«

»Dann dürfen wir nicht länger warten!« Jor trat in den Kreis, begleitet von anfeuerndem Gemurmel. »Askil, die Flammen mögen dir gesagt haben, dass unsere Rückkehr erst zu Vintarsol erfolgen soll, weil wir vorher nicht stark genug sind. Doch so viel Zeit bleibt uns nicht. Morgen verbinde ich meine Sjal mit dem Glutspeer. Ihr alle werdet sehen, dass unsere Macht ausreicht, um die Ysirka zu vernichten. Nur so befreien wir unsere Winterfee aus dem Bann Ykrists! Ich sage: Wir brechen am Morgen nach dem Ritual auf und gehen durch das Eis, zurück nach Ymatàja. Wer stimmt mir zu?«

Seinen Worten folgte Stille – Aelfar-Stille. Bei den Menschen wäre es donnernder Applaus gewesen, das sah ich in den Augen der Krieger ringsum. Dann reckte jeder von ihnen seinen Speer in die Luft – selbst Tjael, dem das erkennbar schwerfiel mit seinem Eisarm.

Ich sah zu Simàja: Auch ihre Linke war erhoben. Durfte ich mit abstimmen? *Pfeif drauf, ich tu's. Eine Stimme aus der Menschenwelt.* Auch ich wollte nicht mehr warten, sosehr mich das Kommende ängstigte.

Allein Askil stand reglos da, seine Schultern gebeugt unter dem schweren Umhang aus Bärenfell. Langsam blickte er von einem zum anderen, seine Augen glühend vor Unglauben und Zorn. Ich verstand, was geschah: Das hier war mehr als eine Planänderung – es war eine Revolution. Alle Krieger standen hinter Jor, auch Simàja hatte ihre Entscheidung abermals gegen den Willen ihres Großvaters getroffen. Die Wächter der Letzten Pforte hatten einen neuen Herrn.

Askil ist abgewählt. Und das frisst ihn auf.

Lange, quälende Minuten konnte er sich zu keinem Wort durchringen. Endlich knurrte er: »Es sei. Morgen vollziehen wir das Ritual. Und einen Tag später kehren wir zurück nach Ymatàja.«

In Jors Gesicht erschien ein Ausdruck von Triumph und Genugtuung. Er stieß den Speer vor sich nieder, so hart, dass der Schnee hochstob. »Wir kehren zurück!«, rief er. Seine Stimme hallte weit.

Die anderen taten es ihm gleich, wiederholten den Ruf: »Wir kehren zurück!«

Mit Ritnis Hilfe fand ich zu meinem Kjolg. Mittlerweile schmerzte mein Kopf so sehr, dass mir fast schlecht wurde. Zum Glück glomm im Feuerkreis meiner Unterkunft noch reichlich Glut, dazwischen ein zufriedener Funkenwicht.

Tjaels Werk, ganz sicher.

Vorsichtig legte ich Holz nach, bis wieder muntere Flammen hochprasselten. Dann kroch ich bibbernd unter die dicken Felle. Diesmal, das war mir klar, reichte es nicht, in den Schlaf und zur Tür zu finden. Ich musste in die düsteren Katakomben mit der Frostkrieger-Armee, zu dem Moment, an dem ich Erik dort zurückgelassen hatte.

Eine Reise durch Traum und Zeit.

Was hatte Simàja gesagt? Ich sollte erspüren, ob mir der Kontakt mit ihr, mit dem magischen Nordlicht, einen anderen Zugang zu der Welt hinter dem Eis ermöglichte? Unwillkürlich ballte ich meine Linke vor der Brust – die Hand, mit der Simàja und ich uns gehalten hatten. Ich versuchte, meine Kopfschmerzen zu ignorieren, und rief mir den Kontakt ins Gedächtnis. Das Gefühl in dem Moment, als die Lichter zu Bildern wurden. War etwas davon in mir geblieben? Trug ich ihn in mir, den Strom der Zeit … und konnte ich ihn beeinflussen?

Vor meinem inneren Auge schwebten noch immer die grünblauen Schleier der Aurora. Und dann, langsam, erhellten sie sich, wurden zu treibenden Flocken.

Ich ging durch sie hindurch, hinein in den Traum. Weiter. Weiter. Ließ mich durch nichts ablenken, nicht einmal von den Schemen der verlorenen Seelen im Schneesturm.

In meinen Gedanken nur eins: mein Ziel.

Ein Ort, ein Moment. *Erik.*

Kapitel 29

Die Tür schlug hinter mir zu und ich starrte mit angehaltenem Atem in die Dunkelheit vor mir.

Wo bin ich? WANN bin ich?

»Elvy!« Zwei Hände umfassten meine Schultern.

Direkt vor mir sah ich Eriks Gesicht, erleuchtet von Blings Silberschein, in seinen Augen eine wilde Mischung aus Überraschung und Freude. Ich konnte nicht anders, ich überwand die letzten Zentimeter zwischen uns und fiel ihm um den Hals.

»Wie lange war ich weg?« *Wie lange warst du allein im Dunkeln?*

»Nur ein paar Minuten! Alles gut, Elvy.«

Seine Wange an meiner, seine Umarmung, ich fühlte ihn lächeln, sprechen, fühlte zu viel ... und durfte nichts davon zeigen.

Erik merkte zum Glück nichts, sagte bewundernd: »Ernsthaft, 100 Punkte für dein Timing! Wie hast du das nur gemacht?«

»Zauber-Fortbildung. Kein Ding«, antwortete ich gespielt lässig. In meinem Kopf aber lief gerade ein wahres Triumph-Feuerwerk, weil ich endlich einen echten Erfolg vorzuweisen hatte. Noch immer umarmte Erik mich, und es fiel mir sekündlich schwerer, meine Hände angemessen still zu halten. Gerade rechtzeitig, bevor aus meinem Kumpelgriff ein Streicheln werden konnte, ertönte ein scharfes Zischen an meinem Ohr.

Ich fuhr zurück. Nelli saß auf Eriks Schulter und fauchte mich an, der Pelz ihres Puschelschwanzes gesträubt, die goldenen Knopfaugen bedrohlich zusammengezogen. Sie war eifersüchtig!

Erik nahm sie auf die Hand und tätschelte ihr Köpfchen. »Ganz ruhig, Kleine. Elvy tut mir nichts.« Ein Seitenblick zu mir. »Oder doch?«

Bäm. Sein neckender Unterton traf mich mitten in die Brust. Damit er auch das ja nicht bemerkte, erwiderte ich cool: »Wenn du weiter so trödelst, garantiere ich für nichts.«

»Du hast recht, wir dürfen keine Zeit verlieren.« Er beugte sich etwas herab und ließ Nelli zu Boden hüpfen. »Kannst du uns wieder Licht machen? Dann sind wir gleich raus hier.«

Ein kleiner geistiger Schubs reichte, schon stieg Bling erneut empor und beleuchtete die Tür in der Wand vor uns.

Wie sich herausstellte, war Erik während meiner Abwesenheit nicht untätig gewesen: Er hatte einem der Frostkrieger einen Dolch aus dem Gürtel gezogen, um das Schloss aufzuhebeln – keine Kleinigkeit im Dunkeln, mit nichts als Nellis Goldaugen als Lichtquelle. Jetzt, mit meinem magischen Spotlight, gelang es ihm. Bedauernd steckte er danach die schwarze Waffe zurück. Klar: Zwar konnten die Krieger in ihrem Zustand wohl kaum Alarm schlagen, aber es war besser, keine Spuren zu hinterlassen, falls jemand kontrollieren kam.

Einen einzigen Blick warf ich zurück, in den Raum hinter uns, dieses eisige Grab mit seinen unzähligen erstarrten Soldaten, suchte noch einmal Sunnas blasses Gesicht – vergeblich.

Durchhalten, beschwor ich abermals sie und all die anderen. *Wir finden einen Weg für euch*. Dann glitt ich hinter Erik hinaus und zog die Tür fest zu.

Wir schlichen weiter, einen Gang hinunter, der immer schmaler wurde und seltsam unfertig wirkte, wie ein grob in den Berg geschlagener Tunnel. Überall ragten schwarze Felssplitter aus den Wänden, und wir mussten höllisch aufpassen, uns nicht die Köpfe blutig zu stoßen. Nelli trödelte hinterher, wirkte immer noch beleidigt – oder als ob sie etwas Besseres vorhatte. Trotz meiner Anspannung musste ich ein bisschen grinsen, denn ihre Art erinnerte mich sehr an Farinellis Diva-Allüren.

»Nicht mehr weit«, murmelte Erik.

Und wirklich. Schon umrundeten wir die letzte Kurve, da lag es vor uns, am Ende einer Sackgasse: ein Tor aus mattweißem Holz, verziert mit fein gearbeiteten Silberbeschlägen.

Rechts und links daneben ... Súmuar. Vier von ihnen.

Der Schreck traf uns hart, trotz aller Wachsamkeit. Erik griff nach mir, meine Finger verkrampften sich um seine. Nelli sauste an ihm hinauf und versteckte sich in seinem Halsausschnitt.

Die untoten Nebelluchse lagen auf dem Boden, lässig ausgestreckt. Ihr dichtes Winterfell mit den grauen Flecken schimmerte. Auf den ersten Blick wirkten sie wie schöne, lebendige Wildtiere ... Aber in ihren Augen stand dieser böse weiße Glanz, und bei jeder Bewegung waberten Nebelfetzen aus ihrem Fell, die ihre Silhouetten verschleierten.

Wir standen da wie gebannt, eine ewige, hilflose Sekunde lang. Hier, außerhalb von Eriks Gemächern, konnte er den Geisterwesen im Bann der Ysirka nichts befehlen, das verstand ich ohne jede Erklärung. Hier war auch er nur Beute, ohne Chance auf Flucht.

Doch keiner der Súmuar reagierte.

Ich rang hart um Atem, blickte zu Erik und dann ... hinab auf unsere verschlungenen Finger. Sah einen kaum wahrnehmbaren Schimmer. *Den Schimmer.* Den Schutzzauber, mit dem mich mein Froststern umgab, sobald mir Gefahr von den dunklen Mächten der Ysirka drohte. Und ich konnte ihn offenbar teilen – nicht nur mit Simàja!

In Eriks Gesicht sah ich die gleiche Erkenntnis. »Wie lange hält das?« Er flüsterte, obwohl uns die Wesen sicher nicht hören konnten.

»Keine Ahnung«, erwiderte ich, unwillkürlich genauso leise. Bling vibrierte auf meiner Stirn, und ich spürte, wie viel Kraft er von mir einforderte. Natürlich würde ich Erik das nicht verraten – er war imstande und brach unsere Mission ab, aus Sorge um mich. »Ich hab alles unter Kontrolle«, flüsterte ich also mit forcierter Zuversicht. »Riskieren wir es?«

Er nickte.

Wir gingen weiter. Schritt für Schritt kamen wir der Tür näher. Der Tür – und den Nebelluchsen. Schon standen wir direkt vor ihnen. Einer lag quer über dem Weg.

Erik warnte mich mit stummen Blicken: Schutzzauber oder nicht, auf keinen Fall durften wir die Ungeheuer berühren. Er machte einen großen Schritt über das quer liegende Tier. Es streckte sich, dehnte die Kiefer mit den kristallklaren Reißzähnen. Die Erinnerung an ein lebendiges Gähnen. Mir verschaffte es nichts als heftigen Schauder. Doch ich hielt weiter Eriks Hand und trat genauso vorsichtig über das untote Hindernis hinweg. Kein Problem für lange Beine, sosehr sie auch zitterten.

Schon legte ich meine freie Hand auf die Türklinke, drückte sie hinunter. Zog vorsichtig. Nichts rührte sich. Verschlossen? Alles umsonst?

Einer der Nebelluchse hob den Kopf, blickte um sich, seine spitzen Ohren zuckten.

Kalte, würgende Angst. Für einen Augenblick lähmte sie mich, meine Gedanken ... dann versuchte ich es mit Schieben.

Die Tür öffnete sich. Wir huschten hindurch, unentdeckt.

»Sie hätten vielleicht ein Hinweisschild anbringen sollen.« Eriks Stimme an meinem Ohr, leise neckend. »Vor Sundbergs Konditorei warst du auch schon mal mit der Öffnungsrichtung überfordert, weißt du noch?«

»Halt bloß die Klappe«, fauchte ich zurück, ganz schwach vor Erleichterung – weil wir es hineingeschafft hatten und weil Erik sich an etwas aus unserer gemeinsamen Zeit erinnerte!

Nelli krabbelte spöttisch keckernd aus seinem Kragen hervor. Ich ignorierte sie und blickte mich um. Erik pfiff leise durch die Zähne und ich konnte ein »Wow!« nicht unterdrücken.

Eine Schatzhöhle. Nein, eine Rumpelkammer. Beides.

Vor uns, erhellt durch den schwebenden Bling, lag ein weiterer Saal, dessen wahre Ausmaße die Schatten verbargen. Doch diesmal waren darin keine unheimlichen Frostkrieger, sondern Berge von Kostbarkeiten. Tische und Bänke mit feinsten Schnitzarbeiten. Teppiche, Wandbehänge, Stoffbahnen in leuchtenden Farben, manche sauber aufgerollt, andere achtlos zerknüllt. Dazwischen Silbergeschirr, Schmuck, Waffen, Gläser aus Kristall und Bernstein, Kleider, Schuhe, ganze Schlitten komplett mit Geschirr ... All das wahllos gestapelt zu großen Haufen, fast Türmen.

»Gestohlen und zusammengerafft in ganz Ymatàja«, murmelte Erik.

Er musste nicht sagen, warum. Das gehortete Gut sprach für sich: Es war Beute eines Wesens, das unendlich fasziniert war von der Welt der Lebenden und doch nichts von ihr verstand. Ich sah die Ysirka geradezu vor mir, wie sie immer neue Schätze forderte, jedes Teil gierig begutachtete – und dann achtlos beiseitewarf, um das nächste zu greifen. Doch es war nie genug ...

Ein eisiger Hauch traf mich und ich schreckte aus meinen Gedanken hoch. »Was war das?«, fragte ich.

Erik blickte sich beunruhigt um. »Wahrscheinlich ein Abwehrzauber. Ich dachte, die Ysirka hat diesen Ort vergessen, genau wie den Saal des Wassers, aber so ist es wohl nicht. Ich Idiot, die Súmuar draußen hätten mich gleich misstrauisch machen müssen! Schnell, lass uns wieder gehen.« Schon wollte er mich zurück zum Ausgang ziehen, aber ich hielt ihn fest.

»Ohne die Herznadel? Vergiss es!« Ich griff in mich hinein, richtete all meine Kraft auf Bling und mein Ziel.

Leite mich. Ich vertraue dir.

»Elvy, nein.« Eriks drängende Stimme. »Es ist zu gefährlich, komm ...«

Mein Froststern erstrahlte, wirbelte voran. Ich spürte ein starkes Ziehen in mir, als ob sich ein Gewicht schmerzhaft an meine Muskeln hängte. Doch ich zögerte keine Sekunde, folgte dem Licht und zog Erik hinter mir her. Immer kälter wurde es. Und dann sah ich, was passierte: Eis kroch aus den Ecken, die Wände hinab. Breitete sich aus, ein glitzernder Schleier, der sich über die aufgetürmten Schätze legte wie ein wunderschönes Leichentuch.

Und wenn er uns erreicht, uns Lebende, was dann?

Mit aller Macht verbannte ich den angstvollen Gedanken, dachte nur an meine Aufgabe, lief weiter, immer tiefer hinein in den Saal mit seinen Bergen von wertvollem Gerümpel. Eriks kalte Hand in meiner, er ließ mich nicht los. Nelli kauerte auf seiner Schulter, ihr kleiner Körper wie umhüllt von dem buschigen Schwanz mit der schwarzen Spitze. Dann blieb mein Leitstern stehen, vor einer umgestürzten Truhe. Ihr Inhalt – Schmuck, Kleider, Tücher – lag verstreut auf dem Boden.

»Ist sie hier?«, fragte ich atemlos hinauf zu Bling. »Wo genau?«

Er tanzte auf der Stelle.

Alles klar, danke, muss reichen.

Erik war schon auf den Knien, zog mich zu sich hinunter, und wir begannen hastig, das Wirrwarr zu durchsuchen. Keine Kleinigkeit, mit nur je einer freien Hand, aber keiner von uns wagte, den anderen loszulassen.

Das Knacken des Eises wurde lauter, kroch näher, spann uns ein. Der kalte Hauch kam jetzt in Wellen, wie der Atem eines gigantischen Tieres. *Ihr* Atem?

Weitersuchen, schneller.

Unsere tastenden Finger trafen sich an einem schmalen Kästchen, kaum länger als ein Bleistift, und noch bevor wir es öffneten, wusste ich: Das ist sie. Die Herznadel.

»Nimm du sie«, presste Erik hervor. Schon zog er mich auf die Füße, weg von dem knisternden Eis. Es bewegte sich mittlerweile schlangenschnell, stieß in Sprüngen vor wie die Frostlinien.

Ich stolperte, fiel fast. Erik hielt mich gerade noch fest, riss mich mit sich und nun rannten wir wie bei einem Rugbyspiel auf Leben und Tod. Wir sprangen, wichen aus, vorbei an dem zuckenden, wütenden Eis, das von allen Seiten nach uns griff. Hinaus durch die halb offene Tür, vorbei an den Nebelluchsen. Die waren auf den Beinen, alle vier, grollten und schnappten nach einem unsichtbaren Eindringling, setzten uns nach durch den Tunnelgang. Sahen sie uns, spürten sie uns jetzt doch?

Hinter ihnen der Eishauch, weiß und tödlich, schneller als alles Leben. Schneller als wir.

So können wir nicht entkommen!

»Bleib stehen!«, zischte ich Erik zu.

In seinen Augen nur Fragen und Angst, Angst um mich – aber er tat, was ich sagte. Dann warf ich mich auch schon auf ihn, presste ihn gegen die schwarze Tunnelwand, meine Stirn an seiner, hielt ihn fest wie nie. In meinem Kopf und Herzen nur der Froststern, sein tröstlicher Schimmer, der uns umgab. Unser einziger Schutz. Ich beschwor ihn, seine Macht, richtete all meine Kraft auf ihn.

Er ließ mich nicht im Stich.

Der Eishauch traf uns wie eine Welle, riss uns fast um – doch wie Wasser glitt er gleich darauf an uns herunter, versickerte förmlich in den Wänden und dem Boden, mit einem Mal seines Ziels beraubt.

Die Súmuar rannten an uns vorbei, den Gang hinunter. Ich hörte ihr Geheul, erst wütend, dann verwirrt, schließlich nur noch frustriertes Knurren. Als ich wagte, den Kopf zu drehen, sah ich gerade noch, wie der letzte Nebelluchs an uns vorbeistrich, zurück auf seinen Posten. Das silbrige Fell mit den dunklen Flecken war gesträubt, der lange Schweif zuckte irritiert und enttäuscht, weil kein Feind zu finden war.

»Elvy – du ... spinnst komplett.« Eriks Atem ging mühsam. Seine Worte klangen harsch, doch seine braunen Augen strahlten, die einzige Wärme in seinem Wintergesicht. Noch immer standen wir da, unsere Körper aneinandergepresst, untrennbar eng.

»Was willst du, hat doch geklappt.« Keine Ahnung, woher ich die Energie zum Grinsen nahm. Keine Ahnung, wie ich es so nahe bei ihm aushielt, ohne ihn zu küssen ...

Oh Mist, nein! Aus, Elvy!, rief ich mich verzweifelt zur Ordnung. Aber wieso sah er mich auch so an? *Weil er froh ist, dass uns nichts passiert ist*, gab ich mir selbst die Antwort. *Und das ist okay, klar?* Um bloß nichts Dummes zu tun, strampelte ich mich los – und ging fast in die Knie. *Whoah, verdammt, was ...?*

Zum Glück hatte ich Eriks Hand nicht losgelassen. Er verhinderte gerade noch, dass ich fiel. Zum Stehen fehlte mir allerdings die Kraft, also ließ er mich zu Boden gleiten und kniete sich neben mich.

»Elvy? Was hast du?«, fragte er besorgt.

Ich winkte ab. »Zaubern ist anstrengend. Geht gleich wieder.«

Er runzelte die Stirn, kannte mich aber gut genug, um nicht weiter nachzubohren. Obwohl wir längst nicht in Sicherheit waren, opferten wir ein paar Sekunden, um das Kästchen zu öffnen. Darin lag, gepolstert auf flaumigem Fell, ein hauchdünnes, bernsteinfarbenes Stäbchen, etwa so lang wie mein Zeigefinger. Das eine Ende lief spitz zu, am anderen saß eine tropfenförmige Verdickung. Kein Zweifel, wir hatten wirklich eine Herznadel erobert, unser Ticket für den Blutszauber – und hoffentlich zu einer erfolgreichen Freibitte.

Wir tauschten einen Blick aus. Worte waren unnötig: Hier und jetzt konnten wir das Ritual nicht durchführen, wir brauchten einen sicheren Ort. Eriks Gemächer schieden aus – falls doch jemandem seine Abwesenheit beim Ball aufgefallen war, würde man ihn dort als Erstes suchen.

»Der Saal des Wassers«, sagte er. »Es ist der einzige Ort, den die Ysirka wirklich vergessen hat, ganz sicher. Also bemerkt sie dort auch keinen fremden Zauber. Hoffentlich.«

Ich nickte. »Aber können wir versuchen, einen anderen Weg zu finden?«

Nicht wieder durch den Saal mit den Frostkriegern. Bitte.

Erik verstand mich auch ohne Erklärung. »Kriegen wir hin. Irgendwie.«

Ich versuchte, auf die Füße zu kommen – vergeblich, meine Beine zitterten zu sehr. *Der Preis der Magie.*

Erik sah, was mit mir los war, und zögerte keine Sekunde. Wie selbstverständlich hob er mich auf seine Arme. »In Ordnung so?«, fragte er leise.

Ich konnte nur nicken. Noch vor Kurzem hatte ich die Vorstellung lächerlich gefunden, mich von irgendwem tragen zu lassen wie ein Baby. Aber Erik war nicht irgendwer. Und er hielt mich nicht wie ein Baby. Ich brauchte Hilfe, und er würde mir immer beistehen, ohne mir das Gefühl zu geben, schwach zu sein. Ich legte meine kraftlosen Arme um seinen Hals, damit der Schutzschimmer weiter für uns beide reichte. Spürte den Pulsschlag unter seiner kalten Haut wie ein Echo meines eigenen Herzens, atmete seinen Winterwald-Duft ein, ganz heimlich. Und dann ließ ich mich von Erik tragen. Selbst Nelli versuchte nicht, mich aus seinem Griff zu vertreiben.

Mit ein bisschen Hilfe von Bling gelang es uns tatsächlich, die Frostkrieger zu umgehen. Wir entdeckten einen Gang, der an der unheimlichen Krypta vorbeiführte – vermutlich ein längerer Umweg, doch jeden Meter wert. Ich spürte es deutlich: Eine erneute Konfrontation mit diesen erstarrten Gesichtern, Sunnas Gesicht, würde ich erst aushalten, wenn wir einen Plan zu ihrer Rettung gefunden hatten.

Unbehelligt erreichten wir den Saal mit der gewaltigen Säule erstarrten Wassers, dem gefrorenen Hort allen Wissens von Ymatàja. Den Ort, an dem wir den Blutszauber durchführen wollten. Zeit für mich, Stärke zu beweisen und erneut auf eigenen Füßen zu stehen.

»Geht wieder, lass mich runter«, murmelte ich also mit heimlichem Bedauern, entwand mich seinem Griff und taumelte gleich beim ersten Schritt wieder gegen Erik.

»Mhm, seh ich.« Er lächelte und hielt mich fest, bevor ich auf dem Po landen konnte. »Fit wie ein Turnschuh, Igelmädchen.«

Oh Mist, ich war immer noch so zittrig. Bling spürte ich kaum, mein magischer Akku war fast erschöpft. Wie sollte ich so das Zauberritual überstehen?

Doch die Antwort wurde mir abgenommen, als ein plötzlicher Windstoß meine Haare auffliegen ließ. Kalter Wind und treibende Flocken ... Ich musste mich nicht einmal umdrehen, um zu wissen, was das bedeutete: Meine Zeit im Traum war um, die Tür erschien. Und diesmal versuchte ich erst gar nicht, mich dagegen zu wehren.

»Okay, jetzt nimmst du sie aber«, flüsterte ich und drückte Erik das Kästchen mit der Herznadel in die Hand. »Pass gut darauf auf. Ich komme ganz schnell zurück. Wirst schon sehen.«

»Weiß ich doch.« Er hielt mich fest, als ob er sich nicht von mir lösen könnte – obwohl der Schnee immer dichter um uns wirbelte und schon nach ihm griff. »Elvy, ich ...«

Ihm schienen Worte auf der Zunge zu liegen, Worte, die er nicht herausbrachte – und ich konnte nicht warten, sonst würde ihn der Traumwirbel verschlingen.

»Sag's mir später!«, rief ich, schubste ihn weg und ließ mich rückwärts durch die Türöffnung fallen. Der Schnee trug mich davon.

Kapitel 30

Mein drittes Erwachen im Halbdunkel eines Aelfar-Kjolgs fühlte sich schon fast vertraut an. Diesmal verlor ich keine Zeit damit, meinem Traum nachzujagen, denn ich spürte eine neue, ungewohnte Sicherheit in mir: Ich hatte die Macht, meine Ankunftszeit auf der anderen Seite zu bestimmen. Es würde mir wieder gelingen, in der kommenden Nacht – und für Erik würden mit etwas Glück keine fünf Minuten vergehen.

Die lähmende Schwäche, die ich nach meinem Magie-Einsatz in der Schneefeste verspürt hatte, war zum Glück verschwunden. Mein Froststern pulsierte mit ruhigem Schimmer auf meiner Stirn, und ich fragte mich unwillkürlich, ob er abermals gewachsen war – es fühlte sich so an. Leider hatte ich keinen Spiegel und auch Tomte Teda konnte ich nicht fragen – ihr Schlafplatz war leer und wirkte unberührt. Also war sie immer noch auf Erkundung. *Hoffentlich.*

Neue Unruhe erfasste mich, als ich daran dachte, welchen Gefahren sie sich vielleicht aussetzte auf der Suche nach den Dryghar … während ich mal wieder die Langschläferin gab. Hastig grub ich mich aus dem Berg Pelzdecken und wollte schon die Tür öffnen – da fiel mein Blick auf ein säuberlich daneben platziertes Bündel, das gestern Abend noch nicht dort gewesen war. Obenauf lag ein rundes Holzplättchen, auf das jemand mit eleganten Kohlestrichen das Bild eines Eiskristalls gezeichnet hatte. Ein Froststern. Ein Gruß von Simàja?

Das Bündel entpuppte sich als vollständiges Aelfar-Outfit in meiner Größe. Ungläubig fuhr ich mit den Händen über das weiche silbergraue Leder, fühlte die warme Pelzfütterung und bestaunte die unendlich feinen Stickborten. Noch nie hatte mir jemand etwas so Schönes geschenkt – erst recht nicht etwas, das auch noch so *praktisch* war. Simàja hatte das für mich getan.

Einen Moment saß ich einfach nur da und kämpfte gegen das Brennen in meinen Augen. Dann schniefte ich jeden Anflug von Rührseligkeit weg und schlüpfte in meine neuen Wintersachen. Alles passte, war warm und bequem, auch die eng anliegende Kappe und die kniehohen Stiefel. Ich steckte die Lakritzpackung, Eriks Brillenetui und das Kästchen mit dem Zwiering in die Seitentasche meines neuen Gewands. Gerdas kleines Messer mit seiner Lederscheide befestigte ich kurz entschlossen an dem silbergeschmückten Gürtel.

Wahnsinn. DAS ist ein Power-Dress!

Noch nie im Leben hatte ich mir so sehr einen bodenlangen Spiegel gewünscht. Nur meine langen Zottelsträhnen störten mich – sie unter die Mütze zu stopfen, klappte nicht wirklich. Egal.

Ich verließ den Kjolg als Elvy Langspeer, so selbstbewusst wie noch nie seit meiner Ankunft hier. Heute Abend erwartete uns das Glutspeer-Ritual, im Traum danach stand mir der Blutszauber bevor … und schon morgen würde ich mit den Aelfar durch die Pforte gehen, nach Ymatàja. Meine Stunden in der Menschenwelt waren gezählt. Ich beschloss, sie so gut wie möglich zu nutzen – angefangen damit, mich bei der Spenderin meiner neuen Garderobe zu bedanken.

Ich fand sie ein Stück außerhalb des Lagers. Sie fütterte gerade Silla, deren Fell in der Sonne glitzerte wie mit Silber bestäubt. Ritni stand daneben und versuchte, seiner Mutter etwas wegzuschnappen.

Simàjas dunkle Augen leuchteten auf, als sie mich ansah. »Sie passen dir! Was bin ich froh. Die Kleider gehörten meiner Mutter, weißt du? Sie hatte deine Größe.«

Ich stecke in den Klamotten einer Legende? Noch dazu einer, die Simàja so viel bedeutete?

»Vielen Dank, die sind toll«, murmelte ich verlegen, noch überwältigter als zuvor. »Aber ich glaube, ich kann das nicht annehmen.«

»Du hast mir ihr Gesicht geschenkt, das ist viel wertvoller«, antwortete sie und legte die Linke auf ihre Brust. Trug sie die Skizze bei sich? »Erzähl mir lieber, wie dein Traum war. Geht es deinem Erik gut? Und ist es dir gelungen, die Zeit Ymatàjas zu erspüren?«

Damit hatte sie mich effektiv auf ein anderes Thema gebracht.

»Ja, es hat geklappt – und nicht nur das!« Ich warf einen Blick auf ihre wie immer fein säuberlich geflochtenen Zöpfe und beschloss, aufs Ganze zu gehen. »Ich erzähl dir alles. Aber … hm, kannst du vielleicht was mit meinen Strippen hier machen?« Ich nahm meine Mütze ab und offenbarte das Vogelnest auf meinem Kopf.

Sie lächelte zustimmend und brach ein Zweiglein von dem beschneiten Busch neben sich ab. Während sie sich mit dem improvisierten Kamm und flinken Fingern ans Werk machte, berichtete ich ihr von meinem Traum. Sie unterbrach mich nicht, doch ich hörte ihr scharfes Einatmen, als ich unser knappes Entkommen vor dem Eiszauber und den Nebelluchsen schilderte.

»Du bist wahrhaft eins mit deinem Froststern«, sagte sie leise und bewundernd. »Kein Zweifel, Gerda hat die richtige Erbin gefunden.«

Simàjas anerkennende Worte berührten mich tief. Ich spürte, dass ich rot wurde, und war froh, dass sie hinter mir stand und es nicht bemerkte.

Gleich darauf zwirbelte sie mir einen langen, akkuraten Zopf vor der Nase entlang, perfekt geflochten in einer Art Fischgrätmuster, wie ihre eigenen. Noch nie hatte mein Haar so gut ausgesehen. Es glänzte sogar.

»Wie cool, danke!«, sagte ich beeindruckt.

Sie winkte ab und wandte sich wieder ihrem Rentier Silla zu. Ihre

Stimme wurde traurig. »Sie hat Vedis Tod noch nicht überwunden. Vielleicht wird sie das nie.« Sie seufzte. »Silberrene haben starke Bindungen. Zu ihrer Familie und ihren Reitern.«

»Du hattest keine Wahl, oder? Er hat sich gequält«, sagte ich vorsichtig. Trösten war nicht gerade meine Stärke, erst recht nicht in einer Kultur, von der ich keine Ahnung hatte.

Immerhin nickte Simàja und hielt mir eine Handvoll Sternflechten hin, damit ich den ungeduldig stampfenden Ritni füttern konnte.

»Ein kleiner Vielfraß«, sagte sie mit leisem Lächeln, während das freche Kalb eifrig seine Schnauze in meine Handfläche drückte. »Hat er von seinem Vater.« Sie warf einen schwermütigen Blick zu einer der hohen Stangen, die am Rand des Lagers im Schnee steckten. An dieser kräuselte sich ein blassgelber Wimpel in der Morgenbrise … und in Kopfhöhe hingen die zwei Enden eines weißen Geweihs.

»Tjael hat es mir mitgebracht. Vielleicht kann ich eine neue Klinge daraus machen.« Sie bemerkte meinen Blick und zog demonstrativ ihren kurzen Dolch. »Gewachsenes Horn. Das Einzige, was Unwesen wie die Dryghar tötet. Leben gegen Tod, verstehst du? Wir fertigen viele unserer Waffen daraus, aber wir müssen sorgsam damit umgehen. Ein Silberren wirft sein Geweih nicht jedes Jahr ab, wie eure Tiere. Nur wenn es stirbt, können wir es nutzen.«

Gleichzeitig betroffen und fasziniert, blickte ich von dem weiß schimmernden Geweih an der Stange zu dem Dolch in Simàjas Hand … und dem an meinem Gürtel. Das erklärte wohl, warum die Aelfar Speere, Äxte und Pfeile zu bevorzugen schienen: Ein Schwert hätte man aus dem verästelten Horn der Tiere niemals fertigen können – etwas Kurzes wie eine Speerspitze oder ein Messer dagegen war ideal.

Simàja steckte ihren Dolch zurück. »Heute Abend wird Jor sich den Glutspeer zu eigen machen. Ich wünschte, ich könnte ihn begleiten, wenn er durch das Eis geht«, gestand sie leise. »Mitkämpfen.«

»Wieso tust du es dann nicht?«, fragte ich. »Ich gehe ja auch.«

Sie hob resigniert die Schultern. »Du bist eine Kriegerin, Elvy Langspeer.«

»Nein, ich kann nur meckern und treten«, wehrte ich ab. Das brachte sie zum Kichern, aber ich fuhr störrisch fort: »Jetzt mal im Ernst, ich hab dich erlebt. Du warst kurz davor, dich auf dieses Monstervieh zu stürzen, als es uns auf der Fahrt hierher angegriffen hat. Du bist supermutig und du *kannst* kämpfen! Außerdem trägst du den Froststern, genau wie ich. Das *muss* nützlich sein, wenn es gegen die Ysirka geht. Warum solltest du da zurückbleiben?«

Ein zweifelnder Ausdruck trat in ihr schönes Gesicht. »Großvater sagt, das Risiko sei zu groß. Er hat schon seine Tochter, meine Mutter Kaiina, an die Ysirka verloren. Jor will auch, dass ich bleibe. Damit ich sicher bin. Schließlich soll ich seine Königin sein, wenn wir Ymatàja zurückerobert haben.«

Moment, ist es nicht andersrum?, dachte ich bei mir. *Dass du Prinzessin bist, macht ihn doch erst zum Prinzen, oder?*

Laut fragte ich: »Aber sollte eine Königin nicht um ihr Reich kämpfen?« Es fiel mir immer stärker auf, wie sich Simàja von den Kerlen hier beiseitedrängen ließ … und wie wenig mir das passte. »Sollte eine Königin nicht selbst den Glutspeer für sich fordern?«

»Nicht, wenn sie zu schwach ist.« Sie ließ den Kopf hängen. »Du hast gesehen, wie ich beim Bannen versagt habe.«

»Wie wir *beide* versagt haben«, grummelte ich. »Aber hey, das war nur der erste Versuch!«

»Deiner. Ich versuche es schon mein Leben lang ohne großen Erfolg.«

»Ach Quatsch! Denk daran, wie cool du das Lichtlesen hingekriegt hast! Nimmst sogar mich dabei mit – und prompt gelingt mir eine Punktlandung in der Traumzeit.« Ich redete mich richtig heiß. Es wurmte mich irre, dass Simàja sich ständig so kleinmachte – kleingemacht *wurde*. Seltsam, irgendwie fiel es mir leichter, an *sie* zu glauben als an mich selbst. »Diesen anderen Kram schaffen wir auch, wir brauchen bloß noch ein bisschen Training!«

Tolle Rede, Coach Andersson. Fast kam es mir vor, als hörte ich Eriks neckende Stimme. Wann war das passiert, dass ich zur Motivationssprecherin einer Elfenprinzessin geworden war?

Und die Rede *wirkte* sogar, denn Simàja warf den Kopf zurück, sodass ihre Zöpfe tanzten. »Du hast recht«, sagte sie. Neuer Mut funkelte in ihren Augen. »Wir müssen auf uns vertrauen, auf unsere Kraft, wie die Tomte gesagt hat. Also versuchen wir das Bannen noch einmal, nur wir zwei. Jetzt gleich.«

»Aber vielleicht ohne Publikum«, schlug ich mit einem Seitenblick auf ein paar Aelfar vor, die nicht weit von uns Holz hackten.

Zustimmend deutete sie auf einen Punkt in der Ferne. »Ich kenne einen guten Ort, nicht weit von hier. Zu weit für Schneebretter, aber … Kannst du reiten?«

»Ich bin mal von einem Karussellpferd gefallen. Zählt das?«

Sie lachte. »Macht nichts. Ich bringe es dir bei.«

Wie sich herausstellte, war Reiten auf Rentieren *noch* schwieriger als auf Karussellpferden – und auch wieder nicht. Denn ein Silberren, so erklärte es mir Simàja, während sie Silla und deren Mutter Innù Zaumzeug anlegte, entschied selbst, ob es geritten werden wollte. *Wenn* es wollte, passte es sich dem Reiter völlig an und ermöglichte so selbst ungeübten Aelfar-Kindern – oder eben Elvys – einen sanften Ritt. Wollte es nicht … Nun, ich brauchte bloß einen Blick auf die ausladenden Geweihe und breiten Hufe zu werfen, um mir die Folgen auszumalen.

Zum Glück wollte Innù. Sie war ein weises, geduldiges Tier mit einem dunklen Fleck auf der Brust und hatte augenscheinlich nichts dagegen, zusätzlich einen Bauchgurt umgelegt zu bekommen, damit ihre menschliche Last sich besser halten konnte. Sie ließ auch anstandslos zu, dass ich ungeschickt auf ihren Rücken kletterte. Ritni stand daneben und beobachtete mich. Dabei schnaufte er so kräftig, dass es fast wie Lachen klang. *Frechheit!*

Beim Aufsteigen fiel mir erneut auf, wie viel größer Silberrene im Gegensatz zu den Tieren in Ántes Herde waren. Kein Wunder, dass die Sámi sie fast ausschließlich als Zugtiere nutzten. Innù dagegen war fast so groß und kräftig wie ein Elch. Ich saß auf ihr wie auf einem pelzigen Thron, die Hände in ihren Bauchgurt verkrampft, meine Beine gefühlt meilenweit über dem verschneiten Boden.

Simàja, die sich mühelos auf Silla hielt, sah sich zu mir um. »Bist du bereit?«

»Nein. Was soll ich machen?«, knurrte ich überfordert.

Wieder lachte sie, diesmal richtig ausgelassen. »Keine Sorge, Innù kümmert sich um dich. Also los, wir verlieren Tageslicht!«

Sie stieß dieses anfeuernde Schnalzen aus und schon setzte Silla in weiten Sprüngen davon, Ritni an ihrer Seite. Bevor ich etwas begriff, folgte Innù.

Niemals werde ich das vergessen – meinen ersten Ritt auf einem Silberren. Mein Reittier lief so schnell, dass der Schnee stob, der eisige Wind mir den Atem wegriss und Tränen in die Augen trieb. Anfangs hielt ich mich kaum besser als ein nasser Sack. Ich wurde herumgeworfen, klammerte mich verzweifelt fest, erwartete jeden Moment, im Schnee zu landen – doch das geschah nicht. Im Gegenteil: Es kam mir so vor, als ob Innù mit jedem Meter ruhiger lief, ihre Hufe sanfter setzte, ohne dabei an Geschwindigkeit zu verlieren. Akzeptierte sie mich also wirklich als Reiterin? Langsam entspannten sich meine Finger in den Handschuhen, und ich wagte, mich etwas aufzurichten.

Unglaublich. Ich preschte auf dem Rücken eines silberfelligen

Rentiers dahin, durch eine tief verschneite Landschaft, Seite an Seite mit einer Elfenprinzessin, einer … Freundin? Über uns wölbte sich ein makelloser tiefblauer Winterhimmel. Die Sonne stand klein und geduckt am Horizont, doch ihre Strahlen ließen jeden Eiskristall glitzern, den die Hufe hochwirbelten. Passierte das wirklich? Und hatte ich jemals so ein Glücksgefühl empfunden, solch wilde Euphorie?

Viel zu schnell fand der Rausch sein Ende. Wir erreichten einen kleinen, vereisten See. Während Ritni ungebremst weitertollte, brachte Simàja Silla zum Halten. Der Ritt hatte ihre Wangen gerötet und ihre strengen Zöpfe zerzaust. Sie wirkte so fröhlich und frei wie – ja, wie zum ersten Mal, seit wir das Lager ihrer Leute erreicht hatten.

Was da abgeht, tut ihr nicht gut! Langsam dämmerte mir, dass dies die Erklärung für ihre seltsamen Schwächeanfälle sein musste. *Diese Ehrfurcht vor der Prinzessin, diese Männergesellschaft, der herrschsüchtige Großvater, selbst Jor mit seiner Anhimmelei – das erstickt sie. Ihr Leben lang kennt sie nichts anderes. Und Vissa, die einzige Frau außer ihr, ist auch keine Verbündete, im Gegenteil. Kein Wunder, dass sie nicht an sich glaubt!*

Ich nahm mir vor, Simàja darauf anzusprechen, zu prüfen, ob ich richtiglag mit meinem Verdacht. Jetzt aber schien mir nicht der rechte Moment, da sie gerade so glücklich wirkte.

»Wie war es?«, rief sie mir zu, und weil ich keine Worte fand, zog ich meinen Pelzkragen herunter, damit sie mein Strahlen sehen konnte. Dann riss ich meine Arme hoch, in einer begeisterten Siegerpose … kam ins Schwanken, rutschte … und fiel kopfüber in den Schnee.

Jetzt lachte Simàja noch lauter als zuvor – aber nicht lange, denn ich pfefferte ihr rachsüchtig einen Schneeball entgegen, der sie ebenfalls von ihrem Reittier purzeln ließ. Sie rappelte sich blitzschnell auf und hatte ein ähnliches Geschoss parat. Eine wilde Schlacht brach aus, an deren Ende wir beide Siegerinnen waren.

Völlig außer Atem lehnten wir aneinander, während Silla und Innù uns mit einem Blick bedachten, der eindeutig besagte: *Alle Zweibeiner sind plemplem.* Ritni dagegen, der erst jetzt von seiner Extratour zurückkehrte, schien beleidigt, dass er etwas verpasst hatte. Eine Handvoll Rentiermoos, hervorgezaubert aus Simàjas Tasche, heiterte ihn jedoch wieder auf.

Dann gingen wir auf den zugefrorenen See hinaus, um das Bannen zu üben. Zu unser beider Überraschung klappte es um Längen besser als beim ersten Mal. Lag es daran, dass uns diesmal niemand beobachtete, weder Aelfar noch Tomte Teda? Oder doch eher daran, dass uns die gemeinsamen Erlebnisse gestärkt hatten, sodass uns die Konzentration auf unsere innere Kraft leichter fiel?

Jedenfalls gelang es mir, die ganze Zeit über nicht an meine Sockenschublade zu denken – und auch Simàja schien losgelöst von ihren Zweifeln, den Gedanken an ihre angebliche Schwäche.

Nachdem wir es zum dritten Mal geschafft hatten, einen Großen Bannkreis von mehr als zwei Metern Durchmesser zwischen uns aufzubauen und zu halten, ließen wir es gut sein. Trotz aller Begeisterung über unseren Fortschritt bemerkte ich, wie sehr die Zauberei erneut an meinen Kräften zehrte. Es war wirklich anders als im Klartraum – die Erschöpfung war nicht körperlich zu spüren. Doch sie laugte meinen Geist aus, das verstand ich jetzt. Sie verursachte diesen unangenehmen Kopfschmerz und, am schlimmsten, sie ließ meine Gedanken so zäh fließen wie Sirup.

Simàja rief eine Stärkungspause aus und baute mithilfe eines am Seeufer verborgenen Holzstapels rasch ein kleines Lagerfeuer, einfach mitten in den Schnee. Ein mitgebrachter Funkenwicht entfachte die Flammen und erhitzte einen Kessel mitgebrachter Brocha. Einträchtig saßen wir da und schlürften die heiße Brühe, während die Silberrene ihren Moos-Snack knabberten.

»Es ist wunderbar, dass du im Klartraum die Melodie Ymatàjas hören konntest«, murmelte Simàja gedankenverloren. »Ich wünschte, ich könnte das auch. Aber das Licht bringt nur Bilder, keine Klänge. Und dennoch …«

»Dennoch was?«, hakte ich nach.

»Dennoch kommt es mir manchmal so vor, als ob mich etwas ruft. Durch das Eis. Ich meine – ich bin hier geboren, aber ich fühle ganz deutlich, dass ich nach Ymatàja gehöre.«

»Das ist doch gut, oder?«, fragte ich. »Und … vielleicht ein weiteres Zeichen dafür, dass du mitgehen und kämpfen solltest? Egal, was dein Großvater sagt.«

Simàja sah mich über den Rand ihres fein geschnitzten Schöpfbechers an. »Es ist nicht nur mein Großvater.« Sie senkte den Blick. »Wer mich sieht, denkt an meine Mutter Kaiina. Wie sie gegen die Ysirka gekämpft hat. Wie sie fliehen musste, in eure Welt. Hundert Jahre hat sie hier ausgeharrt, bis genug Magie gesammelt war, um einen Vorstoß nach Ymatàja zu wagen. Ymas Holz für uns … der Tod für sie. Sie hat sich geopfert, obwohl sie gerade ein Kind bekommen hatte. Und dieses Kind ist nicht halb so stark und mutig wie sie.« Ein leises Seufzen. »Dem kann ich nicht entkommen, ganz gleich, was ich tue.«

»Blödsinn!« Ich hatte es heftiger gesagt als geplant, aber ich konnte jetzt nicht zurückrudern. »Pass auf, *meine* Mutter ist zwar keine legendäre Kriegerprinzessin, aber immerhin die Königin der Nacht! Das ist auch kein Zuckerschlecken!«

»Du bist die Tochter einer Königin?« Simàjas Augen weiteten sich überrascht. »Das wusste ich nicht, verzeih!«

»Schon gut«, gab ich würdevoll zurück. »Zwar nur in der Oper, aber – egal, erklär ich dir später. Worum's mir geht: Ich weiß, wie das ist, wenn die Leute in einem nur die Eltern sehen. Man verschwindet quasi hinter diesem Bild, oder?«

»Ja«, sagte sie leise. »Man verschwindet. Nur das Bild bleibt. So fühlt es sich an.«

Krass. Was ich gerade zu ihr gesagt hatte, über sie – *und über mich!* –, war mir selbst noch nie so klar gewesen. Musste ich dazu wirklich erst alles Vertraute hinter mir lassen und eine Elfenprinzessin mit ähnlichen Problemen treffen? Und konnte uns meine Erkenntnis tatsächlich irgendwie weiterhelfen? Ich holte kurz Luft und preschte blindlings weiter.

»Dieses Verschwinden – genau das dürfen wir nicht zulassen, klar? Du bist nicht deine Mutter und das ist auch gut so. Egal, was die anderen sagen.«

Sie sah mich unsicher an. »Aber wenn es mir selbst nicht gut vorkommt?«

»Dann muss es dir wohl erst eine andere Königstochter klarmachen.« Ich holte tief Luft. »Simàja, Ohren auf: Du bist freundlich und fähig und mutig und total schön und – okay, noch mehr zähle ich nicht auf, das wird zu lang!« Ich hielt ihr meine behandschuhte Rechte vor das Gesicht wie einen Spiegel. »Na, siehst du's jetzt ein? Einen eigenen Fanclub hast du auch!« Ich deutete auf Silla, Ritni und Innù, die laut grunzten, wie zur Bestätigung.

Mein Manöver klappte: Simàja lächelte. Strahlte sogar, als ihr ein weiterer Gedanke kam: »Und ich habe Jor. Er liebt mich!«

Der wieder. Ich wusste nicht recht, wieso, aber irgendwie kam es mir nicht so vor, als ob Jor Teil dieser Ermutigung sein sollte.

»Liebst du ihn denn auch?«, hakte ich nach.

»Natürlich!« Ihre Antwort kam wie der Blitz, fast ein bisschen *zu* schnell. »Dass wir zusammen sind, ist das Wichtigste in meinem Leben. Und er würde alles für mich tun.«

Außer, dich zu etwas ermutigen, was ER nicht für richtig hält, dachte ich, hielt aber meine Klappe. Und ich erwähnte auch mit keinem Piep, was sich zwischen ihm und mir abgespielt hatte. Wie intensiv er an mir interessiert schien. *Weil es nichts bedeutet,* redete ich mir gut zu. *Er ist bloß überrascht, dass ein tumber Mensch nützlich sein kann.*

Und dass ich so heftig auf ihn reagierte, durfte Simàja erst recht nicht erfahren.

Stattdessen fasste ich in die Tasche meiner Pelztunika und zog Papas Geschenk heraus. »So, das wird gefeiert!« Ich drückte Simàja eine der Schokolakritz-Goldkugeln in die Hand. Sie nahm sie mit erkennbarem Widerwillen. »Komm schon«, ich zwinkerte ihr aufmunternd zu, »gib mir und meiner Aelfar-Falle noch eine Chance. Vielleicht schmeckt's dir beim zweiten Mal!«

»Sicher nicht«, murmelte sie. »Aber für dich versuche ich es.«

»Der Trick ist, die Kugel gleich richtig zu zerkauen«, riet ich ihr. »Dann gibt's keine bösen Überraschungen. Die Geschmäcker *sollen* sich mischen, verstehst du?«

Disziplinert befolgte sie meinen Rat – und oh Wunder: Diesmal verzog sich ihr Gesicht nicht vor Abscheu.

»Na?«, fragte ich. »Lecker, oder?«

Sie wiegte sinnend den Kopf. »Nicht ganz so grauenhaft wie beim ersten Mal.«

»Also lecker. Sag ich doch.«

Ich grinste sie an, sie kicherte – und dann klaute sie mir tatsächlich noch eine Kugel!

Kapitel 31

Kurz darauf, im schwindenden Tageslicht, machten wir uns auf den Rückweg. Mein zweiter Ritt war fast noch schöner, da ich mich dank Innùs Hilfe schon viel entspannter auf ihrem Rücken halten konnte. Als wir das Lager erreichten, fühlte ich mich trotzdem vollkommen erledigt. Die Muskeln in meinen Beinen und im Bauch verkrampften, und sosehr die Aelfar-Kleider auch halfen, mein Stadtmenschenkörper jammerte nach Wärme.

Simàja beäugte mich mitfühlend, als sie den Silberrenen ihre Halfter abnahm. »Bis zur Zeremonie ist noch etwas Zeit. Warum gehst du nicht in die Barnìja? Da ist jetzt niemand, alle sind mit den Vorbereitungen beschäftigt.«

Die Barnìja – diese Elfensauna!

»Danke, du rettest mir das Leben«, nuschelte ich über meinen vereisten Pelzkragen hinweg, was sie wieder zum Lächeln brachte.

»Ich muss leider gleich zu Großvater, aber wir sehen uns nachher, ja?«

»In Ordnung. Und – Simàja? Was die Sache mit dem Glutspeer angeht: Ich glaube an dich. Denk noch einmal darüber nach, was wir beredet haben.«

Sie sah mich an, in ihren dunklen Augen so etwas wie ein Funkeln voll neuem Mut. »Das werde ich.« Eine flatternde Geste mit der Hand – ihre Art zu winken? – und schon lief sie davon.

Ich sah ihr einen Moment nach und fühlte mich seltsam unstachelig. So lange redete ich mir nun schon ein, keine Freunde zu brauchen außer Erik – aber lag ich am Ende falsch? Wie gut kannte ich mich wirklich? Ein Windstoß trieb mir Eiskristalle ins Gesicht und holte mich zurück zu meinen aktuellen Problemen. Ich blickte zum Himmel, der nur noch schwach erhellt war. Erschien da irgendwo der Umriss eines Gerfalken, vorzugsweise mit einer knurrigen Tomte auf dem Rücken? *Fehlanzeige.* Dann packte mich das Kältezittern erneut, und ich machte, dass ich zur Barnìja kam.

Aus dem geduckten Bau mit seiner mächtigen Schneedecke stieg Rauch auf und neben der Tür flackerte einladend die Flamme eines Talglichts. Ohne zu zögern, stapfte ich in den dunklen Vorraum und zerrte mir die Klamotten herunter, mit dem halbherzigen Verspechen an mich selbst, sie gleich ordentlich auszubreiten. Doch zuerst musste ich meine durchgefrorenen Glieder auftauen. Wenigstens ein bisschen.

Meine Augen hatten sich noch nicht an das Schummerlicht gewöhnt, also tastete ich mich halb blind um die Ecke in den Schwitzraum mit seinem Felsenofen und ließ mich seufzend zu Boden plumpsen. In der Luft lag ein seltsamer, schwerer Geruch. Erst jetzt kam mir in den Sinn, dass ich trotz Simàjas Versicherung hätte überprüfen sollen, ob *wirklich* niemand sonst in der Barnìja war.

Fehler. SCHWERER Fehler.

Denn ich war *nicht* allein.

Von der anderen Seite des Ofens blickten mir Augen wie Waldseen entgegen, die eleganten Brauen darüber spöttisch erhoben. Jor.

Er saß auf einem Lager von Rentierfellen, die offenen schwarzen Haare lässig aus dem Gesicht gestrichen, seine Haut feucht und erhitzt. Und, noch schlimmer, ein Stück neben ihm: Vissa, natürlich ebenso unbekleidet, ihr schönes Raubtiergesicht voll Abscheu verzogen, ihre Bernsteinaugen leuchtend in der Dunkelheit.

Ich schoss sofort wieder hoch, riss dabei ein Rentierfell mit, um mich zu bedecken. Ich war nicht prüde, verdammt, aber *so* cool war ich bestimmt nicht!

Jor schien das unendlich zu amüsieren. »Hast du dich verlaufen, kleiner Schneehase? Oder weißt du nicht, was das Licht am Eingang bedeutet?«

Das Talglicht. Oh Shit.

Ich hatte es für eine Einladung gehalten, dabei war es wohl so was wie ein Besetzt-Zeichen!

»Bin schon weg, sorry«, stieß ich hervor und wollte den Rückzug antreten, aber Jor hielt mich auf.

»Kommt nicht infrage, du bist unser geehrter Gast.« Er winkte beiläufig in Richtung seiner Ersten Jägerin. »Vissa wollte ohnehin gerade gehen.«

Das wollte sie absolut nicht, wie ihr mörderischer Blick in meine Richtung zeigte – aber sie erhob sich dennoch wortlos und rauschte an mir vorbei. Gleich darauf ein Luftzug, dann knallte die Tür der Barnìja zu.

Ich stand immer noch da und klammerte mich an mein Rentierfell. Kalt war mir nicht mehr, im Gegenteil. Jor streckte sich, so genüsslich wie Farinelli nach einer Extra-Streicheleinheit, und gönnte sich ein langsames Grinsen an meine Adresse.

»Bitte setz dich wieder. Bei euch Menschen mag es nicht üblich sein, so offen miteinander zu … verkehren, aber ich versichere dir, es tut gut.« Er senkte die Lider, musterte mich unverhohlen. »Gerade dir, nach so einem harten Ritt mit meiner Prinzessin.«

Woher wusste er das, verdammt? Aber ich verstand, was hier vorging: Er wollte sich einen Spaß gönnen. Vermutlich war seine Faszination für meine Klartraum-Fähigkeiten abgeebbt, also war es Zeit für ein neues Spiel: einen Menschen aus der Fassung bringen mit seiner Aelfar-Überlegenheit.

Prompt aktivierte er damit wieder meinen Igelmodus. *Nicht mit mir, Kumpel.*

»Kein Ding«, sagte ich schulterzuckend. »Gemischte Sauna ist bei uns normal.« Damit ließ ich das Rentierfell zu Boden gleiten, hielt einen Moment ganz bewusst Jors Blick stand und setzte mich dann wieder. Irrte ich mich, oder huschte ein anerkennender Ausdruck über sein unglaublich attraktives Gesicht, weil ich seine Herausforderung annahm? Er richtete sich auf, um ein neues Talglicht in das Wasserbecken auf dem Felsenofen zu setzen. Natürlich tat er es auch, damit ich mehr von seinem Körper sah.

Viel mehr.

Zum Glück war es hier drin so heiß, dass meine glühenden Wangen unmöglich auffallen konnten.

Zusammenreißen. Sofort.

Jor ließ sich wieder auf seine Felle zurücksinken und fragte beiläufig: »Hast du mir etwas zu berichten, Klarträumerin?«

Ich rettete mich in eine Gegenfrage: »Wieso war Vissa hier?«

Er schenkte mir ein herablassendes Lächeln. »Wir hatten eine Beratung. Zur bevorstehenden Zeremonie.«

Um Jors hypnotischem Blick einen Moment zu entkommen, griff auch ich nach dem Korb mit den Talglichtern und setzte eins davon ins Wasser. »Macht ihr so was öfter? Private Gespräche in der Sauna?«, hakte ich dabei nach.

»Natürlich. Der Kälte trotzen auch wir Vintaelfar nicht ohne Stärkung.« Er klang kein bisschen verlegen. »Aber nun berichte von deinem Traum. Ich bitte dich.« Jetzt hatte seine Stimme wieder diesen unwiderstehlichen Ton, halb respektvoll, halb verführerisch. Und er bat mich um Hilfe.

Also erzählte ich ihm von unserem Einbruch in die Schatzkammer der Ysirka – das, was ich bereits Simàja berichtet hatte. Dass Jor ein weiteres Mal nicht als Erster in meine Träume eingeweiht wurde, war ihm sicher klar, schien ihn aber wenig zu stören. Er hing an meinen Lippen, unterbrach nur, um Genaueres zum Abwehrzauber und den Luchswächtern zu erfragen. Meine Beschreibungen entlockten ihm ein grimmiges Lächeln.

Ich wiederum klammerte mich an meinen Bericht, um ja nicht erneut die Kontrolle über mich zu verlieren. Die ganze Zeit über seinen Blick auf meiner Haut zu spüren, half jedenfalls kein bisschen. Und was, verdammt, hatte der Kerl hier mit Vissa gemacht? Okay, sie hatten mit bravem Abstand dagesessen. Aber falls es vorher anders gewesen war, hatte ihnen mein trampeliges Eintreten mehr als genug Zeit zum Auseinandersetzen gelassen. Und … und dieser fremde Geruch?

»Elvy.« Ein Hauch, tief und warm in meinem Nacken. Eine Hand auf meiner Schulter. Schneller, als ich reagieren konnte, war Jor hinter mich geglitten und beugte sich zu mir herunter.

Seine Stimme, seine Berührung strich über mich hinweg wie ein Seidentuch … eins, in dem Dornenranken hingen. Ich erstarrte. Versuchte vergeblich, meinen stockenden Atem zu normalisieren.

Was soll das? Finger weg! Warum brachte ich keins dieser Worte heraus?

Er kniete neben mir nieder, ohne den Kontakt zu lösen, und ergriff meine Hand. »Meine Nähe ist dir unangenehm? Keine Sorge, ich werde gleich gehen.« Ich wusste absolut nicht, wohin ich schauen sollte. Auf keinen Fall wollte ich seinen Körper anstarren, schlank und muskulös und so … so unerträglich anziehend, aber ihm in die Augen zu sehen ging noch weniger. Leise fuhr er fort: »Ich möchte nur, dass du eins weißt: Noch nie hat mich ein Mensch so … verunsichert wie du.«

Ich verunsicherte *ihn*?

»Das wirkt aber nicht so«, brachte ich heraus.

Seine Lippen verzogen sich zu einem bitteren Lächeln. »Ich habe eine Rolle zu erfüllen. Der furchtlose Anführer, den nichts erschüttert. Ich habe viel Übung darin, meine wahren Gefühle zu verbergen. Aber bei dir … fällt es mir sehr schwer.« Seine Finger strichen über meine, ganz langsam. *Erfahren.*

In mir stürzte alles durcheinander. Auf meiner Haut das Flüstern von Dornen und Seide. Es war kein gutes Gefühl und doch konnte ich meine Hand nicht wegziehen.

Jors Gesicht kam mir näher, so nah, dass ich jeden einzelnen Punkt des Pfeilspitzen-Tattoos auf seinem Kinn erkennen konnte.

»Warte. Was ist mit Simàja?«, fragte ich, mein Atem viel zu flach.

Er senkte den Kopf. »Sie denkt, sie liebt mich. Und ich werde sie nicht im Stich lassen, niemals. Aber – wenn es anders wäre …« Er hob meine Hand, drückte sie gegen seine Brust, ganz heiß und fest … ließ dann abrupt los und stand auf. »Wir sehen uns bei der Zeremonie, Klarträumerin.« Gleich darauf hatte er die Barnìja verlassen, noch schneller als Vissa zuvor.

Ich saß an meinem Platz wie angenagelt, mein Herz rasend, ein schier unerträgliches Kribbeln auf meiner Schulter, an meinen Fingerspitzen, dort, wo er mich berührt hatte … und ich ihn.

Was war gerade passiert? Hatte mir ein Elfenkrieger einen Blick in sein Innerstes offenbart? Konnte es wirklich sein, dass ich ihn genauso aus dem Gleichgewicht brachte wie er mich? Verzweifelt versuchte ich, den Aufruhr in mir zu bändigen. Und dann tauchte endlich ein vernünftiger Gedanke in mir auf:

BULL. SHIT.

Ich atmete tief durch. Einmal. Zweimal. Rief mir Sonne und Winterluft ins Gedächtnis, ihre Klarheit und Kälte. Die strenge Stimme von Tomte Teda. Meine eigenen Beobachtungen – alles, worauf ich mich mit meinen Sinnen verlassen konnte. Und war wieder voll da.

Der Kerl steht auf mich? Niemals. Und selbst wenn: Er hat 'ne Verlobte – trifft sich aber mit einer anderen in der Sauna UND baggert gleich die Nächste an? Wie »verunsichert« kann man sein?

Mein Aufruhr verwandelte sich in Wut.

Entweder der Kerl hält mich für komplett verblödet oder sein Ego sprengt selbst die Dimensionen der Schneefeste!

Gleichzeitig fragte ich mich, was wirklich hinter Jors Verhalten steckte. Hatte er es nötig, mich zu umgarnen? Wohl kaum. Wozu auch? Wir standen doch auf der gleichen Seite!

Und wenn ich alles falsch verstanden hatte, speziell das mit Vissa?

Argh. Wo war Tomte Teda, verdammt? Ich brauchte dringend ihre Wichtel-Weisheit, um dieses magische Kuddelmuddel zu entwirren!

Ich presste die Hände auf meine Stirn, genoss erleichtert die Kühle, die mein Froststern ausstrahlte. Er schien einen tröstenden Effekt auf mich zu haben. Ich ließ mich rückwärts in die Felle sinken. Langsam beruhigte sich mein Puls.

Was für ein Tag. Und er war noch lange nicht vorbei. Wie viel Zeit mir wohl noch blieb bis zum Beginn dieser Glutspeer-Zeremonie? Sicher noch eine Stunde oder mehr. Lange genug, um in Ruhe über alles nachzudenken. Mich darauf zu konzentrieren, weshalb ich *wirklich* hier war. Jetzt, frei von Jors übermächtiger Präsenz, drängten meine wahren Gefühle mit Macht zurück. Die Erinnerung daran, wie ich Erik im Saal des Wassers hatte zurücklassen müssen. Was uns bevorstand.

Wenn ich heute Nacht einschlafe, komme ich zu dir, versprach ich ihm still. *Und dann gelingt uns der Blutszauber. Ganz bestimmt.*

Ich schloss die Augen und zählte meine Herzschläge.

Eins, zwei, drei.

Natürlich durfte ich nicht mal daran denken, *hier* einzuschlafen, egal, wie erschöpft ich war.

Vier, fünf, sechs.

Schließlich durfte ich die Zeremonie nicht verpassen.

Sieben …

Acht …

Kapitel 32

»Elvy, echt jetzt? Du warst keine Minute weg!« Erik blickte mir entgegen, als ich aus der Tür trat. Dann wandelte sich seine Miene von Überraschung zu ... Bewunderung? »Und deine Klamotten – wow. Läufst du jetzt so in der wachen Welt herum? Ich kann's kaum glauben!«

»Glaub's«, erwiderte ich mit überlegenem Grinsen und strich lässig über mein neues Aelfar-Outfit – auch wenn ich innerlich vor Freude durchdrehte wie eine Fünfjährige im Colarausch. *Ich gefalle ihm! Das ist BESSER als ein bodenlanger Spiegel!*

Okay, ich war *doch* eingeschlafen, an einem denkbar ungeeigneten Ort und in einem ungünstigen Moment. Aber als mir das klar geworden war, wanderte ich schon längst wieder durch den Traumschnee, vorbei an den traurigen Schemen aus dieser Welt, hin zu meinem Eingang in die Schneefeste. Ich hatte einen vergeblichen Versuch unternommen, mich aufzuwecken, und dann beschlossen, das Beste aus meinem ungeplanten Klartraum zu machen.

Ein verächtliches Quietschen zu meinen Füßen brachte mich auf den Boden der Tatsachen zurück: Da hockte Nelli, ihr Puschelschwanz gesträubt und augenscheinlich voll im Kampfhamster-Modus. Sie war alles andere als erfreut, mich wiederzusehen.

»Jetzt hör schon auf«, knurrte ich sie an, aber so leise, dass Erik es hoffentlich nicht verstand. »Ich hatte ihn zuerst, klar?«

Hochnäsig drehte sie ihr Köpfchen weg und stromerte davon, als ob der Streit mit mir unter ihrer Würde wäre. Wieder musste ich grinsen. Oh ja, diese Art erinnerte mich verdammt an Farinellis Diva-Gehabe!

Erik hatte unseren Austausch amüsiert beobachtet, doch jetzt erinnerte er mich daran, dass wir keine Zeit zu verlieren hatten. Ich folgte ihm zur Mitte des Saals, wo die mächtigen Fluten der erfrorenen Quelle im Licht der blau-grünen Magieflämmchen glitzerten.

Auf zwei Felsbrocken an der Einfriedung des Beckens ließen wir uns nieder. Erik öffnete das Kästchen, das wir bei unserem Einbruch in die Schatzkammer mitgehen lassen hatten, und zog die Herznadel heraus. Das Ding schimmerte in Orange-Gold zwischen Eriks blassen Fingern, ein warmer, fast tröstlicher Kontrast zu dem Schummerlicht der Magieflämmchen in den Eiswänden ringsum. Ich starrte auf die tropfenförmige Verdickung am einen Ende des haardünnen Stäbchens – und vor allem auf die Spitze am anderen Ende.

Jetzt war es so weit.

Ich musste die Nadel Erik in die Brust stoßen, um sein Herzblut zu bekommen.

»Ich kann das nicht«, brachte ich hervor.

Er hielt mir das Ding hin. »Klar kannst du. Die Nadel ist magisch, ein Geschenk Ymas. Sie findet ihren Weg von ganz allein und die Wunde heilt sofort. Das hast du mir doch gesagt.«

»Ich weiß. Aber ... es wird bestimmt trotzdem krass wehtun.«

Er grinste. »Sicher nicht mehr als das eine Mal, als du mir dein Lego-Batmobil übergezogen hast.«

Wider Willen musste ich auch grinsen. »Hattest du verdient. Aber ernsthaft, ich –«

»Ernsthaft.« Er nahm meine Hand, legte mir die bernsteinfarbene Kostbarkeit hinein. »Schau, wie dünn sie ist. Man sieht sie ja kaum.

Das halte ich aus. Wir müssen diese Chance nutzen, Elvy – sie ist vielleicht die einzige, die wir haben.«

Mist. *Musste* er aussprechen, was ich die ganze Zeit so erfolgreich verdrängt hatte? Aber verdammt, er hatte recht. Und wenn *er* dazu bereit war, würde ich die Mission erst recht nicht abbrechen. *Failure is not an option.*

»Also gut«, sagte ich und schloss meine Finger um die Nadel. Sie fühlte sich warm an – und trotz ihrer Haardünne vollkommen unnachgiebig.

Schon machte Erik seinen Gürtel los und zog sich das Lederwams über den Kopf. Darunter trug er ein langärmeliges Hemd in schlichtem Weiß mit hochgeschnürtem Halsausschnitt. Ohne zu zögern, löste er den Knoten und saß gleich darauf mit freiem Oberkörper vor mir, ungerührt von der Kälte. Wie hypnotisiert folgte ich jeder seiner Bewegungen.

Er zieht sich für mich aus.

Ich konnte dem Gedanken nicht entkommen, so unangebracht er auch war. Konnte das Flattern in meiner Brust nicht beruhigen.

Ich will ihn berühren.

Doch gleichzeitig sah ich die schimmernden Frostrunen auf seiner Haut, dieses wunderschön-schreckliche Zeichen dafür, welches Schicksal ihm schon sehr bald drohte, wenn wir nichts taten.

Wenn *ich* nichts tat.

Ich begegnete Eriks Blick. Nichts rührte sich in seinem Gesicht, sein Kiefer hart angespannt.

»Bist du sicher?«, fragte ich.

Ein kurzes, stummes Nicken.

Ich setzte die Nadel an, knapp neben seinem Brustbein, dort, wo ich aus meinen Bio-Kenntnissen das Herz vermutete. Was, wenn ich mich irrte?

Die Nadel findet ihren Weg.

Und verdammt, so war es. Ich merkte es deutlich: Sie bewegte sich in meinen Fingern, wie etwas Lebendiges, zog mit ihrer Spitze zu dem Punkt, der richtig war.

»Ich mach ganz vorsichtig«, versprach ich.

Dann stieß ich zu. Die Nadel glitt in Eriks Haut.

Ich hörte ihn ausatmen, flach und heftig.

»Alles okay?« Kaum wagte ich, ihn zu fragen.

Wieder ein kurzes Nicken. »Mach weiter.«

Die Nadel führte mich. Glitt immer tiefer in seine Brust, ohne jeden Widerstand, als ob dort kein Knochen existierte. Erik gab noch immer keinen Laut von sich, doch ich merkte, wie sich seine Schultern anspannten, wie gepresst sein Atem ging.

Shit, es tut DOCH weh. Und zwar schlimm.

Sein Blick hing an mir, klammerte sich fest wie an der letzten, einzigen Rettungsleine kurz vor dem Absturz. Den Schmerz in seinen Augen zu sehen war schier unerträglich.

»Es ist gleich vorbei«, murmelte ich, ohne zu wissen, ob das stimmte.

Da – ein Leuchten zwischen uns. Wir senkten die Augen, sahen es beide: Die Nadel steckte bis zum Anschlag in Eriks Brust, hatte ihr Ziel gefunden. Sein Herz. Das Kopfstück der Nadel leuchtete hell wie die Abendsonne zwischen meinen Fingern. Gleichzeitig sah ich, wie sich das Innere der tropfenförmigen Verdickung verdunkelte. Sie füllte sich, Stück für Stück ... mit Eriks Blut. Ein Zittern erfasste mich.

Zusammenreißen. Nur noch einen Moment.

»Halt durch, Elvy.« Eriks Stimme trieb zu mir wie aus unendlicher Ferne. »Du schaffst das.«

Ich hob den Kopf und sah ihn an. Unglaublich: Er lächelte. Lächelte mir aufmunternd zu, obwohl da Schweißperlen auf seiner Stirn standen vor unterdrücktem Schmerz.

ICH bin das. ICH tue ihm so weh. Aber er lässt es zu. Weil er mir vertraut.

Das Zittern verging. Mit zusammengebissenen Zähnen konzentrierte ich mich erneut voll auf meine Aufgabe, zog an der Nadel, so schnell und sanft ich nur konnte.

Und dann war es vorbei. Ich hielt sie in der Hand, äußerlich vollkommen makellos, auch auf Eriks Brust war kein bisschen Blut zurückgeblieben. Die Einstichstelle ließ sich nur mit Mühe erkennen. Plötzlich ein Laut wie ein Seufzen. Die Nadelspitze krümmte sich wie unter großer Hitze – und zerfiel. Übrig blieb nur das Kopfstück, ein schimmernder Tropfen aus Bernstein, gefüllt mit Eriks Blut. Der Talisman, der mir helfen würde, gegen die Ysirka zu bestehen. Falls es mir wirklich gelang, ihn durch den Klartraum in meine Welt zu schmuggeln. Aber aus irgendeinem Grund zweifelte ich nicht mehr. Wie auf Autopilot schloss ich meine Finger um den Tropfen.

Ja. Geschafft!

Auf einmal kehrte das Gefühl in meinen Körper zurück, zu schnell, zu heftig. In meinen Ohren ein Rauschen, mein Herzschlag zu schnell, zu stark. Meine Augen brannten.

Dann: ein fester, beruhigender Griff an meinen Schultern, direkt vor mir Eriks Gesicht. In seinen Augen kein Schmerz mehr, aber Unruhe und ... und etwas, das ich nicht erkannte.

»Hey, alles gut?«, fragte er, seine Stimme rau.

»Das ist doch mein Text«, murmelte ich. »Im Ernst, tut es noch weh? Wie fühlst du dich?«

»Ich weiß nicht.« Er blinzelte wie ein Mensch, der gerade aus tiefem Schlaf erwacht. Oder wie ein Erik, der versucht, ohne Brille zu lesen. »Seltsam. Verletzt, aber auch irgendwie ... stärker.« Er blinzelte nochmals, rieb sich über die Augen. »Ergibt das Sinn?«

»Egal. Hauptsache, du bist okay.«

Ich atmete heftig aus, ein wahrer Stoßseufzer der Erleichterung.

Mir wurde bewusst, wie unglaublich nah ich ihm war, dass er noch immer halb nackt vor mir saß und dass es dafür jetzt keinen Grund mehr gab. Ich suchte nach einem ironischen Spruch, um die Situation zu normalisieren. Fand keinen und starrte stattdessen angestrengt auf meine Knie.

»Gut«, brachte ich endlich heraus. »Also dann, ich ... Das ist vielleicht das letzte Mal, dass wir uns im Traum sehen. Sicher taucht die Tür gleich auf, und wenn es wirklich klappt, wenn ich den Tropfen mit hinübernehmen kann, dann –«

»Elvy, warte«, unterbrach Erik mich. »Bevor du gehst ... da ist noch etwas, das ich dir sagen muss. Über mich. Nein, über *uns*.«

Oh Shit. Alle Brandmelder in meinem Kopf heulten gleichzeitig los. *Er hat es doch gemerkt. Er hat gemerkt, wie ich fühle, und jetzt denkt er, dass wir uns nicht mehr einig sind, dass ich es versaue, dass ...*

»Ist schon in Ordnung«, versuchte ich eine verzweifelte Notbremsung. »Ich weiß, du bist mit Tessa zusammen.«

»Nein, das –«

»Ich krieg das hin, ehrlich, ich bin trotzdem deine beste Freundin, das zählt ganz sicher beim Freibitten, du –«

»Whoah, Elvy!« Wieder seine Hände, so rau und fest, doch diesmal umfassten sie meine Wangen, brachten mich dazu, ihn anzusehen. »Jetzt halt doch mal eine Sekunde die Luft an, du Dampfkessel!«

»Dampfkessel? Wann lebst du, 1910?« Ich mobilisierte meine letzten Reserven, grillte ihn mit diesem Blick, der ihn sonst immer zum Lachen oder Einlenken brachte.

Nichts von beidem passierte. Er hielt mich weiter fest, bannte mich mit seinen Augen, sein Gesicht wieder ganz nah.

»Erstens: Ich bin nicht mit Tessa zusammen. Ich hab Schluss gemacht. Am Tag vor dem Schneesturm.«

»Oh. Hast du?« War das meine Stimme? Dieses erstickte Quietschen? »Aber ... aber sie –«

»Luft anhalten. Bitte. Sonst schaffe ich es wieder nicht. Also, nicht so, dass du es verstehst.«

»Willst du etwa sagen, dass ich dumm bin?«, schoss ich reflexhaft zurück.

»Oh Mann, Elvy!« Erik verdrehte in komischer Verzweiflung die Augen, aber er ließ mich nicht los. »Ich will mit niemandem zusammen sein außer mit dir«, sagte er, jedes Wort so ernst wie ein Schwur. »Verstehst du das?«

Ich konnte ihn nur anstarren, ausnahmsweise komplett sprachlos. Und dann erhob sich in meinem Innern wieder dieses Flattern und Rauschen, stärker denn je, mitreißend wie ein Frühlingssturm. Es war das Schönste, das Wildeste, das ich jemals gefühlt hatte, und ich wollte nichts mehr, als mich darin zu verlieren. Bloß wie sollte ich das schaffen, wenn ich nicht einmal atmen konnte?

Eriks Blick hing an meinem, wie gefangen zwischen Mut und Angst. Seine Finger bewegten sich fast unmerklich, während er mich weiter ansah, strichen zärtlich über meine Haut. Eine winzige Bewegung nur, so, als ob er sich aber mit aller Macht zurückhielt. Weil ich noch immer nichts sagte.

Doch dann, endlich, fegte der Sturm meine eigene Angst davon und ich *tat* etwas. Ich hob meine Hände, legte sie um Eriks Nacken, zog ihn zu mir ... und wir küssten uns, küssten uns wirklich, zum allerersten Mal.

Es war anders, als ich mir Küsse vorgestellt hatte. Anders als in Büchern oder Filmen. Wirklicher, näher. Seine Lippen waren frostkühl, aber seine Zunge, das Innere seines Mundes, warm, so warm, eine Wärme, die wie ein Lauffeuer über meinen ganzen Körper fuhr. Mein Herz loderte auf, trieb Funken hoch, während wir uns weiterküssten, immer intensiver. Ich wusste nicht, ob ich es richtig machte, aber es fühlte sich so gut an ...

Schwer atmend lösten wir uns voneinander – nach einer Minute, einer Stunde? In meinem Kopf ein schlimmerer Schwindel als bei jedem Traumübergang, in Eriks braunen Augen ein wundervolles Funkeln, das gleiche Funkeln wie bei unserem Tanz im Schnee ... Und dann brach es bei mir durch – erst das Verstehen, dann schieres, blendendes Glück. Es musste sich wohl auf meinem Gesicht spiegeln, denn auch Erik lächelte, ungläubig und glücklich zugleich.

Ich versuchte einen Neustart. »Du ... ich –«

»Welch reizendes Bild!« Eine Stimme peitschte durch die Luft, voller Spott und Verachtung. »Zwei Menschenwürmer kurz vor der Paarung. Nur zu, lasst euch nicht aufhalten.«

Wir fuhren herum. Wenige Meter entfernt, zwischen uns und dem einzigen Ausgang, stand Kjellan, gekleidet in eine prächtige silberblaue Robe, seine langen Haare ein weißer Wasserfall, sorgsam gebändigt mit verwobenen Silberschnüren. Genau richtig für den strahlenden Auftritt des Haushofmeisters auf dem Ball ihrer Majestät – doch er war hier.

Der mächtigste Aelfar in Ymatàja, hämmerte es in meinem Kopf, *mächtiger ist nur die Ysirka ...*

Er hielt die Finger seiner Linken in Augenhöhe, zu einem Bannkreis geformt.

Er sieht mich. Er SIEHT mich!

Und er war nicht allein. Zu beiden Seiten hatte sich ein Dutzend Frostkrieger neben ihm aufgebaut, die Speere wurfbereit erhoben, zu ihren Füßen reckten sich Súmuar, das Glitzern in den Tiefen ihrer Augen bedrohlicher denn je.

Keine Chance mehr auf Tarnung durch Bling, nicht jetzt, da Kjellan mich mit seiner Magie entdeckt hatte.

Erik sprang auf, vor mich. »Verschwinde, Elvy! Bring dich in Sicherheit!«

Nein! Nein, ich kann nicht, ich lasse dich nicht im Stich!

Ich wollte es schreien, doch gleichzeitig spürte ich die Flamme des Froststerns auf meiner Stirn. Er rief die Tür. Ein hektischer Blick über die Schulter, schon sah ich sie, dort, in der Rückwand des Saals, keine fünf Meter entfernt.

Kjellan sah sie auch. Er hob seinen Speer und herrschte Erik an: »Das Weib entkommt mir nicht! Zur Seite, Erdwurm!«

Der erwiderte nur: »Zwing mich.«

Und dann sprang er. Wich dem Speer aus mit all seinen Sportlerreflexen, warf sich auf Kjellan und schrie mir dabei zu: »Los doch! Lauf!«

Ich lief.

Rannte um mein Leben, fünf Schritte nur, eine halbe Ewigkeit. Etwas zischte an meiner Wange vorbei und ein Speer mit nachtschwarzer Spitze bohrte sich in das Holz meiner Tür.

Doch schon hatte ich die Hand am Griff, riss daran, warf mich durch die Öffnung, hinein in den wirbelnden Schnee zwischen den Welten ... und war fort.

Kapitel 33

Ich stürzte zurück in die Wirklichkeit. Schoss hoch aus einem Haufen von Fellen, in meiner Kehle ein atemloser Schrei.

Erik! Sie … sie haben ihn, was werden sie mit ihm machen, oh Gott, ich muss zurück, was …

Ich zitterte am ganzen Körper. Mühsam öffnete ich die Finger meiner Rechten. Auf meiner Handfläche lag ein dicker Tropfen aus dunklem Bernstein. Der Kopf der Herznadel. Eriks Blut.

Ich schloss die Faust darum und presste das Ding an meine Brust. Sie hatte ich hinübergerettet in meine Welt, so unglaublich das auch schien. Es war kein Trost.

Was soll ich nur tun? Ob ich es schaffen kann, VOR Kjellans Erscheinen zurückzukehren? Erik zu warnen? Aber was, wenn ich es versaue und es nur noch schlimmer mache …

Da erklang ein hauchfeines Knistern aus dem Inneren meiner Faust. Ich öffnete sie – und fuhr zusammen. Vor meinen entsetzten Augen erschien plötzlich Reif auf dem Bernsteintropfen, überzog ihn mit einem Netz aus Eisblumen, *er wird zu Eis!*, und dann … schmolz er. Wurde zu einer rötlichen, wässrigen Flüssigkeit, die zwischen meinen Fingern hindurchrann, zu Boden tropfte und verging. Die Herznadel, dieser unendlich kostbare Talisman, für den wir so viel gewagt hatten, war dahin. Etwas in mir verkrampfte sich und ich krümmte mich zusammen, als mich eine Welle kalter Übelkeit erfasste.

Ich habe versagt. Ich war zu schwach. Alles umsonst.

Da spürte ich, wie mir jemand einen Becher in die Hand drückte.

»Klarträumerin, geht es dir gut? Was ist geschehen?«

Erst jetzt wurde mir bewusst, dass ich noch immer in der Barnìja war – aber nicht mehr allein. Ein Stück neben mir, den Blick respektvoll abgewandt, hockte Tjael. Er hatte offenbar versucht, mich wach zu kriegen, ohne meine Privatsphäre zu verletzen. Verdankte ich ihm auch die Felldecke über meinem Körper?

Gierig trank ich den Becher aus, den er mir gereicht hatte. Wie lange hatte ich geschlafen? Das Feuer im Felsenofen war erloschen, vermutlich mein Glück, so war ich immerhin nicht komplett dampfgegart.

»Wie … wie spät ist es? Die Zeremonie …«

»Wird in Kürze beginnen. Prinzessin Simàja hat mich gebeten, dich zu holen. Sie sagte, dass ich dich vermutlich hier finde. Hoffentlich«, er wirkte, als ob er sich am liebsten in Luft auflösen würde, »verzeihst du mir mein Eindringen. Ich hätte das nie getan, aber du hast nicht auf meine Rufe reagiert und ich war in Sorge …«

Stirnrunzelnd fragte ich: »Ist es nicht üblich bei euch, dass Männer und Frauen die Barnìja gemeinsam nutzen?«

»Aber nein. Niemals!« Tjael klang fast empört.

Jor hat mich also angelogen. Wieso überrascht mich das nicht?

Doch weder diese Erkenntnis noch meine lodernde Angst um Erik durften mich aufhalten. Sofort wieder einschlafen würde nicht klappen, das wusste ich genau, sosehr ich es auch wollte. Ich musste zu der Glutspeer-Zeremonie.

Vernünftig sein, befahl ich mir selbst. *Ich verliere keine Zeit in der wachen Welt, auch wenn es sich so anfühlt. Ich kehre zurück an einen Zeitpunkt meiner Wahl und helfe Erik. Ich schaffe das.*

Unter einem von Sternen übersäten Polarhimmel folgte ich Tjael eilig zum Großen Kjolg. Vor dem Eingang trat eine zierliche Gestalt auf mich zu: Simàja. Sie schien mir anzusehen, wie verstört ich war.

»Was ist passiert?«, fragte sie besorgt. »Warst du im Traum?«

Stumm nickte ich und sie zog mich an sich. Ich vergaß meine Stacheln, ließ mich einfach in ihre Umarmung fallen. Mit einem Mal sprudelten die Worte nur so aus mir heraus, alles Wunderbare und Entsetzliche meines letzten Traums. Dass Erik mich liebte, aber dass ich die Herznadel verloren hatte und vielleicht sogar ihn …

Zwei Aelfar-Krieger gingen lautlos an uns vorbei zum Kjolg-Eingang und blieben dort stehen, aber Simàja beachtete sie nicht.

»Gib nicht auf«, sagte sie leise und drückte mich noch fester. »Wir finden einen Weg, ihn zu retten. Ich stehe dir bei.«

Ich schniefte, schluckte alles weg, was mir im Hals und in den Augen brannte. Löste mich von ihr und nickte abermals. Wir verstanden uns: In diesem Moment konnten wir keine besseren Pläne schmieden, mussten erst die nächste Hürde in dieser, der wachen Welt überstehen. Doch Simàjas Versicherung bedeutete mir unglaublich viel, gab mir ein Stück Stärke zurück.

»Ich werde es übrigens tun«, flüsterte sie verstohlen. »Was wir besprochen haben. Ich werde den Glutspeer für mich fordern und versuchen, seine Flamme zu wecken. Damit ich für mein Reich kämpfen kann.« Unsicherheit schlich sich in ihr Gesicht. »Ich habe es Jor gesagt, aber er hat mir abgeraten. Weil es zu gefährlich ist.«

Jor. Ich muss ihr von meinem Erlebnis in der Barnìja erzählen, schoss mir durch den Kopf. *Das sollte sie wissen, oder?* Aber wie sollte ich das rüberbringen, ohne dass sie es in den falschen Hals bekam? *»Dein Verlobter macht mich wuschig und ich glaube, mit voller Absicht. Außerdem hält er FKK-Beratungen mit seiner Ersten Jägerin ab«?* Nein, so zwischen Tür und Angel ging das auf keinen Fall. Erst recht nicht, da Simàja und ich uns gerade so nahe waren, sie endlich Mut gefasst hatte. Auch konnte ich den Gedanken nicht ertragen, ihr mit meinen Verdächtigungen wehzutun. Ich musste auf eine bessere Chance warten.

Stattdessen sagte ich: »Aber du machst es trotz seiner Einwände? Das ist super! Ich bin so stolz auf dich!«

Der Glanz kehrte zurück in ihre Augen. »Du glaubst, ich tue das Richtige? Dass ich stark genug bin?«

»Absolut.« Ich fasste ihre Schultern und beugte mich ein bisschen herunter, um ihr ins Gesicht sehen zu können. »Tomte Teda hat recht: Du bist viel stärker, als du denkst. Vielleicht nicht so wie deine Mutter, dafür auf deine eigene Art! Du willst Ymatàja befreien? Dann geh da rein und zeig es allen, *chica!*«

»Simàja«, verbesserte sie mich automatisch.

»Whatever.« Ich schob sie in Richtung Eingang, wo die zwei Aelfar-Krieger uns aufmerksam beobachteten.

Simàja drehte sich noch einmal zu mir um, ihre Miene entschlossen. Der Froststern funkelte auf ihrer Stirn, verlieh ihrer Schönheit magischen Glanz. Ich gab ihr zwei Daumen hoch, sie straffte die Schultern, hob das Kinn und schritt hinein in den Kjolg, gefolgt von den unlesbaren Blicken der Wächter. Ich ging hinterher, etwas weniger beachtet, aber so würdevoll, wie ich nur konnte.

Im Innern war bereits das ganze Lager versammelt. Doch die Atmosphäre war vollkommen anders als am Abend meiner Ankunft. Niemand saß, stattdessen standen die Aelfar in einem stummen Kreis an den geflochtenen Holzwänden, jeder außer Vissa mit einer Waffe in der Hand, alle vollständig bekleidet.

Kein Feuer brannte im Zentrum, die Kristalle und Bernsteintropfen im Geflecht über unseren Köpfen funkelten im Licht weniger Talglämpchen. Der Glutspeer, diese mannshohe kohleschwarze Stange, steckte inmitten der Asche des erloschenen Feuerkreises.

»Wächter!« Askil war aus dem Ring der Aelfar nach vorn getreten, wieder mit langsamem Schritt und halb gebeugt unter seinem schweren, dunklen Bärenfell. In seinen Augen blitzte erneut der Diamant und seine Stimme durchschnitt die Stille wie Donnergrollen.

Als Anführer war er zwar abgewählt, aber ihm blieb wohl noch genug Macht, um die Zeremonie zu leiten. »Wir sind hier versammelt, um den Träger des Glutspeers zu finden. Wer hat die Stärke, seine Flamme zu wecken? Wer ist würdig?«

Er machte eine Show daraus, *nicht* zu Jor zu sehen, der neben ihm stand, breitschultrig und voller Zuversicht, doch alle anderen taten es. Auch Vissa, ein sicheres Lächeln auf den dunkelroten Lippen. Wie ein Fotoblitz tauchte das Bild in mir auf, wie ich sie neben Jor in der dämmrigen Barnìja entdeckt hatte: ihr perfekter Körper glühend vor Hitze, in ihren Augen kein bisschen Schuldbewusstsein.

Nur eine »Beratung«? Niemals.

Sie bemerkte meinen Blick und ihre Miene verzog sich zu einem abfälligen Lächeln. Ich schaute nicht weg, sondern schickte ihr eine stumme Herausforderung entgegen: *Mich linkst du nicht. Ich weiß Bescheid.* Irrte ich mich oder funkelte mein Froststern solidarisch auf? Jedenfalls war es tatsächlich Vissa, die zuerst wegsah.

Ich kam nicht dazu, meinen kleinen Sieg zu feiern, denn schon sprach Askil weiter: »Wer heute den Glutspeer entfacht, führt euch Krieger morgen durch die Pforte, um mit seiner Flamme die Herrschaft der Ysirka zu beenden! Auf dass die Winterfee befreit werde und unser Land seine Harmonie wiederfindet! Wir wecken die Flamme. Wir kehren zurück. Feuer gegen Eis!«

»Wir wecken die Flamme. Wir kehren zurück. Feuer gegen Eis!« Die Aelfar wiederholten seine Worte wie ein Echo, ein Gebet.

Askil wartete, bis sie verklungen waren, und blickte dann in die Runde. »Wächter! Wessen Sjal ist stark genug? Wer wagt es?«

Einen Moment herrschte vollkommene Stille.

Dann trat Jor zum Feuer, jeder Zoll von ihm bebend vor Selbstsicherheit und dem Bewusstsein, dass alle hier ihn bereits erwählt hatten. Doch bevor er den Mund öffnen konnte, kam ihm eine helle Stimme zuvor.

»Ich wage es! Ich verbinde meine Sjal mit dem Glutspeer und wecke seine Flamme!«

Simàja.

Ich jubelte ihr innerlich zu – Askil dagegen bekam sichtlich fast einen Kurzschluss. Zwischen den anderen Wächtern erhob sich erstauntes Geraune, bei Vissa klang es mehr nach Fauchen. Gorm zog finster sein verbliebenes Auge zusammen.

Auf welcher Seite steht der eigentlich?

Jor aber – Jor war weiß wie eine Schneewehe. Vor Angst um Simàja? Oder … vor Zorn?

»Liebste«, sagte er, seine Stimme erzwungen ruhig. »Willst du das wirklich tun? Ich dachte, du machst nur einen Scherz.«

»Schluss mit dieser kindischen Rebellion, Großtochter!« Askil hatte seine Stimme wiedergefunden. »Ich habe dir viel durchgehen lassen, genau wie deiner Mutter, aber das geht zu weit. Ist dir nicht klar, was auf dem Spiel steht?«

Sie zuckte zusammen unter seinen harten Worten, hielt sich aber aufrecht. »Das weiß ich so gut wie alle hier. Bin ich nicht eure Prinzessin? Ich will kämpfen!«

Jor zog sie ein Stück beiseite. »Du möchtest dich beweisen und Kaiina nacheifern, das verstehe ich. Aber kämpfe auf deine Art. Niemandem ist geholfen, wenn deine Kraft zu früh versagt!«

»Das wird sie nicht«, erwiderte sie entschlossen.

Ich sprang in die Bresche. »Lasst sie es versuchen! Sie ist nicht nur eure Prinzessin, sie trägt auch den Froststern. Vertraut ihr!«

Askil fuhr zu mir herum. »Ah, ich verstehe. Die Idee stammt aus der Menschenwelt! So vergiftest du den Geist meiner Großtochter? Hast du keine Scham?«

»Es ist allein meine Entscheidung!« Simàja trat vor ihn.

Er starrte sie einen Moment lang finster an, dann knurrte er: »Nun gut. Versuche es.«

Yes! Ich ballte die Hände zu Fäusten. Endlich bekam Simàja ihre Chance!

Jor wollte erneut protestieren, doch eine harsche Geste von Askil schnitt ihm das Wort ab.

Ha. Ganz abgedankt hat der Alte echt noch nicht. Will er seiner Enkelin helfen – oder bloß Jor schaden?

Simàja trat an den Feuerkreis heran. Doch ihre selbstbewusste Haltung von vorhin fing an zu bröckeln. Ich sah, dass die Hand, die sie nach dem Glutspeer ausstreckte, zitterte.

Da erhob sich im Rund die wortlose, schwingende Melodie, die auch am Abend meiner Ankunft erklungen war. Ich schaute mich um: Es war Tjael, der das Lied – oder die Beschwörung – angestimmt hatte. Außer Vissa und Gorm fielen nach und nach alle ein, selbst Jor.

Sie bestärken sie! Soll ich auch? Aber ich kann doch nicht singen … Egal.

Ich öffnete meinen Mund, ließ einfach den Klang durch mich hindurchströmen.

Unter Jors bohrendem Blick griff Simàja nach dem schwarzen Speer. Zog ihn aus der Asche, hielt ihn hoch über ihren Kopf. Das Ding sah verwunschen aus, alt und mächtig … und verdammt schwer. Simàjas Arm kämpfte mit seinem Gewicht, als sie ihre Magie heraufbeschwor.

»Ruf die Flamme!«

Die Stimme ihres Großvaters donnerte durch den Kjolg.

Simàja presste die Augen zusammen. Mittlerweile bebte ihr ganzer Körper vor Anstrengung.

Der Gesang schwoll an, brauste durch das Rund. Eine winzige Rauchfahne erschien an der Spitze des Speers, stieg kräuselnd in die Luft.

Es klappt! Vor Anspannung biss ich mir fast auf die Zunge.

Ich sah Vissas ungläubige Miene, das Strahlen in Tjaels Augen, stumme Überraschung auf Gorms vernarbtem Gesicht.

Und dann … verging die Rauchfahne. Kein Funke erschien, keine Glut, erst recht keine Flamme. Stattdessen – ich erkannte es kaum – wuchs in dem rußgeschwärzten Holz so etwas wie ein winziger grüner Knubbel. Eine Knospe?

Oh nein, sie hat die Zaubersprüche verwechselt … oder so was …

»Versuch's noch mal!«, rief ich.

Doch Simàja zitterte zu stark. Die berauschende Melodie verstummte. Bleich und schweißüberströmt sank Simàja zusammen, direkt in Jors Arme. Ohne ein Wort ließ er sie zu Boden gleiten, auf einen Stapel Felle am Rand. Dann nahm er den Speer an sich.

»Ich rufe die Flamme!« Mit diesen Worten reckte er die Waffe hoch.

Diesmal war es Vissa, die den Gesang anstimmte, ihre Stimme rau und wild. Wieder fielen alle ein, wie hypnotisiert, nur ich brachte keinen Ton heraus. Ich wollte zu Simàja, nach ihr schauen, doch ich war wie gelähmt. Magie schien in der Luft zu knistern, ich fühlte sie am ganzen Körper, der Froststern auf meiner Stirn vibrierend wie ein Blitzableiter bei Gewitter.

Jor hielt den Speer mit seiner Linken, ohne zu wanken. Alle spürten es: Etwas kam näher, nahte auf den Tönen der Melodie, sprang über …

»Erwache! Feuer gegen Eis!« Jor donnerte es wie einen Befehl – und die Spitze des Glutspeers ging in hellen Flammen auf.

Der Gesang brandete hoch, wurde zu Triumphgeschrei. Jor stieß den Speer zurück in den Boden, so hart, dass ich den Aufprall bis in meine Sohlen spürte. Funken stoben und setzten das aufgeschichtete Holz in Brand.

Ein Freudenfeuer.

»Jor! Jor führt uns!« Ringsum jubelten die Aelfar-Krieger, schüttelten ihre Waffen. »Die Flamme ist erwacht! Wir kehren zurück!«

Askils Gesicht: eine Gewitterwolke, doch er blieb stumm an seinem Platz. Für seine Enkelin hatte er keinen Blick. Genauso wenig wie Jor, der in der Mitte der entfesselten Wächter stand, sich feiern ließ und lautstark die baldige Vernichtung der Ysirka schwor.

Endlich löste sich die Starre, die mich so im Bann gehalten hatte. Ich schob mich zu Simàja durch. Sie war wieder auf den Beinen, aber noch sehr unsicher. Ich stützte sie und gemeinsam schafften wir es hinaus aus dem Kjolg, ins Freie, in die eisige Stille unter dem Sternenhimmel. Niemand folgte uns. Kaum draußen, riss sie sich von mir los. Ihre dunklen Augen standen voller Tränen.

»Simàja, es tut mir schrecklich leid, dass es nicht geklappt hat«, sagte ich, untröstlich, sie so zu sehen. »Es war nicht deine Schuld.«

»Ich habe versagt!« Sie wandte sich heftig ab und schlug die Hände vors Gesicht. »Wie konnte ich mir einbilden, etwas Derartiges zu vollbringen! Ich habe Jor bloßgestellt, vor allen anderen. Sicher verachtet er mich jetzt!«

»Wenn er das tut, ist er ein Idiot!«, erwiderte ich – und fügte dann hinzu, ganz leise: »Aber das ist er vermutlich eh.«

»Was?« Sie fuhr herum. »Wie kannst du es wagen, ihn zu beleidigen!«

Diese verdammten Aelfar-Ohren! Zurücknehmen ging nicht, also preschte ich vor: »Er sollte dich stärken, stattdessen erzählt er dir die ganze Zeit, was du alles *nicht* schaffst. Das ist nicht okay!«

»Er beschützt mich!«

»Vielleicht glaubt er das. Aber gleichzeitig schwächt er dich. Genau wie dein Großvater.« In ihre Augen, so aufgebracht sie auch funkelten, trat ein neuer Ausdruck. Sie hörte mir zu. Hatte sie auch schon solche Gedanken gehabt, trotz ihrer übermächtigen Liebe zu Jor? Rasch sprach ich weiter: »Ich hab es doch selbst erlebt. Wenn wir allein unterwegs sind, traust du dich alles und kannst so viel! Aber kaum taucht der große Jor auf, ist es, als ob er dir den Stecker zieht. Dein Licht geht aus, die Energie ist weg. Ich … ich glaub, er ist nicht der Richtige für dich.«

»Aber für *dich* wäre er der Richtige?«, fragte sie langsam. »Meinst du das?«

Oh Mist, sie hat gemerkt, wie ich ihn angegafft habe!, fluchte ich heimlich. Doch es kam noch viel schlimmer.

»Du warst mit ihm in der Barnìja, vorhin.« Sie sah mich direkt an. »Ich habe gesehen, wie er hinauskam, und wollte mir nichts dabei denken. Weil ich sicher war, du stehst auf meiner Seite.«

»Das tu ich auch!«, rief ich.

Shit, warum habe ich es ihr vorhin nicht erzählt?! Jetzt wirkt alles wie eine faule Ausrede!

»Es … es ist genau andersrum. Als ich reinkam, war er schon drin – und zwar nicht allein, sondern mit Vissa!«

»Mit Vissa. Etwas Besseres ist dir nicht eingefallen?« Simàjas Miene verschloss sich immer mehr. »Sie ist seine Erste Jägerin und Vertraute, aber Jor würde mich nie hintergehen. Erst recht nicht mit einer Tierseele. Die Ilvar sind nur füreinander geschaffen und das ehrt er.«

»Sie war dort«, wiederholte ich hartnäckig. »Als ich reingestolpert bin, hat er sie weggeschickt. Ich hätte auch nicht bleiben sollen, das war bescheuert von mir. Aber er hat mir so viel Zeug erzählt, also …« Ich schluckte, konnte jedoch nicht aufhören. »Dass das mit dir nur Pflicht ist. Aber … dass er irgendwas an *mir* findet.«

»An dir.« Simàja blickte mich mittlerweile so eiskalt an wie noch nie. »Mein Verlobter und du.«

»Ich will nichts von ihm, echt nicht!«, rief ich.

Oh Hilfe, nein, das lief alles komplett aus dem Ruder! Warum war ich bloß so scheißungeschickt?!

Sie zog sacht die Schultern hoch. »Deine Verblendung verstehe ich. Er ist ein Aelfa, du bist nur ein Mensch.«

Warte, bedauert sie mich jetzt etwa? Das dumme Ding, das nicht anders kann, als dem strahlenden Elfenkrieger zu verfallen?

Dann jedoch fixierte sie mich erneut mit einem diamantharten

Blick, der mich unangenehm an ihren Großvater erinnerte. »Aber dass du versuchst, es Jor anzukreiden, dass du seine Liebe zu mir in den Dreck ziehst – das geht zu weit. Er würde alles für mich tun und sein Herz gehört nur mir!«

»Das kann ja sein«, versuchte ich einzulenken. »Das … ich … darum geht's mir doch gar nicht. Hör mir zu, bitte!« Am liebsten hätte ich ihre Hände gefasst, ließ es besser und sah sie beschwörend an. »Mir ist klar, dass ich keine Ahnung habe von euch. Von alldem hier. Aber du und ich, wir haben eine Verbindung, das spüre ich. Nicht nur durch die Froststerne.« Kurz deutete ich auf meine Stirn. »Das ist mir wichtig. *Du* bist mir wichtig. Ich will, dass es dir gut geht, ja? Und diese Nummer mit Jor – die tut dir *nicht* gut. *Er* tut dir nicht gut. Denn du *bist* stark, und wenn er das nicht sieht, hat er dich auch nicht verdient, okay?«

Puh. Und jetzt?

Simàja hatte ihre Augen während meiner Rede immer weiter verengt. Aus Abwehr – oder weil sie über meine Worte nachdachte? Sie senkte den Kopf. Lange, viel zu lange blieb sie still, stand da vor mir im Schnee, während über uns die Sterne am eiskalten Nachthimmel funkelten.

Endlich sah sie wieder zu mir hoch.

»Was du sagst, stimmt.« Neue Entschlossenheit lag in ihrem schönen Gesicht. »Du hast keine Ahnung von uns.«

Damit ließ sie mich stehen und verschwand in der Dunkelheit.

Kapitel 34

Um mich herum wirbelte der Schnee des Klartraums. Ich schritt durch ihn hindurch, vorbei an den Seelenschatten im Flockenwirbel. Fokussiert wie nie war ich, dabei ging es in mir so entsetzlich drunter und drüber, dass ich es kaum ertrug.

Nach Simàjas Abfuhr war ich verzweifelt in meinen Kjolg zurückgekehrt. Versaut. Ich hatte wieder mal alles versaut, diesmal vielleicht die Chance auf eine ganz besondere Freundschaft. Und was unser Zerwürfnis für den Kampf gegen die Ysirka bedeutete, wagte ich nicht einmal zu vermuten. Ich verfluchte meine Dämlichkeit, noch mehr aber verfluchte ich Jor und seine Spielchen – oder was immer er da mit uns trieb. Brennend wünschte ich mir Tomte Teda herbei. Ihre knallharte Wichtelweisheit hätte Simàja und mir schnell den Kopf zurechtgerückt, da war ich mir sicher.

Außerdem hätte ich ihren Rat für meinen nächsten Klartraum brauchen können. Denn dass ich Erik darin helfen musste, das war so klar wie nichts anderes in meinem inneren Durcheinander. Und ich musste ausnutzen, dass ich meine Ankunftszeit beeinflussen konnte! Aber wann zur Hölle sollte ich mich zu Erik träumen? Zu welchem Zeitpunkt konnte ich ihm am besten helfen?

Wenn ich ihm überhaupt noch helfen kann, flüsterte der ängstlichste Gedanke in mir. *Wenn sie ihn nicht ...*

Nein. Nein. Weg damit. Ich verbot mir alle Gedanken, die in diese

Richtung führten. *Wenn er nicht mehr lebt, nicht mehr ... er selbst ist, würde ich es spüren. Ganz sicher. Er allein ist meine Verbindung nach Ymatàja, oder? Und hier bin ich, im Schneesturm zwischen den Welten. Da vorn ist mein Eingang.*

Auf keinen Fall durfte ich zu früh zurückkehren. Sosehr es mich auch zerriss – wenn ich erschien, noch während die Frostkrieger Erik überwältigten, würden sie auch mich erwischen. Ein zweites Mal würde Kjellan mich nicht entkommen lassen, trotz meines Schutzzaubers.

Mein Froststern ... Ja. Ich nickte mir selbst zu. Vielleicht war es erneut Zeit für mich, ihm zu vertrauen.

Bling. Ich legte meine Hand in der Erdungsgeste an meine Stirn. Blendete alles andere aus – den wütenden Traumsturm, meine Angst um Erik und vor dem, was mich in der Schneefeste erwartete ... *Leite mich. Führe mich. Zeig mir den Weg.*

Da: ein Funkeln, das ich nicht mit meinen Augen sah, aber deutlich spürte. Es glitt von meiner Stirn aus über meinen ganzen Körper, durch mich hindurch ... ließ mich die Hand heben. Unter meinen Fingern das kalte Messing der Klinke. Massiv, vertraut. Wohin, zu welchem Zeitpunkt würde sie mich bringen?

Finden wir's heraus.

Ich öffnete die Tür. Ging hindurch.

Zwielicht umfing mich. Ich stand in einem engen Raum, der verwinkelt war wie eine Tropfsteinhöhle, mit zahllosen Säulen und Zapfen aus schwarzem Eis, darin das Glimmen einsamer grüner Flämmchen.

Wo war ich diesmal nur gelandet?

Vorsichtig tastete ich mich voran, wartete mit angehaltenem Atem darauf, dass sich meine Augen an das schwache Licht gewöhnten. Bling als Laterne einzusetzen, wagte ich nicht. Wer weiß, wen ich damit aufscheuchen würde ... oder *was*.

Ich umrundete eine besonders massive Säule – und unterdrückte nur knapp ein entsetztes Keuchen. Ich hatte meine Antwort: Das hier war eine Gefängniszelle. Oder, noch schlimmer – eine Folterkammer.

»Erik!«, brachte ich heraus. Vergaß alle Vorsicht, stürzte zu ihm.

Er stand, nein, *hing* zwischen zwei dunklen Eis-Stalagtiten. Seine Arme steckten bis zum Ellenbogen darin, seine Füße berührten gerade so den Boden. Er trug nichts mehr als Hose und Stiefel. Ich sah seine Haut, fahl wie der Schnee selbst, darauf das kalte Schimmern der Frostrunen. Sein Kopf hing kraftlos herab, im hellen Haar eine breite dunkle Strähne. Gefrorenes Blut.

Schon war ich bei ihm, umschlang ihn mit meinen Armen.

Kalt, so kalt, ist er etwa ...

Etwas in mir wollte sich losreißen. Schreien. Zerbrechen.

Ich ließ es nicht zu. Fuhr mit meinen Händen hoch zu seinem Gesicht, hob seinen Kopf zu meinem. Drückte seine Stirn an meine.

Wach auf. Komm zurück. Ich bin bei dir.

Ein leises Stöhnen.

»Elvy ...« Er sagte es, noch bevor er die Augen aufschlug.

»Ja. Ja. Ich bin hier.« Ich verstärkte meine Bemühungen, versuchte mit aller Macht, meinen Zauber mit ihm zu teilen. Wenn ich ihn vor den Dryghar schützen konnte, dann konnte ich ihn vielleicht auch ein Stück weit stärken?

Keine Ahnung, ob es am Froststern lag oder nur an mir, aber Erik kam tatsächlich wieder zu Bewusstsein.

»Elvy. Jetzt schau dich ... bloß an«, flüsterte er. »Brichst in den Kerker der Schneefeste ein.« Moment, zupfte da wirklich ein winziges Lächeln an seinem Mundwinkel? »Was ist nur aus ... meiner Stubenhockerin geworden?«

»Die konnte nicht«, erwiderte ich mit enger Kehle. »Gab nur das Modell Action-Elvy. Ist ... ist das ein Problem?«

Er schüttelte schwach den Kopf. »Nein. Ich bin Fan von beiden.«

»Erik.« Ich presste mich an ihn, umklammerte ihn, so fest ich konnte, und kämpfte gleichzeitig gegen den Schluchzer in meinem Hals. Er wollte mir entgegenkommen, das spürte ich genau, doch das schwarze Eis hielt ihn unbarmherzig gefangen.

Etwas berührte meinen Fuß. Ich fuhr ein Stück zurück, blickte nach unten – in die goldenen Augen des Eishörnchens.

»Nelli!«, hauchte ich. »Wie kommst du denn hierher?«

Sie stieß nur ein klagendes Maunzen aus und schmiegte sich an Eriks Knöchel.

Diesmal schaffte er es fast, wirklich zu lächeln. »Keine Ahnung, wie sie das angestellt hat. Aber dass sie hier ist, hält mich am Leben.«

»Was ... was haben sie mit dir gemacht? Was ist das hier überhaupt?«

»Eine Oubliette, glaube ich.« Eriks Miene verzog sich. »Ein Kerker, in dem man Gefangene verrotten lässt, ohne sich weiter um sie zu kümmern. Weißt du ja.«

»Nein. So was wissen nur Nerds wie du«, flüsterte ich.

Wieder sein winziges Lächeln. »Kjellan wagt nicht, mich zu töten ... aber mich hier zu vergessen, kann er sich wohl leisten. Er war außer sich, weil du ihm entkommen bist. Du und die Herznadel. Es hat doch geklappt, oder?«

»Nein.« Der Schluchzer in meiner Kehle wurde schier übermächtig. »Ich hab's nicht geschafft. Sie ist geschmolzen. Kaputt. Bitte verzeih mir.«

Er seufzte schwer, murmelte dann: »Hey, mach dir keine Vorwürfe, du hast es versucht. Immerhin hat er deinen Froststern nicht gesehen. Unsere Geheimwaffe, hm?« Ich nickte, zu beklommen für eine Antwort, und er sprach weiter: »Kjellan wollte alles über dich wissen – was du vorhast, wie du herkommen konntest. Damit seine Herrin stolz auf ihn ist und ihn endlich zum Frostprinzen macht.«

»Und«, wenigstens diese Frage schaffte ich, »was hast du ihm erzählt?«

»Nichts. Dafür habe ich ihm beigebracht, was bei uns die Mittelfingergeste bedeutet. Hat ihm nicht gefallen.« Er lachte kurz auf, doch dabei verzog sich sein Gesicht schmerzvoll. »Zur Ysirka konnte er so jedenfalls nicht. Ihr Schoßtier kaputtspielen und dann nicht einmal Erkenntnisse präsentieren, geschweige denn den Eindringling? Schließlich hat er mich hier eingesperrt und einen neuen Bann über mich geworfen. Hochmütig, wie er ist, denkt er, das verwehrt dir den Weg durch den Traum. Weil du ja nur ein Erdwurm bist, wie ich.«

»Falsch gedacht«, sagte ich. Ich zwang meine Stimme zu einem munteren Ton – alles, um bloß nicht weiter nachzufragen, was Kjellan Erik Schreckliches angetan hatte. Bis auf das Blut in seinen Haaren konnte ich keine körperlichen Spuren entdecken, doch dass der Mistkerl es nicht bei einer höflichen Befragung belassen hatte, war klar. Wenn Erik mir nichts weiter davon erzählte, dann eindeutig, weil er mich davor bewahren wollte. Weil er mir nicht wehtun wollte, nicht einmal so.

Idiot. Wunderbarer, tapferer Idiot.

Wieder kämpfte ich einen Ansturm von Gefühlen hinunter. »Okay. Ich hol dich jetzt hier raus«, verkündete ich, blickte mich suchend nach einem passenden Werkzeug um ... da berührte meine Hand Gerdas Messer, das ich am Gürtel trug. Ich hatte mich abermals in meinem Aelfar-Outfit hergeträumt. All die schönen Sachen, die mir Simàja geschenkt hatte ... Kummer und Zorn zuckten in mir hoch, doch ich verbot mir jeden ablenkenden Gedanken an meine verfahrene Situation in der Menschenwelt.

»Ja, bitte. Versuch es, Elvy.« In Eriks Augen stand so viel nackte Hoffnung, dass es mich fast zerriss.

»Wie erträgst du das hier überhaupt?«, fragte ich. »Schützt dich der Zauber von der Ysirka?«

»Ja. Ohne ihn wäre ich längst erfroren. Aber das hier«, er deutete mühsam mit dem Kopf auf die Eisfesseln an seinen Armen, »das halte ich trotzdem nicht mehr lange aus. Die Kälte kriecht zu tief.«

»Nur noch ein bisschen, ja?« Ich zog das Messer mit der weißen Hornklinge und machte mich ans Werk. Nelli strich um meine Füße und maunzte anfeuernd.

Wieder und wieder schlug ich mit meinem improvisierten Meißel auf den Stalagtiten ein. Splitter flogen durch die Luft ... doch ich verursachte nur Kratzer. Es fühlte sich an, wie auf einen Felsen zu hämmern. Schließlich zitterte mein Arm so, dass ich ihn sinken ließ. Im Eis vor mir nichts als eine flache Delle. Wütend pfefferte ich das Messer zu Boden.

»Schon gut, Elvy. Lass.« Ich hörte, wie hart sich Erik bemühte, seine Enttäuschung zu verbergen. Verbiss mir den Schmerz in meiner Hand, meiner Brust.

Nichts lasse ich. Dann eben anders. Bling?

Mit aller Kraft rief ich ihn. Spürte sein Vibrieren, sah seinen Widerschein auf dem schwarzen Zapfen vor mir. Ich schloss meine Augen, legte die bloßen Hände auf Eriks eingefrorene Arme. Suchte nach Hitze, um das Eis zu schmelzen, zu brechen. Fand ... nichts. Mein Froststern, der mächtigste Schutzzauber Ymatàjas, mein Licht in der Dunkelheit und treuer Wegfinder ... hier war er machtlos. Eis half nicht gegen Eis.

»Ich schaffe es nicht«, wisperte ich verzweifelt.

Nelli kratzte an meinem Stiefel, kletterte dann an mir hoch, und – kaum glaubte ich es – drückte ihr weiches Schnäuzchen gegen meine Wange. Vorsichtig hob ich meinen schmerzenden Arm und wagte es, ihr Fell zu streicheln. Sie ließ es sich gefallen.

»So hat sie mich auch getröstet«, murmelte Erik. »Mach dir nichts draus, Elvy. Kehr ... kehr lieber schnell zurück in die wache Welt. Vielleicht funktioniert unser Plan auch ohne die Herznadel und –«

»Nein!«, unterbrach ich ihn. Diesmal zerrte das Schluchzen schon an meinen Lippen, brachte sie zum Zittern. Ich biss mir darauf, heftig. »Ich lasse dich nicht zurück, nicht hier. Nicht so.«

»Ich warte auf dich. Diesmal ... diesmal mache ich wirklich keinen Blödsinn. Versprochen.«

Ich bemerkte, dass die Frostrunen seit unserer letzten Begegnung weiter gewachsen waren. Sie bedeckten bereits seinen ganzen Hals, erstreckten sich bis zu seiner Kieferlinie, die noch härter geworden war. Der Anblick war gleichzeitig so schön und so schrecklich, dass es mich schüttelte.

»Nein«, flüsterte ich nochmals, ohne die Spur eines besseren Plans. Ich fasste seine Schultern. Irgendwie musste ich Halt finden.

»Was machen ein paar Tage mehr?«, fragte er. »Ich habe doch schon so lange auf dich gewartet. Vorher. In unserer Welt.«

»Du hast ... wirklich?« Ich sah in seine braunen Augen und der Ausdruck darin, so offen und intensiv, ließ mich erneut erzittern. Diesmal war es nicht die Kälte. Mit leisem Protest sprang Nelli von meiner Schulter zu Boden und schnürte hinter die nächste Säule.

»Elvy.« Mit leisem Lachen schüttelte Erik den Kopf. »Mit dir kann man wunderbar Blinde Kuh spielen. Wirklich, du bist so klug, aber in manchen Dingen komplett vernagelt.«

»Nennst du mich gerade Kuh?« Ich wollte ihn anfauchen. Es wurde so aggressiv wie eine Sommerbrise.

Sein Lächeln hielt mühelos stand. »Würdest du wohl mehr meine Komplimente beachten als den Rest?«

»Ich dachte, du wolltest, dass wir einfach beste Freunde sind«, brachte ich heraus. »Für immer.«

»Wollte ich ja auch. Will ich. Aber irgendwann, vorletztes Jahr ... da wurde das anders.«

»Vorletztes Jahr schon?« *Ich fasse es nicht!* »Warum hast du nichts gemacht?«

»Hab ich doch.« Ein betretener Ausdruck trat in sein Gesicht, einer, den ich gut kannte. Wenn er die Hände frei gehabt und seine Brille getragen hätte, wäre jetzt der Moment für ihn gewesen, sie zurechtzurücken. Stattdessen fuhr er fort: »Also ... ein paar Versuche gab es, aber du hast auf nichts reagiert. Und ich war unsicher, ob du es einfach übersiehst oder bewusst ignorierst. Mehr hab ich nie gewagt, weil ich Angst hatte. Dass ich zu viel will und du nicht. Und dass ich dich dann ganz verliere.«

»Genau das hab ich auch gedacht«, flüsterte ich. Jetzt, wo er es mir so offen gestand, fielen mir tatsächlich Momente ein, wo er sich seltsam verhalten hatte, nicht nur letzten Sommer, auch davor.

Plötzlich wusste ich nicht mehr, wohin mit mir, mit meinen Händen. Seine Haut, so eiskalt sie auch war, schien unter meiner Berührung zu glühen.

Ein neuer Zauber?

Eins aber musste ich noch wissen. »Und Tessa? Bei der hast du dich getraut?«

»Eine dumme Idee.« Er nickte unglücklich. »Dumm und unfair, für alle. Ich hatte so gehofft, das zwischen dir und mir zu klären. Beim Sommercamp. Aber dann ist alles schiefgelaufen, du bist sauer weg, und ich dachte, das war's. Du willst nichts anderes als Freundschaft, und ich bin ein blinder Trottel, der alles kaputtmacht. Tessa ...« Mit einem Seufzer senkte er den Kopf. »Sie war so – begeistert von mir. Ich geb's zu, das hat gutgetan. Ich dachte, vielleicht ist es das. Vielleicht muss es nicht immer das ganz große Gefühl sein. Oder es kommt mit der Zeit – wenn man sich nur eine Chance gibt.«

»Aber so war es nicht?«

»Nein. Es hat einfach nicht gepasst. Für keinen von uns. Eigentlich wusste ich das gleich, aber ich wollte nicht schon wieder aufgeben. Und sie ... sie hatte diese Vorstellung davon, wie ich für sie sein sollte. Ständig hatte sie ›Verbesserungsvorschläge‹. Welche Marken ich anziehen, mit wem ich mich treffen sollte. Als ob man ihr Rohmaterial gegeben hätte, das sie noch formen müsste, damit es wirklich annehmbar wird. Das war nichts für mich.« Er sah wieder auf. »Vor allem aber konnte ich nicht aufhören, an dich zu denken. Also ... so an dich zu denken. Wie man nicht an seine beste Freundin denken darf. Dann war ich hier und dachte, alles ist vorbei. Dass ich dich nie wiedersehe. Als du plötzlich vor mir standst, wäre ich fast verrückt geworden. Vor Freude. Vor Angst.«

»Warst du deshalb nach unserem Tanz so kalt?«, fragte ich – und hätte mich am liebsten geohrfeigt für meine Wortwahl.

Kalt. Gott, Elvy.

Um es wiedergutzumachen, schmiegte ich mich noch näher an ihn, versuchte, ihn zu wärmen.

Es half nicht, aber er nickte trotzdem. »Alles war so anders. Verwunschen. Der Lichterklang, dein Kleid, wie du mich angesehen hast ... Ich konnte nicht glauben, dass es echt ist. Es liegt so viel Täuschung in der Magie der Schneefeste. Auf keinen Fall sollte dich das treffen.« Seine Stimme, sein Blick, seine Haut unter meinen zitternden Fingern ... »Aber der Zauber zwischen uns verging nicht. Und schließlich musste ich es wagen. Musste dir sagen, wie es in mir aussieht.«

Ich hielt es nicht mehr aus, diese unerträgliche Spannung zwischen uns. Ohne zu wissen, was ich tat, löste ich meine Hand von seiner Schulter.

Erik verstand meine Bewegung falsch. »Nein, bitte«, sagte er. »Lass mich nicht los. Noch nicht.«

»Ich lass dich überhaupt nicht mehr los«, brachte ich gerade noch heraus – und dann küssten wir uns zum zweiten Mal, mit unbändiger, verzweifelter Kraft. Ich spürte, wie sehr er zu mir drängte, mich in die Arme nehmen wollte, doch das schwarze Eis hielt ihn gnadenlos umklammert. Also kämpfte ich mich vor. Näher, näher.

Kämpfte darum, alles in diesen Kuss zu legen, was ich nur konnte. Meine ganze wilde Ahnungslosigkeit, meine Sehnsucht, meine Verwirrung. Das Glühen in meinem Bauch wurde heißer. Die Schmetterlinge darin hatten keine Chance. Mit brennenden Flügeln trieben sie mich immer weiter. Ich fuhr mit den Händen durch Eriks Haar, über seinen Nacken, den bloßen Rücken. Fühlte seinen Mund auf meinem, das einzig Warme weit und breit, seine Zunge, wie sie meine Lippen berührte, sie teilte, tief und innig. Ein Blitz fuhr durch meinen Körper. Flammen hinter meinen Augen.

Ohne den Kuss zu unterbrechen, flüsterte Erik meinen Namen.

Mehr. Ich brauchte mehr. Da war etwas, das nur zwischen uns beiden existierte, und das wollte ich, *musste* ich haben. *Jetzt*.

Die Flammen schlugen höher.

Plötzlich: ein blendendes Licht, direkt vor mir. Ich riss die Augen auf, sah, wie die Frostrunen auf Eriks Haut leuchteten, nein, glühten ... Er schrie auf, das Eis barst – und im nächsten Moment brach er über mir zusammen. Unmöglich, ihn zu halten. Ich stolperte rückwärts, ging mit ihm in den Armen zu Boden, in einem Hagel aus schwarzem Kristall. Ich lag mit tobendem Herzen da, keinen Atem mehr in der Lunge, Erik über mir.

Befreit.

Ich konnte es nicht fassen. Wir hatten es geschafft. Gemeinsam.

Einen langen Moment rührte sich keiner von uns – ich gelähmt durch die Überraschung, Erik aus purer Erschöpfung. Dann aber hörte ich von ihm ein »Au!« und er rollte von mir herunter, schüttelte seine Rechte. Von seinem Daumen perlte ein Blutstropfen, neben uns saß Nelli und bleckte zufrieden ihre nadelspitzen Zähne.

»Sie hat dich gebissen?«, fragte ich ungläubig.

»Ihre Art, mich anzufeuern.« Er grinste schwach und versuchte, sich aufrecht hinzusetzen. Scheiterte. »Sie hat recht, wir müssen hier weg – für den Fall, dass Kjellan mich doch nicht vergessen hat.«

»Oder seine Herrin«, ergänzte ich düster, hob mein Messer auf und steckte es zurück in die Scheide.

»Wenn *sie* sich an mich erinnert, kann ich mich nirgendwo verstecken«, murmelte er. »Egal, erst einmal weg hier. Dahinten ist die Tür.« Mit meiner Hilfe kam er taumelnd auf die Beine. Seine blau gefrorenen Hände hingen an seinen Seiten wie totes Gewicht. Zwei Schritte schaffte er, sackte dann zusammen. Es gelang mir gerade noch, ihn festzuhalten. Nelli fauchte. »Nicht wieder ... beißen ...« Erik drohte ihr kraftlos mit seinem Daumen.

»Na los, Forsberg, nicht schlappmachen«, versuchte ich es auf die strenge Tour.

Seine Antwort – kaum hörbar, aber tapfer: »Zu Befehl, Coach Andersson.«

Er stemmte sich erneut hoch, ich zog seinen eiskalten Arm über meine Schultern und so schleppten wir uns bis zu dem in der dunkelsten Ecke verborgenen Ausgang.

Es war eine massive Holztür, grob zusammengefügt aus ungehobelten Bohlen, ihre Kupferangeln in Eis und Fels geschlagen wie von einer blinden Riesenhand.

»Im Gang steht sicher ein Wächter«, flüsterte Erik. »Aber das Schloss ist simpel, das lässt sich mit deinem Messer aufhebeln.«

»Und wenn wir die Tür aufkriegen, wie kommen wir an der Wache vorbei? Glaubst du, es ist ein Frostkrieger?«

Er nickte grimmig. »Wir müssen versuchen, ihn auszuschalten, bevor er Alarm schlagen kann.«

»Aber ... er ist eine Seele aus unserer Welt.« Vor meinem inneren Auge erschien die Erinnerung an die Reihen um Reihen an erstarrten Gesichtern, die wir in den dunklen Katakomben entdeckt hatten. Sunnas Gesicht. Die Erinnerung an Ánte, der sie nicht aufgab. »Wenn ein Frostkrieger stirbt, dann bleibt ein Mensch bei uns für immer im Koma, oder?«

Erik nickte schwer. »Eine Hoffnung gibt es: Solange die Frostkrieger in Ymatàja fallen, sind ihre Seelen noch an die Ysirka gebunden. Wird sie besiegt, sind alle frei und erwachen. Erst wenn sie in unsere Welt durchbrechen und dort sterben, stirbt auch ihr Menschenkörper.«

»Also das ist der Plan?«, fragte ich, mein Magen schmerzhaft verkrampft. »Den Wächter draußen umbringen und hoffen, dass – was? Dass wir den großen Kampf gewinnen und dann doch alle gerettet sind?«

»Anders kommen wir nicht an ihm vorbei«, erwiderte er. »Es muss sein.«

Ich sah ihn an, wie er da an der Wand lehnte, zitternd vor Erschöpfung und vermutlich auch Schmerz, seine Arme noch immer unnatürlich blau vor Kälte. Die Frostrunen glommen unheilvoll bis hinab zu seinen Handrücken.

Seine Zeit läuft ab.

Ich schluckte. Dann zog ich das Aelfar-Messer aus meinem Gürtel. »Gut. Ich mach das.«

Erik fuhr hoch, unerwartet heftig. »Nein, Elvy, auf keinen Fall! Das darfst du nicht riskieren!«

»Bling schützt mich. Der Kerl sieht mich nicht mal kommen.«

»Das weißt du nicht sicher. Frostkrieger sind keine Schneegebannten wie die anderen. Und dass die Tür aufgeht, merkt er auf jeden Fall. Nein, das lasse ich nicht zu!«

»Versuch's doch«, gab ich hitzig zurück. »Du schaffst es kaum, auf den Beinen zu bleiben, geschweige denn, jemanden anzugreifen! Glaubst du, du kannst *mich* aufhalten?«

»Niemals sehe ich zu, wie du da rausgehst und versuchst, einen Frostkrieger zu töten!« Er fasste mein Handgelenk, keine Ahnung, wie ihm das gelang.

»Lass mich sofort los!« Vergeblich versuchte ich, ihm zu entkommen, seine eisigen Finger verkrampften sich nur noch fester um meinen Arm.

»Erst wenn du zur Vernunft kommst, ich –«

Ein Maunzen zu unseren Füßen unterbrach unseren geflüsterten Streit. Zwischen uns saß Nelli auf ihren Hinterbeinchen, die Pfötchen erhoben, als ob sie ums Wort bat. Ihre Pinselohren zuckten. Als sie sicher war, unsere Aufmerksamkeit errungen zu haben, ließ sie sich wieder auf alle viere hinunter und strich dann betont langsam auf die Tür zu. Hin zu dem schmalen Spalt, der unten rechts zwischen Holz und Eis klaffte. Groß genug für ihren zarten Körper.

»Will sie etwa den Wächter ablenken?«, hauchte ich erschreckt.

Erik nickte, sein Blick besorgt. »Es könnte sogar klappen. Die Ysirka hasst Eishörnchen, wegen ihrer besonderen Bindung zu Yma. Der Frostkrieger dort draußen hat ihren Befehl zur Ausrottung bestimmt nicht vergessen.«

Nelli zwinkerte uns mit ihren goldenen Knopfaugen zu, als ob sie sagen wollte: »*Gut mitgedacht, Rundohren!*«

Bevor einer von uns sie hindern konnte, glitt sie durch den Spalt. Gleich darauf klang ihr Kreischen zu uns, gefolgt vom hässlichen Scharren einer gezogenen Waffe. Stampfende Schritte, die sich rasch entfernten, eindeutig auf der Jagd nach dem unerwünschten Nagetier.

Erik und ich sahen uns erschrocken an, doch dann verloren wir keine Zeit. Ich setzte das Messer an, und in Sekundenschnelle gelang es mir, das Schloss aufzubrechen.

Der Gang vor der Tür lag dunkel und still da – still bis auf das Eishörnchen-Gezeter hinter der nächsten Ecke, punktiert vom Geräusch berstenden Eises. Der Frostkrieger versuchte offenbar, Nelli mit seiner Axt zu erwischen, traf aber nur die Wand.

»Das schafft er nicht, sie ist zu flink«, raunte mir Erik zu, und ich hoffte, *hoffte*, dass er recht hatte.

Erneut stützte ich ihn mit meiner Schulter, und dann stolperten wir in der anderen Richtung davon, so schnell es irgend ging.

»Wo ... wo wollen wir eigentlich hin?«, keuchte ich.

»Ich hab ein ... Versteck ... auf den unteren Ebenen«, gab Erik zurück, sein Atem noch mühsamer als meiner. »Das hab ich mir heimlich eingerichtet, anfangs, als ich noch dachte, ich könnte fliehen. Bin ... bin schon lange nicht mehr dort gewesen, aber hoffentlich ...«

Wind kam auf. In der Luft trieben plötzlich Schneeflocken.

Nein. Verdammt, NEIN!

Ich floh weiter, Erik auf mich gestützt, weigerte mich zu akzeptieren, was gerade geschah.

»Elvy«, presste er heraus. »Du musst zurück. Deine Tür ...«

»Soll sich verpissen!«, fauchte ich. »Ich kann nicht schon wieder fort, nicht wenn du –«

Er blieb stehen, zwang dadurch auch mich dazu. Kein Wort sagte er, zog mich nur an sich, in einen Kuss, harsch und atemlos und doch so zärtlich, dass ein ganz neuer Schwindel in mir aufstieg. Irgendwie spürte ich, was er mir sagen wollte: *»Ich warte auf dich. Ich vertraue dir. Geh.«*

Noch einmal das berauschende Gefühl seiner Lippen auf meinen. Der Schwindel in meinem Kopf, das heftige Brennen in meiner Brust. Ich verlor keine Sekunde des Kusses damit, laut zu antworten. *Ich komme zurück zu dir, im Traum oder in der Wirklichkeit!*

Erik verstand mich auch so. Meine Hand glitt seinen Arm entlang, als mich der Sog immer stärker erfasste, von Erik wegzog. Seine Fingerspitzen an meinen, kalt und heiß, einen Sekundenbruchteil nur, dann riss ich mich los. Wenn er mich weiter festhielt, würde er sich wieder auflösen im Schnee zwischen den Welten – und das durfte ich nicht zulassen.

Ein schneller Schritt rückwärts, durch meine Tür in den Sturm.

Ich komme zurück zu dir.

Kapitel 35

Ich kehrte aus dem Klartraum zurück wie noch nie: vollkommen kontrolliert und ohne schreckhaftes Erwachen. Zwar tobte der Sturm in mir heftiger denn je, doch ich hatte ihn im Griff. Hatte ihn irgendwie … gepackt. Vorsichtig tastete ich hoch zu meiner Stirn: Das Vibrieren von Bling fühlte sich erneut stärker an als zuvor.

»Mhm. Er ist weiter gewachsen«, brummte eine Stimme. »Gut gemacht, Menschlein.«

Mit einem Mal war ich voll da und schoss aus meinen Fellen hoch. Ja, ich sah richtig: Da, auf der anderen Seite des flackernden Lagerfeuers, saß Tomte Teda! »Du bist zurück! Was bin ich froh!«

Ich sprang auf und riss sie an mich, so weit das eben ging bei ihrer Winzstatur, trotz ihres Protest-Gezeters.

»Ja ja, schon gut, lass mich runter!« Sie strampelte, und ich musste loslassen, aufs Neue erstaunt, wie viel Kraft in den fingerdicken Ärmchen steckte.

Gleich darauf saßen wir wieder, meine Wichtelfreundin auf meinem Knie, in der Hand einen Mini-Schöpfbecher mit duftendem Kaffee. Auch ich bekam meinen Anteil aus dem munter brodelnden Kessel, dazu einen Stapel Nussfladen – keine Ahnung, wo Teda dieses Frühstück hergezaubert hatte. Simàjas Vorrat? Wieder spürte ich einen Kloß im Hals. Um ihn wegzuspülen, nahm ich erst einen großen Schluck Kaffee – und dann sprudelte es aus mir heraus: wie sehr ich Tomte Teda vermisst hatte, dass das Bannen jetzt schon viel besser ging, warum Simàja vermutlich kein Wort mehr mit mir reden wollte … und was mir im Klartraum widerfahren war. Wie ich bei der Herznadel versagt hatte, dass ich Erik trotzdem hatte helfen können, dass jetzt alles zwischen uns anders war.

»Zauberkraut, Menschlein!« Tomte Teda wirkte einigermaßen beeindruckt, als ich meinen Bericht beendet hatte. »Da lässt man dich ein Mal allein …!«

»Schon zum *dritten* Mal.« Die Korrektur konnte ich mir nicht verkneifen, trotz meiner Bedrücktheit.

»Aaaach, wer zählt denn mit?! Kleinlicher Menschenkram.« Sie grinste und tätschelte mein Knie. »Von ›Versagen‹ will ich jedenfalls nichts hören, klar? Wenn jemand mit dir schimpft, dann ich. Aber *ich* sage: Der Magie befiehlt man nicht. Es war eben doch zu wenig von Ymas Kraft in der Nadel. Nicht deine Schuld. Viel wichtiger ist, dass du deine Sockenschublade aufgeräumt hast. *Das* ist Stärke! *Das* wird eure Bindung retten, glaub einer Tomte!«

Sie zwinkerte mir zu, und ich merkte, dass ich rot wurde. Aus Freude über ihr Lob, aber auch aus Verlegenheit. Dass Erik und ich ein neues Level erreicht hatten, war noch viel zu neu und unfassbar für mich. Aber gleichzeitig, das spürte ich ganz deutlich, war es *richtig*. Und dass mein Froststern wieder ein Stück größer geworden war, zeigte mir, wie bedeutsam dieser Schritt auch für *mich* gewesen war. Ja: Ich fühlte mich stärker. Zum ersten Mal seit Beginn meines verrückten Abenteuers kam es mir vor, als könnte ich dem standhalten, was das Schicksal mir entgegenwarf.

Nur das mit Simàja ließ mich noch schwanken. Das mit Simàja – und mit Jor. Dass es diesem Typen indirekt gelungen war, sie und mich auseinanderzubringen, wo wir gerade unsere gemeinsame Stärke entdeckt hatten, wurmte mich irre. Ich musste das wieder hinkriegen. Mich erklären, *besser* diesmal, und entschuldigen.

Tomte Teda brummte anerkennend, als ich ihr meine Absicht verkündete. »Recht so, Menschlein. Lass niemals zu, dass ein Kerl zwischen dich und eine Freundin kommt. Sisters before misters!«

Ich spuckte fast meinen Kaffee aus, als sie mir mit diesem gar nicht wichteligen Spruch kam.

Teda bellte vor Lachen über mein dummes Gesicht, dann aber wurde sie wieder ernst. »Hm. Ich frage mich, ob dieser Jor … Ach, egal, das hat Zeit. Jetzt haben wir erst mal Wichtigeres zu erledigen. Deinen Menschenfreunden und ihren Rentieren droht ein Blutbad!«

Ich starrte sie an, mein Hochgefühl urplötzlich erstickt. Und dann erzählte sie mir, was sie entdeckt hatte.

»Tomte, du forderst, dass wir auf unsere Rückkehr nach Ymatàja verzichten?« Jors Stimme klang ebenso ungläubig wie hoheitsvoll. Er stand neben dem Feuer inmitten des Lagers, bereit zum Aufbruch – zum Kampf. In seiner Linken hielt er den Glutspeer, in der Rechten einen Lederschlauch, vermutlich mit Silvarsolbräu. Vor dem Gang durch die Pforte sollte es noch ein Beisammensein im Großen Kjolg geben, eine Zeremonie zur Stärkung jeder Sjal – so hatte es mir Tomte Teda jedenfalls zugeraunt, als wir dazustießen.

Genau darauf hatten sichtlich auch alle Krieger gewartet, die ringsum mit den letzten Vorbereitungen beschäftigt gewesen waren.

Doch seit Tomte Tedas schrillem Pfiff und ihrer darauf folgenden Rede war alles andere vergessen. Die Aelfar scharten sich um das Feuer, niemand wollte etwas verpassen. Gorm stand ein Stück hinter Jor, sein Gesicht mit der Eisnarbe unlesbar. In Tjaels Augen dagegen stand offene Unruhe. Auch Vissa, Askil und Simàja sah ich.

Tomte Teda richtete sich auf meiner Handfläche auf, die sie als Redeplattform missbrauchte. »Nicht *verzichten* sollt ihr auf eure Rückkehr, Jor. Nur verschieben sollt ihr sie. Einen Tag, um euren Menschenfreunden beizustehen.«

»Die Menschen sind nicht unsere Freunde!« Vissas Stimme, voller Verachtung. Sie versäumte es auch nicht, dabei mich mit ihren Luchsaugen zu fixieren. »Sie sind blind und schwach wie Vogelküken. Wir schulden ihnen nichts.«

»Immerhin benutzt ihr unsere Welt seit 200 Jahren als Versteck«, schoss ich zurück. »Gern geschehen.«

Einen Moment dachte ich, sie würde über das Lagerfeuer springen und mich anfallen, doch ein Blick von Jor brachte sie sofort zur Ruhe.

Der hat sie echt gut im Griff …

Simàja verfolgte unseren Schlagabtausch ohne erkennbare Regung. Dabei hatte ich so gehofft, dass *sie* sich für uns Menschen einsetzen würde! Wenn sie mit *mir* im Clinch lag, hieß das doch hoffentlich nicht, dass sie uns alle abgeschrieben hatte?

Jor wandte sich erneut an Tomte Teda: »Ein Tag. Um was zu tun?«

Meine Wichtelfreundin rückte ihre rote Mütze zurecht und sagte ernst: »Die Dryghar sind viel zahlreicher, als wir befürchtet haben. Mehr als zwölf Dutzend. Noch nie habe ich erlebt, dass sie gemeinsam jagen. Doch das tun sie nun, kein Zweifel. Die Frostlinien haben sie nicht nur geweckt, sondern auch verändert. Und schlimmer noch …« Sie ließ ihren Feuersteinblick über die Runde schweifen. »Ich habe den Gehörnten gesehen.«

»Unmöglich!« Jetzt war es Askil, der widersprach. »Der gehörnte Drygha? Der eine, dem alle anderen folgen? Nichts als Legende!«

»Die Wahrheit, Askil.« Tedas Stimme wankte nicht, genauso wenig wie ihr Blick. »Der Gehörnte ist erwacht und schart die anderen um sich. Ein paar Stunden entfernt, jenseits des Lagers der Rentierleute. Sie ziehen in unsere Richtung. Zur Pforte, zu eurem Lager. Und sie werden alles Lebendige töten, was in ihrem Weg steht. Ihr allein könnt ihnen entgegentreten!«

Ich ballte meine freie Faust. Hier standen wir unter dem strahlend blauen Winterhimmel und diskutierten, während ein Monsterheer kurz davor war, zum Angriff überzugehen! Als mir Tomte Teda die schrecklichen Nachrichten berichtet hatte, wollte ich im ersten Moment selbst losstürmen, um Ánte und seine Leute zu warnen. Völliger Blödsinn, natürlich: Selbst wenn ich mit Wichtelhilfe ein Silberren klaute und den Weg zum Lager der Sámi fand – wer würde mir dort glauben, dass eine Eismonster-Attacke drohte? Und wenn ich es schaffte, Ánte und die anderen von einer Gefahr zu überzeugen – niemals würden sie ihre Rentiere im Stich lassen, da war ich mir sicher. Nein, verdammt, die Aelfar mit ihren Hornklingen waren die einzige Chance für uns Menschen.

»Tomte, dein Anliegen ist edel«, sagte Jor. »Doch ich werde nicht zulassen, dass auch nur einer meiner Krieger in so einem Kampf geopfert wird. Für das, was uns hinter dem Eis erwartet, brauche ich jeden Mann.«

»Gut«, erhob sich da eine leise Stimme. »Dann gehe *ich*, um den Menschen beizustehen.«

Simàja.

Ich wollte ihr zujubeln, doch sie blickte mich so abweisend an, dass mir jeder Laut in der Kehle stecken blieb. Sie tat das sicher nicht meinetwegen.

»Prinzessin, das darfst du nicht riskieren.« Jor trat zu seiner Verlobten, seine Haltung angespannt. Auch zwischen ihnen hatte es wohl noch keine Versöhnung gegeben. Hielt Simàja Abstand zu ihm, weil meine Worte doch etwas in ihr bewirkt hatten? Oder war Jor noch sauer wegen ihres Auftritts beim Glutspeer-Ritual? Ihr erneuter Widerspruch in aller Öffentlichkeit passte ihm jedenfalls sichtlich wenig, auch wenn er das nicht laut zugab. »Du bist zu wertvoll. Denk an deine Pflicht gegenüber deinem Volk.«

»Diese Welt hat uns aufgenommen«, erwiderte sie leise, doch mit festem Blick. »Sie hat uns alles gegeben, was wir brauchten. Uns beschützt. Wie könnten wir ihre Kinder im Stich lassen!«

»Ich gehe mit dir!« Tjael trat vor und reckte seinen kurzen Jagdspeer in die Luft. Eine verdammt mutige Geste, doch sein Arm zitterte unübersehbar. »Wer folgt ihr noch?«

»Zurück auf deinen Platz, Vogelherz!«, herrschte Jor ihn an. »Wage es nicht, dich meiner Prinzessin aufzudrängen!«

Tjael zog den Kopf ein wie unter einem wütenden Sturm. Niemand sonst rührte sich, nur Gorms unversehrtes Auge blitzte düster.

Ich hielt es nicht mehr aus. »Auch ich werde mit Simàja gehen und helfen. Zwei Froststerne, zweimal der mächtigste Schutzzauber, den es gibt. Wollt ihr aufbrechen und diese Zeichen Ymas zurücklassen?«

Mittlerweile rumorte es zwischen den Reihen – wohl kaum allein wegen meiner Ansprache. Gorm trat neben Jor und raunte ihm etwas zu, das diesem erkennbar nicht gefiel.

Tomte Teda klopfte mir ermutigend auf den behandschuhten Daumen. »Richtig so, nicht nachlassen, Menschlein!«, knurrte sie leise, dann richtete sie das Wort wieder an die Versammlung vor uns: »Aelfar! Seid klug! Was nützt es euch, wenn eure Krieger Ymatàja vor den Dryghar erreichen? Ihr lasst das Wichtigste schutzlos zurück: eure Prinzessin, ja, aber vor allem: die Wächter, die den Bann der Pforte aufrechterhalten! Werden sie überrannt, steht der Weg zwischen den Welten offen – in beide Richtungen! Dann braucht es nicht einmal die volle Macht der Ysirka, um den grenzenlosen Krieg zu beginnen. Dann ist auch euer Plan dem Untergang geweiht!«

In Jors unerträglich schönem Gesicht spiegelte sich, mit was er wohl innerlich rang: Wut und Enttäuschung über den offenen Widerstand gegen seine Autorität, Verachtung gegenüber den Menschen – aber auch der Wunsch, Simàja zu beschützen. Wofür würde er sich entscheiden? Vissa stand klar hinter ihm, bei Gorm und den anderen Kriegern schien mir die Lage nicht mehr ganz so eindeutig.

Und Askil? Wie viel wog sein Wort, jetzt, da Jor erfolgreich den Glutspeer erweckt hatte und endgültig als Anführer bestätigt war? Unter seinem schweren Bärenfell wirkte Askil älter und gebeugter denn je. Die helle Wintersonne war nicht so vorteilhaft für seinen Auftritt wie der geheimnisvolle Flammenschein im Dunkel des Kjolgs. Nein, dort stand kein Anführer mehr, nur noch ein griesgrämiger Großvater.

Dennoch ruhten alle Augen auf ihm, als er erneut zu sprechen begann. »Jor«, sagte er. Seine Stimme, sonst so hart und donnernd, klang müde. »Du wirst nicht gehen und meine Großtochter schutzlos zurücklassen. Sie ist zu schwach, um sich den Dryghar allein zu stellen. Schütze sie. Ich … bitte dich …« Seine letzten Worte waren nur noch ein Krächzen.

Simàja blickte besorgt zu ihm, rührte sich aber nicht von der Stelle.

In Jors Augen dagegen las ich düsteren Triumph. Bestimmt war es das erste Mal überhaupt, dass Askil ihn um etwas *bat*, statt ihm etwas zu befehlen.

Super, er hat gewonnen. Ist ihm das echt wichtiger als alles, worum es hier eigentlich geht?

Ungläubige Wut flammte in mir auf, doch schon wandelte sich Jors Gesichtsausdruck – ganz so, als hätte seine bessere Natur über seinen Stolz gesiegt.

»Sei unbesorgt, Askil Bärenkopf«, sagte er, sein Blick klar, sein Rücken gerade durchgedrückt. »Und auch du, Prinzessin: Ich stehe an deiner Seite. Geehrte Tomte, Klarträumerin – ihr geht nicht allein. Die Vintaelfar werden euch beistehen.« Er hob den Glutspeer wie ein Banner, unter dem sich sein Heer sammeln sollte. »Wächter! Bevor wir unsere Welt zurückerobern, schaffen wir Frieden in dieser! Die Unwesen der Kalten Herrscherin werden niemanden mehr bedrohen. Schützt die Prinzessin und die Pforte! Tod den Dryghar! Feuer gegen Eis!«

Damit trat er zu Simàja, rammte die Spitze des Glutspeers vor sich in den Schnee und reichte ihr die Hand. Sie ergriff sie, wenn auch mit einem winzigen Zögern, und gemeinsam legten sie ihre Finger um das schwarze Holz.

»Tod den Dryghar! Schützt die Prinzessin und die Pforte! Feuer gegen Eis!« Die anderen Aelfar nahmen Jors Ruf auf, rammten ebenfalls ihre Speere in den Boden und knieten dann nieder, einer nach dem anderen. Vissa war die Letzte, doch auch sie senkte schließlich den Kopf.

Ich blickte über die knapp zwei Dutzend schlanken Gestalten in ihren hellen Fellgewändern, sah all die Hände, die so entschlossen ihre magischen Waffen hielten. Vergeblich versuchte ich, den Sturm in meiner Brust zu beruhigen. Alle wirkten so stark und mutig, bereit, sich in eine Schlacht gegen schrecklichste Monster zu werfen … aber wie gut standen unsere Chancen wirklich? Tomte Teda hatte von über hundert Dryghar gesprochen, jeder einzelne eine entsetzliche Bedrohung – ganz zu schweigen von diesem Gehörnten. Und hier standen wir, ein versprengtes Häuflein, das eigentlich ein noch viel größeres Unheil bekämpfen wollte. In meinem Magen krümmte sich die Angst. Mein Herz, klein und erbärmlich menschlich, klopfte laut. War es wirklich stark genug für all das?

»Menschlein, was hast du?«, raunte Tomte Teda. »Bist ganz blass um die Nase.«

»Alles gut«, log ich. »Mir wird bloß langsam der Arm lahm.«

»Oh, wenn's weiter nichts ist.« Sie zwinkerte mir zu und sprang auf meine Schulter.

Gleich darauf erhoben sich die Aelfar und machten sich wieder an ihre Vorbereitungen zum Aufbruch – ihr Weg würde sie jedoch nun in die entgegengesetzte Richtung führen. Und auf das letzte Beisammensein im Großen Kjolg würden sie einen Tag länger warten müssen … wenn alles gut ging.

Jor winkte Gorm heran. »Wenn wir einen Tag später nach Ymatàja aufbrechen, müssen wir noch einmal die Bann-Wächter an der Pforte wechseln. Du wirst die Ablösung anführen. Wähle deine Leute nach Ermessen.« Er deutete auf Tjael. »Das Vogelherz geht mit dir. Gegen die Dryghar ist er uns nur eine Last.«

Gorm runzelte die Stirn. »Er ist noch zu jung für die Bann-Wacht. Seine Sjal könnte tief verletzt werden. Wir haben ihn doch immer geschont.«

»Damit ist jetzt Schluss. Wenn er nicht kämpfen kann, muss er auf andere Art seinen Mann stehen«, erwiderte Jor hart. »Tjael! Du wirst tun, was von dir verlangt wird, richtig?«

»Ich … ich wollte der Prinzessin folgen«, begann dieser, doch Jors eiskalte Miene brachte ihn zum Einknicken. Leise sagte er: »Natürlich gehorche ich. Und ich werde dich nicht enttäuschen.«

Jor maß ihn mit einem verächtlichen Blick. »Das wäre das erste Mal. Aber nur zu – überrasch mich.« Damit wandte er sich ab.

Gorm und zwei weitere Aelfar gingen ohne weiteres Zögern zu ihren Silberrenen, Tjael folgte mit hängenden Schultern. Ich dachte an die leeren Augen der Bann-Wächter, die von ihrem Dienst an der Pforte zurückgekehrt waren, wie unendlich erschöpft sie gewirkt hatten, ausgezehrt an Körper und Seele. Heiße Wut auf Jor erfasste mich. Tjael an die Pforte zu schicken, war Schikane und Demütigung zugleich. Ich glaubte auch keinen Moment daran, dass er den jungen Aelfa so vor dem Kampf mit den Dryghar schützen wollte. Meine Meinung von Jor bekam einen weiteren Kratzer.

Unwillkürlich drehte ich mich zu Simàja um. Hatte sie die Aktion ihres Verlobten bemerkt – und was hielt sie davon? Doch sie sprach mit ihrem Großvater, der augenscheinlich versuchte, ihr den Ritt zu ihren Menschenfreunden auszureden. Vergeblich, denn nach einer Weile ließ sie ihn einfach stehen.

»Schwank nicht so hin und her, Menschlein, mir wird schlecht«, knurrte Tomte Teda mir ins Ohr, sprang zu Boden und zückte das Pfeiflein, das ihr Flugtaxi herbeirief. »Na los, sieh zu, dass du ein Silberren ergatterst. Du willst doch mit, oder?«

Ich nickte beklommen. *Wollen* war zu viel gesagt. Aber hierbleiben, während diese Monster Jagd auf die friedlichen Rentierhirten machten, war genauso unmöglich.

Gleich darauf war schon alles im Aufbruch. Jor ritt auf einem Rentierbullen mit beeindruckendem Geweih, den Glutspeer in der Linken, Vissa und die anderen Aelfar saßen ebenfalls bereits auf den Rücken ihrer Reittiere, die ungeduldig grunzten und mit ihren großen Hufen stampften.

Tomte Tedas Gerfalke landete und ließ sie aufsteigen – bei Anbruch der Dunkelheit würde ihr wahrscheinlich wieder der Uhu helfen.

Und wer hilft mir? Ein Schlitten stand diesmal jedenfalls nicht zur Verfügung.

Etwas stieß mich sanft in den Rücken. Es war die weiche Schnauze von Innù, fertig aufgezäumt und den Bauchgurt umgebunden. Hinter ihr standen Simàja und Silla, ebenfalls abmarschbereit. Ritni dagegen blökte kläglich und zerrte an der Leine, mit der man ihn angepflockt hatte. Sosehr die Aelfar es offensichtlich hassten, ihren Tieren die Freiheit zu nehmen: Diese Mission war zu gefährlich für den Kleinen, und niemand wollte riskieren, dass er wieder auf Extratour ging.

Simàja gab Innù einen aufmunternden Stups in meine Richtung. »Elvy. Wenn du mit uns kommen willst, wird sie dich tragen«, sagte sie schlicht.

In ihren dunklen Augen stand so viel, das ich nicht deuten konnte – Abweisung aber sah ich dort nicht mehr. Weil sie mir verziehen hatte? Oder weil das, was vor uns lag, zu groß war für persönliche Streitereien? Vermutlich Letzteres.

Egal, ich nehm's.

»Danke«, brachte ich heraus, suchte nach weiteren Worten, um wenigstens ein bisschen zu erklären, wiedergutzumachen …

Doch Simàja stieg bereits auf und lenkte Silla davon, zur Spitze des Zugs, der sich langsam formierte.

»Sei bitte lieb zu mir«, brummelte ich Innù zu, hievte mich auf ihren Rücken und klammerte mich mit Händen und Beinen fest. Meine Muskeln stöhnten auf in Erinnerung an meinen letzten Ritt, aber ich hörte weg.

Also gut. Gehen wir auf Monsterjagd.

Kapitel 36

Wir ritten, nein, wir *flogen!* Nichts hatte mich darauf vorbereitet, wie schnell Silberrene wirklich laufen konnten, wenn sie keinen Schlitten zogen und für ihre Reiter das Äußerste gaben.

Innù, Silla und all die anderen preschten voran, eine wilde Jagd über die weiße Ebene des grenzenlosen Nordlandes, das bei den Menschen Sàpmi hieß. Hier und da reckten sich einzelne Nadelbäume in die Höhe, so verschneit und verkrümmt, dass sie wie schmale, fluffige Zwergenmützen wirkten. Wir fegten an ihnen vorbei, in einer Wolke aus wirbelndem Schnee. Über uns ein eiskalter Himmel, leer bis auf den dunklen Punkt, der uns führte: Tomte Teda auf ihrem Gerfalken. Sein heiserer Schrei trieb uns an.

Die Aelfar ritten stumm und ohne Pause, ihr Mienenspiel zwischen tödlicher Entschlossenheit und wilder Freude über diese unendliche Freiheit.

Ich spürte ein Echo davon in mir, hauptsächlich aber klammerte ich mich hartnäckig an meinem Haltegurt fest, mehr Gepäckstück denn je. Zweifellos besaß Innù ihre eigene Magie, mit der sie mir half, auf ihrem Rücken zu bleiben, diesen Ritt irgendwie zu überstehen, und ich war unendlich dankbar dafür.

Als das Zwielicht zu Dunkelheit wurde, legten wir eine kurze Rast ein, in der Tomte Teda von Falke auf Uhu wechselte. Dank eines mitgeführten Funkenwichts und kleiner Holzvorräte kam ein rasches

Lagerfeuer in Gang, sodass jeder Reiter einen Schluck heißer Brocha bekam.

Schon ging es weiter, hinein in die lange Polarnacht. Der Uhu flog jetzt mit einer kleinen Laterne in den Krallen voraus, die Rentiere folgten trittsicher, mit unverminderter Geschwindigkeit. Als ich es kurz wagte, den Kopf zu heben, sah ich über uns ein endloses Meer von Sternen. Und dazwischen … eine schmale Welle aus lichtgrünem Feuer. Das Nordlicht – und vielleicht die Magie Ymatàjas – begleitete uns. Ob Simàja etwas daraus lesen konnte? Doch dafür war keine Zeit, sie preschte mir voraus, wenig mehr als ein heller Schatten gegen den Nachthimmel.

Auf einmal links vor uns: Lichter. Weißes, elektrisches Licht, etwas abgeschirmt durch Bäume und Gebüsch. Das Lager von Ánte und seinen Freunden. Eindeutig steckten sie noch mitten in der Rentierscheidung. Hart bei der Arbeit, ganz nach jahrhundertealter Tradition – und ohne eine Ahnung, welche Bedrohung sich nicht weit von ihnen zusammenrottete.

Innù warf den Kopf hoch, auch die anderen Silberrene reagierten auf die Nähe ihrer Artgenossen aus der Menschenwelt, doch keins scherte aus oder verlangsamte den Tritt. Schon blieb das Lager hinter uns in der Dunkelheit zurück. Wir ritten weiter. Die Landschaft veränderte sich, wurde zu einem dichten Wald, der selbst die Aelfar und ihre außergewöhnlichen Reittiere dazu zwang, das Tempo zu verringern.

Schließlich, *endlich*, befahl Jor das Anhalten. Wir waren am Ziel – oder zumindest so nahe, wie ein Trupp Silberrene sich einer Horde Dryghar nähern konnte, ohne von diesen bemerkt zu werden. Eine kleine Lichtung inmitten des Waldes, ringsum Fichten mit verschneiten, tief herabhängenden Ästen und Schatten, reglose Schatten.

Kein Feuer diesmal, statt Brocha bekam jeder von uns einen Löffel voll zäher Paste, deren Geschmack mich an saure Milch erinnerte und die ich am liebsten wieder ausgespuckt hätte. Doch kaum hatte ich sie heruntergewürgt, entzündete sie in meinem Magen ein wahres Feuerwerk. Hitze schoss mir durch die Adern, wärmte und entspannte meine verkrampften Glieder und explodierte hinter meinen Augen. Mit einem Mal war ich knallwach und voller Energie, trotz der gerade überstandenen Gewalttour.

Alter! Was ist DAS denn?! Ist das legal?

»Bei Menschen wirkt es ein bisschen heftiger«, kicherte eine tiefe Stimme zu meinen Füßen. Tomte Teda, die inzwischen eine Extrarunde zum Auskundschaften gedreht hatte, war zurückgekehrt und von ihrem Uhu abgestiegen. Die Arme lässig in die Seiten gestemmt, stand sie vor mir auf dem Schnee, in den ich wadentief eingesunken war, und grinste zu mir hoch. »Ich hätte dich vielleicht warnen sollen.«

»Ach, warum jetzt mit so was anfangen!«, erwiderte ich.

Ich fühlte mich fantastisch. Übermütig zog ich mir die Pelzkappe vom Kopf, befreite Bling. Ich sah seinen Widerschein aus den Augenwinkeln, er strahlte, als ob ich eine Stirnlampe trüge. Ein weiterer Effekt des Elfendopings – oder die Warnung vor Gefahr? Neben mir ein weiteres Leuchten. Ich drehte den Kopf: Ein paar Meter entfernt von mir stand Simàja. Auch sie hatte ihre Mütze abgelegt und sah zu mir herüber.

Wir sind die Froststerne, du und ich.

Der Satz flackerte in mir auf wie eine Fackel. Zu gern wollte ich zu ihr gehen, sie bei der Hand fassen und noch einmal dieses Gefühl gemeinsamer Stärke heraufbeschwören, das wir bei unseren Bann-Übungen und beim Lichtlesen gespürt hatten. Das Gefühl neuer, ungewohnter Freundschaft. Es war noch da, das wusste ich genau. Sah es in Simàjas Augen.

Lass uns reden, nachher, bat ich sie stumm. *Lass mich erklären.*

Doch noch stand etwas zwischen uns – *jemand*. Ein Jemand namens Jor, der jetzt die Aelfar in einem Kreis um sich scharte. In der Hand hielt er den Glutspeer. Dessen Spitze glomm rotgolden, erneut entfacht, bereit zum Einsatz.

»Tomte«, sagte Jor gedämpft. »Du bist bereits vorausgeflogen und hast die Unwesen ausgekundschaftet. Wie ist die Lage?«

Abermals ließ sich Teda von mir hochheben, damit sie jeden mühelos anschauen konnte. Ihre neckende Laune von eben war wie fortgewischt. »Es sieht nicht gut aus für unser Vorhaben«, begann sie, und an ihrem knurrigen Ton hörte ich, *wie* schlecht es wirklich sein musste. »Die Knochenköpfe sind bereits aufgebrochen und streifen durch den Wald. Den Gehörnten konnte ich nicht finden – er muss irgendwo an ihrer Spitze laufen, aber wo genau …? Wir sind zu spät gekommen. Ich hatte gehofft, sie an ihrem Sammelpunkt zu überraschen, damit wir sie alle erwischen. Das ist jetzt nicht mehr möglich.«

»Einen Weg gibt es.« Vissa erhob die Stimme. Ihre Bernsteinaugen leuchteten in der Dunkelheit und ihre Stimme klang wie das Grollen einer Wildkatze. Wahrscheinlich kämpfte bereits ihre Luchsnatur darum, sich in die Schlacht zu werfen, doch noch hielt sie sie im Zaum.

Jor nickte ihr zu. »Sprich, Erste Jägerin.«

»Das Lager der Menschen.« Sie fuhr sich mit der Zunge über die Lippen, als ob sie bereits Blut schmeckte. »Es zieht die Unwesen an, unweigerlich. Wenn sie dort einfallen, sind sie abgelenkt und an einem Ort versammelt. Dann können wir sie einkreisen.«

Dein Ernst?! Du willst die Menschen dort als Köder nutzen? Sie opfern?

Erst als sich alle Augen auf mich richteten, merkte ich, dass ich die Worte nicht nur gedacht, sondern laut ausgesprochen hatte. *Egal, umso besser.* Meine Stacheln waren voll aufgestellt.

»Das könnt ihr nicht zulassen!«, zischte ich verstärkend in die Runde – aber zu meinem Schreck merkte ich überdeutlich: Doch, das konnten sie sehr wohl. Nie waren mir die Aelfar fremder vorgekommen als in diesem Moment. Die Augen, die mir unter den pelzgefütterten Kappen entgegenblickten, zeigten Gleichgültigkeit, kühles Abwägen, bestenfalls entferntes Mitleid. Makellos schön jedes einzelne Gesicht, ihre Seelen aus einer anderen Welt.

Die Unterirdischen, die Unsichtbaren, uns so nah und doch meilenweit entfernt …

»Elvy hat recht!«, bollerte Tomte Teda los. »Seht sie an! Ein Mensch, der den Froststern trägt! Das Zeichen der Gnade Ymas. Versteht ihr nicht, dass die Menschen unsere Verbündeten sind im Kampf gegen die Ysirka? Wie könnt ihr auch nur erwägen, sie so zu hintergehen?«

»Das werden wir nicht.« Simàja war neben Jor getreten und fasste ebenfalls den Schaft des Glutspeers. Sie trug keine Handschuhe, und ich sah, wie fest sich ihre Finger um das Holz legten. Eine Demonstration ihrer Entschlossenheit – gleichzeitig hinderte sie Jor so daran, die Waffe zu heben und ein Signal zum Aufbruch oder Angriff zu geben. Er merkte das genau, und es missfiel ihm, wie mir seine verkniffene Miene verriet.

Doch schon überspielte er den Moment. »Prinzessin«, sagte er, seine Stimme voller Verständnis – als ob *er* ihr etwas zu verzeihen hätte und nun zum Einlenken bereit wäre. »Liebste. Was bleibt uns für eine Wahl? Wir müssen die Unwesen aufhalten, doch ein Kampf im dunklen Wald, gegen eine versprengte Horde, ist aussichtslos. Selbst wenn wir bereit sind, ihnen ohne Rücksicht auf unser eigenes Leben entgegenzutreten, gelingt es niemals, alle zu vernichten. Auf das Tageslicht können wir nicht warten, bis dahin haben die Dryghar das Menschenlager längst überrannt. Was also schlägst du vor?«

Simàja zog die Augenbrauen zusammen. Ihr Froststern, eisig schön, warf sein Licht auf ihre angespannten Gesichtszüge. Ich konnte fast spüren, wie verzweifelt sie nach einer Antwort suchte.

»Nicht weit von hier ist eine große Lichtung«, begann sie. »Wenn wir es schaffen, die Dryghar dorthin zu locken, können wir sie lange vor dem Lager der Menschen aufhalten und bekämpfen. Wir lassen unsere Rene hier und zerstreuen sie, damit sie kein Ziel bieten. Dann schleichen wir zur Lichtung und verbergen uns zwischen den Bäumen. Die stärksten Sjalar unter uns schlagen einen Bannkreis, sodass keins der Unwesen entkommt, der Rest von uns tötet sie.«

»Ein guter Plan.« Jor neigte den Kopf, was vermutlich anerkennend sein sollte, in meinen Augen aber herablassend wirkte. Vissa schnaufte offen spöttisch. Ihr Anführer ignorierte es und stellte die eine Frage, die sich auch mir sofort aufgedrängt hatte: »Nur wie sollen wir es schaffen, diese Bestien auf die Lichtung zu treiben?«

»Nicht treiben. Locken!«, sprang ich Simàja bei. In meinem Kopf sprühten die Gedanken. Ich hatte die Lösung, *ich hatte sie*, und sie machte mir unsägliche Angst. Schnell redete ich weiter, bevor mich der Mut verließ: »Ihr braucht einen Köder.« Noch einmal einatmen. »Mich.«

Auf einmal war alles ganz still.

Tomte Teda drehte sich auf meiner Handfläche um und fixierte mich mit einem scharfen Wichtelblick. Dann sah ich, dass sie verstand. Kein Versuch, mir das auszureden. Sie zwinkerte mir nur zu und sprang zu Boden.

Schnell holte ich Eriks Geschenk aus der Tasche meines Pelzgewands und hielt es hoch. »Ein Zwiering. Nur einer. Wenn ich ihn aufsetze, macht mich das zum Ziel für die Kreaturen der Ysirka. Das sollte auch für die Dryghar gelten, oder?«

Auch Bling kann mich nicht davor abschirmen. Deshalb haben die Frostlinien ja auch Karla aufgespürt, als sie den Zwiering trug …

Leises Raunen im Rund zeigte mir, dass ich recht hatte. Simàja ließ den Glutspeer los und trat an meine Seite. Mein Gefühl hatte mich nicht getrogen: Unser Streit hatte sie nicht dazu gebracht, mich aufzugeben – erst recht nicht jetzt, angesichts dieser schrecklichen Bedrohung.

Und, verdammt, es war nicht die einzige Gefahr. Zögernd sprach ich meine Befürchtung aus: »Allerdings locke ich wohl nicht nur Dryghar her, sondern auch Frostlinien. Das könnte den ganzen Plan kaputtmachen, oder?«

Doch Simàjas Augen leuchteten voll Hoffnung. »Selbst wenn Frostlinien angelockt werden – die Dryghar sind ganz nah, sie erreichen die Lichtung sicher zuerst.« Mit neuer Zuversicht wandte sie sich an Jor und die anderen: »Unser Bannkreis ist stark! Er wird die Frostlinien abwehren und die Dryghar einschließen. Dann hindert uns nichts, diese Unwesen zu besiegen!«

Also war es wirklich kein Zufall, dass die Frostlinie, die Vedi getötet hat, beim Auftauchen der Aelfar verschwand, dachte ich bei mir. Nur müssen es wohl mehrere »Sjalar« sein, um genug Stärke für ihre Abwehr aufzubringen …

Beunruhigt fasste Simàja meine Hände. »Elvy. Willst du das wirklich wagen? Es bringt dich in größte Gefahr!«

»Passt *du* auf mich auf?«, frage ich, gespielt lässig, obwohl mein Hirn um Hilfe schrie.

Ihr eigentümliches Aelfar-Nicken ließ ihre Flechtzöpfe tanzen. »Ich schwöre es!«

»Dann ist alles cool.« Ich erwiderte den Druck ihrer Finger, ihren dunklen Blick, den ich noch immer nicht komplett lesen konnte. Etwas aber sah ich eindeutig darin: Angst um mich – und Vertrauen.

Sisters before misters. Yes!

Schon holte ich Luft, um ihr zu danken, ihr zu erklären, wie viel mir ihr Schwur bedeutete … Da trat Jor zu uns.

»Du hast großen Mut, Klarträumerin. Lasst uns nicht länger zögern.« Er nahm Simàjas Hand, zog sie mit sich. Sie lächelte mich noch einmal scheu an und folgte ihm.

Unser Moment war zerstört.

Mist.

»Wächter!«, rief Jor halblaut, eine Hand am Speer, die andere auf Simàjas Arm – *beschützend oder besitzergreifend*? »Ihr habt gehört, was wir tun werden. Folgt mir zur Lichtung!«

Das ist eine dumme Idee. Bestimmt die dümmste, die ich je hatte. Hurra.

Ich stand auf einer Lichtung, so groß wie ein Rugbyfeld – nur lag dieses Rugbyfeld inmitten eines nächtlichen Walds, übersät mit Stolperfallen aus verschneiten Felsen und umgestürzten Baumstämmen. Über mir noch immer Sterne und Nordlicht. Doch sie machten mir kein bisschen Mut.

Seit ich mit meinem tollen Vorschlag herausgeplatzt war, war kaum eine halbe Stunde vergangen. Die Aelfar hatten keine Zeit mit Diskussionen verloren und waren Jor zügig gefolgt.

Ich blickte über das Schneefeld hinüber zu den dunklen Fichten, die die Lichtung umgrenzten. Irgendwo da war meine Verstärkung … hoffentlich. Denn sehen konnte ich niemanden. Meine Menschensinne hatten keine Chance, einen Aelfa zu entdecken, der auf der Lauer lag – da half auch der Froststern nicht. Meine einzige sichtbare Hoffnung kreiste über mir: der Uhu, seine mächtigen Schwingen lautlos schlagend, an Bord Tomte Teda.

In meiner Hand hielt ich den Zwiering, diesen halbierten Schutzzauber, das Ding, das Erik und seine Großmutter zur Zielscheibe für die Ysirka gemacht hatte. Prof Karla hatte den Angriff nicht überlebt, Erik war durch ihn zum Gefangenen der Schneefeste geworden – und ich wollte ihn jetzt absichtlich einsetzen, als eine Art … Monstermagnet.

Was soll schon schiefgehen?

Ich versuchte, ruhig zu atmen. Es gelang mir, ein bisschen, aber mein Herz schlug hart und viel zu schnell. Mein Mund wie ausgedörrt, keine Spur mehr von Funkeln in meinem Kopf. Aller Mut zusammengeschrumpelt wie ein alter Luftballon.

Nur Bling hielt mich aufrecht. Er würde mich schützen, vor den Frostlinien, vor den Monstern. Zumindest, sobald ich den Zwiering abnahm. Wie stark war mein Froststern, wie lange hielt sein Zauber? Darüber wollte ich lieber nicht nachdenken. Meine einzige Waffe war Gerdas Messer in meinem Gürtel – mit einem Speer konnte ich nicht umgehen und ohnehin hatte niemand der Krieger einen an mich zu verschenken. Nein, allein meine Talente machten mich zum perfekten Köder – schließlich konnte ich im Notfall den Ring abziehen und mich mit Blings Hilfe für die Monster unsichtbar machen.

Bevor ich weiter zweifeln konnte, nahm ich den Zwiering und schob ihn über meinen Daumen – der einzige Finger, wo er wenigstens nicht *ganz* so leicht herunterrutschte. Dann hob ich meine Hand hoch über den Kopf. Das Zeichen für die versteckten Krieger, für Teda und Simàja: *Es geht los.* Gleichzeitig meine verzweifelte Bitte: *Passt auf mich auf.*

Ein paar schmerzhafte Herzschläge lang passierte gar nichts. Dann erscholl ein Heulen. Lang gezogen, fast kreischend, ein Geräusch, das meinen Magen aufbäumen ließ. Es war viel zu nah. Eine zweite Stimme fiel ein, eine dritte, vierte, schon erklangen die Rufe von überallher.

Es klappt. Sie kommen.

Ich … ich will nach Hause …

Immer lauter und vielstimmiger wurde das Geheul. Hasserfüllt klang es, tiefschwarz und voller Blutdurst. Ich sah die Dryghar vor meinem inneren Auge, wie sie durch den Schnee zwischen den dunklen Fichten hetzten, kaltgrüne Funken in den toten Augenhöhlen, ihre Eisklauen bereit, sich in lebendiges Fleisch zu schlagen.

Die Aelfar erwischen sie. Simàja steht mir bei. Mein Froststern schützt mich.

Ich wiederholte die Sätze wie ein Gebet. Versuchte mit aller Kraft, meinen zitternden Körper aufrecht zu halten. Den Ring nicht abzustreifen und wieder unsichtbar zu werden.

Haltdurchhaltdurchhaltdurch.

Der erste Drygha betrat die Lichtung. Hielt inne. Witterte er die Falle?

Komm her, du Drecksvieh, forderte ich ihn stumm heraus. *Hier: fette Beute!*

Da, nur ein paar Meter neben ihm: eine zweite hagere Gestalt mit blankem Wolfsschädel. Immer mehr erschienen zwischen den dunklen Stämmen.

Sie kommen von allen Seiten!

Als ob er nur auf Verstärkung gewartet hätte, verließ der erste Drygha den Schutz der Bäume und lief los. *Direkt auf mich zu.* Auch die anderen hielt nichts mehr. Heiser keuchend, die grässlichen Fangzähne gebleckt, hetzten sie auf die Lichtung. Hin zu mir, zum Zwiering, dessen unvollständiger Bann sie anzog wie die Motten das Licht.

Näher und näher kamen mir die ausgezehrten Lumpengestalten, das blaue Eis ihrer Klauen glitzerte im Sternenlicht.

Und noch immer kamen neue, traten aus dem schützenden Dunkel des Waldes. Ich wusste: Solange nicht alle auf der Lichtung waren, konnten die Aelfar den Bannkreis nicht schließen, und ich durfte den Ring nicht absetzen, aber wie sollte ich das überstehen, wie …

Nur noch ein paar Meter trennten das erste Monster von mir. Es riss sein Maul auf, bereit, mich zu zerfetzen.

Ich schrie, irgendein Laut zwischen Todesangst und Kamikaze-Mut, zog mein kleines Messer.

Eine Gestalt in tarnweißem Pelz sprang zwischen zwei Felsen hervor und rammte dem Monster einen Speer in den Schädel.

Simàja.

Im nächsten Moment wimmelte es ringsum vor Aelfar-Kriegern,

die sich wie ihre Prinzessin verborgen hatten. Sie warfen sich den Monstern entgegen, doch nur mit ihren Waffen, nicht mit Magie, um die nachrückenden Dryghar nicht abzuschrecken. Ein Fauchen zerriss die Luft, wild und lebendig, schon ging ein weiteres Unwesen zu Boden, gefällt von den Fängen eines mächtigen Luchsweibchens. Vissa hatte die Gestalt ihres Seelenführers angenommen. Ihr schwarz getupftes Fell glänzte im Sternenlicht, ihre Fänge und Pranken verkrallten sich in untoter Beute.

Näher am Waldrand: Jor. Sein Glutspeer loderte mit roter, greller Flamme und hielt tödliche Ernte. Seine Krieger, verteilt auf der ganzen Lichtung, kämpften wie entfesselt.

Noch nie hatte ich so einen Kampf gesehen, auch nicht im Film. Jeder einzelne Aelfa bewegte sich mit der Anmut eines Tänzers, pfeilschnell und elegant, führte seine Waffe in flüssigen Kreisen, stieß schneller zu, als ich mit den Augen folgen konnte.

Doch auch die Dryghar waren schnell. Und viele waren es, zu viele, deutlich mehr als zwölf Dutzend. Noch immer drängten neue auf die Lichtung, denn noch immer trug ich den vermaledeiten Zwiering. Simàja blieb dicht bei mir. Gemeinsam mit einigen anderen Kriegern hatte sie einen Kreis um mich gebildet, durch den keins der Monster kam. Noch nicht.

Über unseren Köpfen sauste der Uhu hin und her, begleitet vom Gebrüll Tomte Tedas. Sie schleuderte den Monstern entgegen, was sie aufzubieten hatte: Flüche, Tannenzapfen und vor allem diese magischen Knallerbsen, die immer wieder in den Skelettfratzen explodierten. Schmerz- und Wutgeheul bewiesen jeden Treffer.

Auf einmal fiel ein Eishauch über die Lichtung. Jeder spürte es. Ich fuhr herum und sah, wie eine Gestalt unter den Bäumen hervortrat, grässlicher als alles, was ich bisher gesehen hatte. Sie überragte jeden hier und ging doch geduckt. Lauernd, wie kurz vor dem Sprung. Ihr Knochenschädel nicht der eines Wolfes, sondern eines Rens mit mächtigem Geweih, jedes Ende spitz wie ein Dolch und tiefschwarz, wie von uraltem, getrocknetem Blut. Selbst aus der Entfernung sah ich das kaltgrüne Lodern in den großen Augenhöhlen, sah die widernatürlichen Reißzähne, die in dem tödlichen Maul steckten. Die Arme mit den entsetzlichen Eisklauen waren weit ausgebreitet, als ob sie die Winterluft selbst zerreißen wollten.

Der Gehörnte war da.

Und er sah mich. Sah mich direkt an, über den Schnee hinweg, trotz meines Froststerns. Seine anderen Monster witterten vielleicht nur den Zwiering an mir – dieses Wesen jedoch war älter und mächtiger als jedes von ihnen. Es war, als erstarrte die Luft, als bliebe alles um mich herum stehen. Ich nahm nichts mehr wahr, keine Kampfgeräusche, keine Bewegungen, nur seinen Blick. Er legte den Kopf schief, wie um mich besser zu verorten. Ließ seine Krallen aneinandergleiten, Eis auf Eis, ein Geräusch, das direkt in meine Nervenbahnen sickerte wie lähmendes Gift.

Nicht. Mit. Mir!

Keine Ahnung, aus welchem Winkel meiner Seele dieser Ruf kam, aber er befreite mich. Die Angst blieb, nahm mir schier den Atem … doch meine Stacheln waren stärker. Ich hob die Hand mit dem Zwiering und winkte dem Monsterkönig zu.

Komm her, wenn du dich traust.

Er traute sich. Riss den Kopf in den Nacken, spie einen Schrei aus, einen Schrei wie schwarzer Rauch. Und dann warf er sich nach vorn, setzte in gewaltigen Sprüngen über den Schnee, fegte alles zur Seite, was ihm in den Weg kam – gefallene Äste, Aelfar, sogar seine eigenen Wolfsmonster.

Hinter ihm erschien ein irisierendes Schillern zwischen den Bäumen: Die Wächter am Rand der Lichtung hatten den Bannkreis geschlossen.

Jetzt kommt hier keins der Viecher mehr raus.

»Was tun wir?« Simàja neben mir, die anderen Krieger meines Kreises gefangen im verzweifelten Abwehrkampf gegen die Dryghar, die jetzt noch wütender auf sie eindrangen. Zwischen den besiegten Unwesen sah ich auch gestürzte Aelfar – verletzt, tot?

»Wir bannen ihn«, erwiderte ich zwischen zusammengepressten Zähnen. Mein Kopf unnatürlich leicht, die Gedanken wie glühender Draht. »Wir bannen ihn … und dann killst du ihn mit deinem Speer!«

Sie nickte nur – ein Menschennicken. Duckte sich weg, lichtschnell, um unsere Falle zu öffnen. Aus den Augenwinkeln sah ich den Uhu über dem Waldrand kreisen – Tomte Teda stand einem bedrängten Aelfa bei. Simàja und ich würden das hier allein schaffen müssen.

Der Gehörnte brüllte, spie mir seinen Eishauch entgegen. Mein Froststern flammte auf wie ein Gegenfeuer – aber konnte er mich wirklich schützen vor diesem urmächtigen Monster? Ich riss mir den Zwiering vom Finger. Griff in mich hinein, so tief wie noch nie, raffte all meine Kraft zusammen und sammelte sie in dem kalten Punkt auf meiner Stirn.

Nimm sie dir, Bling. Nimm alles.

Er tat es – und mir riss es fast die Beine weg. Gerade noch hielt ich mich aufrecht, konzentrierte mich, hob meine Arme.

Öffnete den Bannkreis.

Im Rücken des Gehörnten: Simàja, silberhell im Licht ihres Froststerns, den Speer griffbereit im Schnee neben sich, ihre Hände weit geöffnet, funkelnd vor Magie. Sie dehnte sich aus, wie bei unserer Übung am See, weiter, weiter …

Wir schaffen das, schrie ich mir selbst Mut zu. *Wir müssen es schaffen!*

Und plötzlich spürte ich ihn, stärker denn je – den Funken einer anderen Magie. Simàjas Kraft.

Kontakt!

Unser Bann war geschlossen, ein schimmernder, undurchdringlicher Ring um den Gehörnten. Sein Gebrüll plötzlich unerträglich schrill, wütend, *panisch*. Ein Untier in der Falle. Er warf sich hin und her, gegen die lichten Wände seines magischen Käfigs, der untote Hass in seinen Augen wie eine Keule, mit der er um sich schlug.

Er traf mich, traf mich und Simàja wieder und wieder. Nicht unsere Körper, nein. Dieser Schmerz war wie nichts, das ich jemals gefühlt hatte. Er traf etwas in mir, das ganz neu war, neu und licht. *Meine ... Sjal? Ich ... ich habe wirklich eine ... und sie brennt ...* Ich krümmte mich zusammen, meine Arme zitterten, wollten sinken.

Halt durch. Eine Stimme trieb durch die Magie zu mir, kühl und sanft. Simàjas Stimme. *Halt durch. Wir sind die Froststerne.*

Ich biss die Zähne zusammen. *Verdammmt, ja, das sind wir. Und dieses Vieh kriegt uns nicht klein!*

»Jetzt«, brachte ich heraus, kaum hörbar, doch Simàja verstand mich. Ich sah, wie sie darum rang, die Kontrolle zu behalten, sich bereit machte, ihre Waffe zu greifen für den Todesstoß ...

Eine Fackel flog durch die Luft, rot glühend, mit einem Schweif goldener Funken. Sie durchstieß den Bann, bohrte sich mitten in die knöcherne Stirn des Gehörnten. Dessen Schrei erstarb in einem grausigen Gurgeln, dann stürzte er zu Boden wie toter Fels.

In der nächsten Sekunde über ihm: Jor, dessen Arm den Glutspeer geschleudert hatte. »Wächter! Der Gehörnte ist nicht mehr!«

Der Tod des Monsterkönigs, eine magische Erschütterung, fegte über die Lichtung wie eine Druckwelle. Er traf die anderen Dryghar so heftig, dass sie erstarrten, wankten und teilweise in die Knie brachen. Die Aelfar zögerten nicht. In einer Aufbietung letzter Kräfte sah ich Speere durch die Luft zischen, Vissas Luchsgestalt dazwischen. In wenigen Herzschlägen war alles vorbei. Der aufgewühlte Schnee der Lichtung war schwarz von reglosen Körpern.

Jor riss den Glutspeer hoch und brüllte triumphierend: »Seht her! Ich habe die Kreatur vernichtet!«

»Jor! Jor!« Die Krieger kamen heran, sammelten sich um ihren Anführer … und er ließ sich feiern, sich allein – ohne *ein* Wort zu Simàjas und meiner Tat.

Was soll der Scheiß?!

Simàja sah das eindeutig genauso. In ihren dunklen Augen blitzte Wut auf. »Jor!«, rief sie. »*Wir* hatten ihn gebannt! Es ist *unser* Sieg!«

Er zog sie an sich, hob sie hoch wie eine Trophäe. »Ja, Liebste, unser Sieg!«, sagte er mit überlegenem Lächeln, wandte sich dann noch lauter an seine Krieger: »Jubelt, Aelfar: Wir haben es geschafft, wir alle!«

»Jor! Jor führt den Glutspeer!«

»Er hat den Gehörnten bezwungen!«

Verdammt!

Sie hatten den Bann definitiv auch gesehen, wenigstens ein paar von ihnen, aber das war wohl nichts wert im Vergleich zur reingegrätschten Großtat ihres Anführers. Gab es auf dem Aelfar-Siegertreppchen bloß Platz für einen?

Ich sah, wie die Emotionen in Simàjas Gesicht stritten. Hier war sie, in den Armen ihres Liebsten, im Moment eines großen Sieges, und war es nicht kleinlich, über den Beitrag Einzelner zu streiten?

Solche Zweifel kannte ich selbst nicht. »Was spielt der Kerl sich so auf?«, schäumte ich. »Wir hatten das Vieh! Wir haben alles riskiert und er greift jetzt die Lorbeeren ab!«

Ich rief es laut, mehr als bereit für Widerspruch, doch im Siegestaumel achtete niemand auf mich. Auch achtete niemand außer ich darauf, wie Simàja gegen den Kuss ankämpfte, mit dem Jor ihren Protest ersticken wollte. Sie drehte den Kopf weg, akzeptierte die erzwungene Versöhnung nicht, doch er ließ nicht locker, bis er sein Ziel erreichte. Neuer Jubel und Tumult, im Geschiebe der Krieger wurde ich weggedrängt und verlor den Blickkontakt.

Shit.

Frustriert trat ich gegen den Fuß des gefallenen Monsters. Der

Leichnam rührte sich nicht, er begann bereits zu gefrieren, endgültig nur noch totes Gewebe.

Etwas bewegte die Luft über mir und im nächsten Moment landete Tomte Teda. »Wir hatten ihn!«, knurrte ich und zeigte anklagend auf Jor, den noch immer die feiernden Krieger umgaben, Simàja irgendwo bei ihm, außer Sicht. »Aber jetzt ist es plötzlich nur noch die Heldentat von Mr. Riesen-Speer!«

Teda klopfte sich Schnee vom Wams und sprang auf den Felsen neben mir. *»Ich* hab gesehen, was passiert ist«, sagte sie und ihre Augen funkelten wieder mit dieser Feuerstein-Härte. »Was ihr geschafft habt, Simàja und du. Würdige Froststerne seid ihr, alle beide.«

Mein Herz glühte auf, überstrahlte die Wut. Ein Lob von Tomte Teda! Unglaublich, wie gut mir das tat.

Für *Jor* jedoch hatte sie absolut keine lobenden Worte. »Das lasse ich diesem Kerl nicht durchgehen«, versprach sie mir. »Wart's nur ab, Menschlein.«

Allerdings war dies weder der Ort noch die Zeit für eine Diskussion über den Anteil, den jeder zum Sieg beigetragen hatte. Es galt, unsere Verletzten zu versorgen – Tote gab es zum Glück nicht –, die Silberrene zu sammeln und die Körper der toten Unwesen zu einem Scheiterhaufen zusammenzuzerren, eine schreckliche, aber notwendige Aktion. Alle, die noch stehen konnten, halfen mit, auch ich. Obenauf lag der Gehörnte – natürlich achtete Jor darauf, dass dessen Schädel mit dem mächtigen Geweih säuberlich vom Rumpf getrennt wurde, um ihn zum Lager mitzunehmen.

Eine weitere Trophäe für den Helden. Super.

Die gefallenen Dryghar brannten wie Zunder. Nicht lange, und die Flammen loderten meterhoch in den dunklen Himmel. Zum Glück waren wir weit genug weg vom Lager der Rentierleute und es war mittlerweile tiefste Nacht – von dort würde sicher niemand den Schein bemerken und noch weniger nachschauen kommen.

Jetzt, da der Kampf vorüber war, spürte ich, wie sich abermals ein lähmender Kopfschmerz in mir ausbreitete, schlimmer denn je. Genauso unbarmherzig kroch die Kälte trotz meiner Aelfar-Kleidung zu mir durch. Ich wollte mich an der Wärme des Feuers freuen, doch der Scheiterhaufen verbreitete einen widerlichen Gestank, der schwarz und fettig in der Luft lag, geradezu erstickend. Als ob die Monster uns selbst nach ihrer endgültigen Vernichtung noch schaden wollten.

Insgesamt konnten wir von Glück sagen: Bis auf zwei schwer verletzte Krieger konnten alle noch selbst auf ihre Silberrene steigen. Kein Drygha war entkommen, nur zwei Frostlinien waren aufgetaucht, und diese hatte der Bannkreis abgewehrt.

Kaum war das Feuer – in meinen Augen unwirklich schnell – niedergebrannt, machten wir uns auf den Rückweg. Keine wilde Jagd mehr, aus Rücksicht auf die Verletzten. Vorbei am Lager der Menschen – vermutlich, denn mittlerweile waren alle schlafen gegangen und kein elektrisches Licht schien mehr durch die Dunkelheit, sosehr ich auch Ausschau hielt.

Ánte, ihr seid in Sicherheit, du und deine Leute und eure Rentiere, dachte ich. *Wenigstens … fürs Erste.*

Kapitel 37

Wir ritten die ganze Nacht und den halben Tag und rasteten oft – Ruhepausen für die Verletzten und die Silberrene. Aber auch die einzige Elvy im Trupp war unendlich dankbar dafür, denn mein Kopfschmerz brachte mich schier um.

Am Nachmittag schließlich erreichten wir das Aelfar-Lager, lange nach Sonnenuntergang. Trotz der vergleichsweise schonenden Rückreise fühlte ich mich völlig erschlagen, geradezu unterirdisch müde. Mein ganzer Körper verkrampft und durchgefroren, meine … Sjal dagegen schien jetzt erst richtig zu erwachen und zu fühlen, welche Schrecken und Schmerzen ich in dieser Nacht erlebt hatte. Es änderte auch nichts, dass Tomte Teda mir unterwegs noch etwas von dieser sauren Energy-Paste eingeflößt hatte. Vermutlich würde mir das Zeug den Muskelkater meines Lebens ersparen – gegen das Beben in meinem Innern aber half es null. Ich wollte nichts als mich in meinem Kjolg verkriechen und in einen Komaschlaf fallen.

Allerdings war ich mit diesem Wunsch eindeutig die Einzige. Jor hatte seine Ankunft im Lager als Auftakt einer Siegesfeier zelebriert – ganz so, als hätte allein er die Horden der Untoten besiegt. Seine Krieger waren offensichtlich damit zufrieden und auch Askil schien nichts dagegen zu haben. Ein sofortiger Aufbruch nach Ymatàja stand ohnehin nicht zur Debatte – der nächtliche Kampf und der Gewaltritt hatten selbst den so starken Aelfar das Äußerste abverlangt, von den

Verletzten ganz zu schweigen. Eine Zwangspause bis zum nächsten Morgen wurde beschlossen, und Jor rief alle auf, sich für die stärkende Versammlung im Großen Kjolg zusammenzufinden, sobald die Rentiere versorgt waren. Zustimmender Jubel folgte seinen Worten.

Und auch Simàja war anscheinend einverstanden! Hatte Jor sie doch wieder rumgekriegt? Ich musste zusehen, wie er sie durch die Tür ins Innere der schneebedeckten Behausung zog, bevor ich die Chance hatte, mit ihr zu reden. Dabei wollte ich ihr doch noch immer so viel erklären, mich bei ihr entschuldigen, bedanken …

Ein Knurren an meinem Ohr. »Na los, hinterher!« Tomte Teda auf meiner Schulter war schon wieder in Angriffsstimmung.

Ich schüttelte meinen schmerzenden Kopf. Nein. Für heute hatte ich genug gekämpft. Mein Akku war komplett leer – das Einzige, was ich noch wahrnahm, war der brennende Wunsch, in den Klartraum zu gleiten und nach Erik zu sehen. »Kann nicht mehr«, murmelte ich und, oh Wunder, Tomte Teda schien mich zu verstehen.

»Dann geh schlafen, Menschlein«, brummte sie. »Ich schaue mal, ob man der Meute dadrin etwas Vernunft einbläuen kann. Vor allem ihrem Anführer!« Sie hüpfte hinab in den Schnee und zwinkerte noch einmal zu mir hoch: »Und einen Schluck Silvarsolbräu kann ich jetzt auch vertragen!«

Ich zwinkerte zurück und sah ihr nach, bis sie im Eingang des Kjolgs verschwand und dabei die hineindrängenden Aelfar lautstark aufforderte, gefälligst Platz zu machen. Nicht zum ersten Mal bewunderte ich, wie viel unbezähmbare Energie in dem winzigen Wichtelkörper steckte.

Nicht totzukriegen.

Ich dagegen fühlte mich jetzt echt wie eine wandelnde Leiche. Fast taumelnd erreichte ich meine ausgekühlte Gastunterkunft. Kein Tjael mehr, der den Funkenwicht auf Trab hielt. Ob es ihm gut ging, bei der Bannwacht am See?

Ich schaffte es mit letzter Kraft, den kleinen Feuerhüter zu aktivieren. Mühsam würgte ich einen weiteren Riegel aus meinem Rucksackvorrat hinunter, was den schlimmsten Hunger betäubte. Meine Sehnsucht nach Erik und die Sorge um seine Lage dagegen ließen sich viel schwerer im Zaum halten. *Ich muss zu ihm … ihm helfen …*

Als ich merkte, wie die Welt um mich herum zunehmend wegbröckelte, kroch ich unter die wärmenden Felle … und löste mich auf.

Es dauerte ungewohnt lang, bis ich in den wirbelnden Flocken zwischen den Welten zu mir kam. Einbildung oder Tatsache? Hatte mich die knochentiefe Erschöpfung so stark umklammert? Doch jetzt war ich hier, erneut vor der Tür in den Traum. Ich wollte zu Erik, so schnell wie möglich, musste wissen, wie es ihm ging. So sehr zerrte das Wollen an mir, dass ich fast vergaß, mich auf den Zeitpunkt meiner Ankunft zu konzentrieren. Gerade noch rechtzeitig riss ich mich zusammen, bündelte meinen Fokus auf den Froststern, gab mich in seine Macht ... und öffnete die Tür.

Der Raum, den ich betrat, war klein und dunkel und still. Gerade Wände, grob gehackt in blaues Eis, die eine Seite aus schwarzem Fels, eine niedrige Decke. Nur wenige Magieflammen, stattdessen drei einfache Talglämpchen aus Ton, ihr Licht golden und warm. Überall Stapel aus Kisten und Flechtkörben. Eine Tür konnte ich nicht erkennen, dafür ging von der einen Ecke ein schmaler, gekrümmter Gang ab. Doch keine Spur von Erik.

Beunruhigt sah ich mich um – als leise Schritte erklangen. Sofort war ich im Alarmmodus, hatte schon die Hand fluchtbereit an der Klinke meiner Tür, da hüpfte ein weißes Tierchen mit buschigem Schwanz aus dem Gang: Nelli!

Sie bemerkte mich sofort, verharrte und zog so etwas wie einen

Miniapfel aus ihrem Beutel – hatte sie ihre Körperwärme genutzt, um die gefrorene Frucht aufzutauen? Für mich dagegen hatte sie nur einen hochnäsigen Blick.

»Na, du kleine Zicke?«, flüsterte ich und beugte mich herab, um ihr Köpfchen zu streicheln, was sie sich gnädig gefallen ließ.

Kaum hatte ich mich wieder aufgerichtet, kam Erik um die Ecke, bekleidet mit einem Hemd, das wie hastig übergeworfen wirkte – die Schnur am Halsausschnitt ungebunden, kein Gürtel. Auf der Schulter trug er ein dickes Pelzbündel. Bei meinem Anblick ließ er seine Last fallen, gerade rechtzeitig, bevor ich ihm in die Arme sprang. Nelli quietschte protestierend und hüpfte aus dem Weg.

Eine Umarmung, fest und innig und überhaupt nicht freundschaftlich, und dann – ein Kuss, oh, so ein Kuss, voller Wärme und Licht. Ich schloss die Augen und genoss einfach, wie unglaublich gut es tat, Erik zu küssen. Und – konnte das wahr sein? – seine Hände waren warm, wunderbar menschlich warm, endlich wieder. Zwar galt das leider nicht für den Rest seiner Haut, doch ich konnte nicht genug bekommen von dem Gefühl seines Körpers unter meinen Fingern. Ein Gefühl, unglaublich aufregend und gleichzeitig völlig selbstverständlich ...

Ja, es ist richtig so. WIR sind richtig so.

Erik ging es offenbar ganz ähnlich. Er presste mich an sich, als ob er mich aus dem Traum zu sich holen könnte, versuchte, so viel von meinem Körper mit seinem zu berühren wie möglich. Ich liebte es, dass ich fast genauso groß war wie er, dass ich so viel von ihm gleichzeitig spüren konnte.

Nellis Maunzen drang zu uns hoch. Sie klang schwer beleidigt, weil niemand sie beachtete. Nur langsam und widerwillig trennten wir uns voneinander. In Eriks braunen Augen funkelte die Reflexion meines Froststerns, doch der warme, dunkle Glanz dahinter ... das war nur Erik. Ich wollte einfach stehen bleiben und mich darin verlieren, aber jetzt fauchte Nelli geradezu angriffslustig. Wir blickten zu ihr hinunter, sahen ihr hochgerecktes Näschen und die zusammengezogenen Knopfaugen – ein wahres Bild gekränkter Eitelkeit – und mussten beide lachen.

Im nächsten Moment hatte Erik mich in eine Nische gezogen, hinab auf ein verstecktes Lager aus aufeinandergestapelten Pelzen. Seidenweich waren sie, schimmerten im Schein der brennenden Lämpchen wie dunkles Gold. Nelli sprang dazu und ließ sich erst einmal ausgiebig streicheln. Als wir genug Abbitte geleistet hatten, verzog sie sich würdevoll auf einen gefährlich hohen Kistenstapel, holte erneut ihre Beute hervor und begann, sie genüsslich zu verspeisen.

Während sie leise knurpste, durften Erik und ich uns endlich austauschen.

»Ich bin so froh, dass es dir wieder gut geht«, sagte ich und strich über seinen Unterarm. Zu blass war er noch immer, bemerkte ich traurig, als sich der Stoff etwas verschob, und die Frostrunen schimmerten unverändert auf seiner Haut. Doch von der eisig-bläulichen Verfärbung war zum Glück nichts mehr zu sehen und Eriks Hand fühlte sich wirklich so warm an wie eh und je. »Ist alles in Ordnung? Wie viel Zeit ist vergangen?«

Er schüttelte den Kopf. »Nur ein Tag oder so. Wie du siehst, habe ich es in mein Versteck geschafft ... und dann erst einmal geschlafen wie ein Stein. Nelli hat mich bewacht.« Das Eishörnchen schnurrte bestätigend und gähnte anschließend, als ob es sagen wollte: So, dafür bin *ich* jetzt dran mit dem Nickerchen. Prompt wickelte es sich in seinen Puschelschwanz ein und verabschiedete sich von uns Menschen.

Erik schmunzelte und nickte in Richtung ihres Kistenturms. »Wir sind in einer Abseite der Vorratsräume. Ich habe diese Kammer zufällig entdeckt, damals, auf der Suche nach einem Fluchtweg. Hab dann einfach einen Schrank verschoben, um den Eingang zu tarnen, und abgewartet, ob es jemandem auffällt. Ist nicht passiert, bis heute nicht. Die Schneegebannten bemerken ohnehin kaum etwas außer der Reihe und Kjellan kommt niemals in den Küchentrakt. Bis vor Kurzem dachte er ja auch nicht, dass ein Erdwurm überhaupt eigene Pläne schmieden könnte.«

»Falsch gedacht.« Ich hob meine Hand und fuhr vorsichtig die farnartigen Zeichen auf Eriks Brust nach. Als ich darüberstrich, entstand ein hauchfeines Knistern, ein Flüstern von Kälte, das auf mich überzuspringen schien. Es machte mir Angst und war doch unheimlich anziehend. Ich ließ nicht los.

Erik lehnte sich in meine Berührung. Es schien, als könnte er nicht genug davon bekommen. Mir ging auf, dass er seit über einem Jahr keine warme Hand mehr gespürt hatte. Nur die Eisfinger der Ysirka ... und ihren Kuss ... Rasch verscheuchte ich den Gedanken an die Herrin der Schneefeste und alles, was er mit sich brachte.

»Wie ist es dir denn ergangen, da drüben in der Menschenwelt?«, fragte Erik besorgt. Rutschte noch etwas näher, bis sein Bein eng an meinem lag. »Ich hätte nicht gedacht, dass ich dich noch einmal hier sehe. Ihr wolltet doch aufbrechen?«

»Es gab ... eine Verzögerung«, gestand ich und dann sprudelte alles aus mir heraus: der Kampf gegen die Dryghar, mein Anteil daran, der Bannkreis, den Simàja und ich geschaffen hatten ...

Eriks Augen wurden immer größer. Als ich geendet hatte, schüttelte er den Kopf, fassungslos und beeindruckt. »Action-Elvy. Du schaffst wirklich alles, oder?«

»Blödsinn«, murmelte ich und senkte den Kopf. Seine Bewunderung ließ meine Wangen glühen vor Freude, doch gleichzeitig hielt ich es kaum aus, derart gepriesen zu werden für etwas, in das ich nur hineingestolpert war.

»Kein Blödsinn.« Erik beugte sich etwas herab, sodass er mir ins Gesicht schauen konnte. Warum bloß hatte ich mir meine neue Frisur mit dem Flechtzopf hergeträumt? Ich wünschte mir meinen Haarvorhang zurück, hinter dem ich mich so oft in der Schule versteckt hatte. Aber der hätte Erik wahrscheinlich auch nicht aufgehalten. »Elvy«, sagte er. »Weißt du, wie du mir früher oft vorkamst? Wie eine Sprungfeder, die zu fest angezogen ist. Du und dein ganzes Potenzial, komplett zusammengestaucht. Ich hab mich immer gefragt, was passiert, wenn du endlich loslässt.«

»Jetzt weißt du's«, nuschelte ich. »Ich trete Monstern in den Arsch.«

Er lachte auf, kurz und schallend, verstummte dann abrupt und blickte besorgt umher – doch nichts regte sich jenseits des schmalen Gangs. »Ist eh sehr abgelegen, dieser Raum, und der Schrank dämpft die Geräusche. Trotzdem ...« Er räusperte sich. »Sollte ich lassen, so was.«

Dankbar für die Ablenkung von meinen Heldentaten, ließ ich erneut meine Augen über das halb organisierte Chaos von Eriks Versteck wandern. Die meisten der Kisten schienen leer, abgestellt und vergessen, aber ich erkannte auch sorgsam gefüllte Behälter. »Dieses ganze Zeug ... hast du das hier gebunkert? Um deine Flucht vorzubereiten?« Ich hatte seine Worte auf dem Balkon nicht vergessen.

»Mhm. Vorräte und Ausrüstung.« Bestätigend klopfte Erik auf die Pelze unter uns. »Als ich noch dachte, dass es klappen könnte. Damals habe ich das Wasser des Wissens befragt. Ob es einen Gang gibt, irgendeine Möglichkeit, die Festung heimlich zu verlassen. Ich war mir sicher, dass es mir einen Weg zeigen wollte. Da waren Bilder von Ymas Wurzeln, von einer Felsspalte, aber zu verschwommen. Und die Hindernisse schienen mir unüberwindlich – nicht zuletzt der Bannkreis rings um die Schneefeste. Je mehr Zeit verging, desto mehr verlor ich die Hoffnung. Und – das da wuchs immer weiter ...« Mit einem angewiderten Achselzucken zog er an seinem tiefen Halsausschnitt, entblößte das kalt glimmende Gespinst auf seiner Haut. »Ich gab auf. Die Flucht, mich, fast alles. Hab nur für Nelli weitergemacht, damit sie nicht erwischt wird. Aber dann kamst du.« Er fasste meine Hand und sah mich an. »Und jetzt bist du wieder hier. Verstehst du, was ich meine?«

Der Blick seiner braunen Augen so intensiv, dass alles in mir ins Taumeln geriet – dennoch wusste ich genau, wovon er sprach. »Du willst es noch einmal versuchen«, sagte ich langsam. »Du willst fliehen aus der Schneefeste.«

»Ich *muss*«, erwiderte er, sein Ton jetzt geradezu beschwörend. »Unser ursprünglicher Plan, die Freibitte – darauf können wir nicht mehr setzen. Wenn Kjellan mich findet, bin ich tot. Niemals lässt er zu, dass ich der Ysirka berichte, was er hinter ihrem Rücken mit mir angestellt hat, oder dass er dein Auftauchen vor ihr geheim hält.«

»Du hast recht, das dürfen wir nicht riskieren.« Entschlossen erwiderte ich seinen Händedruck. »Okay. Warte. Du sagst, das Wasser des Wissens wollte dir einen Weg aus der Schneefeste zeigen. Also existiert einer. Dann wird Bling ihn finden. Aber was ist mit dem Bannkreis um die Festung?«

»*Dich* hält er bestimmt nicht auf«, antwortete Erik, ganz Feuer und Flamme. »Und – du bist so stark geworden, Elvy! Du konntest mich gegen die Súmuar und den Eishauch der Ysirka abschirmen. Wenn du mir beistehst, schaffen wir es!« Er wollte schon aufspringen, doch dann sank er zurück auf das Lager. »Ach, verdammt.«

»Was ist?«, fragte ich beunruhigt.

»Wir können noch nicht los. Ich bin eben kurz in den Vorratsräumen herumgeschlichen, bisschen erkunden und erbeuten«, er zeigte auf das Pelzbündel, das ich nun als Aelfar-Gewand erkannte, »aber man hätte mich fast gesehen. Da waren Frostkrieger, mehrere Trupps. Ich bin sicher, Kjellan hat meine Flucht bereits bemerkt und lässt alles durchsuchen. Außerdem herrscht überall totale Unruhe, wie für eine Festvorbereitung. Etwas Großes findet statt, heute Abend.«

»Eine weiterer Ball?« Doch dann kam mir ein schlimmer Verdacht. »Nein. Der Frostprinz wird erkoren, richtig?«

Erik nickte ernst. »Deshalb hat Kjellan auch der Ysirka nicht von meinem Verschwinden berichtet. Nichts soll seinen Aufstieg gefährden. Hätte er es ihr gestanden, wäre er vermutlich tot. Und ich wäre längst nicht mehr hier. Sie findet mich überall in der Schneefeste. Pures Glück, dass sie zurzeit anderes im Sinn hat.«

Ja, die Eroberung unserer Welt, dachte ich schaudernd. Schon heute Abend würde die eisige Armee ihren General bekommen? *Ich muss Simàja und die anderen warnen! Kann ich ... kann ich aufwachen, von selbst?*

Ich schloss die Augen, rief nach meiner Tür – vergeblich. Entweder war mein Körper in der wachen Welt zu erschöpft, oder ich konnte meinen Ausweg nur herbeirufen, wenn mir im Traum unmittelbare Gefahr drohte. Ich gab meine sinnlosen Versuche auf und fragte: »Dann müssen wir hier warten, bis die Zeremonie startet und wieder alle abgelenkt sind? Aber was ...«, ich rang mit meinen nächsten Worten, »was, wenn das mein letzter Klartraum ist? Wenn ich nicht noch einmal herkommen kann, um dir zu helfen? Dann schaffst du es nicht durch den Bannkreis und ... und alles ist vorbei!«

»Du kommst mir auf jeden Fall zu Hilfe«, sagte er ruhig. »Im Traum oder im Wachen. Selbst wenn meine Flucht misslingt – vielleicht entgehe ich Kjellan doch, bis du die Schneefeste erreichst. Dann bittest du mich frei, wie ursprünglich geplant. Es wird dir gelingen, das weiß ich.«

Sein Tonfall sandte ein Kribbeln meinen Nacken hinab. Erik hatte schon immer mehr an mich geglaubt als ich selbst, das wurde mir jetzt klar.

»Was ist da passiert, im Verlies?«, fragte ich und zwang mich, seinen Blick auszuhalten. »Wie haben wir das geschafft – dich zu befreien? Die Herznadel ist doch zerstört und ...«

»Das zwischen uns ist heil. Heil und stärker denn je. Weil wir uns einig sind.« Erik fasste meine Schultern, sein Griff behutsam und gleichzeitig so, so fest, und noch immer hielten seine Augen meine gefangen. »Das ist wichtiger als alle Magie, meinst du nicht auch? Oder vielleicht ... *ist* das Magie.«

Ich konnte nur schlucken. *Unser Kuss hat ihn aus dem Eis befreit. Seine Hände sind wieder warm. Natürlich ist das Magie. Wir sind magisch, zusammen.*

Erik war es auf jeden Fall. Das *musste* doch Zauberei sein, dass sich seine Nähe so gut anfühlte. Dass ich so viel mehr davon wollte. Aber meine Angst und Zweifel ließen sich nicht so leicht vertreiben. Ja, wir waren uns einig. Wir waren stark. Aber waren wir stark genug?

Es gibt einen anderen Weg, eure Bindung zu stärken. Mit einem Mal tauchte es wieder in meinem Kopf auf, das verschwörerische Gekicher von Teda und ihrer Vaettar-Freundin Svalti. Und auf einmal wusste ich, was wir tun mussten ...

Kapitel 38

Ich beugte mich vor und küsste Erik. Nicht behutsam oder besonders geschickt, aber so, dass er aufkeuchte und mich an sich zog, so nah es nur ging. Ich drehte mich zu ihm und schob ein Bein über seine, bis ich auf seinem Schoß saß. Schon war ich ihm noch näher.

Er vertiefte den Kuss, vergrub seine Hände in meinem Haar und jede Bewegung, jede Berührung vibrierte in mir, ließ mich mutig nach immer mehr verlangen. Meine Finger glitten seinen Rücken hinab, ertasteten den Saum seines Hemds, bis er den Hinweis verstand. Wir lösten uns voneinander, doch sein Blick hing weiter an mir, dunkel und brennend.

Mit angehaltenem Atem half ich ihm, das Hemd auszuziehen, ganz langsam. Legte sie frei, die Arme, die mich so mühelos hochgehoben hatten, diese Wikingerschultern ... und den Silberschein verzauberter Eisblumen auf seiner Haut. In seinen Augen sah ich ein Echo des Moments, als er mir zum ersten Mal die Frostrunen offenbart hatte.

Er hat Angst. Davor, dass ich zurückschrecken würde, es doch nicht aushielt, wie anders er geworden war.

Niemals, versprach ich ihm stumm, auch wenn meine Hände zitterten. Während er wie gebannt zusah, löste ich meinen Gürtel und zog mir das Pelzwams und das Unterhemd über den Kopf. Darunter trug ich nur noch meinen Sport-BH aus der Menschenwelt.

Mist, warum hab ich mir nicht was Hübscheres angeträumt, ich dumme Kuh ...

Trotzdem: Was ich mich traute! Mein Herz schlug mir bis zum Hals, aber das war keine Angst. Oder ... vielleicht doch, nur ganz neu, anders, untrennbar verwoben mit den brodelnden Empfindungen, die Eriks Nähe in mir auslöste. Ich hatte so um ihn gekämpft, auch gegen mich selbst ...

»Dass ich dich gefunden habe«, flüsterte ich. »Dass du noch lebst. Ich hatte Träume, nachdem du weg warst. Schreckliche Träume von deinem Herzen aus Eis ...«

»Ich hab auch von dir geträumt«, stieß er hervor. Sein breiter Brustkorb hob und senkte sich heftig, wie mitten in einem harten Spiel. Seine Hände lagen auf meinen Hüften. »Immer wieder. Wenn mich irgendetwas am Leben erhalten hat, dann diese Träume.«

»Wirklich?« Mein eigenes Herz, dieser heiße Klumpen, zog sich schmerzhaft zusammen. Längst noch nicht konnte ich alle Unsicherheiten loslassen. »Aber – sicher nicht nur von mir, oder?«

»*Nur* von dir. Elvy. Warum, glaubst du, habe ich alle anderen vergessen, bloß dich nicht?«

»Weil ich so fantastisch bin?« Nur Ironie half mir noch gegen die Enge in meiner Brust.

»Natürlich«, entgegnete er in gleichem Ton. Dann aber wurde er wieder vollkommen ernst. »Du warst mein Rettungsanker. Meine größte, letzte Hoffnung. Als ich der Kalten Herrscherin zum ersten Mal etwas erzählen musste, da wusste ich noch nicht, dass ich dadurch meine Erinnerung verliere. Ich wollte ihr Mitgefühl erwecken, ich ahnungsloser Dummkopf. Habe von meiner Großmutter erzählt ... und sie verloren. Danach wusste ich, was für ein Spiel das war. Um welchen Einsatz es ging. Dass ich der Ysirka immer neue Brocken von mir zuwerfen musste. Aber nicht dich. Dich habe ich festgehalten, versteckt. Du solltest bei mir bleiben, bis zuletzt.«

Er ließ sich zurücksinken in die weichen Pelze, zog mich mit sich. Ich folgte nur zu gern, legte mich auf ihn wie eine Decke. Eine Decke, die zitterte und bebte.

Erik verstand es falsch und murmelte: »Ich bin zu kalt, ich weiß. Willst du ... willst du lieber ein Fell zwischen uns haben?«

Ich merkte, was ihn die Frage kostete. Schüttelte den Kopf, küsste ihn erneut. »Kälte hat mich noch nie gestört.«

»Lügnerin.« Sein Lächeln an meinen Lippen. »Du bist die größte Frostbeule, die ich kenne. Aber auch die tapferste.« Dann legte er seine großen Hände um meine Wangen. Sie waren wärmer als der Rest von ihm, frei von den eisigen Zeichen. Er schob mich ein Stück zurück, sah zu mir hoch. »Und was hast du jetzt mit mir vor, Elvy Astrid Andersson?«

»Weiß nicht«, flüsterte ich. »Ich dachte nur ... Wenn die Herznadel fort ist, könnten wir vielleicht ... so ... unsere Bindung stärken.«

Er lag ganz still da, sagte nichts. Aber sein Blick sprühte Feuer.

Flammen im Eis.

Ich sah auf ihn herab und fühlte mich so, so erfüllt von diesem Wollen, diesem Wunsch nach ihm, nach uns.

Ich mach das jetzt. Ich kann das.

Doch das Zittern ließ nicht nach.

»Komm her, Elvy.« Seine Stimme. Dunkel, fast rau. So hatte ich sie noch nie gehört. Er holte mich zu sich, an seine Seite, beugte sich halb über mich und küsste mich wieder, heiß und zärtlich. Dann wanderte sein Mund zu meinem Ohr, den Hals hinunter und oh ... die feuchte, sanfte Berührung an dieser Stelle war so unbekannt und wunderbar. Ich biss mir auf die Lippen, um nicht aufzustöhnen und vielleicht unser Versteck zu verraten.

Erik bemerkte es. »Keine Sorge«, flüsterte er und deutete auf meinen Froststern. »Schon vergessen? Dich hört hier niemand, selbst wenn du schreist.«

»Warum sollte ich schreien?«, wisperte ich zurück. »So schrecklich bist du auch nicht.«

»Frecher Igel.« Er grinste, ließ seine Zunge tiefer gleiten und diesmal konnte ich mein Stöhnen nicht unterdrücken. Der Stoff meines BHs versperrte ihm den Weg, ich hakte schnell den Verschluss auf. Weg mit dem hässlichen Teil.

Bitte weiterküssen.

Aber Erik schien zu zögern. War er ... enttäuscht? Unsicher sah ich zu ihm hoch und murmelte: »Ja ... sorry. Da ist halt nicht so viel.«

»Was?« Er blinzelte, als wäre er geblendet. »Was redest du?«

»Na ... meine Brüste. Sie sind –«

»Fantastisch.« Seine Augen, todernst und verträumt zugleich.

Ich musste kichern, aber ganz erleichtert war ich noch nicht. »Fantastisch *klein*, was? Reiseformat.«

Er ließ seine Finger über meine Haut gleiten, streichelte die Zweifel weg. »Das kommt dir nur so vor. Weil meine Hände so groß sind.«

Ich blickte ihn unschuldig an. »Aha. Dann kannst du ja froh sein, dass *ich* kleine Hände habe, was?«

»*Frecher* Igel!« Er lachte, rollte mich auf den Bauch, wollte mir wohl einen Klaps verpassen, aber ich wand mich frei. Nahm seine Hand und führte sie zum Gurt meiner Hose, als Friedensangebot.

Er akzeptierte. Half mir, aus Hose und Stiefeln zu schlüpfen, und zog dann eine Pelzdecke über uns. Trotz meiner großen Worte war ich dankbar für die Wärme und den Schutz, die sie spendete. Nackt bis auf meine Unterhose lag ich da. Schmiegte mich an Erik, an diesen langen, starken Körper, der so ganz anders war als meiner.

»Wenn wir es tun ...«, sagte ich leise. »Was ist mit ... wie war das mit dir und ...«

»Immer safe.« Er verstand sofort, was ich meinte. »Hier gibt es natürlich keinen Kondomautomat. Aber ... du riskierst wahrscheinlich eh nichts, oder? Im Traum?«

Ich schüttelte den Kopf über meine Dummheit. Natürlich. Das hier war nur ein Abbild von mir. Eins, das alles fühlte, aber dem nichts in die andere Welt folgte.

Dann nahm ich meinen ganzen Mut zusammen und tauchte unter die Decke. Folgte den Frostrunen auf Eriks Haut, kalt und funkelnd wie Schnee im Mondlicht. Folgte ihnen mit meinen Händen, meinem Mund. Sie prickelten an meinen Lippen, meiner Zungenspitze, eisig und unheimlich und unwiderstehlich. Empfand er das Gleiche? Ich fühlte sein flaches Atmen, die Anspannung in seinem ganzen Körper. Seine Hände an meinen Schultern, in meinem Haar. Weiter hinunter, bis zu dieser wunderbaren Stelle an seiner Hüfte, wo mir ein Muskelstrang den Weg zu seinem Hosenbund wies ... Dann hatte ich mein Ziel erreicht und streifte ihm langsam seine verbliebenen Sachen ab. Alle. Als ich ihn ansah, zum ersten Mal ganz ... da für mich, konnte ich nur schlucken.

Muss ALLES an dem Kerl groß sein?

Ich wollte ... *wollte* ihn berühren. Das ja. Wollte alles tun, wovon ich gelesen und geträumt hatte. Und trotzdem machte mein Magen gerade solche nervösen Purzelbäume, dass mir fast schlecht wurde.

Zu viel. Zu schnell. Ich trau mich nicht. Aber ... aber ich kann doch jetzt keinen Rückzieher machen?! Er braucht mich!

Irgendwie spürte Erik mein Zögern und zog mich wieder zu sich hoch. »Alles gut? Was hast du?«

Ich biss mir auf die Lippen. Wie sollte ich ihm das bloß erklären, dieses Kuddelmuddel in mir? »Ist es okay, wenn wir nicht gleich ... aufs Ganze gehen?«, versuchte ich es leise.

Er wirkte fast schockiert. »Elvy. Glaubst du wirklich, dass du mich das fragen musst?« Dann sah er beiseite und flüsterte: »War eh dumm von mir. Es könnte gar nicht schön für dich sein ... so, wie ich jetzt bin. Ich wünschte, ich könnte es mir herunterreißen, dieses eisige Dreckszeug.«

Oh nein. Bitte denk nicht, dass ich dich nicht will!

Ihn so verletzt zu sehen, war schlimmer als jede Angst um mich. »Das halte ich schon aus«, ruderte ich zurück.

»Ich will aber nicht, dass du mich *aushalten* musst!«, erwiderte er.

»Wir ...« Ich stockte kurz, sprach umso fester weiter. »Wir tun es trotzdem. Schon allein wegen ... wegen dieser Bindungssache. Wir brauchen doch Stärke.«

Bitte denk nicht, dass ich zu feige bin. Halt mich weiter fest.

Er tat es, obwohl ich es nicht laut gesagt hatte, hielt mich ganz fest, und ich unterdrückte jedes Kälteschaudern.

»Hey«, sagte er. »Vergiss das einfach. Wir sind zusammen. Wir sind uns einig. Ich glaube, das ist das Wichtigste. Schau doch, was wir schon mit einem Kuss erreicht haben! Es muss nicht mehr sein.«

»Aber du möchtest gern? Mehr?«

»Ja. *Ja.* Guck bloß nicht in meinen Kopf, da ... da sind so viele Träume von dir und mir, absolut nicht jugendfrei ...« Er stieß die Luft aus, in fast komischer Verzweiflung. »Aber ich möchte auch mit dir Pizza essen und noch mal die Sterne angucken und dieses verlassene Mietshaus erkunden. Verstehst du? Das ist ja auch alles nicht möglich. Warte ich halt.«

»Aber was«, kaum brachte ich die Frage heraus, »was, wenn das hier unsere einzige Chance ist, so zusammen zu sein?«

»Egal. Lieber friere ich hier für immer fest, als zuzulassen, dass du etwas machst, was du eigentlich nicht willst.«

»Ach, du ...« Ich wollte ihm irgendeine komische Beleidigung an den Kopf werfen. Fand keine, mein Inneres viel zu aufgewühlt.

»Ich mein's ernst«, sagte er. »Bleib einfach bei mir. Solange dein Traum es zulässt.«

»Das mache ich«, erwiderte ich mit erstickter Stimme.

Er rollte sich auf die Seite, streckte seine Arme nach mir aus. Ich glitt näher, bis ich mit dem Rücken an seinem Bauch lag. Seine Hüfte an meinem Po, die Decke über uns. Ich hielt seine Hände vor meiner Brust. Sein warmer Atem, mühsam kontrolliert, kitzelte die feinen Härchen in meinem Nacken.

»Ist das so in Ordnung?«

Obwohl mein Herz noch immer kreiselte und taumelte, ging es mir wunderbar. Ich war unendlich erleichtert. Das Zittern verschwand. »Ja. Fühlt sich toll an. *Du* fühlst dich toll an.«

»Noch immer nicht zu kalt?«

»Deine Hände sind ja warm.« Ich hielt sie weiter fest und rekelte mich in seine Umarmung hinein.

Erik sog scharf die Luft ein. »Du weißt schon, dass es unglaublich fies von dir ist, dich so zu bewegen?«

»Nein, weiß ich nicht. Aber wie du mich da geküsst hast ... am Hals ... *das* war fies.«

Er beugte sich vor. Presste seine Lippen auf diese eine Stelle knapp unter meinem Ohr. »Du meinst so?«

»Mhmmm ...«

Knistern. Funkeln. Ein Gefühl wie ein warmer Blitzschlag. Es tanzte auf meiner Haut, kribbelte mir die Wirbelsäule hinunter und ganz tief in mich hinein, bis zu diesem Punkt, der bisher nur mir gehört hatte. Ich seufzte wohlig auf, kam ihm entgegen.

Sein freier Arm begann wieder, mich zu streicheln. »Zeig mir, was du magst«, flüsterte er. »Ich mache nichts, das du nicht willst.«

Ich nickte stumm. Legte meine Hand auf seine und führte sie. Über meine fantastischen Brüste, den Bauch hinunter, ganz langsam ... und noch ein Stückchen tiefer. Was ich mich traute ...

Er küsste mich weiter, meinen Hals, meinen Nacken, aber was ich vor allem spürte, waren seine Finger zwischen meinen, wie sie sich unter den Bund meines Slips schlichen und ... erkundeten, sanft, langsam. Rau und warm und *oh, ja, genau da ...*

Ich zuckte zusammen, keuchte auf.

»Alles gut?« Seine Stimme an meinem Ohr, wie von weit weg. »Ich kann aufhören, wenn du –«

»Wenn du *jetzt* aufhörst, bring ich dich um«, brachte ich heraus.

Er hörte nicht auf. Hielt mich an seinen wunderbaren Körper gepresst, küsste und streichelte mich, immer weiter, machte mich schwindelig, bis ich alles losließ, fiel und fiel.

Erik fing mich auf. Ich drehte mich zu ihm und klammerte mich fest. Sagen konnte ich nichts, nur lächeln und küssen und seine Haare zerwühlen.

Ich hab nichts für ihn getan und er schaut mich trotzdem so an ...

»Hej«, flüsterte er liebevoll. »Wieder da? Wie fühlst du dich?«

Wie ich mich fühlte? Fantastisch. Frei. Aber vor allem ...

»Stärker.« Ich sagte es mit Nachdruck.

»*Noch* stärker?« Wieder sein leises Lachen. »Elvy. Wer soll dich jetzt noch aufhalten?«

Ich liebe das. Ich liebe dich bei mir. Ich liebe ... dich.

Und dann, als ich es ihm gerade sagen wollte, erschien die Tür. Die verfluchte, verfluchte Tür, die all das hier ermöglicht hatte, der ich mein Leben verdankte – und die ich in diesem Moment am liebsten schreddern wollte. Sie rief mich, unbarmherzig, riss mich weg von diesem unglaublich schönen, großen, wichtigen Moment. Weg von Erik. Zum letzten Mal?

»Das ist kein Abschied.« Mehr brachte ich nicht heraus, als ich auf die Beine kam, schon gepackt vom eisigen Sog des Schneesturms zwischen den Welten. Ich machte mir nicht die Mühe, meine Kleider aufzusammeln. Traumgespinst, sie würden mit mir verschwinden. Lieber schaute ich zu Erik, kämpfte um jede Sekunde. »Ich komme wieder und helfe dir, den Fluchtweg zu finden.«

»Ich weiß.« Er saß da, als wollte er mir nachspringen. »Ich weiß, Elvy. Und ich warte auf dich. Bis bald.«

Kapitel 39

Ich hasse das Klarträumen! Ich hasse es! Ich will zurück zu ihm, ich will mehr von ihm, es war so schön, und warum ist er nicht hier, wenn ihm nur nichts geschieht ohne mich …

Mein Erwachen war so entsetzlich wie nie. Der Traum hatte mich geradezu ausgespien und jetzt lag ich in meinem Kjolg unter den Rentierfellen, noch immer glühend, noch immer mit dem Gefühl von Eriks Händen auf meiner Haut, seiner Stimme in meinem Ohr … aber allein.

Ganz allein, wie mir langsam bewusst wurde. Ich blinzelte, zwang mich mit aller Gewalt zurück in die Realität. Setzte mich auf und sah mich um. Im Feuerkreis nur kalte Asche, der Funkenwicht steckte vermutlich schmollend in einer Ritze und wartete auf Nachschub.

Mein erster Eindruck hatte mich nicht getrogen: Wieder war keine Tomte Teda bei mir im Kjolg, weder schnarchend noch wach und verkatert.

Hieß das, sie lief schon draußen herum und half den Aelfar? Immerhin sollte heute der Aufbruch nach Ymatàja erfolgen. Keine Aufschübe mehr – verdammt gut so, schließlich hatte ich gerade die Bestätigung bekommen, dass Kjellans Erhebung zum Frostprinzen unmittelbar bevorstand!

Ich muss es ihnen sagen, sofort, dachte ich und schoss hoch.

Seltsamerweise hatte ich noch kein Geräusch gehört, das nach abmarschbereiten Kriegern klang, nur vereinzeltes Grunzen und Klicken von Silberrenen, dabei war es schon hell. Rasch erledigte ich mein Morgengeschäft, zog mich an und verließ meinen Kjolg.

Das Lager lag vollkommen still im blassen Morgenlicht, keine Seele in Sicht. Eisiger Schreck durchfuhr mich: *Sie sind ohne mich los!*

Doch warum waren die Rentiere noch da? Die Pforte lag zu weit entfernt für einen Fußmarsch, selbst mit Schneebrettern, das wusste ich.

»Tomte Teda?«, rief ich zögerlich. »Simàja?«

Keine Antwort. Nur ein Lichthäher, vielleicht derselbe wie bei Tjaels Konzert, krächzte mir von der Spitze einer Bannerstange zu.

Verunsichert ging ich weiter zum Großen Kjolg. Davor: ein einzelner Schlitten mit angeschirrtem Rengespann. Die Tiere standen geduldig da und schüttelten lediglich ihre mächtigen weißen Geweihe, als ich mich näherte. Sonst war niemand zu sehen.

Was ist hier los?

Langsam wurde mir mulmig. Doch das war nichts gegen den Moment, als ich die Tür öffnete, den Ledervorhang beiseiteschob und meinen Kopf in das dunkle Innere des Kjolgs streckte. Auch hier hatte niemand das Feuer versorgt. Der Geruch von kaltem Rauch trieb mir entgegen, als ich angestrengt versuchte, meine Augen an das Zwielicht zu gewöhnen. Als es mir endlich gelang, stockte mir schier der Atem.

Sie sind alle tot.

Rings um den Feuerkreis lagen die Aelfar, nebeneinander, übereinander, wie gefällt. In der hintersten Ecke erkannte ich die graue Mähne Askils. Und ein Stück daneben … ein kleines Häufchen mit roter Mütze.

Ich presste mir die Faust vor den Mund, um nicht zu schreien. Zwang mich zur Ruhe, zum Nachdenken. Als ich mich wieder im Griff hatte, entdeckte ich Lebenszeichen. Kein Zweifel, der Aelfa zu meinen Füßen atmete – schwach, aber regelmäßig. Der neben ihm auch. Zwischen ihnen lag ein umgekippter Schöpfbecher, darin eine Neige weißer Flüssigkeit.

Silvarsolbräu? Keine Toten … sondern Schnapsleichen???

Tatsache. Ein rascher Check, vor allem bei Tomte Teda, bestätigte meinen Verdacht: Alle hier im Kjolg lebten und schliefen, offensichtlich komplett abgeschossen von der Siegesfeier letzte Nacht. Wut, so heftig wie zuvor meine Angst, kochte in mir hoch.

Das kann echt nicht wahr sein! Erst große Töne zur Weltrettung spucken und sich dann so die Kante geben! Aber …

Ich wollte böse bleiben, bloß kam mir das Ganze trotzdem merkwürdig vor. Für Vintaelfar, erst recht diese disziplinierten Wächter, war es schon spät – an einem wichtigen Tag. Wie konnte es sein, dass *alle* verschlafen hatten? Und *so* tief im Schlummer lagen? Ich rüttelte an mehreren Schultern, schüttelte Tomte Teda: nichts.

Verzweifelt scannte ich die bewusstlose Versammlung erneut. *Simàja!* Sie befand sich nicht unter den Schläfern.

Ich muss sie finden, vielleicht ist sie wach und kann mir helfen …

Hastig schlüpfte ich wieder hinaus, lief an dem Rentiergespann vorbei, versuchte mich zu erinnern, welcher der Kjolge zwischen den Fahnenstangen Simàja gehörte. Plötzlich ertönte neben mir ein fröhliches Schnaufen. *Ritni!*

»Hey, Kleiner«, sagte ich, total erleichtert, ihn zu sehen. *Wenigstens einer aus meiner Gang ist am Start!* Dann beugte ich mich zu ihm herab und nahm seinen Kopf sanft in meine Hände. »Kannst du mich zu Simàja bringen? Simàja?«

Er schüttelte mich ab, sprang ein Stück voraus und sah sich dann zu mir um. Ja, er führte mich wirklich wieder! Mit neuem Mut erfüllt, stiefelte ich los.

Da erklang eine Stimme hinter mir. Tief, samtig, voll von leisem Spott. Die Stimme von Jor. »Hast du dich verlaufen, kleiner Schneehase?«

»Nein.« Ich drehte mich um, maß ihn mit kühlem Blick. »Und wenn es so wäre, würde ich bestimmt nicht *dich* nach dem Weg fragen.«

Jor schlief also nicht. *Wieso nicht?* Er hatte die Feier an sich gerissen, genau wie er Simàjas und mein Verdienst am Sieg über die Dryghar an sich gerissen hatte – hatte er das etwa nicht ausgekostet?

»Was ist mit den anderen?«, fragte ich scharf. »Ich war im Kjolg, keiner ist wach.«

»So etwas. Diese Schlafmützen.« Jor lächelte und trat näher. »Heißt das … wir sind ganz allein?«

Ich wich nicht zurück. Ja, er sah immer noch höllisch gut aus, wie er da vor mir stand in seinem Wintergewand, männlich und kriegerisch. Seine Waldseeaugen schimmerten verführerisch, doch ihr Glanz verunsicherte mich nicht mehr. Weil ich jetzt stark genug war, seinem Zauber nicht mehr zu erliegen? Oder weil ich einfach genug von seinem Verhalten erlebt hatte, das mich abstieß?

Und er ist als einziger wach und abmarschbereit. Da ist was faul!

Bloß würde mir eine direkte Konfrontation mit ihm nichts bringen. Ich musste Simàja finden, und zwar schnell.

»Gut«, sagte ich, so beiläufig wie möglich. »Ich mach erst mal einen Kaffee. Vielleicht hilft der auch den anderen.«

Ich wartete nicht auf seine Antwort und wandte mich ab, um Ritni zu folgen – doch da, genau in meinem Weg, stand Vissa. Kein Laut hatte ihr Auftauchen verraten. Ritni zuckte erschreckt zurück und flüchtete sich an meine Seite. Spürte er ihre Raubtiernatur? Sie verzog die Lippen und zeigte ihre Zähne. Es war kein Lächeln. Ihre Körperhaltung sagte deutlich, dass sie mich nicht vorbeilassen würde.

»Was soll das?«, fragte ich und strich Ritni beruhigend über den Rücken. »Willst du –«

Weiter kam ich nicht, denn Jor packte mich von hinten. Der Schock traf mich wie ein Tritt in den Magen, doch ich reagierte sofort. Schon die Jungs aus meiner Grundschulklasse hatten schnell gelernt, dass sich Elvy nicht so einfach festhalten und einseifen ließ. Ich warf meinen Oberkörper zur Seite und trat mit aller Kraft nach hinten, traf Jors Schienbein. Hörte ihn aufkeuchen vor Schmerz, *yes!*, nur ließ er mich nicht los. Schon war Vissa da und griff nach meinen Beinen. Ritni stieg hoch, als ob er mich verteidigen wollte, doch ein Fauchen von ihr ließ ihn panisch davonpreschen.

»Lasst den Scheiß, sofort!«, schrie ich voller Wut und kämpfte weiter. Ich schaffte es, Vissa meinen Fuß direkt in ihre perfekte Visage zu knallen, leider hielt sie das nicht auf. Schon hatte sie meine Beine gepackt und schnürte sie mit einem Lederriemen ein. Ich wand mich und schrie – wüste Beleidigungen, um Hilfe, alles, was mir in den Sinn kam, riss den Kopf zurück, um Jors Nase zu treffen … Doch der war ungleich stärker als ich – und hatte genug von unserem kleinen Ringkampf. Er schleuderte mich zu Boden und drückte mir brutal das Gesicht in den Schnee. Sein Knie in meinem Rücken, voll belastet, ein Gewicht, das ich nicht abschütteln konnte. Eiskalte Panik schoss in mir hoch, als mir der Schnee Mund und Nase verstopfte.

Ich kann nicht atmen, ich kann nicht …

Er zerrte mich hoch, gerade noch rechtzeitig. Ich spuckte und hustete, wollte weiter um mich schlagen, zu spät. Ein weiterer Riemen schlang sich um meine Arme, fixierte sie am Körper. Ich war hilflos wie eine Katze im Sack. Gefangen.

»Schon viel besser. Braves Häschen.« Jor packte mein Kinn und zog mich nah an sein Gesicht. Ich versuchte, ihn zu beißen, er wich mühelos aus und drückte so fest zu, dass mir Tränen in die Augen schossen.

Ein Lächeln erschien auf seinen vollen Lippen, freundlich und grausam zugleich. »Nicht weinen, Menschending. Aber auch nicht mehr beißen, hörst du? Sonst schneide ich dir jeden deiner kleinen Zähne aus dem Mund.«

»Was hast du vor?«, fragte ich heiser. Noch immer war er mir unangenehm nah, in Bissweite, aber ich wagte keinen neuen Angriff.

»Häschen. Du weißt doch, was ich vorhabe.« Er hob mich hoch, nahm mich auf seine Arme wie eine Braut. »Ich gehe nach Ymatàja. Und du kommst mit mir.« Mit großen, entspannten Schritten ging er zurück zum Zentrum des Lagers. Vissa folgte mit etwas Abstand.

Er hat das alles geplant, ging mir auf. *Was auch immer hier abläuft, nichts davon ist Zufall!*

»Du warst das«, stellte ich fest und deutete mit dem Kinn zum Schneehügel des Großen Kjolgs. »Du hast deinen Leuten etwas ins Getränk gemischt, um sie zu betäuben. Aber warum? Wieso willst du auf Verstärkung verzichten?« Moment – war das etwa wieder sein Scheiß-Geltungsbedürfnis? Sollte niemand seinen Ruhm teilen?

Jor setzte mich im bereitstehenden Schlitten ab. Zwischen den Pelzen verbarg sich mein Rucksack. Hatte er ihn eingepackt, um den Eindruck zu erwecken, dass ich freiwillig mit ihm gegangen war? Wieso? Was zur Hölle hatte er wirklich vor?

»Glaubst du echt, du kannst die Ysirka allein besiegen?«, fragte ich ungläubig.

Er schenkte mir ein überlegenes Lächeln. »Wer sagt, dass ich sie besiegen will?«

Ich starrte ihn an. Zwei Sekunden lang. Dann fiel der Groschen und ich bekam richtig, *richtig* Angst. »Du willst dich ihr anschließen. Ihr dienen.«

»Mehr als das.« Sein Lächeln wurde breiter, geradezu gönnerhaft, weil er dem dummen Menschending etwas erklären musste. »Ich werde ihr Frostprinz. Ihr General. Dann herrsche ich an ihrer Seite.«

Ich verbarg mein Entsetzen und sagte kalt: »Sorry, aber die Bewerbungsfrist ist abgelaufen. Kjellan wird ihr Frostprinz. Vermutlich genau in diesem Moment.«

Vissa, die zu uns aufgeschlossen hatte, schnaubte. »Kjellan ist ein jämmerlicher Somaelfar. Er ist dem Winter nicht gewachsen.«

Jor blickte sie beifällig an. »Und selbst wenn er schon den Helm trägt. Die Ysirka wird *mich* erwählen, sobald sie erkennt, was ich ihr zu bieten habe.«

»Was denn? Deinen tiefen Blick und dein süßes Lächeln?«, spottete ich, was mir eine harte Ohrfeige von Vissa einbrachte.

Ihr Komplize dagegen lachte. »Warum nicht? Dich hat es ja auch überzeugt, oder, mein Häschen?« Vissa stieß ein Grollen aus, als er sich zu mir herabbeugte, doch er beachtete sie nicht und kam mir so nahe, dass ich seinen Atem an meiner Wange spürte. Anders als vorher verschaffte mir das nur Grusel.

»Vergiss es«, schnappte ich. »Welche Magie auch immer das war, sie wirkt nicht mehr bei mir!«

»Als ob ich Magie bräuchte, um so ein dürres, einfältiges Mädchen wie dich zu verzaubern.« Mit seinem Finger fuhr er die Linie meines Kiefers nach und genoss sichtlich, wie mich das erschauern ließ. »Ihr seid alle gleich«, wisperte er. »Große Träume von der wahren Liebe, aber ihr sucht nur mit den Augen und«, er blickte bedeutsam an mir herunter, »damit. Ein Kinderspiel, euch zu packen. Zu kontrollieren.«

»Hast du das auch mit der da gemacht?«, zischte ich mit Blick auf Vissa. »Und mit Simàja?«

»Oh, die kleine Prinzessin war nur ein Mittel zum Zweck. Um meine Position zu stärken und Askil zu entmachten, damit niemand meinen Plan durchkreuzt. Jetzt brauche ich sie nicht mehr. Hübsches Ding, aber auf Dauer viel zu fade für mich.« Er richtete sich wieder auf. »Vissa ist meine wahre Gefährtin«, fuhr er fort, betont deutlich, und ich merkte, wie ihre Augen bei seinen Worten aufleuchteten, auch wenn sie mit den Silberrenen beschäftigt war. Was sie nicht sah, war das amüsierte Zucken seiner Mundwinkel.

Du Dreckskerl, ich weiß, dass du auch sie belügst!, schleuderte ich ihm stumm entgegen. Laut aber fragte ich: »Und was willst du mit mir?«

»Was wohl.« Er tippte mir gegen die Stirn. »Der Froststern wird meine Macht verstärken, sodass ich der Ysirka als Gleichgestellter begegne. Bei uns wird er bei der Geburt vererbt – ihr Menschen könnt ihn einfach weitergeben, nicht wahr?«

»Bloß werd ich das nicht tun, du Arsch«, fauchte ich.

»Oh doch, Häschen, das wirst du«, sagte er. »Eigentlich hatte ich geplant, dich durch Umgarnen dazu zu bringen. Aber irgendwie bist du mir durch die Maschen geglitten. Was soll's, mit Gewalt geht es auch sehr gut.« Seine Lippen verzogen sich in grausamem Vergnügen. »Ursprünglich wollte ich die kleine Prinzessin mitnehmen, aber das wäre nur eine hübsche Trophäe gewesen. Dummerweise kann *sie* mir ja ihren Schutzzauber nicht übergeben – sonst hätte ich ihn längst. Sie würde alles für mich tun, weißt du?« Er lachte selbstgefällig. »Aber *du*, Menschending – du kannst mir tatsächlich nützen. Ich nehme dich mit, und wenn wir etwas Zeit haben, hole ich mir deinen Froststern. Was von dir übrig ist, lege ich der Kalten Herrscherin zu Füßen. Genau wie das hier.« Mit seiner Linken griff er an mir vorbei in den Schlitten und zog den Glutspeer hervor.

Die Waffe, die die Ysirka töten sollte. Schockiert starrte ich den schwarzen Stab an. Ein Jahrhundert lang hatten die Wächter sie für ihren Träger vorbereitet, mit jedem Funken Magie, den sie erübrigen konnten. Simàjas Eltern waren dafür gestorben, Tjaels Freund Arlan und wer weiß wie viele Aelfar noch. Unsere einzige Hoffnung. Und Jor machte daraus ein *Gastgeschenk*, um sich selbst zu retten!

»Du glaubst wirklich, dass du damit durchkommst?«, fuhr ich ihn an. »Bei einem Wesen wie der Ysirka? Sie ist stärker als ihr alle! Ich war in ihrer Festung, ich habe mit eigenen Augen gesehen, wie sie herrscht. Keins der Wesen dort hatte noch einen eigenen Willen!«

»Das waren nur Somaelfar«, sagte er wegwerfend. »Schwach, intrigant, nutzlos. Wir Vintaelfar dagegen fürchten uns nicht vor Eis und Schnee. Eure Menschenwelt, was kümmert sie uns? Soll die Kalte Herrscherin sie erobern – wir helfen ihr dabei! Einst habt ihr uns von hier vertrieben, mit euren Netzen aus Eisen, euren Maschinen. Doch das hat bald ein Ende!« Seine Stimme hatte immer mehr von ihrem arrogant-lässigen Ton verloren. Bei seinen letzten Worten klang er so brutal und hasserfüllt, dass ich am liebsten davongerannt wäre.

»Du bist verrückt«, flüsterte ich.

»Verrückt ist es, sich ihr entgegenzustellen«, erwiderte er hart. »Yma ist tot. Die Ysirka ist die neue Quelle aller Magie. Nichts kann sie aufhalten. Wenn ich also kämpfe, dann für sie.« Abrupt wandte er sich ab und sagte barsch zu Vissa: »Los jetzt, genug Zeit verloren. Wir müssen unseren Vorsprung nutzen.«

Vorsprung …? Weil das Schlafmittel vielleicht bald seine Wirkung verlor und die Aelfar ihm nachjagen würden, sobald sie seinen Verrat erkannten? Ob ich da nachhelfen konnte? So gut es mit meinen Fesseln ging, reckte ich mich hoch und schrie aus Leibeskräften um Hilfe. Vissa sprang fauchend zu mir in den Schlitten und verpasste mir einen erneuten Schlag ins Gesicht, doch erst Jors drohender Blick und sein Griff zum Dolch brachten mich zum Schweigen. Meine Wangen brannten von den harten Ohrfeigen, in meinem Rücken spürte ich noch immer Jors Knie – am schlimmsten aber war die Angst. Sie hatte sich überall in mir festgekrallt, ließ mein Herz rasen und drohte mit Tränen. *Aber die kriegt ihr nicht, ihr Verräterpack, niemals!*, schwor ich mir im Stillen. Und verdrängte krampfhaft jeden Gedanken daran, wie lange mein Schwur wohl halten würde, wenn Jor erst seine Drohung wahr machte …

Vissa warf ein paar Felle über meinen Körper, packte mich ein bis zur Nasenspitze – nicht aus Freundlichkeit, klar, sondern damit ich nicht vor Kälte starb, bevor ich Jor »nützlich« werden konnte. Dann schüttelte sie stolz ihre feuerroten Zöpfe, schnalzte und der Schlitten fuhr los. Jor, den Glutspeer in der Hand, folgte auf seinem Rentierbullen. Nichts rührte sich zwischen den Kjolgen, niemand erschien, um meine Entführer aufzuhalten.

Nicht lange, und das Lager verschwand hinter uns im Schnee.

Kapitel 40

Die Landschaft flog im Silberren-Galopp dahin, versunken in eisiger Schönheit. Ein Himmel wie aus Glas, das Licht blass und strahlend zugleich, die Luft so frisch und klar, dass selbst der Fahrtwind freundlich schien. Nichts davon munterte mich auf.

Eine halbe Tagesreise. Eine halbe Tagesreise war sie entfernt, die Pforte, was hieß das genau? Wie viel Zeit blieb mir, zu fliehen oder die Verräter so lange aufzuhalten, bis Hilfe kam? Und *wie* sollte ich das bloß schaffen? Schließlich lag ich als hilfloser Rollbraten im Schlitten, bewacht von Vissa. Jor preschte uns voran, zwar ein gutes Stück entfernt, doch nah genug, um mich sofort wieder einfangen zu können, falls ich entkommen sollte.

Verzweifelt zerrte ich an meinen Fesseln. Die an meinen Beinen zu lösen, war hoffnungslos, aber am Oberkörper gab es etwas Spielraum. Wegen meines Gezappels und der gefütterten Kleidung hatten meine Entführer die Riemen wohl nicht fester ziehen können. Und sie hatten mich nicht durchsucht! Aus Zeitmangel … oder aus Arroganz? Vermutlich Letzteres. Vorsichtig vergewisserte ich mich: Ja, mein kleines Messer war noch da. Zwar steckte es fest in seiner Scheide am Gürtel, momentan unerreichbar, aber wenn ich irgendwie meinen Handschuh losbekam und mich herantasten konnte …

Vissa, die direkt vor mir saß und den Schlitten lenkte, drehte sich um und knurrte: »Halt still, Menschending, oder du wirst es bereuen.«

Mist, natürlich waren ihre Sinne viel zu fein für meine plumpen Versuche. Ich musste sie irgendwie ablenken.

»Ich glaub eher, dass *du* bald was bereust«, schnappte ich also zurück.

»Drohst du mir?« Sie warf den Kopf in den Nacken und lachte abfällig.

Ich setzte mich etwas auf, tarnte damit effektiv einen neuen Versuch, an das Messer zu kommen. »Keine Drohung. Eine Prophezeiung.«

»Dummes Gerede. Der Froststern lässt dich nicht das Schicksal sehen.«

»Ich brauche keinen Froststern, um zu erkennen, dass Jor dich bald fallen lässt wie 'ne tote Maus.«

Sie lachte wieder. »Du Mensch. Du kleines Mädchen. Was weißt du von der Liebe? Unberührt bist du, das spüre ich. Du weißt gar nichts.«

»Ich weiß genug, um keinen Typen zu wollen, der so was abzieht! Er verrät alle, um sich selbst zu retten. Und du hilfst ihm dabei – wofür? Denkst du echt, er braucht dich noch, wenn er erst Frostprinz ist?«

»Er braucht mich, und er will mich, obwohl ich eine Tierseele bin! In Ymatàja können wir endlich offen zusammen sein. Dort werde *ich* seine Prinzessin!« Es sollte überlegen klingen … aber hörte ich da nicht den winzigsten Hauch von Unsicherheit heraus?

Bingo. Weiter.

»Das hat er dir erzählt? Schwachsinn. Mach die Augen auf – oder die Ohren! Wenn du nicht dabei bist, redet er total abfällig über dich, hab ich selbst erlebt. Er manipuliert alle, um zu kriegen, was er will.« Ich kam richtig in Fahrt. »Macht einen auf Anführer, dabei plant er Verrat. Spielt Simàja die große Liebe vor und baggert sogar *mich* an, nur weil er meinen Froststern will. Wie kannst du bei alldem zuschauen, all diese Lügen hören und glauben, dass er es mit *dir* ehrlich meint?«

»Weil es bei mir anders ist.« Vissa hob stolz das Kinn. »Jor hat mir offenbart, dass wir Seelengefährten sind.«

»Seelengefährten?« Ich verschluckte mich fast. »Oh sorry – ist das so'n Aelfar-Ausdruck für ›hinter dem Rücken seiner Verlobten rumvögeln‹?«

Blitzschnell fuhr sie zu mir herum, ihre Hand plötzlich eine Pranke mit Krallen. Ich wich gerade noch zurück – geistesgegenwärtig genug, die Bewegung zu nutzen. Meine Hand erreichte den Messergriff, zog es aus der Scheide.

Meine Wächterin war zu abgelenkt, um etwas zu bemerken. Ihr kleiner Wutausbruch hatte die Silberrene erschreckt, und sie hatte alle Hände voll zu tun, um sie wieder zu beruhigen.

Leider rief das Jor herbei. Er zügelte sein Reittier und ließ sich auf unsere Höhe zurückfallen. »Was ist los, Vissa?«, rief er ungehalten und wies auf ihre Klaue. »Hast du das Gespann nicht im Griff? Reiß dich zusammen, du weißt, dass die Rene deine Luchsnatur fürchten!«

Sie fauchte, noch immer aufgebracht – und erst recht davon getroffen, dass *er* sie kritisierte. Mit einem harten Ruck am Zügel brachte sie den Schlitten zum Stehen. »Ich glaube, Enki lahmt«, presste sie heraus.

Von wegen! Sie will bloß kaschieren, was wirklich passiert ist.

Tatsächlich sprang sie sogar vom Schlitten und machte eine Show daraus, einem der Rentiere die Beine abzutasten und die Hufe zu prüfen. Jor blickte ungeduldig auf sie herab und trieb sie mit wenig liebevollen Worten an.

Auf mich achtete keiner der beiden. Gedeckt durch die Felle, säbelte ich den Riemen auf Höhe meiner Taille durch. Ich musste meine Hand schmerzhaft verdrehen, um ihn zu erreichen – zum Glück war die weiße Hornklinge unglaublich scharf. Zweimal schnitt ich versehentlich in meine Finger statt in den Riemen, dann –

Geschafft! Ich unterdrückte jeden Laut, versuchte, mein hektisches Atmen und das wilde Schlagen meines Herzens zu verbergen.

Vissa war mit ihrer Fake-Inspektion durch und sagte etwas zu Jor, das diesen zum Absitzen brachte. Neuer Schreck fuhr mir in die Glieder, doch sein Blick streifte mich nur kurz, bevor er sich seiner Komplizin zuwandte.

»Du zweifelst an mir? An uns?« Der Eiswind trieb seine Worte zu mir herüber.

Oho. Hatte ich sie etwa wirklich zum Nachdenken gebracht? Würde mir das helfen?

Vissa murmelte eine unhörbare Antwort und wandte sich ab. Jor streckte den Arm nach ihr aus und redete beschwörend auf sie ein. Ich ließ die beiden nicht aus den Augen, zog dabei vorsichtig die Beine an, um meine unteren Fesseln zu erreichen. Nur noch ein kleines Stück … Mein Messer ließ mich nicht im Stich. Ein letzter Schnitt – ich war frei.

Ich zwang mich, ruhig zu atmen – und beobachtete, wie Jor Vissa in eine Umarmung zog. Sie zögerte einen Herzschlag, ich hörte ein schwaches »Aber was ist mit …«, dann verschloss er ihr den Mund mit einem Kuss, so leidenschaftlich, als wollte er damit den Schnee in ganz Sápmi schmelzen. Sie machte mit, augenscheinlich nur zu gern.

Shit, er hat sie wieder am Haken! Also weiter mit Plan A.

Während die beiden sich innig küssten, glitt ich nach vorn, zu der Stelle im Schlitten, wo die Führstäbe der Rentiere befestigt waren. Noch immer unbemerkt, schnitt ich die Lederverbindung durch, dann richtete ich mich auf, schleuderte ein Fell nach vorn und *schrie.*

Beide Silberrene bäumten sich erschrocken auf und gingen durch. Ich sprang vom Schlitten, atemlos vor Angst, und hetzte hinüber zu Jors Reittier.

Dumme Idee, ganz dumme Idee!

Aber meine einzige Chance. Der Pulverschnee stob hoch, als ich den mächtigen Bullen erreichte und mich an ihm hochzog. Er bockte, ich klammerte mich verzweifelt fest, wobei ich mein Messer verlor, griff nach dem Zaumzeug – schon war Jor heran. Er zerrte mich herunter und verpasste mir einen brutalen Tritt, der mir die Luft aus dem Körper trieb. Ich krümmte mich zusammen vor Schmerz und, verdammt, vielleicht kamen mir doch die Tränen.

»Vissa, elende Närrin!«, brüllte Jor, während er nochmals nach mir trat. »Schau, welchen Ärger uns deine Flausen eingebracht haben! Und du«, seine Stimme wurde zu einem Zischen, als er sich zu mir herunterbeugte und meinen Zopf packte, »du hättest besser auf meine Warnung gehört! Jetzt zeige ich dir, wie man einen Hasen häutet!«

Ich schlug nach ihm, kämpfte panisch gegen seinen harten Griff, vergeblich. Er drückte mich in den Schnee, zückte seinen Dolch …

»Hände weg von meiner Freundin, du *Misthaufen!*«

Jors Kopf fuhr herum. Mit zitternden Händen wischte ich mir den Schnee aus dem Gesicht und schaute auf.

Hinter uns, einen Pfeil auf der Sehne ihres kleinen Jagdbogens, stand Simàja. Etwas weiter entfernt erblickte ich Silla und Ritni, beide sichtlich erschöpft von dem Ritt, der hinter ihnen lag.

Simàjas Stimme bebte vor Wut, doch ihre Arme waren tödlich ruhig. »Lass Elvy los und steh auf, sofort. Und du, Vissa, keine Dummheiten.«

»Liebste. Welche Freude, dich zu sehen.« Jor erhob sich in einer flüssigen Bewegung. »Du wirkst aufgebracht, aber urteile nicht zu schnell nach Augenschein. Was ich tue, ist zu unser aller Besten.« Lächelnd breitete er die Arme aus und machte einen Schritt auf Simàja zu.

Sie spannte blitzschnell den Bogen. »Keinen Schritt weiter. Unsere Pfeilspitzen sind zu klein, um Dryghar zu töten, aber für ein Unwesen wie dich reichen sie allemal.«

Ich rappelte mich hoch. Bei jeder Bewegung spürte ich Jors Tritte in meinem Körper. Keuchend vor Schmerz und Angst, stolperte ich an ihm vorbei zu Simàja. Meiner Freundin.

»Geht es dir gut?«, fragte sie mit einem raschen Blick zu mir.

»Jetzt ja«, japste ich, ganz taumelig vor Dankbarkeit. »Glaub ihm nichts! *Er* hat euch betäubt«, erklärte ich eilig. »Er will den Glutspeer zur Ysirka bringen, damit sie *ihn* zu ihrem General macht. Und mir wollte er den Froststern stehlen!«

Jor hatte alles gehört. »Liebste, du glaubst doch nicht dieser –«

»Jedes Wort«, unterbrach sie ihn scharf. »Es passt alles zusammen. Du feiger Schuft. Viel zu lange habe ich mir dein Verhalten schöngeredet. Es entschuldigt, wieder und wieder. Aber das ist vorbei.«

»Vissa, los!« Jor ließ die Maske des liebevollen Verlobten fallen, seine Worte wie ein Peitschenknall.

Doch Vissa … zögerte. Sie stand wie angenagelt an ihrem Platz, während ihre bernsteinfarbenen Augen zwischen uns hin und her zuckten.

»Nun mach schon!«, kommandierte er scharf. »Sie kann uns nicht beide in Schach halten.« Als sie noch immer nichts tat, änderte er die Taktik. »Hast du alles vergessen zwischen uns? Was vor uns liegt? Meinst du etwa, ich würde das da«, er deutete verächtlich auf Simàja, »gegen ein Leben mit dir eintauschen? Du bist meine Seelengefährtin, meine Einzige. Ich brauche dich. Hilf mir!«

Das glaubt sie ihm doch jetzt nicht wirklich?!

Aber Jors jahrelange Einflüsterungen verfehlten ihre Wirkung nicht. Ein perlmutternes Glitzern, ein *Verschieben* der Luft – Vissas Aelfar-Gestalt verschwand, *schmolz*, verwandelte sich in einen schwarz getupften Nebelluchs. Mit wildem Fauchen sprang sie los, griff an – doch nicht die bewaffnete Simàja. Sondern Silla, ihr Rentier.

»Nein!« Simàja wirbelte herum und schoss.

Ihr Pfeil traf die mächtige Raubkatze in die Schulter, aber diese hatte Silla bereits an der Kehle gepackt. Das Silberren trat in Todesangst um sich, beide Tiere stürzten zu Boden. Ritni blökte schrill und entsetzt, stolperte beiseite.

Jor sprang vor, direkt auf mich zu, den Dolch in der Linken, in seinen Augen Mordlust. Ich riss schützend die Arme hoch, doch bevor mich sein Stoß treffen konnte, explodierte vor seinem Kopf ein Hagelfeuer aus winzigen Sternen.

»Ha! Voll in die Fresse!«, grölte es triumphierend aus der Luft. Ein gellender Vogelschrei, schon stürzte sich ein Gerfalke mit ausgestreckten Krallen auf meinen Gegner. An Bord – *natürlich* – Tomte Teda.

Jor brüllte wütend, sein schönes Gesicht voll kleiner Brandwunden. Doch er war schlauer als ein Drygha – und schneller. Ein mächtiger Hieb mit dem Dolch und der Raubvogel stürzte getroffen zu Boden. Tomte Teda sprang ab, rollte über den Schnee und kam wild fluchend auf die Beine, bereit für die nächste Attacke.

Jor hatte allerdings offenbar entschieden, keinen weiteren Kampf zu riskieren. Er riss den Glutspeer an sich, schwang sich auf den Rücken seines Rens und trieb dem Tier die Fersen in die Flanken.

Richtung Pforte.

Der Luchs sah ihn fliehen, heulte auf und hetzte hinterher, den Pfeil noch in der Schulter, die Wunde heftig blutend.

»Silla, nein! Nicht auch noch du!«

Ich rannte zu Simàja hinüber, die neben ihrem Ren im Schnee kniete und dessen Kopf hielt. Es war zu spät. Sillas Augen sahen nichts mehr, ihr Körper lag still im roten Schnee. Ritni stand daneben und wirkte wie betäubt.

Ich fiel neben Simàja auf die Knie und umarmte sie. Ihre Wangen waren tränenüberströmt. Worte hatte ich keine. Sie war mir nachgekommen, hatte mich gerettet, sich endlich befreit … und dabei das zweite ihrer geliebten Silberrene verloren.

»Es ist gut«, flüsterte sie. »Jetzt grast sie mit ihrem Gefährten auf Ymas Weiden. Sie hat ihn … so vermisst.« Ihre Stimme brach, doch dann nahm sie noch einmal all ihre Kraft zusammen. »Silla, höre mich. Ich kümmere mich um Ritni. Das verspreche ich dir.«

»Wir beide tun das«, flüsterte ich und zog den kleinen Kerl in unsere Mitte. Er ließ es sich gefallen, verstand wohl noch immer nicht wirklich, was gerade geschehen war. Ich streichelte sein weiches Fell, spürte, dass Simàja das Gleiche tat.

Aber schon einen Herzschlag später holte sie tief Atem, hob den Kopf und sah mich über Ritnis Rücken an, mit einem Blick aus Diamant. »Dafür wird Jor bezahlen. Dafür und erst recht für seinen Verrat. Wir müssen ihn aufhalten, bevor er die Pforte erreicht.«

Ich nickte und half ihr auf die Füße. »Genau das machen wir. Wir beide.«

»Wir drei«, schaltete sich eine knurrige Stimme auf Knöchelhöhe ein und im nächsten Moment war Tomte Teda zu meiner Schulter hochgeklettert. »Mein Falke hat einen gebrochenen Flügel. Ich hab ihn mit Zauberkraut versorgt, er kommt rasch wieder in Ordnung, aber fürs Erste bin ich ohne Flughelfer. Nehmt ihr mich mit? Ich schulde der Trollfresse Jor noch eine Ladung Funken.«

Obwohl es wahrhaftig nichts zu lachen gab, zuckten meine Mundwinkel. Tomte Teda war nicht kleinzukriegen.

Ich schaute Simàja an. *Und wir auch nicht.*

»Wir sind die Froststerne«, murmelte ich.

Simàja lächelte mir zu, traurig und entschlossen zugleich, fasste meine Linke mit festem Griff. »Froststerne und Schneeschwestern.«

Kurz darauf hatten wir die Zugtiere des Schlittens eingefangen, beruhigt und davon überzeugt, uns als Reiterinnen zu akzeptieren. Simàja improvisierte rasch einen Bauchgurt, sodass ich mich einigermaßen festhalten konnte. Dabei berichtete sie mir in aller Eile, wie sie mich hatte retten können: Es war mein Schrei gewesen. Er hatte Simàja in ihrem Kjolg geweckt, wohin sie sich, abgestoßen von Jors Verhalten, kurz nach Beginn der Feier zurückgezogen hatte, nur einen Schluck des vergifteten Silvarsolbräu im Magen. Genug, um sie in Tiefschlaf zu versetzen – nicht genug, um den Hilferuf einer anderen Froststern-Trägerin zu überhören. Und dann war auch schon Ritni aufgetaucht und hatte sie zielsicher zum Großen Kjolg geführt. Sie hatte es nicht geschafft, einen der anderen Aelfar wach zu bekommen, nur Teda – dank eines Restschlucks kalten Kaffees, der bei ihr wieder mal Wunder gewirkt hatte. Allerdings behauptete die Wichtelfrau stolz, dass eine Tomte längst nicht so empfindlich auf das betäubende Kraut reagierte, das Jor verwendet hatte, wie die »Spitzohren«. Und noch jemandem verdankte ich viel: dem frechen Lichthäher. Mit Gekrächze und Geflatter hatte er Simàja und Teda gleich in die richtige Richtung gelockt, sodass sie keine Zeit damit verschwenden mussten, nach der Fährte meiner Entführer zu suchen.

Auch jetzt hatten wir keinen Augenblick zu verlieren. Tomte Teda schwang sich auf den Kopf meines Silberrens und hielt sich an dessen Geweih fest. Ich schnappte mir das Messer und meinen Rucksack – vielleicht albern in dieser Situation, aber ich brachte es nicht über mich, Gerdas Skizzen, meinen Laptop und mein übriges Zeug dem Schnee zu überlassen.

Und so brachen wir auf, Ritni tapfer im Schlepptau, und jagten der blutigen Spur nach, die Vissas Pfoten im Schnee hinterlassen hatten. Tedas Gerfalke sandte uns einen Schrei nach, der wie ein Anfeuern klang.

Doch vor uns wartete eine neue Gefahr. Der Wind trieb Wolken über den Himmel, immer grauer und dunkler, darin Kälteblitze. Mehr als ein Sturm: Ein Schnee*gewitter* braute sich zusammen, direkt vor uns.

»Das kommt vom See!«, rief Simàja zu mir herüber. »Aus Richtung der Pforte!«

»Glaubst du, es ist magisch?«, schrie ich gegen das Pfeifen des Windes an.

»Was spüren eure Froststerne?«, brüllte Teda dazwischen.

Gefahr. Sie spüren Gefahr.

Ich brauchte mich nicht einmal bewusst auf Bling zu konzentrieren: Sein Leuchten pulsierte auf meiner Stirn wie ein Warnsignal, immer stärker, mit jedem Meter, den wir uns der Wolkenfront näherten. Auf Simàjas Stirn, die jetzt direkt neben uns auf ihrem Ren dahinjagte, sah ich dasselbe.

»Vielleicht ein Ausbruch von Frostlinien. Oder etwas Schlimmeres …« Die Unruhe in ihrer Stimme konnte auch der Wind nicht vertreiben.

Selbst ich wusste, was noch »schlimmer« sein konnte: dass Jor die Pforte erreicht hatte, trotz der dort wachenden Aelfar … oder dass alles zu spät war und die Armee der Ysirka in unsere Welt vorstieß.

Neue Blitze zuckten kalt und grell am Himmel, dann brachen die Wolken. Mit einem Mal tobte das Gewitter direkt über uns, riss uns hinein in eine Welt aus tödlichem Weiß. Der Schnee fiel so dicht, dass wir keinen Meter weit mehr sehen konnten, die Temperatur sank binnen Sekunden. Unsere Silberrene stemmten sich tapfer gegen die entfesselten Elemente, doch es war zwecklos.

»Wir müssen notlagern!«, hörte ich Simàjas verzweifelten Ruf.

Schon sprang sie ab, zerrte die Tiere in den Windschatten eines Gebüschs und ließ sie sich niederlegen, die großen ein Stück auseinander, Ritni am einen Ende dazwischen. Gemeinsam rissen wir die Felldecken aus ihrem Gepäck, eine kam auf den Boden zwischen die Rene, wo wir uns niederwarfen. Die größere breiteten wir über uns aus und steckten sie notdürftig fest, sodass eine Art Zelt entstand, gerade ausreichend für eine schmale Aelfa, ein etwas lang geratenes Menschenmädchen und eine auf trollverfluchte Schneestürme schimpfende Tomte.

Zitternd drängten wir uns aneinander, flankiert von den massigen Körpern der Silberrene. Das Leuchten unserer Froststerne erhellte unser winziges Quartier. Über uns donnerte und wütete das Gewitter. Sosehr die Zeit auch drängte: Die nächsten Stunden würden wir nur überstehen, wenn wir jetzt ganz stillhielten und das bisschen Wärme bewahrten, das wir gemeinsam aufbringen konnten.

»Ob Jor schon an der Pforte ist?«, fragte ich, meine Stimme rau vor Kälte.

Teda, die zwischen uns steckte, schüttelte den Kopf und knurrte: »Unwahrscheinlich. Er hatte kaum Vorsprung.«

»Und Vissa ist verletzt«, wisperte Simàja.

»Ich glaub kaum, dass ihn *das* aufhält«, murmelte ich düster.

Die Felldecke über unseren Köpfen wurde schwerer, als sich mehr und mehr Schnee darauf legte. Eine gute Sache, wie mich meine beiden frosterfahrenen Begleiterinnen beruhigten, denn so entstand eine natürliche Isolierung, wie bei Iglus. Auch das Heulen des Sturms klang gedämpfter zu uns.

Jetzt endlich hatte ich Zeit zu erzählen, wie weit Jors Verrat wirklich ging – wie lange er seine finsteren Pläne geschmiedet hatte und dass all seine Anstrengungen nur dazu hatten dienen sollen, ihn an die Seite der Ysirka zu bringen … einschließlich seiner vorgetäuschten Liebe zu Simàja.

»Er hat mich nur benutzt«, sagte sie, als ich geendet hatte. »Nur ein weiterer Faden in dem Netz, das er um uns alle gesponnen hat. Um Großvater zu entmachten und alle anderen Rivalen auszuschalten. Damit niemand über ihm steht, der seine Pläne bedroht. Und betrogen hat er mich mit Vissa, die ganze Zeit. Die Zeichen waren da. Ich habe sie nicht lesen wollen.«

Sie schluckte schwer und kniff die Augen zusammen, doch Tränen sah ich keine mehr. Nichts als kalte Wut und Entschlossenheit standen in ihrem schönen Gesicht, als sie mich wieder anschaute. Ja, sicher war ihr schon früher der Verdacht gekommen, dass ihr Verlobter nicht ganz so traumhaft war, wie er tat – doch gefangen in den Zwängen dieser Exilgesellschaft, unter den Augen ihres überstrengen Großvaters, ohne eine vertraute Seele, hatte sie nicht gewagt, sich ihren Zweifeln zu stellen. Jetzt aber war endgültig Schluss damit und auf mich wirkte sie vor allem: befreit.

»Wir kriegen ihn«, versprach ich ihr. »Wir kriegen ihn, nehmen ihm den Glutspeer ab – und dann führst *du* uns nach Ymatàja, in den Kampf gegen die Ysirka!«

»Glaubst du wirklich, dass wir das schaffen?«, flüsterte sie. »Dass ich stark genug bin?«

»Du bist die stärkste Person, die ich kenne«, erwiderte ich nachdrücklich und ignorierte das geknurrte *»Anwesende Tomtes natürlich ausgenommen!«* unter meinem Kinn. »Jetzt, wo du diesen ganzen Ballast los bist, schaffst du alles. Und ich helfe dir.«

Moment, glitzerte es nun doch verdächtig in ihren dunklen Augen? Sie tastete nach meinem Gesicht und zog mich zu sich, bis ihre Stirn an meiner lag. Mit leisem, eisigem Knistern berührten sich unsere Froststerne, und ich spürte, *spürte*, dass sie abermals an Größe gewannen.

Wir waren stark, wir waren zusammen.

Wir schaffen alles.

Mit diesem Gedanken, zusammengekauert unter dem heulenden Sturm, verdammt zum Warten, bis seine Wut nachließ, glitt ich langsam in einen unruhigen Schlaf.

Kapitel 41

»Erik?« Ich wagte nur ein Flüstern, denn meine Tür hatte mich in tiefe Dunkelheit entlassen. Bling glomm diskret auf meiner Stirn, ich sah seinen schwachen Widerschein im Augenwinkel. In den Wänden aus schwarzem Eis und Felsensplittern flackerten keine Flämmchen – wir mussten uns tief in den Katakomben der Schneefeste befinden.

Ein Maunzen erklang, dann erschien vor mir am Boden ein Paar goldschimmernde Augen und im nächsten Moment wieselte Nelli an mir hoch, wischte mir mit ihrem buschigen Schwanz durchs Gesicht. Wollte sie mich liebevoll begrüßen oder ärgern? Vielleicht beides zugleich.

»Feines Eishörnchen – pfft, bäh, aus jetzt! Wo ist dein Herrchen?«

»Hier.« Der schwache Schein eines Talglämpchens erhellte die nächste Ecke und gleich darauf tauchte Erik auf. Vergessen seine Auftritte als Winterprinz oder zerlumpter Gefangener – jetzt trug er die neuen, gestohlenen Kleider: warm, zweckmäßig, pelzgefüttert und nur sparsam mit Stickborten verziert. Das Gewand eines Aelfar-Kriegers. Nur der Speer fehlte.

Er sah mich und seine Augen leuchteten auf. Schnell setzte er seine Lasten ab und schon lag ich in seinen Armen. Nelli entkam gerade noch und sprang mit keckerndem Geschimpfe auf einen Felsvorsprung, während Erik und ich uns küssten, als wären wir Jahre getrennt gewesen. Als sich seine Zunge zwischen meine Lippen stahl, spürte ich ihn erneut, diesen heißen Blitz. Er flackerte und knisterte über meine Haut, tief, tief in mich hinein, weckte die Erinnerung an unsere letzte Begegnung. Alle Scham und Zweifel überwunden, presste ich mich eng an Erik und versuchte, unter den Lagen an Leder und Pelz etwas von seinem wunderbaren Körper zu ertasten. Er hatte eindeutig nichts dagegen, küsste mich nur noch tiefer und drängte mich gegen die Eiswand, sein Oberschenkel zwischen meinen, *oh, das fühlt sich so toll an, bitte bleib so, nein, komm noch näher!*

Doch er löste sich von mir, sein Atem schwer, sein Gesicht glühend und lebendig ... »Elvy. Elvy, hey.« Er holte noch einmal tief Luft, kam zurück für den winzigsten Kuss. »Du weißt, dass ich nicht aufhören will, ja?«

»Aber wir müssen«, flüsterte ich zurück. »Ich weiß. So eine verdammte Sch–«

»Na, na, nicht vor der Kleinen.«

Noch ein Kuss. Dann noch einer, weil ich meine Hände in seinen Haaren hatte und ihn festhielt. Einen Moment blieben wir noch in unserer engen Umarmung, ich sah ihn lächeln im silbernen Funkeln meines Froststerns. Dann, schwer widerwillig, traten wir auseinander.

»Das war nicht der letzte Kuss«, raunte Erik. »Versprochen.«

»Versprechen reicht nicht. Ich will einen Schwur!«, erwiderte ich todernst.

Er legte eine Hand auf die Brust und zwinkerte mir zu. »Ich schwöre es, Herrin. Bei meinem Leben.«

Nelli ließ ein Fauchen hören, und als wir zu ihr blickten, sah es fast so aus, als verdrehte sie ihre goldenen Knopfaugen, genervt von unserer Turtelei.

Ich boxte Erik in die Seite. »Wie ich sehe, hast du mal wieder nicht auf mich gewartet, Forsberg. Wo sind wir hier?«

»Sorry, Coach Andersson.« Er wirkte kein bisschen zerknirscht. »Die Gelegenheit war günstig, also bin ich los. Hab mir einen Weg gesucht, der nach unten führt, immer weiter. Ich glaube, wir sind schon fast auf Höhe des Erdbodens. Irgendwo hierher wollte mich die Quelle führen. Zu Ymas Wurzeln, sie müssen ganz nah sein. Du dachtest doch wohl nicht, dass ich faul auf meinem Hintern sitze und darauf warte, bis du wieder Platz für mich hast in deinem vollen Terminkalender? Schau, ich hab sogar schon gepackt.«

Ich streckte ihm die Zunge heraus, er lachte leise, lud sich das Bündel erneut auf den Rücken und schnappte sich das Talglicht. »Scherz beiseite, die meisten der Schneeaugen sind nach oben verschwunden, sicher in den großen Saal. Ich glaube, die Zeremonie hat begonnen – auf den Gängen war es totenstill.«

Dann schafft Jor es wirklich nicht mehr rechtzeitig, Kjellan auszustechen, dachte ich. *Ist das jetzt gut oder schlecht?*

Erik bemerkte meine nachdenkliche Miene. »Aber wie steht es bei dir? Du hast die Pforte noch nicht durchquert, oder? Bist du in Schwierigkeiten?«

»Ach, das spielt keine Rolle«, sagte ich wegwerfend und ging los, den Gang hinunter. Ich wollte nicht, dass er sich Sorgen um mich machte, am besten erfuhr er gar nicht, in welcher Lage sich mein schlafender Körper befand. »Komm, wir müssen weiter.«

»Nichts da.« Mit einem Schritt hatte Erik mich eingeholt und legte seine Hand auf meine Schulter. »Sag mir, wie es dir geht, da auf der anderen Seite.«

Ich knickte ein. Mehr und mehr hatte ich während meines Abenteuers gelernt, wie gut es mir tat, nicht alles allein mit mir herumzutragen – und mit Erik konnte ich schon immer am besten teilen. Also erzählte ich alles, ungeschönt. Erik hörte mir zu, und ich sah, wie sich seine Hand an den schlimmsten Stellen zur Faust ballte. Es war fantastisch, jemanden mit Stockholmer Vokabular auf Jor fluchen zu hören. Gleichzeitig war ich froh, dass eine Welt zwischen den beiden lag. So stark und mutig Erik auch war – in Jor steckte ein jahrhundertealter Killer. Auf keinen Fall wollte ich erleben, dass es zwischen den beiden zum Kampf kam.

Um von dem Thema abzulenken, ließ ich meinen Froststern vor uns in der Luft schweben. Dann nahm ich Eriks Hand. »Komm, lass uns Bling bitten, den Ausgang zu finden. Hilf mir, ja? Wohin wollte das Wasser des Wissens dich schicken? Wo liegen Ymas Wurzeln? Konzentrier dich darauf.«

Mit sichtlicher Anstrengung schüttelte er seine Wut und Sorge um mich ab, atmete noch einmal tief durch und nickte. Gemeinsam richteten wir unsere Blicke auf die schimmernde Eisblume vor uns.

Hilf mir, bat ich sie stumm. *Leite mich. Kannst du ... kannst du sehen, was Erik gesehen hat, in der Quelle?*

Ja. Ich spürte es deutlich: Da war das mittlerweile vertraute Ziehen in meinem Körper, wenn Bling sich an meiner Kraft bediente – aber da war noch mehr. Etwas floss von Erik zu mir, kühl und glitzernd wie Wasser, und dann ... Mein Froststern leuchtete auf und glitt zügig los, hinein in die Dunkelheit. Nelli hüpfte hinterher, wir folgten, so schnell wir konnten – und es das Terrain erlaubte. Denn das hier war kein sorgfältig geschlagener Gang mit glattem Boden mehr, nein, es war eher eine Spalte, ein Riss im Eis.

Wir gehen auf Felsen, wurde mir klar. *Wir haben den Grund der Schneefeste erreicht, das ist die Insel, auf der sie entstand ...*

Und dann öffnete sich der Spalt. Ich hatte Eriks Hand zwischendurch losgelassen, zu eng war der Weg geworden, doch jetzt packte ich sie wieder, fester denn je. Denn was wir jetzt sahen, war einfach überwältigend.

Bling schwebte inmitten einer immens großen Höhle, sein silbrig funkelndes Licht trieb die Schatten zurück. Schwarze Felsen und Eis überall, teils aufgetürmt wie durch eine Flutwelle, teils gefroren zu unregelmäßigen Säulen, die die tief hängende Decke stützten. Dazwischen dunkle Trümmer, verschlungen wie ein Schlangennest. Trümmer aus Holz. Ein gigantischer Stumpf. Wurzeln.

Die Wurzeln Ymas.

Wir hatten Yma gefunden, den magischen Zwillingsbaum, Esche und Ulme in ewiger Vereinigung, der Ursprung Ymatàjas. Hier, auf seinen Überresten, hatte die Schneekönigin ihre Festung errichtet, aus den vereisten Fluten der magischen Quelle. Sie hatte den Zwillingsbaum getötet, ihm alle Magie entzogen und im Eis gebannt.

Nelli stieß ein klagendes Fiepen aus und wieselte los, erklomm eine der laternenhohen, grotesk verkrümmten Wurzelenden. Auch wenn sie viel zu jung war, um Yma lebendig erlebt zu haben, erinnerte sie wohl ihr Eishörnchen-Gedächtnis daran, wie einst ihre Vorfahren auf den Ästen des Weltenbaums zu Hause gewesen waren und an seinem Fuß dessen Samen aufgeklaubt hatten.

Einige davon existierten noch, wie mir klar wurde, als ich Nellis Sprüngen mit den Augen folgte. Sie hüpfte zu einem Buckel im Eis, auf dem festgefroren eine große Samenkapsel mit silberner Schale saß. Vergeblich zerrte sie daran, bis Erik sich erbarmte und ihr half. Mit seinen kräftigen Händen gelang es ihm zwar, das nussartige Ding zu lösen ... aber kaum hob er es auf, zerbröselte es zu Staub. Nellis goldene Knopfaugen schimmerten tief enttäuscht.

»Nichts zum Naschen für dich, tut mir leid«, murmelte Erik.

Ich trat an das gigantische Wurzelende heran. Legte meine Hände auf die verharschte, rissige Rinde. Klopfte sacht darauf, wie es Tomte Teda bei Svaltis Fichte getan hatte. Vergebens: Kein Magiefunke zeigte sich, nicht der allerkleinste.

»Dann ist sie wirklich ganz tot?«, flüsterte ich erschüttert. »Aber wie soll Ymatàja dann überleben, selbst wenn es uns gelingt, die Ysirka zu besiegen?«

Wieder dachte ich an Tomte Teda. An den Moment, als ich eine ähnliche Frage gestellt hatte und sie einfach nur hoffnungslos gewirkt hatte. War das etwa die beste Aussicht, die wir haben konnten? Die Ysirka besiegt, meine Welt in Sicherheit, doch Ymatàja verdammt zu einem schleichenden Tod?

Erik schienen ähnliche Gedanken bewegt zu haben, jetzt schüttelte er heftig den Kopf. »Es muss eine Rettung geben. Vielleicht, wenn wir die Magie befreien. Wenn alle gefrorenen Funken zurückkehren in diese Welt. Oder vielleicht liegt hier doch noch irgendwo ein Samenkorn herum, das nicht durch die Kälte zerstört wurde ...« Er blickte sich suchend um. Nelli stellte hoffnungsvoll die Pinselohren auf.

Die Spielverderberin war ich. »Erik«, sagte ich unruhig und zog ihn am Ärmel. »Ich will ja auch, dass Yma wieder lebt, aber erst einmal müssen wir jetzt dich retten, oder? Wir wissen nicht einmal, ob ich dich wirklich durch den Bannkreis kriege. Kjellans Häscher suchen dich. Und wenn er oben erst zum Frostprinzen ernannt ist, dann tickt die Uhr für uns alle.«

»Du hast recht, natürlich.« Betreten ließ er das zweite Samenkorn los, das er soeben mit Nellis Hilfe vom eisigen Boden gelöst hatte. Auch dieses zerfiel in der Luft, nichts als toter Staub.

Ich rief Bling zu mir. Erneuerte meine Bitte an ihn.

Führe mich, leite mich. Zeig mir den Weg hinaus. Den Weg der Wurzeln.

Wieder verstand er mich mühelos. Kaum zu glauben, wie fremd und unheimlich mir mein Froststern anfangs vorgekommen war. Jetzt vertraute ich ihm blind, lieh ihm meine Kraft, hatte ihn wachsen lassen ... und er mich, wie mir klar wurde.

»Dann los!«, sagte ich und fasste Eriks Hand. Er erwiderte meinen Griff, lächelte mir mutig zu und steckte das gelöschte Talglämpchen ein – Bling leuchtete hell genug. Gemeinsam folgten wir dem magischen, schwebenden Eiskristall.

Er führte uns quer durch die Höhle, vorbei an dem gigantischen Baumstumpf mit seinen zahllosen Wurzeln, die sich zwischen Eis und Felsen hindurchschlängelten. An manchen Stellen mussten wir klettern. Trotz meiner drängenden Worte zuvor versuchte ich immer wieder klammheimlich, einen Magiefunken aus dem dunklen, erstarrten Holz hervorzulocken – vergeblich.

Wir erreichten die andere Seite, ich mit heftigem Puls von der anstrengenden Kraxelei. Immerhin war ich nicht abgerutscht oder hatte mir wehgetan. Wurde ich langsam besser in puncto Outdoor-Aktivitäten? Wobei, zählte eine Höhle in den Tiefen einer Eisfestung da überhaupt?

Egal. Blings Licht wies uns weiter den Weg. Nelli hatte ihn schon entdeckt: den Spalt, der sich entlang einer der Wurzeln durch die eisige Höhlenwand schlängelte. Schmal, aber vermutlich gerade genug Raum, um sich hindurchzuzwängen. Wie er wohl entstanden war? Geschmolzen durch Restwärme des sterbenden Baums – oder Restmagie? Und war das wirklich der Weg in die Freiheit, hinaus aus der Schneefeste?

Ich sah Erik an und wusste gleich, auch er hatte ein mulmiges Gefühl dabei. Sein Bündel hatte er bereits abgestellt – das würde ihn wahrscheinlich zu stark behindern. Nelli hüpfte eifrig vor dem Spalt hin und her, aber für uns Menschen, beide nicht gerade Standardgröße, würde das eine verdammt harte Herausforderung werden.

»Sag mal, erinnerst du dich?«, fragte ich Erik mit wackligem Grinsen. »Hat einer von uns beiden Klaustrophobie?«

Er schüttelte den Kopf. »Ich hab nur Angst vor Clowns und du vor gar nichts. Müsste klappen.«

»Ach, du –« Wieder fiel mir keine neckende Retourkutsche ein. Wieso glaubte er so an mich? Aber ich glaubte ja auch an ihn …

Er zog mich in eine Umarmung, küsste mich kurz und heftig.

Abermals tobten die Funken durch mich hindurch, ließen mein Herz erzittern ... und meine Beine standen wieder ganz fest auf dem Boden.

»Und das war *auch* nicht der letzte Kuss«, murmelte er, als er mich wieder losließ. »Nur eine kleine Stärkung zwischendurch.«

»Hat funktioniert.« Ich fuhr ihm sanft über die Wange. »Kommst du?«

»Mit dir? Überallhin, Elvy.« Sein Lächeln erstrahlte. »Gehen wir.«

Wir kamen keinen Schritt weit.

Denn plötzlich war die Höhle nicht mehr still. Ein Rauschen erhob sich, ein Knistern, dann ein entsetzliches Knirschen wie von berstendem Eis. Und auf einmal waren sie überall: Frostlinien, ihr kaltes Feuer lodernd grell. Blitzschnell krochen sie über Boden und Wände, im Gefolge ein Eisblumengespinst, das sich über die gepeinigten Wurzeln legte wie ein Leichentuch. Nelli kreischte auf und sauste in den Spalt. Bling zischte auf meine Stirn, Erik und ich sprangen zurück – gerade noch rechtzeitig, da zuckte eine Frostlinie vor uns über die Wand und versiegelte unseren Fluchtweg.

»Nelli!«, schrie Erik.

Keine Antwort kam aus dem Spalt – und dann konnte keiner von uns weiter an sie denken. Denn jetzt nahte etwas. Etwas Entsetzliches, Fremdartiges. Eine Macht, die ich erst ein Mal gespürt hatte, bei unserer Flucht aus der Schatzkammer. Dort war sie nicht mehr als eine ferne Ahnung gewesen, ein Streiflicht ... Jetzt aber kam sie näher, unaufhaltsam, und es gab kein Entkommen.

Die Ysirka.

»Sie ist es«, keuchte Erik. »Sie hat mich gefunden. Ruf deine Tür, Elvy, schnell!«

»Aber ich –«

»Tu es, sofort!«

Glitzernder Eisnebel kroch auf uns zu. Langsam, lauernd glitt er heran, über die Wurzeln, vorbei an den Felsentrümmern, wie eine Würgeschlange, die weiß, dass ihre Beute keinen Ausweg hat.

Mein Froststern loderte hell wie eine Magnesiumfackel. Noch nie hatte ich ihn so gespürt. Sein Schimmer warf sich auf mich, umhüllte meinen Körper mit einem perlmuttartigen Schutzschild ... und *nur* meinen. Entsetzt sah ich auf meine Finger, die Eriks umklammert hatten. Sah, wie verzweifelt der Schimmer auf ihn überspringen wollte und doch kaum für mich reichte. Die Magie der Kalten Herrscherin war zu stark.

Ich kann ihn nicht schützen! Ich ... ich muss –

»Elvy.« Eriks Stimme war nur noch ein ersticktes Flüstern. Sein Gesicht weiß wie Schnee, seine Lippen blutleer, knapp unter seinem Kinn sah ich die Frostrunen auf seiner Haut. Sie glühten wie frisch entfacht. Ein Leuchtfeuer. Ein Ziel. Erik wusste besser als ich, was das hieß. Noch einmal umklammerten seine Finger meine, so fest, so fest. Dann ließ er los und stieß mich von sich. »Die Tür, Elvy, *jetzt!*«

Ich wehrte mich, spürte gleichzeitig, wie mein Froststern gegen meinen Willen nach dem Ausgang rief, wie er es auch im Saal des Wassers getan hatte.

Die Tür formte sich nur schwach, durchscheinend. Weder hier noch dort greifbar. Eine Frostlinie zischte genau auf sie zu, kollidierte mit ihr in einer Explosion aus kalten Funken. Die Erschütterung war wie ein Blitz in meinem Kopf und ich schrie auf vor Schmerz. Fast ging ich in die Knie, gerade noch gehalten von Erik, in seinen Augen verzweifelte Angst.

»Versuch es noch einmal!«

Ich rang mit mir, zwang meinen freien Arm in die Erdungsgeste, suchte Fokus, Fokus ...

Dann war es, als würde die Luft selbst gefrieren. Sie erschien, die Kalte Herrscherin. Erschien in einer Wolke aus wirbelndem, gleißendem Schnee. Er umgab sie wie ein Mantel, verhinderte jeden klaren Blick auf dieses Wesen. Schon was ich nur erahnte, trieb mir den Atem aus den Lungen: eine schmale, biegsame Gestalt, weder eindeutig Frau noch Mann. Nicht von dieser Welt und so schrecklich schön, dass es meiner Seele wehtat. Ihre Kleidung – war es Kleidung? – ein heller, schimmernder Schuppenpanzer. Nachtschwarzes Haar, hüftlang, die Spitzen bleiches Weiß, tanzend in den wirbelnden Flocken. Und ihr Gesicht ... ich sah nichts als ihre Augen. Unnatürlich groß und schmal. So dunkel und kalt wie ein Abgrund.

Sie schaute mich an. Ihr Lächeln voller Zauber und Verführung, es schien mir alles zu versprechen, was ich mir nur wünschen mochte ... doch ihr Blick war wie ein Messer im Kopf. Irgendwo, ganz fern, spürte ich das Pulsieren meines Froststerns. Auch mich konnte er nicht mehr schützen. Nicht vor ihr, nicht jetzt, da sie mich direkt ansah.

Neben mir Erik. Hilflos, erstarrt.

Der Blick der Ysirka wanderte zu ihm. Ein ungläubiges, silberhelles Lachen perlte durch die Luft, voller Freude und Grausamkeit. Sie streckte eine Hand aus. Der Wind trieb zu uns, brachte den Schnee. Fing Erik ein wie in einem Netz mit eisigen Fäden. Er kämpfte dagegen an, wehrte sich mit aller Kraft. Auch meine Erstarrung löste sich. Ich sprang zu ihm, wollte ihn festhalten ... fasste in Schnee.

Wirbelnde Flocken, immer dichter. Mein schlimmster Albtraum wurde erneut Wirklichkeit. *Er löst sich auf, Erik löst sich auf ...*

Und nicht nur er. Ein scharfes Pulsieren meines Froststerns – der Schimmer über meiner Rechten bäumte sich auf, riss. Meine Hand. Meine Hand wurde zu Schnee!

»Elvy ... die Tür ...«

Der Wind riss Eriks Worte fort. Riss *ihn* fort. Seine Gestalt, schon fast vergangen, bäumte sich noch einmal auf und taumelte gegen mich. Der Kontakt kaum merklich, nur noch ein Luftzug. Er ließ mich zurückstolpern – hinein in die Türöffnung, die sich unmittelbar hinter mir auftat, eine letzte Kraftanstrengung von Bling.

Mein Schwung trieb mich hindurch, hinein in neuen Schnee, meine Hände, meine Arme schon halb aufgelöst. Noch einmal gelang es mir, den Blick zu heben, mich dem zu stellen, was hinter mir in der dunklen Höhle zurückblieb.

Erik – verschwunden, verloren.

An seiner Stelle nur noch der wütende, eisige Sturm und die Augen der Ysirka, ihre schreckliche, unmenschliche Macht, die noch immer nach mir griff, ungläubig, wutentbrannt, weil ihr dieser Mensch doch entkam ...

Die Tür schlug zu. Ich fiel, wirbelte davon.

Und schrie, schrie, schrie.

Kapitel 42

Als ich erwachte, schrie ich immer noch. Vergebens kämpfte ich gegen das Gewicht auf meiner Brust, gegen die Hände, die mich festhielten, bis ich endlich verstand, dass es Simàja war. Sie versuchte mich verzweifelt zu bändigen, bevor ich unser Notlager zum Einsturz brachte.

Langsam drang die eisige Realität zu mir durch. Über uns heulte noch immer der Sturm. Die Silberrene, unsere treuen Verbündeten, bewegten sich unruhig, blieben aber an ihrem Platz. Selbst der kleine Ritni hielt tapfer die Stellung.

»Sie hat ihn geholt!«, schluchzte ich. »Er ist tot!«

»Beruhige dich, Menschlein!« Tomte Teda hielt sich an meinem Ohr fest und redete mir gut zu. »Was ist passiert?«

Ich zwang mich, gleichmäßig zu atmen, mit jedem Fetzen Kraft, der noch in mir war. Es fiel mir so schwer wie noch nie. Mein Körper fühlte sich an wie zersplittert, meine Arme ganz taub.

Zu Schnee, sie wurden zu Schnee …

Doch Tomte Tedas Worte erwiesen sich als wahr: Nichts im Klartraum konnte mir körperlich schaden, nicht einmal der Zauber der Ysirka. Was aber meine Seele anging – oder besser, meine Sjal … das würde ich wohl erst mit der Zeit wirklich wissen. Im Moment war ich unendlich dankbar, dass Simàja da war, meine Hände rieb und half, mich endgültig zurück in die wache Welt zu holen.

Schließlich würgte ich alles heraus, was ich erlebt hatte.

»Du hast die Ysirka gesehen? Leibhaftig?« Im Licht unserer Froststerne sah ich, wie sich Simàjas Augen schockiert weiteten.

Tomte Teda schüttelte den Kopf. Sie wirkte tief getroffen, fast verstört. Im nächsten Atemzug rappelte sie sich auf, brummte: »Dein Liebster muss nicht tot sein. Vielleicht ist er nur …«

»… endgültig ihrem Bann verfallen?«, fiel ich ihr bitter ins Wort. »Einer von ihren Sklaven, Schnee in den Augen, ohne Willen und Erinnerung? Soll ich etwa *darauf* hoffen?«

»Ja, das sollst du, Elvy Froststern!«, fuhr sie mich an. »Denn dann ist nicht alles vorbei! Du kannst ihn immer noch retten – wenn es uns gelingt, die Ysirka zu besiegen! Dann sind alle Seelen wieder frei – auch die von Erik!«

Hatte sie gerade zum ersten Mal seinen Namen gesagt? Und auch meinen, ganz ohne komische Betonung? Ich konnte es kaum glauben. Aber es riss mich aus meiner Verzweiflung.

Simàja nahm meine Hand, drückte sie ermutigend und sagte: »Wir geben nicht auf. Aber wir brauchen den Glutspeer. Jor darf uns nicht entkommen, um keinen Preis.«

»Okay«, sagte ich. Schniefte noch einmal. *Verdammtes Geheule.* »Dann holen wir uns das Teil. Jetzt.«

Wir drei tauschten einen kurzen Blick – mehr Beratung gab es nicht. Uns allen war klar: Wenn es irgend ging, mussten wir weiter. Mussten hoffen, dass der Sturm Jor und Vissa genauso aufgehalten hatte wie uns, dass wir sie noch einholen konnten. Vorsichtig streckten wir die Köpfe unter unserem Felldach hervor. Noch immer wirbelten und pfiffen die Flocken über die Landschaft, sodass man keine zehn Meter weit sehen konnte, aber die Wut des Gewitters hatte nachgelassen. Es wirkte zwar komplett selbstmörderisch auf mich, unter diesen Bedingungen aufzubrechen, doch ein Vorankommen schien nicht mehr ganz so unmöglich wie noch vor wenigen Stunden.

Jor würde das sicher genauso einschätzen und ebenfalls weitereilen – also blieb uns keine Wahl mehr.

Die beiden Silberrene, unwillig, aber tapfer, trugen uns voran. Kein Fliegen über den Schnee mehr, stattdessen ein mühevolles Stapfen, die Köpfe geduckt unter dem eisigen Wind, Ritni zwischen ihnen. Sosehr ihn der Verlust seiner Mutter getroffen haben musste – auch er gab nicht auf. Simàja und ich kauerten so dicht über den Rücken unserer Reittiere wie nur irgend möglich. Ich presste mein Gesicht in das raue Fell und schloss immer wieder die Augen. Weises Verhalten, wie mir Tomte Teda aus der Tiefe meines Kragens heraus zuraunte, denn man konnte sich tatsächlich Erfrierungen an der Netzhaut holen.

Erfrorene Augen …

Auch meine Seele fühlte sich an wie erfroren. In mir tobten die schrecklichen Erinnerungen an den Klartraum. An die Ysirka. Dieses Wesen, diese Macht, so unvorstellbar anders und *böse*. Sie anzusehen, hatte sich angefühlt wie das Ende allen Lebens. Wie ein Abgrund.

Und Erik … Er ist zu Schnee geworden, ich … ich …

Simàjas Warnruf riss mich aus dem Strudel der Verzweiflung. Gerade rechtzeitig, denn mein Reittier bockte hoch, warf mich fast ab. Es gelang mir, den improvisierten Bauchgurt fester zu fassen und wenigstens kontrolliert abzuspringen. Der frisch gefallene Schnee reichte mir bis übers Knie.

Aber das war nicht das Schlimmste: Vor uns am Boden, quer über unseren Weg, glomm eine Frostlinie, ihr Kälteknistern fast lauter als der heulende Wind. Auch Simàja war abgestiegen, hielt ihr Ren mühsam gebändigt.

»Wir beide schaffen es hinüber, oder?«, rief ich ihr durch das Schneegestöber zu.

Sie nickte. *Wir beide, ja – die Rentiere niemals.*

Sie musste es nicht laut sagen, ich verstand ihren dunklen Blick auch so.

»Und Ritni?« Ihn mit den anderen zurück zum Lager laufen zu lassen, wäre wohl das Vernünftigste – gleichzeitig zerriss mir die Vorstellung das Herz.

Zum Glück schien es Simàja genauso zu gehen. »Er bleibt bei uns. Wir haben es versprochen.«

So weit ich blicken konnte – und das war in dem Schneesturm nicht sehr weit –, zog sich die Frostlinie nach rechts und links. Sinnlos, an ihr entlangzureiten, wir hatten keine Zeit für Umwege und falsche Hoffnungen. Wie auf ein geheimes Zeichen ließen wir das Zaumzeug los und die beiden Silberrene sprangen sofort ein paar Meter zurück, weg von der schrecklichen Grenze, die uns den Weg versperrte.

»Kehrt zurück zum Lager!«, rief Simàja den Tieren zu. Ein klagendes Grunzen erklang, wie eine Antwort.

Dann nahmen wir Ritni in die Mitte, fassten jede einen seiner Geweihstummel. Die Macht beider Froststerne floss über uns hinweg. Ich spürte, wie sie uns ganz umgab … von meiner Kraft zehrte. Doch auch die Verbindung zu Simàja spürte ich. Der perlmutterne Schimmer reichte für uns, für Ritni und auch für Tomte Teda, die sich fest an meinen Kragen klammerte.

Dann, ohne einander loszulassen, schritten wir über die Frostlinie. Sie fuhr an uns hoch und wand sich wie eine Schlange aus Silberlicht, doch sie konnte uns nicht schaden. Das weiße Kalb zwischen uns zitterte wie Espenlaub, setzte aber brav einen Huf vor den nächsten. Knisternde Funken glitten über unseren Schutzschimmer, prallten harmlos ab.

Schon lag die Frostlinie hinter uns. Wir verloren keinen Augenblick mit Triumphieren. Weiter, wir mussten weiter. Zum See, zur Pforte. *Zu Jor.*

Schritt für Schritt kämpften wir uns voran. Unsere Sicht war noch immer behindert durch die wirbelnden Flocken, aber wir brauchten weder Ritni noch unsere Leitsterne, um die Richtung zu finden: Simàja trug den Weg zur Pforte in sich, wie sie mir zuraunte, sah ihn selbst mit geschlossenen Augen.

»Nicht mehr weit«, rief sie gegen den heulenden Wind an.

Ich wollte etwas Sarkastisches antworten, doch es wurde nur ein Keuchen. Eisige Flocken in meinem Gesicht. Jeder Schritt schwerer als der vorige. Auch mein wunderbares Aelfar-Gewand hielt mich nicht mehr warm.

Die nächste Frostlinie sah *ich* zuerst und hielt Simàja am Ärmel fest. Noch etwas lag auf unserem Weg: ein Silberren, den Kopf unnatürlich überstreckt, seine Augen bereift. *Jors Reittier.* Er musste es über die Frostlinie getrieben haben, um sie selbst überqueren zu können. Eiskalt hatte er den Körper seines treuen Bullen benutzt, um sich – und vermutlich Vissa – eine Brücke zu schaffen.

Das arme Tier lebte noch, lebte und litt wie vormals Vedi. Während ich Ritni hielt, kniete Simàja nieder, Tränen in den Augen, flüsterte beruhigende Worte … und wie bei Vedi beendete sie die Qual mit drei schnellen, sauberen Schnitten.

Ich konnte nur zusehen, meine Finger in Ritnis Fell verkrampft, und Jor verfluchen, der wahrhaftig über Leichen ging, um sein Ziel zu erreichen.

Aber das schaffst du nicht, Dreckskerl, versprach ich ihm stumm.

Wir überquerten die Frostlinie genau wie die erste, ließen das tote Ren zurück und stolperten weiter, so schnell uns unsere erschöpften Beine trugen. Tomte Teda saß wie angefroren auf meiner Schulter und brummte immer wieder anfeuernde Worte. Ich verstand sie kaum, dennoch hielten sie mich in Gang.

Und plötzlich war es, als träten wir durch einen Vorhang. Das Heulen des Sturms, die harschen Flockenwirbel blieben hinter uns zurück. Vor uns: eine Welt der Stille, eine Ebene voll grauer Nebelschleier, die Luft wie Eishauch.

Wir hatten den See erreicht. Die Pforte.

Undeutlich erkannte ich die flache Uferböschung und die Wölbung eines tief verschneiten Kjolgs, daneben eine Fichte, so mächtig wie die von Svalti.

»Der Tjalm dort ist der Platz des Bannwächters«, raunte Tomte Teda mir ins Ohr. »Es gibt noch zwei weitere, am anderen Ufer.« Sie schnaufte. Erst jetzt merkte ich, wie ihr kleiner Wichtelkörper bebte. Auch sie hatte der Marsch durch die Kälte mitgenommen. »Zauberkraut, meine Augen … Schau genau hin, Menschlein, und sag mir: Siehst du den Schimmer? Ist der Bannkreis noch intakt?«

Ich blinzelte, rieb mir über das Gesicht, spürte vereiste Wimpern. Mühevoll versuchte ich, die Fichte genauer zu erkennen. Flirrte die Luft?

Simàja, die ein paar Schritte vorausgegangen war, blieb plötzlich stehen wie getroffen. Ich sah zu ihr hinüber und fuhr selbst zusammen. Denn vor uns im Schnee lag eine stille Gestalt – die Gestalt eines jungen Aelfa.

»Tjael!« Wir rannten zu ihm und halfen ihm, sich aufzusetzen. Sein Obergewand war aufgerissen, Blut tränkte das weiße Leder.

»Bist du schwer verletzt? Was ist geschehen?«

Schon kniete Simàja an seiner linken Seite, ich stützte ihn von rechts. Neben ihm lag ein zerbrochener Bogen. Tomte Teda drängelte sich durch und gab Tjael ein winziges Beutelchen. Kaum ließ sie es los, ertönte ein *Ping!* und der Beutel wurde groß. »Die Kräuter darin stillen den Blutfluss, drück sie auf die Wunde, hörst du?«

»Es war Jor«, brachte Tjael mühsam heraus. »Er will durch die Pforte, mit Vissa. Vor der Zeit. Sie hat mich angegriffen, und er – er hat versucht, Gorm zu töten, um den Bannkreis zu zerstören.«

Noch ein Gastgeschenk für seine zukünftige Herrin?, dachte ich schockiert. *Der Kerl schreckt echt vor nichts zurück.*

»Ich habe ihn … daran gehindert …« Tjael biss die Zähne zusammen, als er Tomte Tedas Befehl befolgte und das Kräuterpäckchen auf seine Verletzung presste. »Ein Pfeil ins Bein. Nur ein Streifschuss, mit meinem Arm kann ich schlecht zielen. Es hat aber gereicht, um ihn zu vertreiben.«

Ha. Ich wette, DAS hat den Kerl überrascht!

»Gut gemacht.« Simàjas Stimme klang hart wie Fels. Keine Spur von Schock oder gar Bedauern.

Schätze, die Verlobung ist endgültig aufgelöst.

»Hast du rechtzeitig gemerkt, dass er kommt?«, fragte ich bewundernd und blickte zurück in das Schneetreiben, das uns ausgespuckt hatte.

Tjael wies auf die Spitze der Fichte, wo ein vertrauter, rötlich grauer Vogel saß. Der Lichthäher, den ich im Lager gesehen hatte! Wie war er nur durch den Sturm hierhergelangt? Jetzt endlich erkannte ich auch den Schimmer in der Luft. Der Bannkreis hielt.

»Zum Glück hat Gorm mich vor der Bannwacht bewahrt und als Wache eingeteilt, sodass ich Kuukkelis Warnruf hören konnte«, berichtete Tjael. »Ich weiß nicht, was Jor vorhat, aber es kann nichts Gutes sein.«

»Ja, wir kennen seinen Plan.« In aller Kürze beschrieb ich Jors Verrat – und Vissas Anteil.

»Ihr dürft nicht zögern«, sagte Tjael beschwörend und stemmte sich auf die Füße. »Sie haben nur einen kleinen Vorsprung und mit den Verletzungen kommen sie nicht so schnell voran. Ihr könnt sie einholen!«

»Er hat recht!«, knurrte Tomte Teda. »Schnell, Mädels, hinaus auf den See! Dann erwischen wir ihn, bevor er die Pforte erreicht!«

»Was ist mit Tjael?«, warf ich ein. »Wir können ihn doch nicht …«

»Sorg dich nicht um mich.« Er stand da, sein sanftes, junges Gesicht schmerzverzerrt, und schaffte doch ein Lächeln. »Ich halte durch, bis Kuukkeli Hilfe herführt.«

Falls der Sturm und die Frostlinien nachlassen, dachte ich voller Unruhe, doch gleichzeitig wusste ich, dass Tjael recht hatte. Wir durften nicht zulassen, dass Jor mit dem Glutspeer nach Ymatàja entkam.

Eine Umarmung, ein letzter Blick, mehr konnten wir nicht tun für Tjael. Ich spürte, dass er uns nachsah, als wir zum Ufer rannten, vorbei an der Fichte. An ihrem Fuß kauerte Gorm, so still wie eine Statue, die Arme ausgebreitet, tief versunken im Bannzauber. Seine Augen blickten ins Leere, in seinem Gesicht stand die schier übermenschliche Belastung, der er standhielt. Jetzt erst verstand ich wahrhaftig, was für ein enormes Opfer die Wächter hier brachten, um die Pforte zu schützen – unsere Welt, seit zwei Jahrhunderten. Warum die vom Banndienst zurückkehrenden Aelfar so abgrundtief erschöpft und gealtert gewirkt hatten. Doch auch für Gorm und die beiden anderen Wächter konnten wir nichts weiter tun, als Jor und Vissa nachzujagen.

Auf der gefrorenen Eisfläche des Sees lag nur ein Hauch gefallenen Schnees. Weiße Kristalle, verstreut auf schwarzblauem Untergrund. Genug, um Jors blutige Fußspuren zu erkennen. Wir folgten ihnen, Ritni dicht auf unseren Fersen, immer weiter durch den eisigen, hauchzarten Nebel. Verbissen hielt ich mit Simàja Schritt, Tomte Teda wieder als Mitfahrerin auf meiner Schulter.

»Wo ist denn eigentlich die Pforte?«, keuchte ich, während ich weiterhastete und mit brennenden Augen durch die Nebelschleier starrte. »Ich kann überhaupt nichts erkennen!«

»Das wirst du auch nicht«, erwiderte Simàja, selbst atemlos. »Sie ist kein Bauwerk, wie ihr Menschen es kennt. Nur ein Übergang. Die genaue Stelle wandert, aber alle Unterirdischen können sie erspüren. Sieh nach unten.«

Ich tat es – und stolperte vor Überwältigung gegen Ritni. Denn in der Dunkelheit unter unseren Füßen, im gefrorenen Wasser des Sees, lag ein fernes Leuchten. Kaltgrün, überirdisch schön. Die tanzenden Nordlichter Ymatàjas. Dazwischen, darunter sah ich noch mehr: weiße Hügel, tiefe Wälder, eine Festung aus blauem Eis, umtanzt von den Funken der Feuervögel …

»*Da!*« Simàjas Schrei riss mich aus der Vision.

Vor uns im Nebel war eine helle, hochgewachsene Gestalt aufgetaucht. *Jor.* Er stützte sich auf den Glutspeer wie auf eine Krücke und humpelte voran, das verwundete Bein nachziehend. Neben ihm, den Rücken gekrümmt vor erkennbarem Schmerz, ein verletztes Felsenluchsweibchen, ihre Flanke rot von Blut.

Sie witterte uns und stieß ein Fauchen aus, für einen Angriff fehlte ihr wohl die Kraft. Ritni fuhr dennoch erschreckt zusammen, ich konnte ihn nur mit Mühe halten. Jor blieb stehen und wandte sich um, in seinem Gesicht Überraschung … aber auch Triumph.

»Nein!«, flüsterte Simàja. »Die Pforte! Er hat sie erreicht!« Blitzschnell zog sie ihren Bogen vom Rücken, legte einen Pfeil auf die Sehne. »Keinen Schritt weiter, Jor!«, rief, nein, *donnerte* sie über die gefrorenen Meter, die uns noch von ihm trennten. »Du weißt nicht, was du tust!«

»Liebste! Hast du solche Sehnsucht nach mir?« Er lachte. »Du kannst mich nicht aufhalten. Sieh es ein, du bist zu schwach für einen guten Bogenschuss.«

Simàjas eben noch so sichere Hand begann zu zittern – genau wie neulich im Wald, als Jor Unterstützung geheuchelt und ihr stattdessen den Mut genommen hatte.

Ich drückte ihre Schulter und zischte: »Der Mistkerl kennt dich nicht. Kein bisschen. *Schieß!*«

Sie blinzelte, ihr Froststern leuchtete auf – und das Zittern verging. Der Pfeil zischte von der Sehne, zielgenau hin zu Jors Kopf. Lichtschnell riss er den Glutspeer dazwischen und die weiße Spitze bohrte sich in das kohlefarbene Holz. Vissa brüllte auf, wollte lospreschen, das blutige Vorderbein sackte ihr weg.

Jor beachtete sie nicht. Sein Lachen wurde lauter, wütender. »Kleine Prinzessin. Wichtelding. Menschenweib. Ihr dummen, schwachen Wesen.« Blanke, ätzende Verachtung troff aus seinen Worten. »Verkriecht euch ans Feuer, solange ihr noch könnt. Ich sehe euch bald wieder – als meine Untertanen!« Er ging rückwärts, Vissa folgte mit letzter Kraft.

Simàja riss einen neuen Pfeil aus dem Köcher, ich rannte los, Tomte Teda auf meiner Schulter, bereit, ihre Funkenblitze zu schleudern …

Zu spät. Jor rammte den Glutspeer ins Eis, eine glitzernde Wolke wirbelte auf, hüllte ihn und Vissa ein, zog sie … hinab? Simàjas Pfeil schoss ins Leere, verschwand im Nebel, wir hörten ihn über das Eis schlittern.

»Nein!«

Alle drei schrien wir es. Erreichten die Stelle, wo Jor und Vissa noch vor einem Herzschlag gestanden hatten. Nichts war von ihnen geblieben, nur das Ende einer blutigen Spur.

Wir haben versagt.

Keiner von uns brachte die Worte heraus, doch wir alle dachten es, das wusste ich genau.

»Hinterher!«, presste ich heraus.

»Recht hast du«, grollte Tomte Teda. »Wenn wir auf die anderen warten, entkommt er uns!«

Simàja hob zustimmend das Kinn. »Wir gehen durch das Eis und verfolgen ihn. Jetzt gleich.«

Mein Herzschlag, heiß und wild und wütend. Die ganze Zeit über hatte ich verdrängt, was diese Entscheidung wirklich für mich bedeutete, hatte unterbewusst gehofft, mehr Zeit zu haben, um mich an den Gedanken zu gewöhnen. Wie Schlaglichter durchzuckte mich, was ich zurückließ – und wen: Ánte, dem ich so viel verdankte und erklären wollte. Meine Eltern. Mein Leben, meine Welt. Nahm ich gerade Abschied für immer? Doch ich konnte nicht zurück. Nein, wir würden nicht aufgeben. Nichts und niemanden.

Erik, dachte ich, eine Hand auf der Seitentasche meines Gewandes, in der sein Brillenetui steckte. *Wenn es dich noch gibt: Bleib tapfer. Erinnere dich. Ich komme zu dir. Ich bin schon fast da.*

Ich zog meinen Rucksack zurecht und holte tief Luft, konzentrierte mich ganz auf mein Vorhaben. Dann rief ich Bling. Ich fühlte ihn aufleuchten – meinen Beschützer, meinen Leitstern. Auch auf Simàjas Stirn schimmerte der zauberhafte Eiskristall. Sie trat auf mich zu, in ihren Augen verzweifelter Mut … und Hoffnung.

»Wir sind die Froststerne.« Sie reichte mir ihre Hand.

Ich ergriff sie. »Froststerne und Schneeschwestern.«

Wir sahen uns an, ein letztes Mal in der Menschenwelt.

Hand in Hand, Tomte Teda sicher auf meiner Schulter, machten Simàja und ich einen Schritt nach vorn. Noch einen. Ritni folgte tapfer, wie an einer unsichtbaren Leine.

Unter uns in der gefrorenen Tiefe des Sees, halb verborgen durch das glänzende Band des Nordlichts, schimmerte und lockte Ymatàja, die Welt der Unsichtbaren. Der letzte Schritt, gemeinsam. Glitzernder Nebel stob hoch, nahm mir den Atem, wirbelte meine Sinne davon …

Und dann gingen wir durch das Eis.

Danksagung

Wenn die Wirklichkeit mit der Fantasie kollidiert: Ánte und Sunna in »Froststerne« habe ich mir ausgedacht – die Sámi existieren wirklich. Sie sind das letzte indigene Volk Europas, ihre Heimat Sápmi liegt in Schweden, Norwegen, Finnland und einem kleinen Teil Russlands.
Leider teilen die Sámi das Schicksal so vieler indigener Völker: Diskriminiert, marginalisiert, ihrer Rechte beraubt. Ihr Kampf dauert an. Ich hoffe sehr, in diesem Buch einen respektvollen und korrekten Einblick in ihre Kultur gegeben zu haben. Wenn es mir gelungen ist, dann nur dank der Hilfe vieler wunderbarer »Nordmenschen«, von denen ich hier ein paar stellvertretend danken möchte:

Renrajd-Uwe und Brigitte von www.renrajd-vualka.de – für die Geschichten im Lávvu und alles drumherum.
Lise Morottaja, für die Übersetzung ins Nordsamische inkl. Aussprachetipps.
Dem Team vom Skakkerud Reindeer Sanctuary, für die Beantwortung unzähliger Rentierfragen und den Namen Ritni.
Anne Karhu-Angeli, für Einblicke in ein naturverbundenes Leben am Polarkreis.

Auch sonst haben dieses Buch wieder viele fantastische Menschen begleitet, denen ich nie genug danken kann – und es trotzdem versuche. Danke also an:

Frauke Reitze, meine Lektorin, die niemals aufgibt.
Gerlinde Moorkamp, meine Agentin, die alles weiß.
Die ganze Zaubercrew vom Coppenrath Verlag.
Caro Liepins für das schneeschöne Cover und den Froststern.
Nina Reithmeier, deren wunderbare Stimme Elvy im Hörbuch lebendig macht.
Dirk Kauffels vom Argon Verlag, Master of the Universe.
Elena Tormen, per le tue bellissime illustrazioni.
Geelke, die den schwedischen Himmel kennt.
Thomas, mein Geheimagent in Arjeplog und Umgebung.
Marie, für Infos zum schwedischen Alltag.
Kia, für Beistand in Story-Krisenzeiten und Zimtschnecken-Recherche.
Julia von @seitenhieb_lektorat, für ihr Adlerauge auf den letzten Seiten.
Anna, für unglaubliche »Froststerne«-Begeisterung, schon in der ersten Version.
Meine unerschrockenen Testleserinnen Anja und Kim.
… und natürlich an Martin, der mir für all das den Rücken freihält. Liebe dich.

ANNA FLECK wurde 1974 in Norddeutschland geboren. Ihre Kindheit verbrachte sie in Bullerbü, Phantásien und im Auenland, ihre Jugend vorwiegend auf Gallifrey, Vulkan und der Scheibenwelt. Sie ist Romanistin, Kulturmanagerin und PR-Beraterin, schafft aber lieber neue Welten per Tastatur und Zeichenstift. Heute lebt sie mit Mann und Kindern im hohen Norden von Berlin.

Mehr über die Autorin unter www.anna-fleck.de
und auf Instagram: @anna_fleck_autorin.

Der zweite Band der Froststerne-Trilogie
erscheint im Herbst 2024.

Verlieben ohne Atempause …

Die Romantasy-Trilogie von Spiegel-Bestseller-Autorin Anna Fleck

ISBN 978-3-649-63906-0

ISBN 978-3-649-63907-7

ISBN 978-3-649-63908-4

Um mich herum sah die Meeresoberfläche aus wie flüssiger Goldstaub. Die Zeichnung auf Aris' Brust schien sich direkt aus dem goldenen Wasser seine Haut hinaufzuschlängeln.
Magisch. Wunderschön. Und unfassbar anziehend.
Er schüttelte sich das Wasser aus den Haaren. »Atmen!«, sagte er mit leisem Lachen.

Das bisschen Sturmflut … Ella ist fest entschlossen, sich ihren Cornwall-Urlaub in Grannys Cottage nicht verderben zu lassen. Als sie jedoch einen vermeintlichen Surfer vor dem Ertrinken rettet, ist in ihrem Leben plötzlich nichts mehr wie vorher. Denn der geheimnisvolle Aris stammt aus einer ganz anderen, mythischen Welt. Ella stürzt in ein Abenteuer voller Wunder und Schrecken. Und nicht nur ihr Herz gerät dabei in höchste Gefahr …

 # Forbidden Love
 # Hidden Kingdom